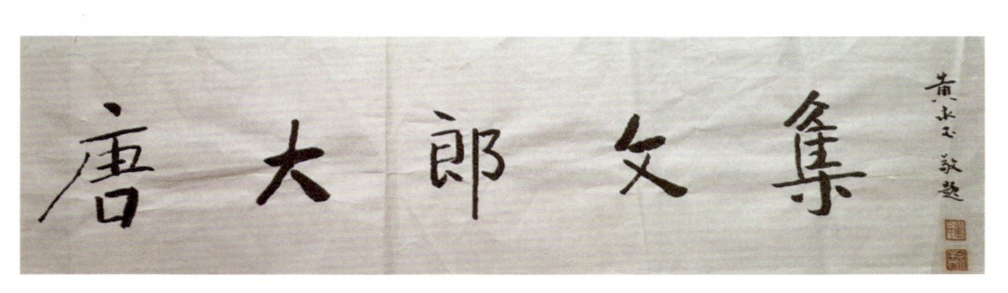

黄永玉题写文集书名

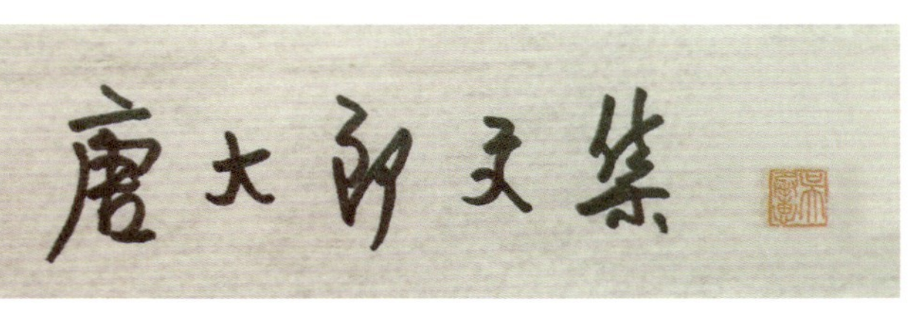

吴承惠题写文集书名

黄永玉绘画《戊戌中秋读大郎忆樊川诗文》

20世纪30年代唐大郎在上海郊外

1937年“七七事变”后，周信芳（中）在卡尔登演出为黄帝招魂的《徽钦二帝》，一次下台卸妆后在翼楼和著名报人唐大郎（右）、陈灵犀（左）合影

散句

经夕夫妻成阻隔，十年士子陷荒寒；
渐谙殊地观风俗，将以何颜悦税官？
干谒原为夫子事，为何也是妇人能？
绝怜卿在归程里，我似龛中老病僧。

一九四三冬惠明赴北平作三律句送行，

诗俱散佚，存者仅此数语

《散句》，1943年冬惠明赴北平，作三律句送行。诗俱散佚，存者仅此数语

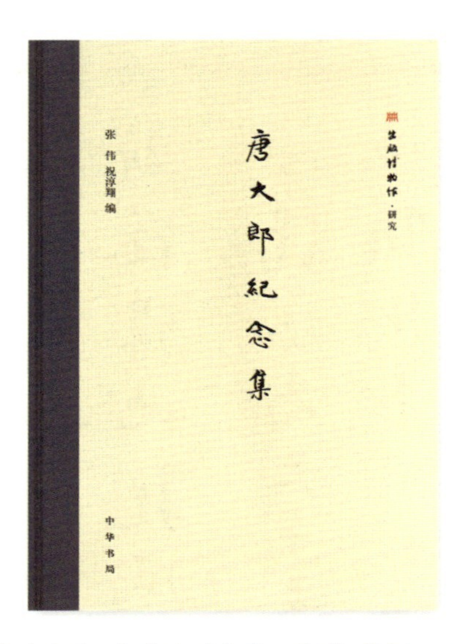

《唐大郎纪念集》封面，中华书局2019年版

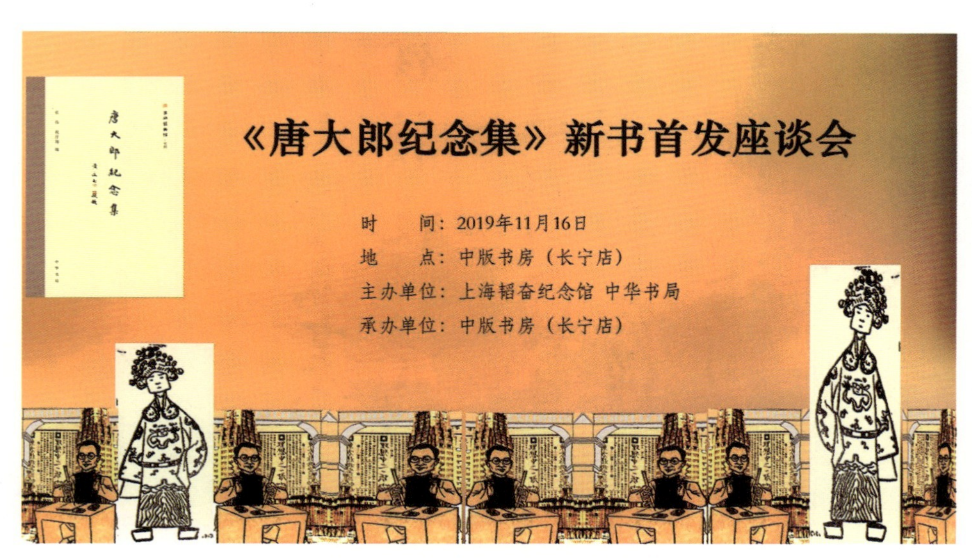

《唐大郎纪念集》首发式海报

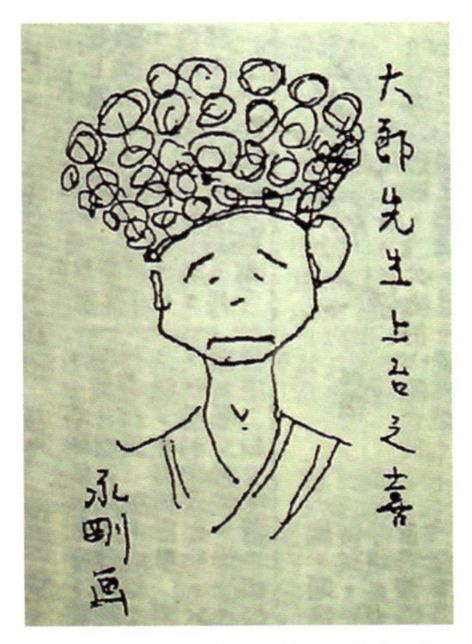

电影导演吴永刚绘唐大郎像

周鍊霞画，唐大郎诗，赠沈苇窗（崇正拍卖2018年春拍“苇窗文余”专场）

高唐散記

序與跋

·高唐·

去年，「傳奇增訂本」出版，張愛玲送我一本，新近我翻出來又看了一遍，作者在封面的背頁，給我寫上了下面這幾行字：「讀到的唐先生的詩文，如同元宵節，將花燈影裏一瞥即逝的許多亂世人評頭品足。於世故中能够有那樣的天眞；過眼繁華，却有那樣深厚的意境，……我雖然懂得很少，看見了也知道尊敬與珍貴。您自己也許倒不呢！——有些稿子沒留下，眞是可惜，因爲在我看來已經是傳統的一部份。」我忽然想着，張小姐這幾句話可以用爲「唐詩三百首」的短跋，同時請桑弧寫一篇序文，他們在電影上，一個是編劇，一個是導演，在這本詩冊上，再讓他們做一次搭檔。

我決定採納許多人的意見，把打油詩搜集進去，自己非常歡喜十幾年來寫的「舞場竹枝詞」，譬如描寫一個舞女的家庭狀況，有一首是：「大兄開店賣洋裝，更有二兄寫字忙。娘自淸安諸弟讀；郎來正好作東床。」在竹枝詞裏，這是正宗的一首，又譬如鄭明明的母親死了，我慰問她有：「願節珍珠三滴淚，須知此是好迷湯」的兩句，豆儂吃得恰如其分。

近來我一有空閑時間，就從事於搜羅，這工作即將完事，將來封面的設計，和編排上的好看，都要麻煩之方兄了。

唐大郎（高唐）《高唐散记•序与跋》版面，刊1947年12月2日《铁报》

唐大郎文集

高唐散记(一)

张　伟　祝淳翔　编

上海大学出版社

图书在版编目(CIP)数据

高唐散记. 一/张伟,祝淳翔编. —上海:上海大学出版社,
2020. 8

(唐大郎文集;第 1 卷)

ISBN 978 - 7 - 5671 - 3892 - 6

Ⅰ. ①高… Ⅱ. ①张… ②祝… Ⅲ. ①散文集—中国—
现代 Ⅳ. ①I266

中国版本图书馆 CIP 数据核字(2020)第 101324 号

责任编辑 黄晓彦
封面设计 缪炎栩

唐大郎文集
高唐散记(一)
张 伟 祝淳翔 编
上海大学出版社出版发行
(上海市上大路 99 号 邮政编码 200444)
(http://www.shupress.cn 发行热线 021 - 66135112)
出版人:戴骏豪
*
江阴金马印刷有限公司印刷 各地新华书店经销
开本 890mm×1240mm 1/32 插页 8 印张 22 字数 580 千
2020 年 8 月第 1 版 2020 年 8 月第 1 次印刷
ISBN 978 - 7 - 5671 - 3892 - 6/I·590 定价:128.00 元

小朋友记事

黄永玉

大郎兄要出全集了。很开心,特别开心。

我称大郎为兄,他似乎老了一点;称他为叔,又似乎小了一点。在上海,我有很多"兄"都是如此,一直到最后一个黄裳兄为止,算是个比我稍许大点的人。都不在了。

人生在世,我是比较喜欢上海的,在那里受益得多,打了良好的见识基础。也是我认识新世界的开始,得益这些老兄们的启发和开导。

再过四五年我也一百岁了。这简直像开玩笑!一个人怎么就轻轻率率地一百岁了?

认识大郎兄是乐平兄的介绍。够不上当他的"老朋友"。到今天屈指一算,七十多年,算是个"小朋友"吧!

当年看他的诗和诗后头写的短文章,只觉得有趣,不懂得社会历史价值的分量,更谈不上诗作格律严谨的讲究。最近读到一位先生回忆他的文章,其中提起我和吴祖光写诗不懂格律,说要好好批评我们的话。

我轻视格律是个事实。我只愿做个忠心耿耿的欣赏者,是个不愿做奴隶的人(们);我又不蠢;我忙的事多得很,懒得记那些套套。想不到的是他批评我还连带着吴祖光。在我心里吴祖光是懂得诗规的,居然胆敢说他不懂,看样子是真不懂了。我从来对吴祖光的诗是欣赏的,这么一来套句某个外国名人的话:"愚蠢的人有更愚蠢的人去尊敬他。"我就是那个更愚蠢的人。

听人说大郎兄以前在上海当过银行员,数钞票比赛得了第一。

我问他能不能给我传授一点数钞票的本事!

他冷着脸回答我:

“侬有几化钞票好数?”

是的,我一个月就那么一小叠,犯不上学。

批黑画的年月,居然能收到一封大郎兄问候平安的信。我当夜画了张红梅寄给他。

以后在他的诗集里看到。他把那张画挂在蚊帐子里头欣赏。真是英明到没顶的程度。

“文革”后我每到上海总有机会去看看他,或一起去找这看那。听他从容谈吐现代人事就是一种特殊的益智教育。

最后见的一面是在苏州。我已经忘记那次去苏州干什么的。住在旅馆却一直待在龚之方老兄家,写写画画;突然,大郎兄驾到。随同的还有两位千金,加上两位千金的男朋友。

两位千金和男朋友好像没有进门见面,大郎夫妇也走得匆忙,只交代说:“夜里向!夜里向见!”

之方兄送走他们之后回来说:

“两口子分工,一人盯一对,怕他们越轨。各游各的苏州。嗳嗨:有热闹好看哉!”

“要不要跟哪个饭店打打招呼,先订个座再说,免得临时着急。”我说:“也算是难得今晚上让我做东的见面机会。”

“讲勿定嘅,唐大郎这一家子的事体,我经历多了!”之方兄说。

旋开收音机,正播着周云瑞的《霍金定私悼》,之方问怎么也喜欢评弹?有人敲门。门开,大郎一人匆忙进来:

“见到他们吗?”

“谁呀?”我不晓得出了什么事。

“我那两个和刘惠明她们三个!”大郎说。

“你不是跟他们一起的吗?”我问。之方兄一声不吭坐在窗前凳子上斜眼看着大郎。

“走着,走着!跑脱哉!”大郎坐下瞪眼生气。龚大嫂倒的杯热茶也不喝。

“儿女都长大了,犯得上侬老两口子盯啥子梢嘛? 永玉还准备请侬一家晚饭咧!”

大郎没回答,又开门走了。

第二天一大早我上龚家,之方兄说:

“没再来,大概回上海了!”

之方兄反而跟我去找一个年轻画家上拙政园。

大郎兄千挑万挑挑了个重头日子出生:

“九·一八”

逝世于七月,幸而不是七月七日。

2019年6月13日于北京

给即将出版的《唐大郎文集》写的几句话

方汉奇

唐大郎字云旌，是老报人中的翘楚。曾经被文坛巨擘夏衍誉为“勤奋劳动的正直的爱国的知识分子”。他发表在报上的旧体诗词，曾被周总理誉为“有良心，有才华的爱国主义诗篇”。他才思敏捷，博闻强记，笔意纵横，情辞丰腴。每有新作，或记人，或议事，或抒情，或月旦人物，都引人入胜，令人神往。有“江南才子”“江南第一枝笔”之誉。我上个世纪50年代初曾在上海工作过一段时期，适值他主持的《亦报》创刊，曾经是他的忠实读者。近闻他的毕生佳作，已由张伟、祝淳翔两兄汇集出版，使他的鸿篇佳构得以传之久远，使后世的文学和新闻工作者得到参考和借鉴，善莫大焉，功莫大焉。

2019年6月11日于北京

序

陈子善

唐大郎这个名字，我最初是从黄裳先生那里得知的。20 世纪 80 年代初的某一天，到黄宅拜访，闲聊中谈及聂绀弩先生的《散宜生诗》，黄先生告我，上海有位唐大郎，旧诗也写得很有特色，虽然风格与聂老不同。后来读到了唐大郎逝世后出版的旧诗集《闲居集》（香港广宇出版社 1983 年版）和黄先生写的《诗人——读〈闲居集〉》，读到了魏绍昌、李君维诸位前辈回忆唐大郎的文字，对唐大郎其人其诗才有了进一步的了解。再后来研究张爱玲，又发现唐大郎对张爱玲文学才华的推崇不在傅雷、柯灵等新文学名家之下。张爱玲中短篇小说集《传奇》增订本的问世是唐大郎等促成的，而张爱玲第一部长篇小说《十八春》也正是唐大郎所催生的。于是我对唐大郎产生了更大的兴趣。

十分可惜的是，唐大郎去世太早。他生前没有出过书，殁后也只在香港出了一本薄薄的《闲居集》。将近四十年来默默无闻，几乎被人遗忘了。这当然是很不正常的，是上海现代文学史研究的一个重大缺失，也是研究海派文化不得不面对的一个严重问题。所幸这个莫大的遗憾终于在近几年里逐渐得到了弥补。而今，继《唐大郎诗文选》（上海巴金故居 2018 年印制）和《唐大郎纪念集》（中华书局 2019 年版）之后，12 卷本 400 万字的《唐大郎文集》即将由上海大学出版社推出。这不仅是唐大郎研究的一件大事，是上海现代文学史研究的一件大事，也是海派文化研究不容忽视的一个可喜成果。

1908 年出生于上海嘉定的唐大郎，原名唐云旌，从事文字工作后有大郎、唐大郎、云裳、淋漓、大唐、晚唐、高唐、某甲、云郎、大夫、唐子、唐僧、刘郎、云哥、定依阁主等众多笔名，令人眼花缭乱，其中以高唐、刘郎、定依阁主等最为著名。唐大郎家学渊源，又天资聪颖，博闻强记。他原在银行界服务，因喜舞文弄墨，约在 20 世纪 20 年代末弃金（银行是金饭碗）从文，不久后入职上海《东方早报》，逐渐成长为一名文思泉涌、倚马可待的海上小报报人。当时正是新文学在上海勃兴之时，在最初一段时间里，唐大郎与新文学界的关系并不密切，40 年代初以后才有很大改变。但他的小报文字多姿多彩，有以文言出之，也有以白话或文白相间的文字出之，更有独具一格的旧体打油诗，以信息及时多样、语言诙谐生动而赢得上海广大市民读者的青睐，一跃而为上海小报文坛的翘楚和中坚。至 40 年代更达炉火纯青之境，收获了"小报状元""江南才子"和"江南第一枝笔"等多种美誉。

所谓小报，指的是与《申报》《时事新报》等大报在篇幅和内容上均有所不同的小型报纸。20 世纪 20 年代以后，各种小报在上海滩如雨后春笋般涌现，是上海市民阶层阅读消遣的主要精神食粮；后来新文学界也进军小报，新文学作家也主编小报副刊，使小报呈现更加丰富多彩的面貌。完全可以这样说，小报是上海都市文化的一个重要标志，海派的一个独特的文化现象。近年来对上海小报的研究越来越活跃，就是明证。

唐大郎就是上海小报作者和编者的代表。他的文字追求并不是写小说和评论，而是写五百字左右有时甚至只有两三百字的散文专栏和打油诗专栏。从 20 年代末至 40 年代，唐大郎先后为上海《大晶报》《东方日报》《铁报》《社会日报》《金钢钻》《世界晨报》《小说日报》《海报》《力报》《大上海报》《七日谈》《沪报》《罗宾汉》等众多小报和 1945 年以后开始盛行的"方型报"《海风》等撰稿。他在这些报上长期开设《高唐散记》《定依阁随笔》《唐诗三百首》等专栏，往往一天写好几个专栏，均脍炙人口，久盛不衰。他自己曾多次说过："我好像天生似的，不能写洋洋几千字的稿件，近来一稿无成，五百字已算最多的了。"（《定依阁随笔·肝胆之交》，载 1943 年 5 月 14 日《海报》）唐大郎的写作史有力地表明，他选择了一条最适合发挥自己特长、最能得心应手的创作之路。

当然，由于篇幅极为有限，唐大郎的小报文字一篇只能写一个片断、一个场景、一段对话、一件小事……但唐大郎独有慧心，不管写什么，哪怕是都市里常见的舞厅、书场、影院、饭馆、咖啡厅，他也都写得与众不同，别有趣味。在唐大郎的专栏文字中，谈文谈艺、文人轶事、艺坛趣闻、影剧动态、友朋行踪……，无不一一形诸笔端，谐趣横生。如果要研究20世纪20年代至40年代上海的都市文化生活，唐大郎的专栏文字实在是一份不可多得的生动的教材。又当然，如果认为唐大郎只是醉心风花雪月，则又是皮相之见了，唐大郎的专栏文字中，同样不乏正义感和家国情怀。在全面抗战时，面对上海八百壮士可歌可泣的抗日事迹，唐大郎就在诗中写下了“隔岸万人悲节烈，一回抚剑一泛澜”的动人诗句。

归根结底，唐大郎的专栏文字和打油诗是在写人，写他所结识的海上三教九流的形形色色。唐大郎为人热情豪爽，交游广阔，特别是从旧文学界到新文学界，从影剧界到书画界，他广交朋友，梅兰芳、周信芳、俞振飞、言慧珠、金素琴、平襟亚、张季鸾、张慧剑、沈禹钟、郑逸梅、陈蝶衣、陈定山、陈灵犀、姚苏凤、欧阳予倩、洪深、田汉、李健吾、曹聚仁、易君左、王尘无、柯灵、曹禺、吴祖光、秦瘦鸥、张爱玲、苏青、潘柳黛、周錬霞、胡梯维、黄佐临、费穆、桑弧、李萍倩、丁悚丁聪父子、张光宇正宇兄弟、冒舒湮、申石伽、张乐平、陈小翠、陆小曼……这份长长的名单多么可观，多么骄人，多么难得。唐大郎不但与他们都有所交往，而且把他们都写入了他的专栏文字或打油诗。这是这20年里上海著名文化人的日常生活的真实记录，这些人物的所思所感、所言所行，他们的音容笑貌、喜怒哀乐，幸有唐大郎的生花妙笔得以留存，哪怕只有一鳞半爪，也是在别处难以见到的。唐大郎为我们后人打开了新的研究空间。

至于唐大郎的众多打油诗，更早有定评，被行家誉为一绝。“刘郎诗的重要特色就在于在旧体诗的内容与形式上都做了创新的努力，而且确实获得了某种成功。”唐大郎善于把新名词入诗，把译名入诗，把上海话入诗，简直做到了出神入化的地步。论者甚至认为对唐大郎的打油诗也应以“诗史”视之(以上均引自黄裳《诗人——读〈闲居集〉》)。这是相当高的评价,也深得我心。

本雅明有“都市漫游者”的说法,以之移用到唐大郎身上,再合适不过。唐大郎长期生活在上海,一直在上海这个现代化大都市里“漫游”,他的小报专栏文字和打油诗,使他理所当然地成为上海都市文化生活的深入观察者、忠实记录者和有力表现者。唐大郎这些文字也理所当然地成为海派文化和江南文化历史记载中的宝贵遗产,值得我们珍视和研读。

张伟和祝淳翔两位是有心人,这些年来一直紧密合作,致力于唐大郎诗文的发掘和研究,这部12卷的《唐大郎文集》即是他们最新的整理结晶,堪称功德无量。今年恰逢唐大郎逝世40周年,文集的问世,也是对他的最好的纪念。作为读者,我要向他们深表感谢,同时也期待《唐大郎文集》的出版能给我们带来对这位可爱的报人、散文家和诗人的全新的认知,使更多的读者和研究者来阅读、认识和研究唐大郎,以更全面地探讨小报文字在都市文化研究里应有的位置和所起的作用。

2020年6月14日于海上梅川书舍

编选说明

本卷内容来自唐大郎在《社会日报》上的著名专栏《高唐散记》，刊发时间为1936年7月至1945年4月。这批专栏文章几乎排日刊登，写至1944年1月初，因故中辍；至同年3月初，又有续作。中辍之前的《高唐散记》均有栏无题，此后则分别添有小标题。本次出版时，考虑到这批散记篇幅过巨，编者有所取舍；同时为便于阅读，特为1944年1月之前的散记添加了标题。

目　　录

高唐散记(1936.7—1937.7)

高唐散记(1937.8—1938.7)

高唐散记(1938.8—1939.7)

高唐散记(1939.8—1940.6)

高唐散记(1940.7—1941.6)

高唐散记(1941.7—1942.6)

高唐散记（1942.7—1943.12）

高唐散记(1944.1—1945.4)

高唐散记(1936.7—1937.7)

王生办报

吴门王生,既发誓在沪上自立,商于舅,舅付以五百金,嘱其创一报馆,即发行四期而寝刊之《南洋画报》也。税一屋于中汇大楼,久之,所有垂尽,而电炬犹不及接火也。惟职员与侍役悉居其中,入夜,乃燃短烛。有时生亦落拓不获投逆旅,则返报馆,其友夜访之,将及闼,第闻室中有唱戏声,就门隙窥之,则见生方置短烛于面前,举手作撩口面状,就烛下读书也。友顿悟,知王生方从信芳学《四进士》,此盖宋士杰偷信之手段也。遂不敢扰其用功,潜出,以所见告于人,闻者靡不失笑。

白云霜行矣,于报端作启事,以告别沪人士焉。有言曰"兹因北返省亲,离沪有日,乌私情清,不能久恋江南"之句。作缠夹之语曰:私虽乌而情则清,顾在江南,不能久恋,以南方人不吃这一套也。白玉霜得毋自怨自艾欤?亦足绝倒也。

(《社会日报》1936年7月9日,署名:高唐)

上海人说洋泾浜话

大华露天舞场开幕,行揭幕礼者二人,一白玉霜,一冯凤。冯凤,尤半翁之义女;白玉霜,评剧之女伶,半年来风魔沪上,然为尤半翁所"排众而非",尤翁于评剧酷赏朱宝霞,对玉霜至竟不免有微词。今大华开幕,而以冯、白行剪彩之礼,意半翁闻之,必打起京片子曰:"怎么,把我的干女儿,同这一块料摆在一起,是什么道理?"此而念麒派白口,必更有劲动听矣。

一夜与芳公坐舞场中，听其絮絮语我曰："王琴珍，非子之舞场情侣者乎？其人有未婚夫，然其夫已不寿而死。死后，王欲以身殉，或劝之，尔夫虽死，然高唐未殁也。尔死，将何以遣高唐？王果悟，遂不复言死。"芳公之言，明知为弄人也，然生平不为女人钟情之我，听之，亦不觉其心目俱朗矣。

上海人说洋泾浜话，有时极叫人喷饭者。某君在一澡堂中，遇壮汉三人，作闲谈，聆之，则鲁人也。殆执事于租界治安机关者，甲首先问乙曰："密司脱张，你今年 fourty 几啦？"乙曰："Fourty five 了。"甲又问丙曰："那末密司脱吴你今年 fourty 几咧，我今年 fourty 几咧……"如此攀谈，安得不令人绝倒。

（《社会日报》1936 年 7 月 11 日，署名：高唐）

诗以意境为第一

袁简斋《诗话》中，谈年老征花，辄为群芳非笑，遂有"若道风情老无分，夕阳不合照桃花"。又云"花见白头花莫笑，白头人见好花多"，俱为年老人作解嘲也；前者不失为蕴藉，后者尤觉爽直可爱。然在今日，若咏"花见白头花莫笑，白头人有洋钱多"，虽字面粗犷，其爽利则一也。

北方鼓词中，记得有形容穷人一语者，曰"细问皆因短点儿铜"，其意盖谓其人缺少钱财也。愚尝以为此八个字，而改七个字为"细问皆因短点铜"，便是诗中名句，以意境佳也。诗以意境为第一，字面之雅丽，犹为后事。譬如"一辆汽车灯市口，朱三小姐出风头"，皆是好诗，正不可以打油而薄之，作诗者不识此一重关窍，一辈子作不出好诗，盖可以断言者。

林庚白无愧今代诗人，论诗理解之高，是为吾人钦服。愚以凡为名词，无分雅俗，林之作诗，电灯、钟点、佳妃，无不放入，犹见今人诗中，用银缸、更漏者，见之直令人气噎。无已，一例以梦呓目之耳。

（《社会日报》1936 年 7 月 14 日，署名：高唐）

唐诗聪明惟小杜

唐人诗，以元白称淡放，淡放与今之所谓“颓放”异；淡者，薄于名利也，苟无修养，此境乃不易造；颓放则自废，少年人恒持此为戒。

十年前病肺，以为必死矣，偶作郊游诗，有句云：“一抔黄土埋躯好，十里横塘隐迹宜。”年长者见之，叹曰：是而出之于高年叟之口，宜也。作者青春而秀，何以有此？是岂佳征！其实愚当时以久困于病，伤感滋多，不慎，形诸楮墨间，乃贻长者忧耳。

人谓作诗言志也，亦有谓一人之终身大局，可于其为诗中觇之。黄仲则诗，非不美也，然发语幽苦，其人卒穷而不寿。试问满纸忧伤，憔悴者欲其克享高龄，是岂能得？

愚始终以为工部诗艰难缔造，字字从锻炼中来，即学而似之，亦不过学问问题，与诗本身之美，无与也，何况不易学。唐诗落笔之聪明，惟推小杜。“大抵南朝皆旷达，可怜东晋最风流。”“尘世难逢开口笑，菊花须插满头归。”无一非樊川名句，轻灵而不伤纤巧，此境又何尝好学耶？

（《社会日报》1936年7月15日，署名：高唐）

最爱信芳《四进士》

愚于信芳剧，最爱《四进士》，然梯维剧赏《凤凰山》。昨乃以此质之信芳，则谓两出戏根本不同，《四进士》在传神，《凤凰山》重扮相，又重武行，装病态最难，若一味勇猛，又不类，故此剧即小心唱，亦勿易讨好，更何可马虎耶？

今人有主张青衣花衫，不宜由男人演，而期望于坤角人才之产生，此言有理也。顾讲究声音，则女子雌音，尖而不厚，聆之刺耳；男子所发为膛音，故好听，天之所赋，梅博士程老板之流，故一辈子受用不尽矣。

坤角几无全才，昔雪艳琴称一时独步，然其好，在能循规踏矩耳，而不知变化。然会变化者，便无不流于"乱来"，若华慧麟，遂不免伤于纤巧也。

猫厂主人习戏之初，教师项某，告之曰：如今缺少小生，以君学小生可矣。小生戏看似不难唱，然唱而能工，便不易得，信芳曩亦以此为言，且谓：小生之难，不但平剧如此，即话剧亦如此，电影之小生，亦无非如此也。盖演小生者，一个做不好，或装成书呆子，或竟变为流氓。装书呆子犹可说，变为流氓，真成"韭菜"之尤矣哉！

（《社会日报》1936 年 7 月 17 日，署名：高唐）

神相张仙人

一夕，浩浩神相，为逍遥舞女姚筱莉女士相，谓今年十八，尚为处女，明年十九，必须破身，无疑也。筱莉曰："是不能，纵使环境迫我如是，我亦必力自挣扎，以期神相之言勿中！"众谓神相之相，越来越神，并女子完璧之真赝，亦能辨别，且能卜其在何年何月，则神相之术，是至高无上矣。闻其肯从书卷中研求，更历以时日，将舍古书，而参以欧西科学之说，其所得必使人至挢舌不下而已也。筱莉之称神相，亦曰"张仙人"，神相受之不以为迕。有人从旁进言曰：是小女子不敬，辱神相矣。神相非三姑六婆之女巫，乌得称仙人？神相笑曰："彼蠢然乌知者，特以惊我神，遂以仙人目我耳。迹其本心，原非不敬，我辈通人，正宜谅小女子之不善措词也。"

张跷先生，近四十人矣，于白山黑水间，识一女，眷之，且不令俯身俎上，而为舞榭之花。友人问察女之意，爱跷似出至诚，异之。一夕，共饭于小有天，或乃举是询跷，谓以君之不修外表，而使彼人心悦诚服者，或亦挟异术者乎？跷笑曰："无之，我且亦尝以是怀疑，故问女，女则曰：'我阅男子多，男子常强我接吻，则往往有奇臭触我鼻，令人勿耐。'惟有我，则齿颊芬芳，良为彼人所悦……"言至此，忽芳君止之曰："且住！我辈饭也。汝言此乃勿患人家作呕邪？愚曰：正为饭也，若不饭而为闲坐清谈，则张跷先生之语，正大可作《笑林广记》读，作《海外奇谈》

听也。”

（《社会日报》1936年7月23日，署名：高唐）

戒烟之难

《京报》谓刘月霞在京，某君赠一联张台右，下署为“餐霞客”三字，此犹之王彩云昔日有一桌围，其下款曰“卧云居士”。真如《回荆州》中之鲁大夫有言曰：“老实人才肯说老实话也。”

十年来女子都截发，昔薛锦园女士在上海，独留一宝髻，而益增妩媚。北里中之小白菱二媛，亦数年来不见剪发，挽一横爱司髻，光泽至于一毛不乱，或曰“雅有措房间娘姨型”，不足以言美者也。

有人在戒鸦片烟时，忽然瘾发，极难过，其状可怖，当此时也，设足下在旁，抑劝其更抽几口乎？抑叫他一直耐下去乎？劝其再抽，则功亏一篑；劝其耐下去，则目睹其呻吟之状，又为仁者所勿忍。用是有人戏作折衷办法曰：“一面叫他抽，抽罢了一面再叫他吃戒烟药。”噫！想见戒烟之难也。

吾尝念之，有勇气戒烟者，其人或有勇气自杀。在吾理想中，戒烟或亦如自杀之难。近见三数友人，有从事戒烟者，顾结果皆半途而废，因知吾所理想者益匪谬也。

（《社会日报》1936年7月25日，署名：高唐）

叶娟娟

叶娟娟，大东舞场之一舞星也。尝拜一义父，是即张跷先生，亦曩传其自称“口舌芬芳”而取悦于爱人者也。叶既父礼侍张，跷先生亦若不胜其舐犊之爱，乃时往大东捧场。一夕与汤先生偕，汤负只只名，言其每逢闻响，必起舞也。跷乃为介于叶，曰：“是汤先生，我友也，将厚贶于汝。”娟唯唯。顷之，汤先生果与叶婆娑，第一次刚要抱上去，微闻娟娟于耳畔低呼曰：“叔叔。”汤先生大惶恐，及返座，语其别一友曰：

“我恨不得亦以长者之礼，礼张蹺。”友问其故，汤则曰：“叶乃叫我叔叔，其何以堪？我若尊张蹺，则或可博一哥哥之称耳。”□如□，汤先生又只只起舞，至兴尽而止。或又问之曰：“既作叔叔之名不能堪，又何以舞之不已？”汤先生笑曰：“已经是叔叔了，也该做出一点为叔叔的派头来，与吾娇侄看也。”

某君有妇最善妒，性复奇悍。一日，夫妇哄于庭，某君之友往解劝，见妇从指上去一金约指，含于口内，又哭又骂。某君曰：“此种工夫，惟妒妇能之，使旁观者为之不安。”盖若真吞下去，亦可施急救之方，或者吐出来，亦可告无事；惟其含在嘴里，若吞若吐，使旁观者之心，无不为之忐忑不安也。

（《社会日报》1936年7月29日，署名：高唐）

信芳又排《董小宛》

信芳又排《董小宛》剧，明明好题材也。然《洪承畴》一糟若此，为又何取乎《董小宛》哉！信芳新剧，殆莫美于《明末遗恨》，亦嫌场子太乱，《洪承畴》既不可免此弊，又缺乏精彩，宜不足一顾矣。

海上按摩院，摩女都江北人，貌奇寝，重脂厚粉，望而生畏，听其向客曰：“小毛巾要哦”！此无字实有艳秘的情味，故闭目听之，亦足回肠荡气，顾不容你睁开眼来，苟勿识此窍，而扬眸一顾，则纵使“七寸昂藏”亦能萎缩如衰翁矣。

嘉兴船娘，有乡气，上海人下去，一修水乡艳福，未始非异味之尝也。愚游鸳湖，未尝不挟此欲念，及选一人，相对坐舱中，与之谈，渐久渐生厌，终至弃之而去。佩之询愚曰：“何以好事乃勿成？”愚谓：“非貌不中也，非其品蠢也，第小家气重得如此，令人何耐？”比还沪，伏枕自思，我之以此责于船娘者，亦自过苛，放坦白一点言：用十元钱，觉得犯不着了。生平不甘淡泊，更益十元可以问津于海上屠门矣。

（《社会日报》1936年8月4日，署名：高唐）

林主席训话

论海上之话剧美才者,以愚所见,端推雪艳。春间,汪优游先生,为愚介见,且致语曰:“此吾党之健者,后起人才中,无有优于雪艳也。”雪艳氏王,有小字名宝玉,初习吴歈歌,后始献身舞台,与老画师丁慕琴夫妇交甚契。丁夫人尝誉雪艳于人前曰:“宝玉,世之好女子也;我不只悦其艺,我特悦其为人耳。与之竞酒,宝玉辄大醉,醉后嬉笑如骇儿,有时慕琴有友,初不与宝玉习,顾当宝玉醉时,亦惯谑如家人。一夕,宝玉又饮酒,微酣,忽前台请登场,宝玉被酒而上,痴笑若不能自持,而口没遮拦,指台上人姓名一一道之,座客皆称怪,旋审其醉,则又为之忍俊不禁也。”丁夫人之言已,小丁又为之申述曰:“又一夕,雪艳复中酒登场,后台人止之,不令上,而雪艳强欲升,则曳之下,剧中人且易以他角承充。既启幕,雪艳于后台作假寐,顷之,台上方作对白,忽雪艳潜上,亦作台上人之口气出之,一时竟如演‘双包案’焉。台下人固咋舌称奇,台上人亦皇遽不知所措,而雪艳晏如也。”愚数数观雪艳剧,第觉小女子娓娓之态,自然入情,斯可爱也。必欲以表情之美,以衡雪艳,则殊未盈其量耳。

《新闻报》记者入庐山,觐林主席,主席作训话,谓新闻纸上,尚有不“正”之“名”,如“逊清”,如“慈禧”皆是也。此种沿用名词,不为一人道破,便看不出有什么毛病,用之而成习惯,此在常人,犹可说,若新闻记者亦如此,不免缺乏知识得可怜。在袁世凯眼光中,“清”固“逊”者也,然在国民党观之,清明明是被灭亡,何能言逊?逊者,有被迫而亡之义,亦不可亡而亡之者,今人加此“逊”字,实有悼惜口气,则与革命之用意悖矣。“慈禧”二字为谥法,其人生而贤,世人乃得为之奉谥,称其谥,尊敬之也。而今人亦沿用之,实有帝制遗风,讵革命者宜有之口吻哉!吾主席贤明,足征爱护新闻界之殷切,故循循善诱,在小地方亦着意周详,可钦感焉。

“世运”开幕,上海可以听柏林广播消息,《辛报》所谓“虽无捷报为君告，却又新闻海外来”。然既无捷报，愚意运动迷而有心脏者，不听也罢，听之，正如回力球场赌博，受刺戟太厉害，转恐与尊体非宜耳。

（《社会日报》1936年8月7日，署名：高唐）

运动健将

运动健将，第能在国门以内，逞威武耳，若周旋于国际坛坫，未有不相形见绌者。今观世运消息之来，在吾队两字之下，必有固定的几个名词，曰：落选，曰：惨败，又曰：淘汰也。各大报咸有世运特刊，初不必歆羡于他人之打破世界纪录，然对于中华选手之出兵如何，自亦关心，正如对航空奖券号码，明知中不着，查是总要查一查，本不必斤斤于得失间也。

年来真有健康欲，而身体之衰，不堪与一十四龄儿童角力；七尺须眉，语之可悲也！尝止秋雁家，秋雁有一女二子，列其名曰：大星、二星、三星。愚至，三儿皆绕余膝，大星不及十龄，而二、三两星，俱六七岁。一日，我攘臂奋拳，作孔武有力之状，扬言于众，谓我可以于一二分钟间，立击沈氏三星于地上，而我犹可以不喘不疲也。言已，众皆嗤我以鼻，意为此真“胜亦不武”矣。其实愚比年来好勇斗狠，顾以力薄不敌于人从未见他人被我击败之情状，乃为何如者？当愚在沈家作此言时，实存心要把一千金与二公子，作尝试之对象焉。

明星之宴，聚知友于一堂，老滕消瘦极矣。路上相值，几不相识，问其是为世运选手不挣气，乃使滕公清减耶？答曰不然，特睡眠勿足耳。待柏林电报，往往至天明勿得安息，用是瘦矣。惟独鹤又呈腴象，第茹素非迷信于六月雷斋，缘肠病复发，不欲以油腻更创其胃也。与陈达哉先生谈甚久，先生，乡前辈，亦父执也，从不放老前辈眉眼，而笑语温清，令人敬爱。

入夏以来谢绝酬酢，此夜，之方、阿浪，要愚同行，正以与故人睽隔日深，故人消息，竟亦不相闻问，第知万秋已赴东瀛，而西苓方于役桂林，顾于明星筵上，则一一见之，大诧。握手之顷，问万秋何时归？谓昨甫抵沪,是犹不足怪也。更问西苓,则曰:“我归来已二月,以事冗,乃勿暇躬谒……”剑云演说,谓西苓者,善羞如处女,但视其一碰着老朋友便存心挖苦。愚意西苓曩在沪,剑云或可保证其为处子,到广西去一趟,已经走了气,其实老吃老做矣。

梯维谓:人称王雪艳为小妹妹,实则乃小妹子之误也。小妹妹与小妹子,其义本同,顾出自流辈之口,自分畛域也。读吾报者思之,“小妹妹”三字,似因黎明晖而始风行于海上,若“小妹子”三字,则颇有苏州之地方色彩。雪艳以吴歈歌起身,“小妹子”三字之称,或亦始于彼时耳。

雪艳者,性情中人也。娇痴妙女,愚既述其一二于读者前矣,兹更举一事言之,亦殊可供轩渠资料也。雪艳每演一剧,往往以同台之人,形容剧中人之良恶,而身与剧化者,雪艳蒙其影响,辄亦以真性情付之。及戏终,择其善角,则予以温婉之情,若奖其人果为好人者,为之敬茶,为市瓜果以乐之。若为剧中之歹人,则下台后犹为切齿,即其嫂其兄,亦往往于归家后历三五小时,勿交一语。美玉初见其如此,诧曰:“我今未尝得罪小妹子也,小妹子对我何为者?”雪艳亦曰:“谁令汝在台上做凶人,乃使人发指者?”美玉始恍然,以语君达,君达亦笑曰:“小妹子痴也。”其后且不以为怪。

(《社会日报》1936年8月10日,署名:高唐)

十年前之冬夜

尝为文论“评剧家”某君之非,某近方编上海某报副刊,老境颓唐,发斑斑白矣。有宅心忠厚者,走而告愚曰:“同以笔耕生为生,何必讥人长短?况人家究竟老前辈,小伙子宜退让一步也。”愚唯唯谢过,既又恍然曰:“文化事业,是养老堂,是慈善机关也。”

昔荀慧生将演《柳如是》时,樊云门示以诗,有“至竟牧之才可爱,劝君莫唱柳枝娘”!此名士吐属也。时至今日,更欲得一才人如樊山老人者,已不可见矣。

往年读《汉书》，至"蛮夷大长老夫臣佗，上书皇帝陛下，老夫故粤吏也……"时，辄击节称赏。今幸能执笔，然无论诗文，往往流于粗野。或戒愚曰："此不多读书之罪也。"愚则颇不服膺斯言，愚以为性所阿好，不能忘情，天所赋也。

十年前之冬夜，侍舅妗宴，舅妗皆中酒，舅执笔作字曰："妇不能为秦赵歌，当筵默默醉颜酡。回头廿四年来事，自觉庸庸福已多！"此盖示妗氏所作也。又书曰："丈夫不死留奇气，孺子颠狂似老奴！"书至此，乃不下续，盖醉甚矣。此在愚一生幸福时代，今几不可再得，念之惘然！

（《社会日报》1936年8月14日，署名：唐）

有女欲投师学诗

有女子毕业于工部中学者，忽欲投师学诗，好事者荐与愚，愚明知不可胜，然而姑昧天良，冒不韪，误一误天下苍生，竟担当下来焉。一日，"荐头人"引之至，年方十七八，手一册，视之，为算术书，问其何来？曰：暑期中为子弟补习算学，晚上犹须教英文也。乃知女虽青春，亦既为人师矣。因傲然用为师者嘉奖其生徒之口吻曰：汝真多才，既精英、算，复潜心于旧学。语至此，扬目视女，略无所答，因更问曰：若曾学过旧诗乎？曰：未也。再问曰：亦能辨平、上、去、入乎？摇首曰：未也。再问曰：若于旧诗亦感觉兴趣乎？复摇首曰：未也。于是愚愠矣，陡饰严容，诘之曰：既不感兴趣，学之奚为？女曰：闻友人谈旧诗，我以于此道乃茫然，遂生涉猎之念耳。愚曰：实语汝，中国有韵文学，胥赖发自性灵，非性之所近，纵使学而成之，亦不能造妙境，何如勿学。女似会意，少顷称谢退，床头人目送之，忽自语曰：管她通不通，只要以贽金为先生寿，亦教之矣。愚正色曰：我何尝得其贽，即予我亦不纳。又笑曰：然则人年事青，常相处，至令人刺目者。愚哑然。

（《社会日报》1936年8月17日，署名：唐）

信 芳 心 事

谈于信芳家，信芳比以官事株连，颇萦扰心曲，谓事业之发展良难，何来多钱，得清夙逋？然又何尝不存心想还债，特目下奇穷耳，而逋主乃勿谅，以官事相迫，果奚为者？今已誓愿，愿劳我此身，以所得悉偿吾逋。年来百事撙节，舍三上三下之巨厦勿居，而税此一庑，八口之家，悉迁于是。其实吾逋亦勿多，此三五年中，天能佑我，而售我劳力，我逋亦清矣。语至此，忽其女公子二人至，依依膝下，则又指之曰：虽然，我逋可清，此辈之债又不可不偿，子女七人，长子已习航空，需钱方亟，二女俱嫁，尚有四儿，皆稚，然期大亦速，教育之费用，为数殆至巨，及其离吾赡养，则我既耄矣。来日茫茫，我纵"喊"一辈子，亦勿得多钱了。言已，慨喟不已！愚力慰之，谓穷达在天，大丈夫不常以此萦虑，终吾子之世，自有其不朽精神，为生灵造福，为世界争光，其所负至巨也。信芳闻余言，屡摇其首，似不足兹言者。信芳之女公子，俱美貌，其稚者皆晰肤黄发，殊似裘夫人，将来之秀发可冀也。

（《社会日报》1936 年 8 月 18 日，署名：唐）

拜于嘉震棺前

十八日愚与灵犀往绍兴会馆，拜于嘉震棺前，致语曰：在生为谨愿之人，死后为放荡之鬼，抛去摄影机，放出偷花手，阮玲玉薄命人，地下相逢，汝宜掩面而过；遇着陆丽霞，不可轻轻放纵，即勿结伉俪之爱，亦当"偷偷摸摸，类似同居"。此仇不报非君子，魂兮有知，必果有言！语已，含泪出丙舍，自念曰：哼个老倌，生前太老实，死后为鬼，亦不会变浮滑，然则我之谆谆告诫者，废话也耳。噫！

海报广告，有"平蹦合作"四字，其意为平剧与蹦蹦戏合作也。此本创举，故其字眼，亦觉十分陌生，然海报则用而多之，一若其为法定名词者，真使人喷发矣。

小时，与同学因意见上之不合，觌面辄如冤家，历三五月不交一语，几为常事，年纪大了，便不复如此。然朋友中犹有抄童年时陈文者，若文哥之与姜公，春潮之与天衣也。春潮与天衣，初本好友，去岁此时，不知以何相迕，遂成嫌隙，而又不共戴天之恨，思之可笑也。譬如下走，到如今遇见冤家，越觉得有说有笑，所谓涉世愈深，更来得老奸巨猾也。

(《社会日报》1936年8月23日，署名：高唐)

[编按：嘉震指陈嘉震，文哥指胡梯维，天衣指龚之方。]

严哲西与薛玲仙

哲西与玲仙，赋性之冷热悬殊，在理夫妇之性格不同，宜如水火之勿可相容，然二人情好至笃。知者则曰：玲仙愈热则哲西愈冷，以冷者视热者漠然，而不觉其为热矣。故能相处甚得耳。

玲仙年方逾二十，既四得男矣。比又孕，乃苦生育之繁。一日，着高跟鞋下楼，竟失足，自上之下，玲仙于此一刹时，颇自慰，以为苟因此而伤胎气，使将来勿至有临褥之苦，亦佳事也。顾期望每不可实现，至今犹无恙，腹且日见其隆然矣。

愚有子无女，泰山之尊，在吾一生，且不为所有，则亦不得尝"朝南乌龟"滋味矣。尝为议论，养女孩儿比男孩儿好，今日之世，求儿子饰貌矜情，博孝养之名，且不可得，更何期于侍奉温情乎？养女孩子，至少亦可用以求利，最低限度，还可以轰她们上青莲阁去……语至此，玲仙语愚曰：我方娠，苟有女者，本当畀汝，今闻此言，必靳而勿与矣。言已，举座皆笑。

(《社会日报》1936年8月25日，署名：高唐)

张效坤将军

客有赴皇后观倪明星演剧，谓其人不仅以冷面滑稽，博人噱噱，有时口吻之妙，亦足叫人绝倒。杨乃武剧中，倪在台上作怨嗟之语气曰："唉！叫我哪能对得住江东父老？叫我哪能对得住江西老表？"以江东父老，而强扯到江西老表，真有信手拈来，都成妙谛之妙！

今古大豪杰，殆无似张效坤将军者矣。人生游戏耳，真能勘破此旨者，效坤而外，未见第二人焉。尝闻有议效坤者曰："此公的是可儿，顾有一事，足为一生病诟者，缘其在临死一刹那，郑继成举枪行击之时，犹惊惶避走。丈夫视死如归，生固足乐，死亦胡悲？苟效坤而能在轩眉一笑中，迎枪弹之来，方足称其襟怀，徘徊凭吊，我亦为之！"

王芸芳山东人，在江苏内地，听惯"卖大面馒头"之声调，对于山东人之认识，恒留一犷暴之印象。及观芸芳演剧，乃知山东人亦殊有细腻蕴藉者，黄庭坚所谓"济南潇洒如江南"，山东固亦有灵秀所钟也。

（《社会日报》1936年8月26日，署名：高唐）

小贩与欢场女子

北方报纸，常记艳趣之新闻，记得昔刊一节云："某少奶奶坐庭中纳凉，袒其上体，墙外有遥窥峰峦之胜者，愈聚愈众，继有笑声。某少奶奶微闻之，回首笑曰：夏日无君子，你们看些什么？"

温庭筠诗："劝君莫作多情客，自古多情损少年！"窃疑近年来无烦恼、少疾病，皆缘用情之不多，其实非不多也，不专而已。尝挟神女于枕席间，呼哥哥妹妹，或曰："我爱你，我太爱你了，你也爱我吗？"肉麻之语，倾囊倒箧而来，当时欢乐，亦似发自中心者，所谓聊以自娱矣。

有业小贩者入屠门中，与屠门一女子，以事诟谇。业小贩者，出言渐不逊，谓"汝乃何人？我有钱买汝欢耳"。女大怒，扬掌掴其颊，业小贩者召朋友数十人，围屠门，将得女而创之；女亦邀老朋友来，燃香烛为业小贩者与朋党谢，其事始寝。嗟夫！双方皆好事之徒也。业小贩本不当以此语渎人听闻，既是无钱，而谓"有钱买彼之欢"，是虚邀人也。既言矣，彼女子者，亦勿当举掌加其颊，一笑而置之可矣，即不然，亦只说："待汝有钱后再买之，固未晚也。"若是，则气度且不可及。一掌之来，胸怀之褊窄极矣。

（《社会日报》1936年8月27日，署名：高唐）

朱联馥该回来了

闻朱联馥先生，游于川中，若不是去开金矿，便该回来，生今之世，惟一足娱心怀之事，舍过麒迷之瘾，更待胡为？信芳来沪久，轰动之状，甚于去年，当前大事，有国民大会代表选举，上海麒艺联欢社亦如律师公会、医师公会、新闻记者公会之所谓自由职业团体也。惜联馥未归，主持无人，不然，愚且上条陈于联馥，即用联欢社名义，呈请参加代表选举，以我预料，十分之七，有列席之望。一旦照准，联馥以资望之厚，必握推选候选之权；岂特推选候选，即当选人亦似舍联馥而莫属。假定当选之人，在全国麒迷中，不止一人，则不才如区区者，以众望未孚，决勿敢存逐鹿之念；正以朱社长文章道德，冠冕人伦，此心耿耿，必负拥戴之诚。若奔走之劳，斡旋之役，在所不辞，倘以“麒艺联欢社全国国民大会代表竞选会秘书长”之职宠锡愚躬，则亦腆然就之矣。

有人统计，因报纸之竭力揄扬，而红极一时者，去年有白玉霜，今年有浩浩神相，及南湖之船娘也。神相产生于一九三六年上半年，船娘则产生于一九三六年下半年云。

（《社会日报》1936 年 8 月 29 日，署名：高唐）

想 念 儿 子

家中人已渐复健康，于心滋慰，妇记医者诊察，谓非肺病，加以调摄，其痊亦速。惟二子俱稚年，皆需照料，颇欲分吾妇之劳，挈一子来沪，入夏以后，愚不恒出门，在家乃殊苦岑寂，有一子为伴，必可纾我多忧。唐艺方就读，不能来，唐哲小而慧黠，患其勿肯离母。第审其饕，故于舅父归家之日，特市糖果以饵之，至精至贵，更寓书与妇曰：“盍□唐哲，父在沪，颇念其子，乃分其食余之物，以饫吾儿。此种果物，儿在乡，常年不得食，然父在沪上，则且食而餍之矣。父本悦儿，儿苟从父居沪，则父且多市而勿吝。”书既发，待妇返书，妇书尚未至，而愚既悔曰：“是我给儿矣。”儿果来沪，愚必进以餐，吾家蔬膳，不过黄豆芽韭菜之属，儿见之，必停箸问曰：“父乎？此种膳食，在乡之母亦为儿治之，更何必要来？且果食又何在？”噫！这两句话是要有的（《四进士》说白），昔孟母不欲给其子，卖发而市邻家之豚，然则我力学贤人，唐哲之来，必将罗掘以润吾儿之馋吻也。

（《社会日报》1936年8月30日，署名：高唐）

我看“信芳周”

醉芳先生，列“信芳周”一表，其中有不可同意者，若《浔阳楼》后，不必再有《斩经堂》。“坐楼”“下书”“杀惜”三场，已够吃力，何必再有《斩经堂》？吾人固爱赏友信芳者，亦当以朋友之情，对此一代艺人，加以体恤。尝与信芳言：《明末遗恨》自为名作，然也不愿接数日演之。我之杞忧，以为信芳唱十日《明末遗恨》，纵不死，亦将大病，故不愿其多劳也。《群英会》亦演一出已足，第不带“华容道”则可，不带“打黄盖”则不可也。“打盖”一场，信芳表情之妙，实为全剧精彩焦点，讵可忽之？愚与《九更天》无缘，其剧情与《斩经堂》，同一毛病，天下哪有此忍心人？于情理亦多不合，郭巨埋儿，千古传为孝子，实则其荒唐与马义杀女、吴汉杀妻，正是相等。故此类戏，即在自称“表情祭酒”者之手，亦不要看也。《董小宛》亦平常，果依醉芳之“信芳周”排演，则愚于星期夜请缺席，醉芳谓无红生戏，不如以《董小宛》改《雪弟恨》，若谓去《董小宛》而不见信芳之儒雅风流、俊俏书生之状，愚且谓非遗憾，旗袍马夹一件一件换出来，究竟亦叫人倒胃口也。信芳能剧，不下三百出，其近时轮演唱者，十之二而已，愚所见者十之一耳。好戏不知更有多少？《打渔杀家》之美，至今回味无穷，顾已无法插入“信芳周”中，想吾友小丁，见之必引为同憾焉。

（《社会日报》1936年9月3日，署名：高唐）

《白玉霜画集》

吾友有新制夏衣者,以裁剪未慎,腰身太广,将置之。愚本欲添新衣,辄平价易之返,穿良久,拟付洗染,持往老正和,语柜上人曰:“汝观之,我为男子,宜于染何色者,则染之。”柜上人以染色之蓝本示愚,愚不耐,接其条而归。昨取自肆中,则为色大方,至悦吾意,因信天下事有谨细而犹患其失者,愚之疏忽,正未必遇事辄悖耳。

《白玉霜画集》已发行,大郎之捧人,真有一往直前之勇。大郎自言:是书筹备凡三阅月,无事不求精美,耗血本千百元,印三万册,所以略事挹注者,将以极平廉之值,以售与白迷同志,但冀成本收回,不求盈利。果意外而能赢得蝇头者,则将旅行于白山黑水之间,倾囊而返,所谓来得稀奇,去得亦当邪气也。

(《社会日报》1936 年 9 月 6 日,署名:高唐)

尤家女冯凤

自冯凤女士,拜半狂膝下,颇能孝敬,定省无缺;冯凤为人,温驯而有礼,遇半狂之友,辄呼以叔叔。吾当半狂面,誉冯凤,半狂笑曰:“是尤家女也,非受尤字家范者,又曷克有此?”言已,犹轩眉而笑。既又正色曰:“盖冯凤以我尊,竟惮我,其实平时略无责言,不审彼何以又忌我?乃者,闻其入舞场,而坚愚同游者,勿泄于我,又勿审何故?循此以往,且使我勿得儿女陶情之乐,宁非悖我初衷邪?”愚应之曰:“然。然则君稍驰其家范可乎?”半狂无言,似不置吾言,而深患将殒其尊严者,真两难事也。

与群友闲谈间,我忽自咨嗟,有人问愚,因何不乐?愚曰:“年将而立,犹不得一小女子承欢膝下,纵无亲生,亦应如半狂之有冯凤,如吉光之有瑞云,我乃无有,云何不悲?勿然者,亦稍慰哀乐中年矣。”吉光笑曰:“是何难,以此任付与我,必致之。”愚闻言,遽曰:“吾友之言信邪?

果然者，我将大乐。”吉光颔首，而愚亦顿展欢颜矣。

（《社会日报》1936 年 9 月 7 日，署名：高唐）

公开《白玉霜画集》的财务账

灵犀兄生平，最重气节，所谓洁身自爱，勉为叔世之好人者也。若干月前，将与愚同辑信芳专集，然至今犹迟迟不果，灵犀之言曰："怕人家疑心我们，利用捧角而渔利于出版物上。"故将举而又止者，勿知若干次矣。灵犀之顾虑，殆亦为"气节"两字所累，我常非之。近顷，愚创动静出版社，其动机为捧白玉霜，印一书曰《白玉霜画集》，书未印行，而外间之谣诼繁兴，谓愚将赖此书发财，广告之收入既广，白玉霜方面之津贴亦多。若在灵犀，必扫兴而止，愚犹以不屈不挠之精神，一往直前，静观厥成。今幸出版，愚之会计可公开，约略为诸君告者，唐公馆之房产易主矣。广告寥寥七八家，皆折半收费，而售价之廉，为任何刊物所未有。愚恫瘝在抱，明知市面如此之糟，宁可损我自己，不欲浪费他人，试问"克己"之精神如此，尚能为《白玉霜画集》，挣一个大子乎？他人之诪张为幻，其可以休矣。

"气节"两字，处今之世，实要不得，故灵犀之重气节，毋乃自苦。愚以为立身安命之方，惟有对铜钱开眼。试问人生在世，不为钱，又为何来？偶与蘼芜谈，极然吾说，蘼芜之言曰："笔墨生涯，自为苦役，所以慰其劳苦者，惟有钞票之来，放至眼前。故以后提倡，不见钱，则不著笔，口惠而实不至者，不可干。譬如上一个月，人以百元聘我者，我就之，下一个月，又有人以百二十元聘我之，我且弃百元者而就此，以多为贵，'气节'两字，要不得也。"

苟有一日，信芳唱《别窑》，以梯维俪宝川，而以不才为中军，则死了我也瞑目。曾读某君《记梨园往事》，谓有皇室某，迷谭叫天剧，愿为叫天充龙套。其人有烟瘾，辄就后台吞吐，登场之前，其侍役低声告之曰："大爷，上装啦。"言时，已取龙套之衣在手，其人从烟榻上跃起，御其服，走在叫天头里，从容出上场门之幔矣。当时颇传为佳话，愚之愿为《别窑》中军，不必定迷信芳之甚，第与稔友能共一台，亦为毕生快事，矧信芳之以艺，固南北无其抗手哉！

（《社会日报》1936年9月10日，署名：高唐）

金陵之行

《随园诗话》记有人赠伎诗曰："国词诸老钟情甚，袖角裙边半姓名。"近人有赠坤旦某句云："不信烦卿亲检点，裙边袖底有离魂。"愚尝袭用此意，故有"袖角襟边名分定：郎为大弟妾为媭"，所以以"裙"易"襟"字者，特欲适合时代，宜如此也。

十年前作一绝，首句曰"烦恼纷纷排日来，既推开去又成堆"，见者誉其第二句为诗中至高境界，后读《冬郎集》，亦有"铲除才尽又重生"。其意虽同，而其境且不逮于我，此又令人惭恧矣。

曩以金陵之行，忽动游兴，乃欲于金风振爽中，一探鼋渚之胜。闻言亟相邀，且于《锡报》载此消息，谓某甲行时，将偕一"气宇轩昂之妙品"。故人雅意，心感殊多，顾不知人事无常，此所谓妙品者，已不为某甲所有，盖于二三日前，忽然失踪，愚之惘惘，以语兰言，亦必愀然勿悦矣。

与梦云谈，谓中山陵之壮丽，谭墓之纤巧，同足千古，紫霞洞夹道之秀色扑人，尤宜于闲步。愚则谓中山门外路上，景色之幽，最足旷人心志，行此道上，坐人力车则索然无伴，至宜于乘马车，渐渐领略，其趣必多；若以飞车，则风驰电掣，正如喘岭汗牛，有负山灵矣。

（《社会日报》1936年9月22日，署名：高唐）

火车上见"初创事业之成绩"

在火车上，报贩以书报兜售，其第一触我眼前者，《白玉霜画集》也。不觉怦然而红云两朵，冉冉升吾颊，当时亦不知心理为何状，大概初创事业之人，忽见其"事业之成绩"散布于外，遂不自禁其喜心翻倒。

喜，有时亦能红晕面部者，则以喜在心里，当众人之前，不能以笑代表时，并而为心房跳跃，以心房之震荡，而面部亦随之晕红光矣。

静坐时，听无线电中，有人唱麟腔，粗听之，如出信芳之口，唱“扫松”，至末句有“祭扫墓台”，乃悟非信芳唱片，而为一歌滑稽戏者之模仿。愚爽然自语曰：“几乎被这小子蒙过了我。”少顷，唯我见访，以前事白之，唯我颇自夸曰：“听麟腔，第能蒙得过你，而不能骗过了我。第闻一个字，即知其是否为麟也。全上海麟票，尚未有逼真信芳者，真赝之别，固可辨也。”

（《社会日报》1936年9月27日，署名：高唐）

上海的儿童教育

灵犀赠信芳诗，愚昨夜亦得一绝，志其言曰：“记得声名动九城，当时未识是书生。是年三月归来后，相国将军皆有情。”

上海方言，有极下流者，在北方亦如此，所谓“匪话”也。往往有大户人家子弟，讲满口下等流话，则大都在孩提时；杂下役居门房中，耳所闻者，均非正经攀谈，及其既长，所习亦复如是，欲改而不能改。若居上海，小孩子都在弄堂里玩，弄堂里又到处有下流人，于是十龄之童，开口也说老头子，闭口也讲戳牌头，至于生殖器之代表名词，尤充口皆是，所谓儿童教育，在上海，似尤不易讲也。

（《社会日报》1936年9月29日，署名：高唐）

翁瑞午不识严独鹤

尹季上律师，与扬州方地山先生，交谊甚笃。地老为一代词章家，作偶语，尤工妙无伦，比以书抵愚，兼附他挽张彪一联，张尝为黎大总统所识拔，故方之言曰：

襄阳重镇识盖世人才同辈英雄皆啧啧

沽上名园备天王行在老臣踪迹日依依

振宇宴客于新新，座上独鹤、慕琴、小鹣诸先生并肩坐，忽翁瑞午与陆小曼同至，独鹤先生乃问慕老，谓是人者，非翁某邪？乃常于朱宝霞场中遇之，彼此固未曾招呼也。慕老颔之，少顷，瑞午与慕老握手，慕老辄指独鹤问曰："瑞午，此为何人？"翁笑曰："识之久矣。"慕老又问曰："既识之久，速道其姓氏。"翁若不能答，忽趋与小鹣耳语曰："彼非严独鹤先生邪？"小鹣点首徐曰："似是而非，盖独鹤犹丰腴于此也。"言已，一座哗然，而瑞午大窘，亟窜走别席，不敢再问慕琴矣。

（《社会日报》1936年10月2日，署名：高唐）

天上人间之"月华"

幼时过中秋，辄不肯早眠，吾母语我：夜深时月光映五色，灿烂夺目，是在吾乡，名之月华，顾福薄之人，不可见，见之者，恒非富则贵。故天赐其人以福，于月华眴现之时，随手取一物向天空抛去，其下坠者，仍原物也，惟已易为金质，货之，乃得巨价。童年痴骇，信此说，则于空庭坐久不去，亦不如平日之倦疲欲睡，私念苟月华而为我睹者，我且以坐下之竹椅掷之，则将得一金椅，然数度中秋，卒未一觏此异彩。及长，始恍然此为神话，不可恃也。然少时爱钱之习，养成今日买奖券之侥幸心理。尝读前人笔记，亦有述月华故事者，往往与幼时吾母之诒其儿者，乃相吻合。年廿二，吾母为我议婚，新妇为愚所未识，第得自蹇修之口，谓新妇者，小字月华，愚以为月华之名大佳，或即我将来多钱之朕，因从母命。既归，至今且六易枫柳，而愚之偃促如故也。嗟夫！天上人间，我所认识之月华者，终非佳物耳。

（《社会日报》1936年10月4日，署名：高唐）

"大郎"名之出处

陆放翁诗云："行路八千常是客，丈夫五十未称翁。"古人以五十尚不足称翁，今吴天翁以三十许人，诩然称翁矣。天翁蓄短髭，齿牙尽落，自以形貌颇似老人，故称翁。而半狂则谓：天翁从小就喜轧老淘，着双梁鞋，戴红滴子帽，然杂之老人中，犹嫌童颜，故将其满口之牙，尽付一凿，此言似亦可信也。

冯云初先生为人极谦恭，称听潮兄曰听翁，听潮恒为之悚然而惧。愚昔年尝游扬州，见扬州人之款接宾朋，客气得使人肉麻，无论年长老少，皆于名字下加老字或翁字。愚恒为之匿笑不已，然颇虑若辈亦来称吾为翁，故于通名报姓时，不肯以雅篆示人，第曰："草字大郎"。私念大郎必不能称大翁，亦不能称郎翁，果称郎翁，则有一郎字，正可与翁字对消。今人皆称愚为大郎，而不知其名之所自来即基于此也。

（《社会日报》1936 年 10 月 6 日，署名：高唐）

伎女之爱梨园子弟

伎女之爱梨园子弟，数十年来既荡为风气，尝有人研究，谓伎女热恋伶人之心理，至不可揣测。有谓其因伶人之腰腿工夫，而为性欲的对象者；亦有谓因伶人之貌丰年盛，伎女乃抵死以求爱者。然若蒋君、稼君，既不足言腰腿工夫，亦未可谓貌丰年盛，其人尪瘠似书生，而惊鸿老五之一往情深，是固又何为哉？有客告愚，谓冠香楼老二魏巧林女士，近有新词，常从口头唱出，略作扬州音，其句曰：

> 大姑娘嫁给周信芳，二姑娘嫁给马连良。惟有三姑娘长的好，三姑娘嫁给了张翼鹏。

此寥寥四句中，果可代表魏女士之口吻者，则魏女士实以腰腿工夫为对象者也。周、马、张三人，以张翼鹏之貌为至寝，然以武工擅场，而魏之支配，乃以长的好之三姑娘俪之，可见视张翼鹏实高于周、马二人矣。

（《社会日报》1936 年 10 月 15 日，署名：高唐）

《寒云日记》

上海有专写招牌字者，名王绍羲，以其姓王，而欲克绍羲之，右军地下有知，必将痛哭！然品类日下，数百年后，不知亦有姓唐而名绍驼者否？

唐驼卖字，识者喟然曰：天下之大，真有不知羞恶若是人者！若干年前，过装池之肆，见唐驼作一联，写杜樊川润州诗，为“大抵南朝皆旷达，可怜东晋最风流”，是牧之名句也。联为朱红线，想为厅堂之饰，而以下句之“可怜”与“风流”四字，字面欠雅，唐驼一一避免之。于是面目全非，愚读时肝火甚旺，而对此君之印象益恶劣，以为俗物如彼，真不足与语风雅也。

刘少岩先生印《寒云日记》两册，皆庄书，一笔不苟，所记皆友朋游宴之迹，或见而讶其作日记不难，难在日日为庄书。其实《寒云日记》，每日不过数十字，即作庄书，亦非难事，惟芥老语愚，谓寒云写日记，往往于烟榻之上，仰卧而书，胥庄楷，是无工力者，殆不易致耳。

（《社会日报》1936年10月18日，署名：高唐）

十年前之碧云霞

喜彩莲女士，近为少年抚其粉颊，为各报轰传，昔刘喜奎亦尝遘同样轻薄。而碧云霞于十年前，在北都城南游艺园时，更有北大学生，跃登台上，强吻朱唇。是日为星期，愚其时亦霞迷之一，适在座，犹记碧是夕所演者为《络纬娘》，是剧即《纺棉花》变相，以北都悬为禁戏，故易其名。云霞华服登场，风治绢齿，剧将终，忽有少年攀台前之柱，一跃而升，疾奔云霞，抱其腰上，而引□□朱唇。时台上下秩序大乱，此少年终为众力所缚，逮入官中。翌日报载，少年方肄业北大，恋云霞之艳，遂患精神病，故有是日之事。北都夙以风纪为重，然报章舆论，大都予少年以同情。今喜娘遇暴，而报纸申斥之声，不绝于耳，亦足征上海人之一味虚伪，不辨是非曲直矣。

（《社会日报》1936年10月19日，署名：高唐）

可悲矣，盲从于孝的女子

“山水美人”之父，既以烟案而入缧绁，其女孝，欲拯其父，求助于愚。一夕，述其父爱女状，声泪俱下，愚不胜其妇人之仁，辄允其情，乃奔走于法家之门，顾行事勿密，乃为床头人知，亟相阻。愚告曰：“卿仁慈人也，奈何阻我？”则曰：“彼人敌耳。苟勿汝阻，妾将抱无涯之戚矣。”愚闻言，颇感动，而知女之施其仁，亦必择其无关本身之利害者为之。床头人之坐视他人于危，固可谅也。

“山水美人”既述其父善护其女，愚尝怫然勿悦曰：“父既爱其女，宜力措其女于无虑饥寒，而今沦女于风尘，是为父者，其心肝尚在？”女曰：“父老勿能售其力，孝养之责，端在我曹。”愚曰：“然。顾以鬻身所获，而养其亲，固无论旨趣之勿高，亦技之末矣。”女似语塞。愚因叹世间恩怨之勿明，蠢蠢女子，第知盲从于孝，曾勿为自身幸福之谋。吁！可悲矣。

（《社会日报》1936年10月23日，署名：高唐）

徐来在长沙与唐生明结婚

曩传徐来在长沙与唐生明结婚，当此时也，黎锦晖先生方落拓返故乡。黎、徐仳离后，锦晖语愚：“明知吾本达人，然十年夫妇，并不以感情破裂，而硬生生离去，终是人世难为之境。徐来好人也。”以今而观，愚对于徐来之所谓好人者，真欲稍稍怀疑矣。既与唐生明结婚，何时何地不可结，在既成苟且于上海，应该在上海结婚。或者，唐生明任职京曹，亦应在南京结婚。而偏偏赶到湖南，宁不知黎先生负创归来，不能再受刺戟邪？唐少年任性，不必论，徐来所谓长厚人也，讵亦勿知利害，乃必欲驱此垂老艺人于憔悴而死，始快其意乎？吁！（末一字仿游戏

场群众倒彩之声）

某主人述其年方二十二时，染恶疾，阳具之端，忽起一小块，块溃，血汩汩流不已，奇痛，当时讳疾忌医，不遑诊治。忽一夜，梦女人来告，谓“汝病愈矣”。及醒，则胯下有一物，即其所患之块，不知于何时堕下，视其下体，则完好无异状。至今二十余年，不复作。此种事在平常笔记中见之，以为荒诞，然出之于某主人亲历，又讵可谓诬？

（《社会日报》1936年10月28日，署名：高唐）

吾母夜半弄骨牌

母年老失眠，夜半恒起坐弄骨牌，以遣其忧闷。愚在髫年，梦中，时闻吾母洗牌声，当时不解吾母忧患之多。母则常以骨牌卜休咎，有牌数一本，似神前之签诀，编为五言七言绝句，其中颇多佳构，尤奇者，往往与问事相谐符，殆亦触机之一道欤？十余年来，吾母以骨牌排遣如故，乃能热诵牌数全书，老年人长日无聊，役其岁月于问凶祷吉之中，为其子者，每一念此，辄惭悚欲死矣。

偶止舞榭，遇一女，旧识也。是为霞飞路上之按摩女郎，愚往时佻挞，尝烦其纤纤素手，着力于下层工作者也。一旦重逢，女嫣然示素识，惜以人众，不及一谈，否则移坐其后，问其指尖儿之技巧仍如往昔否？意此豸不摩而舞，乃以往事窘之，必将见红晕春潮，使我开眉一笑也。

（《社会日报》1936年10月30日，署名：高唐）

徐慕云辑《梨园影事》

徐慕云辑《梨园影事》一书，出版之初，精装一册，售十金之巨，册中刊某夫人一影，某夫人者，昔亦红氍毹上人也。在慕云之意将以此书献好某公者，使某公睹夫人影，将为其书推行也。不图某公见此，不悦曰：“徐某固不知彼已为吾夫人邪？何得更列于坤伶队中？”公左右语慕云，慕云不敢面公。其实公固达人，苟当时有人为之解释，谓夫人者，为中国戏剧历史上之人物也，而此编之成，将垂永久，故不得不留夫人一影，为后世观摩。平剧本中国国粹，从业于国剧者，其人格初不卑微，如夫人之着声于此道，尤为贤伉俪之荣，乌云见辱？我意公闻此数言，必为之释然矣。

（《社会日报》1936 年 11 月 1 日，署名：高唐）

《戏剧画报》出版无期

友人王生，创一《戏剧画报》于人安里，同时善宏亦创《今报》于人安里，比邻也。开幕之前，各悬招牌于门外，《今报》果出版有日矣。惟《戏剧画报》，则屡稽时日，曾无发刊之期。里中有流浪儿，见有新张一业者，辄索酒资，此本陋规，善宏如数畀之；流浪儿乞于王生，王生则曰："你向我要钱，我亦向人要钱耳，要几个钱，本可以，特我无有，汝试思之，我果有钱，何致吾报稽迟至今，不能出版？汝以为我挂招牌，而汝必要钱者，则我当去我招牌耳。综之我之招牌挂不挂不成问题，要钱则无有，奈何！"王生滔滔语勿绝，流浪儿莫可如何，悻悻而去。

近年与平剧艺人交游稍密者，为万春与信芳二人。万春少年跳荡，脱尽优人习气；信芳则较持重，然犹不及万春之不羁可爱也。为优人而有习气，犹可说，为票友而有优人习气者，则不足为训，然此种人多不可数，试举其一，则蒋君稼君，实其尤也。

（《社会日报》1936 年 11 月 7 日，署名：高唐）

徐遂初道尹

在闲得无聊时，以"徐遂初道尹"为沁脾工具，实为无上妙法，其人年益老，声益宏，而口齿则益嫩。一夜遇之席上，闻其言段芝老八字，记芝老乙丑生，故今年为七十二，报纸书七十三，误也。生平熟记芝老八字，与芝老亲，故与安福系诸公，亦历历论交游。或问之曰："李赞侯东山再起矣。徐道尹奈何不预知？"徐色然曰："汝往问赞侯，我不言其今年大贵乎?”人闻言,自语曰:“遂初可放心,在座俱不识赞侯者,终无由辨此语之真伪也。”

观鑫来沪后,遘半狂,谓曾赴大世界听朱宝霞,如何不见半狂在座?半狂细数日期,笑曰:“三四月来,惟于是场缺席,亦可谓巧而不巧矣。”因问观翁,宝霞之剧艺固好得可以乎?观翁曰:“剧终场,我乃不知谁是宝霞。”半狂闻言,颇扫兴,因约观翁,于星期日夜场同往观朱家之《好姨太太》。是剧原名为《乾坤福寿镜》,以取通俗故,独鹤为改今名,半狂屡约愚,卒未从命,今回将一觇《好姨太太》矣。

(《社会日报》1936 年 11 月 11 日,署名:高唐)

政府重申“广行节约”之训令

政府又重申“广行节约”之训令矣,规定公务人员非六十岁不得称庆。或曰:“训令之颁,乃在蒋委员长五十寿辰之后,非公道也。”愚意,蒋氏之寿,在蒋本人,固力持俭约,勿令僚属铺张,第蒋氏劳苦功高,人民之视蒋氏,正如天上星辰,巨光遥瞩万里,地上人欢呼宝爱之,人民之欲所以作计慰劳于蒋氏者久矣。固勿得其时,今值其华诞,辄纾平时拥护之诚,举庆贺之仪,此种祝寿方式,在中国惟蒋氏一人,始得当之,固不足以囿于寻常之训令也。

闻老友鲍公已遁于幽寂之场,愚识公于十一年前之今日,为同事,叔季之世,求一兼文章道德者所见殆惟鲍公一人。愚年稚,鲍公遇我弥厚,愚病一年,在例且黜职,而公以我办事慎,留我勿去,高情厚谊,终世勿忘。数载后,彼老人迁职他去,愚亦复以赋性乖张,浮沉报海,濒行,语人曰:“他时惟愧见鲍公耳。”盖鲍公若不去此,愚亦必勿他迁。后闻之人言,鲍公子死,鲍夫人亦死,遂茕茕鳏而独,又无以谋自娱,遂赴杭州,入山为僧,祷我佛慈悲,将力佑此善人,遣其余闲之岁月也。

(《社会日报》1936 年 11 月 17 日,署名:高唐)

共舞台演剧

共舞台演员演剧，无不肯使尽平生之力者，因是为共舞台观众所激赏。赵松樵之所以称红，以能做戏不嫌过火，或形容赵之演剧，身上已固应有身段，然其坐在轿子里，亦有身段，故观剧者以为赵松樵演戏，以“过火”两字评之，犹未盈其量，惟“发神经病”四字，始可包括赵之一身耳。《红莲寺》之好，布景与演员卖力之外，则为剧情之紧凑，而台上永远不冷场。金素琴姊妹，以北派青衣，尝入共舞台演《红莲寺》，剧中，金素琴唱大段原板，历半小时，台下人已恹恹欲睡，后台大恐，及进场，傅小波告以共舞台的戏，不是这样唱法的。金以为非此不足显其北派青衣之身份，辄辞去。近顷，白玉昆入共舞台，赵松樵以为劲敌当前。白之演剧，向来不肯卖力，而后台排剧，故使二人合演一台。《红莲寺》第九集，第一场开演，演员剧词皆未纯熟，赵、白对白一场，因各人要扎各人队营，俱临时增词，一个比一个说得多，一个比一个喊得响，忽成吃斗形势，而台下观者，采声如巨雷之震天矣。

（《社会日报》1936 年 11 月 21 日，署名：高唐）

小舟先生

小舟先生，夙居于玄武湖，近游栖霞采石矶归，则以芦花一株、蝴蝶一只，及红叶三片，谓蝴蝶得诸采石矶之太白楼前，而红叶则采自栖霞，其他一束，叶小，则撷自玄武湖上。蝶已僵毙，顾粉翅灿然，犹美于观；红叶亦几成紫色，俱黯黯作可怜状；惟芦花虽死，益呈怒眉愤目之象，如名将之不甘就辱者，辄令人向往。虽然，吾友小舟，取白门秋色，遥寄故人，使益睹物而慰湖山之想，其情亦弥可感矣。

小舟之书曰：太白楼前，有彭玉麟将军一联，其语云：“击楫几登临，看白纻环来，生成画稿；推窗一凭眺，问青莲在否？同放诗怀。”

小舟之意，谓彭将军笔底雄迈，较李鸿章之“何曾解草吓蛮书”，益显其超脱而有气魄矣。

（《社会日报》1936年11月22日，署名：高唐）

舞场怪态

客尝谈小舞场之怪态，颇可噱，谓顺风舞场之音乐吹打，在夜静人稀时，即在乐台上吃油豆腐线粉，一面吃，一面打。乐工多异国人，而吃中国人所吃并不高贵之点心，其状乃有趣。

又有卡尔登舞场，如一普通茶寮所改组者，其入门处，有卖生煎馒头一摊，茶舞之际，辄闻舞客语舞女曰："阿要请侬吃点心？"舞女苟点首称可，则闻舞客叫仆欧买一角洋钱生煎馒头，再买一角洋钱蟹壳黄。而又闻舞女叮嘱仆欧曰："叫俚笃覅放大蒜叶。"嗟夫！跳舞场而吃生煎馒头，已足令豪华者失笑，吃生煎馒头而斤斤放大蒜叶之要不要，益足使人喷饭矣。

薛白雪兄自虞山来，深谈甚快，愚文不足称，而白雪酷爱之，谓生平读文字，绝无成见，其写私生活者，能率直写出不带虚诈，便是好文。"真美善"三字，以"真"为第一条件，"美"与"善"可以人力得之者，惟"真"，纯发乎天然也。

（《社会日报》1936年11月24日，署名：高唐）

"大家白相白相"

有人以日骂某影片公司为快事者，迹其用心，无非蓄意中伤。愚以骂人者为多年好友，重以公司托，乃请暂息其如椽之笔，不图朋友讲，情分在今日已无所济，愚颇失望！顾骂人者与公司本无杀父之仇，而呶呶不休，是有背景，其实背景至简单，骂人者不过任事于另一公司。同行嫉妒，为另一公司当局之授意，乃不恤向某公司努力破坏，虽旨趣稍卑，然笔底千钧，似欲摧残一影片公司至于万劫不复之地，抱负可谓不凡。愚既唇焦舌疲于作鲁仲连之不为功，勿能无愠，则请自今日起宣言："咱们撇开私交不讲，讲公事。愚既受某公司之托，不可负，苟有人以笔墨侵某公司者,查委系一种阴谋,则愚万难坐视。人家有笔,我这里亦尚能写,请试振其抗贼之精神,为我多年好友相周旋,尚非极不值得。”明知书生一枝笔,都无用处,特既然都有空功夫,那末上海人打话“大家白相白相”,原无伤大雅也!

(《社会日报》1936 年 11 月 29 日,署名:高唐)

史悠宗境况已非昔日

史悠宗兄,本富家子,今中落矣。十七岁后五年中,倾其资者十数万,为人慷慨,当时从其游者众,有食客三千,朱履三千之盛,因有小孟尝之目。今境况已非昔日,愚于数月前识兄,发不栉,而旧衣勿饰,落拓如书生也。然兄之不事修饰,初不自今始,即曩日手挥千金时,已若此,未尝为贫富而易其清习者。一夜,就灯下谈,灵犀谓久不涉足舞场,会将乘兴一游。悠宗曰:“然则我亦同行。”灵犀不知兄亦能舞,因问曰:“夙习此邪?”则曰:“安得勿能。”灵犀欣然曰:“然则我亟欲一见吾友婆娑之态矣。”兄则谓徐之,我将置新服,为新履,然后偕行。时愚在旁,辄笑谓兄拘拘于此,非吾道中人也。兄正色曰:“我昔年本无所忌,特在今时,则不能不略事矜饰,纵不患外人之嫌我陋,亦当念同行者顾我之寒也。”语至此,咨嗟勿置!

(《社会日报》1936 年 12 月 5 日,署名:高唐)

听曾焕堂先生谈

偶与曾焕堂先生谈,此君颇淹博,其发语亦至风趣,谓中国电影人才,以小生最感恐慌,求一风流潇洒之小生实不可得,往往风流不足,拆白有余,此所以有才难之叹也。又曰:曾在一偶然的机会中以朋友之介,得识美国小说家某,极享时誉,然曾先生固未尝读其著作也。因为之作寒暄之语曰:“先生著作等身,令人钦折,第大作之为举世风魔,其所以能抓住读者心理之中心维何?”则曰:“是有之,用笔不宜于矜奇,特在描写书中之人物。譬如为一英雄，其言论风采，足使读书者歆羡，其在男子，心仪彼书中人之行径，而有刻意追慕之愿；其为女子，且以书中之英雄，为理想中之良偶。又譬如描写一美人，使男子读之，对书中人而生觊觎之心；而女子读之，且以其人为女子楷模。所以抓住读者心理中心，惟如此耳。”曾先生乃唯唯称善，因语愚曰：“作小说然，为电影与戏剧，又何独不然哉！”

（《社会日报》1936 年 12 月 7 日，署名：高唐）

登徒子见鬼而死

蝉红岳家有人来，谓：硖石乡间，有宋家妇，其夫死后，与一登徒子媾。妇有烟霞癖，一日，二人就榻上亲芙蓉，登徒忽欲施轻薄，妇阻之曰：“门犹辟也，为他人窥，我名滋污矣。”登徒笑曰：“谁人得见？特为汝夫见耳。”言时，忽举目视门上，则见其亡夫方倚门而立，作怒颜。登徒大惊，踉跄归去，遂病，数日而死，人谓生人见鬼所致。上事特由心理幻成，亦非亲见鬼者，然硖石乡人则群传登徒遇鬼事矣。

不平凡公子，数年来居逆旅，往往因付房值勿足，于侵晨遁去，其友咸知之，故勿敢宿其室中，患其勿告而走，将以身质其中也。一友警，某夕，公子邀之同宿，公子卧床上，其人则拼四椅为榻，亦安眠矣。天将晓，公子已醒，拟先其友而行，着袜履方毕，返身见其友卧处，适当衣柜之门，公子之外衣固在柜中也。乃叹其友防备之巧，亦不自禁哑然矣。

（《社会日报》1936 年 12 月 21 日，署名：高唐）

经济家与宣传家之别

小舟兄曰：某部部长与次长就任之日，第一次向员工训话，部长于训话中爱用“十分”“十二分”，如“兄弟十分愿意”，“各位得十二分努力工作”等。而次长训话中，则爱用“十万分”“十二万分”，如“十万分希望”“十二万分希望”等。谑者乃谓，部长与次长相差万倍，部长不及次长多矣。又有谑者,谓:部长为经济界中人,数字岂可马虎?次长惯于宣传,故不觉其口气之大矣。闻者为之绝倒!

方地山先生殁于沽上,海内词章家之硕果仅存者,惟方先生一人,并此亦夺之,能不怆然!愚友矞云居士,得先生便面一事,题一诗曰:"依依软语当风坐,沧海曾经多见闻。三十三年春不老,肌肤似雪发如云。"又曰:"仿《渔洋怀人三十二首》,渔洋所怀皆诗人,余则尽女人耳。"才子风流之状,活跃于字里行间,乃觉此老之风趣为独绝也!

(《社会日报》1936 年 12 月 29 日,署名:高唐)

吟 鸳 阁 主

匏公招饮,席上客有谈吴门某君之好谬托风雅者。一日,客偕其友外行,见某君闲步于前,华服翩翩,顾手上所托,则鸟笼也。友谓客曰:"此人自矜风雅,然一笼在手,亦糟蹋斯文矣。我且设法窘之。"因在后不呼其字,易称其别号曰:吟鸳阁主。吟鸳阁主果返首,睹友而面赧,客与友皆一笑,而行于前矣。客问友曰:"何谓吟鸳?"友曰:"此其所以为雅也。"客曰:"然则其夫人必吟鸯阁主,得勿则银洋角子谐音乎?"客语已,席上人皆笑。某家忽自语曰:"若银洋角子,而改银洋壳子,则上海人口中之壳子,可以银洋易之者,某君夫人,亦不是高贵货品矣。"

又有人谈:谓某投稿者,丧其母,请某报编者,发一段消息曰:"海上文豪兼小说家×××丧母矣。"及丧事既毕,某往谢编者。编者有友坐室中,见某至,遥呼曰:"海上文豪兼小说家来矣。"某立趋友前,抚其肩曰:"老叔……"友以为其下所语者,必为勿必寻我开心;而孰意老叔之下,乃接"谬奖"二字,因叹天下自有不知廉耻为何物者?

(《社会日报》1936 年 12 月 31 日,署名:高唐)

卡尔登的宣传部长

白松轩主人,辑《小戏馆》》一版,读者无不佩其邃于剧学也。愚有时称白松为青衫，而兰言则谓青衫犹不若黄柏之佳。乃闻轩主将自创一报，辟《戏剧栏》，而纂务自理之，于是兰言又笑曰："此栏可名之曰'黄柏台'，不可与《小戏馆》并垂千古邪？"

过新新公司后，有黄包车撞于一雉伎之身，雉伎负痛而詈，纷争良久。雉伎谓："你凶什么？我有了钱，你就要'拉'我的。"而车夫亦恨恨曰："嘿！我他妈把黄包车放掉了，不怕你不来'拉'我！"针锋相对，不图蠢蠢车夫，亦舌辩之尤哉！

有人不慊于大郎之身为部长，而勿能尽其宣传之职者。大郎谓：反正我不好意思到大马路上去喊："唅！要看新型喜剧，上卡尔登去，看《化身姑娘续集》。"若谓如此而尽职，则亦难为其部长身价矣。

（《社会日报》1937 年 1 月 5 日，署名：高唐）

苏州交际花

吾友姚揖秋君曰："苏州之交际花，变易不穷，每下愈况，昔日揖秋寓苏甚久，故略知其过程。如第一时代，为女校之学生，若爱国分校之沈杏珍、韩素瑛，职中之陆明秋、叶小纨等，胥校校有声，继为闺阁中之蒋士云四小姐（今已嫔银行家贝淞荪先生）及其妹蒋九小姐。而后即为胡觉、季凤及以玩票称之郑谊芳等，但行为已较浪漫，报纸间亦毁誉参半。乃闻今之所谓交际花者，类多小家碧玉，若排骨摊老板之女、杂货店主人之掌珠，以及豆腐店中临柜之少女、酒肆之当垆，亦皆艳称为西施，殊可笑也。"

韩世昌、白云生二君既抵沪，忽来过访。求今日之昆弋人才中，韩实凤毛，白亦麟角。十年前数听世昌剧，因与之谈城南游艺园旧况，不觉儿事尘影，拥上心头，为之一快！世昌、云生，并为吴瞿安先生高足，别瞿安先生，亦既五载，久乃勿闻其消息；于韩、白口中，借谂近状，此老之淡放襟怀，一仍往昔，弥可喜也！

（《社会日报》1937 年 1 月 16 日，署名：高唐）

尘无之文

尝见友人家有悬一联于堂上者，则为香山名句也。语曰："见说白杨堪作柱，忍教红粉不成灰！"香山此诗，为悼一亡友所作，友人殆以诗境之好，勿嫌其晦，故张之也。愚谓某明星苟亦如阮玲玉女士之溘然长逝，则某公司以此十四字挽之，可谓妙造天然矣。

读尘无"杂写"之文，萧瑟极矣，可知意境愈萧瑟，则其文愈清远。灵犀兄谓朋友之作，新旧俱佳者，惟有尘无。愚则以为少年人行文，颓放则可，而力戒凄苦，若黄仲则，即发语幽苦，而其人亦抑郁以终。窃疑尘无诗文，淡放之间，不慎而堕于幽苦，虽美，亦足病矣。

锦婴既与愚赋同居，愚已渐憎其老丑。锦婴今已三五，而三六之年，已在目前，折其半，亦得十八岁者二人矣。愚今乃得一聊以自嘲之法，譬如有人问愚曰：足下夫人有几位，则曰："乡居一人，沪寓则两人，皆十八岁之青春少女也。"

（《社会日报》1937年1月19日，署名：高唐）

小舟毕竟可人

小舟毕竟可人，文字中常叙述自己之穷，使人读之勿餍；岂特勿餍，且觉其妙绪环生。幼时尝读《随园诗话》中"太穷常恐人防贼"，今见小舟叹穷之文，真觉此类诗意境之卑，宁值一顾？久不获小舟书矣，昨得片纸，则写曰："今天是我廿七岁的生辰，昨天以前，我是打算着有一个热闹的叙会。到了昨天，我只想能够平安的过，最好能下一整天的雨，没有一个人来搅扰我，让我能静静的过了这一天。谢天，我真要谢天！昨天居然下起雨来；好像春雨样绵绵地下着，虽然那潮湿的空气，不能使我舒适地透一口气，心地老是天宇样低压着重重的乌云。但我还要欣幸，欣幸没有热烈的火，来燃我冰冷的心，不然两样不协调的空气，真会把我窒死！"读者记之，小舟以穷故，不能于其生辰觅其欢娱，然行文间绝不滓穷状于其中，欲造此境，真非文章工力事也！

（《社会日报》1937 年 1 月 22 日，署名：高唐）

长子侍吾母来沪上

长子以放寒假，今侍吾母来沪上，母曰："笔墨形劳，使汝见汝儿之茁壮，而展眉一笑也。"又曰："艺儿学业殊进步，校中考试，以算术得分最夥。"愚乃狂喜，以愚方就读时，笔算之成绩至劣，先生谓愚，乃缺乏此天才者，于是适性而为，在笔墨上用功夫，今亦从笔墨上图温饱，末技也，亦桓桓男子所不恤为也。今知吾子所工，乃与愚为殊途，是"不肖"，然"不肖"又何其可爱哉！

艺儿嗜食甜，故其齿太半皆焦断。吾母来沪之日，忽脱一齿，于是告艺儿曰："汝齿落，将易生新者，而吾今齿亡，则永永亡矣！"艺儿闻言，若不解，惟其不解，故老人心事，弥可悲也！

（《社会日报》1937 年 1 月 30 日，署名：高唐）

阴阳历中之学校寒假

若干年前，中国尚奉行阴历之时，学校寒假，必在新年中度过。因政府下令，民间一律奉行国历，而阴历遂废，于是学校之寒假，至阴历元旦前，预先上课矣！然有误解教育局当局之用心者，则曰：现在办学校的，也精刮起来了，赶在年内上课，好收一笔学费，做他们的过年盘川。此种似是而非之论调，我于上海之许多弄堂学堂，真不敢过分代他们辩护也！

空我先生言：苏滩家朱国梁滑稽突梯，而发语"隽永"。海上独脚戏名家之多，然求一发语隽永者，乃不可得，刘春山盛名之下，然其人犹荒伧也！故发语隽永，非有学问修养者不办，朱国梁肯读几本书，自足傲于侪辈矣。

牟菱才六岁，为艺华公司小明星，能演讲，国语流利无比，其人氏牟，僻矣！滑稽者曰：我苟姓牟，必名利，人生在世谁不为牟利来哉？

（《社会日报》1937年2月5日，署名：高唐）

“堆老大王”

入人之室，取其衣物而易为钱是曰窃，顾上海人又名之“摆堆老”，专工此道者，挟物而逸，来去飔然，及失物者觉，物固亡，钱亦乌有矣。新春愚置一外衣，衣为“堆老大王”之物，乍裁而困于贫，质之入肆，近更以质据易为钱，其物遂至吾手。试其衣，大小长短，悉合度，抬肩领口，几无参差，下摆腰身，亦都服帖。愚颇用踌躇之出手长短，以为彼号称堆老之王，两手之长，必逾恒人，孰意其袖长亦正与我相等，因此深用内慑。私语曰：“彼为‘王’者，固平凡亦一如吾人乎？”既而大悟，长手之人，为寿征。然浩浩先生，尝论大王相，谓其人必夭促，作堆老大王而勿能长命，手之不殊于常人，宜无可异！

（《社会日报》1937年2月20日，署名：高唐）

吾舅来书

吾舅书来备述客中困顿之状，有言曰：“今夜得酒不逾一蕉叶，颇有酩酊意，老去固不仅诗怀渐减也，如何！如何！深夜静坐，弥复悄然，行年五十，逐诸少年后，日出则鱼贯入樊，听人呵叱，曳犁颠顿，嗟此老牸，日啮草根几许？而乃为是皇皇者！日入则鸦倦寻巢，如脱缧绁，茶一烟一，得小喘息，暂忘痛楚，则苦念妻孥，得饱暖未？苟欲自免，如彼嗷嗷！于是又幸其暂安此席，粗延岁月，方寸间辘轳起伏，顷刻百变，更未审吾甥于此炉旺香浓之际，亦拥冶肉而憨跳，抑方酌金罍，对好友而歌呼夜如何，其当不念蛮云瘴海边，尚有白髭舅氏也！”

每岁新春，舅必撰春联，近顷又以岁暮所得之十四字示愚，语曰：“生厌互乡甘作客，尚留直道在斯民。”以“互乡”对“直道”，舅言亦未经人道语也。

（《社会日报》1937年2月25日，署名：高唐）

梅兰芳自葆其贞洁

无意中遘一老者，方自故都来，于广众前力言梅兰芳颇自葆其贞洁，近年绝不嗜女色，昔时与孟小冬之无端结合，亦命运中不可避免之缘会耳。又谓梅之戒色，其殷鉴于杨小楼往事，影响不浅，盖小楼当日盛时为都中贵妇所倾倒。一日者，小楼戏毕出院门，忽有人呼小楼名者，则赳赳之夫四五人，出短铳威胁小楼，促其登道旁之车，车幕垂焉。小楼不敢抗，登车上，则一艳妇笑迎于内，车遂驶去。良久达一邸，华屋连云，知为巨第，因有人语之曰："此为皇室某夫人，醉心于汝，汝善伺之耳。苟勿然，汝命立危！"时都中乃传小楼失踪，九城轰然。凡五六日，小楼始狼狈归，白其所遇于人，谓幽禁三日后，有人问其愿终老于是？抑更欲觅其旧日生涯？则曰："我虽垂老，固愿以唱戏终也。"若辈乃谓纵汝之权，乃在我辈，汝以五万元来，汝可归矣。小楼思家切，遂寄语其家人，以巨金来易，始可归耳。此事乃有类匪人勒赎，兰芳恒惕然自儆，虽为脂粉包围，不敢妄动，正以小楼之前车可鉴也！

（《社会日报》1937 年 3 月 4 日，署名：高唐）

愚舅书来

愚舅书来，谓粤事猝变，又将北返，虽欲为羁旅而不可得，真李广之数奇矣！示我致某公书，颇可诵，录刊吾报，姑隐书中人名字，其言曰："昨岁中秋后以觅食故，北走故都，凡三月，无所得而归。复走南粤，为省营糖厂编书，轮轨帆樯，役此老骨，俗态可想，不能为君子告也！×公于冬初谢宾客，窆时往哭其穴，前年夏，与×公饭于沙河，×公尝导观其茔，不图越一年而为陈人，夙宵之痛未已！腊残得嬴公即世之耗，怆痛至不欲食，仆去××，首荷门下温语慰勉，感之刺骨。嬴公则恒以寒家口腹为虑，延誉儿席，岁不虚月，虽书生薄福，槁项依然，然知己之感，如何能已？良友弃我，黄垆之痛，什不抵一，老寿宁便佳事，行年五十，而师友凋落,繁于陨星,更一二十载,则块然一叟,谁与为欢? 思之滋悲! 以昌黎之夙善孟郊,辄敢放言,一写其蕴唐衢故态,幸君子之弗过也。经理敝厂者,为×××兄,长于任事,而黜于审机,比者讹言朋舆,恐有卒变,附牛之虻,益不胜其觳觫。坐席未暖,又须易地,命数之奇如此,李将军尚有憾于杀人,穷书生复何如哉? 一笑。三中全会后,闻粤局有改弦之势,岭南群彦,方屯海上,鲁多君子,公尽故人,××先生冠盖周旋,尤多俊彦,未识能为穷书生左提右挈于五羊城中,度一枝而栖息之否? 不耐沟壑,玷及清德,惭怍不可言!”

(《社会日报》1937年3月9日,署名:高唐)

猫厂将完姻

闻猫厂将完姻,喜甚,友人在三十以外犹未娶者,逸芬、梦云之外,猫厂亦一人也。今当吃猫厂喜酒。家室固不可有,然又不可不有,行年至三十以外,以我揣测,无家殆苦事也!

天荫兄介张翠红女士见我,其人温文似处子,气度极庄,而风姿殊丽;年尚稚,不知者,且不信其若干年来,曾蜚声于歌榭间者;手一册,则洪深著《电影表情论》也。盖翠红将致力于银幕艺术,入艺华任《女财神》主角,为美云之替,抱负不凡,由是可知也。

众人捧醉疑仙甚,而空我独异群议,闻有人絮絮谈醉娘事,空我恒大摇其首。然一日者,空我与诸友集唐家,忽于唐公之写字台上,发现对联一副,其语曰:“醉疑仙欲仙欲死,余空我怜我怜卿。”好事者举以示空我,直令此公啼笑皆非矣!

(《社会日报》1937年3月11日,署名:高唐)

三八节妇女集会

三八节,南京妇女界集会于中山堂。是日,京有小舟,以记者地位,列席其中。会将半,忽闻背后一人,语其同伴曰:“我想建议,请中央为纪念赛金花，建一纪念堂。”然其同伴则摇手示勿必，此“议”遂未得“提”，小舟引为遗憾。愚意赛金花自死后，风头已出得可以。中国男人，出死风头者固非少数，若女人之死后风光，赛金花实数得上去，纪念堂之设，诚不必锦上添花矣。

偶至中南听书，醉疑仙下场后，接谢乐天与小天，而座上不抽一枝签，已可惊异。及聆其书，乃觉场子上所获，与堂会中别有一格，其味弥永。乐天说得高，小天唱得好，繁弦如急湍之泉，如暴骤之雨，聆之悦耳。

（《社会日报》1937年3月18日，署名：高唐）

愿上帝永葆其天真

小天诚浑然一璞，与之作娓娓清谈，使人觉好女子之可爱，诚不必有少许色情之成分，滓入其中也。愚告小天曰：“汝今稚耳，及其称长，亦必转变，而为江湖老口……”语至此，小天已言，胡待将来，即今日亦既有人称我为小江湖矣，我恒为赧然！愚闻其言，辄狂喜，祷曰：“愿上帝永永葆其天真，毋泄毋减，彼小女子固善人也。”

愚述前节既竟，忽忆清芬曾言，昔伎人方宝宝雏年时，亦好女子，毕倚虹所谓：“一片天真活欲飞”者。逸芬招之夜谈，恒为感动，连浮大白。及后宝宝寖然为名倡，与清芬违良久。一日，清芬过龙门路，忽见宝坐黄包车上，有行路人指之曰：“此方宝宝也。”宝宝闻其人言，辄回首曰：“方宝宝也给你认识了，小赤老，出道哉！”清芬在道旁聆此，长叹不已。

（《社会日报》1937年3月23日，署名：高唐）

为人惟求痴耳

迩时与银行旧友相聚，深谈弥契。一友曰：“同事中乃无可言欢者，欲求一直谅之友，殊不能得。”言已，若甚怅怅。愚则曰：“其实正不必以银行为范，推而广之于世上，何莫不然，我看得透矣。故我今日，惟求痴耳，痴则或为人所喜。世上人之所以可憎，便是太装正经，太正经者，更有何味？故不可不痴。对旧友有三分痴，对女人便应用十分痴，痴则一切苦闷皆尽，此不易之理也。”

闻方地山先生作诗，有“白淫红泪”之语。“白淫”两字，殆与张博士之第几种水相似。第几种水，固为性学博士之口气，而白淫云者，亦正不失为一代词章家吐属，两可喜也。

重看黄山谷诗，此公真生涩得可爱。世人论苏黄诗，都谓坡公远不如庭坚，然以我观之，是真难说。坡公七律，胜作亦多，譬如谓：“晚觉文章真小技，早知富贵有危机。”论襟怀，论格律，亦正为人所不及者。故愚以为凡是大家，必不能以长短衡量。工部称千古诗圣，然其造句，有时笨得不可雕凿，读之亦叫人生气。

（《社会日报》1937 年 4 月 14 日，署名：高唐）

临邓脱摩茶座

邓脱摩茶座，周世勋兄所擘划。尝于开幕第二日，一临其地，遇世勋，为言邓脱摩有种种优点，为他家勿逮，愚亦喜其雅洁，大东之嚣杂，固已不足齿矣。邓脱摩有茶女六人，一号名陈佩佩，愚友剧赏之。佩佩年不过十六七，天生孩儿面，故自称曰：BABY，谐其音则为佩佩，不期遂与毛铁同名。愚与友在内坐二三小时，将去，友欲如厕，则问佩佩曰：“你们小便在何处？”他事未尝问，独问小便，又问之于如花妙女，亦可见吾友为不羁人也。愚与友别二日，友以书投愚，有言曰：昨夕偶忆佩佩，为成三绝，皆打油诗也。

寂寥无计好消磨，约伴同临邓脱摩。我有春愁遣不得，强开醉眼看梨涡。

穿梭争献女儿茶，第一风流第一花。芳字人呼陈 baby，玲珑真似小吴娃。

三分轻薄恼刘郎，忍俊难禁态欲狂。忽向个侬含笑问：卿家小便在何方？

（《社会日报》1937年4月22日，署名：高唐）

公共汽车上遇唐瑜

唐瑜自绥边归来后，一度遇之于公共汽车上，告愚曰：我已写一封信与你，但此信尚未发。愚问书中作何语？今既相晤，可以面尽矣。唐瑜曰：我书中殊无多语，特为锦媭夫人，锡一佳名。问其名维何？则曰"棺材西施"；盖以锦媭今当迟暮，不数年者，且将就木，故称之曰"棺材西施"，非谓其家开棺材店也。唐瑜以忠厚人称，偶作刻毒语，弥见隽永。愚非特不以为忤，且鼓掌称妙也。

邓脱摩茶座上，既有诗赠玉狸矣，次日更得一律句云："肯向朱门乞贱官？近来情性厌高寒。论诗每逆群公耳，因酒还冲吾辈冠。人在眼前能宛转，书来家里只平安。诚知多泪终何益，颇喜今年百念宽。"

邻家有夫妇，蓄二雏，一雏已及笄，一雏齿更稚。及笄者，夫妇迫为倡，齿更稚者，犹不知人事也。近顷，及笄者奔于官，谓夫妇虐我甚厉，我今有隐疾，夫妇勿谅，强我留客；且谓儿家鸿蒙之开，乃自妇夫，至今不胜其苦，屡欲求去，而夫妇尝威我曰："去亦奚难？汝固有佳客者，以千八百金来，易汝归耳。"茫茫前路，孽海无边，故投官中，我不欲重归矣！言已大号。官中人怒，乃以车缚夫妇去，并及其雏，吾家人目睹其登车，一雏犹返首笑语观者曰："自来上海不知坐汽车之滋味，乃如何者？今日亦足了此心愿矣。"家中人以目睹者白于愚，愚恻然曰："小女子天真无邪，彼夫妻淫毒，死不足蔽其辜矣。"

克仁喜事堂会上，观戎伯铭君演"坐楼""杀惜"二场，精美不可方物。愚向观伯铭诸剧，似未见若何出色者，独此作真使内行为之敛手，而始信海上票友大有以工力胜者。我意无论跷工唱做，以及各种神情，惟翠红足与匹敌外，真堪目无余子矣。

（《社会日报》1937年4月24日，署名：高唐）

[编按：玉狸，原名宋训伦，字馨庵，号玉狸。]

初见圣湖

愚偕唐世昌伉俪及梦云游于杭。唐先生二十年来,岁必至西湖一次,而梦云亦三年两临,若初见圣湖之面者,愚一人也。留杭凡四日,无日不雨,看山归来,衣履皆湿,然兴致弥佳。第一日自岳坟至灵隐,灵隐至韬光,历三竺而归;下午,荡一舟于湖上,暮色中始登岸返逆旅。第二日首至虎跑,观泉塘江桥,登六和塔,而至九溪十八涧,过龙井,经烟霞水乐诸洞。第三日以车赴桐庐,行九十一公里始达,自桐庐买一火轮行于七里陇,仰视严子陵钓台,未上岸也。三日间印象之美,无过于富桐道上,群山奔合中,一车疾驰其间,使人目不暇接,而神为之移。其次则九溪十八涧。乡人谓我此来,适逢其会,盖春雨绵绵,正可见山泉急湍,若在晴时,且不获睹此奇观耳。更次为七里陇。至七里陇时,雨势益注,湖底不清,而群山为云烟封锁不见其巅,遑论倒映清波矣。惟刷山银瀑,倒泻如长虹,则又非大雨不能觃我也。灵隐雄奇,虎跑幽邃,若西湖者,如长眉细目之美人,非愚所嗜;愚所嗜者,特雄山怪石耳。

(《社会日报》1937 年 5 月 1 日,署名:高唐)

十二元一亩之九溪十八涧山地

在湖上,屡屡过赵扔叔墓,不遑一吊,为之怅怅!过苏堤,苏小小墓与武松墓迩在咫尺,如泉下人有结合者,则此英雄与美人,必已为夫妻无疑矣。

舟人言:九溪十八涧之山地,贱至十二元一亩,犹无人问鼎。如此胜地,其价之贱如此,不及上海之肉,此则为骚人雅士,痛哭流涕者矣。积愚频年买肉之资,不难得九溪十八涧一顷之田。虽然,往者已矣,来者可追,三年后,筑一屋于其间,无事时,入山养气,不必有进疗养院之许多废话耳。

湖边多巨第,竟有画澜雕梁者,望之使人生气。荡舟于湖上,自顾吾身,其骨弥俗,因得句云:“不合春光溶俗骨,岂堪秀水设朱门。”

唐先生浴后,招一扦脚者,与以一元。扦脚者请益其倍,梦云拟尝试,闻其价而"敛足"。唐先生则告扦脚者曰:"汝特请益其倍耳,苟汝请益十倍者,我亦与汝矣。"杭州人就是这一点地方不大好白相。

(《社会日报》1937年5月3日,署名:高唐)

白云庵

沪杭公路,过茅家埠后,两旁为竹林,直至近杭州市止。长十余公里,为景弥幽。山谷诗"春供馈妇数番笋,夏与行人百亩阴",正可为此写照也。

白云庵内有月下老人祠,往拜于榻,祷曰:"妻病亟,我夫妇姻缘,亦能托老人之力,更维系数十年乎?"老人赐一签,其词若可解不可解,曰:"谁谓荼苦?其甘如荠。燕尔新婚,如兄如弟。"愚以不知老人言之奥也,更欲丐老人启我,而梦云下跽,得老人爰以二语曰:"托六尺之孤,寄百里之命。"语甚凶险,同行者皆笑。白云庵不见和尚面,第一童子应客,童子颇不俗,能诵签诀语,与客应对,颇有趣,比和尚将化缘簿取出,向香客开条斧,好得多矣。

在灵隐有做佛事者,和尚二三百,跽地上,一一试"端详"其面目,颇有容光四照者。可见若辈营养之长,虽剃光头,曾不减其俊逸之致,我见犹怜,何况太太小姐奶奶?

(《社会日报》1937年5月5日,署名:高唐)

独鹤嫁女席上

季云卿先生诞辰,于饭后往拜之。到者都名流,门次,乃遇姬老觉弥,其后有保镖。姬在来宾簿上签名,三字乃颇不等样。姬以书法驰名于上海租界之弄堂招牌上,巨笔如椽,令人叹赏。以姬之好书,出门正宜多用一人,为之扛奇笔,即此签名,亦当泼墨成云,以供挥洒,使吾辈无缘见此公临池之"雄姿"者,于此亦一饱眼福也。

独鹤嫁女席上，见沈红泉太史，须白如银，而面润如玉，侍者挟对联一付，随于后，沈老周旋于众宾间，不坐而立，其精神可佩矣。梅畹华亦来道喜，甫作礼，而赵叔雍君随至，方以为二人之交谊不薄，至今犹相依为命，讵珍重阁主人尚为缀玉轩修起居注邪？其后始知勿然，梅、赵盖不约而集也。次日见兰芳，老象已著，面孔似本色，胡须之根似青山之草，俊俊而陂，然女宾犹争看梅郎。一女子至电话旁，促其侣连至，谓兰芳在，苟能奔至，犹可睹也。

（《社会日报》1937年5月7日，署名：高唐）

糖果西施

一夕，在新世界之人行道上，遘王雪艳女士，华艳如向晚芙蓉。愚诚知雪艳非绝色，特其人柔婉之至使人怜，而当此惊鸿一瞥之际，忽得句曰："西湖面上些微月，不及王嫱一道眉。"愚诗往往从此种地方，产生出来，求其进境，果何能得？

昔上海向导社，设于北四川路时，一粤女子任事于其中，风仪甚美，上海舆图又为比邻，愚访联德耀五诸兄，辄遘此女子，睽违将二年，女乃为一公司糖果部职员，亦所谓西施矣。其人益艳发，偶过其侧，辄惊天人，以极廉之价，买果物半磅，语吾同行之友曰："坐要钱，立要钱，看更不能不花钱，何况想多看些时哉！"

（《社会日报》1937年5月8日，署名：高唐）

驰念尘无

与尘无违，又十日矣，其病状如何，至用驰念。昨夜，枕上读旧报，见灵犀与尘无书，灵犀亦多感，细味其语，竟似哀鸣，是岂可以慰病中之尘无者，徒益其悲耳。哀感之于人，匪特于病者勿宜，即在恒时，亦勿当有此，人生至暂，为欢几何？求快乐之不遑，胡反伤感！屡与尘无面，辄以此为劝。近日，读其与沪上诸人书，语皆奇惨，又欲御示书劝之，然犹不果。灵犀之书末,拾近况告尘无,谓此皆迩来胜事,可以使尘无发一笑也。其实以愚观之,良不可喜,灵犀溺于近代“幽默”之说,其为文也,若隐若现,词意耐人咀嚼,然视咀嚼者为何人。譬如尘无,刻骨清愁,则其咀嚼所为伤感,故“幽默”之为物,有时好,有时亦大不好。愚性褊急,这调调儿永不近情。愚今为尘无告,虽不能使尘无听之而仰天大笑,然至少不陷悲苦。愚游富春归,路上颇苦,此日得诗料矣。一到旅家,即□诗□,预定作七律十章,伸纸磨墨,写第一首曰:“汽车驶过之江岸,百里途程到富春。”得此两句后,即搁笔不能再写。向来作诗,不喜“穷思”,作不出便不作。我意自别尘无后,尘无必盼我有诗,而不知仅有此十四字,然在此十四字看来,尘无已可知不佞之意境,依然如一骑野马,不可收服也。

(《社会日报》1937 年 5 月 10 日,署名:高唐)

昨夜梦妻

乡人来,言吾妻疾势尤增,殆不可治矣,闻之忡忡不自宁其心意。愚与妻别居已三年,初无好感,特以既作夫妻,亦不堪闻其疾之骤,恤吾妻病,又恤吾二子。昨夜乃梦,梦吾妇已入弥留,而二子哭于旁,大儿本跳踉,至此亦似戢然悲其母之不起者。在梦中,第觉辛酸之气,充塞鼻间,然为醒后则泪已浪浪满枕上。尝记琴南翁译狄更司小说,谓“生平不能负疚于人,苟当其人于死别之际,必将抱无涯之戚”。吾妇脾气纵不好,特以情理言,悉负之实深,苟其健壮,他时或可弥仳离之憾。今其人且不治,乃使吾良心上之痛苦,甚于刀山剑树。嗟夫!忆林译之言,此情真无以自解也。

昔时歌舞女儿中,黎明健似尚葆其真洁,然亦久久不睹其人。一日,并唐瑜晤于慕老座上,知明健犹未与男人谈情说爱也。唐瑜自绥远归,平常称傅作义为老傅,自称曰小唐,临行时,傅将军畀以照相一,唐瑜视之,比钞票尤珍重,真亦骇稚可怜矣。

(《社会日报》1937 年 5 月 14 日,署名:高唐)

镇扬之游

廿一日又作镇扬之游，二十二日夜车，复由镇赴京，同行者三人，唐先生夫妇与冯梦云兄，皆杭游诸侣也。动身时唐夫人以时促未克偕行，翌日始赶至镇江，故第一日，余等三人，宿于邗上，吾友陈康吾君，招待甚殷。扬州有号称歌女者，然皆不能开口，第应客侑酒而已。令逆旅侍者，招数人至，问其名，则曰："不敢，小巴戏名字叫玉兰，你老人家贵姓？"又一人曰："小孩子名字叫彩喜。"自称小巴戏，又称小孩子，其声调复清快，论色不足悦人目，若礼数之周，亦雅能娱客也。

镇江惟焦山为胜地，有一阁名华严，大沪舞厅无其宏敞，其外髹以朱漆，瑰丽无匹，临江而峙。叶震民氏制一联，虽平平，然对此阁，则尽称誉之能事，记其言曰："吾乡亦有三山，输兹小阁临流，尽听江声喧日夜。薄宦已逾廿载，感到万分多难，未遑香火事华严。"

某君愤愤曰："他妈妈的，中国文化，注定了要被日本人侵略完了的，只要是日本名词，便有人随手抓来，装在自己文字里面，不觉得这是一种耻辱，反而扬扬自得。近来又有人大用其'主催'两字，前进的朋友，该死的混蛋！"愚见此君言时，声色俱厉，当时亦大点其首，盖胡调也。及其心平气和后，始为之转语曰："'主催'二字，用之作主干解，自然不能怪你动气，惟中国亦有一种人，可以名之为主催者。"我人尝游于八仙桥之屠门，招一庄土花至，少顷，便谓楼下有男子之大喉咙，狂呼曰"小金媛三十三号"，或又曰"十里红五十二号"。盖小金媛与十里红正在坐房间时，忽别处有客人来叫，此人便来催她们转局也。催局者亦有一集团，而由一人主持之，若此人者，名之为主催，不亦可乎？某君闻言，始冁然而笑，沉思有顷，则曰："反正别人家已经用过，我们还是不学他们的好。"愚闻其言，乃知此君实迂腐得过分者也。

（《社会日报》1937 年 5 月 27 日，署名：高唐）

笑　话

愚述不平生之笑话矣。不平生，有趣人也，其笑话至夥，皆出之臆造，每遇至友，促膝而谈者，皆笑话，非使至友喷饭不已；而谈男女狎亵事，尤有匪夷所思之妙，譬如昨言之“房事官司”是也。今更记一则，谓富人某，延西席于其家，西席课富人子弟为偶语，而富人则督课于旁。时方炎夏，西席以“席子”二字，令子作对，子蠢，构思甚久，不能答。西席自念，席子正可以对“被头”，因谓子曰：“席子上面的东西是什么？”子恍然悟曰：“阿母。”西席曰：“非也，再要上面。”子又悟曰：“和尚。”西席转大窘，以为再要上面定是被头矣，遂曰：“再要上面。”子曰：“再上面则阿母之两只手也。”其父在旁，忸怩曰：“先生，和尚者，我小名也。”

（《社会日报》1937 年 6 月 4 日，署名：高唐）

雁荡一雨奔千瀑

“雁荡一雨奔千瀑”，此奇观也。游七里泷后，梦云又盛道雁荡山风景之胜，谓马君武先生曰：“向以为吾乡桂林之风景，甲天下矣。及至浙东雁荡，乃知桂林之美，亦有尚未穷其奥者。而大体论之，则桂林与雁荡，伯仲间焉。”同行者于是对雁荡向往久之。近顷中国旅行社，约二十人游雁荡，吾宗以电话来邀，谓需钱六十三元，游程六日，可以尽兴矣。愚思维良久，则报以三不去：天气热也、需钱多也、百事集也。吾宗亦卒以天热而罢。人谓游雁荡宜于秋，然则桂子飘香之际，又将备我行筇游履矣。

灵犀记一伎人约某君图幽欢之期，譬如开一支票，及期，伎以娠告，于是支票退矣，其语甚趣。然重五节后，伎将撤其芳帜，一日，语某君曰：“妾身孕，下节将不复栖花间，彼人已与我论嫁娶，我且归。然我与君情分不薄，愿后会之有期，亦毋相忘也。”某君问曰：“然则支票永无兑现之日，我固何以为情者？”伎曰：“否，我已转入定期存款中，必要时，可支用也。”某君惘惘而退，濒行，小语曰：“惟冀银行稳固，勿吃倒账耳。”

（《社会日报》1937年6月16日，署名：高唐）

“百无一用是书生”

对女人不能用书生气，用书生气则不免吃大亏。有一时期，玉狸与邓脱摩一茶侍，未尝不刻骨称情也。比茶侍被黜，玉狸于报章为文，致不平之鸣，未几，女不为茶侍，而作公司售货员矣。玉狸旧友重逢，其喜心翻倒也可知。因告曰：“自卿被黜，我屡为文字示同情矣。”女曰：“然则可付我一观否？”玉狸因于翌日携报纸往，女视之，作不屑状曰：“第此些些邪？”玉狸颇不悦。越二日又往，欲索原报还，女曰：“今日我将报忘记带来，容缓日返之；虽然，区区报纸，而足下索我之急，犹如索逋，少年人不应气量窄也。”玉狸益勿悦。又越二日，更往，女持报付玉狸，笑曰：“我事大冗，乃不暇读报，报中作何言，我实勿知。”玉狸接其报，苦笑曰：“行再相见。”遽返首奔，从此不复见女，特以三日之言，语其友好。有人私叹，咏黄景仁“十有九人堪白眼，百无一用是书生”之诗，曰：“真千古一例也。”

（《社会日报》1937年6月25日，署名：高唐）

秦淮歌女张翠红

白玉霜初来时，犹北地胭脂之装也。渐后，袖子越做越短，胸前亦越来越高，与上海女人同化矣。又如李桂云，来沪二三月后，有人犹见其穿一件软缎旗袍，缘一二寸阔之花边，见者笑其乡俗，及与林树森唱夫妻戏迷传，竟在台上着灰背大衣，而脱开来则薄绸短袖之袍，亦一变而为时世装矣。惟有一人，始终不改其装束者，虽在上海亦大红一时，则为方红宝。昔红宝隶天蟾茶围，名噪海堧，而及其去，獭绒之帽，作男子之装，未尝染上海习也。

张翠红为秦淮歌女，芳声播白下，然易羞，不若曾久堕歌尘者。愚每次见翠红，相与为礼，翠红必淡然潮晕，如处子焉。其人极诚笃，亦今世之好女儿。夫子庙闻歌之客，皆谓招翠红至，默坐不为一言，卒以色相之胜，为歌人祭酒。吴村邀之来沪，摄《女财神》一片，片中有模特儿，邀一人以代翠红。及摄成，试片之后，翠红犹腼腆曰："看的人或者会疑心真是我。"闻者皆笑，而翠红赧然。

北方艺人之来者，论色，惟小黑至美。北平书场时代，小黑与杨莲琴同台，杨之姚冶，亦足为座客所风魔，然莲琴只能供远赏，不宜近看。惟小黑之刻骨春情，浮泛于其眉梢眼角间，所谓"悉听横看侧视宜"者是也。然而小黑嫁矣。

(《社会日报》1937 年 7 月 1 日，署名：高唐)

洪深先生自岭南来

洪深先生自岭南来，严幼祥兄，邀之共坐于大都会，席上皆影剧巨子，如金山、云卫、汉文、苏灵，以及出而复入、入而复出于电影圈之王莹娘，而愚亦与焉。洪先生每次来沪，辄大忙，一半为酬酢，一半亦为接洽之事太多，于是不暇安席矣。先生谓旅粤既久，粤语犹说不好，第能听，故授课时，先生则以国语答之。言至此，乃述有友人某，自以说广东话极流利，一日，与一广东人畅谈达十分钟，既竟，广东人致其钦服之忱曰："你的国语说得好极啦！"此人为之爽然！苏灵因亦谓昔有德国人，久居福建，作闽人语如闽人所语者，然其人又通欧西方言，甚至日本话。一日在旅行途中，与一法兰西人以细故争执，德人操英语与之作舌战，此人亦操英语报之；德人又说法国话，而法人更以流鬯之法国话相酹答；德人乃更操日本、西班牙诸国语，此人亦报以西班牙、日本方言，德人计穷。终以福建话詈法兰西人，法兰西人始瞠目结舌，不知所对。此德人乃叹曰："各国方言，皆不足制胜于人，独中国之福建话，竟使我得一绝好用场也。"

(《社会日报》1937 年 7 月 14 日，署名：高唐)

愚子唐艺今八龄

小孩子在十岁以内,一片天真,最为可爱。愚子唐艺,今八龄,以暑假来沪上,与之嬉,尝笑而告之曰:“愿儿永永这般长大,过十岁,父必不喜汝矣。”艺亦勿知吾言为何旨,则笑而勿答。近作小诗,因唐艺来,亦成一律,结句云:“心切成龙无此愿,应怜而父不能严。”自谓颇有意境。

秋雁有子曰二星,方七岁,亦有趣,愚打官话问之曰:“你老子叫什么名字?”二星曰:“叫爹爹。”又问:“你爹爹叫什么?”始曰:“沈秋雁。”

近来能在家久坐,便为有儿子作伴。愚昔日恒言,一旦雄于财,便欲设立一幼稚院,天天去与小孩子厮混,自然长寿。

号称牛鼻子之黄尧,亦好与儿童为伍。有人戏之者曰:“大人不能欣赏君作品,故广结儿童,为君群众。”黄尧所到之处,便有儿童随之,勿肯舍去。某影片公司主人,睹此状,诧甚,操东乡白曰:“第个浮尸,啥个路道?个班小赤老,才跟伊跑个!”亦笑话也。

(《社会日报》1937 年 7 月 17 日,署名:高唐)

香奁之什安得词

香奁之什,有安得词,颇为人传诵,如云:“安得当筵来劝醉,看她梨颊晕春潮。”李商隐“长与罗巾萦素手,谢为锦带束纤腰”后之所谓安得词者,实本此意也。愚友尝悦一妇,谓愿为骏马,荷美人而驰,愚因记其言曰:“安得将身化作马,请卿骑上满街跑。”可见当日跻跎之状,然如林庚白之愿为女人月经带,亦入之吟咏者,正嫌自己拘谨得可怜矣。

又尝见有人记女子剪指甲,赠其所欢,而赞以诗曰:“付与檀郎收拾好,不须搔痒倩麻姑。”自有情致。谑者遂谓若以女人趾甲,赠其所欢,而托以二语曰:“付与檀郎收拾好,闲时可作剔牙签。”真令人喷饭矣。

友人有作“樽前我愿为灯火，来照蛾眉一段愁”，此伤心人语也。香奁之作，不工诽怨，但是欢情。吾友颇珍视此二言，而在愚则唾弃不遑耳。

（《社会日报》1937 年 7 月 28 日，署名：高唐）

山塘女儿

友辈传称之山塘女儿，殆即醉疑仙女士，醉近为某大夫之力捧，芳声益噪。玉狸词人，近来足迹又屡涉中南，乃得疑仙负创消息，谓疑仙以不慎失足，伤其香臀。词人闻而颇勿忍，因有句云：“此身愿化疗卿药，一片温馨贴玉肌。”以示愚，大笑，则答之曰：“玉肌乍近伤疗矣，化帛何如作小衣。”

词人谓疑仙之伤，醉霓裳于书坛上为听众报告之，而九功犹勿知焉。比愚告九功，九功乃逆测醉兄报告时几声说白，曰：“今朝伲个妹子，跌子一跤，两爿屁股，跌伤拉俚哉，坐勿动，所以末只好请假。”九功摹仿霓裳之口气，极神似，为之失笑。

“九功三指是名医，宋玉翩翩擅好词。一语山塘传十里，美人不惯嫁痴儿。”九功谓玉狸对女人过痴，然玉狸有时见九功亦痴得可笑，作此以调二君。

（《社会日报》1937 年 7 月 30 日，署名：高唐）

高唐散记(1937.8—1938.7)

立德尔来一品香

一夜,集群友于新世界饭店,其室临跑马厅,有人乃为愚介绍一向导中人,谓其人雅通文才。愚笑而受之,则并坐于阳台之上。闻其自言卒业于某女校初中,渐渐有“失业”“经济”“生活”等名词,出自彼口,而后一概归纳于向导理论,颇可憎也。愚谓若既通文才,当此良夜,曷勿联吟?则报曰可,而要愚首唱。愚曰:“是必先得一题,题为《跑马厅即景》,若谓如何?”又应曰:“可。”愚乃曰:“国际饭店慕尔堂。”则应曰:“大中华与老东方。”愚又曰:“逍遥舞厅群玉坊。”则又应曰:“立德尔来一品香。”愚自谓诗才非钝,其人则亦殊敏捷,颇可钦服。比归,白于我佛、灵犀二兄,我佛谓:“惟结句为神来之笔。”灵犀亦然,谓:“全首无动词,几不成结构,此‘来’字之着力多矣。”而我佛又言:“灵犀之言犹未盈其量,‘来’字之妙,妙在用于一品香之上、立德尔之下。立德尔者,小也,故此句应作‘小来一品香’解。盖全诗中之许多建筑物,一品香实虱处其间耳。”

(《社会日报》1937年8月12日,署名:高唐)

沪战又重现

沪战又重现于前日矣。“一·二八”之役,炮声与机关枪声,听已惯,以为此声殊不足异,惟细察人心,则较往时为恐慌。其原因,“一·二八”之战,起于仓卒也,若今次则火种久下,迟迟勿见爆发,而人民则日在战云之酝酿中，情绪自然紧张。战事未生，而市容已乱，如百物之腾贵，在在陷贫民于忧危，于是恐慌之景象作矣。明知国事至此，非战不可存，故人民于战，无所惧。所惧者，毙于生计耳。

"一・二八"时代，愚溺于妇人之爱，不遑关怀于国事之兴亡，其时家负非艰，而用钱又充，故淞沪之战，第于报纸上读之，未尝为人探听消息也。今兹则反是，一家十余口，赖愚一人活，肩荷之巨，非可言喻，于是苦闷不可遣，则絮絮从旁人刺听战情，聊遣郁结。昨夜，待一友报道前方消息，至深宵三时始眠；乍眠，炮声又起枕上矣。

（《社会日报》1937 年 8 月 21 日，署名：高唐）

战乱声中，物价腾贵

战乱声中，物价腾贵，钱贮无多者，便力节其日常消耗，膳食亦惟粗粝为尚。近日以来，到朋友家中，吃一口茶，抽一枝烟，亦容易遭人注目，更何况坐下来吃一顿饭哉！

赴延平路，其地有升平景象，入一烟纸店，换一金，得九角九，与恒时无异，大诧，问其何以心平如是？则曰："我们从未少换过钱。"大为感动。又至一友家，藏米十余担，叹曰："缺者钱耳。苟汝勿获饱，则饭于此。"愚摇首曰："一家十余口，我一人果腹，不可能也！"

平时无积蓄到此乃如赴涸之鱼。近来最感困难者，便是不能开口向人借钱，于是乃苦家负之重，脱我一人，则生计且无虞，然一念及有心抗战，便该牺牲，不牺牲又胡足言忠爱之忱？牺牲，牺牲，我其可以心平气和矣。

（《社会日报》1937 年 8 月 22 日，署名：高唐）

举国抗战之际当正人心

沪战以后，电台有播平剧而劝人赈济者，亚声实首创其事，继之始有富星。富星征募所得，悉由救济会派人司收款之役，以示弊绝风清，滋可钦也。亚声播音三日，所获甚巨，近顷乃发生为地方协会澈查事，此中真相，不得而知，有人乃谓若捐款而果为他人渔利，其肉宁足食！其罪实逾汉奸而上之。愚以为凡此皆人心问题，人心之恶，无如今日。一夜与友谈国内汉奸之多，小汉奸不知大体，惑于微利，不惜为贼供驱策，如黄秋岳之流，官不可谓卑，禄不可谓薄，若言资识，更在群流之上，顾亦甘委身事贼，此理安在？不可穷，愚与吾友咸以为“人心”耳，秋岳既媚贼，而每于笔墨间，指摘卖国诸徒，嫉恶之深，溢于言表，又谁知其本人即为卖国之好手哉！因念亚声播音劝募之第一日，愚曾听其报告，报告者曰：“各方之输将，莫非拯人苦难，其爱国之热忱，不可没，若吾辈则经理其事，吾辈亦穷黎，惟尚可啖稀糜而饱，不能出积贮以拯人，惟尽其力，自安心意耳。”言之动听，无可逾此。又一次，报告者复曰：“捐募诸君，亦有怀疑吾人此举者乎？是为义举，亦救国工作，吾人胡忍有毫末之含糊？诸君试听我誓之，苟吮此血，将亡吾全家。我曹且非人而为畜！”嗟夫！言犹在耳，而地方协会，今有澈查之消息矣，故曰：“此皆人心所系，举国抗战之际，正人心亦当前急务也。”

（《社会日报》1937年10月1日，署名：高唐）

“卿家，你为孤王杀贼去吧！”

被贼兵攻陷之地，其地即有伪维持会之组织，贼必利用当地之所谓耆老者，出而主持会务，亦自有老而不死之流，腆然为傀儡之登场，其使人痛心也何似？北方高凌爵、江翰之流，皆七十外人，到此关头，莫不甘心媚贼；更有方药雨其人，年亦逾花甲，追随于江、高之列，方诗文俱有名，因念叛国群徒，不少以文翰见长者，何以儒人无耻，一至于斯！白香山谓“不敢妄为些子事，只因曾读几行书”，镌心刻首，真不堪为此辈喻矣！

或曰，“江朝宗诸人之媚贼也，正以其老而迂腐，复以利禄熏心，遂使民族之观念，愈老而愈泯灭，且不计亡国之辱矣。譬如马相伯先生，亦耄年，然其思想，永永随时代而前进，不涉迂旧，故行为恒不让之少年人之热烈锋芒也。”此言诚有理，然而既称老迂，亦当自标于“愚忠”，以老迂而工卖国，非诿己为人心大变，更不复有其他理由矣。

连夜听信芳播音，一夕，唱《明末遗恨》，此剧屡见之于舞台上，然当此听之，益觉悲梗不能饮食，道白中无一字不孕藏血泪，如对李国桢曰：“卿家，你为孤王杀贼去吧！”“杀”字拖长，第感觉满耳苍凉，心如煎沸。嗟夫！此血性汉子，震天铄地之音也！

（《社会日报》1937年10月3日，署名：高唐）

儿子游戏里的中日战争

吾妇丧后，我益笃爱吾子，小孩子无忧无愁，亦勿以无母为苦也！战事既作，禁子出里外，故陪之在家戏嬉，有时我看书，子无所事，则弄牌，年幼勿知博术，第取牌架屋，一门以内，布置井然。一日，忽架设一船状，告曰：“阿父观之，是为日人兵舰。”言已，又取自来火匣，举手于顶，口中作呼声，渐移至船上，因又曰：“是中国飞机也！”顷之，以自来火匣，掷于舰，舰果毁矣，于是大笑。我亦弥悦，嘉之曰：“我子稚耳，而父必令汝从戎，以儿能杀贼也。”

有人听易方朔在电台中，对于中日战事，作一比喻，谓我把蒋委员长，好有一比，比老渔翁，老渔翁手中有长竿；我又好有一比，比它为中国之军队，长竿固在老渔翁把握之中，犹之军队在蒋委员长统率之下也。又谓，竿上之绳，绳下之钩，亦有一比，比如中国之军火，故日本兵者，乃为吞钩之鱼，今日局面，鱼已吞钩，惟待老渔翁一举手间，则鱼已登俎上，盖日本兵须俟蒋委员长之督促作战，日兵之歼灭可期。

汤修梅兄，武进人，往时，偕其妻子避乱返乡，坐常州之难民船行，行后十余日，沪上友人勿得其一书；上海各报曾记有常州难民船至苏州，为敌机所炸，死亡枕藉，因疑修梅或即此罹难，究勿知如何也？

（《社会日报》1937年10月4日，署名：高唐）

之方归浦东

南市虽日在敌机威胁之下，然×局仍照常办公，愚友每晨必往，及午而返，谓炮弹时越屋顶而过，其初甚慄慄自危，久之亦即安然无事。一日，有巨响落门外，视之，则一弹片，面积甚大，厚逾一寸，拾之，沸然灼手，俟其凉，携入置写字桌上。明日，忽不翼而飞，勿知何人取去。迷信者谓此种弹壳可以镇邪，真荒唐得可笑也。

之方于兵乱中曾一归浦东故里，视其所亲，其地尚安全，亦为炮弹所勿及，惟戒备綦严。之方至，守土兵士，盘诘甚详。既抵家，及暮，有老者来问询，其状若至惶怖，睹之方，问曰："此汝家何人？何日至此？何以我前未之见？"之方家人告曰："是吾家人，彼自上海来，顷才至耳。"老者益愤愤曰："然则何以不见报，脱为兵士知，我蒙谴多矣。"之方旋知此老者为当地甲长，甲十户，每户有外人来，必报于甲长，所以防范奸徒也。稍不慎，为奸人匿迹，则甲长立处刑，故为甲长者，日夜兢兢，惟恐失职。此老者益胆小，日暮，必排户访查，犹不自安，自为甲长，夜不成眠者，已一月余矣。

或曰：以韩复榘往日行为觇之，我人当勿疑其有异动。韩主鲁以来，躬临谳案，有青天之目，凡义仆节妇、孝子廉吏，韩无不敬爱之。凡此既为韩所向往，则韩之蕴结于胸头者，当为报国之忠忱。盖若韩不能忠，又何爱乎孝义廉节哉？

（《社会日报》1937年10月5日，署名：高唐）

陈小蝶热心救济

陈小蝶君，此次热心于后方救济，其行可佩。屡于报端读小蝶诗，到此关头，儒人已无心于风雅，独小蝶有此闲情，其度亦不可及。十五六年前，见小蝶诗文，病其卖弄，无风韵可言。十五六年之后，小蝶之造就诚仍如此，乃知近年以来，小蝶盘弄洋钱钞票之结果，害了他文采风流，竟一无长进也！

租界戒严以后，汽车有汽车之通行证，车夫则有车夫之通行证。一夕巡逻者截一车，车上主人有通行证，汽车亦有通行证，惟车夫无之，遂其入捕房。主人曰："车夫无通行证，请留禁之可也，惟我与吾车，皆可通行者，然我乃勿习驾驶，请另派一人驶我返家。"

客自都中来，问其敌机扰京，足下饱受虚惊矣。客曰："否，京中人心安定，即我亦未尝有惧色。"此爱国者应有之攀谈也。少顷，又闻与别一友谈，谓："想来想去，还是到上海来好！"此则与前言抵触矣。故人心安定一类话，我人第能于某种人之谈话中得之，不以为怪；若寻常朋友，纵使寒暄亦不必太偏于冠冕耳。

（《社会日报》1937 年 10 月 6 日，署名：高唐）

信芳播音为抗战

信芳播音之夕，曾于"空气里"作简短之演辞，寥寥数语，而意味深长。说者谓：信芳虽伶官，亦是通品。昔之俳优，大都陋塞，不足为谈今古，况大势哉！近年，若辈多向学，信芳尤好与士人游，其达宜也。南伶中信芳一人外，百岁亦博雅可喜，如陈鹤峰，即不堪等量齐观，然更有懵懵逾鹤峰者，则推赵老板矣。赵为某舞台主角，以唱戏卖力鸣。此次伶票两界，假富星电台播音募款，赵亦与焉。邀赵者为某舞台之后台经理周先生，"空气里"既报告赵老板已到电台之消息与听众，遂有"赵迷"以电话抵富电，捐巨款，点赵唱戏，电话凡数起，综得数百金，于是赵引吭歌矣。歌已，将离去，又踟蹰不遽行，既忽语周先生曰："人家花了钱来点我的戏，现在我已唱完啦，这钱就该让我带了回去吧！"周先生闻言，几失笑，旋为其解释曰："今日之播音，为劝募救济伤兵与难民之经费者，我辈不能出钱，惟有出力，故点戏者虽耗巨资，犹不及润我曹也。"赵闻言似怏怏。旋有人举赵语以告梨园中人，某丑闻言，作冷笑曰："赵老板吗？嘿！他弄错啦，当他是来唱群芳会的。"闻者尤为绝倒！

自沪战发动，上海游艺事业，全归停顿，平剧院不能例外，顾梨园中人，贫乏者多，于是梨园公会，发起救济同行，凡公会会员，每人日得米粮若干。一日，周信芳、白玉昆与林树森三老板，集于一处谈次，各悯念同业之生计可怜。白九爷热肠人也，首曰："长期抗战下去，我们或者勉强可以图一温饱，然班底人众，叫他们去吃什么？故为今之计，宜有良谋，纵使戏馆不开门，我们大伙儿来串他几天。"言时指信芳曰："您的鲁肃，林三爷的老爷，我来个马超，这样配搭，反正多少可以卖几个，不然他们什么收入都没有，真看他们饿死不成！"信芳与树森，以玉昆热忱，颇然其意，或将一度登台也。

（《社会日报》1937年10月8日，署名：高唐）

沪上鏖战以来

近日以来，捷报四至，平型关为我克复，益使沪上军心，为之振发。十三日夜大场一役，敌我伤亡之重，为前所未有，暴敌有坚利之军火，而我有勇士之血肉，彼来我抗，卒使其锋不可逞。鏖战以来，已逾二月，浦东无恙，闸北依然！我民众对军士守土之负责，宜如何感动，犹怪谣诼之乘，尚有人信之勿疑者，今可一久攻不破之垒，取证于吾民，彼谰言浮动，正如波面轻尘，稍拂即尽矣。

上海游艺事业，除平剧馆尚未开锣外，其他俱渐复旧观。战后，人民生计日促，游乐之资，过巨则为力所勿胜，于是说书场以所耗不多，生涯大盛，此为近日之情形。若一月以前，沪上电影院，开始营业，而观众无几，或尝究其因有三，一种人为经济力不逮也，一种人则不好意思进去也，一种人若怀有某种戒心也。坐是之故，电影院遂门可罗雀。然至今日又易一局面矣！

昨日本刊《狮狱记》，有人读之，谓当此严重时期，杀无辜必多，然据人言："今日处治汉奸，无信证决不妄加之罪，为政府立法严正计，为不使狡徒诬良计，宜有此也。"狮尝游于扶桑，与一日人女护士媾，既为婚姻，遂偕之返，此次在京被捕，执法者以其妇为日人，益为可疑。然闻知狮家事者言：狮妇颇驯善，尝佐狮为中国效救亡之劳，实无可议，故狮犴狴之祸，其环境迫成之，所谓天外飞来者也！

（《社会日报》1937 年 10 月 18 日，署名：高唐）

城北夫人为将士御寒缝衣

城北夫人为前方将士制马甲，凡五件，皆素手缝成也！夫人恒时非勤于针黹，特自抗战以后，颇悯念前线之浴血英雄，读报，知秋风渐厉，健儿身上，无物御寒，因劝闺中人亟为缝制马甲。夫人恻然，遂入市买棉布，不三日，已蒇其五，愚展视久之，又加之身上，果温煦如羊裘，铮铮健骨，覆此轻绵，其为闺人之手泽者，宜有温情之想。愚告夫人，谓当署缝制人之姓氏于其上，夫人思良久，曰："勿可，必欲我为之，亦当作'×门×氏'四字耳。"愚大笑，亟叹夫人诚婉亮而大方者也。

愚友偕其夫人与稚子如杭州，坐火车往，途次，忽有敌机至，车亟至，不敢前进，敌人之机，辄飞至极低，将施虐，一车人大惊而奔，自车窗跃出车外，四窜于田野间，以避其锋。吾友至此，亦大恐，不暇顾夫人，亦纵身而出。既下车，忽念夫人尚抱其子，将不可下，然敌机之轧轧声，又飞鸣顶上，遂又退却。良久，始遥见夫人拥其子，亦自车上杂老弱中，徐徐而下，幸敌机未投弹，亦未发枪，特故示其威，以扰行旅。今吾友已返沪，谓"夫妻本是同林鸟，大难来时各自飞"。果逢大难，又谁能恤其娇妻稚子哉！

（《社会日报》1937 年 10 月 19 日，署名：高唐）

之方改吸"国难牌烟"

当沪战在剑拔弩张之际，上海电影界，因战事爆发，其业务势必停顿，于是共起为效国之谋，曾一度派代表入京，请当局指示。乃此事终无结果，电影从业员，颇为失望。及至战端既发，文化界中人，各负其救国工作，独电影界中人，不闻有所动作，有之，陈燕燕与黄绍芬之结婚，与胡蝶之为救国公债妇女劝募队队长耳。

战时收入大减,于是力节往日之糜费,以我而言,往日吸烟三四匣,今则节至二匣,惟量虽减,而质不变。友人之方,烟量不稍减,惟昔日可以买一匣者,今则以原价市两匣,盖牌子换矣。之方恒出其烟,饷其友曰:“吃国难牌邪?”之方之烟,非名“国难”,特以其价廉,在国难时吸之,故名为“国难烟”,不但动听,亦颇的当!

吾×路前方战士,所驻处为一工厂,当军队开入时,厂中人已远避一空,所余仅杂役二人而已。杂役二人,告军中人曰:“君为求民族生存而战,我等当为诸君效侍应之劳。”军士亦逊谢曰:“捍卫国家,自属军人天职,行兵至此,胡敢扰民,故若辈仍留守于此,勿相烦也。”嗟夫!军民谦敬之风,闻之令人感动。

(《社会日报》1937年10月21日,署名:高唐)

信芳实民族伶人耳

兵燹之余,何地无土匪施虐?“一·二八”后之嘉定,有小贩某,忽积资五千,纳一妾,妻妾手指所御者累累皆金戒,复以高利贷于人,居然贫儿暴富矣。其钱之来,莫不掠于当地富家。独怪乱平之后,嘉定人目睹其谣,虽不稍予警惩,苟此小贩,此次犹寄生于荒乱中,俟之将来,吾人将见其造洋房,买汽车矣。

信芳将于炮火中上台,以有关民族意识之剧本,次第排竣于红氍毹,勿另搭班,第以麒剧团名义,在沪表演,赢亏非所计,特刘传神阿堵之表情,收劝化之功,此血性男儿,在此非常时期应尽之责任也!人诮信芳故懦而伶者,愚则设此犹不足尽信芳实民族伶人耳。

国难极度严重中,惟医药之生涯独盛。药价大贵,增至五分之二,乃知上海居,益不易,有钱人生病,可吃药,若贫贱者,不生病则已,生病则惟有等死耳。

梅白格路,近落一琉璜弹,其地适在王持平君住宅门前,弹爆炸之后,烈焰弥漫。有二妇人适经是处,焰着衣上,衣薄,妇遂为火所困,仆地上。然神智尚清,故伏地乱滚,久之,火不息,终至僵毙。目击其状者,谓生平实未睹此惨酷,过后思之,犹心悸不已!

暴贼无耻,将利用新闻政策,以淆惑吾民众之视听,在沪发行《新申报》,展于手上,便似有狺狺犬吠之声,绕于耳际。或读其报,谓第觉无赖可怜,却不致因此而大动肝肠也!

数日前,本埠所有邮役,出发向居户劝募救国公债。平时邮役在其所属之范围内,投递信件,为日既久,渐能谂各居户之家境如何,故当其分别劝募晓可以酌量支配。邮役之请于居户者曰:"不以救国言,即念我平日为府上书札而奔走之劳,辄望购此公债,以当奖励!"其言委婉而动听,故其大多数人,每谓若辈热心为国,不可负其期望也。

服役于洋行内之华人,敬洋人如神明,自"八一三"沪战发生后,华军勇于杀敌,国际视听,为之一变,洋人对于华员,不复如昔日之慢视,转呈温煦之容。洋行小鬼,受宠若惊,辄私自庆幸曰:"不图我辈,亦有今日之抬头!"

(《社会日报》1937 年 10 月 26 日,署名:高唐)

固若金汤之大场工事

于右任先生,亦工诗,昔年愚爱其《尚父湖》一律云:"尚父湖边荡夕阳,征诛渔钓两难忘。穷羞白发为文士,老羡黄泉作国殇。落叶层层迷去路,横舟缓缓适何方?桂枝如雪枫如血,猛忆关西旧战场!"愚见于先生此作,垂十年矣,初不知尚父湖在何处,及往岁灵犀游虞山归,始知尚父在虞山之麓。于先生眷怀家国,偶事清游,不能放心于域内狼烟,故有此雄激之词。当前江南劫火,不遑宁息,读先生此诗,益令人惘然已!

我守大场,如金汤之固,则以工事胜也,贼不能突破此关,不能偿进取上海之愿。然国人鳃鳃曰:"贼军火充,大场未必能守!"真过虑矣。曹聚仁先生曰:"今年除夕,在大场听双方炮声,作过年鞭炮。"其意盖谓贼纵寇我至今年年底,亦不能夺我大场。而更有乐观者曰:"曹先生之言,犹未盈其量,以今日大场我军之工事言,虽倾贼全国之师,击我至于一弹勿遗，亦不能损我大场毫发。”大场亦一小镇，为沪太公路自上海以西首经之一站，四周无山水之临，然一花一树，亦饶清幽。数年前，曾坐友人车，缓缓驶行于沪太路上，过大场，时当秋暮，则到眼繁花，光艳被田野，山谷所谓：“数行嘉树花张饰，一派春波绿似油。”可以为此地写照也。

比日以来，贼军飞机、流弹又堕于租界上，死害无辜。愚常默祷于天曰：“中国人非尽不该死也，奸商与汉奸，俟万死不足蔽其罪，故愿流弹之来，着于专营贼货之商号，或为图谋叛国之汉奸机关，苟能歼除尽之，尤是快事。平民无辜，杀之不当。天！当为人类伸公道，不当助贼为虐者！”

（《社会日报》1937年10月28日，署名：高唐）

八百孤军

沪战后，海上市民人心愤激，马路上喝打汉奸，日有数起，此中不乏误伤良慈，若最近秦国鼎君之被人殴毙，则尤为惨酷也！闻毒辣之徒，每多利用此举，以报复私仇。譬如甲乙二人有嫌隙，值甲行于途，乙阴尾其身后，指甲以告其他路人曰：“是汉奸也，尝见其将毒物掺入食品中。”其他路人，必加注意；苟其中有热血之人，必大呼汉奸，而性情暴烈者，且磨拳欲击。当形势渐至紧张时，乙早远扬，置身事外，甲则鲜有不被人痛击至死。此种阴谋，令人发指！为人道计，此风亟宜防遏也！

当八百孤军雄踞于苏州河上之日，后方民众之言曰：“愿彼忠贞爱国之健儿，死守勿去。吾孤军一日勿去，则吾闸北犹守也！若至弹尽粮绝，八百孤军，俱殉国而死，则闸北虽遍地胡尘，然英风我被，苏州河北岸，尚有吾卫国将士之荡荡忠魂，闸北虽陷而未亡也！”然亦有曰：“强虏凶残，孤军壮烈，未必遂动暴敌天君，故困斗一隅，实非上计，何如退去？”吾壮士守四昼夜，卒以奉上命，挥泪撤退，会看以不死之身，迈其勇气，克大场，收闸北，杀贼吴淞口外，为国家雪此奇辱也。

（《社会日报》1937年11月2日，署名：高唐）

劫灰四飞,何处为干净土?

愚妇死后,厝其棺于中央殡仪馆,月费三十金,自沪战发生,丧亡者众,殡仪馆生涯奇盛。以厝棺之地,在南市闸北,租界上亦有公所,惟存柩已满,不可容纳,于是纷纷寄存于在殓之殡仪馆。中央原有存柩之屋,亦患鬼满,乃拓其余地,上支苇芦,敷以油纸,借寄一棺,纳资三十,亦好买卖矣。吾沪寓所居,月租不过三十,费于死屋者较生居有贵,不可不佩"赤老房东"之算盘打得狠也!

吾友莲洲之死,吴家人以其柩寄存于平江会馆。平江会馆设于新闸路,为吴人所经营,屋早满。莲洲苏人,在沪藉藉有医名,死后托人往说于平江当局,始得数尺地,非吴家人言:已大费心力矣!

敌人将炸我南市,南市丙舍亦多,在此数日中,富庶之家,纷纷迁柩入租界。友人唐君,以太夫人之榇,厝于宁波会馆,乃于昨日迁入新闸路之江宁公所,亦烦大有力者之恳托,江宁始许容纳,而抑其厝费。当唐君在南市迎榇时,见二少年徘徊于其间,既而凄然告唐君曰:"我先人亦在此,为子者不能放心于遗骸,故欲运之赴安全地,特勿知所适耳!"唐君感动,因曰:"盍随我至江宁,我将为客力商其执事者,使勿致多耗。"少年唯唯,既至江宁,则一柩之存,年须三百,请其末减,亦百余金。战事愈烈,人心尤很,生者固不安,死者胡独能免此劫?言之长叹!

愚本俟乡船来沪,载妇棺返故里,冀早为卜葬,顾劫灰四飞,何处为干净土,此愿终不获偿。昔人诗曰:"无多奠酒谙卿量,未就埋香谅我贫。"真为之一读一然也!

(《社会日报》1937 年 11 月 4 日,署名:高唐)

浦东固无恙

沪战中,丹翁死于苏州,此老固才人也,特其晚年著述,流于乖张,狄平子先生作诗话,记丹翁有"自有生来含涕泪,独无人处看江山"之举,固幽远清微,不同恒唱。

七日下午,忽传我浦东守军,不战而退,初闻此报,大震欲终,自念曰:“浦东不能退也,浦东退,则上海全陷矣。某将军独御斯土,久著雄盛,今焉有不战自退者?”辄疑传来谣诼,勿可置信者。然有人来告,谓浦东同乡会门口,有难民自浦东渡江来,集于兹,行时仓卒,不及携冬衣,瑟缩于西风下者,一二百人。问其何为至此?则曰:“地方之巡士,遍告居民,谓贼将来占兹土,令居民远扬。”愚乃信浦东之失为非妄。顷之听潮电话则谓巡士之误报也,浦东固无恙。今日适调防,而巡士不知,乃谓怯敌,大上海固犹在吾忠勇将士保卫之中!愚大喜,读夜报,果如听潮所语,于是勉力加餐!

(《社会日报》1937年11月10日,署名:高唐)

长期抵抗,全国抗战

沪战既作,生活颇岌岌,乃将以前声色之好,一律摒除,所以节流也。友人某,嫟芙蓉城主,尝谓一生所耗惟此而已,故不作戒绝之想。然近来忽绝痼癖,问之,则曰:“闸北沦陷,竟使我无心于此,原因亦不过如是。”问其有重亲之一日否?则曰:“吾军卷土重来,则我亦必挟‘枪’以随,尽三日之兴!”

吾友勃罗,自沪战以后,因职务关系,溯江西上,止汉皋,近顷始得其一缄,其中有批评汉口这地方的一段妙论曰:“在这里我已是客居一个多月了,汉口的印象,真是恶劣万分,晴少雨多的‘天时’,低落潮湿的‘地利’,和吃生米饭的‘人和’,使我受够了身体上和精神上的痛苦。这里好像是一个都市,但那‘小儿科’的气派,在什么地方、什么时候都会表现出来。我要到巴黎去狂游,或者关我的大自然的乡村里,在这不痛不痒的地方干么?汉口,它是什么东西?……”愚读其书辄大笑,以吾友能不减昔日之诙谐也。因复其数语曰:“我倒不同情你不满意在汉口的起居,我怪你不应该离开上海,二三月来的上海,是再使人兴奋不过的地方,大炮飞机,洋洋盈耳,都是我们在抗战的声响。胜了自然是可喜，便是退了也不引为忧戚，因为我们的策略，是长期抵抗，是全国抗战。我怕你住在汉口太安静，全忘记了同仇敌忾之心！”

（《社会日报》1937 年 11 月 11 日，署名：高唐）

“我与若辈共图挣扎”

近乃惴惴于吾家室之倾危，因告家人曰：“我与若辈共图挣扎，尽我之力，以赡诸人，我得饭，则诸人亦饭，我而啖糜，则诸人亦啖糜，若至饭糜而俱不获，惟共死耳！故当此时，若辈宜健饭而自强，勿令病，病且殆矣。”

我友之子病，中西医兼治，日费十五金，颠困之状，不可言喻！我当此际，故惟祝家人平安，若德业事功，已付之云烟飘渺间矣。

近日与朋友接谈，辄闻喟然而叹曰：“黄帝儿孙，不甘屈节，求死也！”闻其言，每莫名感慰。

（《社会日报》1937 年 11 月 16 日，署名：高唐）

旅馆业的两幅面孔

战争以后，上海旅馆业之生涯大衰，于是纷纷减价，报间登载广告，其言曰：“但求维持职工生计，不愿旅社本身之盈亏矣。”词意弥可悯。顾自闸北、南市，相继沦陷后，两地附近之租界居民，纷纷迁避入中心区，以一时觅屋匆得，辄就旅馆而居，旅馆又告人满，盛况殆无殊“一·二八”时。昨应友人约，饭于某旅家，勾留之时间不久，走廊中讦哄之声，凡三四起，皆为侍者与旅客之争执。愚不免好事，开门视之，则见侍者对旅客之不逊，面目间呈露其鄙夷之状，为之生怖！一次，旅客为一少年，似尝历身于游侠之林者，乃不甘示弱于侍者，其言亦成恶詈，谓：以今日之乱世，若辈便该陷于南市之铁门旁，冻馁而死，无人见恤！愚闻此语，辄同情于少年，以其能恶詈亦佳也，颇悔当旅馆门可罗雀时，未曾一入此中，一视若辈欲求人维持生计之职工，对顾客乃为何状。人心不良，世风从之浇薄，近日以来，走到不论什么地方，都容易使人惹气耳！

（《社会日报》1937 年 11 月 19 日，署名：高唐）

“闻隔岸炮声，极易入梦！”

沪战后，未曾一上饭馆，比以米荒，寓中已食面两日，复以煮面勿得法，餍之。于是吃北方馆子之面。前夜与三五友人，登三和楼，吃烙饼与锅贴，不足，更啖炸酱面半碗，非快朵颐，亦胜于家中所煮耳。沪上不特缺米，即佐膳之肴，亦奇荒，三和楼之名菜，如双脆亦不能应客，可见猪猡之缺乏。闻内地人言：肉价一元可市七斤，鸡鸭更贱，尘无养疴里门，得日饫群鲜，谓所费之廉，逾于在沪上吃白菜梆子矣。

友人得尘无书，有壮语，谓“适当午睡，闻隔岸炮声，极易入梦！”见者谓寥寥十余字，真神来之笔。

昨与醉芳、玉狸，作竟日之游，醉芳谓：信芳登台，看过一次，及欧阳予倩之《梁红玉》上演，又看过一次。《梁红玉》卖座不甚美茂，醉芳为予倩扼腕，因述往年予倩演剧于南京路谋得利洋行楼上。幕将启，座上惟三五人，演者不自安，因恳于座上客曰：“愿返君等买票之资，俟明日来观。”言甫发，座中一人应曰：“何必辍汝演，但有知音人，又何用论其多寡哉！”后台闻言，大为兴奋，遂益卖力。剧终已夜半，其人乃约后台四五十众，吃宵夜。其人岭南籍，固宵夜馆之主人也。

卖艺者固乐有知音。三年前，愚寄居东方饭店，一夜风雨大作，乃赴楼下听夏荷生书，寥寥十数人，时夏方大红，恒时听客丛集无隙地，是夕则阻于风雨。夏甫登台，即曰：“今日在座之客，皆我真真知音，我心良感，无以为酬，惟有说一回好书，以报雅意耳。”

（《社会日报》1937 年 11 月 26 日，署名：高唐）

故乡嘉定告沦陷矣

故乡嘉定，又告沦陷矣，相持三月而始入城。以前则争于施相公庙间，自闸北亡、南市陷，各路阵地，一泻而下，嘉定遂亦不免矣！半月前，尚有人自故乡来者，谓犹见吾家佣媪，悄立门前，若不知世上有流离者，亦不知覆亡之祸疾在顷刻者。使媪而稍具家国之念，则且沉井自死！愚方髫年，媪来吾家，今吾子已八龄，媪犹佣我不离去。以人情言，此伛伛者，宜使愚眷念不已也！

（《社会日报》1937年11月27日，署名：高唐）

近来饭馆生意奇忙

尝有人看陈鹤峰演《追韩信》，唱至“大丈夫要三思而行”一句时，陈在“三思”上以三指示意；及至“而行”二字时，又以两指示意，辄为台下人所匿笑。惟最近有人往观鹤峰演是剧者，乃谓鹤峰并未弄错。“而行”两字，诚举二指，惟二指紧并，在演剧惯例，是代表“而”为虚字，若谓指开豁，则指数目矣。因语信芳，信芳亦曰：“鹤峰能认得几个字，笔下又挺快，他不至于错，惟别人要挖苦他了。”

苏州既沦陷，不平凡公子顿足大呼曰：“糟了，苏州萧家巷的住宅定然不保。从前我回去一趟，家里人防我似贼，早知如此，家中所有，即被我堆老摆完，亦胜于陷入敌人之手。今如此，我老太太必悔当初之失策，我老太爷在天之灵，亦必喟然长叹曰：‘何不就叫这畜生败光了也好。’”

近来饭馆生意奇忙，因市上米荒，遂有率领全家人，共上市楼者。而战事以后，饭馆大半关门，即不关门，亦以生涯寥落，侍役多数被裁职，不图乃有今日之盛况。吃客既众，招呼难免不周，往往历半小时不能上一菜。昨夜又往小吃，隔座一老老，偕六七人共餐，久呼侍役，无应者，及来一人，此老者曰：“你为我算账。”视之，则久待而只来一只冷盆也。侍者大窘，老者曰：“为了饿，才上这里来吃饭，今此地亦不能疗人饥，则我纵饥死，亦当死在家中。”闻者哄堂。

儿子之病，以小儿科医生言：是为麻疹。近日遍体皆脱皮，如蛇之褪壳，家人大忧，医者谓：病不致殆，特亦费时。儿病初起时，面颊尚腴，然近日忽瘦薄，精神亦痿靡。我见之，心胆咸堕。四顾眼前人，惟觉吾幼子至可爱，今一病如此，我亦奚乐？天厄我于穷，我无尤，必厄我以家人多病。我乃知天固不仁，直堪咒诅矣！

战地难民，逃来租界，不获见纳于收容所，辄流为街头之丐；然亦有向在上海沿门托钵者，闻收容所有屋可居，有餐可饱，有衣被可施，因而扃身其内，转以此乡可以享清福者。天下事盖有难言者矣。

（《社会日报》1937 年 11 月 29 日，署名：高唐）

上海告米荒

上海既告米荒，到亲友家中，便不敢坐下来吃饭，虽平时极熟之友亦勿忍及餐而往。猫厂为愚设法五斗米之翌日，忽闻其家亦断粮，因以面替，愚大为不安。及昨晤猫厂，则谓粮固未断，惟其家人都嗜面，故米面间日为炊，愚之所闻，传者之误也。一夜，在红蝉家宵谈，时晏，红蝉夫人令煮新米粥，及陈，夫人告曰："今年内，市上无此好米可买矣。"值愚腹饥，又以佐膳之肴美，食二盂，更益其半。及红蝉欲益，粥已尽，愚为大窘，亟谢过，责自己不应过饕。凡此精神上之不宁，胥受米荒之赐，"人生只有修行好，天下无如吃饭难！"如今真悟吃饭之难，然修行亦非好事，因修行亦不免吃饭也。

朋友有尚芙蓉公主者，向时亲友至其家，每留之同餐，于是朋友踵门者殊众。上月，此物售价飞增，最高时每两达十三四元，吾友皱眉曰："长此以往，供给我一人者，尚虞不继，何能请客？虽然，我既夙饷同好，一旦靳之，不将谓我啬邪？"愚因为献一策，谓以一两可以装五十斗计，则每斗之值在二三毫间，不妨于装成之斗上，以白笔标其价，某也两毫，某也两毫五分，某也三毫，如卖马铃瓜然，及朋友来，将擎枪把斗时，睹此数字，亦不好意思吞吐矣。

太湖之战，传湖匪作伥，而金山卫之登岸，又为盐枭之迎导，事可痛心，莫此为甚！国人因此不满于今日政治上之组织，愚独以为湖匪与盐枭，诚为国家之蠹，然苟能际此关头，同心御侮，又安能不为爱国人士所向往，今如此，诚为“匪”为“枭”而已，不足以语古绿林豪侠风也！

近来朋友聚首以江浙人多，故咨嗟相觑曰：“我无家乡矣。”惟陈灵犀君籍岭东，犹为吾土之氏，然灵犀自上海陷落后，即小别春江，若不欲重履伤心之地者。此子真受不了刺戟也。

（《社会日报》1937 年 11 月 30 日，署名：高唐）

“米已售完”

张光宇、正宇及丁一怡三兄，自沪赴港，而姚吉光亦附轮同行，于前日启碇矣。至友二十人，为吉光设酒祖饯，攀条折柳，弥不胜情。战后同业友人，谋发展于外者，首有来岚声君，今吉光又泛及继其后。我于二君之行，自多歆羡，明知跼蹐于此，诚非久计，然不能稍一动弹者，累于家耳。愚平时无积贮，一旦远扬，则全家人且不食而死。灵犀亦困于家累，今此出游，为期至暂，会将见其归来。人情果许我忽然置家室于不顾者，则吾身着处，必不如今日之牵制可怜矣。

当上海失陷后，米业皆告停顿，尝见某米店排门严扃，其上贴一条，曰“米已售完”，愚辄谓此四字措词勿善，足扰民心，而玩其语气，奸商操纵之情，活跃纸上。

（《社会日报》1937 年 12 月 2 日，署名：高唐）

血性男儿之声声血泪也！

自信芳南归，第于卡尔登座上观其演《四进士》一剧，然不暇晤对也。愚观《渔夫恨》之夜，则仰首见花楼中，信芳与翼华各踞一座，亦不过一扬手而已，更未暇互领衷曲也。此君以绝世之才，而际遇奇艰，为知者所扼腕，比闻又将排《史可法》一剧，仍演于卡尔登，令百岁为辅，以抗战题材，作裨世名歌，苦心可佩，读者盍小破工夫，一听彼血性男儿之声声血泪也！

吾友自汉口来书，述汉上繁荣之状，若中旅之《雷雨》，卖座勿衰。

赵如泉以唱小热昏姿态，居然亦能号召。安舒元与王熙春，则出演于新市场，尝一度闻王熙春之《起解》，吾友言：若座客为盲人，则王颇不恶，其如张开眼睛，看其身段之勉强，直令人唾弃。故秋雁夫人之习习一月，而粉墨登场，能应付裕如者，真天才也。

（《社会日报》1937 年 12 月 6 日，署名：高唐）

文友欲创“上九社”

文友有欲创“上九社”者，上九：上等之九流也，凡工医卜星相，琴棋书画一技之长，皆许为社员。社立，择每月九日，作饮宴之会，所以符上九称也。此中颇有通奇门遁甲者，亦有精六壬梅花之课者。愚识戴召伯君，几惊为神人，一夕，共饮市楼，丐为卜吾儿病，报以一字，俄顷，述病状不稍误，几为拜倒。戴君中西文都擅，吐属不恶，弥可喜也！

某夕，行于市，一人行道上，坐难民数十众。适有卡车至，车上人下，以粮食分发难民，为一纸囊，囊中盛白饭，不复有齑豉佐餐。饭热，难民得之，咸勿食，则两手捧之，以取炊暖，状奇惨，对之欲流泪！其地多流浪儿，见有人救济难民，辄亦厕身其间，冀得食也。车上人叱之去，不听，欲挞之，始惧而扬。我过其地，触目皆是丐者也，而不闻群丐之中，有人作自振之言曰：“车上之食粮，畀难民者，我辈无与，我辈而饥，则乞食于人，不得，倒冷饭耳。”至此乃悟何诹之言曰“天下必无英雄，苟有英雄，必不饭可耳”之数语也。

南京路戒严之日，适被围于新世界饭店，五时将离去，侍者阻我至楼下，在窗罅中窥之，则路上第有捕房中人，逡巡往返，有黄衣军士，持武器，作窥伺状。愚亦勿知何以严重若是，因仍上楼。有向导中人，因召一女，既至作觳觫状，曰：“将如何者，我辈殆不免为池鱼矣。”愚抱之怀中曰：“何惧？我在此，同命不较孤死为佳耶？”言已大笑，若忘门外兵戎森严者。

（《社会日报》1937 年 12 月 8 日，署名：大唐）

去年红叶色犹鲜

有人向其友称贷,作一书,书中有语曰:“我今日奇穷,然穷不足耻,何况今世?吾友可以信我者?我尚当清白之躬,不为任何人所利用,我今日奇穷也。”初读之,颇觉其乞贷于人,措词殊妙,然细细味之,又觉其语无乃勿类。

去年此时,吾友周雪夫兄,自玄武湖投一简与我,简中系红叶数页,采自栖霞山,又粉蝶一,捕于采石矶者,白门秋色,梦寐萦回。愚告雪夫,期以来年,把臂摩太白楼头拼一醉可乎?荏苒光阴,一年已逝。今日江南,乱飞劫火,吾友且以湖上不可居,既遄返甬江,偶翻旧箧,见去年枫叶,则粉痕未褪,叶犹鲜朱,而吾归约不可践,惘惘多时,不知收拾!

于移风后台,得与百岁一谈,此君气度颇佳,愚告以去年在更新时,数闻其歌《教子》一剧,令人永念勿释。百岁似亦以为知言,故今人称百岁为麒派传人,其实百岁演老戏,实较唱《追信》、《别窑》,为尤擅场。何独高百岁,即信芳以麒而自成一派者,唱老戏乃无不可听,往在黄金,贴《寄子》,识者称为神韵欲绝。今兹又将演而多之,《南天门》、《寄子》之外,九日夜场之《潞安州》,而未来将演之全本《探母》,此皆三十年来未曾一试之作。信芳以近来嗓音高爽,故决计整理张之海报,愚意必有无数人为之咋舌称奇矣。

(《社会日报》1937 年 12 月 11 日,署名:高唐)

为人过雅必清贫

或谈为人不能过雅,过雅则其人必清贫,故今之财富者,都附庸风雅。惟其“附庸”,能为财富。又曰,天下事固莫非相对,有附庸风雅财富之人,始能使清贫雅士之作品,可以脱货。言至此,某君为谈一近事,谓:沪战以后,卖书卖画之士,以无人请教,都陷于穷愁之境,益劫灰飞处,常人谋生匪易,都不暇“雅赏”,即财富之人,亦无意“附庸”。因有画家某，久困穷，会识张家骏者，其人本财富，亦好附庸，某忽异想天开，语于张曰："将不恤耗吾心血，为足下治四屏，人物、山水、走兽、花卉俱备，每一屏中，以足下姓名实其内，足下思之，匪有巧思，安能致此？虽然，足下将何以劳我者？"张闻言大喜，曰："我必劳汝，第须速奋尔笔，我固不能辜汝雅意也。"某遂从事构思，则于第一屏作张子房像，谓其人姓张也；第二屏上，则于山水之外，置茅屋一间，是高人之家也；第三屏作八骏之图；第四屏为牡丹一丛，题曰：金玉满堂，于是人物、山水、走兽、花卉四体备矣。既实姓名，复取吉语，献于张。张见之唯唯谢其技之巧，以是所酬绝丰。事后，某语人以前事，皆笑不可仰。吾友故谓：张为财富，其附庸风雅，本无足怪，犹惜某画家之行为，不免无赖，足贻斯文辱也！

（《社会日报》1937 年 12 月 15 日，署名：高唐）

再叙绘屏事

师诚谓：曾听韩士良说《七侠五义》，穿插颇佳，听后思之，辄觉意味深长。在韩固信手拈来，不知都成妙谛也。某日，韩说书中某侠士，行于道上，为仇者所见，集十余众，趋前扑之，侠士患众寡不敌，见仇人将行近，初不与斗，第蹲地上，作扫堂腿，行近者无不颠覆。至此，韩插科曰："说起来呢，大家都是'脚碰脚'，然而到了要紧辰光，谁也不认得是'自家人'，只好'跌'啦！"用上海白相人之口头禅，调侃中国人之不能合群，妙绝古今。

曩记某画家为张家骏绘屏事，叙述颇有出入，吾友以其经过见告，因复志之。张固富贵，生计有书画癖，收藏都名人真迹，与当代画师高某为好友，过从甚密。一日，忽谈新作家某先生，有别名张凤梧，有人见之，问其名始于何时？某曰："某是尊人为我取者。"又闻其意何在？则曰："方我诞时，吾母得一梦，梦中见凤凰栖于高梧，及醒，我呱呱坠地矣。吾父纪念此梦，辄名我为凤梧。"高言至此因语张曰："苟作一图，图中置一梧树，树上飞来彩凤，树以下则着一姓张之古人，绘成，则人物有矣，花木有矣，而翎毛亦有矣。”高语竟，家骏大笑，因曰：“惜不得名手如君者，为作者一幅图耳。”既而高忽悟曰：“何论凤梧，即以老友之姓名，正可为屏四幅。”遂述其着笔之法，张大佩之。越数日，高蒇其事，以呈于张，张大喜，称高曰：“虽云游戏，非笔致清超，了无俗态，讵庸手可致者？”吾友之言止于此，既又曰：“高固近代名家，张更精于鉴赏，谓为‘附庸’，皆过分之谈也。”

（《社会日报》1937 年 12 月 19 日，署名：高唐）

灵气独钟周信芳

者番，信芳在卡尔登登台，徇友人之请，屡排旧戏，如《潞安州》、《探母》诸剧，已次第出演矣。乃闻有人致书后台，劝信芳演《醉酒》；又某票友观《探母》既竟，语卡尔登某君曰：“周先生唱得真好，然上海人嗜噱头也，窃以为周先生若一贴三本《铁公鸡》，欣赏者必多。”两人之语，皆成婉讽，意谓：信芳既以麒派自成一家，则演麒派戏可耳，何得犯京朝派之疆土？若京朝派之戏，亦以麒派人一举而唱尽之，将置京朝派名角于何地？用是，有人投矢于卡尔登矣。

近顷，信芳上座，日见高腾，是日演《生死板》，上下俱满。醉芳往观，谓：真血泪凝成之佳构，当之而不感动涕下者，忍人也。剧终，醉芳视其帕，既为热泪所侵。是夜又同观《青风亭》，至“赶子”一场，座上无不陪从，醉芳悔曰：“信芳又役人于伤感矣。”因论：《青风亭》亦京朝派名角之佳作，何以他人演之，座上无所动，麒麟童以一派自张者，而赚人眼泪？盖信芳演此剧之美，在以声调中傅其情感，此为他人所不能，而灵气独钟于斯人也。

（《社会日报》1937 年 12 月 23 日，署名：高唐）

看戏不可省钱

有名吴下王孙者，为麒谜，平时追随信芳，事以敬礼，秋后信芳出演海上，更奉承左右，勿稍舍去。先是信芳有背包人，名湖北老，今湖北老忽不见，而时常见此苏州老（亦可称苏老），徘徊于后台。一日，苏州老至梨园工会，某老板与之寒暄，通名姓，时另一老板，与苏州老谂，因为某老板介绍曰："此王先生，是替周老板办事的。"苏州老闻言大喜，归后语人曰："上海有不少票友，唱也学麒麟童，做也学麒麟童，总算也同麒麟童交了朋友，然而他们都不如我，我走出去，就有人说我是替周老板办事的。"言已，得意之色，溢于眉宇。或闻之，笑曰："彼本王孙，何为自暴？"愚独以为不然，苏州老既称麒迷，其向往于信芳者，自有一片痴心，苟信芳录之为徒，走出去有人称他为"信芳高足"，苏州老之喜心翻倒，必甚于今日称之为替周老板"办事的"。其实若比之为"办事的"更不如，而直称为周老板的跟包，苏州老亦未必不能乐受，以其既向往于信芳，自有一片痴心也。

一夕过卡尔登，与灵犀同访信芳于后台，会戏院主人在，殷殷劝往前台看戏，于旁排踞二座。是夜信芳唱《九更天》，出场后，唱至精彩处，我将鼓掌叫好，以纾快意，灵犀牵吾衣，小语曰："不知如何，不惯看人家白戏，今夜坐在此，便觉手也不便拍，好也不便叫。"愚起初未尝体会，被灵犀说破，果然碍手。明日，买票入座，看《群英会》，于是畅开喉咙，高声叫好。从此悟看戏不可省钱，看白戏似比不看更无味矣。

上海人称看白戏，北方则曰"听蹲儿的"，在故都之戏院中，可以闻茶房连损带骂道："走开一点，这儿站不住你呐！"是即轰"听蹲儿"也。闻英秀登场，不许戏院轰听蹲戏者，因听蹲戏者，皆知音，倒好之来，往往发自听蹲戏堆中。英秀虚怀若谷，曾不愿开罪此辈，不知然否？

（《社会日报》1937年12月26日，署名：高唐）

吾悔勿及

亡室之丧，将四月矣。妇来归吾家，凡七载有半，其始，能敦夫妻之爱，越一年，愚沉湎风华，弃吾妇。"一·二八"战事以后，举家迁沪上，时愚就役于中国银行。居妇于中行之宿舍中，愚则日处绮业，不常晤妇，因此伤其心气，凡三年，不可相容，妇返乡去，茕茕相伴者，两子而已。一年内，见妇一二次，有时戏之曰："吾身放纵，乃无一人预吾事者，亲如吾妇，亦置之不问。……"妇曰："我岂不可预汝事，特无心气。"维时妇病蒂已生，故为是语，凄痛可知。二三年来，妇常病，乡间有医生，诊之，谓创于肺，因入城求治，医者曰："病者多忧患，若求其疗，必宅心于不思不虑，渺渺之乡，非病者不可能，其殆必矣。"今春三月，始来沪，时妇以腹痛，亲烟霞，其人益消瘦，而病亦入垂死之境，至九月二日，遽瞑！

夏时，妇告曰："吾病患不可度冬至，入秋，宜为我治后事。"八月中，忽痢，痢十日，其势不支，请臧伯庸先生至，决其生死。臧先生曰："病肺痨而兼肠痨，不可为矣。"比入弥留，神智犹清，张目见愚在床侧，告曰："我不意死之速，死后，汝心宜勿安，惟必欲为汝言者，善抚两子，勿凌辱，辱吾子，我为鬼犹知，必与汝决。"愚唯唯，中心悲痛，泪堕如雨。妇则曰："悲何为？我生，未尝厚我，今且死，愿殓我稍丰，虽然，战乱方亟，汝无所入，又何能强汝？"愚复唯唯。死之前，遣二子临其侧，呼母，妇睹二子，已不能言，眼眶间惟有泪痕。顷之，转身床内，似其中心大悲，不欲知骨肉之飘零矣。愚未尝历人生死别之境，此夕不寐，而酸澈心肝，望吾妇陈尸，拜而祷曰："卿卿生也，我薄视之，今死，吾悔勿及，苟为鬼而屈不可伸，愿分其幽魂，归来晤我，系我身偕去，赎往日之愆可也！"

（《社会日报》1937 年 12 月 29 日，署名：高唐）

舅氏遣人送书来

岁将除，舅氏忽遣人送书来，乱离之身，幸无恙也。吾舅自安亭避地至歇马桥，上月八日，更自歇马桥迁陈墓，转辗流徙，颠沛弥苦。吾舅一生重义气怜恤穷人，今五十年矣，今无寸贮，流亡时，遂感奇窘。吾舅本精医理，在歇马桥时，乡人审其有回春术，病者辄就之而疗及疾愈，谢以钱，舅曰："我尚能啖糜而饱。"今当乱世，人困于钱，更不欲剥人库也，则谢以鸡豚，又奉坛酒，舅则笑而纳之，谓此乡人所产，受之不伤其惠。舅故言：钱固不足，而粮食无虞。及抵陈墓，生活遂岌岌，舅书云：拟集资营商。二三月前，愚劝舅来沪上，舅不可，及吾军西退，音问遂杳，心切念之，片纸之来，抵万金矣。

戈其将卖其汽车，发告白于报端，日有问鼎者至，要求试车，试已，交易勿成。问鼎者至，一日凡数次，而此车终未脱手，戈其不悦，曰："我有力一日，则坐之；力不继，宁其蠹蚀，不欲使吾车易主矣。"询其故，则曰："试车者白坐吾车，必批评一顿，交易不成而去，吾车未能卖，而尽买些气进来也。"

（《社会日报》1938 年 1 月 1 日，署名：高唐）

独 坐 幽 悲

愚常谓天道为物，第能弄人，人处于偃蹇，彼为天道者，更怒睕而力挤之，使人百无可适，而天道之为情弥悦，证以愚近顷所遭，则吾言讵诬？哲儿病，病反复作。乃前数日，忽吾长子颐下有浮肿，观之，浮肿处若孕一肉，家人以此为寻常病，勿之虑。是夜，愚起视两子，略揭其被，吾子忽张目，睹愚，遽下泪曰："阿父，儿腮疼也！"视其颐下，则僵肉似益外扩，知儿所受必苦，故慰儿曰："俟之明日，父为儿速医者，稍稍药之，亦可瘥矣。"儿在向日，不作乞怜状，今忽如是，故愚不安。明日，访于人，知陆渊雷医生有岳氏沈，亦吾乡人，精外科，以避地来沪，留其聋许，因命儿踵门求治。沈医老矣，视病状，辄曰："此风痰也，病之来，非自昨日，特其初势缓，不如吾家人知，虽然，今肿且溃，苟迟之明日，必动刀圭。幸客今夜至也，药宜外敷兼内服，若尽一剂，明日有空热，宜再来视，患热势勿去块决矣！"次日，儿果发热，更造沈医，则皱眉。时率吾子偕往者，为女弟纪佩，告沈医曰："愿医生施高手，授良药，冀其速瘥，侄儿柔弱，不能经苦楚。"沈医亦似悯吾娇儿，因畀一方，曰："药之，热可佉，热佉则为府上贺矣。"愚郁结稍解，将觇其明日。

愚自二子病，心胆俱落，虽处奇穷，质旧衣，为之买药，犹勿健，百方举逋，尽吾力以赴，虽然，我不胜其罢。前三日，独坐幽悲，别怼我已死之妇，私念曰："我生前遇妇薄，妇死而有知，必惩我于穷蹇，是亦恒情，顾何为而厄吾两子？两子俱妇所出，妇生时，无不爱恤其子，乃入九原，纵无力翼护其丁之寖寖茁壮，亦宜严范司□之神，来侵吾子。而吾子乃俱病，愚勿得勿怼妇，故市香烛，祷祈其灵，认一切灾疾，愿畚壤于我，我乃力负而趋难劳勿恤。"祷已，仰首视妇灵，若默默不能答我者，是益怅然！

（《社会日报》1938 年 1 月 4 日，署名：高唐）

读者投简慰问殷

愚两记稚子病，读者周芝田先生，见而感动，投吾一简，同情于愚之近来遭遇，慰问弥殷，复胜以季康子馈药之情，益深感念，倘蒙示我高踪，必勿惮三顾也。

师诚尝于兵火时赴松江，将返，得乘一军用卡车，车上所载皆避乱之民，行至半途，司车者告于众曰："乘是而至上海者，人纳二金。"言已车止，向车上人收费。师诚首畀之，及二女子，皆无以应，司车者欲逐之下，师诚悯其苦，拟为其代偿，将抚橐，而有人牵其衣，止之曰："俟其逐之。"师诚勿知所以，及女子被驱而下，车上人皆大快，因相语曰："顷者我等待车于驿亭时，彼二女子已先在，良久，不见车来，而二女子则并自得曰：'我夫将以邮政车迓我于此。'众闻言皆喜，曰：'然则亦许吾侪附之往乎？'二女子皆力拒，称勿可。势汹汹然，若与人哄。众无奈。顾又经良久，此车乃先邮政车而至，不意彼二女子见是车来，亦捷足先得，今为其索资，竟无可应，出门人讵有勿知与人方便者，彼二女子乃倨傲不恤他人，则吾辈又无为其弱质而恤之哉？"

（《社会日报》1938 年 1 月 8 日，署名：高唐）

相国尺牍易米记

愚戚朱氏，世读书，若父若祖，俱通儒，比朱，以读书为绝道，遂就商。顾恂恂勿善经营,为商复岌岌,故终困于贫。兵陷吾乡之日,始遁去,偕妻孥伏于荒村中,倾其行箧,未尝贮一文钱也。幸村人良善,赒以食,得勿饥而死。十余日前,朱始一人来,商于群戚谓乡间可以借负贩自活,村中人至沪上采诸物归,货于人,无勿能营多子。今者,苟勿自谋,必饥困而死。及至愚许,告曰:“苦无本耳。”愚久陷窘境,无可为援,而子孙花萼之情,咨嗟久之!朱则出一卷曰:“此先人所遗,藏二十年矣,曩时贫乏,有人劝我曰:‘将此货与人,亦可得数日粮。’而我终勿舍。今闻吾舍覆于火,将不获归,故欲以易人钱,购香烟与果品以归,为业虽微,亦可以图饱。虽然今不易求买主,则无由货吾物,君业报纸,曷为刊一白事,召得主,事或济矣。”因展其卷,为翁相国手书尺牍也。盖朱氏先人,馆于相国家,此中有相国敦聘之书,因告之曰:“时乱世艰,何有人情更耽风雅者?然君为势又困迫若此,讵甘袖手?无已,当为谋之。”因代告于读吾报者,苟有以较厚之值,易此卷以去,亦拯人于危之美举,愚当泥首!

(《社会日报》1938 年 1 月 21 日,署名:高唐)

久不晤张恂翁矣

久不晤张恂翁矣,近况奚若?颇致眷念。近闻听潮言,恂子尝寓书与彼,谓:时艰世乱,穷书生得啜一瓯薄粥,已为殊幸,他何所冀?听潮闻之至感动,曰:“恂子毕竟书生,终不为滔滔者辱也!”恂子邃于国学,根柢弥厚,为诗尤清亮殊恒流,粪翁剧赏之,屡为愚言。今闻其闭户家居,从事写作,贡于读吾报者,良可喜矣!

四五月来,困于奇穷,穷至于称贷度日。去年此时,月入三四百金,然钱到辄尽,了无所蓄,以致大难来时,不得不有庚癸之呼矣。扬州戏中,有言曰:“手不能提篮子,肩不能挑担子。”若我便是如此。平常脾气又不好,黄仲则所谓:“十有九人堪白眼,百无一用是书生。”终是名言,穷而不先穷死书生,则穷死谁邪?

(《社会日报》1938 年 1 月 22 日,署名:高唐)

乡人自故里来

乡人自故里来,谓城陷以后,吾庐有老妇人守于是,故一牖一瓦,皆无恙。有人至,索于媪曰:"有花姑娘邪?"媪曰:"年轻人闻炮声之来,似震雷顶上,故都惊避,老身距死已即,避何益,不死兵火,死于跋涉耳。"时媪抱一婴,其人指之曰:"此呱呱者,不有母邪? 然则其母安在?"媪至是作悲不自胜状,哭曰:"其母为老身之女,此呱呱者,老身之外孙也,吾女惮于死,闻火药味,若中风魔,奔窜不知所之。其子堕地,甫三月,以吾女远扬,子乃失哺,客不见其尪瘠似病鸡乎?"其人闻语,以可信,遂别之去。媪知乡人将来沪,烦挈此语以闻于吾家。愚勿信曰:"媪何时能通言,特故示其辞令之妙,以骄于人;使我为主人者,他日以你守其有功,谋所以旌之者耳。"

乡人又曰,有人以吾屋为传舍者,来时必挟一雌,媪不能禁,任之。我闻其事顿足大悔曰:"何必全吾屋,即毁之为齑粉,亦何恤? 我讵忍辱吾屋者!"

(《社会日报》1938 年 1 月 25 日,署名:高唐)

小孩子一片天真

愚子病既瘥,女弟教之读,儿从未识字,然以读书亦嬉戏,故勿惮上课。愚近日浸淫于博,凌晨始睡,逾午方起,及愚乍着枕,乃闻吾子已醒,有琅琅书声,自隔室传来也。久之,愚亦渐谛其日授之课程,如一、二两课曰:"先生早,小朋友早。先生说:小朋友坐下来,我讲话,小朋友听。"愚子甫晓即读,而祝甥大年,亦五岁,与愚子同卧一室,愚子醒,大年亦醒,愚子读,大年亦读。我倦欲眠,闻其声之扰,尝施无上权感,起身叱责,亦勿顾。昨晨乃闻二童子哄于榻,愚子谓大年乱其书声,又曰:"汝苟读者,我亦必扰汝!"

大年果朗声读曰:"先生早,小朋友早。"愚子亦朗声曰:"先生不早，小朋友不早。”大年读：“小朋友，坐下来，我讲话，小朋友听。”而愚子则读曰：“先生不说，小朋友不坐下来，我不话讲，小朋友不听。”愚闻而大笑，尝相愚子二唇，脆薄若秋莲之叶，是工言语，必召将来之祸，然“我不讲话”一句，而说“我不话讲”，弥觉小孩子一片天真，为乃翁者，对之不便有怒颜矣。

朱凤蔚先生诞辰，召疑仙演于堂上，别此豸久矣，劫灰四发中，斯人之管弦无恙，良可慰也！念《水浒》白秀英唱：“人生衣食真难事，不及鸳鸯处处飞。”因叹疑仙何不早嫁！世人欣赏“艺术”者鲜矣，与其以色相谋升斗，还不如早嫁丈夫？我直欲窃窃附其耳语之。

（《社会日报》1938年1月28日，署名：高唐）

期素琴能加入移风

征帆自汉口来，述汉口人满之状，可以挢舌，大小旅舍，非央熟客预为登记，不能占一屋。有友自上午十时，坐人力车至下午五时，向各旅舍客觅屋，卒不可得。茶房见客来问房间者，惟摇手而已，以示久未有空屋矣。又谓：在汉熟人之众，虽于街头遇甲，立谈有顷，又遇乙，而甲又遇其友，乙复觏其故交，一时集者数十余人，真有难解难分之势。

庞先生亦自汉皋来，谓其友家留空屋二间，一日，有人闻风匆匆至，怀中央国币二千元，置于几上，曰：“二屋必税与我，钱多少可勿计，需几何者，取几何耳。”由此可知汉口房屋之可以居奇矣。

金素琴之中华剧团，忽告解散，遂蛰处闺门，嗜其剧者，有“斯人不出”之叹。新年中愚无所冀望，不想发财，亦不图得意，但期素琴能如于素莲之加入移风，则赏心之事，无逾于此。昔素琴愿与信芳合作，而谈判不成，不信天下事乃有不可解释，愚愿向两方吁请，一切纡屈，愚当负之。

大芳夫人于战后返锡山，避兵乱也，不图兵烽渐及其乡。乡陷，夫人与两子不能遁，遂伏荒村。大芳常念之，凄然曰：“骨肉离散，此身亦不可存矣！”近顷，乃闻夫人与两子已安然抵沪，大芳始慰。而识者以夫人年青,能排除横暴而行,其胆力可佩。夫人言:"战区各地,已不见少艾,而男子之壮健者,亦乔装为老人,长发不修,都伛伛作衰状。女子在四十以外,亦留,以老者能博人悯,勿相扰也。若行路之人,则无不饰贫民,乡中旧敝之衣,乃为奇货。夫人行时,易钗而弁,着围裙,若负锄之农,取泥浆漆其面,俾掩粉颊,自锡至沪,三易路证,乃得无阻。在乡所遘之丘八老爷,咸狞狞面黑,望之可怖,盖绝不似升平时日,我辈所睹之戎服翩翩者矣。"

(《社会日报》1938年2月6日,署名:高唐)

"你捧你的喜彩莲,我捧我的金素琴"

愚偶以金素琴品质为言,而使灵犀发一肚皮牢骚,大做理论文章矣。统观全篇,有使愚极度难堪者,一似愚之醉心于素琴,乃在素琴之出有锦车,居有华屋,食有珍馐,衣有轻裘,银行中更有巨额存款,其"等诸"大郎者,不知为何物?读此文后,屡欲自尽,盖愚熟计之,非一死,不足湔此辱也!一夕,买莺膏一盏,将和水吞下,辛酸之泪,披于两颊,终为室人所窥,大惊,问何故,示以灵犀之文,则曰:"捧角,欢喜事也,何必因捧一坤角,而伤了弟兄和气。盖若与陈伯(称外子之兄曰伯,即大伯也),谊属朋友,情逾兄弟,陈伯为人至冷,偶有所悦,则付以心坎中之一腔热情。妾尝冷眼观之,有人谈'喜彩莲'三字于陈伯之前,陈伯恒不能矜持,轩眉,双目挤为小缝,骨骼之间,若轻松而可秤诸厘戥者,于是而知陈伯之与'喜氏佳人',倾倒何如矣。倾倒如彼,君则从而非议之,是不情也!无怪陈伯以尖锐之词,作恶声之报矣。而汝又何不可忍,辄萌短见?以妾观之,君果死,若状陈伯于森罗殿上,必不可直,阎罗王且以汝来得正好,以汝该死也!为今之计,速去死神,谢于陈伯门下,曰:'你捧你的喜彩莲,我捧我的金素琴,两者固风马牛,亦不可同日语者。'"室人之言竟,愚憬然若有悟,弃莺膏于炉,会将择一佳辰,请罪于吾友灵犀之前焉。

(《社会日报》1938年2月10日,署名:高唐)

梯公近制《香妃恨》

梯公近为卡尔登制《香妃恨》,将以信芳为剧中之回疆酋长,固别有风格者也。其始演纪晓岚朝君,君臣以趣诗调谑,如"今日门生头贴地,昨宵师母脚朝天",寓俳谐于庄肃中,剧情自然生动,不必囿于平剧之旧范也。

麒剧团延聘于素莲,愚力促其成,议既定,于新岁登台。既一访之于化装室中,复数观其剧,初以为素莲第能表冶荡之情,及见其唱妻党同恶报,则亦能以悱恻工,是为全才。嗟夫!天灵地鬼,既靳我以金氏素琴,使彼人之筝停弦息,复赐我素莲,诱人以划梦搏魂,终无宁已也!

邦藩、世勋二兄,合营小舞场,创办之资耗三五千金,以世勋一人,为之设计。顶上灯光,初拟倾资较巨,务求华艳,既而又悟与其华艳,不如简雅,于是费三元四角,买杭州雨伞三,仰盖于上,映以灯光,不第悦目,亦自别开蹊径。世勋一生,以噱头为温饱,有此噱头,真值得饿不死矣。

电影界中,韩兰根、王引与洪伟烈三人,并以大器称,尝比而量之,洪以两把三为三人之魁,王得两把二,而瘦皮猴则为两把一也。两把者以两拳并积之高,三者,三指也。王之视洪,一指之差,而韩之视王,又差一指矣。或曰:"洪伟烈君,视其名,即知其器之不弱。而兰根常傲然语人曰:'我纵差王引一指,然我筋骨之健,非王所逮。我尝取吾器击于桌,锵锵作声,不仅有坚,而且韧也!'"

(《社会日报》1938年2月11日,署名:高唐)

判若二人赵啸澜

赵啸澜女士,演剧以工力称,上台后颇庄肃,不以颦笑博座客欢也。一夕与天厂、信芳、梯维诸君共饮市楼,赵亦被邀,既至作艳装,明丽似天人,谈笑怡如。灵犀谓啸澜活泼之状,与红蝉夫人无异,愚独迓其台上下乃判若二人，盖台下之啸澜，若以吾友征帆言之，是真有灵魂之女子也。

报纸编辑，遇稿荒，往往乞灵于利剪，此在力事振作之报纸，不屑为也。外埠报纸，固多剪上海报纸稿件者，然上海报纸之剪外埠报稿件，触目皆是，甚有上海报纸稿件，为外埠报所剪。不久，上海别一字报纸，又将此稿件剪来，个中人见之，无不哑然失笑，而名之曰来回票。愚尝主某报纂务，报主人与愚约，日写千字，其余则由主人负责拉稿。久之，主人竟爽约，而以全部园地，委我张罗，苦之。一日觏主人，告曰："我事冗集，将匆暇为此，然又不可辜足下殷殷之托，无已，将请一助理编辑，稍分吾劳。"主人唯唯曰："然，顾不知其为何人者？"愚曰："是人着声于杭县，今以避乱来。"言已，又书其姓名"张潇潜"三字。主人曰："其身既为君所器，我更何言？"愚曰："张先生之名，足下奈何勿识？其人讳小泉，啸潜其字，不特杭州人震其名，即□内人亦多耳熟能详，而其人之名，则'并州'二字也。"主其始恍然，苦笑曰："稿荒我设法，张先生请他慢慢办公。"

（《社会日报》1938年2月14日，署名：高唐）

请小洛看戏

小洛于舞台艺人，不轻嘉许，《翠屏山》重演之夜，愚为买佳座，劝其往观，观后，正色问之曰："麒麟童石秀如何？"曰："好！"又问伯绥之石秀如何？曰："好！"既又曰："于素莲之潘氏巧云，又如何？"曰："也好！"既又曰："前后殆判若二人矣。"愚曰："你是真心实话？"小洛曰："我若有半点虚言，天把我怎么长，地把我怎么短。"愚始信其一出至诚，放心就座。愚平日为人倔傲，时于饭主人，且不肯低首，独于赏鉴艺人，必强他人以同我，则花了钱，更不恤小心伺候。天生了的脾气，真有难言者矣。

沪战以后，绝迹于刀声俎影间，偶然兴到，重过其门，迎者笑曰："客人不至儿家，新货拥至，吾家人乃颇念客何为而踪影久疏？吾主妇盼客之来，正如望岁。”愚问新货安在。于是为我召粲者，得一妇，能读书，问其身世，则曰：“昨岁自苏州避地来，寄寓于女兄家。兄固促我俯身于此，而其夫营商，颇重门楣，我来此，辄秘之。”则问其已婚否。俯首不语。愚大悯之，坐逾时，不及于乱，挥之去，愚亦怏怏还。生平好色，不敢讳言，然择食唯谨，其为有夫之妇，摒勿食；其居于孀者，亦勿食。平时未必信佛，然颇守因果之说，岂心理异征欤？

（《社会日报》1938 年 2 月 18 日，署名：高唐）

借捧角消磨岁月

愚近有诗云：“比来落笔非容易，还是谈谈于素莲。”意谓今日之事，醉生梦死固不可，若欲振振有为，亦何能得？无已，借捧角消磨岁月，倘亦无伤大雅。愚所捧之角多矣，而其作风则出以一贯。作风云何？吃豆腐也。数近年以来，捧得比较着力者，白玉霜、谢小天、醉疑仙、王雪艳，及今之于素莲。愚之捧角，既称豆腐，自然了无用心，居常自念：一不要娶她们做老婆，二不要收她们做过房女儿，自谈不到“用心”二字。顾愚又自谛，我此一念，殆不澈底，盖愚又以为人与人间，亦当以情感维系者也，我捧她们，纵然豆腐，要无恶意，则她们之所报我者，必当以好感，固无论所谓好感之为量几何。以吾觇测，惟白玉霜一人我殊失败。玉霜在沪时，相见之机会，不可谓少，白明知我为捧白健者，然至竟不知我姓甚名谁。有一日，同饭于徐朗西先生许，白语席上人，竟指我而称“他”，此在要好夫妻，于人面前叫一个他字，原不胜香艳，然白玉霜口中称我之他，听之只觉他得可怜，则像其忘了我姓也。譬如小天，比较脱熟，竟称我为阿哥，愚惶悚受之，深感意外。又若疑仙，一见后之彬彬有礼，叫一声唐先生而微屈其躬。雪艳更力示其知己之感，见面时必曰：“你那亨长远勿来？”而今日之于素莲，尚能记前度刘晨，极笑貌温清之盛。凡此皆为人与人间，应得交换之情感，固勿论其为量几何也！而愚且窃喜，素莲、雪艳、小天、疑仙，皆南人，惟玉霜来自北荒，乃悟异乡人之不足搭讪。丁先生收干女儿不多，皆南人，有人介某评旦拜其膝下,严拒之,可见上了年岁的人,更事多,所见广矣。

(《社会日报》1938年2月20日,署名:高唐)

予倩、素琴俱可佩

某舞台邀金素琴女士,金语往者曰:"先决问题,第一我要唱改良平剧。"往者嗒然而返。金自与予倩合作后,数数自言,我自己获得了新生命矣,我今后不吃唱戏饭则已,吃唱戏饭,离不了欧阳先生矣。新时代人物,闻其语,无不歆动。□为素琴一坤角耳,而有革命精神,宁不可宝,于是为之上一嘉名,曰"前进的女艺人"。然既称前进,与落伍者自成水火,于是素琴终落落寡合矣。闻素琴尚足温饱,纵暂辍其业,无虑生计,惟论实际,予倩致力于改良平剧,自《梁红玉》与《渔夫恨》,先后献演矣,一般人固为予倩庆成功;而另一般人,正以为异味之尝,未足以餍夙嗜,则后者更多于前者。十华平剧团在卡尔登之役,亏负累累,此为不容讳饰之事实,亦不必讳饰者也。划时代之艺术,欲求吾道大行,本非易事,予倩之勇,而素琴则砭刃继其后,两俱可佩。愚暇常自念,苟素琴初无贮积,非鬻歌,将不足全其生计,则在既蒙"前进"之名后,亦能撑起肚皮,任他挨饿否?近来为吃饭之难,吾心常多悲悯,赵啸澜负气别移风,闻其濒行之日,自悔曰:"别人误我!"嗟夫!此是哀音,闻之可以色变,愚若受冲动,不能自禁,则为之央于卡尔登诸君之前,请转圜其事,俟心平气和时,卡尔登或再劝啸澜来归。小女儿无罪恶可言,特善用意气耳。

(《社会日报》1938年2月22日,署名:高唐)

樊云门手钞《碎琴楼》

粪翁谈叔范尝从一刘某学诗,刘为诗多神韵,忆其有句云:"信手删诗如杀贼,刘郎英气未全销。"貌似粗豪,细视之,则极婉媚,故觉可爱。又曰:"易实甫作诗,追摹定厂。"实甫一生,拙于书法,虽见定厂有手钞诗本，亦无一秀笔，其人之诗，而有其人之字，见者必疑为非出一手，此点二人亦相同，岂实甫亦存心追摹龚书耶？异矣。

人言樊云门书法亦勿高，其实此老正有腕力，远非实甫所逮。何诹作《碎琴楼》小说，幽高不同恒品，云门剧赏之，曾发兴手钞一过，后用石印传世。《碎琴楼》初刊于《东方杂志》，复由商务发行单行本，至十三板而辍；外尚有一种石印本，即出樊山手笔，此事亦粪翁告愚者。

玉狸词人有香江之行，至友数辈，设饯于蜀腴酒家，词人好人家子弟也，为人敦厚，一朝分襟，不胜惜别之情。愚近来常饭于蜀腴，其馔都可口。近十元一桌，已可宴上宾，楼下小吃部，价尤贱，招待之花，艳说当垆，有名阿兰，如银星张翠红，年则较翠红尤弱，擅谈笑，此中绝色也。饯宋筵上，有弹词家何芸芳、琴芳兄妹，琴芳色艺，近正颠倒词人于寝馈不安。座上有李醉芳兄，笑语词人曰："我以醉心麒艺，故名醉芳，乃生二字，当移赠词人，我则别以'迷信'自署，盖取现成也。"

（《社会日报》1938 年 2 月 24 日，署名：高唐）

顾坤一健谈

有金先生拟从明夷习神课，故设宴于梁园，就席者皆明夷至友。顾坤一医生亦在座，健谈逾众人，自谓其瞳中常能睹异物，往岁坐黄包车，自南翔至石冈门，将自石冈转赴某乡，应乡人召，往诊疾也。时在深夜，将近石冈，遇大雾，顾手中执千尺电筒，烛前路，则遥见一骑，迎面缓缓来，大诧，比行近，以路狭，车骑似不能并行，车轮辗处，竟着马蹄。坤一望之至晰，更辨马上人衣貌，既而背道去，坤一愕然，问车人曰："有所见乎？"车人曰："一人一骑耳。"又问其人衣何似，则曰："黄服，腰栓黄带。"坤一然之，则曰："吾轮既辗马蹄，而马不惊嘶，是可异也。"车人曰："毋多言。"顷之，抵病家，车人始曰："顷所见者，得毋阴曹皂隶，不然胡有是服？即有是服，亦何至宵行？"坤一曰："近村人必有蒙灾患者。"坤一之言止于此，又谓：今乃知往之所遘者，其地将构兵役，故巡宵之卒，正以奏册天庭焉。

龚翁言：尝见有落拓之士，碎其眼镜，则令钉碗人装钉碗之钉，钉凡三，见者莫不大嘘。坤一又言：夏日，穿新纺绸长衫，衫忽裂，缝补患不良于观，易之复可惜，则用橡皮膏于里，似天衣之无缝，外人不及察也。

（《社会日报》1938年3月2日，署名：高唐）

吾友将创茶室

吾友梦云、毛铁二君，将创一茶室于都城舞厅楼上，颜曰“京城”，规模非绝巨，而精致则逾其他，可以供胜侣雅集之地，无嚣嚣群处之病也。梦云善筹策，其贡献于茶室者必多。子佩谂愚不上茶楼，昨忽欣然来告，请将于京城辟一座，供愚写作，幽静可以久坐也。

昔时放浪，曾于霞飞路上，遘一徐娘，则为摩女，色艳殊恒流，因劳其素手，为我一疏筋骨。不图四年之后，徐忽为舞宫之隽，一朝相见，已勿识前度刘晨矣。而吾友偕之舞夜阑，复邀之同餐，徐似善羞，停箸不食，觇其状，绝类好女子初出蓬门者。乃至近顷，忽闻其人有所欢甚广，乃知其人实工做作。做作之女人，无可取，因徐故，益使愚对女人薄矣。

（《社会日报》1938年3月5日，署名：高唐）

周赞尧不幸脑溢血

周赞尧先生，与愚有葭莩之谊，曩服官北都，尝谒其庐，谢事以还，借翰墨自娱，迩以避地自白门来，日约故交作方城之戏，几为常课。十余日前，博局既终，将就寝，而忽患脑充血，智神遽失，延群医，皆皱眉不可为功，至六日谢宾客。病后第三日，愚往省疾，医生禁其多言，故不获一面，猝闻其耗，心痛久之。

先生为中国外交家之前辈，今年六十二岁，老成敦厚，为当世贤宰。嗜文学，文章书法皆饶胜致，所谓仕而儒者。十年前，尝与愚通音问，许吾书颇可造。愚入中行，赖先生之力，及愚拂袖而退，度流浪生涯，先生弥扼腕，语人曰：“毁唐氏子矣。”至今自念，惭恨不可言状。前年，愚以事去京师，特踵谒，濒行，先生送我，窥其意诚，似犹有期于不肖者，使愚感泣，又庸知此别之后，遂不复得聆教诲之缘邪！悲矣！

（《社会日报》1938年3月10日，署名：唐高）

翘然独树只为振奇立异

近见波罗笔下，于麒艺多不敬之言，辄为怅怅。波罗为人，好振奇立异，以示其人，若迥别恒流者，吾曹既崇拜信芳，波罗明知崇拜之非不当，然出其笔下，则必欲创“斋不敏之与诸君子背道而驰也”，于是竟恶詈信芳，一则曰中驷之才，再则曰沿门托钵之音，非有杀父之仇，不必有此恶毒之口吻者，而波罗不恤一一加之于信芳，是岂恒情，愚与培林，引为无穷之憾。又如近时朋友十余辈，拟为坤旦毛剑秋张目，而波罗问之，复于报间力排众议。由此观之，波罗本无恩怨于人，所以翘然独树一议者，故示其所谓振奇之异也。

梅兰芳在大上海登场，而金素琴之中华平剧团，在更新上演，假使演期同为半月，则愚将看梅兰芳一次，看金素琴十场。愚与兰芳，无好感，亦无恶感，已往看其剧甚夥，近来贫乏，多看且为力不及。惟此君终是一代伶王，从此看一回，少一回，当他古董，则一趟应该看的。金素琴在当世坤旦中，可以奴蓄群雌，论扮相，奇美，横看侧视，莫不适宜；论唱工，则尽有梅腔，放着既省钱，又美丽之真女人不看，去看贵逾五六倍雄之妇人，不亦世间之大傻皮哉！

（《社会日报》1938年3月14日，署名：高唐）

舅家女佣

舅家一女佣，来自江北荒瘠之地，雇十余年矣。育子，将十龄，自幼生长舅家，佣忠诚慎敏，妗氏怜之，遇母子绝厚。去年兵火猝作，舅家举室西迁，凡五六月，舅妗始于乱离中来沪，则令佣与子视其家。昨日佣夫忽来携子返江北，过沪上，别舅氏曰：“荒乱之年，愿主人善视吾妇。

私心已感，不欲使蠢子之在，重剥主人厨耳。家有薄田，令蠢子助我耕，可以自活，今夜渡轮矣。”舅妗以其子相随十稔，忽然辞去，复不胜情，舅乃告其子曰：“汝幼，我不能诒汝多言，第汝须记着，随父归去，宜不恤勤苦，勿以江南为念。汝十年来生养吾家，所畀汝者皆是致误汝将来，以我家不能教汝以习勤也。”子固稚，闻舅言，若无动天君，愚在旁听之，颇黯然！念人生离散，出之无形，而赠别之言，又沉痛若此，则舅与佣妇之子所言，已使人伤感，其为至好之友，其为家人骨肉，当此又将如何耶？

巷中男女二童，忽互哄，围而视者，皆童子。哄者二童，并十一二龄，观其衣貌，亦似好人家子女者，然以哄之技巧觇之，一若曾习于此道也，先以拳击，继各以足相踢。而围观诸童，一人曰：“洋盘，拳头腰眼里伸过去呀！”又一童子似特告交哄中之男童者曰：“要踢末踢勒当中点，踢坏子伊个红桃子，亦勿要赔个！”细细聆之，为之失笑。近吾家人众，恒纵吾子戏于巷中，今见此一幕剧，大有戒心，愚将不惮三迁矣。

（《社会日报》1938 年 3 月 16 日，署名：高唐）

癌

孙中山先生之死，病为肝癌，今海上国医名家怀橘生，当时曾为总理治病，卒以药力不足制裁顽疾，而总理终不治。近时，沪上某君患疾，延生诊察，生断为病亦肝癌，因处一方，其脉案书“肝癌一疾，至今医药界中，尚未发明特效之疗法”数字而去。病家见之，不悦曰：“纵使名医，也不能让人家花了二三十元之出诊费，只看他写寥寥数行字也。”

癌有三种，肝癌之外，尚有胃癌与子宫癌，患者皆体力就衰之人，故四十以内，勿有癌也。在西欧科学中，至今尚未发明治效之药。愚谓：看了这个“癌”字的字面，便有些可怕，而知此疾之不易治矣。

吾母中年时，得头痛症，甚时，眠食皆废，苦痛不堪言状，一二十年来，此疾竟不去。医者言：病菌已蕴结于脑髓中，然无法刈除，即加射注，药力亦不能达。故若摒除思虑，勿多忧患，痛可少发，欲望其根除，势不可得。

(《社会日报》1938 年 3 月 21 日,署名:高唐)

请看《桃花扇》

中华剧团之《桃花扇》,献演第一夕,愚即往观,始叹予倩真今之有心人,其所异吾人者,宁止剧本之足供欣赏而已。听柳敬亭台上之鼓词,愚为堕泪,而心血沸腾,不可遏止,两手紧握为拳,上下齿相切,几欲杂鼓声而呼曰:“我不欲为奴为畜也。”愿此敬亭,挟鼓走四方,以四方人之需要听此鼓词者众也!孤岛上人,聋聩久矣,不足训,其稍存血性之士,请一看《桃花扇》,更细细听柳敬亭鼓词,固有裨于人心,亦绝不易得闻之救亡曲也。

以舞台上人物,状历史上之佳人才女,金素琴一人以外,其余皆什么东西耳。以金素琴之雍容绝代,饰梁红玉,宜无不足,以状李香君,香君之宠幸多矣。即不以素琴志在改良平剧为言,论其平剧上之造诣,实有一日千里之势,近一年来,进境尤是惊人。愚绝不代其人夸张,作诛心之论,则素琴在今世之无论南北坤旦,可以坐第一把交椅,坐上去而谁敢僭窃其位者,愚必讨之。

(《社会日报》1938 年 3 月 22 日,署名:高唐)

毛世来来沪

毛世来来沪,秋雁宴之于蜀腴,世来偕万春同至,年才十九,身材较短,然其演剧,必踹跷,跷则适度矣。发亦短,一望而知在留长之过程中,亦可看出其向日光颐之状,而必欲留长其烦恼丝者,则预备到上海来也。孙兰亭君,对世来,似尽督促之责。世来终年轻,说话亦有些儿不敢公然,面易赧,固佳子弟也。第一日,万春陪其唱《大英节烈》,自是佳构。

世来虽在妙龄,而驰誉歌坛,大江南北,咸震其名,者番南下,沪上之顾曲周郎，固已拭目以待。而有荡妇淫雌，以结唱戏人为名誉者，亦正睒睒以俟，如世来之妙年，又演旦，在若辈视之，正是一方肥肉，一不当心，便遭吞噬。中国到处尽是毁人之坑，其在上海，则为势尤猛。世来宜如何谨慎，修身笃行，惟图上进。愚与世来，一面耳，然爱其为好女子，故不惮絮聒，申其逆耳之言，若说我老气横秋，则不认好歹矣，愿从此绝口。

（《社会日报》1938 年 3 月 24 日，署名：高唐）

女子不可负才傲物

微闻金素琴女士，自演改良平剧后，不免倨傲，无论谈吐上，言动上，都有些咄咄逼人。此言传到我耳朵里，临不快，负才艺之士，每多傲物，此在男子，犹可也；若为女子，不论有多少高才绝学，总不可傲，傲则贫矣。以金大小姐之丽若天人，能得"温肃"二字，自然更美；若也有一肚皮不合时宜，则开出口来，也会讨厌死人。矧志在向上者，其人必虚心，虚心则进，若乍一出手，便用意气，试问将来有何路可走？有之，要末嫁人。

某馆主语愚，谓坤旦吴小姐之母，有裙底莲钩之美。其人秾纤适度，年四十外，望之若三十许人，肌肤如雪，发光似鉴，贯横髻，盘蛇堕马，弥饶丽观。因又言：苟置此人于锦茵之上，则赵姊丰容，固术工伲狃，而徐娘风味，亦情胜雏年矣。馆主许愚俟吴小姐来，必为介见于愚。识吴小姐，亦识其母，只要我不认吴太夫人为干女儿，一切事都好商量也。

（《社会日报》1938 年 3 月 25 日，署名：高唐）

毛世来第一夜登台

毛世来第一夜登台，上座甚盛，贴《铁弓缘》由钗而弁，宜可观矣。其演花衫，微嫌音弱，然妙在得一腻字，此境不易造，这个娃娃，竟能独到，宁非妖邪？《英节烈》之身手功夫，此则一本愚往日迂执之见，惟青衣花衫，以坤旦演之为宜也。

前论负才艺之士，每多傲物，如昨日灵犀谓尘无之目空余子，其一例也。其实太傲则流于乖张，乖张又岂人情之恒？人生在世，吃饭而已，何必自视高，看人家低？年来心气平和，放开眼来，痛恶之事甚多，特于行文"吉便"时，骂之为快。譬如某些人之甘作人奴也，又如有钱人之抢穷人饭碗也，又如既腹便便作富家翁，而谬托风雅也。试述其例：第一种人，眼前都是。第二种人，今日之梅博士，克当其选。第三种人，则姬家佛子，以椽笔惊人，凡此皆叫我看不过，往往勿恤造口孽；若营营于吃饭之人，容有其行较卑，而其情可悯者，愚都置之。

（《社会日报》1938 年 3 月 27 日，署名：高唐）

蒋叔良兄病甚

愚于茶室餐肆之女侍，无所许可。当大东茶室新张之际，有推车卖果之女郎，一般人皆誉为绝美，愚亦以为婉丽温情，群雌勿逮。惟邓脱摩开幕时，有一六号，健骨高躯，风神弥越。周世勋兄谓："其父母为南洋人，此儿生长南国，来沪犹不久，故未谙沪语。"时玉狸赏陈家珮珮，愚则为此六号而三醉其间，惜终于不曾通姓氏，然擎杯之际，往往未饮醇醪，已先色醉矣。凡此二人，皆如昙花之一眴，不可多见，今所剩者，俱乱头粗婢耳。

女招待之下乘，莫如游艺场玻璃杯。往年，尝过屋顶花园，坐甫定，忽有热手巾被吾面上，大惊，回首视之，一丑女人向我张唇而笑，见我回首，则俯首至我耳际，小语曰："泡一杯茶，若肯多与几钱者，则你要摸摸，亦无妨碍。"其地在屋顶上，在夜色苍茫茫中，故竟作此语。愚为之惶恐遁去，夜复思之，当时若对答下去，正不知有什么不好看的事，做出来矣。

蒋叔良兄病甚，已至危险时期。叔良老实人，颇忠谨，生平笃好弹词，女弹词家醉疑仙，曾受其揄扬，而芳名愈著。愚将作一次"好事之徒”,以叔良病讯,告于疑仙,看她们来望望病人否。这一点良心,做了人应该有的,并此无之,便是为世人捧角殷鉴!

(《社会日报》1938 年 3 月 29 日,署名:高唐)

愚以金素琴与梅兰芳作比较

近来自念,我天生有一双“慧眼”,能识英雌。去年秋,偶过逍遥舞场,时陈小姐方称霸一时,生涯之盛,为此中冠。愚不为然,第赏二人,一徐娘,一则英儿,半年以还,勿闻若曹消息,而有人来报,则谓二人已先后自逍遥入百乐门,移根作上苑花矣。愚知当时赏识之勿虚,女人固容易造就,勿论根器,亦必求“材”。

自金素琴在更新登台,即创其娇喉,影响于演出上甚大,乃叹斯人亦啬于际遇。我不敢肉麻,否则大可以掉“青衫红袖,同悲不遇”之文。惟所恨者,梅兰芳如何还有金声玉振之音,自幼而壮,被他走足了喉咙运,难道等他能活到八十岁,还有一条珠玉之喉不成?视天懵懵,偏不让好女儿造一完材,而独厚护于一将男作女之徒,真真该死!

愚以金素琴与梅兰芳作比较论,语语皆从心坎中流出,从肺腑中得来,有许多人见之,辄加非议,谓梅兰芳到底梅兰芳,金素琴哪可并提?我年来倔强,说出话不肯变更,何况由衷之言。金素琴诚非鄙人尊长,姓梅的亦不是他们晚爷,我不强天下以同我,然谁欲强我不言者,谁是畜生。

(《社会日报》1938 年 4 月 2 日,署名:高唐)

春寒正料峭

既作《舞人词》二首,尚有一律,则为都城之胡丽娟写者。传胡为潮州人,与吾报先生阁主同乡,先是阁主有乡人某,因厄于贫,令其弱息,鬻舞海上。一夕,阁主诣都城,好事之友,召胡为阁主侍坐,联桑梓之谊。阁主初不敢,虑其人即乡人之女,则见之良勿雅,既谛非是,遂亦相从。既坐，阁主又奇窘，不肯起舞，作颤抖状，强之，始三起而舞。友有子佩、小洛、大郎、之方、溢芳等五人外，尚有克仁偕徐秀君双临，尔康与傅家女同至，尽欢而散，时为暮春三月之夜，月小风高，春寒正料峭也。

胡家少女艳风光，绝细腰身浅淡妆。“白甲”大儒传海上，“弹钩”国色震同乡。草船借箭称麒派，北站搜衣有此腔。郎自寻欢卿“爵本”，又非真个戏鸳鸯。

（注：人称阁主为潮州一代大儒，舞女称年老之舞客曰。“甲鱼”，年少之舞客曰“小白”，阁主不老不少，可称“白甲”。舞女名“弹性钩儿”，简称“弹钩”，典出戈其兄口。潮州人念吃饭之音如“爵本”。）

（《社会日报》1938 年 4 月 10 日，署名：高唐）

替欧阳先生争一口气

欧阳先生之《长恨歌》，犹不及观，而更新之局已瓦解，为之惘惘。中华历来失败，谓改良平剧，未能普遍号召看惯旧剧之观众，或者是一理由。然演员之不足受欧阳先生训练，是为一更大原因，优秀人才，在旧戏班中，能找得出几个？故我常言：欧阳先生，不欲我道大行，则亦已耳，必欲吾道大行，务当办一学校，从教育上打根基，益以知识，辅以素养，其造就始有可观。若今日之中华，纵有少数人为杰出之才，然亦何补？故训练人才，非从“毛坯”着手，殆不为功，若欲使旧伶人脱胎换骨，则费尽气力，其所得正复无几。譬如言金素琴老板，自谓：“演改良平剧后如获了新生命矣，往日之我，非我也。”一若已大彻大悟于往日所走之路，为歧路；今日所循之径，为正轨。似斯人者，似可以与言改良平剧矣。然试一究其本身素质，则错谬之点绝多，勿先改善演员之本质，其艺术上之进境，必然有限。而今日乃有昧尽天良之人，倡言曰：金素琴上了欧阳先生当矣。嗟夫！悠悠之口，乃信人言最可畏也。愚平日倾倒于金老板者，至深至切，乘此中华剧团休演期中，愿为金老板进一言，后此不妨稍稍虚心，自多受益，整顿精神，努力于垂成之事业，勿为斗筲谰言所中，替欧阳先生争一口气，使其一片苦心，不致浪费，则金老板终为一代英雌，买香买烛，我供奉之！

（《社会日报》1938年4月12日，署名：高唐）

在共舞台看《红莲寺》

共舞台有坤旦李艳芳，工风骚戏，常袒着胸口登场，又以身材较矮，则着高跟皮鞋，高兴时更说出一口苏州话，苟身上衣服，不带几分古装者，便疑唱文明戏矣。昨看二十本《红莲寺》，李有发挥尽致之妙，座后一客，似不禁，则告另一人曰："第个人倒呒啥，两只脚矮短短，功夫一定不恶。"愚闻言，返首视其人，则蒲柳之姿矣。因私詈之曰"淫棍"。

看田子文开打，似不佞之萎缩若衰翁者，真欲望之生怖，因念田之丈夫为何人，是怎样的一条精壮汉子。疑举世滔滔，殆无其匹。

赵松樵之演卜文正，而能攫取多景观众，异数也。在《红莲寺》中之卜文正，譬如包孝肃，同为一员贤宰，不为奸邪所屈，然卜文正恒与鬼魂做戏，赵为卜文正，一遇鬼，便抖缩如待死之囚，浑身都是戏，不若包孝肃之凛凛幽威，只有鬼怕他，他不怕鬼。然正以卜文正之怕鬼，而戏剧效果奇佳，每从赵松樵口中迸出"曷哼"两字，台下之笑声便雷动。愚亦曾因别人之笑，而大笑几声，乃悟一位艺员，能立定脚头吃饭，总有个原因。赵之卖钱，便妙在做清官而怕赤老也。

（《社会日报》1938年4月14日，署名：高唐）

春 来 好 睡

近有专营介绍婚姻事业者，不图昔时戏言之媒妁公司，实现于今日，真叹海上之大，何奇不有？"八一三"炮声一响，迄于今兹，上海人所忙之事，殆为婚媾，收容所既有难民集团结婚，今复有所谓婚姻介绍所者，是何用心，必欲使孤岛居民，人人作对，个个成双？愚自悼亡以后，居然有终不遐弃者，以乡人女来作伐，不知我已无心谋家室，夫人既死，必勿续娶。苟天赐多财，又能贶我一精壮之躯，藏娇之喜，或者不免，岂特不免，一而再，再而三，亦将任我为之。至我匹夫届皓首之年，犹当以黄金市爱，彼韶年之女，且以老夫为可憎，则畀以厚币，挥之下堂。苍苍怜我，苟能使我循此程序，而度此一生，宁止快心，亦为韵事。

春来好睡，睡则不易醒，家人知我事集，促我醒，则不肯遽起，有时憎其扰，于睡梦中斥之，家人乃遣我幼子来。幼子之音锐，入耳欲刺，愚不能不醒，然犹佯卧，子亦卸其履，眠之枕上，作歌唱声，则力抱之，而歌不已，谓将扰我不能成梦也，因披衣起。有一日，我抱之拍其背，子亦成寐，继而我鼾声亦作，故逾午方醒，迩困穷愁，能少慰久厄之心者，特视吾子，抑亦悲矣。

（《社会日报》1938 年 4 月 15 日，署名：高唐）

千古艰难，惟此一死

昔传张仲仁殉国死于井，姚民哀则骂贼丧于刃。今则姚之未死，已有证实，而张且仓黄避海上，用是深慨“气节”二字，有不易言者，千古艰难，惟此一死，若视死如归，其人非大勇不办。或曰：“兵乱之世诚有从容赴义之士，其死盖激于一时也。苟转瞬间为势稍驰，可死而得不死，则且视死为畏途。”因有人谈：“曩者，叛徒被逮，刑之，坐于电椅，逼其供，十九都不肯吐实者，据其语人，上刑时固无所不肯言，第噤而不能言耳。刑已，官更欲问供，则念严酷之刑已受过，我供何为？刑而不能供，供则必死，我又何为而供？此明例也。”

素琴姊妹之与移风合作，愚与梯维，在第三者立场上，热望其成功。梯公言曰：“苟素琴来归，我且不辞排万难赴之，然则大郎愿为双方屈膝乎？”愚曰：“胡云勿愿？”梯公曰：“我亦当同拜。”梯公以此意告素琴，素琴乃辗然为佳笑。梯公爱才，愚更于两者之间，绝无企图，而都拳拳至此，正所以见朋友之热情，热情如吾，而漠然如彼，真使人长足一肚皮牢骚。灵犀、醉芳，比较冷静，见其势不可为，劝曰：“天下事要有缘法，强而合之，患勿祥，何如任之！”愚从其言，将置喙矣。

（《社会日报》1938 年 4 月 17 日，署名：高唐）

卡尔登之局已濒绝望

何之硕兄,比以书抵愚,系近作一律云:“万人似海我沤余,不为穷愁始著书。陋巷弦歌输原意,长安卖赋愧相如。蒲高溪岸鹜闲久,槐丝庭阴梦觉初。却笑前朝王孺子,又嫌山静上公车。”不为谤毁,但有怨诽,勿从磨练中来,宁有此境? 又岂仅格律之高厚已哉!

都城舞厅布置貂蝉场面之夜,素琴姊妹,亦往参观,着此丽色,凤仪亭边,有人掩袖矣。同座有新华演员殷秀岑君,其人以体广名于银幕,初不舞,忽欲与素雯起为婆娑,素雯大笑。舞已,素雯左手握一拳,右手伸一指,拳指相并,示其姊,意谓我与殷先生舞,其比例如此也。素琴弥笑,愚私叹二小姐毕竟聪明,有此妙绪。

元微之赠张校书诗,其两联云:“我闻声价金应敌,众道风姿玉不如。远处从人须谨慎,少年为事要纾徐。”闻金氏姊妹将远游,正可以元诗移赠之。二君之行,为期已即,卡尔登之局,已濒绝望,愚与梯维,徒劳唇舌,不能不使人有牢骚。天下人竟有视朋友之热情而漠然者,不知如何而可,始能动其天君邪?

(《社会日报》1938 年 4 月 19 日,署名:高唐)

愚实则性至拘谨

小洛作一趣文,记愚见金素琴于广座中时,有坐立不安之状,一似痔疮作祟然。其言固趣,亦至谑也。小洛为人,最善调侃朋友,或撄其锋,便有哭笑皆非之叹。愚近年有放浪之名,实则性至拘谨,见客气女人,便不敢正视。去年,与三五友人轰饮市楼,座上有女郎,为鲁迅、茅盾之使徒,故满口新文艺一脑门子前进思想,座上群厌之,有人嬲愚曰:“何不放浪,以抑其锋。”愚终默然,私语曰:“不是关紧了房门,不是抱在我身上,殆不敢妄动。”又有一次,与某银星同筵,时某方驰艳誉,席半愚忽谢主人起,谓将往省吾友,某止我曰:“汝友亦与我善者,我亦当存之，曷饭已偕行。”愚不知如何，忽奇窘，遁席先去，及后颇追悔，苟饭后雇一辆飞车，同坐而驰，亦未始非些些艳福，然以老不起面皮，终于错过。不图这种坏脾气，到如今尚不能改却，断不敢谓小洛之形容失当，惟词锋过刻，则当褫其下衣，呈其屁股，打四十板子耳。

（《社会日报》1938 年 4 月 22 日，署名：高唐）

与其取酸，不如取肉麻

曩刊愚赠金氏姊妹十绝句，非艳情之词，而妙在自得其乐，故不许它人目我为肉麻。后来大悔，以为即使有人笑为肉麻，亦大好事。粪翁常言：“与其取酸，不如取肉麻，肉麻至多被人讽骂，酸则影响读者胃口矣。”

非肉不饱者，其人必淫，佛门子弟，戒绝荤腥，性欲自减，然亦有例外，譬如灵犀，好吃肉，而平生不二色。愚方以长甘藜藿鸣，顾有淫乱不堪之誉。捉刀人王小逸先生，极拘谨，望之如老成宿学，然其笔所至，莫非男女淫私。天下莫必然之理，个人色欲之好，尤有难言者。

雪姑娘退隐歌坛时，创其音，无以为活，乃就氤氲使者门下，有客以二百金为约，买五度之欢，顾第一次后，客遂绝迹，则谓其人太诚实，对男人过于奉承。觇其心理，一若收了人家钱，便该执侍妾之役，此一端也。又其人身世过悲，当户内春浓，而闻其人絮絮语者，皆哀音，宁不废然，此又一端也。愚闻其言，拊掌称善，私语曰：“我特闻世上惟女人不易伺候，今乃亦见兹不易伺候之丈夫，天理固自有循环也。”

（《社会日报》1938 年 4 月 24 日，署名：高唐）

信芳之美

傅小波先生论剧，于南北须生，无所许可，惟麒麟童一人，为其心折。谓麒与马连良尝合演《十道本》，马饰褚遂良，麒饰皇帝，褚遂良本有戏可做，故台上之马连良，尚不觉其呆钝，台下人咸击节嗟赏，谓是诚相得益彰矣。及后来信芳改为褚遂良，自然生龙活虎，而使连良之皇帝，陪衬得如久病之鸡，一无是处，故小波又曰："使令二人合演《群英会》，而以孔明烦之信芳，必能使鲁大夫缚手缚脚，此信芳之所以独步一时，推表情祭酒也。"

小波又论今之学麒者，都不得神髓。譬如以陈鹤峰为例，试看其在举手投足之间，若欲使台下人注意其动作，乃都在锣上者，如此便够乏味。信芳之美，便在若无其事中，而动作皆合节奏，自耐人玩索。此所谓不矜才，不使气是也。小波先生，剧坛前辈，列论自当，所以觇好恶之间，亦天下之大公矣。

（《社会日报》1938 年 4 月 26 日，署名：高唐）

作俳句奉谢金氏姊妹

名剧人金素琴姊妹，将离沪上时，托人以近影贻愚，作俳句奉谢云：

大概深知我姓唐，爱她上款署云裳。若论年少金家妹，岂让才深侯氏郎？先释手因将入厕，欲开看必预烧香。算来无处宜安放，颇想重修壮悔堂。

又成一律，则为送其行者，似有情致，不算肉麻，诗曰：

拼秃霜毫学写生，居然大胆写倾城。可怜接耳倾心夜，尽是回肠荡气声。天与斯人怀绝艺，世多好女惜前程。休因飘泊嗟离别，一往情深送汝行。

金家双影，将刊之吾报，使海上琴迷，对此作真真之叹，而使吾友灵犀，又可重认神仙面目也。

（《社会日报》1938 年 5 月 2 日，署名：高唐）

今人制剧，好为前人翻案

龙吟虎啸馆主人，看金素琴所演之改良平剧殆遍，赏其艺，亦怜其美也。当中华剧团在更新辍演之前一夕，排《长恨歌》，愚未及睹，而主人已作座上客矣。因谓予倩此作,实不及已往诸剧之精当,如戏中叙杨妃与安禄山之热恋,杨妃竟对玄宗指戟而詈,在在使观众诧异于剧作人之乖谬。今人制剧,好为前人翻案,几寖成风气,往往不恤远离史实,今之《长恨歌》,即其一例也。

主人又言:看《桃花扇》中金素琴之李香君,而匹以葛少岩之侯方域,便使人心气不平,而《长恨歌》中,又见金素琴为杨玉环,与李忠贤之安禄山,互拥甚久,更望而切齿。此意实与愚绝同,微论《桃花扇》与《长恨歌》,即《梁红玉》中,饰韩世忠之杨瑞亭、小三麻子二人,亦何尝称意?愚于素琴,爱其艺不过三分,而倾倒于其颜色者七分,佳丽如彼,便觉梨园子弟中,更无一人可以与之在台上表怜香惜玉之情者。此虽私心,亦十九观众欲吐之言。故愚观金之改良平剧后,而心气平和,惟《渔夫恨》一出耳。

(《社会日报》1938 年 5 月 3 日,署名:高唐)

穷而讼,打官司

自上海沦为围城以后,愚不能离此他去,仍以佣书为活,无可振作,则流于颓放,故发誓以笔墨捧女人,固深惭于报国之道,要亦无作叛之愆,方用自慰,不图灾晦之来,有使愚无术趋避者,乃终以刑事案为人起诉矣。先是,愚为他报理纂务,刊一稿,触"社会上甚有地位"(原告律师所言)之某君之怒,状于官,以愚为负责人,故遂作刑事犯矣。原告要求堂上者,将愚严惩,不足,更要愚赔偿损失,计其数,将近千金,今案已陷于缠讼中,胜负正不可期。闲来无事,玩索原告之言,常为之仰天大笑,笑他一开口竟要赔偿巨款,老实说,以社会之地位言,小生正不必谦让于原告,若以资产言,则小生穷也,或不足与为原告敲。然穷亦何病,穷而周旋于法律程序中更何伤?愚近数月来,固益陷困境,若在往年,则千儿八百,亦可顷刻立致,以今比昔,愚纵可立措巨项,亦不能用之于赔偿人家"损失",且将走马平康,作缠头之掷,要足自娱其心意。兹实大穷,穷而讼,计惟有学宋士杰"叫妈妈做几个面食馍馍,吃得饱饱的,喝得醉醉的。打他一场热闹官司”耳。

(《社会日报》1938 年 5 月 5 日,署名:高唐)

士当为知己者死

倾心于王雪艳女士三年矣,此人终不负我,见丁先生,必为唐先生带好,路上相值,必抬手致敬,于严肃中流露亲善。昔赠雪艳诗,句云:“谁遣萦回缘此事?若论交谊是忘年。”至今念之,弥可玩味。灵犀囊记愚追尾香车事,后半段实非事实,当时不过一抹轻尘,微拂双鬓,则诚有之;若谓效萧、相国之跑圆场,岂竟有失斯文体统,愚不为者。特灵犀逞下笔一时之快,竟不恤传写其好友几葬身轮下,虽毒,亦至趣也。愚既好捧女人,而朋友勿谅,时时示我以威胁,闻之人言,事业之成功,必经若干挫折,若以捧女人为吾事业,则威胁之来,便为挫折,然则我之事业,殆将经此挫折而底于成功欤?于心滋慰!

愚捧女人,从而非议者固多,亦有绝对同情者,则为老凤先生。老凤以愚能拜金,叹为得体,因作杂论《金素琴篇》,是愚知己也,亦素琴之知己也。求知己最难,况今日乎?士当为知己者死,愚宜与素琴为老凤而并命!

(《社会日报》1938 年 5 月 10 日,署名:高唐)

“爱看他人妾,贪吟自己诗”

近来忽高兴作诗,作而不欲发表者尤多,比习早睡,睡前于枕上讽咏三五遍,然后入梦。梦境弥酣,诗出货既广,眼界益高,遂觉别人之诗,皆不及我。“爱看他人妾,贪吟自己诗”,我终于犯了这两种臭脾气。

钱爱华女士既做舞人,愚曩理他报纂事,记其迩况甚多。钱读之不悦,辄以书来,丐为辨正,其书亦斤斤于名誉人格问题,我要存心寻寻钱小姐开心,将此一封“意识严肃”之书,公之报上,则舞客且将望望然去之矣。舞场舞客,宁有爱悦一贞洁之舞女者?舞女而红,所恃何事?钱小姐奈何不仔细思量,故愚为钱小姐劝,以后勿将“人格名誉”四字,放在嘴上,听之徒令人丧气。而钱小姐之伴舞,无非为“吃饭”两字,又何必侈言人格名誉,与“营业目”作对头哉!愚近与他人讼,他人谓我损害其名誉,要求赔偿数百金,我为之哑然失笑者久之,我笑他人之名誉,乃有一个代价,代价又不过数百金,真是有限得势,特亏他老着面皮,开出口来耳。

(《社会日报》1938 年 5 月 11 日,署名:高唐)

饯赵之夜

饯赵之夜,有人拍吾肩曰:“请平心静气,撇开艺事,第取女人美貌,加以品量,则赵小姐实逾于金大矣。”愚当时殆无间言,惟细细思之,则金大小姐,一登台上,真华美似天人,又岂啸澜可比。以艺人必须牵连艺事,令吾撇开艺事何为者?

某居士言:啸澜行,大郎当有诗。因陡忆往年愚有旧句云:“不辞婉转当筵醉,暂祛娉婷处境忧。”又云:“烟价争如花价贱,发香略似酒香幽。”今日皆可以移赠啸澜。闻啸澜处境非佳,兹夕之会,正可以借他人酒杯浇自块垒,则上一联可用矣。愚与啸澜并肩坐,愚亦略饮酒,前人所谓“发香微嗅醉初醒”,则下一联尤切矣。迩无好怀,乃从此等地方,自寻乐境,谓为可喜,其实大哀!

(《社会日报》1938 年 5 月 15 日,署名:高唐)

悲吾儿无母

夜深,家人既就寝,愚一人执笔于窗下,闻灵犀兄所豢“玉狸”,鸣于瓦际,为声悲而厉,高而亮似女子号声,听之必怦然心震,而患其音之哀,疑非佳朕。迩来偃蹇,迷信益甚,乃觉所遇都不祥。清晨,儿子来唤愚醒,索钱币,予之,则戏于巷中,买咖啡茶糖。糖之大小似普通之麻将牌，其外裹以透明之纸，纸以内更丽以一小纸片，纸片上则以彩色画骨牌。今日商人，无道德可言，勾心斗角，惟以戕害儿童为重大使命，言之发指。昨日吾二子各买一颗，以示愚，愚既不悦，见长子所献者为幺二，次子取者为三四，并之则为“别十”，益愤懑。儿童无知，甘受商人荼毒，而所得者为牌九中之“瞓着点子”，宁非败兆？并两怒为一怒，于是愚不得不申责两子矣，执其腕，各打手心数十下。二子审愚者番庭训，理由严正，不敢抗，亦不敢哭，忍泪而去，愚忽狂悲。愚之悲，悲吾儿无母也，使其母在，儿子必不若今日之放任，且戢然就范，勿纵勿骄。愚诚慈父，然何能督吾子于细微，失恃之儿，其苦便在此。故我又祷于亡妇之灵，愿妇在重泉，卫此二子，使其长成滋速，勿致下流。二子为吾妇血肉，生前本钟爱，今日当听而夫之告，而夫妄人，半生已废，妇亦勿必恤之矣！

（《社会日报》1938 年 5 月 17 日，署名：高唐）

费穆先生归来矣

费穆先生归来矣。一夕，遘之樽畔，先生谈改良平剧，因告梯维，谓《探母》剧本，未尝不美，然有若干地方，不能不加以改善者。如延辉既向公主陈诉心事后，公主遽信勿疑，此实有悖情理。十五年厮守之恩爱夫妻，一旦忽发现其婿为敌国之将，公主乌可勿加思虑，故宜有许多动作，以表明之。又如延辉于探母回令后，太后既以公主之说情，不杀驸马，而命延辉镇守北天门，延辉则奉命唯谨，此活写四郎为一标准汉奸矣。杨邺后人，宁有此乎？故剧情至此，便当写四郎劝公主叛国，公主固忠孝其母，勿能从夫行，则于两国交绥间，宛转马前，为两全之死，夫然后为可歌可泣之事！费先生所指甚多，不能尽忆，忆亦不可尽记也。“坐宫”之引子，为“被困幽州思老母，常挂心头”，今日伶人，大多念“金井锁梧桐……”。故费先生又言：“前者将往事、地点、心事，于寥寥数字中，已泄露无遗，句亦浑成，而偏要改‘金井锁梧桐’，乃不知何解？尤可笑者，于‘金井锁梧桐’者，乃为旧本原句，真荒唐矣。”

朋友又劝醉芳习舞者，醉芳乃私问灵犀曰：“你以为我是不是必须要学舞的？”灵犀以其言告愚，愚因叹曰：“醉芳诚今之佳子弟，其人圣洁，乃有此委婉之问，何等有味，朋友已绝少为醉芳之如人者，视愚龌龊，宜早死耳。”

（《社会日报》1938 年 5 月 20 日，署名：高唐）

与天厂谈信芳

与天厂谈信芳，天厂谓信芳之支持移风，非常人任也，盖其匡扶大局自有精神，有魄力，先他人忧后他人乐，故其部下，能翕然相从。当其昔年在北，艰困备尝，甚至果腹之谋将绝，此在旁人，且以挫折而灰心，独信芳略无沮色，于此吾人安不能不佩其毅力？盖信芳四十年中，四海生涯，实从炉火中锻炼出来，他人又何能及？

叶如玉女士，今亦迟暮人矣，当其盛年，鬓云眉月，肤白如霜，愚屡闻其歌，然不久隐去。最近又盛传如玉受宠于司财之神，既中中央储蓄会头奖一次，最近又中特奖一次，先后所获，不下万金。如玉得此，后半世之衣食无忧矣。

翙翙先生，作《老夫自白篇》，以愚观之，自白亦复多事，当兹乱世，万口悠悠，黑白益不可辨。有人自香港来，谓在港之所谓文化人中，私议曰：“若大郎诸人，必然为滑稽中人耳。”香港流行之“滑稽”两字，犹言其人已做汉奸，已为国贼，愚一笑置之。若有人谓大郎不能振奋而沉迷于女色，此殆可信，必欲以失节拟大郎，则香港诸君，瞎了眼矣。终我此世，殆不甘为汉奸，除非做他妈的“汉郎头”与“奸夫”耳。

（《社会日报》1938 年 5 月 23 日，署名：高唐）

记予倩风情小戏

醉芳言：《宝蟾送酒》一剧，出自予倩先生手笔，而《人面桃花》，亦为予倩编制，二者皆风情小戏，以细腻蕴藉见长，若逢好手，搬演氍毹，观之如饮洌酒，甘芬可口。尝见素雯与次江合演《人面桃花》，温馨甜蜜，不可方物。愚近记以一诗云："桃花艳发到黄昏，竞向春风认笑痕。缓缓横波来客座，盈盈一笑出柴门。渐偿几许平生愿，销尽轻柔十斛魂。凄绝崔郎千载事，偶逢妙手许重温。"盖不胜钦爱之私矣。《宝蟾送酒》，未尝见他伶演此，迩于群芳会唱场中，见周碧云演宝蟾，亦复风华绝世。在台上视碧云，特一娇痴少女，而浪语如丝，柔情如缕，当此无不魂销骨蚀，何况好色如愚哉？予倩先生，久离沪上，不然必踵其门，问之曰："自《送酒》剧本告成，演者亦有称先生意者乎？"苟先生曰："有之，若某人演此，称余意矣。"则愚将掉首而奔。若先生摇首，曰："予乃未见一人，登上头之选也。"则愚且为先生介曰："茶馆歌才如周碧云者，实可以慰先生望矣。"

（《社会日报》1938 年 5 月 24 日，署名：高唐）

廿四夜兰心之义务戏

廿四夜兰心之义务戏，登台人物，俱当世名票，大轴之《四郎探母》，饰公主者为曹炳生夫人。曹夫人风采颇俊朗，无论唱白与动作，皆以爽辣胜，未见前人如此演法者，愚独谓夫人善于摹拟番邦女子之个性。赵培鑫君，歌声甚著，愚尚初见于氍毹，果然老练，此君曾与博士配《探母》，其艺之精到可知。是夕小蝶亦登场，为萧太后，块头大，身体粗，一出场便知识匡扶大局之老太婆。小蝶有此一身肉，具此一只好喉咙，便似派定了该做萧太后，苟此生而无术使玉体清癯，其他戏不便动矣。

《探母》之前，幼蝶演《宇宙锋》，闻以作金石声，以我听来，与梅兰芳殆无分别，声音一样高低，味道一样甜美，所不及者，幼蝶差兰芳廿多年耳。兰芳诚梨园尤物，而今之幼蝶，何莫非票友怪杰？幼蝶上装时，聘素雯为化装顾问，□红沟白，益臻婉美，为旧剧人材计，我乃婴劝幼蝶下海。《宇宙锋》前为《法门寺》，张哲生君之刘太监，爽脆不输侯喜瑞，佳净也；毛家华君之赵廉，绝潇洒，唱亦韵味醰然。是夕金家姊妹，同临前座,时时鼓其玉掌,则为朋友捧场也。愚在剧场,不喜鼓掌,而爱叫好,顾是夜默然,盖台上无麒麟童;无麒麟童,我喉管决不痒,痒亦忍得住也。

(《社会日报》1938年5月29日,署名:高唐)

愚作《珠沉记》

今人之极吝啬者,必詈之为犹太人,以犹太人喜财货,好居积,而不乐施舍也。于是有人述一故事,谓有犹太人者,娶一妇,某年,其妇有子,初勿延产科医生,节接生钱也。而妇忽难产,胎儿不能下,犹太人始惶恐,夺门欲出,妇止之,问曰:"尔将何往?"则曰:"延医生耳。"妇曰:"是何为?"乃告以故。犹太人恍然悟,亟取银币二枚,向妇之股下交击,锵然响作,胎儿果应声下,盖胎儿先天,已得其父好财之训矣。《笑林广记》中,嘲吝啬者之笑话最多,此亦极妙之题材,不平生将来如有《当筵索笑录》之辑,可以采入。

愚作《珠沉记》,即旧著《归儿记》之缩影。《归儿记》未竟全书,而报已停版,及复刊,无心继续矣,此中所述,皆为吾友所遇,固可歌可泣也。愚不自量,动笔时辄力摹琴南,丑劣几不可成章,第念其事哀艳,苟衍为剧本,移之银幕,奏之氍毹,其故事必为观者歆动。愚尪弱,不足以传,安得琴南翁重到人间,更为演述,则亡友虽死,死且不朽。

(《社会日报》1938年6月1日,署名:高唐)

港粤异趣

百粤女儿,有异于江南佳丽,其体格无不雄健,然健美并擅者,实不多觏。吾友故言,行于道路,见前面走一女人,无不想跟在后头,多行几步,一待女人回过头来,见其貌,大多为黄脸婆,于是废然引去。吾友又曾过香岛之屠门,谓其价尤廉于上海八仙桥畔之庄花,一关房门,第需二金,此中乃多艳色,而身腰无不矫健。初以为香港虽舶来品较上海为贱,不图此项土产,亦视上海廉美,然则愚昔日所谓"莫道洋场万物贵,眼前尽有便宜□”，此十四字若用之于香港，更相宜矣。

香港之剪绺贼绝夥，行于道途，时时有失物之虞。玉狸曾于稠人中，忽觉唧然有声，视其胸前之笔已不见，更回眸睹一人，作仓皇色。玉狸托一手向之，作索还状，其人大窘，从别一人身边，出原物奉赵矣。剪绺者以玉狸不张声势，为态从容，以其人为不可犯，故勿敢终匿，宵小何知，词人雅度，乃大抵如此者？又勃罗归沪时，船上亦遘剪绺贼，贼以手抚其臀，盖知勃罗钱箧置于臀部之裤袋中。勃罗佯不知，小立甲板上，贼果踵至睒睒视其腰际。勃罗乃举手击其股，砉然作声，意若告贼曰“此中果有钱也”。贼知勃罗亦不可犯，遁矣。

（《社会日报》1938年6月3日，署名：高唐）

尘无以呕血死矣

尘无以呕血死矣，数月前，读其病余诗云：“白头父老呈霜柿，素手村姑荐蜜茶。不道先生非税吏，病余来看早梅花。”因知尘无虽在病中，犹善自遣，当不致遽死。上月，沪上又传尘无将来沪，益喜，以为此乱中得重见故人也。宁知尘无终不果来，今则以弃世闻矣！沪上知交闻耗，含泪相看，不能言语，死不可恤，何况今世，第尘无之清才饱学，自此亦遂委为尘土，则大可悲，以噩耗报之海内艺林，亦当放声同哭也！

愚识尘无于四五年前，时为细雨溟濛之晨。尘无来访唐瑜，唐瑜为愚介，尘无乃力扬愚小诗之美，为之悚然。盖愚知尘无，工旧诗，文亦清致幽远，如愚犷野，胡足见称。愚平时自傲，恒人誉吾诗佳者，必勿悦，以为彼又何知者。而尘无忽致其颂词，则又惶恐不敢受，患其过奖，而不作由衷论也。

尘无病中，能节起居。往时，吾辈恒及昼始卧，尘无以病，不预宵游，则不可谓其是善摄生。顾其人多烦虑，恒萦怀心曲，故厥病不易去，寻至病蒂日固，至无可祛除，终死于乡，年不足三十。世有才人，总多薄命，亡友尘无，乃为命薄之尤也！

（《社会日报》1938年6月5日，署名：高唐）

书生终是书生

二三年前尘无所作诗，芊丽似好女儿，如《咏画眉》云："儿家自有新蓝本，特地开窗学远山。"虚空婉媚，岂吾笔所能到？其时尘无与张雯女士，颇敦友谊，《吞声小记》中之诗影女郎，即指张雯，而香奁诸什，无非张雯而作。然书生终是书生，不为时代女儿爱赏，曾几何时，尘无则失欢于张矣。尘无本尪弱，而大半病源，起于用情，当时朋友明知之，不敢问，以尘无犹自矜饰也。惟其矜饰，隐痛尤深，若得从一二知己者，稍稍商量，非特有所慰藉，亦可得不少便利于尘无之指点。愚快嘴如刀，昔当尘无面，指别一事骂与他听，曰："在上海而与寡老谈情，痴子也。袋里有钱，任凭她是什么样儿的面目，我要怎么干，便怎么干。若欲以才子风流，而博美人怜爱，是为做梦，我见得多矣，此即阅历之谈，亦万世不磨之论！"尘无听之，莞尔而笑，知其悟而不能彻悟也，今且抱长恨而死，愚故告于冥冥曰："尘无可怜人，今则淹化，愿其来世，变为残忍之魔，见女人辄噬之，勿少放松。譬如汝友大郎，纵即死，亦无遗憾，盖尝挥笔耕所入之半，效残忍之魔之所为矣。"

（《社会日报》1938 年 6 月 6 日，署名：高唐）

人畜关头，只在方寸间矣

白玉霜终为亡国之妖，近时出演于北方，报载售座颇盛，居然抽所得税一二千元，奉承其所谓管豁机关矣。当年，袁良市长，以白为淫伶，逐之出境，迫其不能立足于北平。愚乃谓纵然整饬风纪，亦何至于与一娘儿苦苦作对，赏她吃一口饭，劝化其纳于正范可耳。然至今想来，翻嫌袁市长之惩戒于白者，犹为宽容，倒不如就把她拾了来，除以死刑，亦不教留今日之孽根也。更可恨者，白来上海时，愚且尽力负揄扬之责，此类笔墨，将为吾毕生不可湔祓之耻辱，想不到巴望她成名后，竟造就此伤天害理之一块料也！念之念之，心血如沸！于是又埋怨到从前不知何人怂恿她弃伎而业伶者,此人亦有罪恶;若终白之身,以生殖器为交易品,或不致有今日之昧尽天良。卖淫坯子,总是卖淫坯子,何必要把她抬高?谋之勿臧,遂成祸害。我又念之,天下事宜有比较,平心静气想一想,金素琴姊妹,纵然本身之毛病甚多,然能于如此环境下,这一个时间里,踏上氍毹,唱爱国戏剧,吾人更不忍,再对其私人,苛于责备。盖以金氏姊妹比之白玉霜,真觉人畜关头,只在方寸间矣。

(《社会日报》1938 年 6 月 8 日,署名:高唐)

邀翼华观戏

周碧云演《四郎探母》之夜,大雨初霁,鯯翼华往观。翼华为卡尔登之最高当局,又肯识拔真才,窃以为碧云将来之腾踔歌坛,或以翼华此行,遂得一极好机缘也。剧观至“盗令”而归,途中,愚语翼华,谓鄙人不以推荐周碧云加入移风社之居间人立场,亦不以登徒子对女人品头量足之姿态而垂询足下,特与朋友间研讨艺事,而丐足下作一大公之批判,则足下之视碧云,乃为何如?翼华若有所思,既而问曰:“此间之票价几何?”亟告曰:“值卡尔登之零头,大洋两角耳。”翼华遂曰:“然则所得足偿代价矣。”愚以其言殊简约,未盈吾量,再问之,笑而不答,从其笑容中揣测吾友孕蓄于心头之意,殆谓“将来愚苟以碧云引荐为翼华、信芳之前,二君将欣然招致之,纵然一块钱之票价,有诸大名角支撑,其零头两角,必有观众为碧云而来用也”。念至此,中心大乐,窃喜碧云不致终嗟摇落,自蓬门而傍巨室,为期殊非遥矣。

(《社会日报》1938 年 6 月 11 日,署名:高唐)

信芳毕生名作《四进士》

《四进士》实为信芳之毕生名作,培林有言,以美丽之线条,而构成美丽之图案者也,岂止空前,亦称绝后。上星期卡尔登贴此剧,梅雨中而得八成座,不可谓非货售识家矣。是夜,演至近十二时始终场,若在平日，颇有人离座先行，惟看《四进士》，不待长幔徐下，不肯动身，盖宋士杰这老儿，真叫人爱得不忍不看他焉。

黄今吾先生之耗，愚读张恂翁一文，始知之。今吾为中国第一流音乐专家，为老友汪礼卿先生快婿。前十年，今吾结婚于沪上，夫人为音乐教授，曾受聘于梅畹华，谱戏曲，今梅之佳唱，无勿出夫人手。愚贺礼卿女公子于归，故并识今吾伉俪，却扇之夜，似为耶稣诞辰，故此夕之印象至为深刻。犹忆同席诸君，俱一时俊彦，有周贤言先生，亦有唐有壬先生，有壬死且久，今吾亦不寿，缅怀既往，岂仅慨乎人事变迁之速，亦为国家频失贤人而痛矣！

碧云词，最初下决心，拟成百绝句，既而嫌其过多，则将折半为之，亦嫌散漫，又改为三十绝。数始决，随意得来，纵笔即是，不从字句上用雕凿功夫，亦犹之碧云演剧，爱怎样做便怎样做，勿有牵掣，则神韵自流矣。

（《社会日报》1938 年 6 月 14 日，署名：高唐）

舅氏说我读书少

舅氏于旧文学颇淹博，尝以愚不多读书为病，谓吾文荒率，看到眼里，便知于旧学绝无蓄养者，文章自有程法，固不可率尔操觚也。又谓灵犀胜我殊远，至少比我能刻意经心，而于其文字间觇之，则其人实为一忠厚长者。譬如我，心地不可说坏，顾以文字出之诡奇，终有人疑为乖张，乖张自遭人忌，则非处世所宜矣。

十余年前，愚任事于银行中，与某君共一宿舍，日久，二人之交谊渐笃。某好翰墨，愚亦附庸风雅，所嗜既同，感情弥至。其人原为一长厚书生，愚益敬之，尝互对曰："我二人便吃亏在书生气太重，欲从市侩群中，求腾发之机，殆不可得！"某年，予病于乡，此君日以一书来，慰病状，感之刻骨，以为终世得一知己为此君者，死亦何憾。后数年，愚忽谢事，此君亦迁职他方，犹音问勿间。近二年，邮书忽绝，奇之。去年，愚投一书，终无一报。有人自彼方来，谓此君胜蹈，兹且为银行襄理，一改其往年雅人之度，居然亦叱咤风云矣。愚始大悟，所自幸者，二人分手以还，绝未为吾友作乞怜之语，不然真欲为我当初挺要好的朋友，背后骂我几声无赖，何犯得着？我近来颇求长寿，能多活一年，总长进许多阅历，是亦阅历也。

（《社会日报》1938 年 6 月 16 日，署名：高唐）

灵犀诚可敬，勃罗亦大可钦矣

勃罗自港归时，遘灵犀，言次，勃罗喟然曰："志士不忘在沟壑。"滑稽中人，不可为也！灵犀闻之，滋勿悦，及后，语愚，谓勃罗自港来，辄以勿为国贼相勉，岂其以为偏蹐于孤岛上者，都为罔知廉耻人邪！愚知灵犀误会之深，亟曰："勃罗为人，心直口快，彼岂勿知吾曹终不辱者。"而灵犀犹介介，因作一短文，以泄其萧骚之气。勃罗读后，大恐，亟诣灵犀，执其手，曰："吾知过矣，我岂忍疑吾友者，特语大凡人耳。"灵犀始释然。及勃罗去港，昨以书来，寄灵犀，犹歉然于当日之失言。愚乃大为感动，夙知勃罗亦为人高傲，不肯下人，今为爱护其国，一再为好友服失言之罪。灵犀诚可敬，勃罗亦大可钦矣。

前者，愚于笔墨间调侃吾友，有人乃误为以滑稽中人相刺，虽着墨浮泛，而吾友已不堪承受，其他朋友读之，亦责予不当以笔墨为戏。愚复痛悔于当时之造次，而使当者难堪，故向吾友谢罪，更着一言，以记吾过。

（《社会日报》1938 年 6 月 19 日，署名：高唐）

蜀蓉餐室纵谈锋

一夜，翙翙先生宴周信芳、高伯绥二先生及金素琴姊妹、于素莲女士于蜀蓉餐室，愚被邀为陪客。旅沪十数年，识剧坛中人不广，其比较接近者，惟眼前之诸君而已。是夜，素琴称病，不获偕饮，宾主怅然！愚饮且酣则纵谈锋，谓诸君曰："有小女伶欲拜吾膝下，为晨昏定省之娇儿，有人先容于我，我则颇费考量，念果为人父，当使尊严，我于亲生之子，且好戏弄，何况于干女儿？闲尝窥之，周信芳先生之于于素莲女士，妙在不卑不亢，我欲揣摩，又深息勿中程节，故我谓干父不可为！然则为他人师，师生分者，不若父女为正肃，能有一娇痴妙女，录为佳徒，未始非人间韵事。吾志乃决，以为干女儿不必要，女弟子不妨有之也。敢掬至诚，就正于在座方家，愿赐高见。”吾词既毕，信芳、百岁二先生，拱手曰：“什么都好，且预为吾友贺耳。”愚逊谢，亦曰：“果有一日，小女儿盈盈下拜，必开广筵，请诸君共晋一觞。诸君为剧坛夙将、艺苑名流，正可使小女儿追循雅范，俾资观摩。”言未已，灵犀乃曰：“干父好，不如先生好；先生好，不如兄妹好。”愚正色曰：“哥哥妹妹，是殆肉麻，矧不分参差，如何使得？”金二小姐亦谓：“为干父流于‘俗’；短中取长于两者间，不如为师徒。”木斋又曰：“以足下骨相太薄，做干父诚勿宜，为人师，亦无奈勿类。”至是，愚综合各方舆论，则一片攻击声也，辄投箸废然叹曰：“干父也不做了，先生亦不为了，还是做一个普通看戏客人，你看那哼？”

（《社会日报》1938年6月21日，署名：高唐）

清高不在词色间

清高在心里，不放在说话上，亦不放在面孔上，此种人自可贵。既是清高，必欲于词色间启示他人，此种人当然不可厚非，然往往容易使人憎厌，或有人气不过，私想你满口嚷清高，难道我们都是滑稽？你不能自以清高，便疑别人都是溷溷也。若恬不知耻之徒，则公然侈言曰：“他们愿意借重我，我便乐而不为？”又愚曾双耳所闻，一人语：“不错，我现在正替他们办差司，他们钱给得多，中国人却养不活我！”真狗彘之谈，闻之辄切齿，詈曰：“好贼子！你想怎样下场头？”

有王家子，自香港返沪，有口号曰：“不做汉奸，不做拖车。”前者为大节，后者属于小德，此君临大节如何？不敢妄断人家，若谓此君不做拖车，愚不能信，谓欲做而不得做，相信矣。以女人肯请他吃饭，肯送他东西，为毕生荣誉者，此种人不想做拖车，你说相信不相信？虽然，纵如是,亦不必以此鄙王家子,今日之事,大家都说:"小德出入可也。"

(《社会日报》1938 年 6 月 23 日,署名:高唐)

长子习外交,次子习军事

捧茶楼上之角,或谓分有声与无声两种,有声之捧,类似鄙人,用平平仄仄仄平平也;无声之捧,数几张钞票出来,点几出戏。论实力之雄,无声胜于有声,娘儿们看见"现货"在眼前,究竟向往,若四句头山歌,她们正不稀罕。小洛曰:"足下又何必操心思?"

夏至日,祀亡妇,幼子赴外家,兼旬不返,今逢母祀,亦不归,此儿真不知无母之悲矣。愚穷,不能常为亡妇设奠酒,岁时祭飨,不敢缺,妇果来尝此杯浆,视家人,则骨肉皆在也。今日不见幼子,亡妇有知,必勿悦,愚故颇怒唐哲,外家乐,竟不念母矣。顾我凉薄,然妇死之后,时念之,清夜不寐,偶忆亡妇,剧悯其苦,辛酸不可忍,愚未能善视吾妇于生前,死后乃抱无涯之戚!读吾报者听之,一生不可负人,苟其人而一旦溘逝者,则汝且追恨于靡穷,如我今日,良心上之痛苦,虽刀山剑树,曾无此酷烈矣。

下半年,将送两子入学,当时不愿吾子读书,今则且以此为当务之急矣。国势至此,愚不能报国,才到中年,已如残废,俯仰渐惭,兹则惟期吾两子。天果赐我培育两子之力,则将来令长子习外交,次子习军事,知过复兴,端视此辈。世界惟强权,故外交人才不可少,军事人才不可缺。愚乘儿子幼时,恒训以效国之义,使其知侮我者何人!深仇所在,竞赴之也。

(《社会日报》1938 年 6 月 25 日,署名:高唐)

捧人妙在肉麻过火

谢豹兄谓我当年之骂人文字,比今日之捧人文字,好看得多,此言或者可信。愚年廿五,下海作报人,一起手便以泼骂惊人。骂五年,始搁笔,叹曰:“留一些口上阴功,预备做下半世人。”近一年来,便不大骂人,便是骂,亦比较为委婉。醉芳语我,已无复昔之词锋者,良可信也。迩时写捧人文字甚多,明知今日之捧,不足以忏悔已往之骂,然有若干少年气感,血气方刚之士,忽发现愚之捧人为可骂,于是于报上大张挞伐于我,恶声之来,无日或间。我偶然读到,则微微一笑,对朋友曰:“骂得好,骂得好,我的报应来了,从前口过,今都移交于他人身上,便是死下去,拔舌地狱,不消到矣。”谢豹兄又誉我骂人之文字为爽利,捧人则不免肉麻。此点愚不敢否认,惟昔尝闻黎锦晖先生,盛称下走捧人之妙,便妙在肉麻,妙在过火,只要捧人之动机为“怜才善意”,则一切何所顾忌?用轻描淡写来捧人,力量终究薄弱,故“肉麻”与“过火”好也。锦晖先生,见解自然比一般人超越,我复有先入为主之成见,故只听锦晖之言,他人讽谏将暂时不敢接受,惟雅意感之。

(《社会日报》1938年6月27日,署名:高唐)

以文代复告玉狸与勃罗

玉狸与勃罗赴港后,俱以书来,殷殷询近状。愚奇懒,排日写千数百字,为吃饭,此外便不愿再著闲墨,于是吾友之书三至,而愚无一报也。又念二君在港,有上海报纸可看,报纸记身边琐事甚详,二君读此,可以知老友虽偪促于上海,犹能善为自娱之策也。今当述两三事为二君告,用代复书,不复劳邮筒转寄矣。金素琴为勃罗倾倒之近代艺人,其人久病,病势且奇猛,病之来,实受赐于兰心之枪声,此在丈夫,犹不免失色,何况女子?小蝶言,已入医院疗治,下走为金氏剧团之内定秘书,在理团长久病,秘书不宜辞存问之劳,今下走疏狂,不遑及此,若易二君,必有不自禁者矣,然否?小天疑仙,复腾踔于沪上,一夜,与疑仙值于途,谈数分钟,忽觉其人极天真,亦殊肫挚,及分手,辄悟此种小女儿,若无太夫人在身旁,无不可爱。蒋叔良尚存一片孤忠,为琵琶女儿效命,下走则志不在此,因此有人谓下走做事,绝无终始,捧角亦然,其实此情不足为怪。下走廿三岁娶妻,闺房之乐,甚于画眉;至廿五岁,便开始与太太挥拳,终至势如冰炭。二君思之,下走对内人尚如此,何况对不关痛痒之女人?秉笔在手,爱怎样写人家好,便怎么写,写固听我高兴,不写亦只能随我,效忠两字谈不到。一生凉薄,对爷娘尚疏奉养,对别人哪有真心?捧角之事,必欲以终始相责,宁非"屈死"?

(《社会日报》1938 年 6 月 29 日,署名:高唐)

[编按:原专栏名为《高唐寄语》。]

仲方远道驰书来

愚谓将积些阴功,不再以笔墨轻薄人家,留后半世做人余地。仲方于远道见报,辄驰书来,曰:"兄居然亦要学孙传芳之杀人一世,到后来吃素念佛拜菩萨矣。可是放下屠刀,立地成佛之语,在弟看来,简直牛×九十六,若兄不希望施家小姐请吃点心,则兄只管骂人,何必放下笔权乎?(孙传芳放掉兵权跷辫子,兄若放下笔权,个是日脚差勿多个哉!)且骂人即是劝人,所谓鸣鼓而攻者,不当见之于吾辈,更有何人敢负此重任!兄千万勿留阴功,下半世人做勿做,弟以为即使今天就死,只要骂得大快人心,死有何不可?他人讽谏,兄勿必摆勒心浪,弟言兄不可不听,因弟殊不愿在未死之前,眼看一个鲜龙活跳的同志,一变而成活死人!"仲方之言,虽出之诙谐,然深挟萧骚之气,殊为感动。仲方于沪战后二月,奉太夫人自上海去汉口,复走于三湘七泽间,转辗而抵香港,闻其旧癖都蠲,身体日臻壮健,而忧国伤时,无惭为一血性男儿。小抖乱跌宕十余年,今且由绚灿而归平淡。愚曩即言之,仲方非不可为,今读其书,果振振有效国之愿,喜极流涕。以仲方聪明,安得非家国贤才!敬致虔诚,为故人祝,祝其永宝家国也。

(《社会日报》1938 年 7 月 1 日,署名:高唐)

蒋九功将悬壶于上海

叔良近来以笔墨侮弄良朋,使灵犀为之却步,使下走为之失色,而骂人技巧之妙,更使人不可捉摸。愚与叔良,平时口出戏言有之,若在笔端,则从不肯使叔良难堪。叔良亦言,我蒋叔良不能与云裳戏,戏则我后半世完矣。盖叔良业医,自称其江湖之名曰蒋九功,屡欲悬壶于上海,卒不敢,因语人曰:“云裳如何还不死,他不死,我如何可挂牌?我有不能不忌他一脚的苦衷在,一旦若设诊所,经不起口头上旧事重提,则我医名滋贬矣。我与云裳年岁同,今将做下半世人,满拟前半世做了穷书生,下半世定可做良医,纵不可及丁甘仁、夏应堂,亦当比美吴莲洲。我之期望如此,而云裳他竟不死,这言真叫我着慌。”凡此皆为叔良亲口所言,友人传述于愚。愚曰:“叔良过虑矣,戏言总是戏言,若他真正一旦业医,愚不特不致作弄于他,且愿不辞口孽,为之揄扬。事关一生衣食,如何亦可以戏弄出之哉!”故闻叔良以吾意之诚,拟将“蒋九功”牌子悬起。先生阁上,惟叔良能竟陈氏石桥之功,当其悬壶之喜,愚必更为之慎重致语曰:“我有小伤风,小咳嗽,决不请教九功开一张方子,以避揩油之嫌,并无其他作用。”

(《社会日报》1938 年 7 月 4 日,署名:高唐)

凡是歌者,无勿有一保卫之人

重革先生,既约歌者秋娘同饮市楼,复邀至友三五人为陪客。秋娘之来,从一老者,貌粗野如巡阶之卒。重革滋勿悦,其友至,介秋娘于友,及老者,则曰:“是人与秋娘同来,我亦勿审其为何人,殆秋娘父耳。”比席散,秋娘与老者先行,重革詈曰:“谁遣彼老魅来者?”灵犀乃曰:“平心论之,彼小女儿诚可悯,而老者之为情尤可哀。老者固不知重革为何如人,其来时以保护人之姿态出现,明知为佳宾勿喜,然杜渐防微,以守此一件摇钱树耳。”其实,凡是歌者,无勿有一保卫之人,非老叟即为年高之妇亦步亦趋,自可憎恶。往年,评剧坤伶某,来沪上,某名流邀之饭,席半,忽有人窥探门外,为数既频,主人勿耐,诘餐肆侍者,谓何人瞰吾室?坤伶警,对曰:“殆吾同来人耳。”及散席,坤伶出门,乃有壮男子,疾步趋前,加外氅于坤伶之体,复同载一车,绝尘而逝。有人识男壮者,谓是即坤伶之夫,亦戏班中之男角。主人闻言,顿足呼负负勿已!由是而言,则彼老叟与耄年之妇,虽可憎,以较请“外子”为镖客者,重革先生,正不必倒十二分胃口也。

(《社会日报》1938 年 7 月 6 日,署名:高唐)

叔良欲陷愚于危

每日及午始醒,往往为对窗之无线电声所扰。对窗居一少妇,风貌便娟,起身绝早,上午寂然独处,则拨无线电以自遣。然妇有奇癖,好听无线电中之许多哭调,一若非此呜咽之音,不足尽妇之欢者。然愚在梦中,每为惊起,疑巷内死一人矣。缔听之,则无线电也,如是者数次,愚辄愤愤曰:“妇真不祥之尤,特以哀音,撩人愁绪,亦择邻不慎之苦也。”

愚曾向叔良声明,骂我不要紧,千万别骂我为吃血。而叔良必欲陷愚于危,谓我进账四百元,在现在之情势下,可以随便指人有意外之钱收入乎?此点愚不能不请叔良明白指示,所谓四百元者,何人授我?其来源如何?叔良方以清高自励,反顾吾身,未尝失节,而诬罔之来,令下走吃罪不起。叔良若不能说一个究竟,愚惟状之于官,求一解决。怨莫大于伤心,叔良陷我,真伤我心矣。

世上之恶人不足畏,所畏者特带忠厚面孔之恶人。愚一生被人诬弄,为数甚多,而欲陷我至于死地,则惟今年之遇蒋叔良。一动笔,竟使人走绝境,殊令人难于忍受耳。

(《社会日报》1938 年 7 月 9 日,署名:高唐)

灵犀积扇数十页

伯绥临石鼓文,为路凌云君制一箑,凌云取以示信芳曰:“伯绥这写的什么字?我看了半天,一个字儿都不认识。”信芳阅之,亦曰:“倒是很难认。”会伯绥施施来,凌云招之曰:“你来认认你写的什么字,念给我们听听。”伯绥则哑然曰:“这些字都有讲究,可以查,查过就明白了，不过我昨儿也查过几个，可是一个都查不出来。”闻者莫不失笑。人谓伯绥有憨气，我以为伯绥之可爱，便在这上头。憨为纯厚之别名，培林喜伯绥纯厚，亦即喜其有憨味也。

李雪枋为灵犀兄绘一扇，雪枋谓画非亲笔，而款则由自己写之。扇之另一面，亦为伯绥之临石鼓，予谓若易文娟之书，则铢两悉称矣。愚问文娟能作字否？点首曰：“能之，顾不工。”其实不工亦何碍？小女儿作书，正宜如蛇盘蚓屈，一任其自然挥洒。矧以文娟聪明，作字未必遂勿工，渠言勿工，特谦辞耳。

灵犀积扇数十页，于是每日翻扇子行头矣。七七之日，持一扇，为易君左先生写卢沟桥事变之歌，持此扇，不第应时，亦志痛也！愚无此癖，生平未尝用心于收藏墨迹。去年，竟一夏无扇。愚嫌有扇则累赘，且与折扇无好感，以为不扇则已，扇必用大蒲扇，洵知愚非雅品矣。

（《社会日报》1938 年 7 月 11 日，署名：高唐）

路 遇 小 天

自谢小天返沪，尚未一晤，乃于路上见其师徒，经年之别，不见小天长一寸，亦未尝瘦一分，秀艳之色，充溢于眉宇间，天涯离乱，深喜此儿终无恙也。小天谓心念寄爷，而无由一见，勿审寄爷近状奚若？愚一一慰之。又问小天，兵时，传汝在故乡下嫁。言至此，小天摇首，遽曰：“逃命且勿遑，何及嫁事？”愚因曰：“不嫁宜也，我乃谓女子终须嫁人，然如小天，遂为人妇，无奈甚早。”小天与乐天皆点首。将别，小天寄语曰：“旧时叔伯，皆在望中，曷集诸人，同过儿家也。”

邻家一妇，实为行云神女，旋作人妇，近数月，夫妇之支出渐不继。于是自故乡物色一雏来，为之买革履，置新衣。一夜，遂携之走天韵楼前，逢一客，女遂为氤氲而登俎上矣。翌日，女忽病，病势奇重，迄今将两月，犹无愈象，夫妇大恐，谓所获乃不偿所失也。愚为之称快，且忍心祝此女早离人世，不幸而存，则未来但有悲哀，不如死之为优。女死，丧殓之费，必出之夫妇，使其欲赖女而篡取多钱者，兹且因此而丧其多钱矣,宁非快事!

(《社会日报》1938 年 7 月 14 日,署名:高唐)

宗瑛闲谈江湖班

一日与于宗瑛君闲谈,渠谓曾演剧于江湖班中,度浮家泛宅之生涯者,若干时,开唱于乡间草台上。乡人初不懂戏,第观台上演戏者,愈火爆则愈妙;若台上之戏,稍有松懈,则台下人掷泥块,扔草鞋矣。不足,复高声叫骂,乡人之视武生尤苛酷,有口号曰:"长靠要看《战宛城》,短打要看《四杰村》。"《四杰村》中之拧靴子,上海武生演之,其为角儿,亦不过拧十数个,台下人已掌声如雷;而草台上之武生,则非拧五十多个,不足餍乡人之望。拧时,台下人高声数其数,若不足五十,必大骂,其蛮横如此;若逢天雨,台下人仍如云集,台上固不蔽雨也。一日,演《霸王别姬》,霸王稍抹脸,穿龙套行头,着套鞋;为虞姬者,则头上套一头陀所御之铜环,衣一旧帔,足上亦御套鞋,如此出场,乡人初不歧视,以为下雨须珍惜行头也。惟演戏则不可不认真,若台上人不当笑而笑,则台下人以为视演戏如儿戏矣,又当辱詈,故无论大雨如注,演戏不能不一本正经。宗瑛乃谓,以前认为苦事者,至今思之,亦觉奇趣。宗瑛所言至夥,愚不能尽记,记亦不能悉录也。

(《社会日报》1938 年 7 月 17 日,署名:高唐)

为《香妃恨》特刊作六绝句

或告愚,游泳池前,可以作眼皮之供养者,而愚则未尝一度莅临。自沪上盛行游泳以来,惟一至高桥之海滨浴场,第亦远眺,明沙浅草中,曾未一涉屐痕也。自顾迂陋,不欲与时代上人,争长竞短。最近,忽增长一种知识,谓游泳衣为毛织品制成,而非轻纱薄翼,坐是之故,益使愚对游泳不必向往矣。

平剧家某,世所目为京朝派烈士者也,一日值于友人许,某乃司胡索，起而歌者，如《捉放》，如《庆顶珠》，皆所谓标准京朝派也。愚在一旁，看不过，拟请于某曰：请你为我来一段原板。愚则强逼为哑嗓，而“嘉靖爷而坐江山”矣。于是预料结果，唱首两句时某必有一肚皮“义愤”，若唱至“马……总兵”时，则某且将碎琴于楼板上，指戟而狂詈于愚曰：“什么东西，你是外江派，争好烦我来拉一段儿哉？”于是愚更默察其神情，必有不易描绘者，然而亦佳境也。

为《香妃恨》特刊作六绝句，其起首一绝曰：“黄云塞外路千程，莫更临歧问死生。郎爱家邦侬爱主，江山情重妾身轻。”若有人问我这一首是什么意思者，我必效王君，达语苏凤之口吻曰：“加一点意识进去也。”

（《社会日报》1938年7月20日，署名：高唐）

一周想看三次戏

愚昔为他报治纂事，有署名“清河”二字者，时以诗文见惠，诗尤清隽拔俗，愚尝为雪艳分咏征联，此君所得最多，亦最善。文娟唱《空城计》，清河先生赠以一律句，似改工部蜀相祠一首者，记其起句曰：“严相威仪何处寻，吾家女弟气萧森。”要足诵也。顷闻之文娟言，清河与司马先生为至友，文娟亦识其人。吾意清河赠文娟之诗必广，曷不寄我，将来文娟有专册之印，汇为付梓，使文娟之成名“文献”中，添此绮丽之一页也。

常谓一星期中，能看三次戏，戏必精赏，则于意滋惬。就上海而言，三次之中，看一次麒麟童，看一次金素琴，再看一次文娟、碧云诸儿。愚有成见，以为做工老生，除信芳外，都无足观，看则必看其名作，南方坤旦，殆以金大为第一人，久别氍毹，使人渴念。若文娟、碧云，其型虽小，而弥可珍赏。今信芳与文娟，皆随时能为吾人作耳目之娱，独素琴久掩歌衫，相望不相闻，滋可憾矣。

（《社会日报》1938年7月24日，署名：高唐）

夏夜清谈遐想

及夜午，家人都入梦，乃下楼与灵犀共坐门前，作一二小时清谈，其境自乐，有时芳君亦来参与，而谈锋益纵。愚老脾气不能尽除，则觉三雄之局，未可人意，倘着一雌，宁非尤美，顾若将床头人自梦中唤回，下楼同坐，不特其势非佳，亦决非吾辈雅人所为。吾居对邻有向导社开张骏发于其中，愚故倡议，何不即选此中人为良宵之伴？记李莼客有《乘凉诗》云："流萤一点池塘影，来照阶前笑语人。"惟此始为韵事。继又念之，地非池塘，亦无流萤一点，借曰有之，则向导女儿，纵工笑语，亦能当得起流萤来照否，是一问题。苟欲求莼客之韵事而不得，则所得者且较三雄之局为尤俗，当夜遂寝斯议，于就枕之后，谋以俗攻俗之方。打算先买一张长藤榻，夜深，仰卧其上，一短裈外，不必多着一缕，然后招导小姐来，或一人，或二人，于风定之际，为我打扇；睡既久，吾骨必勿舒，则令其用流行之按摩法，以苏筋络；吾肉或为蚊蚋所吮，必痒，则命其用指尖搔之；我欲烟，为我燃磷寸；我欲饮，为我进冰浆，凡此皆所谓享受。求享受之乐，便不可更谈雅俗，然若我所言之享受，犹非至俗者也。至俗之事，则将要求导小姐爬上榻来，露天推一方三十二只头，似乎益不便渎高雅听闻矣。

（《社会日报》1938 年 7 月 28 日，署名：高唐）

肥不可喜，瘦亦不必忧

半年来，凡初相识之朋友，必用惶恐口气问我曰："足下亦有鸦片瘾邪？"或者久未谋面之朋友，亦必大惊小怪问曰："怎么你抽上啦？"我之回答分两种，一种客气一点，则曰："否，我固与芙蓉仙子无缘也。"一种则不客气的，便道："抽上啦，怎么啦，抽我自己的钱，你管得着吗？告诉你，云土在三块七、四块二的时候，我还不要抽，到现在十七块钱一两，才有味呢！"如此蛮横对付熟朋友，亦不过付之一笑，而朋友亦必了然曰:“这家伙没有抽上,才说得这样硬。”虽然近数月来,吾形容固日就枯槁,自知初无病态,何以消瘦至此,使人疑我为瘾者。去年今日,吾体日益发福,然当时忧心如焚,以揆之命相之说,在三十岁内,不可胖,胖则有奇祸。果然,胖至七月,而我有悼亡之戚。自吾妇丧,吾体竟日往里瘪,顷将一年,乃有今日之清减。然则昔日之肥不可喜,今日之瘦正不必忧耳。

朋友抽鸦片而抽得烟容满面者,以其尊范不甚雅观,于是用雪花膏涂之,此真人间丑态也。我有时看不过,便要多嘴说:“朋友,你几年来花多少钱,好容易把你这张脸熏成这样子,难道说走出去还不体面,定要用几毛钱一瓶的雪花来盖住?此犹之出名店家之卖一块旧招牌,必欲金碧辉煌之,同一为蠢不可及也。”

(《社会日报》1938 年 7 月 31 日,署名:高唐)

高唐散记(1938.8—1939.7)

闲聊三女伶

闻张翠红女士又娠矣。识翠红将一年,觉其人终年在恹恹小病中,最近同饭于蜀腴,益弱不胜衣。少妇病诚不宜多育,以翠红妙年,既两得男,今之复娠,且三产,其人又胡能壮健?我心残忍,视翠红之佳人,直不许其嫁良俦,纵有良俦,吾人亦当限制其性欲上之需要,借曰在势不可能,则亦应吁请于翠红之夫,宜精研避孕术,使翠红自此不复娠。愚不嫉翠红有良俦,特嫉其夫能使翠红娠,娠且屡,催翠红老也!

姜云霞竟是贤才,近来屡观其剧,无一剧不工,当其初入时代也,与周碧云争戏码,而碧云退休,云霞终为青衣台柱。有时文娟让一码与云霞,座上人居然勿稍移动,则云霞压座之力亦雄矣。有病云霞者,谓扮相不甚美,愚则勿惬其开口有金牙,此外俱未必损其妍媚。女人张开口,唇红齿白,此四字颠扑不破,若五颜六色,喉咙似染坊,牙齿是染坊招牌,则不好看矣。

王熙春在台上之唱白,无不清朗,然平时说话,声调极柔腻,能动人。将来熙春嫁人,其"先生"所领略之妙音,必更异于吾人今日之所聒耳者。每念至此,向往不已。

(《社会日报》1938 年 8 月 2 日,署名:高唐)

眥裂发指骂贼奴

有人已作"滑稽"身矣,迩忽见疑于其主,大恐,因往访其友,谓友曰:“我已‘滑稽’,外间人皆知之,君亦知之,且知之而不疑矣。乃‘吾主’忽不能信任于我,我而不能示信于‘主’,我且危殆,故欲丐于君者,凡见国人,辄为我宣扬,某人确为滑稽人物而无疑也。扬之既广,是言必入‘吾主’之耳,其畏且怯,我亦得安心事‘主’。”友以其人之言,传述他人,闻者无不心血如沸,眥裂而发指曰:“是贼之所以为贼,奴而又奴者也!”

闻游泳池中,偶有矢橛浮于水面,见者都作恶。愚生平有一异癖,喜于沐浴时,放足一浴盆水,躺在盆中,而撒一泡尿,当一泄如注时,妙味不可言状,尿已,换水冲洗之。愚故自忖,若一旦习泳,池水广于盆水,一泡尿殆不忍不撒,然我有夙疾,患病菌未尽,杂水中,则为害必大,是则不伤公德而伤阴骘,故下水之念遂绝。

(《社会日报》1938 年 8 月 6 日,署名:高唐)

麒派不能改周派

谭派、孙派、汪派,皆取其姓。若麒麟童之麒派,纵非取义,亦是断章,故麒派应改为周派,惟观乎“麒派”二字之深入人心,恐要改亦不易改。吾友谓,北京可以改北平,西藏路可以改虞洽卿路,而麒派不能改为周派,盖此二字,与天地垂不朽矣。尝见有人写信与信芳,上书“麟童先生”,为之失笑。麒麟童可以称“麟童先生”,芙蓉草可以称“蓉草先生”,而十三旦可以称“三旦女士”矣。

闻姜云霞女士为王兰芳女徒,因询兰芳,兰芳然之,笑曰:“伯劳飞燕,吾师徒之不相谋面者,几忘其日月矣。”愚因为之述云霞近状,兰芳曰:“此儿绝敏颖,惜不逢时耳。苟能逢时,久跻名角之林,不图其犹嗟沦落也!”兰芳言时,长喟不已。愚又谓沦没于此中之美才,宁独云霞一人? 世之忠于旧剧艺术者,若奖掖真才,便当从此中识拔。兰芳又然之。假以时日,愚当转告云霞,宜与兰芳多亲近,兰芳先生,艺坛宗匠,有裨于云霞者必广,云霞奈何疏之,多见憨跳女儿之不智也耳。

梁次山演《温如玉》之苗秃子而盛传人口,此君谨敬,愚与之谈,常谓我回家去得迟了,我娘等煞快我;又谓我做了某一件事,被吾娘骂煞快。从其语气中，不铺张尽孝门面，而其人笃于天性可知。愚之凉薄，终为赧颜，或谓平剧之演丑角者，其人多热情，次山固热情人矣。

（《社会日报》1938 年 8 月 10 日，署名：高唐）

丁先生府上歌兴豪

星日，诸友集于丁先生府上，拉拉唱唱，今年来未遘之盛会也。诸君歌兴皆豪，过宜、季骝、伯乐、清磬尤健歌，亦饶神韵。若云霞与文娟，俱内行，各人歌两节，文娟为《卖马》与《捉放》，云霞为《宝莲灯》与《廉锦枫》。青骢既绝赏云霞，累观其剧，独此两出，虽贴而不遑观，今乃歌之，谓歌与众人听可也，谓歌与青骢一人听，亦无不可也。严独鹤先生，闻文娟唱，盛誉不绝口；而丁慕琴先生，则力扬云霞之艺绝美，真赏有人，更不劳悠悠之口，为之贵贱矣。饭后，诸君嬲愚与醉芳歌，愚初皱眉，谓私房胡琴，远在香港，复以薄酒创吾嗓，有此两种原因，虽歌而未必胜，顾岂甘示弱，唱《开山府》，至末一句而气已竭，不欲与肺管为难，遂戛然而止，座上报倒采来矣。愚不服，更欲唱《四进士》，醉芳小语曰："《四进士》我来唱。"愚戏路宽，慨然让他一码。时王世昌君唱《追韩信》，仅四句，愚辄接唱其后段，亦四五句而回不过气来，在座人鼓掌者有之，作鄙薄之色者亦有之，惟之方亦视愚似"不宵"则不平。之方近习《捉放》，戏未唱成，而一面孔京海界限已分明，愚固不肖，之方将来亦未必有成，可断言耳。醉芳之唱《四进士》，识者谓为绝肖信芳，其神足，其味弥厚。惜唱以前，不曾请我说一说，否则几处小腔，必臻完美，纵使座上有最高当局周翼华先生，亦必点首曰："听来听去，竟寻不出一点'败笔'也。"

（《社会日报》1938 年 8 月 11 日，署名：高唐）

立秋夜记事诗

清磬先生言：其戚某女士，数年以来，读吾报间文字而好之，每日剪贴成册,我化千百名,亦能辨知出吾手。嗟夫!如我伧狂,为文正复相似,容有痂癖,要为不羁之士,距足见赏于闺彦,顾杨先生明明言之,殆不我诬,且谓苟有机缘,将介见其人。果然,则人世间“异数”之事正多也。

近来数数与姜云霞女士共杯酒,忆若干年前,曾设筵款一歌者,是夕归后,作七言排律一首,其中有两联可念者,曰:“不辞宛转当筵醉,暂袪娉婷处境忧。烟价争如花价贱,发香略似酒香幽。”以为作香奁体而能到此境,要不失为温柔敦厚,得风人之旨矣。今之所识于云霞,正可以此四句移赠,因是成一首,为博丁先生及伯乐、醉芳、豆蔻诸兄一粲:“尚竞珠圆一串喉,乱离身事任沉浮。不辞宛转当筵醉,暂袪娉婷处境忧。烟价争如花价贱,发香略似酒香幽。凭君珍重须臾别,门外风高又报秋。”题为《立秋夜记事诗》云。

粪翁拒客三星期,灵犀则欲杜门五日,愚亦将在家纳福一月。在家纳福,好听名词也,其实为孵豆芽,可以在外面跑跑,我何必做豆芽?惟收入不多,而百物腾贵,吾家之局势益岌岌。昨已谕令家人,以后每日轮流多吃绿豆芽与黄豆芽,我为一家之要紧人,为自身撙节计,为以身作则计,顾将自己先做豆芽,孵他一两个月再说。

(《社会日报》1938 年 8 月 14 日,署名:高唐)

同座三琴

一夜,与小蝶诸君同饭,座有三婆,皆海上坤旦,一为雪又琴,一为王瑶琴,一则谢雯琴也,并驰美誉,而愚皆初见。就中王为南人,南人而又生自吴王宫畔,其洒脱可知。论年齿,雪为最长,肌肤莹洁,不多言,第为佳笑,盖老成之气十足矣。谢最稚,传其人于结束登场时,风神弥丽,惟匡庐真相,殊不美,比之谢氏秋娘,得勿类似。瑶琴擅辞令,嬲瑶琴谈者遂众。席将散,雪、谢二人先辞去,独瑶琴留,于是入大都会。瑶琴新习舞,亦初学泳,若谓学此本领,始足以语前进者,则瑶琴亦前进女儿矣。

愚昔言请坤角儿吃饭,有同老太爷来者,亦有偕太夫人入席者,几演为恒例,细究其情,亦殊可悯。惟在比较庄重之宴会中,着此考妣,主人为之不怡,而座客为之刺眼。剑飞宴十大坤伶之前,一一通知曰:"勿带赠品同来。"赠品者,谓二老之一也。又一日,某坤旦诣裘家,丐人以电话先容,剑飞遽曰:"小姐来可也,老太婆勿同来,来则请灶下间里坐坐。"其率直得固然可爱,然难乎其为当事人矣。

(《社会日报》1938 年 8 月 17 日,署名:高唐)

老凤之言愚感泣

少日跅跎,中年未改,老凤先生爱我,则曰:"终大郎之世,葆此风格,永永勿移。"愚感泣曰:"亲老儿骄,所荷至巨,欲不自返其放浪,要不可得,脱无兹累?必甚于今日之奔腾矣。"我一生做人,毛病最多,眼太高,心太热,肠太直,口太快,有妇人之仁。凡此俱非载福之兆,而易为流辈所嫉,谅我者特惟知友,此所以老凤之言,使愚感泣也!

或曰:"文士处于今日之上海,纵情于声色之好,作诗捧角,固深惭于报国之道矣。"苟此言为针对愚一人而发,则请为之解释曰:"当上海未沦为孤岛之前,我既愧未尝以文字稍裨于国,比上海陷落,我只求毋负良心,做中国之安分黎民,而谋所以遣有涯之生者,其惟有做无益之事,则作诗捧角尚矣。俟之异日,我国得取最后胜利,第冀政府谅此微忱,许我为孑民如初,于愿已足,他无所期,亦不敢有所期耳!"

阁下先生笔下,屡屡称歌史张女士,为大郎"小姨",如此名分,恕难认账。亡室沈氏,有二妹,是为吾法定之小姨,其他人未尝有之。故求阁下以后勿再赐称,若一时叫顺了口,不易更改,则务请于"小姨"二字上,加一括弧,不妨视之为伪组织也可。能如此,亦拜贶无既矣。

(《社会日报》1938 年 8 月 19 日,署名:高唐)

绛岑为愚绘《慎修堂感旧图》

何之硕兄,别署绛岑居士,治律于海上,而雅有文名,尤工绘事,迩为愚作一便面，画《慎修堂感旧图》。慎修堂者，愚家故宅也。绛岑绘《朝中措》一阕，题其画云："练川风物着清嘉，梅柳间桑麻，为问文章旧阀，人知南郭唐家。门墙整峻传经，开轩问字停车，回首廿年课馆，依稀槐叶啼鸦。"词以外，兼叙短文，读之深感绛岑念旧之殷。愚少时放任，中岁犹然，尽弃先业，遂使唐氏十八世诗礼家声，及愚而斩，睹绛岑感旧图文，益惭恶不自解矣！舅氏钱梯丹先生，见绛岑绘，题以一文，为愚书于图之后页，仓卒不及以绛岑之画铸版，用先记舅氏之文于右：

寒家与唐氏世为姻娅，姨父伯申先生，授徒于家，居后进，所谓慎修堂者是也。其弟贡孚丈，则设帐于望杏轩，即图中竹树翳如，矮屋三数间，列户之左偏者也。贡丈捐馆舍，孺人蕙芬女士，继拥皋比于是，蕉窗桐影，仿佛似之。儿时，随母省姨氏，尝嬉戏两塾间，犹昨日事。其时卯角而哦者众，不审孰为绛岑，更不记绛岑为何如人矣？三十年间，吾母与姨氏同年弃养，伯申、贡孚两先生，亦先后谢宾客，姊丈经万，与吾甥云旌，皆以饥驱外出。慎修堂弦歌辍响久矣，去秋兵燹，更不知颓败何似？兽踪鸟迹，交于中国，斯文天丧，我复何言？独绛岑居士眷眷师门，写此图以遗云旌，是非古之有心人欤？五十年来，无此高谊，览此本念伯申姨丈与贡孚先生，及其孺人，并吾母与姨氏，复念慎修堂之修竹，望杏轩之芭蕉，腹痛泪出，不复自克。甚矣！绛岑之感人深也！

梯丹书于病后。

（《社会日报》1938年8月21日，署名：高唐）

亡妇之丧一载矣

亡妇之丧，且一载矣，去年此时，已偃卧不能起，愚复咆哮，若迫其速死。比易箦，与我诀，其言多伤感，始大悲，然回生无术，直视其瞑！如此情景，犹萦回脑际，每一念及，腹痛神伤，不可自遏！我一生淫乱，好骂人，人谓我伤德太甚，其实此非真伤德也，惟陷吾妻至死，始为不可告赎之罪恶。与吾妻结缡六年，未尝薄我也，而我则负之重负之，及其诀我，犹无怨尤，第曰：善视其“雏”。雏为吾妻血肉，薄视其雏，犹之薄视已死之妻。嗟夫！人世哀音，宁复有逾是者乎？向时，我做错事，决不忏悔，以为忏悔非男儿，惟吾妻死后，辄痛责吾躬，又谴吾良心。一年以来，我乃笃爱吾子，吾子有过失，不忍轻呵，遑论责打。长子久旷学，妇在重泉，是一桩心事，故今年送其上学。幼子六岁，上学时期已至，然无人迎送，则待至来年再说。路上车骑众，即刻放其入学，必虞勿慎，妇在重泉，又是一桩心事，故稍迟向学，或者亦以吾意为是也。我今生不作家室之谋，将在吾生命史上，特以亡妇为吾妇，其余虽似妇而名分则殊，盖情妇耳。似吾凉薄，实不冀更有一妇，天下女子，除非触瞎眼睛，肯嫁一凉薄之丈夫者，我故不冀再有妇，亦不忍再有妇也。兹所愧对亡妇者，一棺犹厝，念前人“无多奠酒谙卿量，未就埋香谅我贫”之诗，益抱痛无涯！呜乎！亡妇！

（《社会日报》1938年8月24日，署名：高唐）

白蕉写扇，百读不厌

此次杯水展共开五日，愚三次往观，最令人徘徊嗟赏，不忍离去者，厥为白蕉先生之诗扇。白蕉写扇，皆录其旧诗，书法之美，截句之佳，乃为两绝。就中有写《下乡旧句》两首，尤可诵，如云：“渐有桃花缀绿潮，豆花眼大菜花娇。先生策杖来何许？两面垂杨认小桥。乡村风物爱田家，如有桃花近水涯。始信焉支多恨事，乡姑颜色胜如花。”读此诗，如睹缟素佳人，不着铅华，而风神弥越。又一箑云：“十年梦断城西路，三载惊闻塞上鸿。日暮秋风虫不语，可怜颜色海棠红。”“艳说人间不夜城，隔江灯火缀波明。层楼处处摩天起，别有荣枯无限情。”又如：“惯将眉妩逗闲情，众里无言有目成。塞外不传鸿雁信，江风吹落管弦声。”著灵空之笔，而寄托遥深，讵俗手所能致？他如：“远山含碧夕阳殷，烟翠空明西子鬟。欲去依依有余恋，晚红新月雾中山。”“静极翻教有泪痕，浪寻诗卷伴银樽。吴天咫尺分恩怨，会有伤心未可论。”益复荡气回肠，百读不厌。愚书拙劣，而亦有人请执笔者，于是写自己之诗，示人曰:“字是不好,诗则尚可诵,或不辱雅命。”今见白蕉诗扇,以例吾作,我当愧死,似我何人? 能通风雅,以后慎之,不该再雅!

(《社会日报》1938 年 8 月 26 日,署名:高唐)

国家事犹可为也

市上有《自学》一书,售辅币一角,质量甚丰,读其文,则孤岛上人之晨钟暮鼓也。恒时感慨,孤岛上之空气,惟沉沉欲死耳,比沪战纪念日,国旗飘展当街,到眼皆是,有人乃感奋落泪曰:“国事犹可为也,国人之人心未死也!”于是使沉沉欲死之空气,为之一破。我今阅《自学》一卷,其中所列,都愤激之言,于以知此册之成,乃集若干血性男儿之笔,而写得此血性文章者,我亦感奋,读其《述评》、《随笔》诸篇,不禁落泪曰:“国家事犹可为也,国人之人心犹未死也。”

有自故乡来者,谓吾家旧宅,已为鸟兽作炊薪材矣。后园竹树,久受斤斧,且成赤地,吾母闻之,殆至伤感,曰:“祖宗所遗,兹乃何有? 我则至柔,惟愿其并吾庐亦焐之,使为焦土。”吾邑近年来日趋繁荣,地价大昂,上海有人返城中,涎吾宅,欲以万金为易;里棍胡氏,雄于财,亦觊觎吾宅,遣人说吾族中人。吾母涕泣止不可,盖不忍以先人之遗,委诸行道人也! 我大怒,挺身出,遍告乡人,谓有人欲致吾居易主者,请视我,令其人不死则残耳,始不复有问鼎者。暇时大乐,以我能运用侠林中人之口吻,使篡产者勿敢动也,今国事至此,我何家为? 愿其速熠,驱我一家人共赴国难可也。

(《社会日报》1938 年 8 月 28 日,署名:高唐)

我之唱戏

某青衣摄戏装照,示其友,友曰:“扮相绝似当年之梅巧玲。”某亟曰:“否,我殆不能承认,万一有人骂起畹华博士的祖宗来,我哪里受得了?”

尝闻人言:有人好写古体字,以炫其淹博。其友有名“玉甫”者,此人写信与他,竟书“王父”,见者绝倒。

近在丁家与谢韵秋合唱《乌龙院》,张三之四平调。吾友讽我,谓连丑行戏也能来得,若是下海,将来定时班底坯子。此人不说我戏路宽,而出此挖苦口气,亦想见世态日非,令人长喟!

百代公司有王雨田与吴彩霞合唱《乌龙院》一片。愚十七岁在旧都,每日至东安市场,一只铜板,听一张唱片,用两根皮管子,塞入耳际,一似西医之诊察病状,当时最爱听王、吴此片。听之既频,记到现在,故能哼张三之唱词。愚既唱老生,亦懂得行不占行之规矩,今偶唱张三,犹之“封相”时之反串,亦犹之百岁之唱金松,有何不可?

大家都说我捧别人唱戏太夸张,其实犹不及捧我自己唱戏之夸张也。今老实为诸君言之,我殆不能唱戏,西皮二黄,到现在分不清楚,并调门高低,亦茫然不解,唱两三句,便回头要问琴师,可曾脱板。有一次更妙,唱《追信》至“扶保在朝纲”时,已不能透气,便请胡琴停一停。少顷,闻琴声又响,我竟接唱“也是我主”下去。有人忽在身后推我,说别人在唱。及回头一看,方知叔良正唱《八义图》。至此我无论如何面皮老,也不觉在广众之间,脸泛桃花,而众人则皆笑不可仰。

(《社会日报》1938年8月30日,署名:高唐)

嗟夫亡妇!

艺儿既入学,未明已醒,吾母怜之,谓孙儿向学之勤,志可嘉也,因啖以晨点。儿啖已,携书包下楼,辞吾母曰:“阿婆我去哉。”昨晨我于梦回时忽闻此语,陡忆亡妇,则心酸不可忍,遽醒。盖去岁春时,亡妇犹率养两子在乡间,时艺儿已就读,其校距所居甚远,须经闹市,初妇伴之入学,既久,遂令儿一人往,然妇不能放心,则送之门首,遥望吾儿跳跃入人丛中,至不可见,始怅然而退。初夏,妇疗病来沪上,留儿于乡,以儿为念,辄以上学时之情状,述于我,当时不知其意之苦也。今吾儿又上学,而亡妇之丧,且逾一载,纵欲送吾儿至门首,亦不可得。我无状,乃终迫吾儿为吾母之儿也。嗟夫亡妇！

迩来我至恨夜色之长，嫌白昼之短，午时起身，即出门，到处寻笑乐，尽置一切烦忧，宜可谓能做达人矣。顾一到夜来，一人坐窗下治稿件而愁思百集，未尝以此身之贫困为虑，惟觉良心上极度痛苦者，则悼吾亡妇。妇在生前，吾二人时哄于室，怨怒之气，形之楮笔，当时未尝悔我凉薄也。及其死，则肝肠寸裂，至今尤甚。今以吾中心悲痛，告之他人，他人必怒我为矜伪；他人怒我，理之所宜，我不怪之，则以文字传写与读者，知读者亦必笑我为造作。我一一不之顾，我特借纸笔倾我悲哀，使吾文而化之于亡妇灵前，亡妇读之，亦未必怜宥吾心，我亦何恤?!

（《社会日报》1938年9月4日，署名：高唐）

黄衫客盛誉田寿昌狱中诗

云霞小字小红，雪琴则亦名翠红，巧在共著一“红”字也。与红鲤邀二人共樽酒，微酣，乃娓娓诉其身世，俱绝代凄凉。愚与红鲤，复恂恂不遑措词，以慰藉彼小女子者，陡记一诗，示红鲤，红鲤读之，必低回嗟叹，不自已矣。诗云：

刻骨清愁收拾起，且将卮酒浅深斟。不知涕泪垂双颊，但有辛酸罨一心。已往般般皆旧迹，而今事事入哀吟。与君几度持杯盏，各蕴幽情万丈深。

诗为友人宿著，已往一言，不可尽记。诗固一往情深也，惟红鲤能识此诗，红鲤心肠软。愚更不胜其妇人之仁，无边凄怨，希吾心腔，遂使我如负千钧，不能除解。恒时觅酒落欢肠者，而所得往往如此，真自苦也！

黄衫客者，乃人称黄雨斋兄之别名。雨斋初亦执业于新闻界，近年经营汇中银号，为理财名手，读田寿昌狱中诸诗，雨斋盛誉不去口。愚问其好在哪里？则曰：诗中有“剧盗何妨并枕头”。又曰：“同铐真疑几世修”，凡此皆好汉本色。愚为之频频点首，笑曰：“然则诚足为黄衫客向往矣。”

（《社会日报》1938年9月6日，署名：高唐）

今年拟补寿

雪琴彩唱两夜,《生死恨》之化妆,胜于《起解》,然犹未臻全美也。此儿憨跳,视上台为稀松常事,口中说害怕,其实绝不上心事,出场后见台下人众,则唱得高兴点,至后来渐有抽签,戏亦阴阳怪气,台下之撒痴撒娇,移到台上,至可爱也。《生死恨》之前一剧,为云霞、韵秋之《双摇会》,自然入神,然云霞谦逊,谓:碧云演此,优逾我矣。以愚观之,则二人固各极其美,以言老练,碧云不及云霞;若风流姚冶,云霞终输碧云。我故谓碧云实坤旦中花衫之圣,讵过誉者?今碧云复在别处登台,小别秋风,想见彼此都无善状矣。

去年三十,沪战方亟,不暇置一觞,为我祝长命富贵,颇有意在今年补为之。闻小红与翠红,皆十九,欲使一人为我合寿。我八月生,而翠红亦八月生,日子相距不过四日,合寿尤宜。记曾见有"才子本无三十寿,女儿妙有一分憨",以此十四字为联,张之筵右,虽肉麻,亦雅而得体。议果决,将丐粪翁为书,粪翁若追究人物,必不允,则自己写。虽然,此是心愿,以人事变幻之速,以不佞爱憎之不常,不到辰光,正难预说耳。

(《社会日报》1938 年 9 月 8 日,署名:高唐)

此境谁能得?此意又谁能会?

姜云霞久伏辕下,时有萧骚不平之气,形诸词色,小女儿似薄命书生,终伤抑郁,良可叹也。然吾友红鲤,谓小红亦湖海归来,而未挫锋芒,是好女儿,讵当有此。我一则大笑,谓云霞竟似书生,乃多豪气,念其人挟绝世清才,所驰辄蹇,若不借豪迈之气,发其幽怨,其人不死且痿耳。愚故惟与小红同情,悯其偃促,怜其疏放,细语尊前,要多妙致。愚旧句云:"忽听怨语凭空着,故托无心特地传。"此境谁能得?此意又谁能会?红鲤可以得而不欲得,可以会而不欲会,宁非痴子?红鲤固爱才者，既是爱才，又何必疏于形迹，吾辈自有胸襟，非斗筲之夫，所能体验！愚近来不暇自哀，第有哀人，昨就枕上，忽不寐，得两律句，皆为小红而发，既成，悠然入梦，比醒，视所作诗，意犹未尽，当足成四首，明日再付灵犀。嗟夫！天灵地鬼，必欲役我以笔墨之劳，然劳而役之于绝世清才如小红其人者，虽劳何恤？（云霞字小红，其考妣皆如此呼之，王兰芳亦如此呼之。别人呼之，则嗔而不答，我有时戏呼之，虽嗔，答则答也。）

（《社会日报》1938 年 9 月 10 日，署名：高唐）

“谭迷梅毒，不及林鞶卿一哭”

前十年，悦一乐部中人，其人旋隐良家，又二年，重为出岫之云，因作一诗云：“身世忧愁都莫问，清才绝艺几人如？重来涕泪听君曲，写得新诗献此姝。”句虽不高，亦情深一往。因买蜜色软缎，亲为写寸许大字，然后丐人刺绣其上，俪以镜框，框巨，而色调弥艳，贻其人。悬之台上不久忽除去，愚过其家，见吾镜已委之墙隅，则失笑长叹曰：“真不足以语风雅也。”数年来复好捧女人，入夏以后，尤似发寒热，今日凉一些，明朝又热了起来，亦不知奚为至此？前周，有歌者登场，愚为之效笔墨之劳，次日，集吾文字，以授歌者，则摒之曰：“事且过，留之胡用？”愚爽然若失，久久不能措一词。逾三日，始顿足悟曰：“吾笔不烧，更待何日？”

优人中有林鞶卿者，昔年尝蜚声于南北，演《孟姜女》一剧，哀感顽艳，震动艺坛。昔走旧都，旧都人士，正当着谭迷梅毒时也，及林演《孟姜女》，迷毒之流，目光为之一移，故有“谭迷梅毒，不及林鞶卿一哭”之谣，想见当时之形势。一哭云者，谓孟姜女哭长城也。林之剧本，自南中携去，海派到北方去扎京朝派台型，林殆亦一可以纪念之人物矣。

（《社会日报》1938 年 9 月 12 日，署名：高唐）

戏说平日相处之朋友

愚尝言之，私底下看信芳、百岁，丝毫无角儿气味，此境殆不易造也。广而言，平日相处之朋友中，则醉芳执事于阛阓间，而温雅不脱儒者本色；梦云号称记者，通时势，执笔著社评，然其人坐在包车上，从宁波路上走过，无勿疑其为铜臭熏蒸之钱庄阿大者；子佩既擅营商，视其风采，乃如一员健吏；翼华以公司经理之尊，而修饰之好，赵稼秋为之失色，薛小卿望而却步。微论他人，以言下走，亦绝不类书生，与朋友闲谈，总是一副上海二、三号闻人神气，"触傢"之声不去口，大指头常在袖外探，虽是摹仿，亦能等样。

平生不善理财，一年进款几何，支出又几何，皆无决算。从前在学校中，为算术不及格，留级一年，后来任事于银行，不会拨算盘，则用笔算加法以计数，早知此生之不能居积矣。今儿子读书，算术成绩，比一切都好，吾母悦曰："唐氏世代读书，到如今始生出一个打算盘的子孙来，宁不可喜？"

（《社会日报》1938 年 9 月 14 日，署名：高唐）

"又一神仙矣"

曩为金素琴咏诗，有"世上无花堪仿佛，人间今始见神仙"之句，于是朋友笑我夸张。而以"神仙"两字，为金家姊妹别之曰："素琴为大仙，素雯则为次仙。"一般雅谑，不足为双仙令名累也。近顷，又为歌史写诗，有二言云："我欲白描卿好处，接之如佛望如仙。"听潮读之，笑曰："又一神仙矣。"愚检视原文，不禁失笑，盖愚作此诗之日，同时亦代朋友为某太夫人作寿诗，所以传太夫人之嘉言懿行，故有"接之如佛，望之若仙"之句。当时荒疏，辄将其句著于捧角诗中，其为小女子，讵足以仙言佛字描绘者？而愚之原文云："我欲白描卿好处，不知是肉是洋钱。"生平作诗，美誉之境不能造，而务求其真，真亦文字至要条件之一,今有此谬,不得不亟为勘正之,非欲收回成命也。

(《社会日报》1938年9月18日,署名:高唐)

无佛之聪明,学佛者自然死矣!

人称高百岁为麒派传人,为此言者,殆以百岁为信芳爱徒,非喻其艺也。百岁之好,好在能自量,就其禀赋,取其所造,故百岁终为百岁,未尝为麒派两字所害。今世人之学麒者,奚止恒河沙数,我问何人,能得其神髓?梯公言曰,“麒派两字,误尽苍生”。当信芳往岁归来时,梯公又致语云:“此别忽三年,徒教竖子成名,百口僭称萧相国。”着一“僭”字,想见慨乎言之。有坤角须生某,做唱无不可意,顾有时演麒派戏,终于使人绝倒,故曰“麒派不可学”,又曰“麒派终无传人”。吾佛不云乎:“学我者死!”无佛之聪明,学佛者自然死矣!

云、秋两女,同为青衣花衫,同隶一台,亦同与我相习者,习之久,女儿家自有不平之争,背后皆为愚诉说。尝问云曰:“汝亦有《穆柯寨》乎?”则冷然曰:“有之,顾在此地不能动,动则我为犯法。”又见云演《贩马记》,则问秋曰:“汝有此戏乎?”秋亦爽然曰:“固尝习之,然在此地,安及我唱?”愚往往为二人调侃曰:“你们又吃戏醋矣。”云、秋每失笑,愚亦大笑。嗟夫!无赖生涯,以此为恒常乐境。语之,知不免为贤者诮也。

(《社会日报》1938年9月19日,署名:高唐)

近来亦能买醉矣

近来居然亦能买醉矣,酒肠渐充,往时一杯而颓倒者,今则尽两盏犹可支,饮者谓酒但多饮,量必宏,愚半年来固屡屡习之,遂有今日之量。朋友初相识者,恒谓读吾为文,逆知其人必健饮,又谁知不胜一蕉叶哉?春间,饮过分,大呕,次日胸胃皆奇痛,然当时不过呕而已,神智则清,心亦明白,未尝烂醉也。预计将来纵使能尽十觥,亦不能效恒人之恃醉而骂座,所谓发酒疯也。

愚深厌被酒之人,说话太多,而尽非扼要。昔日,常为女人可怜,苟嫁一醉徒,夜来如何共枕?愚既不好饮,乃今日之床头人,豪于量,时过丁家,必倚醉归来,枕褥间惟闻酒醒扑鼻,不堪当受。往日为人忧虑者,今则以自身当之矣,讵非孽缘?愚有时用家翁之威令其戒酒,亦勿听,惟在家则不复开樽,谓非不欲干汝禁例,特怜汝清贫,稍节开支耳。愚闻其言,又好气又好笑者,半日不止云。

(《社会日报》1938 年 9 月 22 日,署名:高唐)

太世故之人,愚厌恶之

友人席上,闻某君指某人为神经病,其实我亦识某人者,某人固未尝神经病也,不过做人比较率真而已。然某君本身,太"世故",说得难听点,正是老奸巨猾,惟其如此,看别人之不及其"世故"者,都是神经病。太世故之人,愚厌恶之,其率真坦白之人,终觉可爱。生平心直口快,正免不了深于世故之人,骂我为神经病也。迩来涉迹于乐部中,有玉姑娘婉娈能歌,其为人复天真无邪,以愚为其义父之友,则尊我为叔,有时见我至,辄来侍坐,小语依依,我乃亦有绕膝承欢之乐,于是逢人称誉,曰:"若玉姑娘者,天下之好女子矣。"顾有人闻之,嗤我以鼻,不屑曰:"是十三点耳。"愚不服,与之抗辩。其人自有理论,谓天真太过之女儿,往往贻世俗十三点之讥,我固非断言玉姑娘为十三点也。愚恍然大笑,盖犹之世故者看别人为神经病,同一辙也。

近识李在田先生,以玩票蜚声于白下,任事于津浦路局。津浦线上,亦无不震李先生剧艺之深,歌黑头,识者谓得黄三遗韵。少时,好蹴球戏,母夫人不悦曰:"尽踢下去,要把孩子跌死了。"于是令其别择一心喜之事为之,乃习票,读书时常效褚彪身段,有时偶旷课程,教师申斥曰:"你又想起了《虮蜡庙》身段来了",亦趣闻矣。

(《社会日报》1938 年 9 月 24 日,署名:高唐)

捧坤角诗

吾友顾曲郎言曰:“捧坤角者,在似相识似不相识时,吃台上人几个眼风,为味最永,其境亦至乐。若既已相识,且成极熟之朋友,滋味必大减,然世人都不肯以此为止境,必至弄得索然无味而后已。”冬郎句云:“小雁斜侵眉柳去,媚霞横接眼波来。”此是何等佳境。又有人咏“一掷秋波便是恩”,此君亦真能消受闲福者。愚昔作《碧云词》云:“乞取横波撩四座,可容归我一人收?”则不免贻贪佞之诮。比为红鲤咏云:“偶掩人前三尺袖,却从意外一投眸。”自谓为当时情景,亦复有如在眼前之妙。

昔尝悦一歌者,将论嫁娶,吾友闻之,止曰:“使不得,使不得。”翌日授我一诗,语气皆成婉讽,其词已不可尽忆,似云:“闻道相从愁顿生,四瞻何地置斯人?但期同在江南住,各慎饥寒毕此身。”诗虽不高,亦诤友责善之意,要足念也。

(《社会日报》1938年9月25日,署名:高唐)

读《疑雨集》

小红处境奇艰,独能以志节自励,此而出之于小女儿,宁不可嘉!愚既怜其才艺,复伤其际遇,遂有无限同情。一夕,丁夫人劝醉甚殷,使小红尽三樽,而玉山颓倒矣。酒后之言,恒多可念,小红乃自状其身世,愚咨嗟不已,曰:“此人兀傲似书生,而命薄亦似书生,有时一言之发,绝类迂儒,若欲运其纤纤弱腕,而匡扶正气,使闻者不知其为憎为爱矣。”一二月来,愚之观察小红者,其人亦多缺陷,则唇薄如秋莲之叶,纵不必问其宅心,要足使人起反感。以小红聪明,必当佐以慈爱,能如是,虽贤人佛子也做得。记之,为小红勉,为世人劝可也。

或谓少时读《疑雨集》,可以废寝忘食;中年读之,每痛恶欲碎为百块;及老来再看,又欲重新补贴矣。盖老来读次回诗,始悟其字字从体验中来，描绘男女间之一字一句，既为次回一手用尽，后来人无从逃其规范。其言也，若可解，若不可解，愚近两阅次回诗，好句未尝无，譬如"雨下春泥月下霜，几年辛苦为萧郎"。又如"洗手自怜十指甲，何因又长二三分？"无非幽微哀艳，使人击节称赏。然综观全集，比如呷一口酽茶，自有戟刺，然回味绝无。愚不如李义山之刻骨深思，以为比较，即论致尧，其诗固瑕疵互见，然若："碧阑干外绣帘垂，猩色屏风画折枝。八尺龙须方锦褥，已凉天气未寒时。"此二十八字，论意境之美，在《疑雨集》中，几不可见一字。愚一向读诗，不讲工力，亦不求格调，独于意境高卑，辨认最清。诗之有意境，即代表作诗人之思想如何，诗而不能求意境之清，作诗者之为人，亦不必问矣。

(《社会日报》1938 年 9 月 28 日，署名：高唐)

姜才宝谈梨园往史

姜才宝先生，字松亭，初亦习伶，及败嗓，始以名鼓手，称重歌坛，屡屡与愚谈梨园往史，如《白头宫女》、《话天宝遗事》，至可听也。尝谓，某岁老十三旦(侯俊山)来沪，出演于丹桂第一台，首夕，贴《花田错》，时俊山已望六，犹好诙谐，在后台，见人辄加嘲谑，不知者恒为所窘。将上妆，陈嘉祥往致殷勤，陈盖为俊山陪卞基也，貌肥硕，俊山遽信口问曰："陈老板得勿唱大花脸乎？然则小霸王无疑矣。"陈面赧及于耳，忸怩曰："我是卞基。"俊山大笑曰："卞基，何以此鸡乃变得若是肥哉？"陈益偏促不宁。才宝因谓，俊山对角儿如此，对起码角儿至龙套皆如此，其为人风趣，而不妄自尊大，在梨园行中所罕觏，及一出台上，则又丝毫不苟，虽至今日，其艺终无传人，其人则终可念也。

朱瘦竹先生作剧谈，都戏班术语，益以行文之别致，乃觉上海人之谈剧者，瘦竹皆无可观。或谓：瘦竹之术语，俱在衣箱上得来，言其坐在后台衣箱上，听梨园子弟之谈今说往，材料自多。数月以来，愚亦时徘徊于后台，虽不坐衣箱，亦好拉一位角儿谈谈，然谈后每尽亡其语，欲执笔述之，不可得一字，可见近岁记忆日薄，亦命中不要我做一评剧家在上海也。

(《社会日报》1938 年 10 月 4 日,署名:高唐)

惊老之将至

前三年,即有梨园女儿,欲拜吾膝下,为苗氏紫云,吉光、慎厂二兄,且促成其事。愚在将推未就间,紫云随厉家班去沪上,始告寝焉。今年,复有人怂恿周碧云,以父礼侍愚,则婉拒。自己纵不欲倚老卖老,然在她们面前,正可以放出长辈身份。譬如熙春,呼我叔叔,以其义父天厂,吾老友也,受之自然无愧;有时又尊我为姨夫,则以其当年在南京时,称吾今日之床头人为阿姨,我受之又无愧也;至若玉瑛,称我为伯伯,以其寄父胡维德、丁慕琴两先生,皆吾朋友,玉瑛尊我,理也,亦礼也。年始逾三十,而叔伯之称,盈耳皆是,惊老之将至,故于赠玉瑛之诗,自署为"高唐老人",又患他人不知我老到如何程度,因益以"时年九十三以三除之"数字,亦善于自嘲矣。或谓:在梨园行中,叔叔之称,犹非要紧,不易当受者,则"大爷"耳。要有相当身份,有相当手面,一切纷争,诉之大爷,为大爷者,必一言以解释之,使两方都无间言,苟不能此,便不配做大爷。愚尝以此问信芳,信芳笑曰:"有人称汝叔叔,受之,勿自馁。若有人称汝为大爷,则汝当有责任负之矣。"我自己小辈尚未做完,而到处做人家尊长,被真正老头子闻之,不将掀髯笑骂曰。"你算是哪一棵葱"邪?

(《社会日报》1938 年 10 月 8 日,署名:高唐)

穷鬼不配谈爱情

此生尝罚誓不再蹈情网,其理由甚多,大别有二,穷于钱,一也;已到中年,儿子且十来岁人,再要"儿女情长",岂不被少爷笑话?二也。在上海穷鬼便不配谈爱情,女人而敝屣财富,跟穷鬼走路者,千万人中不可得其一。愚看得穿,想得开,故三五年来,视女人若市货,囊有余资，做一笔交易；若财库空虚，则不作问鼎之想，看看而已，看看固不必要钱也。不图当我智慧大开之际，乃发生一事，其事甚趣，今已成过去，述之，尚不觉为之好笑焉。上月间，有女子来投我，示好感，低回襟畔，似挥之不肯去者，大异，以为是殆天锡因缘。然我理智尚清，则私叹曰："纵譬女人如市货，在理，不可赊，亦不可欠，我今日无钱，未可论亲肤之爱，故立意不及淫乱。女固有求于愚，有力出力，彼有所求，愚必应也。"一日，愚入舞场，欲使女为伴，女允之，然不果来，愤其爽约。未几，有人来告，谓女之身世绝可悲，所入恒不足，则移身俎上，任人宰割，有约而勿至者，正以分"身"无术耳。愚大哀怜，自是不复问女。复一日，约群雌共饭，群雌胥为女之闺侣，女知之，责愚曰："群雌共饭，独遗儿家，我谓汝必怒我，以今观之，讵不然邪？"其言怨，愚复不忍。次日，果约之饭，然约而又不至，盖又鬻"身"他处矣。是夜有同饭之友，遘女于道左，女问曰："今日又负高唐约，必詈我，试为我言之，渠詈我何似者？"友曰："何尝詈汝，特喜汝勿至耳。"女惘惘而逝，友以女之言述于我，谓汝第见女艳艳如春花，然以我观之，其人性灵已泯，正如向冬之木，萧瑟极矣，固不必可怜，然亦未必可恶，以其本性不失为善人也。

（《社会日报》1938 年 10 月 10 日，署名：高唐）

才子、才女与才奴

某夕，友人共宴，座有鬓丝，则为麦穗夫人，以才艳倾动一时。复有西溪居士，慕夫人名，一朝邂逅，备致钦迟，于是作絮絮谈，谈声柔而细，他人不可闻。芦粟先生坐二人对面，睹状，忽停盏，语其余人曰："无乃勿庄，是何为者，其蒿砧固吾好友，我宁能睹此？我文人耳，脱我今日，而为游侠之儿，且鸣不平，与西溪哄矣。"次日，好事者以芦粟之言，述与西溪，西溪亦色然曰："我与夫人谈，未尝涉私秘，彼斗筲之夫，讵竟不容吾二人间，植一'诗情画意之壁垒'邪？幸其文人，未尝犯我，果不敬者，我必挥拳，盖我若示怯，我且无以谢夫人，惩之，所以尊夫人也。"西溪又言："恒日若视我恂恂然，一旦遇侮，必与人搏，搏而未尝负于人，书生固不可欺也！”愚谓：西溪之与夫人所谈者，逆料原非不可告人，惟嫌其未遑顾虑“周遭”，贻众人之诮，而芦粟之义愤填膺，可以有而不必有，世上本多无赖，然十之中尚有一二好人，芦粟与西溪无深交，愚与西溪则至谂，故视此终为稀松常事耳。

灵犀兄谓：若为才子，若为才女，于是兄乃欲为“才奴”，此二字何其艳俏，才奴者，为才人服役之奴也。次回有“愿作妆台洒扫吏”句，即是欲作“才奴”，愚谓以二字颠倒，便成“奴才”，灵犀嫌不雅，其实奴才作奴于才人之解，其文法不更奥妙邪？

（《社会日报》1938 年 10 月 12 日，署名：高唐）

阅世越深，更事愈多

病一日，及夜强起，纵笔作短句，所以避构思之苦。

“眼前有物皆刍狗，世上何人不鬼狐？”阅世越深，更事愈多，此十四字愈用得着放在嘴上。

一夜，忽渴念素琴声容之美，次日起身作一书与小蝶，请其劝素琴在上海组班，我要看戏，便有千万人也要看她戏，满天劫火，方伤行旅，暂时正不必作远游计也。

夏时，病一日，服藿香正气丸，一泄而瘥。今次又病，则以一泄而起，着枕十五小时，昏迷不醒，疑为流行之昏睡病，然不死，入夜且起身，且能看戏，看戏归来，又头痛如劈。

习得扯开嗓门叫好，叫得怪时，四座人齐笑，台上亦忍不住而笑。一次熙春唱《虹霓关》，叫一声好，熙春在台上禁不住笑。又一次信芳在台上，我叫一声好，越日，信芳谓：“我被你吓了一跳。”

昔曾作赠伎诗，有两句云：“时论不伤才士啬，美人何苦价殊廉！”意在婉讽，以今思之，正不必以此责倡门女子，张眼看上海女人，十有八九，可以当之。

（《社会日报》1938 年 10 月 14 日，署名：高唐）

杭州花坞有竹居

陈子彝先生，近有《有竹居诗集》刊行。有竹居者，子彝自建之精舍也，其地在杭之花坞，赴留下之便道。昔日，世勋艳称花坞之美，谓群峦环拱，山下竹林，绵亘三四里，一望皆碧。春雨之日，山花齐发，丛绿中夹缀猩红，光艳不可方物，在此胜景中，有尼庵四十家，精舍三，一盛氏，一郁氏，其一即子彝之有竹居也。因问子彝，花坞之庵，都款客，客有所求，无勿可应？子彝不然，谓庵范甚清，客有带发静修之女，皆名门闺彦，未可侮者。是与世勋所言为迥异，岂世勋所谈，如做舞场戏院广告之噱头，抑子彝不欲闻有竹居之"周遭"，有此杀风景之渲染邪？不可知矣。

昔杨了公为邑令，以"了公"二字，镌作官篆，患不庄，遂改号"蓼功"。今朋友皆称我为大郎，或谓大郎，不必做官，便是做一份银行经理、钱庄档手，此两字亦不可适用。吾名字甚多，将来宣誓就职时，自有一种名字；盖定期存单经理图章时，亦另有一种名字。在现在还放不下这一只饭碗时，让人家称大郎也好，云裳也好。

（《社会日报》1938 年 10 月 16 日，署名：高唐）

玉瑛待人出至诚

翁玉瑛既以父礼侍丁先生夫妇，一日丁先生往存玉瑛家，翁姊某，擘水果盛盆中，以敬先生，玉瑛则抚先生肩，曰："寄爹吃，勿要紧个。"丁先生不禁失笑。其后语人，谓请吃东西，可以说"勿要客气"，宁有说"勿要紧个"？是玉瑛真傻大女儿矣。愚常谓玉瑛待人，惟出一片至诚。曾有一日，愚入歌场，场中人满，无立足地，遘玉瑛于廊下，见我勿得坐，滋不安，则趋我侧，蹇裾曰："唐伯勿患久立苦邪？我引唐伯至后台，有座可坐。"娓娓之状，使人起春风吹我、肤发融然之感。嗟夫！世间惟天真之小女儿为可语，亦惟天真之小女儿为可爱也。

坐公共汽车抵一站时，驻良久。有童子在车外，叫卖夜报，及车开行，而不得一买主，童子向车上人咒詈曰："看来傣班人出来，铜板一只勿带个！"愚闻其言，怒童子之天性器薄，终其世，不为贩夫，便为小贼，人心如此，实为家国前途之隐忧。愚谓民风不妨犷悍，犷悍犹近乎刚，刚犹可济也；若器薄，其要不得更甚于懦怯矣。

（《社会日报》1938 年 10 月 18 日，署名：高唐）

荒年乱世度三十

去年，吾三十诞辰，荒年乱世，无力为自己称觞，只想共家人吃一碗面。不图是日之晨，吾宗夫人骤传玉殒，上午即至万国殡仪馆助理丧事，忙一日。及暮，始又想起自己诞辰，在此情形下消逝，不觉失笑！今年，好友咸欲为我进一觞，以谋补寿，如翼华与梯维，如灵犀与慕老，殷殷雅意，不当推辞，将欲举行，我忽然不知哪一阵子不高兴，向吾友坚拒，终于未果，而吾心转泰然。生日之夜，之方招饮于酒楼，灵犀记得是我生辰，为祝一觥，愚大窘，倾樽入咽，第觉酒味奇酸，陡生悲感。醉甚，头奇痛，倚壁作假寐，听朋友轰饮，良久始已。恒时旷达，未尝戚戚为忧容。近来不知坐何因缘，忽多抑塞，若无术以自遣者，真奇突之变态矣。

灵犀记亚子与云箫事，涉笔有不平之气，可知灵犀犹以道义论交也。然亚子之见解与灵犀异，读此文，未尝不感灵犀之伸张正义，同时亦怨灵犀之多此一记。亚子常谓："女人固生就贱根，无论云箫与我无亲肤干系，即其人为吾所欢，为吾外室，当其高兴以生殖器官为交易品时，即一日有十数人轮辱于吾前，吾精神上绝对无丝毫反感！"亚子又自诩，数年来历劫欢场，对女人看得穿，想得开，能至如此，其功夫从磨练中来，非朝夕可致也。

（《社会日报》1938 年 10 月 20 日，署名：高唐）

尘世缺陷难以全

某笔记载有人航行，过鄱阳湖，忽失足堕于水，遭灭顶矣，未几，其人现发于浅滩上，固不死。自言堕水之后，似有人扶其两手，一人扬目辨其貌，讶曰："误矣，此'清江浦中物'也，宜放之还。"故置其身于浅滩上，不久遂苏。越数年，此人又航行，一夜，舟人报曰："舟入清江浦。"此人陡忆前事，颇勿安，则蜷伏舱中，不敢动，会内急，亦忍之勿溺，至忍无可忍，不得已，觳觫出舱外，足未及舷，似有人用力推其背，而堕江死矣。读此笔记，以例今日之某"伥"，夏间不死于弹，卒死于斧下，得勿亦似"清江浦中物"邪？

毛家华先生与陈企文女士订婚之夜，邀至友共宴于市楼，金素琴、素雯姊妹，并艳妆至。往时数共游宴，第见素琴为浅妆，未尝见映白施朱也，是夕则勿然，光艳如芙蓉，粲然照四座，貌视昔又丰腴。愚告以近来酷喜笙歌，特不能听金家法曲，良用怅怅！素琴之意，亦欲在上海组班，第筹备煞费心力。愚重伸前请，谓苟能仍与移风合作者，则海上歌弦，必添异彩。素琴笑而不语。嗟夫！此诚尘世之缺陷也，然缺陷本不难弥补，而我与梯公之力，终不足以全之。我真恨恨，梯公亦太息而已，广而至于千万周郎，亦何尝不抱憾于无穷哉！

（《社会日报》1938 年 10 月 23 日，署名：高唐）

得兔失兔记

雄飞筵上，来宾胥得赠品，赠品中有活货三，素莲得一雀，伯奋得一龟，愚得一兔。兔小，较大于寻常之鼠，殆为洋种。素琴谓：兔非纯白，否则弥可宝爱。然识者又谓此实玳瑁兔，比之纯白者尤珍。愚怀之归，时夜深，患兔久饥，然仓卒无以谋粮食，就巷口之馄饨担，素果叶数片喂之，兔运其锐齿，嚼而甘之，因范以盛膳之笼，笼广，兔故得回转自如。次晨，揭笼视兔，则兔亦肥硕，昨夜之视尫瘠者，特受恐瘘缩耳。清晨愚又患其笼居勿暖，使家人取药棉花，覆其笼底，愚乃入睡。比下午醒，醒即出门，傍晚归来，家人报我，谓兔首创矣：幼子勿知私启笼，取铅笔之端，以抵兔臀，臀破，流血殷然，而肠亦外曳，状至惨，兔受创则不食，恹恹且待死。然家人谓：在理兔不当流血，流血立毙，今此兔流血而勿死，或不致无命，第病而已。又明日，兔尚勿死，顾创尤巨，流血益多，睹之心堕，知兔终无生望，不忍见其僵，因出门。濒行，杖子于室，责其暴戾，又谴其无状，以创者为兔，兔而创之于臀，而创之之法，则用浑长之铅笔，年才六岁，一若已深明“人生大事”，蹊径之多者，故有此“写实”“写意”，亦淫亦虐之动作，滋可恨也！是夜以十二时归，则笼已敛去，兔不知死于何时。怆然良久，亦不敢冥想其僵时情状。嗟夫！有生三十一年，我终是仁爱人也！

（《社会日报》1938 年 10 月 27 日，署名：高唐）

不晤碧云四五月矣

不晤碧云者，四五月矣，此儿自有天良，见吾故人，辄以我为念，有不尽依依之致，滋勿忍。昨夜乃往观其演《送酒》，此剧之宝蟾，碧云竟为一时无两之作，艳俏不必论，即言其腻调柔音，欲使老年叟、静行僧，当之亦能骨痒神酥、腰酸脚软，三日不能进食，三夜不可成眠矣。愚往昔作送酒特写之文，而今日重观，乃觉自有进境，可知四五月来，碧云之习业犹勤也。剧终，遘之台下，则玉貌清癯，迥非曩时之腴润，其人亦痿顿若不能自奋，又可知其四五月来，心意之不甚舒齐也！问其何以清瘦若是，亦无以自解，第问我亦何以终疏踪迹。嗟夫！韩娥本不可以无秦青，以碧云喻韩娥，则我殆今世之秦青矣。

碧云又谓：我恒欲访唐先生，又患妖言谧起，用是不果。愚举手力振胸膛，谓谁以谰言毁汝者，请视我。汝勿以唐先生恂恂若书生，而近来亦好勇斗狠，欲翼护一如碧云之弱女子，吾力可及也。碧云闻言，辄为佳笑，似疑愚言为不信者，似曰：唐先生只能提笔耳，抡拳非其长也！故为佳笑。然量其情，则中心亦弥悦，以碧云今处于偃蹇无聊中，尚有唐先生为同情人也。

（《社会日报》1938 年 11 月 1 日，署名：高唐）

海上舞台人才空虚

夙闻金二小姐演《白门楼》之佳,愚未及一观,在昔坤旦中琴雪芳以此成名,然以愚观之,脂粉气太重,要无足称,比见姜云霞贴此剧,脂粉气亦脱不尽,然比之雪芳,高出十倍。云霞扮小生,较青衣好看,风神朗朗,望之不过二十来人,何以一妆青衣,便是狼年将近?愚戏语灵犀,看云霞台上之青衣,不想娶之为妇,然看云霞台上之小生,我若女人,便欲嫁之为妾。惟座上某君,谓姜老板扮雉尾生尤美,此言亦是。

云霞《白门楼》之外,又发现一杰构,则《闹院》是。愚屡观其《杀惜》,而未尝见其演《闹院》,近始陪锡山楼主一漏之,亦生辣,亦风冶,叹为绝唱。云霞尝言:"我小女子,酒醉唱不好。"然何以《闹院》又能做得入情入理?此所谓"天才艺人",什么小女子,什么大娘们儿,都无与也。

说一句老实话,则当今金氏姊妹息隐歌坛之时,海上坤旦,论全才,惟姜云霞一人,此人而沦落于小台上,自是可惜,然正亦可以见大台上人才之空虚。试问其使我能刻骨倾心者,更有何人?

(《社会日报》1938 年 11 月 3 日,署名:高唐)

向儿子借钱

每日,必发一二次饷与吾长、次二子,饷者,分头铜板也。吾母戒其孙勿浪费,则教之积蓄,于是分头铜板而聚为大洋角子矣。昨日,饭后无事,倚床为假寐,两子出其所蓄,在吾床前,作"调整金融"之大举。愚乃唤长子前,诒之曰:"而父今日穷,汝贷我辅币二,为我购香烟一盒。"长子慷慨,亟献我,我尚未接到手,又敛之曰:"阿父,何日返我?"愚答以明日,长子又曰:"明日返儿者,请益以一币,则儿可多积一大洋角子矣。"愚大恚,叹曰:"此儿将来如多财,而放印子钱,剥削穷人者,于生身之父,尚欲博厚利,若贷他人,算盘更凶,此为我所勿屑为,长子宜惩也。”又召次子，亦以告长子者告之，次子遽摇首，直言曰：“不肯！”愚愕然，问何故？次子曰：“阿父讵不知两只大洋角子，值廿个分头铜板邪？儿积之非易，以献父，不久且成香烟之烬。”言已，敛其钱进去。愚喟然曰：“此儿吝啬成性，亦非吾所喜。”既又念长子贪利钱，次子重财货，将来或俱能广聚。下走清贫，正为对铜钱看得太轻微耳。

（《社会日报》1938 年 11 月 5 日，署名：高唐）

避嫌不做官

在“新贵”弹冠之际，更不敢有做官之想，避嫌也。愚平生本不想做官，尝于吟咏中见之，如“但愿一隅同作客，不如愧静慕卑官”是也。惟今年春，曾欲为中华剧团之秘书，为素琴私人掌文牍。“秘书”两字，似官衔，然在中华剧团为秘书，则艺术团体之清高差司矣。顾卑人命薄，议甫动，而剧团辄限于停顿。近顷屡屡与金氏姊妹共游宴，每及此事，常哑然失笑。愚侍团长犹主人也，而素琴视我，尚是旧僚，愚本忠臣，渠亦明主，相依为命之状，要足为识者向往也。

红绡登台，吾座后有儇薄少年，其一人曰：“台上人年近三十矣，有夫，夫不事生产，台上人乃豢之在家。”又一人曰：“然则我将约之游电影之场。”其一人曰：“我不言豢其夫于家中邪？有夫之人，得之我亦何乐？”愚窃听之，辄大笑，以为更有习稔红绡身世如下走者乎？彼少年真妄人也。明日，以少年之言，白红绡，红绡恚甚，谓：“尔我朋友，奈何不为我执彼妄人？”愚曰：“朋友而已，究非‘沾亲’。”红绡警，欲以父礼侍愚，愚拒，欲以师徒见称，愚峻拒，终则欲为兄妹。红绡曰：“后此有人侮我，兄在，不容袖手矣。”

（《社会日报》1938 年 11 月 7 日，署名：高唐）

颇愿移风素拼盆

昔时爱看舞台上之双素，双素者，金素琴与于素莲也。素莲既隶移风,颇愿素琴亦翩然来归,并双素于一台,宁非绝美之素拼盆乎？曾制诗赠素莲云:“汝自逊他三寸艳,他应输汝七分淫。”当时之刻骨倾心,为何如邪？顾人事有不易言者,此案悬搁至今,无从偿愿,回首前尘,能无惘惘!

李鹏言之剧,谈者病其未臻纯境,顾尝观其《洪羊洞》、《刺汤》、《碰碑》诸剧,亦复醰然味永。尝与之共杯酒,为之胸脯疏然,其人挺秀,纵无小女儿婉媚之态,而风神自然俊朗,想此佳儿,奈何命薄,尝为之咨嗟不置。愚用是尤天,念天道真不堪问,视鹏言骨相,何一非载福之征,而天必挤之于偃促。李翁言曰:“吾儿福薄,每登台,遂厄其嗓。”愚拜祷于天,发宏愿,愿天福此儿,使其宁息,纵勿然,亦必锡以佳嗓,早着歌坛,除荤三月,愚所甘也。

(《社会日报》1938 年 11 月 10 日,署名:高唐)

同行之妒,角儿之争

某剧坛有须生,悬头牌,捧之者甚众,剧坛之生涯因以鼎盛。未几,又有一须生加入,流派不同,而工力别具,既登台,台下人之缘亦奇佳。前一须生,见而弥怨,私念,夺我席者有人矣。因先发制,告剧坛主人曰:“彼人在,足以抵我,请从此辞,我则将远游异方。”剧坛主人,所视唯营业,念此人而去,其业立隳,亟讽后来之须生辞班,以谢其过,于是后来之须生,终不免流转沟壑矣!此一事也,复有某坤旦以不慊于台主人,则称病告假而去,剧场中别聘佳才,以抵其缺。当后来者登台之夕,某坤旦,使人买票入场,为座上宾,杂于人丛中,叫倒采,所以讽台上之新角者,亦所以威胁剧场也,此又一事。愚近来与戏班中人习,耳目所及,有罄竹难书之概,而角儿与角儿间意气之事,尤在处皆是。上述二事,后者犹不过同行之妒,前者则挤人于冻馁而勿恤,殊过忍。愚与先后二事之局中人,俱所识,自此以后,将不屑其人,而鄙视如弃灰矣。

(《社会日报》1938 年 11 月 15 日,署名:高唐)

人皆双携，我为独客

梯公作《隽侣榜》于《申报》，谓有素琴必有小蝶，有小洛必有文娟，凡此皆记实之言，独见贶于不佞者曰：有云裳必有雪琴，是则万难承受。与梯公论交六七年，着此一矢，重创吾心。愚不能不怼吾友矣，疑吾友下笔之际，直以今之大郎，等诸翠屏之杨紫石之武，故取潘娘子必侣云裳，宁不毒哉！若干年来，我未尝得一隽侣，人皆双携，我为独客，墨痕楮影间，既力贡其萧骚之状。梯公不能悯我，转出之以调侃，终是忍人。今岁，识歌楼女子甚广，然非吾侣，侣亦不足以当隽侣也。近剧赏鹏言，有人怂恿，使此儿列吾门墙，教以书字，将来或使其追随于游宴之场，虽难庆双携，要无悲独客，第名分参差，亦不足以言隽侣耳。

四五年间，两遇叶秋心。第一次送郑正秋先生大殓时，时方盛暑，秋心御蝉翼之衣，瘦骨珊珊，其胸前似男子之平原，了无美感。昨日又遇之于严府喜筵上，则艳艳如春花之烂发，光彩照四座，因念四五年前，秋心犹是少女，今作妇人。愚一生爱看女人，却不喜所谓处女之美，独悦二三十岁之成熟妇人。我谓秋心艳艳如春花之烂发者，实鸿濛凿后之功也。

（《社会日报》1938 年 11 月 17 日，署名：高唐）

不图终得一素雯

素雯登台第二夕，演《别窑》与《武家坡》，《别窑》为信芳名作，天厂所谓“万人争看薛将军”是也。四五年来，愚观信芳此剧，凡十余回，与其合演者，如王兰芳、华慧麟、王瑶琴、王芸芳、于素莲，及王熙春，而皆不逮今日之素雯。素雯擅细腻之做表外，能从音调中传其绝代凄凉之情绪，梯公为之堕泪，天厂为之默默点首，并顾愚曰：“芸芳以后，不作第三人想矣。”而愚之以为并芸芳不如素雯者，以芸芳终是须眉，“媚到男儿我贱之”，此素雯之必须较胜于芸芳也。嗟夫！坤旦人才，消乏至此，不图终得一素雯，予倩毕竟好眼力，能赏识金家姊妹，而培林之屡屡言老二故自不凡,良有以也!良有以也!愚不以中华剧团之秘书长立场,不以同列樊门兄妹之干系,而对素雯作丝毫溢美之词,为读吾报者告曰:"素雯为坤旦之能才,独到之处弥多,极冷之戏,以素雯演之,决不使情绪松弛,此天才也,亦鬼才也。以今世坤角而能当得起鬼才者,惟素雯一人。"愚书至此,心香一瓣,祝其健歌,期其迈进,以我瞭瞩,则素雯之前程,光明璀璨正无穷焉。

(《社会日报》1938年11月19日,署名:高唐)

典当行为伶界保险公司

灵犀谓:从前颇想待其女长成,教以歌曲,使将来献身氍毹,遂为名角,进账多而风头健,当无逾此也。比渐与乐部女儿相稔,灯唇酒尾,听若辈自诉其身世,则一家人有不知一家人事者。甲谓:"我月包五百金,既净除一切开支,尚不足添置行头,处境遂困,困则不免以典质度日。以此语人,人且疑我,而不知我家所积之质据,票面未尝有盈十元一纸也。"乙曰:"春间我病演沪上,病以前,歌于白下,月可得三四百金。及战乱,迁地至此,病中,质戏衣赡养家人。及愈,重上歌坛,则所入不过百数十金,而质据寸积,汇之可以成一帙。"丙曰:"吾道中人,未有不为典门主顾者,亦有比较充裕,则决非恃艺自存,而别有其纂财之道,欲图恃艺自存,惟赴沟壑死耳!"灵犀闻言,心寒不已,曰:"我愿吾女,第为商人妇,能全终始足矣。"

或谈优人之典质行头,一半固然求钱用,一半亦为质肆之收藏得法。故有业保险之某君,往访某伶人,请保戏衣险。伶笑曰:"伶界自有保险公司,专保戏衣,则为汕头路口之大昌典当也。"

(《社会日报》1938年11月23日,署名:高唐)

回肠荡气金素雯

连日,听素雯唱《起解》、《宇宙锋》、《六月雪》诸剧,弥足以回肠荡气。素雯之歌，如朝阳之鸣凤，翘然使群流低首，近有句云："谁道于今有贰心，当时我亦拜深深。西风吹得歌怀减，遂遣老夫爱小金。"红鲤或不是我言，而培林读之，且一唱三叹矣。

昨既论云霞之剧，兹益为补充之曰：有时看台上之云霞，比台下好，然有时看台下之云霞，比台上好。其人初非秾艳，转婉委有大风范，年才十九，而持重如三十许睿，宜不知者错疑云霞既三得男矣。每与谈，则词锋弥隽，我故谓歌楼女儿，惟云霞之为味至永，顾他人病云霞乃落落，有时且如贵妇人之凛不可犯者，严霜繁露，绝少春风。愚故劝其宜稍稍温和。今云霞方以歌声震江浦，以情势测之，正患其岌岌不可久恃。于是愚又劝其早为归宿之谋，生为女子，乌可无良俦，落落如云霞，更当祝其早觅良俦也。

（《社会日报》1938 年 11 月 25 日，署名：高唐）

申曲风行，苏滩沦落

《探亲家》中，乡下亲家谓城里亲家偷汉。其所指之"汉"，城里亲家之夫也。在京剧中，城里亲家之言曰："我们是夫妻，周公之礼……"而在苏滩中，则曰："夫妻淘里，周公之礼，睏子把你看末也勿要紧。"著此一句，便成妙缔，而"睏"字更有力重千钧之概。江苏人称男女之交媾，即称"睏"，以此"睏"字而呼应上句之"周公之礼"，故觉其妙，不觉其媟亵也。王彩云盛时，唱《探亲》至此，台下之浮荡子弟，无不"骚动"，甚且有人作怪声之叫曰："格末你倒搭我睏睏看嘘！"于是台下益沸然。可知此一句在苏滩之"效果"上，力量之巨也。方今申曲风行，而苏滩已沦落，虽有心人从而提倡之亦未收功效，可见浮世之不尚风雅矣。愚昔年沉湎此中，凡六七年，当时歌管，无不销魂。近顷，与床头人商，拟与之合作《活捉》。《活捉》在苏滩中，妙构也，为京剧所勿如，必欲谓斌昆与兰芳为绝唱者，我勿信也。

（《社会日报》1938 年 12 月 3 日，署名：高唐）

金家大姊真今世之大艺人已

素琴于登台前,病甚,屡往存之,恒倚枕作假寐,形状乃至萧瑟。愚喟然曰:“弱不好弄,一至于此,而登场之期且迫,将奈何!”素琴闻言,投袂跃起,曰:“谓我今日恹恹邪?试观之,跃上氍毹,则生龙活虎人矣。”因揽镜自盼,复自怜曰:“我固萧瑟,然萧瑟之状,特能窥我于吾闼以内,庸何伤?”言已,辄齞然自笑。愚亦喜曰:“然则我当为素琴祝福,长葆宁健。”嗟夫!素琴讵不知其妙体娇慵者。口之所不忍,正其心之所难忘也。此素琴之痛苦益深,愚不能为慰,惟有祝福。然其从业之志,又至可悯,退而叹曰:“若金家大姊真今世之大艺人已。”

素琴以亲友馈赠花篮之费折为现金,制难童棉衣二百套,请妇女互助会,代为施发,慈云覆物,时论贤之。而素琴虽在病中,不惮劳苦,如定制棉衣也,如送发书件也,俱不假手他人,病以示,勿减。素琴治事,巨细无不躬亲,语人曰:“我劳碌成命!”闻者咸顿足曰:“劳碌命而不派在男儿,使僝僝弱质如素琴者犯之,天心之酷毒甚矣!”

(《社会日报》1938 年 12 月 5 日,署名:高唐)

友 人 多 事

于素莲女士,既列樊门,前者以近影贻愚,上署曰“某某世兄惠存”六字,遣人送吾友转致。友见而辄退与送影人,附一纸条,告素莲曰:“查称朋友之子为世兄,而足下称某,固非世兄也。”越日,遘素莲于樊门,谓将你名分写错了,遂并照片亦还我矣。愚勿解其意,及晤吾友,述其原因,始大笑。愚颇以为吾友多事,写别一字,弄错一代,在女人手里,都不关紧要,何况又错在此风流绝世之女人手里哉!

素琴登台之日,刊启事于报端,吾友佥以为以愚为金氏秘书,此稿必出愚手笔矣。其实勿然,启事颇婉约可诵,愚笔荒陋,何能胜此?素琴幕中,惊才绝艳之翩翩记室为数殊夥,愚更不足称,用志一言,以示辨别,使爱我者知不肖未忘廉耻,弗欲掠人美也。

人谓:素琴之京白说不好。实则其京白正有话剧气味,神韵颇不让吾家若青,今日听之,弥足慰我念征人之苦。顾世人乃以素琴之矜奇为诟病,此在京朝烈士,必欲争轻圆流转之境,而向往于平剧之必须改良者,亦不能体斯人所造之美。甚矣,世事有难言者矣!

(《社会日报》1938 年 12 月 8 日,署名:高唐)

四素三琴一朵云

乐部贤才之同列师门者,金氏姊妹、于素莲、王瑶琴、韩素秋,及所谓南方四大坤旦之一之某女士,共得六人。昨夜,吾师命宴于市楼,以愚为陪客,美云亦戾止,美云虽熠熠照耀于银灯下,在昔固亦氍毹尤物也。前者六人之芳帜中,素字四人,琴字三人,著一袁娘,遂成"四素三琴一朵云"之局,亦师门盛事矣。愚与金家二素、于家一素,久相习,与瑶琴亦曾一度共游宴,独韩氏素秋,南四之一,尚为初识,颇喜瑶琴之隽朗、四一之静默。四一之剧,特一观其《戏迷传》而已。《戏迷传》之全本胡调,台下人必无好感,于是置其人亦若淡焉忘之,及今日见其"私底下",爱其端凝,悦其温肃,几不疑其人亦跌宕于粉墨场中者,真异数也。

(《社会日报》1938 年 12 月 10 日,署名:高唐)

周錬霞即席唱诗

郑子褒、丁慕琴两先生招宴,座上有郑过宜、徐慕云、苏少卿、李匀之、胡梯维诸先生,愚与灵犀,亦叨陪末座。饮半酣,忽发现在座诸君子,皆当世之评剧家也,有遗珠之憾者,不过张肖伧先生一人,因失色顾灵犀曰:"我与足下,又算的哪一棵葱呢?"梯公闻言,以足蹴吾足,曰:"我也是的。"于是相顾而笑。席上有"鬓丝",凡二人,一为周錬霞女士,一为姚水娟女士。錬霞即席唱诗,以美水娟,有"娟娟才调亦千秋"

之句，于五分钟内，写作都成。愚乃折服鍊霞，曰："周公才调，亦未必不千秋也。"水娟以演绍兴之地方歌剧，著声海堧，向闻人言，其人有莲钩绝美，当时互对于酒筵间，固不及见潘妃妙步，然当辞客行时，竟未投以一眸，窥此裙下之一双纤纤者，诚堪负负。朋友都谓我好色，以此告诸君，当知下走有时亦拘谨得过人也。愚常谓过宜持论最公，素琴登台尝一观《宇宙锋》，谓扮相之美、玉喉之完，自不可敌，尤以气度之胜，为其余人不可比拟；所欠缺者，表情未足言深刻，以意测之，或以大金久辞歌管，不免荒疏。愚颇然之，迩来夜夜为大金座上客，昨约过宜观其演《十三妹》，则老到已多，过宜频频颔首，出剧场时，曰："南方坤旦，只此人矣。"

（《社会日报》1938 年 12 月 13 日，署名：高唐）

不鲁自香岛归沪

三五年来，愚于舞台上女儿之刻骨倾心者，第得一人，此人婉妙，不比凡流，向往已极。尝得梦，梦中似逢昼晦，又如大雾，我二人疾步于通衢间，状至急迫，未几，天忽朗，秋光方好，则已置身阡陌，秋收方登，田中人欣然有得色。忽一童子，起自塍畔，目注我二人，既而笑曰："客来邪？来是将何作？"我曰："爱田间风物，稚子好客者，愿辟一舍以居我，我将永永勿去。"童子曰："是安可，乡居粗陋，客是书生，居能适，而彼人艳艳，如名花，第可蓄之香楼，讵能乐此？"此人遂勿悦，曰："是痴子耳，语之何为？"勿顾而去。梦至此渐醒，醒后，温甜之味，犹滓心头，而不复可睡，辄于枕上记四绝句，题《记梦诗》，当时曾刊吾报，而未记梦中所历，苟当时述之篇中，详至且胜于今日。吾诗有："棉花绽绽白如银，香稻垂垂拂近身。天与丰收更何乐？慈云到处覆清贫。"在四绝之中，以此为尤得意，顾三年以来，我不恒见其人，有时值之街衢，正如流光一瞥，迹不可追。不图至于今日，犹得一共游宴，是必天灵地鬼，悯我能痴，故使其人如天外飞来，然则天纵厄我于困乏者，我亦奚恤？

不鲁自香岛归沪，养病一月，抵沪后，凡数过吾庐，其他朋友，都未一面，亦可证吾二人交谊匆薄。今距其去港又半月矣，邮书三五至，而愚无一报，故人爱我，宥其疏慵也。不鲁既日读吾报，知愚痿困，既媵以馈药之情，复撷香岛闻之可记者，寄与我，使愚为文稿之助，以节精力，其意尤可感。下走不德，第觉人情之于我弥厚，十载论交，要多知己，譬如不鲁，年小而理智沛然，独于下走，辄惓惓私交，不恤蹈人伦之陋，是下走所以为之涕零矣。不鲁亦嗜曲，素琴与桂秋，登台沪上，而不鲁则忽忽离沪去，想望声容，无穷惆怅。今桂秋已辍演，而好誉遍海堧；素琴方腾踔一时，亦可以慰远道人矣。

昔时，尝制七律，有句云："故知春睡能多梦，偶寄人书作小行。"诗成，传观吾友，吾友见者，佥谓殊匆可取，而十年来愚总以为此两句是好诗，昨夜忽想起，在枕畔温诵，犹觉意境奇美。吾友薄之者，不知何意矣。

（《社会日报》1938 年 12 月 14 日，署名：高唐）

爷弄胡琴儿唱曲

若瓢和尚，避地海堧，长日无俚，以绘事自遣。比写朱兰一幅赠愚，题绝句云："卓笔不堪写凡卉，染丹又恐恼幽姿。唐郎本是风流者，付与名花解护持。"诗画可称两绝，特下走荒伧，辱兹清品，宁不惭恧！

毕倚虹先生生前，有《咏寒衣曲》，句云："爷弄胡琴儿唱曲，黎娘到处送寒衣。"当时明晖以歌唱驰名海内，锦晖先生，为之奏梵亚令，艺坛传为嘉话。倚虹所谓胡琴者，即指梵亚令也。今歌坛上如张文娟、姜云霞二人，皆其翁为司弦索，故"爷弄胡琴儿唱曲"，亦可赠之张、姜二子。然一弄一唱间，岌岌然赖为生计之源，则其情便可悯矣。

人言熙春扮相，越看越像芸芳，而在"私底下"，便一无似处。愚以为熙春秀美，在坤旦中任何人所匆逮；素琴清艳，无熙春之秀；素雯得一甜字，正与其声调比美，然亦不足以言秀。术者谓相貌不能太秀，清主贵，秀则不能不伤命薄。然如今日之熙春，声华日著，欣欣然如好花之艳放，命薄之者，我又胡信？

（《社会日报》1938 年 12 月 15 日，署名：高唐）

艺术不能有谱

看盖三省戏,为之捧腹。砚秋演《金锁记》,烦三省饰禁婆,“识戏”之士,遂有“着此一伧”之憾,谓其破坏戏剧空气也。愚近看其演《能仁寺》之赛西施,则滑稽突梯,比之叫一班独脚戏来听听,正要高明。三省之戏,相当“随便”,然正以随便,便有信手拈来,如剥茧抽蕉,有层层不穷之妙。然“识戏”之士,谓唱戏不能随便,随便便成“胡来”,胡来在戏班中谓之“没有谱”,愚窃以为艺术为物,不能有谱,一有谱,便不足以发挥艺术家之天才,故三省之好,好在没有谱也。名净马春甫,其戏亦如乱做者,然戏班中人,称春甫之戏,是有谱的。然尝闻人言,春甫演《算粮》之魏虎,唱一趟换一趟身段,则春甫之所谓谱,真浩如烟海,疑为爱春甫者,特以“有谱”为春甫文饰耳。春甫与三省,皆为愚所心爱,愚治文不守绝律,近年拘谨,不如昔时荒野,若在从前,朋友恒摇首咨嗟曰:一枝笔邋遢到大郎,再不能寻出第二人来。若以吾文方之舞台上之盖、马二君,得无相似。我今日之赏爱春甫、三省者,亦不胜惺惺相惜之意矣。

(《社会日报》1938 年 12 月 16 日,署名:高唐)

周錬霞酒后误赠画

一夜,周錬霞女士中酒,过宜乞其绘事,錬霞漫允之。及明日,已不记为过宜,而误为下走,因作书与慕琴先生,谓将作《螳螂拜金菊》图,以贻唐君。慕老挈其言告愚,愚曰:“我固未敢渎錬霞,特命题如此,我必争之,重丐慕老代求。”錬霞亦为之莞尔曰:“然则与唐君宜有此一段翰墨缘矣。”錬霞又谓:“脱有机缘,使其对两行金菊,作刘桢平视,则命笔遣意时,能得一楷模,勿致远离规范,是所愿也。”慕老复以是语愚,愚将使艺坛三秀,对晤樽酒间,以礼论之,则金家双素,当先“报聘”于周焉。

在田陪文娟演《杀家》之教师，轻松老辣，内行见之失色，对萧恩曰："萧恩哎，我给你提个人儿，你认识不认识？三层楼上听得见，二层楼上看得见，金素琴的师兄，张文娟的爷叔，人称江南第一枝笔的唐大爷，你认识不认识？请他老人家说一句话，你这渔税银子，也得给了罢。告诉你，今天也是他老人家派我来的，我要不冲他的面子，我还不上台呐。"台下于是哄堂，愚亦为之面赧。愚以为在田此语之妙，不在谑弄故人，而以教师爷身份，出以流氓讲斤头口气，为可爱也。

近来看台上之熙春，越看越美，天厂谓熙春扮相，益肖芸芳，愚则以为芸芳不及也。《文素臣》中之米家女，踹跷，亭亭秀艳，所谓方之梅花，梅花嫌瘦，方之杏花，则杏花又嫌俏矣。雪艳谓我未见舞台上人，活色生香如熙春者矣。此言出之荒伧，我不必信，而出之于绝世佳人之齿颊者，则熙春之美可知矣。愚在后台，遘熙春，谓熙春益美，熙春曰："唐叔弄我。"愚曰："是何言？我特不大方便，在笔墨上为熙春张扬耳。"此言为熙春不能解，亦未尝问其究竟，实则熙春不应称我为叔，以叔誉侄，似不免碍手碍脚。此张肖伧先生之所以不能狂捧文琴，我今日之能稍稍为熙春美者，还是叨在"世谊"，不似张家之有血统干系耳。其实文琴未尝不可捧，我一再谓其人私底下甚好，徒以肖伧先生，意气盛，肝火旺，致其一动笔到文琴，便有人属目。无论在情在理，肖伧宜捧文琴，评剧不比治军，多少要一点情感，说不到办清"公事"，故他人不谅肖伧。独有下走，则不然，曩读其《请大家骂张文琴》一文，认为肖伧弥老弥悖，此言愚早早言之，却不在下走与文琴同列师门后也。

（《社会日报》1938 年 12 月 19 日，署名：高唐）

人将腾发，其缘自初

乡前辈朱吟江先生，少年微时，过檐下，有老妇人倾水于当衢，不慎，水溅朱先生，衣履尽湿，老妇人不安，纳之入，为其易服。朱先生则惶悚谢曰："固不敢以是劳夫人也。"老妇人见朱温恭知礼貌，奇之，商于乃夫,入其夫所营之肆习业。越数年,肆主人且以其女妻朱先生,肆即久记木行,而朱先生之所以寖寖然为木业巨擘者,赖有当时之倾水缘也。或故曰:"人将腾发,其缘会往往意想所勿及,朱先生当时能出之忍也。"脱如下走之暴横,必失此良机,苟以朱先生而易下走,下走则破口而詈,亦不欲恳奉承我进去。以理论之,不肖固有悖人情,亦男儿应有之气概,若朱先生温温作处子态者,不屑为,亦不能为,虽然,朱先生以财富称矣。

随意写一绝,为雪艳作者,诗非美,而不胜得意,记其句云:"转觉无诗心境宽,擎杯还道祛轻寒。只因同作丁家客,故敢平肩仔细看。"

(《社会日报》1938 年 12 月 20 日,署名:高唐)

老夫聊以自娱

平剧中有打扛子者,不知取材于何处,近见韵秋屡演之,其中有丑角向花旦之鬓间一摸,问曰:"那硬的绷绷一根是什么?"答曰:"髻簪。"问其何用,曰:"痒了掏掏的。"丑角亦曰:"我也要掏掏。"花旦问他你要掏什么? 则曰:"掏掏耳朵也。"丑角又向花旦之腰间一按,问曰:"那软绵绵的一块,又是什么?"花旦曰:"是为手绢。"又问其何用? 则曰:"流了拿来擦擦的。"丑角问其擦什么? 则曰:"擦鼻涕。"丑角亦曰:"我也擦擦。"花旦问其擦甚么? 则曰:"擦眼泪也。"戏之结构并不美,特有此狂妄之对词,已是快台下人之兽欲矣。

白松轩主一度客串后,被人攻诘之文字,不绝于书,轩主则置之若不闻,曰:"是皆蓄意中伤也。"愚谓轩主此举,深得"老夫聊以自娱"之道,别人嗤我如鸦嗓,我则以为清远似凤鸣,本是票友,不能比内行,脱轩主亦美如内行者。轩主早已下海,何待今日尚为评剧之文人? 愚虽未尝登台,然脾气亦正类轩主,有时上胡琴歌一阕,自己听来,亦恍闻钧韶也。

(《社会日报》1938 年 12 月 22 日,署名:高唐)

接之如佛，望之若仙

三五年来，乐部女儿之为下走刻骨倾心者，惟雪艳一人，数数以诗文张之，其兄嫂不为然，曰："唐君所以扬雪艳者，直妒其嫂，家务事不容外人置喙。"愚于是搁笔。往岁访仲贤于后台，辄遘雪艳，每殷殷存起居，心感其诚，及仲贤谢宾客，晤面之缘遂稀。近顷，雪艳闲居，乃遘之于慕老府上，后屡共游宴。吾友谓：王家小妹，率直可喜。其实率直二字，正不足以范其人，愚以为其人既婉娈可亲，而慈祥温厚，虽久溷歌尘，而未沾健嚣之习，所谓接之如佛，望之若仙者，此八字可以尽雪艳之美，他人勿称也。雪艳饮，饮必醉，醉则但为痴笑；又健谈，娓娓青灯，使听者回肠荡气。今年与乐部女儿交游，以近来为尤快，正以雪艳之缘可念也。旧尝制联云："雪浪山人输婉亮，艳阳天气共清妍。"比来益叹吾句之胜。昨又得绝句云："重锡秋波到老臣，十年湖海尚青春。当筵爱听推杯说，妾与唐君是故人。"得意之状如绘矣。

（《社会日报》1938 年 12 月 24 日，署名：高唐）

愚述盖三省

愚述盖三省演剧之妙，过宜读吾文，不以为然，谓是真一伧也。昨闻人言，程砚秋南来，携丑角五人，唱《金锁记》，无一不可以饰禁婆者，而砚秋指定要三省配演，诚如过宜言，则砚秋亦如不佞之赏识于牝牡骊黄外矣。愚听砚秋《金锁记》之夜，同行四五众，俱深恶三省为荒伧，以为《金锁记》，哀情戏也，着一三省，遂使戏剧空气，为之溷乱。"狱中"一场，窦娥唱慢板时，三省之禁婆，在一字一句间，无不有手势，若唱双簧，而有时哭，有时恼，有时又"贼骨牵牵"。愚故谓苟因场面上有此活动背景，而台下人不能悉心谛听，使绝妙程腔，为之疏略，此言当可信。若谓有三省一人，而使哀情戏剧之空气为之破坏，则不然。砚秋之剧，其情绪都在唱，凄凉幽厉，"法场"之一阕反二簧，自能堕泪。惟演剧原不火爆，故舞台空气，本无凄厉可言，纵多盖三省一人，亦何伤？而此语又不足与吾友过宜道也。

（《社会日报》1938年12月28日，署名：高唐）

“老卖年糕”

入某饭馆，楼上有敬客之茶，分四种：一种泡就之茶，倒于茶盏中；一种茶盏之外，佐一茶壶；一种则将茶倒于玻璃杯中；其最讲究者，则玻璃杯中贮有茶叶，所谓原泡是也。犹之梅龙镇之酒饭，分三种等级，视就食者之品类而区别也。昨日，两三友人，同往午饭，一上楼便点菜四样，既而悟四样过多，则令侍者退去一样。时侍者方预备敬茶，取玻璃杯在手，闻退去一样，知吾辈非财力勿沛，必天性奇啬，遂置其玻璃杯而别取四茶盏佐以一巨壶矣。及食已，会钞，愚谓：苟欲使侍者知吾辈之财力殊充，而非啬刻者，则当多畀以小账，而使其喜出望外。然后更令其沦茗敬客，必将撤已陈之具，而以玻璃杯贮茶叶进矣。世风不古，作弄小人为术正多也。

小蝶、其俊、家华诸兄，平时以名票蜚声沪上，近忽出其余绪，合创一年糕公司，设其总批发所于小蝶府上，于是朋友以赵子龙呼小蝶，谓戏词中有赵子龙“老卖年糕”（老迈年高）也。年糕公司之名曰大发，于一月一日开幕，又将有无线电特别节目，以遍告春江人士也。

（《社会日报》1938年12月30日，署名：高唐）

清晨对话二子

又连夜失眠，白日遂不能起，然一到中宵，已困懒不堪执笔，则就衾中，张眼看群鼠横行，为观亦趣。吾室中本无鼠，迩忽结队而至，上下四隅，皆其蹄迹，家人憎其扰，愚则喜其作簌簌声，能解我岑寂。天将曙，鼠踪遽杳，而呼阿父之声遂起，盖两子既醒，遂呼之至榻前。约略问长子学堂功课，则对曰：“成绩单上，算术恒列为优等。”愚曰：“是非尔父喜也。”问其操行如何，曰：“中。”疑之。问其亦尝作鸡鸣狗盗之事乎？曰：“未也。”始为欣慰。又问其亦尝出手打人否？曰：“未也，特他人打儿耳，儿则同之互搏。”愚颔首，曰：“互搏宜也，其实汝能先打他人，则尤为佳儿。尔父一生为懦弱所累，常引为毕生之憾者，未尝与人打过相打，打得颅碎血流，更绝无仅有。故汝当记之，宜为尔父弥此缺陷。”至是舍长子而问次子，次子不可语，一张口便是要钱，因悟要钱实为人伦天性，正不必笑吾儿之绝富乃父风范也。其最不中听之言，辄为愚道新年之乐，谓天寒矣，天寒则新年且至，父必多畀儿钱。愚故大恚，叱曰：“汝悦新年，不知尔父乃深恶之，说新年而毗连钱字，尤使人有怵目惊心之惧。”嗟夫！稚子懵懵，不知其翁言之哀也，瞠目不为一语。愚睹其状，复怜之，挥手曰：“去之去之，父将别汝入梦乡矣。”

（《社会日报》1938年12月31日，署名：高唐）

世道之险

近闻素琴演戏于台上时，有人自三层楼上，掷铜板至台前，凡三数次，其一着于素琴肩上，奇痛，素琴临悉，谓是必挟嫌而来也，亦有人谓：“是或观众之色情狂表现。”此言殆有至理。往年，王彩云驰誉之日，与朱国梁同台，观者呼朱国梁唱《教化五更》，唱时，台下人纷纷掷铜板至台上，然勿掷与朱，而以王彩云之四肢五体，为众矢之的，锵锵作响者，咸集于彩云之胸前胯下，彩云大窘，避之幕后，不敢复出。一夕，台下之电灯，碎一灯泡，台下人于是呼曰：“打着王彩云电灯泡矣。”此种现象，谓非台下人色情表现而何哉？今素琴所遇者，或亦类是，顾素琴则谓有仇人挟嫌而来，当自有其说。素琴既悉，又大怨，曰：“苟以是而创我容，我为情且弥惨，坤旦所恃者，容耳，彼仇人夺我容，是直欲使我不饭。我为人平和，自知未尝予人以怨毒也，乃施酷辣于我，世道之险可惧哉！”

（《社会日报》1939年1月3日，署名：高唐）

我其亦当变吾作风乎？

今作此记为一九三九年元旦之午，岁除后第一次动笔也。执笔在手，愚乃构思，去年一年中，说自吾腕底之文，大半为女人事，为乐部群雌事，岁既易，我其亦当变吾作风乎？我已曾闻人曰：“唐君之笔，专状女人，唐君着墨，专捧坤伶，无乃太多，无乃太滥，更无乃太肉麻乎？”愚深善其说，然未尝从而善之也。去年自春徂夏，自夏至冬初，朝夕相见者第多女人，女人而复多坤伶，于是耳目所接，逼于一隅，发自毫间，亦惟有传珠香玉笑之状，历时既久，其实腻矣。今年，我有意不写女人，其所以坚我意念者，则在除夕之夜。是夜八时，与友人饭于百乐门舞厅，我固无“隽侣”，然席上多花枝，凡三四雌，皆痿瘠腴容；则又顾而视场中人，自八时至十二时半，场女子无虑数千众，而不获睹一绝世佳人，资愚作眼皮之供养者。逾十二时，新岁已至，众皆欢呼，愚独黯然，未几，且悄然离去，返家着枕即睡。比醒，记昨夜之事，了无可念，而微有憎恶女人之意，于是我有意不写女人，苟力行不怠，亦未始非美事也！

（《社会日报》1939 年 1 月 4 日，署名：高唐）

愚称鍊霞女士为周公

近时，与友人同宴于市楼，座上多“鬓丝”，某君不能饮，而“一丝”强之尽一觥，某力辞不可，“一丝”乃曰：“以我请求，你也应该碰一碰矣。”某曰：“何须相强，碰一碰亦正可不必。”“一丝”又曰：“不要咽下去，用舌头碰一碰，庸何伤！”席上人闻言，咸相顾而匿笑。某君亦似悟，卒狂窘，窘则席上人齐声曰：“那末你用舌头碰一碰呀，试试到底什么滋味？”言竟，复相顾哄堂。

愚称鍊霞女士为周公，辄遭其一场嘲谑，其实以女子称公，本无成例，有之，惟貂公斑华耳。前日，灵犀询愚，谓北方亦有以女子称爷者乎？愚曰：“似未闻之。”灵犀乃谓，然则赛金花如何称赛二爷者？愚亦不知其典何所自，真腹俭矣。尝读王湘绮日记，其中常有周婆一人，考其事迹，弥复香腻，我本可称鍊霞为周婆，然嫌亵渎，不得已谓之周公，而鍊霞勿谅，施以调侃，世上真无好人走的路矣。

(《社会日报》1939 年 1 月 6 日，署名：高唐)

袁世凯介绍个

或谈顾肯夫君为绝顶聪明人，尝就市楼征伎人侑酒，伎初不识顾君，则问曰："亦有人为侬作介绍乎？"顾遽曰："有之。"问何人？则曰："姓袁。"伎念曰："儿家宾客中乃未有姓袁其人也。"顾笑曰："汝勿识之，我则携其照片于腰间，付汝观之可耳。"言已，在囊中出一银，银币之上，铸项城之象，因又曰："即此袁先生也。"伎大窘退去。后人仿其行，每值堂差问"大少倷阿有啥人介绍俚来个"时，辄应曰："袁世凯介绍个，哪能，服帖哦！"果然爽快，然不免有白相人草莽之风，非如肯夫人之才人蕴藉之致矣。

小蝶谈票友彩唱之趣事至夥，谓有人演《贩马记》至三拉后，李泰将赵宠拉至后堂，赵宠坐椅上，作惶惧状身抖索时，检场人取茶壶令其饮场，则自后牵其袖，凡两牵，以为桂枝至矣，辄回首，见检场人，遂大怒，詈曰："浑蛋，你把我的绝好身段牵坏了，还不滚下？"事诚有趣，惟一究实情，则此时台上之赵宠，不必再唱，殊无饮场之需要，检场人亦决不致在此时令赵宠饮场，故此趣谈或无其事，而为好事者附合成之耳。

(《社会日报》1939 年 1 月 8 日，署名：高唐)

"第一枝笔"

昔时，有人以"第一枝笔"称愚，意在挖苦也。当初受之颇不安，及后，大家都以此四字为鄙人招牌，于是吾革渐重，卒至无所用其不安矣。素琴每为愚介绍友人，辄曰："是唐先生，江南第一枝笔。"愚亦转为素琴介绍曰:“是金小姐,当今之前进坤旦也。”素琴以为谑,愚则谓真与下走第一枝笔,同一非由衷之论耳,相与大噱。近时舞星王琴珍女士,人称“舞国第一枝笔”,琴珍为下走所夙识,相违既久,彼窈窕女儿,居然亦有人肇锡佳名矣。某夕琴珍会于百乐门座上,灵犀曰:“两枝笔对晤于一场。”愚愤愤曰:“为人在世,样样都可以第一,奈何做第一枝笔?”因欲长跽于地,祷于锡福之神,愿神怜我,因怜我而复怜王氏琴珍,使我二人,来世而重为含光孕气之伦者,则我愿为第一“象形”之笔,而王琴珍女士,愿为第一“谐音”之笔,夫如是我且纵横于粉阵间,而王小姐亦不致落寞于清苦生涯中矣。盖我已默察世态,世界万物,无时不在进化中,惟第一象形之笔,第一谐音之笔,纵隔百岁,过千载,这两件东西,终是当令货也!

(《社会日报》1939年1月9日,署名:高唐)

两素昔日积嫌,以是冰释

素琴因其堂幔误为素莲使用,一气而晕倒于后台之际,素莲睹状,大为恐慌,辄为之抚胸口,叫“姆娘醒来”,又取西洋参汤进素琴。先是二人已积不相容,见面有如陌路,卒因素琴之一晕,素莲遂开口叫姆娘矣,昔日积嫌,以是冰释,是果好现象也。予常谓素莲为人,本性亦殊厚道,惟因过分忠于事业,不免沾倨傲之习,倨傲而出之于女人,亦非大病,如在黄金之倾轧素琴,亦忠于事业之一征,终使素琴为之气恼;因气恼而晕倒,素莲则又大为不宁,乃亲侍汤药,聊以谢过。有人自黄金归,述其事与愚,愚故谓:“素琴还是好女儿,不得与‘狼毒’妇人比也。”昨观素莲演《双钉记》,其技益见神化,可知其进取之志,未尝少懈,为之欣慰!《双钉记》中刘斌昆亦一绝,说满口九江话,妙到毫巅。斌昆之丑,是在脱尽火气,脱尽火气,便无俗相,大江南北,此君遂踞第一位矣。

(《社会日报》1939年1月12日,署名:高唐)

茶楼看戏趣事

茶楼上看戏，怪趣之事，不绝发生。一夕者，茶房为某客冲茶，盏中剩有冷茶，客令茶房将冷茶倒去，然后再注以热水。然无积贮残水之器，而歌楼之地，又为木板，苟以冷茶泼诸地上，势必漏到楼下之浴客身上。于是茶房举起杯来将冷茶一口呷入肠中，始冲以开水，挈壶竟去，客明明见之，而若不介意。此状为旁观者所睹，皆为绝倒，谓茶房此举，果然突兀，然茶客之任其放肆，则未免过于马虎。愚则以为在此种场地听戏，本来应该圆通，若事事求讲究，却不是寻作乐来，寻痛苦来矣。

仇天红女士，由清唱而改习彩排，除白口不甚纯熟，如唱，如身段，俱能老到，亦未来之好料作也。近观其演《同恶报》"庵堂"一场，台上三人皆堕泪，于是台下人亦多涕泗交流者，台上三人，天红外，一为凤麟，一为安叔韵，皆女优中之瑰宝。而天厄艺人，凤麟潦倒，叔韵更没没无以自彰，运会之说，不可谓全妄诞也。

(《社会日报》1939 年 1 月 14 日，署名：高唐)

占课卜问流年

连宵博负，失意于赌场，便当得意于情场，谁知在情场上亦失意之人，真叹李广之数奇矣！去年，尝丐戴明夷先生占一课问流年，明夷以所得，悉书之于纸，记一年中之休咎甚详，愚以其纸张之床侧，越若干时，验其言，大多勿失，因叹明夷之技亦殊神。去年岁暮，此君设问津处于道德里，尘事纷繁，不遑存问，比来复觉逆境之多，于是与翼华夜造其居，复丐其卜今年流年。约略审阅，谓今年财运巨，而所耗亦广，两两乘除，则入且不敷出也，故为之气噎。问其今年亦有儿女私情事否？则曰无之，弥复怏怏。岁月无聊，天纵厄我于穷，亦应在我生命史上，锡以流香越艳之迹，润此枯寂之人生，今则并此亦靳之，我更何赖？明夷断事，有斩钉截铁之快,其人本通品,与江湖术士,迥不相侔,取资又绝廉,谓乱世不欲致多钱,能借此消磨光阴,于愿已足。翼华以觅屋不得,滋苦闷,因亦卜于明夷,明夷曰:“明日有人来谈,必及房事,托其寻访,必获新居。”越日,愚与翼华饭,座上遘小蝶,小蝶果有友人召顶一屋,允为翼华谋之,愚语翼华谓明夷之言真神矣。

(《社会日报》1939 年 1 月 15 日,署名:高唐)

小舞场成立经年矣

小舞场成立经年矣,近数月来,渐告盈余,是皆世勋擘划之功。舞场楼上,为邦公私寓。邦公嗜舞,往时,在扬子舞厅,日夜为婆娑之戏;比去岁,始与世勋诸人,合作营小舞场,入夜邦公起舞其中,与舞女舞,舞之不已。世勋尝谓以邦公一日舞步,累计之路程,自小舞场至兆丰花园,可以打几个来回也。然邦公以舞蹈为健身之诀,舞既常,其动作亦渐流为自成一派,第以一手搂舞女之腰,一手自垂,则可以不使一手之筋骨酸痛。世勋又谓,邦公有时并搂腰之一手亦废之,特以肚皮顶住舞女之肚皮而舞,真妙观矣。小舞场舞女共二十六人,舞客多时,大半坐台子,其椅上悬一灯,书“坐台”两字,俪以画面,一枝树梢头,作二鸟并栖状,以喻“双宿”;若带出去,则亦有一灯悬于椅上,书“出去”两字,亦俪以画面,两鸟且振翮穿云,是为双飞,风流蕴藉,非世勋才人,不能有此妙思也。

(《社会日报》1939 年 1 月 17 日,署名:高唐)

素琴尤宜皜素扮青衣

迩来常与王家小妹,赏曲歌场,屡屡观素琴演剧。雪艳谓素琴竟是天人,何论男子,即如女儿,亦复韵羡其颜色。一夕贴《戏凤》与《碑亭》双出,愚八时到场,《戏凤》已过去大半,雪艳与丁氏夫妇同来,且成尾声。比《碑亭》上后,愚向座上诸君,试论素琴之花衫与青衣,其扮相为孰美？雪艳乃曰："两者皆胜。"其实以素琴之旷世清姿，尤宜皜素，未许秾妆，故青衣之美，花衫不及也。而雪艳倾心之甚，遂无是非，是好女儿，不知有矫态矜情耳。《芙蓉草》之萧太后佳矣，若《碑亭》之王家小姑，便觉勿称，以四十余老丑之夫，状痴憨妙女，无乃勿类，而颠倒黑白者，必欲从而称美之，一若出之于伶工宗匠者，无往不极其美。以愚视之，看《桐珊》之东方氏可也、刘媒婆可也，《樊江关》之樊梨花可也，看其配《大登殿》、配《御碑亭》则都是汗毛凛凛矣。

(《社会日报》1939年1月19日，署名：高唐)

世勋妙喻

世勋为舞女起一外号，曰"丝棉被头"，不知者必想像此舞女乃为软铺铺之一块大肉也，而世勋之考语，则为"又热又软"四字。妙矣，热与软皆喻女人之情也，女子有热情而兼柔情者，安得不令人向往？反之，其为老辣而复冷酷之女子，又焉得不令人憎恶？十年以来，所阅女人至广，"丝棉被头"，竟未盖过一条，所盖之被头，乃无不絮重如铁。推而论所识之女人，觇其行为，可以称"丝棉被头"者，亦不多，徐来似矣，然后来忍心舍去锦晖，而跟唐生明去，则亦嫌其冷。或曰："此为三年未翻之老被头，故热已减而软亦逊矣。"今日之王家小妹，亦"丝棉被头"，截至现在，看上去还是今年新翻，但愿其常葆柔热，更祝其早得一气骨非凡之君子，来做盖被人焉。

(《社会日报》1939年1月21日，署名：高唐)

嗜好要有分寸

吾友安安，数年以来，沉溺于狗场中，尝谓饭可以不吃，跑狗不可不赌。如下走对女人尚且日久厌生，而安之对狗之眷恋，竟十年勿辍，诚可谓得风人敦厚之遗矣。顾一昨书来，起句即曰："近来为畜生所欺，闭门痛定思痛，戒赌已迟矣。”自与安安论交，今日才见其发厌狗之言。下走固亟盼故人之早离“畜生道”，然有人谓二三日后，又尝见安安周旋于独赢联位间。盖安安之所好者，赌也，非狗也，欲与畜生殊途，本是易致，欲安安戒赌，便大难，而所以悔戒赌迟者，犹为一时愤激之言，少过时日，必仍念赌。愚以为赌亦嗜好之一种，只要有分寸，无伤于品格，谓赌而非戒不可者，愚绝不有此主张也。安安于其书之末，作俳词一首，语似滑稽，然有抑塞不平之气，亦勿知何为而发。久疏见面，无从问之，特录于下，不妨与朋友一研讨耳。其词曰：“看看别人惹气，原因自己失意，睡不着，坐不住，又不能放些儿屁，气闭气闭，就算给人家‘吃瘪’。（调寄小肠气）”

（《社会日报》1939 年 1 月 23 日，署名：高唐）

云霞有甬上之行

姜云霞将出门，以半年来交游之密，闻此消息，殊用惘惘。云霞既驰誉于沪上，外码头闻风来聘者，一月恒数至，顾云霞一一拒之。夏时，拟游白下，谓儿家旧曾游白下，其地人缘好，所得亦多。则劝之曰：“石头城下，所踞者都兽蹄鸟迹，云霞僝僝而弱，不宜往也。乱世得苟存已足，何论所得之多哉！”及后，果从吾言，终勿往。秋间，又拟赴烟台，上月更有作南国壮游之讯，然皆未实现。比至最近，始决定有甬上之行，行有期矣，遍别故人。愚于此儿，一向放在眼前，不觉如何欢喜，一旦辞我而去，去更杳无归期，遂不免惘惘。红鲤谓：“虽小别辄亦黯然”者，由衷论也！谓：云霞将行，愚穷，不能以佳贶，壮其行色，则为小饯，是不可缺。而才子人情，不能无一言赠之，于是又作诗，吾诗有“惆怅红鲤将七月，今来始得一销魂”。销魂云者，非如黄景仁所谓“玉钩初放钗初堕，此是销魂第一声”之销魂，所以状杨关折柳，不胜惜别之情也，语虽微讽，亦记实耳。

（《社会日报》1939 年 1 月 26 日，署名：高唐）

愚将演《玉堂春》之刘秉义

“历历交游只半年，何时重倒酒如泉？书生不肯轻离别，故废萧斋累夜眠。”此亦为吾友赠别小红诗也。近来作诗，都淡涩不足诵，此诗亦复如是，虽然，其为吾友，咏而欢悦者，则必然矣。

周寿同乐会，拟勉强登台，演《玉堂春》之刘秉义。距登台之期不过十日，然至今尚未请人说，将来之僵在台上，势所必然。同演此剧者，传玠兄为王金龙，云霞为苏三，而以灵犀为红袍。传玠小生，江南独步，云霞亦腾踔一时，惟愚与灵犀，两根羊毛，然灵犀之红袍，犹可为，刘秉义要有工力，否则信芳何以称为一绝？白口要有劲，又重眼神，又要笑得好，愚无一可以讨好，天生三百七十五度之散光兼近视，眼神如何能美？笑又学不好，无已，将一切付之随便，充其量，僵而已。若以此事亦如筹措过年盘川之萦回心曲，则大可不必矣。

（《社会日报》1939年1月27日，署名：高唐）

章遏云将在沪出演

章遏云将在沪出演，兰亭、小蝶二君，以近影见贻，上下皆题款识，出之遏云手迹，滋可念也！睹影中人，则英爽之气逼人，故谓遏云而为男子身，则“人尽愿为夫子妾”矣。亦有人言：“遏云在台上如此，在私底下亦如此，盖映白施朱，有时亦未足以增美人之俏者，诚异数矣。”遏云每至春江，听其歌辄两三次，而每听其歌，必苦念凌霄汉阁笔下之“费丝博士”。王小隐旷世才人，于女优中，为遏云延誉至力，偶为诗，清华幽艳，读之甜到心头。沪上报纸，久辍凌霄汉阁文章，而小隐消息，用是寂然，四荒劫火，乱世之士大难，此人之恙无好怀，又不言可喻矣！

勃罗自港来书，嘱愚购服西药一种，以补神经系者。其实此种补剂，国人自制者至广，而艾罗补脑汁尤著声效。今人詈健忘者，辄曰

"你多吃点艾罗补脑汁",盖四十年行销之名品,至今且有家喻户诵之盛矣!

(《社会日报》1939 年 1 月 29 日,署名:高唐)

灵犀忽不想唱

周寿同乐会,愚既决定唱刘秉义,而灵犀为红袍,至上台前五六日,犹未请人说戏,原因为灵犀与下走皆因出版事业而忙,无暇致力于此也。昨夕,灵犀忽不想唱,曰:"有客远行,我惜别不遑,更何欢喜,而粉墨登场,是亦陈叔宝全没心肝矣。"顾朋友劝之者众,请其略节清愁,勿以"情长而气短"。又谓若灵犀之红袍不上去,高唐之蓝袍,亦不能上去,故望灵犀顾全大局也。过宜唱《拜山》,悉宗小楼,戏码虽列于开锣,然而有骨子之戏,舍此莫属。愚尝谓过宜,我《玉堂春》唱蓝袍,不便作主,否则必当让前一码。过宜则曰:"是何伤,票友固不论码子也。"谦逊之风,实足以愧末俗。截至愚执笔时,知朱觉厂先生将在《大登殿》串王允夫人,愚本有意演王允,得与江南坤旦祭酒,同上一台,引为殊宠。觉厂既加入,愚亦义无退让,昔日不唱宋国士,今当一串王相国,两者俱扫边也。

(《社会日报》1939 年 2 月 1 日,署名:高唐)

好诗情韵都胜

十年前,尝读某诗集,爱其中断句云:"天涯何处无灯火,不是伊人相对时。"又云:"好似晚来香雨里,戴簦亲送绮罗人。"以为是皆艳体诗之美什,至今恒讽诵不去口。不图凡此佳境,吾友乃得尝之。一日者,有菊部女儿,偕吾友赴宴,中途天忽雨,二人乃并肩行,及餐楼,衣履尽湿,虽无簦可戴,初勿改韵致,于是为吾友吟曰:"好似晚来香雨里,戴簦亲送绮罗人。"顾不数日,女将他去,吾友惘惘送之,则又为之吟曰:"天涯何处无灯火,不是伊人相对时。"两者皆好诗,虽滋味不同,而情韵都胜，此吾友近来之所以精神振发也。

迩日事大集，自起身至入睡，须办六七件事，愚不胜劳惫，则起身绝迟，有事皆并之于晚上。命非劳碌，自有本事享福，若在他日，且以此忧恐成病，愚独能淡然处之，此种襟期，谓非废材，不可得也。

（《社会日报》1939年2月5日，署名：高唐）

命中派定附庸于人

往年，曾遇某铁口，看吾八字，谓吾命中，不能执掌大权，不能独当一面，只能附庸于人，幸格局不太卑微，故不致做佣奴，亦不致做起码伙计。自在银行当过小行员后，即为一报主纂，报纸虽小，而职位自崇，然亦帮人家也，非自己办报也。迄今六七年，做编辑者大多做过老板，惟有下走，始终还吃人家饭。若铁口之言果可信，看来我的终身，将永远应在“依人作嫁”之四个字上。就事业言如此，就游戏之事言，亦如此。去年岁暮，尝与素琴约，请她陪我唱一出戏，当时且派定戏码为《大登殿》。素琴一口应允，曰：“唐生知己，正宜同台一次，为吾二人平生交谊之纪念也。”比周寿同乐会发动，遂与大金重伸前议，讵一吊嗓子之后，《大登殿》在上场原板之后，其下之摇板二六，万万非下走之衷气所能胜任，不得已让去此角，而改演王允，亦总算与江南坤旦祭酒，同台对唱两声，而聊以解嘲耳。现成独当一面之角色不唱，而偏唱配角，配角亦所谓附庸也，亦命中所派定之只好陪衬人家也，呜呼！

（《社会日报》1939年2月8日，署名：高唐）

第一次以票友身份去吃饭

姜云霞于八日赴甬，迩时乃酬酢无虚夕，当筵话别，不尽依依。其人本朴实，然到近来，则又好为秾妆，施朱映白，风貌正复不俗。蝉红夫人言，当时以为姜小姐特逊于貌耳，以今视之，吾言犹非尽实。春将归去，其光气必尤绚烂，人当别离，其容色亦必弥艳，夫人殆同一例也。半稔以还，数数与云霞游，看其芳声渐起，今又送其远行，惘怅之情，不可自克。愚与云霞，朋友耳，其为隽侣，其为腻侣者，对此又当如何？此所以有寝馈俱废之人矣！

一夕，接凤公请柬，其入席名单上人，皆于其寿辰登台演唱之名伶与票友也，愚亦登台，故亦被招。晚间头着枕上，看此请柬，不觉好笑，盖以票友身份去吃饭者，此为第一次也。明日在席间，与灵犀、培林诸兄述此事，亦皆为之忍俊不禁矣。

（《社会日报》1939年2月9日，署名：高唐）

桂秋将于新春来沪登台

殷华女士，为舞苑隽才，雍容华丽，不可多遘，嗜剧，习青衣，若不获名师，其友与黄桂秋先生善，拟介之投黄门。黄门子弟，盛极一时，殷来参加，从此益添其璀璨。熙春、素雯常言："桂秋先生淳厚温和，为当代贤师，诲人不倦，绝勿以名角自居，此其所以可敬也。"愚近来屡从桂秋游，爱其亢爽，若论朋友，则此亦直谅人矣。桂秋将于新春来沪登台，出演于天蟾。愚嗜歌而不能歌，会当辟十日之闲，为先生座上客，一闻其钧天妙奏焉。

目疾作，而大便不畅，苦甚，拟暂废笔墨，以息吾劳。然吾病正不以困劳而致，起居之不，是为绝大原因。近来日走舞榭，非深宵不返，纵不得温馨在抱之乐，而测字摊生涯，正有方兴未艾之快，用是吾病遂作，目红而刺痛，不能视光，敷以药水，则略愈，愈则复置身于华乐场中矣，朝夕如此，将见吾病亦永无愈日，真徒唤奈何也！

（《社会日报》1939年2月15日，署名：高唐）

为亡妇绘像

自吾妇丧后，自未一来入梦，生前夫妇之道久乖，死后亦不欲亲薄倖郎矣。妇归愚六年，结缡之始，尝合一影。比迁沪上，复挈两子偕闺友同一影，前者已委之道隅，所稍留迹象者，特后来之一影而已。妇既逝，吾母嘱扩其影，而贮之镜框，漫应之而未尝遽理也。愚以为人既淹化，则一切之色相皆空，正不必留取一痕，劳生者纪念，所以因循，未遵母训；而岳家复屡屡以此相促，亦勿报命。昨日丈母来言：丈人迩得梦，见吾妇来告，谓他无所求，愿速扩其生前之影。丈人答曰："固愿为之，特汝当怜而父奇困，俟之而弟有钱来，则为之矣。"比最近，内弟之钱既至，而妇又寄梦与丈人曰："弟已有家用归来。乞辟其资，为儿绘遗像。"丈人以其来且频，辄许其立绘，醒后大异，叹曰："儿在重泉，期冀者第此一事，生者何忍重违？"因举梦中所遘以告愚，大恸，遂命次达觅画工，将取吾妇之温情造范，令儿子顶礼于庭前焉。

（《社会日报》1939 年 2 月 16 日，署名：高唐）

"大郎从此出头矣"

废历元旦之夕，夜雨淋漓，自寓所出门，坐人力车至卡尔登。牯岭路上，行未数步，忽有人揭车后之帘，攫吾帽俱去，布篷相击，砉然为巨响，则张帘，路静人稀，依稀见一蓝衣者，疾驰而去，时冷风吹吾颅，项缩欲颤。至卡尔登，下车，车人不知我遇意外焉。生平尝市贵重之冠，第今日被攫者为稍胜，亦友人所贻，外汇日涨，此帽非十数金不可致，贼眼究竟精明，故攘此帽，我佩其攫取之技巧绝工，又佩其能得天时地理之宜。若在晴时，我必下车直追，非珠还不已，今在车篷围绕中，惟视其远扬而已。愚告友人，谓大年初一，出门便遭损失，然好讨利市者，则曰："吾友大郎，从此出头矣。"我闻此言，复默默而笑。

（《社会日报》1939 年 2 月 24 日，署名：高唐）

再看她们六七年好戏

以金素雯之旷世才华，而海上人士，识之者无乃勿广，自刘璇姑之婉妙娇痴，始与顾曲周郎以极深印象。其实小金之演剧天才，《人面桃花》中见之,《桃花扇》中亦见之,固无待《文素臣》"洞房"一场而始见之也。小金常日恒自恚曰:"我扮相不能美。"某夕,其尊人在后台,看小金化妆,则顾其翁曰:"父乎?奈何为儿范此容也!"闻者都失笑,培林谓:小金似美洲之凯丝令赫本,不以风貌著,特以演技见长。愚独以为不然,譬如以熙春、素琴为例,正各有千秋,台上之熙春,有秀绝尘寰之美;台上之大金,雍容华贵,仪态万方,艳光自不可敛。然若论活色生香,惟小金足以当之,大金与熙春勿与也。小金在台上之美,美在甜。扮相与唱白,无非得一甜字,而表情亦如之,盖杜宜春与刘璇姑之所以熠熠照耀于歌坛者,以甜胜耳。近来看一次小金戏,爱小金者尤甚。暇时,辄为娟娟祝福,愿其永履佳途,顾其与熙春竞爽风前,使我将花老眼,再看她们走六七年运,看她们六七年好戏,再放她们去嫁人,想不迟也!

(《社会日报》1939 年 3 月 2 日,署名:高唐)

有美人同路

寒舍居牯岭路,日日自人安里至卡尔登,必经牯岭路三分之一,约二三百步尽之。在此二三百步之短短行程中,一年以来,乃有二美人与我同路居也。二美人之相处为比邻,其一似为医生眷属,夏时,见其凭栏微睇,华艳遂不可仿佛。其一昨日始投吾目,则在医寓之邻,为一小校,女殆校中之教员,夕照在檐,校中生徒鱼贯出学门,乃睹此惊鸿一瞥,秀丽无伦。当时几欲效市井登徒,追尾香车,使彼娟娟,以饱諏生领略,愿羁于他事,竟不果行,辄用惘然。愚不基于淫欲之念,第为观赏佳人,于是痴想陡生,欲假托病人,一访医生之室。又欲以索学校章程为名,一访此娉婷讲席。然又大悔,今岁新春,儿子上学,若送其上对邻之学,及今我正可以赶早起来,送儿就读,则眼皮之供养必多,况育灵钟秀,吾儿受此熏陶,将来开发其智慧亦必广矣。

(《社会日报》1939 年 3 月 4 日,署名:高唐)

想演《戏凤》

登台之后，近来便犯戏瘾，正想多唱几回，于是遇见熟人，辄打听他们几岁，今年要不要做寿，或者老太爷、老太太可有寿期，或者少爷、小姐，可要婚嫁，借此热闹一场，唱一台戏也。然截至现在，期望尚虚，翼华则谓至今年岁暮，再来一次，为期当在十一个月以后。我乃似待字女儿，正恨佳期之渺不可接，亦如乍离少妇，遽盼归期。或谓初如票友者，无不同此心理，票而久之，则且厌视登台矣。朋友相劝，此后不上台亦已耳，脱再登场，必唱一出正场戏，勿做扫边，勿为配角，盖谓本非庸材，何甘自弃！愚纳众人谏，遂拟习《戏凤》，此剧比较随便，然唱亦不少，念白尤重，愚观大小角儿演此剧甚夥，曾见信芳与华慧麟同演，真妙不可阶。最近见文魁与小金演唱，至凤姐亦打正德手心时，正德以十指然搔凤姐之手，凤姐谓："我还未曾搔你就翘起来了。"正德乃谓："为君的不翘起来就是。"一搔一翘之间，台下哄堂。可见此剧正可以随便唱，要在台上讨便宜，寻开心，亦惟有演《戏凤》为佳也。

（《社会日报》1939 年 3 月 5 日，署名：高唐）

说了外行话

愚尝观《楚霸王》影片，亟誉素琴在银幕之万方仪态，谓至可称者，则粉面之前，似张薄雾，似笼轻纱，且谓曩时屡屡见丽琳甘许影片，亦莫不"雾面"而叹为奇丽。比费穆先生读吾文，笑曰："是摄影之病也。"当其言时，在丽都餐厅席上，素琴亦在座，我颇内愧，嚅嗫曰："然则说了外行话矣。"费先生微笑，素琴亦微笑，我老羞成怒，亦强笑曰："本不是影评人，说外行话又何伤者?"本报大夫先生，亦述此事，则讽下走为"情感用事"。捧角者负此字，实为罪状，非纸上誉人，而不辅以情感，其文必无可取。下走一生，便累在"情感"两字上耳。

余姚黄雨斋君，其人可以谓不忘本色者矣。雨斋曾从业于申报馆，旋即营汇中银号，六七年来，汇中生涯绝盛，兹且设总管理处，自建大厦。去年，其兄益斋之丧，其友为益斋述行状，所以誉死者者，亦欲兼誉生者，遂誉雨斋为银行家。雨斋不悦曰："我不喜听此谀也。"又改为金融业巨擘，雨斋仍怫然。执笔者惶恐，曰："然则才尽矣。"雨斋笑曰："我尝从事新闻界。"言至此，执笔者即直书曰："当世之名记者也。"雨斋果大悦。嗟夫！不喜银行家与金融巨擘，而眷于记者生涯，黄诚别有襟期矣。

（《社会日报》1939年3月9日，署名：高唐）

"四少爷"对"三好婆"

愚于他报记有某女优自外埠寄书沪上，谓出演以后，上座好，人缘好，身体好，谑者遂肇锡嘉名，称之曰"三好婆"。

不知何年何月事矣，灵犀与红蝉等七人，曾结为异性兄弟，红蝉行七，而灵犀行四。红蝉家奴役众，灵犀过存，则其家奴役，咸称之为"四少爷"。"四少爷"又大可以对"三好婆"，谓非天造地设，不可得也。

沉湎于博局中，章遏云两贴《奇双会》，皆错过，为之负负。有人往观，谓黄金此剧，贯盛习之风头，一人独健。章遏云在"哭监"上场时，穿光片斗篷，即此已使人无好感。愚看戏并不讲究行头，马连良着丝绒袍子，终不大方，然若过分寒俭，亦使台下人观感不美。王芸芳之至今为人向往，演技之精湛，自为一事，而行头华美，亦犹有称道勿衰者。今之南方坤旦中，于素莲行头多，失之火；其大方华丽，得芸芳之遗者，惟王熙春一人耳。

（《社会日报》1939年3月14日，署名：高唐）

读郁达夫《毁家诗记》

新作家之能旧诗者，不乏其人，然佳者勿多遘，短中取长，郁达夫一人而已；田寿昌自有豪气，然不得谓工也。尝读达夫《东京杂诗》诸首，讽诵不去口，昨年与夫人王映霞之离缘，有毁家诗数十章，亦多胜语，殆所谓情至便成好句也。近期《大风》旬刊上，载达夫《毁家诗记》一文，其诗大半已刊之本报，未加诠释，被人轻轻读过，不知此中血泪吟成也。若论诗之高下，则不尽可读，如“州似琵琶人别抱，地犹稽郡我重来”。又如“楚泽尽多兰与芷，湖乡初度日如年”。虽非工整，而造境绝似樊川，是可贵矣。达夫文人，其妻为显宦所夺，犹宝此馂余，恋恋不忍释，最不可使人同情。诚如达夫言：映霞向慕虚荣，不通世务，甚至认大寇来侵，为国家内乱，庸劣可想。而达夫情深一往，其诗如：“武昌旧是伤心地，望阻侯门更断肠。”又如：“明年陌上花开日，愁听人歌缓缓来。”不可自遣，情见乎词。及读《建阳道中》之二十八字云：“此身已分炎荒老，远道多愁驿递迟。万死干君唯一语，为侬清白抚诸儿。”则大可伤心，辄为放声一哭矣。闻之人言：映霞有殊色，与达夫结缡十载，育子女多，今亦渐渐逊矣。而达夫婘婘于夫人容色，亦见之诗中者，如云：“老病乐天腰渐减，高秋樊素貌应肥。”窃以为达夫之苦心在此，果然，则郁先生诚有负于达夫之雅讳哉！

（《社会日报》1939 年 3 月 17 日，署名：高唐）

“却愁到处有沟渠”

在昆剧之《受吐》中，有“将心向明月，明月照沟渠”之句，而苏曼殊则曰：“我本将心向明月，奈何明月照沟渠！”说者谓曼殊断句之美，与“山斋饭罢浑无事，满钵擎来尽落花”，同其幽趣，不知曼殊此诗，固有所本。若论意境，此诗自是绝唱。愚尝讽咏不止口，而近来耳闻目击，则“卿本佳人，奈何伍哙”者之日多，益觉此诗可爱。人间何世，到处沟渠。故尝为红箫致语曰：“我已将心向明月，却愁到处有沟渠。”真使灵犀见之，叹为知言矣！

灵犀为我力言刘慧英色艺皆不恶，故往一观，则貌似徐嫂陈夫人，而身长过之，长而瘦，便不甚美，艺事亦勿甚高深，所以使人益念云霞。闻刘氏旧为舞人，为舞人不足赡其身，故做艺人，不知艺人之吃饭亦大艰难,何况困踬于屁股大之一只小台上乎?

(《社会日报》1939 年 3 月 20 日,署名:高唐)

卡尔登"侧室"中之书架

卡尔登"侧室"中,有书架,架上之书,皆为不平生所捐赠,而多专论爱情与性欲之籍,虽非禁书,要亦不尽旖旎风光也。移风社之坤旦,如熙春与小金,时过"侧室",小金尤嗜书,见之辄大喜,然一到架边,见其封面,又望望然去之。见者遂多匿笑,笑小金毕竟女儿家,不敢公然翻几页看看也。愚因此忆一事,某日之晨,访素琴于其寓次,邮使送一卷来,素琴启其封,则一册书也,书封印袁美云一图,然素琴忽掷于地,詈曰:"是谁无赖,又以此投我矣。"愚不知素琴何以见瞋,则阅其书,为类似性史之本子,因哑然曰:"人弃我取,将怀之归矣。"素琴又曰:"不数日前,我亦得一册,满纸淫词,不可卒读,今一而再,岂非可恼!"因问愚曰:"亦知何人所发乎?"愚曰:"是必沉醉金大姑娘之颜色下者,无以排遣,或者以此为聊以自快之道,亦未可知。"素琴闻言,默然良久,似以吾言为不尽虚测也。

(《社会日报》1939 年 3 月 22 日,署名:高唐)

拜贶周许二先生

公宴矜蘋、空我、子佩、梦云诸兄之日,周邦俊先生起为演辞,乃滔滔如江河之决,四座倾听,击节不已。是夕,邦老兴致高,殆以见故人之努力于个人事业,故中心滋快。邦老知愚近来食欲勿佳,则请陈廷桢先生,以润肠果子糖贶愚,谓可以健胃,可以利便。服之三日,果健饭如恒,因感好友贶我之厚。海上新药业巨子,晓初、邦俊两先生,并显于时,而并为不佞所谂,常年贶赐甚多。往岁晓初先生,尝取中法药房出品之各种鱼肝油,赠我试服,他如补脑之汁、通解之糖。盖二君知贱躯尪弱,故馈健身之药独多,于是家庭之药库成矣。愚起居勿节,"幼之年”复斲伤过甚，及至中年，不知调节，而不致瘦不能兴者，此家庭药库之效也，而拜贶于周、许二先生者，尤无极也。

（《社会日报》1939年3月27日，署名：高唐）

为《奇双会》伤心痛哭也

愚不敢轻慢地方戏剧，惟“俗不可耐”四字，实为申曲终身不拔之病，如筱文滨、施春轩之号称申曲大王者，亦终不能免俗耳。《奇双会》一剧，以典雅名，以情致胜，今申曲班居然亦从而搬演之，其亵渎名剧甚矣。暇常与培林谈，谓不必作座上客，而理想其搬演时之神情，辄可令人轩渠者。譬如赵宠之言曰：“走漏了一二名犯人，不大紧要，我这小小的前程，岂不断送你手？”而若变以东乡口气，必曰：“逃走一两名犯人，勿大紧要，我个小小前程，岂勿是伤勒侬手里哉？”又如：“呔，夫人乃是灵佑里马头村人氏，昨日下官下乡查旱的时节，先过灵佑里，后过马头村，如此说来，夫人也是下官的子民了。”则必曰：“夫人，直侬是灵佑里马头村人，巧哉，昨日下官到乡下去查旱，先过灵佑里，再过马头村，实伦说起来，夫人直侬也是下官个百姓人哉！”以是观之，将一风流蕴藉之七品郎官，其身份与陆雅臣、徐阿增相去者几希，此愚之所以为《奇双会》伤心痛哭也。

（《社会日报》1939年3月29日，署名：高唐）

心感之余，不免怨诽

于随笔中记何海生兄将以歌人陈曼丽女士，介见于愚，愚固向慕于陈者，吾文故谓：“苟能如是，亦足了向平之愿矣。”谢鹤群兄从而指愚引典之谬，盖以向平愿了云者，实指儿婚女嫁之事，乃用于此，毋乃勿当。鹤群之文，愚不曾见，而翙翙先生为我言之，且知鹤群极尽调侃。自审一生坏在读书太少，以读书不多之人，而吃笔墨饭，自顾亦不禁哑然，故平时写述，不敢乱用典，恐其用有失，不如不用。深欲藏拙，不料犹不可免,鹤群固自渊雅,根柢甚深,能指吾误,中心良感;惟出之嘲笑,终令下走弥增惭恧,无以自解,所以使愚对谢公,心感之余,不免复继以怨诽也。

(《社会日报》1939年4月4日,署名:高唐)

妇死一岁又半矣

妇死一岁又半矣,其棺厝于戈登路之中央殡仪馆,寄柩之费,月须三十金,愚穷,良久不缴费。吾妇命薄,死犹可怜,我脱能如吹万居士之设乩坛,召亡妇晤言,意妇且日来怨我,不当使其为鬼,而不克宁其心意。清明前一夜,天且曙,愚坐窗下理稿事,而窗忽因风自辟,当时疑亡妇归来,视其两子。若在往年,必大震,近时胆气日壮,初不惧,则随手关窗,默念曰:"卿果归视两子者,明日遣两子来拜娘耳。"明日清明,家祭既竟,乃遣两子赴殡仪馆祭扫母榇。两子胥壮硕,并奋于学,妇在重泉,睹兹佳儿,添一重悲,亦添一重乐也!吾妇遗容,初委画工以炭笔为之,颇勿似,画上丰容,亡妇生前,实未曾有,亡妇所有者,棱棱瘦骨耳。一日,江一秋先生过存,因丐其持遗容,托中国照相室,扩为十八寸,纳之镜中,悬于灵右。有时两子顽黠,不听父诲,愚将以亡妇遗容威之。妇在病时,范子犹严,惧其母,逾于惧乃翁也。

(《社会日报》1939年4月10日,署名:高唐)

信芳一人有,他人不能到

宵游至愚园路之惠尔登,于苹菜场中,睹一佳丽,此中人称之为周小姐。周小姐,秀发垂肩,梳为双辫,初勿施朱白,而天然韶秀。惠尔登舞女不足当意,独周小姐一枝挺发,光彩倾四座,真近时之妙遘矣。

信芳之《打渔杀家》,往岁曾见之于黄金,配演者为华慧麟,自移风社成立,出演于卡尔登后,亦尝屡贴此剧。愚于昨日始重观,信知凡为老戏,出之于信芳身手,无非佳胜,如教师叫门时之口面,公堂责杖后之吊毛，以及离家前之对白。凡此美境，第信芳一人有，他人不能到。一代宗匠之所以异于恒流者，殆在此也。

（《社会日报》1939 年 4 月 20 日，署名：高唐）

不胜湖山如梦之悲

一夜，黄雨斋兄招宴于其新寓。往者，每逢春日，雨斋必设宴于市中心区之冷雨草舍，烦其友“逊清庠生”者当厨。路远，被招者驾汽车往。冷雨草舍之前，尽是高轩。比江湾沦陷，而“逊清庠生”，久归道山，今日之局，遂不尽感慨。雨斋新寓，在石路之汇中里，屋隆隆然，盖新建也。然布置精雅，有马公愚先生一联云：“雨后梅花静，斋前月影清。”送银行家之联而用嵌字格，使人作身处红簁之想。是夕之肴为天香楼之杭菜，醋溜鱼一味绝美。往岁此时，方与吾宗同客西湖，日食醋溜鱼，今兹重尝，不胜湖山如梦之悲。列席者皆文艺中人，饭后乃同登时代剧场，看《法门寺》，有秋云艳者，貌与丁一英小姐绝似，戏甚嫩，而妙有娇音，一方谓一无是处。一方论剧，立论綦严，以周、梅艳横梗心中，遂觉他人无可取，真不足为训也。

（《社会日报》1939 年 4 月 24 日，署名：高唐）

做舞女与明星何异？

舞人汪洋者，即钱爱华女士，以貌似白杨，电影业中人，称之为小白杨。当艺华停业之后，小白杨即伴舞谋衣食，比艺华又复业，小白杨重返公司。一夜愚在仙乐舞宫小坐，遇其妹汪蓉，愚乃好事，问蓉曰：“汪洋伴舞时，月得千数百元舞票，收入固非少，奈何不乐于此，而操清苦生涯如电影从业员邪？”汪蓉谓做舞女不甚清白，做电影明星则声价崇高，阿姊故毅然去此耳。愚愤愤曰：“谓清白何为者，图收入之丰足矣。”言至此，汪蓉又曰：“譬如吾阿姊成名于银幕，则一日将有万千人嗟赏其饰貌之美，演艺之高，凡此荣誉，皆优于兀坐舞场，待人搂抱。”

愚怃然曰："然则是又小女儿之风头主义矣。"愚识爱华，知其人固好名，往日期望成名之心至切，今趁此好年华，重继其志，谓为可嘉，不如谓可悯。必欲成名，做舞女与明星何异？年纪小，看不透世情，钱爱华之吃亏大矣。

（《社会日报》1939 年 4 月 27 日，署名：高唐）

燃烟默思"贾先生"

愚子唐艺，读书于派克路之某小学，一日午学归来，遗矢满其裤，且及上衣。吾母怒责之，则哭曰："上课时，固请于先生，而先生不许。"问其先生为何人？曰姓贾。愚方高卧，则召其至榻前，问贾先生是男先生是女先生？吾子支吾不能答。愚亦以男女问题，不好意思同儿子研究下去，则挥其用饭，愚则燃烟一卷，在榻上默思，念此举而出之于男先生，则贾某为一无理可喻之人，无理可喻者，不足为人师范，吾子受其熏陶，终且造成其刚愎自用之劣性，则使其退学宜也。若为女先生，贾某必为一残忍之妇，妇人而稍欠慈祥者，已可厌，何况残忍。用是欲代吾子兴问罪之师，将面质贾某，若见其为男人，则当声请为吾子退学；苟为妇人，妇人而又状貌不称者，亦退学，不然而为一秀朗无伦之女子，且委婉其词，询之曰："鲰生不胜舐犊之爱，从今而后，请以溺器自随，日坐课堂中，为吾子伺候大便，使其不复有流黄播臭之虞，此则当为贾先生与教职员所乐许者矣。"

（《社会日报》1939 年 4 月 28 日，署名：高唐）

翼楼室外有阳台

梯公昆季二人，长治钧先生，亦雅擅文才，尝客湖上，其地有食品肆，女主人名阿五，故饶姿色，曾丐先生制偶语，先生书十四字曰："阿谁紧暖香干浅，五味甜酸苦辣咸。"虽出之方地山腕底，不过如此。阿五复托人书之绛笺，书联者为其下七字，改六字曰"五字潘鲈邓小闲"。

阿五不知,竟付装池,既竣,复悬之堂上,见者咸为轩渠。然原联之好,好在送与一食品肆之女主人,妙造自然,故改易下联,实为多事,此文章所以有点金成铁之弊也。

翼楼下临派克路,室外有阳台,长二三丈,凭栏俯瞰,行人如织。天渐燠,翼楼之窗门齐开,楼上歌声,送之道路,路人皆驻足而听。一日,愚吊《打严嵩》,既已,上阳台,则见街上人仰首而望者,聚作一丛,闻人丛中有人曰:“麒麟童已唱过。”愚为之失笑,笑路人懵懵,不辨美恶,竟以下走擅比信芳,此马路听客之所以终为马路听客耳。

(《社会日报》1939 年 5 月 1 日,署名:高唐)

不舞而专摆测字摊也

在舞场深悦一舞女,因语同游者,谓我苟起舞,必做成此女生意矣。一友曰:“汝不能跳,叫她来坐不一样乎?”愚举手抚麋,学一个萧恩身段,说了一声“惭愧”。友会吾意,于是告同桌人曰:“吾人其为唐君同襄盛举可乎?”言已,各人一一认捐,踊跃输将,及于下走者,不过五金。女既入座,则幽娴似出大家,盖矜饰甚矣。先是,愚一月以来,既屡屡入舞榭,又屡屡坐于女身后,女固习知此方面圆镜之先生,不舞而专摆测字摊也。今忽见召,是必有所图于渠,渠故不可不慎此一着,论理,则矜饰宜也。愚问其何故以每日归家甚早,曰:“明日须上学。”又指其皮肤何以如此嫩,则退缩不敢示人。愚乃深感吃女人豆腐之困难,有如今日者。然困难中亦能寻至味,殆即常人所谓“蕴藉”之致矣。

合“会钱”坐台子之事,非自今日始也,在昔恒有之。一月以前,招一沈姓氏舞女坐台子两次,愚所耗者,第两金而已。沈之视我,以为自己不能舞。招舞女坐台请客,纵非豪富,亦必活得落之流。然两次以后,竟绝迹,偶在他处遘之,犹不胜其眉来眼去之情,不知我始终只用过两只洋耳。

(《社会日报》1939 年 5 月 16 日,署名:高唐)

世间果有命理之说亦不必信

之方谓，尝于街头睹一丐者，陈一婴尸于地，向路人乞钱，泪不可遏也。婴孩僵卧地上，以丐者之帽覆其首，故面目不能辨，或曰："是伪死以欺路人耳。"之方乃谓：无论婴孩之死，为真为伪，总是人间惭酷之境。脱其婴孩果伪死，则其情尤酷，必丐者令婴孩久僵不许动，动则路人审其诈矣。复闻之方言，方饭，竟为之不下咽。

有人为我推今岁流年，谓春间三月，不可出门，而灾晦之事，将萃于此一月中，故当谨慎。言过，愚亦忘之。近一月来，愚日日游于外，亦未尝遘灾晦，作此文时已为三月之末一日，而覆看命书，乃知卜者之言为不足信。友人有绝对不信命理者，谓世间果有命理之说，亦不必信，信则徒使精神上痛苦而已。矧命理未必有，而人乃信之，遂使提心挂胆，忡忡勿自宁其心意，真大不值得也。

（《社会日报》1939年5月20日，署名：高唐）

用麒派喉咙念雨斋之文

近顷黄雨斋君，与其夫人三旬双寿，海上银、钱两业中人，群谋为黄君祝嘏。雨斋婉拒，越二日，以其事告愚，且眷以一笺，致其感愤之词曰："效死之士，流血疆土，守分良民，受戮锋镝，当此国势阽危、人民疾苦之时，吾曹偷生孤岛，应知将来艰难，亟宜检束自爱，以保元气。今竟堕其人格，效朱门肉臭之风，不闻路有冻骨之讯，噫嘻！人格何在？良心何存？"文章气概，上半段是愤激，下半段有悲天悯人之意，所谓不失温柔敦厚之旨是也。如此语气，出之于一日到夜数钞票之金融家笔下，正复难能。外人不谅，每谓下走于文笔间力谀雨斋，希图在汇中银号，开一透支户头，其实不然。雨斋为人，可以敬佩之处甚多，若今日之忧国伤时，即其一也。读吾报者至此，不妨回上去再念一遍雨斋之文，用中州韵念，用麒派喉咙念，若加以锣鼓点子，活似听信芳说《明末遗恨》

之台词矣。

(《社会日报》1939年5月22日,署名:高唐)

翼楼之盛事

翼楼诸君之吊嗓时间,在下午五时后,唱以老生多,翼华尤有“音韵独步”之誉。青衣仅两人,梯公而外,复有王守澄君。守澄不常至,梯公到较勤,迩来唱“醉酒”甚认真,或尝叹曰:“特此一只小花旦,真阳盛阴衰矣。”愚不能歌,强习之,格格不可上弦,用是愈唱愈僵。此外天厂、剑翁,亦偶一引吭,笠诗歌绝稳,听之且醰醰味永。一夕,殷华美来,唱“坐宫”与“虹霓关”两段。华美不恒歌,遂欠老练,苟得梯公为导,使二人排夕并至,竞爽楼前,则梯公有吾道不孤之乐,而华美必收切磋之功,要亦翼楼之盛事矣。

小蝶来,拟与翼华约,合上海之票票者流,选一白日,唱一台义务戏。小蝶以翼华健歌,欲使其与幼蝶合演全本《探母》,小蝶自为太后,而以六郎烦之家华,宗保烦之森斋,使下走与蒋勃公君合为国舅。在小蝶目光中,视下走为“滑稽人物”矣!不知下走向上之心綦切,不唱则已,唱必老生,老生牌子高、包银大,惜下走无小嗓子,不然必须唱旦。以今日情势视之,唱老生犹不如唱花旦路之广,虽票票者亦如此。

(《社会日报》1939年5月24日,署名:高唐)

古寒女士

一日挈艺人古寒女士,往谒吾师樊良伯先生,座中遘乡人汪望农兄,及毗陵李先生,则并识古寒。盖古氏尊人,旧服役于嘉定县政府,望农固识之。而李先生虽长吾邑,与古父为同僚,因谓古父老成宿学,得风人敦厚之遗,沪战后,罹疾死于沪上,弃此孤雏,谋生殊不易也。言已,古寒心伤,潸然泪下,愚复感动,因丐于良伯先生,请为提携,使俜俜者得自谋而食。盖古寒既通学问,复娴剧艺,尝于红星剧场,一露声容,识者已为倾倒，今入艺华公司，则蹇蹇勿遇。吾师乃曰："海上影业巨子能识拔真才者，今日惟张善琨先生。"吾师与张先生善，或者遂以一言，为古寒显名之始，未可知也。古寒四川人，尝游于两广，居北平亦久，足迹遍海内，抱负自不凡。望农先生，乡之贤士，今为上海天一人寿保险部经理，长袖善舞，方腾踔于时，亦与古父善，因令下走尽揄扬之责，使茕茕孤女，专工一技，不第造就人才，亦欲慰老成宿学之儒，瞑目于地下耳。

（《社会日报》1939年5月26日，署名：高唐）

寥寥数语中尽显滑头

舞场中近敲一种音乐，作天际行雷声，复以灯光明灭，象征闪电。乐响，场中人曰："此暴风雨之前夜也。"一夕，愚偕一舞人坐，雷响时，愚誓于舞人前曰："苟我爱汝之心为虚伪，愿为此雷殛死。"舞人亦曰："我亦终负唐君者，必触此电而死。"言已，相与大笑。而今日男女轧姘头之各无诚意，在此寥寥数语中，俱尽之矣！

丽华两儿，一大媛，一阿媛。大媛老练，非大媛妹也，吾报两刊大媛艳影，第一次题字曰"交际名媛金淑文女士"，第二次则加着"丽华大媛"之字样矣。阿媛婉媚，人间解语之花，殆无逾此。大媛则倜傥风流，有名倡气概，健饮，饮辄醉，醉则哭笑不常，为状亦佳而有味。一方谓其家两儿各极其容质之美，非过誉也。

（《社会日报》1939年5月28日，署名：高唐）

一洗唐氏积弱之风

一日，假寐于榻前，幼子与祝甥戏于榻前，二人肄业于一校，年相若而班级亦等，乃议论其校中有甲生者，力大为一班之冠。祝甥尝与搏，不敌；幼子亦与搏，复告披靡。幼子故谓，若而人者，必以阿哥之力，始可对垒。祝甥摇首曰："阿哥益文弱，犹勿逮汝我。"幼子又曰："然则吾父当之矣。”祝甥大然其说,曰:“苟舅父之力巨也。”愚闻二人言,遽问之曰:“甲生之年几何?”曰:“七龄。”愚乃失笑,有生三十二年,弱不能禁五百两物,亦未尝有人谀我为孔武有力。猝闻祝甥语,大快,顾又闻当我者为七岁之童,则又短气。故谓幼子曰:“而翁尫弱,虽七岁之童,亦未必可敌,然不足为训也。汝能勇健,亦大佳,后此宜习斗狠,外侮之来,奋身击之,击而胜,固可喜,击而不敌,而翁亦将旌汝之猛,能一洗唐氏积弱之风也。”

(《社会日报》1939 年 5 月 30 日,署名:高唐)

长愿清樽相对坐

江栋良画师,今之妙人也,尝游于桥上,见此中婴婴宛宛者,自谓只有两种动作,一曰屠格涅夫,一曰墨索里尼。屠格涅夫者,大腿上捏一把,而墨索里尼,则摸摸俚耳。栋良之意,两种动作,已足解馋,更不必待真个销魂也。

所识舞人之善歌者,陈漪红为一人,然陈固起身于群芳会唱中;而陈玲珠之唱,亦能以音韵胜者,诚奇迹矣。玲珠伴舞于大华之夜场,亭亭如莲花艳放,其人亦温婉可怜,健歌,习戏甚多。一日,邀之登翼楼,唱“问樵闹府”及“坐宫”一段,愚不自量,复陪其吊“解宝”之程敬思,未及快板已声嘶力竭,视玲珠犹晏如也。翼华不轻许人,谓玲珠之歌,绝富韵味。而百岁之琴师刘先生,亦正色曰:“娟娟者奈何为货腰人,苟使其人入梨园,又何患无啖饭地哉”!称重可知。

小金谓老大书来,问我近好,愚亦告小金曰:作家报时,亦为我致词:“南人果不复返邪?迩作宵游。枯索时恒念素琴,以为素琴而在,约之同游,必无拒,而吾诗所谓‘长愿清樽相对坐’,其胜概豪情,今且绝勿能有矣。”

(《社会日报》1939 年 6 月 1 日,署名:高唐)

渐渐动收藏之念

去年粪翁与白蕉两先生，曾合作扇面，一面粪翁拓印，一面白蕉行书。粪翁刻石，如艺林至宝，而白蕉之书，清逸为近世所无，二人合作扇面，才取六金，廉矣。下走伧俗，当时不事搜罗，虽二君皆吾朋友，亦未尝乞取墨宝。客岁，杯水展览会中，与白蕉论交，白蕉知下走癖其诗书甚深，因作一便面，录其近句以贻，珍藏之者，逾半载。今年，笠诗为愚缮小屏，喜其高雅，渐渐动收藏之念，会当叩厕简楼门，持白蕉扇，请粪翁一面钤章，志在揩油，不知亦遭郁先生谢客否？

余空我先生，待朋友惟诚，下走荒疏，常为其嘉言，动吾天君，先生近撄力亟三日而愈，相约把盏于酒家，饮已，同登翼楼，于是翼楼群彦中，又多一律师踪迹矣。盖空我既以余哲文律师，驰美誉于沪上，业务既繁，老友形迹遂疏，偶尔过从，不觉情谊之尤密。之方亦当病复，得晤空我，辄大喜，愚复振奋，与灵犀陪空我，娓娓至深宵不倦。

（《社会日报》1939 年 6 月 3 日，署名：高唐）

视影评人为何等人物

金城《一代尤物》之广告，与影评人开笔战，同时亦投新光之《林冲雪夜歼仇记》以几枝冷矢，而措词之无赖，真同喷蛆。下走亦为操觚之士，读之故坐立不安，何以身为影评人者，乃守默守痴，不思一应付之策邪？其最要不得之一语，则为“事前从未请过吃饭”，其意盖谓影评人之抨击《一代尤物》，实以未曾吃着金城一顿饭，否则亦杜口矣。是视影评人为何等人物？我不为影评人耳，我而为影评人必欲执金城主事人而问之，又欲数金城广告人以信口欺人之罪，戒其将来。

某舞女鬓上之花，凡三朵，与客夜话，摘其一，贻客曰：“汝珍藏之，睹鬓边花，如睹妾也。”客大喜。明日其友玄郎，睹客之写字台玻璃下，着一朵红花，问其何来。客举以告，玄郎不信曰：“某舞女固工于媚者，其出门时，鬓上之花凡八朵，贻客时已剩其三矣。”予急止其词曰：“在外头白相相，要如此追究，不嫌乏味邪！”于是相与莞尔。

（《社会日报》1939年6月5日，署名：高唐）

扑克牌“克西诺”之滋味最美

以扑克牌两人对博者，“克西诺”之滋味最美。天厂称此道国手，愚今春从天厂习，久之渐窥门径，然不足登堂奥也。而天厂誉我，谓后起之秀，无如唐君。譬如围棋，则以愚譬吴清源矣。受此嘉贶，弥增惭恧，迩时不常遘天厂，遘之，必打“克西诺”。十牌之中，愚负大半，顾引为荣者，一月之中，亦不过赤脚一二牌。国手当前，愚诚不敢冒上，而经其勾心斗角之余，纵操胜之心綦切，亦复难于登天，故七八牌后，愚恒效孟获之对诸葛武侯曰：“将军真天神也，南人不复反矣！”言已，窥天厂容色，犹不胜谦抑，愚故又叹曰：“国手之雅度亦不可及也。”

伯绥琴师刘先生，谓我唱戏已能合天厂调门，大喜，如获巨宝。连日与天厂合吊《珠帘寨》，愚陪程敬思，敷衍至快板止，因语天厂曰：“公诚叔岩，奈下走不似信芳乎？”而天厂犹慰勉有加。倘有机缘，使我二人合演此剧，则下走于海上票界中，得自高其声价。天厂已允我所请，亦见其扶掖后进之心切矣。

（《社会日报》1939年6月7日，署名：高唐）

治家治身一不足法

丁慕琴先生所辑之《健康家庭》，最近又出一期，视前尤为丰盛。昨夜遘慕老于筵上，殷殷邀为其刊物写稿，愚蹙额曰：“治家治身一不足法，如何落笔，非敢违前辈命，实不可能也。”慕老曰：“大郎两子并秀，则为乃翁者，以其子憨跳之状，渲染于腕底，倘亦乐事也。”愚摇首曰：“亦不足述。吾长子太老实，脾气太僵；次子则油滑，不识尊卑，时常冲撞为父，直呼老夫名讳，可恶已极。而愚复喜怒无常，高兴时，抱子于怀中，呼之曰团团，呼之曰心肝，香香面孔，摸摸大腿；不高兴时，则严颜相对，我骂他们，他们亦还骂我，我打他们，他们亦打还我，于是大有‘父子不责善，责善则离’之势。试问慕老，如此家庭、如此父子，亦能在《健康家庭》中，一表述乎？故曰：‘非敢违前辈命，实不可能也。’”

不饮冰生，谈其府上之电话事，甚趣。予朋友中有极不愿家中装电话者，一惧河东狮访丈夫踪迹，二怕夫人要买物件带回家。予友可人，有《闲居百咏》之诗，其中一首云：“浓装近日笑山妻，问道东西可买齐？兜到麦家圈一转，明星香水买中西。”盖亦谓家中装一电话，厌其夫人需索之殷也。然中西大药房明星花露水之脍炙人口，由此可知矣。

（《社会日报》1939 年 6 月 8 日，署名：高唐）

［编按：不饮冰生即胡梯维。］

璇宫将举行平剧会唱

世勋来告，谓璇宫将举行平剧会唱，而令下走与灵犀诸子，为“蜡夫令”（看过篮球故懂得这一个英文译音）。此事而为上海之第一流评剧家闻之，又当笑痛肚皮矣。愚与灵犀踌躇良久，问其是夜可要出席否。灵犀曰：“去去无妨，非若登台歌唱之婴婴宛宛者流，或有不服评判而起诘难之引，则我二人岂不大僵？我二人学戏至今，第一个毛病，不懂板眼，万一为之解释，而满口羊毛，被她们凌辱一场，岂非徒使斯文扫地！”愚闻其言，唯唯否否，谓灵犀曰：“上海之自命为评剧家者，何一非‘蒙世’之徒。笔底下真能谈戏剧理论者，能有几人？我二人出其十几年来听戏之历程，二三次登台之经验，要批评批评，亦绰乎有余。别人好‘蒙世’，我二人何以不可蒙世？必自振无馁，俾不负世勋属望之殷也。”

六月四日之晨，得一梦，挈好女郎行于阡陌间，此时心意至快，醒后犹不尽温馨，遂作诗，而造句奇劣，为之负负。三年以来，得此梦凡二度，往时梦后，亦曾有诗，比之今日所写，胜过百倍。自后我恒念续梦，天固厚我，又使我甜滓心头。战后穷愁遍体，得此二梦，浣涤无余矣。

（《社会日报》1939 年 6 月 9 日，署名：高唐）

江栋良付大勇以割眼皮

海上漫画家江栋良先生，生平有两憾事，一为尊范之上，有不平之恨，一则左目之上皮下垂，望之若眇，时人故又称之眇画师，江栋良名，转掩而勿彰。然栋良好修饰，西装恒整洁无尘染，居常所泣血锥心者，特怨其“小脸”之不能“白”耳。若干日前，栋良过翼楼，见其左目覆药棉花与纱布，异之，或打趣曰：“若尔状者，讵如妇人之一月一临乎？”栋良则曰：“左眼疾甚，方施手术。”愚不胜悲悯，叹曰：“是真欲使栋良眇矣，奈何！”越一日，栋良又过翼楼，则药棉花纱布已废去，谛视之，昔日眼皮之下垂者，忽不见，而明眸陡现。之方因谓：“栋良乃效白杨、王熙春故伎，请美容院做过眼睛，今而后，眇画师三字，已不适用于栋良。”于是群为哗然。愚因自叹愚太恇怯，当我幼时，发育不全，有包皮之苦，朋友劝我临刀圭，愚卒不敢问医，而栋良居然付大勇以割眼皮，是栋良亦英雄也。以是类推，则女人之有“门帘”号者，亦大可如江画师之操刀一割，割眼皮在利于“阅人”，褪门帘亦何尝不利于“阅”人耶？灵犀之言尤趣，谓栋良之“长”已截矣，栋良之“短”将何以接？于是闻者复大笑，长者眼皮，短者，盖谓栋良尊范之上，有不平之憾也！

（《社会日报》1939年6月11日，署名：高唐）

世情本来如此，又奚为气恼？

张善琨、李祖莱两先生，既与吾师樊良伯先生，盟为兄弟。一夜，在仙乐舞厅，遘张、李二公，我皆尊之为“老叔”。杨枝在旁，闻而妒甚，谓愚曰：“我亦与樊先生义结金兰者，奈何不尊我为叔，而直呼我名，不足，又呼曰‘潮糟’（潮州糟兄之简称），嫚亵至此，亦见吾子为势利小人矣。”自此，杨枝辄以此为不佞话柄，且逢人即说，谓善琨影业巨擘，祖莱为金融业名流，大郎故别尊卑，从而谄谀。下走每闻其言，则慰之，曰：“世情本来如此，又奚为气恼？倘在十年前，君家肆业昌隆，虹口开八廾典当时，下走自会奉承。今典当尽毁于兵火，足下避乱桥南，仅以身免，今为一报之主，其情形固差胜于我，然犹不足使下走恭维也。惟术者尝言：足下今年三十八，官财两旺，顷虽未见。或应在后半年。自七月初一起，下走看风转舵，或当改口……”言至此，杨枝不耐叱曰：“去去，是真小人之尤矣。”我为大笑！

小舞场小天使，既欲拜翼华膝下，愚叹曰：“如此娇虫，堪为隽侣，胡别尊卑？”因不怕肉麻，呼之为妹，桂琴亦遂称我为大哥。翼华曰：“尔曹既如此定名分，汝将何以尊我？”我曰：“在小舞场中，我将丈汝，出小舞场门，犹是继源，犹是翼华耳。”

（《社会日报》1939 年 6 月 12 日，署名：高唐）

［编按：杨枝即陈灵犀。］

在璇宫充当考试官

璇宫平剧竞唱之夜，果以翼华、灵犀、一方及下走四人为评判员。然报纸广告，不曰平剧竞唱，而曰平剧考试，然则评判考试者，亦称考试官矣。以四人之资望言，翼华可以当主考而无愧。唱时，四人之记录各异，翼华最详尽，凡行腔咬字，无不为之辩正。而灵犀则以每人之采声多少为标准，以采声之次数划一“正”字，似长三堂子乌龟褂堂差于水牌上。下走则每人用按语，如记某君之唱甘露寺曰：“漫不经心，自成一派，不顾板，不顾眼，不顾上下句，不听胡琴过门，洵是难能。”又如记李瑛芳女士之《庆顶珠》云：“李女士识老友灵犀，下走不免徇私，未便说她不好。”是夜麦克风前之报告者，为顾亚凯君，屡次向来宾谓某某等四人，为“伶界前辈”。世勋闻言，颇为不安，告顾曰：“再如此报告下去，戏馆老板要请唐先生搭班矣。”于是又改其头衔曰：“票友名宿。”愚更惭恧，若下走而可以称票友名宿者，置陈良玉先生于何地？放许黑珍先生于何处？幸顾君不谓下走是“著名评剧家”，否则真欲使京朝派烈士第一流评剧家之张老先生，一口气透不来，一口痰迷到心窍矣！

（《社会日报》1939 年 6 月 14 日，署名：高唐）

愚怒其残酷

颜郎为某舞女所悦，郎固不甚寄情于女。然以女眷恋之殷，亦不忍拂其意，近且论亲肤之爱矣。是夜，女告郎曰："自识郎后，一意归郎，他人之与我扰者，辄厌弃之，有如敝屣，顾不审郎亦以妾为念否？"郎曰："我则不能如卿之为我葆贞洁，数月以来，随爱而随弃者，凡五六女人矣。"女闻言大恸，良久未尝作一语。厥后郎以其言告于愚，愚怒其残酷。郎则谓：涉足欢场，小不忍亦容易乱大谋，我为斯言，欲使其悟我为牙签主义者，俾其一缕情丝，不至黏系我身耳。

沈郎故谓：界女之抱牙签主义者，是为天性，往往对其他事可付以残暴，独于男女事，便提得起放勿下。沈郎自言，生平做辣手事不止一端，独于女人，始乱便不能终弃。尝与一情妇育一子，妇未产时，郎已厌弃妇貌之不扬；及既产，人谓婴孩乃酷肖沈郎，郎即不忍重弃婴母。婴既长成，携之诣亲友许，亲友咸谓婴貌亦酷似沈郎，郎益不忍弃婴母。至今郎犹与婴母同居，其情感乃维系于婴孩之貌似酷肖沈郎也。

（《社会日报》1939年6月15日，署名：高唐）

为捉刀人之《夜来香》题签

午时，儿子放学回来，推愚醒，询其何事，则曰："父乎，儿今日在校中，默书吃着一个良。"愚不解，使其重说一遍，儿子似勿耐，辄展默书之卷，以呈于愚，则见其上有先生批一"良"字，良者盖列于优良之等也。愚不禁喜怒并集，喜吾子之学程有进也，怒则吾子措词之恶劣，因诘之曰："良则良矣，如何叫做'吃着一个良'？我与儿父子也，亦骨肉也，父非豢养舞女之本家，吾儿非本家之讨人，汝乃回来告诉我吃着一个汤团哉！"儿子闻言，瞠目不知答，逡巡遂去榻畔。愚亦自哑然曰："吾言奥，儿子自不解，脱其能解吾言者，则吾儿更要不得矣。"

震华书局，近以捉刀人之旧著三种，印为单行本，将以飨爱好捉刀人之一枝绝笔者。《夜来香》一种，为下走题签，而《姊妹淘》则烦之秋虫。秋虫惊才绝艳，饮盛名于海上文坛者，二十年矣。自兵乱以后，秋虫以志节自励，虽困于饥馁，亦不之恤，用是识者多之。炎夏将临，秋虫又以粥扇闻矣，盖秋虫不第为文章妙手，而书法亦清逸得奇致，所谓"长笑右军称草圣，本来摩诘是文殊"，秋虫实一人兼之也。往时书扇，嗜秋虫文章者，争购之惟恐不及。今岁复廉其润，每页只取二金，三日即可得件。读吾报者，苟令下走转致，亦取二金，不致有逢关必税之弊，谨请放心。

（《社会日报》1939 年 6 月 16 日，署名：高唐）

愚祷于天，愿更留吾母十年

吾母体质尪弱，终岁有病，病象至凶恶者，无如肠气，系吾母之身，且三年矣。愚缺乏医学常识，以医者言，腹膜破裂，肠乃出于罅隙处，而心气下降，腾于全腹，结为痞，大可如瓜，气满则痛不可已。初发时，注以止痛针，徐之自愈，愈后数阅月始一发，至今岁病发猝密，有时间三五日一发，发则亘一周夜不止。尝问医生以根治之方，则曰："根治至易，第须施手术，破腹而缝缀其膜，使肠子不复他骛，更无事矣。"第身体壮硕者，为之必无碍，若吾母耄而羸，为之患非唐氏之福，于是因循。前数日，病复剧发，愚睹吾母疾苦之状，心胆咸堕，愚不孝，勿善承欢，非欲全吾母之命于乱世，特病痛过甚，遂此长瞑，宁不大哀！平日愚恒宵游至黎明始返，吾母病时，呼愚曰："儿乎？吾病且不持，不能多见吾儿矣。"愚大悲而泣，静伏不敢夜游，幸次日稍瘥，第犯气之后，体益羸，以药剂调之。舅氏因谓，病既不可遏其源，惟防其多发，能少劳动，而长通大便，乃以中法药房之"果导"进，便果畅。愚祷于天，愿天更留吾母十年，使愚能为一二可喜之事，使吾母目击之，然后含笑而瞑，不能者，终不能慰其二十年抚育之劳也！

欢场女子，近来喜挽一灵蛇之髻，闻之人言，此髻初行于广州，故曰广式头。上海理发肆，因此做一笔好生意。髻向理发肆中购取，初行时，贵至十数元，今其价稍稍替矣，亦有租赁者，则每期为三四金。迩时相交识之女侣中，戴此髻最早者，为丽华大媛。一夕大媛中酒，愚以手触其髻，大媛推我手，笑曰："你勠碰嘘，奴个头十三块笃勒。"闻者大笑，遂称其髻曰十三块。继之者为阿媛，阿媛健美，如运动会所见之中国选手，且其人犹不脱少女型，故不宜戴髻。戴髻者宜于一孤雌少艾，若舞人刘美英尚矣。然美英之至友陈玲珠，亭亭秀发，大似阿媛，亦烦理发者梳一髻，梳成，揽镜自照，大怨，曰，"奈何青春消逝之速也"。以势观之，此髻之不足流行于上海，自在必然。大媛废髻久矣，阿媛偶一戴之出，然识者恒劝其勿复御。一夕，自伊文泰归，车中同座者，为某舞人，头上亦梳髻，愚使其首偎我颏下，则发有幽香，顾吻其髻，则幽香又杳，询之曰："奈何散麝流芳，亦分界限？"答曰："髻非受之父母，我又何为而宝此髻哉！"

（《社会日报》1939年6月22日，署名：高唐）

我方贮蓄，而汝则透支

灵犀记颜郎事，出之愤激，遂以笔诛墨伐矣。郎笑曰："一读而肃然，再读而病势霍然。"盖近日以来，郎方称病与女为尹邢之避面。自灵犀之文字既揭，女有电话来，郎听之。然其时郎引吭于室中，女欲问病状，郎止之，曰："汝听完歌。"遂置其话筒，歌全部《法门寺》。歌竟，已越十五分钟，复举话筒。女知其辱己也，不可忍，则置话筒，第曰："我亦有事也，容更言之。"二人遂绝音问。嗟夫！郎之忍至于此，而是夜复沾沾自喜，告灵犀曰："我乃不能从善如流。"因以顷间事白之，灵犀既中酒，闻其言毕，久无答言。旋私詈曰："是安得为郎，终于狼彘。"

梯公恒以下走"俾夜作昼"，谓不足为训。其实愚有时何尝不早归，早归亦不获入梦，毋宁宵游，宵游结伴良多，其乐固不尽在狎女人也。梯公体尪，时闻其病，愚固曰："似足下之起居有节矣，奈何恒病？"梯公曰："汝乃不知我苟勿节起居者，病自不如今日之微。虽然我方贮蓄，而汝则透支，透支固不觉施用之宽。然若来源既涸，穷乏立至，试我言之，总决算之期，在尊庚四十左右耳。”

（《社会日报》1939 年 6 月 24 日，署名：高唐）

陈小蝶先生招饮于绿舫

昨夕，陈小蝶先生招饮于绿舫，座上有瘦鹃、慕琴、独鹤、恂子、观蠡、梯维诸先生，尚有罗瑞芝女士，则曲缘先生之女公子，亦小蝶之内侄女也。年十岁，五岁时已能粉墨登场，唱青衣戏，小蝶谓小女公子亦上海之老票友矣。四年前，愚赴宴金兰饭店，何五良先生为我介绍曲缘夫人，夫人乃指其女公子曰：“是儿已能上台，我期望于吾女者，后来亦能如今日之袁姑娘耳。”盖是夜美云亦在座，时云犹未嫔王郎也。今岁在黄金看瑞芝客串，唱《六月雪》，配禁婆者，为盖三省。程砚秋在沪配《金锁记》，亦以三省为匹，瑞芝得此，想见声价之隆矣。小蝶谓瑞芝每登台，在两星期前，须为之理嗓、授戏词、排身段，比上场，则唱做悉循规范。然若一下来，则戏词忘佚殆尽。小女子之聪明绝顶如此，而其漫不经心亦如此。六七年来，见瘦鹃特一二次，故与座上诸君，与瘦鹃晤面之机缘最少，瘦鹃自流离中来，今乃久憩沪上矣。恂子为状似劳惫，不恒有言，想见近况正不甚得意也。灵犀以粪翁约，不果来，愚乃为灵犀请，索诗文于小蝶、瘦鹃，兼及恂子。久不读瘦鹃芊丽之文，思之弥渴，苟以小品文飨吾报读者，其不为沪人士所向往者，我不信矣。

（《社会日报》1939 年 6 月 26 日，署名：高唐）

“何时随尔行歌去，先到新京后旧京”

与小鸟、小金谈，小鸟谓时至今日，令人渴想玄武湖风光之美，当夕阳西下，买一小舟，荡桨于万荷丛里，清香沁人心肺。湖上船家，殆无勿识小鸟者，小鸟至，群招之登舟，船家盖亦以载兹一代艺人为幸也。小金尝游白下，顾未一至后湖，闻小鸟言乃呼负负。然小金则当柏招风，亦人间仙境，中山公园之胜，即在巨树之多，为玄武湖所勿逮，惟玄武湖有绕郭青山，则又为中山公园所不及。然兹两地，今都沦陷。小鸟欲温旧梦而不可得，用是怅怅，“何时随尔行歌去，先到新京后旧京”。念此益令“两小”感慨不已矣！

尝小憩于花间，一客指伎家桌上之茄力克香烟与威士格酒曰：“自物价腾贵后，凡此设备亦奈何其为开堂子者矣。”杨枝因谓：“其实烟何必茄力克，‘小炮台’亦过得去。酒何必威士格，啤酒亦可以为替。”顾习于穷奢，浸为风气，遂若牢不可破者。客乃丐于杨枝，请其提倡。愚谓提倡之法，纵舌焦唇破，亦无成效，除非奋身而起，自己来开爿堂子，以节约为主旨。然可以预计者，彼所谓堕鞭公子，与走马王孙，从此且望望然去之矣！

（《社会日报》1939 年 6 月 28 日，署名：高唐）

愚诗松薄

愚诗松薄，一不足称，而灵犀必欲以蛙唱渎读者，何其不谅也。迩来所作恒多绮语，当时力求摒除滥调，顾作而多之，又何能免？譬如，近句云：“谁怜才子能情重，几见女儿盼岁丰？”上句真成恶扎，下句亦欠自然，远不若旧作之“低回襟畔知腰健，生长田间盼岁丰”为浑成可诵。记近代某诗人有纳姬人名采芝者，不容于大妇，诗人乃遣采芝去，授以钱币。采芝下堂时，为细语溟濛之晨，诗人送以诗云：“海棠庭院雨丝丝，涕泪开门放采芝。投老香山能作达，多情蒙叟转成痴。……”诗为七律，而告者仅记其上四句，此上四句便是隽品，无一语不刻骨情深，而为人世之哀音也。予爱其诗好，恒讽咏不去口，数年来渴欲得其下四句，若并而咀嚼之，必更有味，然卒不可获，怅惘之情，无时得已。愚为舞人刘美英致语曰：“投老香山还旷达，多情樊素恕清狂。”平常不爱抄成诗，然成诗而有至美者又何恤偷来一用！虽然，出之于我腕底，而付之于刘氏美英，两不称矣！

（《社会日报》1939 年 6 月 30 日，署名：高唐）

愚当新春秋戏剧学校评判人

新春秋戏剧学校成立后，招生得八十人，于二日上午九时，举行公开考试，校长王吉女士，教务主任孙钧卿君，傅小波、贺稗英、吴晓秋诸子，襄理其事。考试之日，下走被邀为评判人，以下走于戏剧之不学无术，竟有不弃下愚者，真梦想不到矣。顾是日大雨，冒雨而往，而考试既终毕矣，乃聚餐，王吉为主人。昔于黎锦晖、徐来夫妇座上，屡晤王女士，忽忽四五年，而王之风华似旧，其胜概豪情，亦一如往昔也。王喜艺事，前时，闻其致力于美术，今复提倡戏剧，其意可佩。座上识许黑珍先生，许为票友中资望最老者，已潘鬓皤然矣。海上侠林中人，称烟土曰黑老，于是呼许先生亦黑老。许自言，我已成为过期“票”，不足与后起之秀，竞爽一时。曹元丰君谓：黑老正是吃行情时候，现在名贵之货，每两须二十六金，至次等者亦十元左右，惟黑老何以兼做吗啡？闻者不解。元丰指许之颅曰：“头浪个阿像白面。”闻者始失笑，盖元丰以黑老之吴霜点鬓，当作一重吗啡看也。

（《社会日报》1939 年 7 月 5 日，署名：高唐）

近来与刘家女善

下走荒淫，对女人不爱为怜香惜玉之词。近来与刘家女善，刘家女无殊色，其人亦不足使愚镌心刻骨，特尚能以“驯然”付之者，亦佛家所谓“缘法”之意耳。一夜，闻刘家女病，病非亟，次日遘其妹玲儿，告之曰：“我闻汝阿姊病，今日特早起，买火腿二元，皮蛋二元，肉松二元，鸭肫肝二元，柠檬一打，鲜花成束，冒大雨，亲手挈诸筐，往视汝姊病。自厨下入，登楼，欲履闼，门微开，见汝姊偃卧榻上，而有白哔叽西装之少年，坐榻前，举拳捶汝姊之胫。我睹状，返身下奔，弃诸物于厨下，仍临大雨归，至今气未平也。”玲儿闻言，愕然曰：“吾姊妄得如是？客悔吾姊，会当告之，俟其病起而数客之罪，则快意矣。”玲儿天真，乃有愕然，实则我固未尝视女疾，特取吾友苍苍居士当年所遇之一幕，以弄玲儿。盖居士尝姬一舞人，舞人疾，居士虔诚，市病人佐膳之品，往疏其苦，不图入门，遂见拖车，大怒而奔，至今传为话柄。刘家女亦舞人，是舞人便难免有拖车，下走不若居士之自作多情，根本未曾转到"望病"念头上也。

（《社会日报》1939 年 7 月 7 日，署名：高唐）

卡尔登有冷气

卡尔登有冷气，平日既流连翼楼上，有时大热，便可遁入场中，以祛炎威。然今年身体大衰，怕冷气如灵犀之惮饮冰，朋友中惟梯公视愚尤甚。梯公从不入冷气之室，一夜陪夫人看《茶花女》，夫人在院中，而梯公留候于楼上，然不能忘情于嘉宾之为《茶花女》也。天厂辄为之献策，谓卡尔登楼上有包厢，入包厢处，障以重幔，幔以内为冷气，门以外便是平常气候，梯公必欲观，曷不留项以下于幔以外，而露其首于幔以内，头在幔内，便可看戏。梯公曰："为策良佳，然呼吸在冷气内，我亦勿耐。"天厂又谓："然则工程较大，须造一个管子，通于鼻孔，而□绕于幔外。"闻者以为梯公果实行天厂之策，则其状必大趣，于是皆笑。梯公娇弱过甚，往往以身体弱为朋友谑弄之材料。如一夜同饭于福禄寿，众人呼冷饮，独及梯公，天厂便令侍者以温开水充鲜橘汁，侍者愕然。愚能啖水，巨杯之冰淇淋，犹能尽器，然明知多吃非宜，顾不知如何，今年竟畏冷气。甚矣，老夫之惫不能兴也！

（《社会日报》1939 年 7 月 9 日，署名：高唐）

地非银銮，爷为金二

素雯疾甚，至上月中病象日见进步，移风歇夏前，病且十之七八矣。愚尝劝其勿读书，盖青春之病，便当宅心于不思不虑渺渺之乡，其在男子，尚宜废读，何况女儿？素雯从愚言，则于暑期中，偃文修武矣。入夜，骑自行车，自马斯南路而西，至贝当路，抵徐家汇路，时至宵禁，始赋归去。自谓初习骑车，正如初谙舞踊，其兴趣之浓，一日不可辍，故欲于骑车成功后，再学骑马，朝暾甫上，驰骋于毕勋路畔，鞭丝蹄响，为乐必更无穷。愚告以平等阁主人记赛二诗云："玉骢拥出银銮殿，争认娉婷赛二爷。"地非银銮，爷为金二，则韵事流传，又何输于当时之一代怪杰哉！素雯微笑，昨夜偕之游于花园舞厅，之方纵酒，素雯病后辄废饮，然之方饮者，为大麦水，素雯谓水亦能饮，于是尽二杯。愚见素雯兴致高，亦尽一觥，舌木，通体胥赤。同行女侣中，有刘、陈两氏，陈本健饮，刘不胜一蕉叶，忽嬲之，遂尽愚未尽者，于是同行皆酒矣。

（《社会日报》1939 年 7 月 13 日，署名：高唐）

"老兄老兄，顾全我一点尊严"

据朋友之所欢者，俗称"剪边"，专据朋友之所欢者，是曰"利剪"，吾辈雅人，又称之曰"并州"，亦曰"杭州"。并州快剪，杭州则有张小泉之名剪刀也。下走有打油诗云："并州一路到杭州，沙里淘金几日休？天半朱霞原可落，利锋莫及阿奴刘！"

灵犀记雨斋宴客被拒事，为朋友所腾笑。生人之访雨斋者，门禁奇严，然不自今日始。往岁，愚贷雨斋钱，便不易上门，亦为阍者所留难，愤而退去，以电话抵之曰："借铜钿有时固要看人家面孔，然不必看门上面孔。"雨斋亟致歉，其实既遇雨斋，雨斋亦不搭出金融巨子架子，盖都是老友耳。愚复放浪，在其汇中总理间中，唱《投军别窑》，雨斋自椅上疾起，掩其门，又欲掩我口，呼曰："老兄老兄，难听个，顾全我一点尊严，柜台浪听见之算啥样子？"愚辄大笑。灵犀之文字既张，雨斋复为故人谢罪，不失为当年《申报》名记者雅度。唐世昌先生，尝谓雨斋外表不及其内里，内里不失为一耿直之夫，是可喜耳。

戏班中人，购大如六神丸之银色劣货丹药，置三五枚于烟卷中，燃火吸之，厥味辛辣，然吸之久，竟中癖，癖深不可拔，于是大悔。问其始吸之时，有何好处，则曰："神晦，腹满而气力不舒。"愚曰："然则何不买中国货？龙虎人丹即其著者，几曾闻有人吃龙虎人丹而成长瘾，盖其功效，特在治疾消神，不使啖者有种为痼癖之虞也。”

（《社会日报》1939年7月15日，署名：高唐）

李家次子

愚年十五六时，有李家人来税吾家余屋。李家育子女夥，次子诚笃，吾母怜之，视之若己出，次子亦视吾母似其母也，忽忽十数年矣。兵烽既结，李家人尽室迁沪上，次子本读于海壖，有时奉其母来省吾母。比去年岁暮，李父以海上居大不易，遂率眷返故乡，而次子尚读于沪。昨日，复存吾家，忽凄然谓吾母曰：“李家穷也，吾父之归，不知将何以饱吾母？赡吾弟妹？父虽未语我，特儿常念吾父，特不知父在故里，亦尝仰赖他人否？苟其然者，何以为情！仰赖他人而活，不如冻馁而死，死亦弥荣，虽然，儿不能为父谏也！”次子言此时，愚未起身，卧于隔室，以门辟，故其言入吾耳至审。愚为大动，热情之泪，直流枕上。谁谓气数已尽，留此青年，正有作为，亟起身，肃然问其近况，则已读毕高中二年级，英英俊爽，强国之种也。

北里中有客往雀战者，辄将红木碰和台，先用热水洗净，然后再以明星香水，拭抹其上，光洁逾于恒常，打牌时有得心应手之妙。某四娘年三十外矣，而风华如旧，一日与客同博，客忽觉香生襟袖，而凉生肘腋，问何故，四曰：“明星香水也，明星香水者越陈越香。”客曰：“是譬之蟹，蟹则越老越鲜矣。”四大窘，面赪欲击客，客避，四襟上花枝，颤颤欲堕矣。

（《社会日报》1939年7月20日，署名：高唐）

下走独赏惠民

近制《回荡词》十章，为惠民发也，惠民读报，知诗为渠发而不知所作何语也。惠民固读书，而不解韵语，尝见诸作，谓其间可解者，特两三语，如曰："几年不作多情客，人海回澜老更憨。"此愤恚之词，不图乃为渠记得，若情深一往之言，终被错过，疑其蓄意讽我，亦不可知。三四月来，游侣如云，而下走独赏惠民，惠民倔傲无小女儿温媚之情，卖舞三年，乃不为登徒子所悦，尝告愚曰："儿家善葆其躬，不然者，亦'女牙签'矣。盖客之与我舞者既久，忽易舞他人，我不之惜，亦不知妒，以为去则去耳，真不必烦我动肝肠也。"其无情若此。愚以为女子能无情亦佳，其处身欢场者，能常持落落，似惠民尤不可多觏矣！

曼丽偕其妹爱华，驰妙誉于舞榭间。一夜，游于某舞场，登楼时，有"舞女大班"某，见曼丽肃恭曰："曼丽小姐，有某处茶舞会，要请小姐去打三日泡。"曼丽应曰："好的，大班请我，一句闲话，不过我喊勿着客人，将奈何！"爱华应声曰："喊勿着客人，××大班自家捧伱。"某闻其言有刺，辄他顾不复语。当其言时，愚适在旁，乃喜曼丽姊妹应对之妙。二人常日踯跎，以口头触他人霉头为乐境，然往往使不关痛痒之旁人，听之有并剪哀梨之妙也。

（《社会日报》1939 年 7 月 25 日，署名：高唐）

女诚通情达理

般若先生于清河郎之烟霞榻畔，睹一"鬓丝"，惊其貌艳，问郎曰："女何自来？"郎曰："不甚悉其底蕴，殆亦人欲市场之一品，售价或不甚贵也。"般若唯唯，时女困于痼癖，而处境弥艰，般若阴出七八金，投与清河，曰："幸为我转致伊人，买莺之外，兼置新履可也。"郎果以金畀女，女却曰："我与般若，乍相识耳，乌能受其贶，受之且妨妾之廉，因请郎以原金返般若。"明日般若闻其事，感喟不自胜，而益珍视其人，亦尝书赠金经过，张之报间，所以示景仰也。无何，越十数日，女忽与某甲哄于巷，巷中人知其事者，则请甲尝约女赴逆旅，凡两度，允以十金畀女，为夜渡之钱，顾当时未缴现款。明日，女遣人索于甲，甲首付二金，女嫌不足，则亲诣甲，甲无所有，双方渐不逊。甲谓女不应苛索，女则朗声曰："是卖身之资，勿索何为？"于是哄，哄至巷中，巷中人咸悉其事，或有谂般若赠金故事者，则问女曰："昔般若以八金贶汝，汝拒之，今则以八金而与人哄于巷，卿乃终非漂亮人矣。"女侃侃曰："我以身体为交易之品，般若未尝买于我，我取其金，是为非义。今某甲交易于我，而靳我钱，是为赖，赖则索之矣。"闻者以其言告般若，般若颔首曰："女诚通情达理，我终始不能少其人也！"

（《社会日报》1939 年 7 月 27 日，署名：高唐）

今日尤念金素琴

王雪艳之入合众公司，为合众某当局所属意，而使下走为居间介绍之人，其例与合众之邀张文娟如出一辙。自合众征求刘璇姑一角后，下走向公司当局所推荐者，特一古寒，然卒无成就，而要雪艳，以雪艳为下走素审也，故委以邀聘之役。初雪艳语愚曰："但须绿宝无问题，我无间言，一切条件唐君主之可也。"旋作进一步谈判，而渐有端倪矣，问题亦随之丛生。今合众公司，已允雪艳所索酬劳，所争之牌次，于是订立合同，而雪艳将合同条理，颇费增删，昨夜以全文示愚。愚与合众原文对照读之，乃大感悟，知世之所谓艺术家者，只可于谈笑中契之，不可互谈公事也。愚向日向慕王家小妹子为人，为一娇痴妙女，而不图一谈公事，正亦精明，视老友为路人，诚堪痛心。愚至今日，不能不念金家大妹矣，当素琴受聘艺华公司时，亦为愚介绍，签合同之日，素琴授愚曰："烦为我读之。"愚果读，读竟，素琴曰："兄谓当意者，我当意矣。"于是签字。人恒谓：素琴兀傲。愚独爱其人之克全友道，今视张大、王二之流，使愚益不能不长念远道征人矣。

（《社会日报》1939 年 7 月 30 日，署名：高唐）

高唐散记(1939.8—1940.6)

改打油体,用家常话,缀为韵语

《唐诗三百首》,今逾一百十首矣,一百十首以前,多侧艳之章,其半又为一人而发,取径自仄,迄至近日,思且钝,而吾笔亦胶矣。因拟于后此之作,改打油体,用家常话,缀为韵语,虽不敢上拟龚翁之《有感集》,亦欲一变体裁,使读者似得异味之尝,或亦为爱我者所宥谅。为文字之役,垂七八年,著作不必谓可等身,要亦极呕心沥血之苦。顾七八年来,存稿俱亡佚,居常自念,恒苦无以慰吾生平。往岁,灵犀欲取下走旧作之《小休》、《高唐》两记,择其可留者,汇印成册,然卒不果行。兹所营谋,则欲集吾诗三百首为一帙,而颜书名曰《唐诗三百首》。昨日重读旧作,可存者不过十之三四,必欲足成之,便不是一二年内,可以蒇事。灵犀勉我,谓将取香奁诸章,从每首状其事迹,以贱句得渎高文,其可喜为何如?下走无恒,唐诗奋笔至今,不使废之中途者,坐是故耳。

愚游舞场,自不起舞,八年前,黑猫舞场在今日之泼拂林时,曾下过海,珠儿教我,舞数日而辍,步法未尝纯熟也。后此,遂不复习其术,作壁上观者,直至现在。一夜,淑贞工舞艺,故能为我指点步法;刘美英当我会得跳,我同她亦不肯用心跳。乔金红则谀我为"轻得来",我自审骨相庄严,轻必不在骨头,金红之言,戏我耳。

(《社会日报》1939 年 8 月 1 日,署名:高唐)

尝见《青石山》

髫时尝见《青石山》一剧,为杨小楼之关平,余叔岩之吕洞宾,钱金福之周仓,王长林之老道,为关公者已不忆为鲍吉祥或扎全奎矣。是日愚明明记得为元宵之夜,梅兰芳在旧都珠市口之“开明”唱《上元夫人》,而杨、余诸人,以《青石山》压轴于香厂“新民”也。愚在上海识昔称小捣蛋之王绍基君,一同话旧,乃知此夜渠亦在座,如钱金福之大刀堕地,彼此犹记得分明。然昨日看大舞台李仲林之《青石山》,适蛋己先生在,蛋乃谓好像记得叔岩在《青石山》中,唱的是唢呐,今大舞台之《青石山》,吕洞宾唱二簧,关公唱唢呐,故蛋谓似乎叔岩是唱关公,而愚则断定是唱吕洞宾。后来回至翼楼,问金庆奎先生,金先生谓《青石山》之关公,是里子应行,吕洞宾是正场,本来洞宾也该唱唢呐,若唱二簧,特新戏耳。于此可证愚所忆为不谬。大舞台之《青石山》,简陋不足言,“老道捉妖”也略而不唱,若杨、余所演,则场面热闹,当周仓在南天门上时,几次亮相,口中喷火,十分好看。或谓《青石山》戏,台上不恒演,应节始贴之,然不知所应何节。有人谓当在元旦唱,有人谓应唱于端阳,然愚在“新民”所见,则为元宵之夜也。

(《社会日报》1939 年 8 月 3 日,署名:高唐)

《小说日报》将发刊

《小说日报》将发刊,丐沈禹钟先生草一缘起。子佩自朵云轩买裱册,嘱愚写缘起于其上。册既精裱,遂不敢下笔,然不写又未必能为佩兄宥谅,于是落笔。既竟,自视法书,通体汗下,既亵渎沈氏高文,亦糟蹋朵云轩出品,更无以对佩兄雅命。然佩兄平时阿好于下走者,恒谓下走之书法绝美,故常以书件相烦,其意既诚,使下走无委婉方命之勇,真啼笑皆非矣。

访唐世昌先生,时在下午五时。唐家请我吃点心,点心为稀饭,用好米加少许青菜同煮,已冷。佐粥皆为素馔,粥与馔之风味俱极胜,馔不过五六味,入口奇鲜,视市楼上二三十金一席者,为粗品矣。愚家人众,愚复不治生产,烹调之役,委之闺人,而闺人之工力大逊,恒不能得美味,则与之诘难,渠每垂泪,曰:“当初时亦人家烧与我吃,今烧与你吃,犹有烦言,则妾诚命薄矣。”愚闻之感动,遂不复语。

(《社会日报》1939 年 8 月 5 日,署名:高唐)

刘家女病咳三年矣

刘家女病咳三年矣,近益甚,形容乃至消瘦,问病于医生,照爱克司光,益疑久咳将创及肺也。愚于刘家女有相攸之雅,知其病,辄告以向医之道。若在往年,愚且偕之访医者,医药之资,自我耗之,虽多勿吝。今既无此闲钱,亦复无此雅量,人到中年,更欲于广座前与小女子谈情说爱,自己也觉得难看。似我今日,便该发财矣,发财便可手散千万金,为缠头之掷,是为“买笑”。“买笑”,为中年人应有之气概,若儿女痴情,是当论之于少日,终我之世,既错过此一阶段矣。今历历与刘家女游,其人倔傲似伟丈夫,其行亦方正,我大喜,以为若而人者,可以为吾友也;为深惧所遘之女人,能温媚而为多情种子,则将陷我于痴痴,则颟顸之状,不能自掩。嗟夫!人到中年,我更何可痴邪?

一日清晨,游兆丰公园,吾足不涉此园者,两年半矣。上次来时,樱花正盛,碧桃亦艳放,与女弹词家谢小天同行,当时作诗甚多,如云:“莫道前行休复顾,须知后顾有林泉。”此次之来,则偕刘家女,及其闺侣,然而转不获好诗,亦可见愚风怀之恶。美英谓:奈何换平跟鞋,亦可以入诗?此种人不足与言风雅。“平跟鞋”三字,被她看出来,不知昔日回荡诸词,施之宓令,宓令亦能为下走作解人否?为故甚念宓令!

(《社会日报》1939 年 8 月 8 日,署名:高唐)

疑天厂存心弄我

慧海法师招愚同饭,既饱,迟伯奋勿至,而天厂之电话来,则又约赴花间。天厂所款诸宾,皆德人,曰密司脱哈,曰密司脱劳,又曰密司脱乌。花间群豸,并称之曰“哈劳——乌”,闻者辄解颐。三君尽谙英语,愚平时与同胞尚能为鸩舌之谈,今对欧人,则舌结不堪为一语。天厂以德语为三君介，谓密司脱唐者，中国人之诗人，其散文亦为艺林倾动。于是三君佥曰："然则李太白后，密司脱唐又一人矣。"下走有生三十二年，未尝闻欧邦人士，偶发谀词，今闻三君言，辄狂喜。然通译者为天厂居士，疑为天厂存心弄我，正不可知，然又何必穷其竟，穷其竟则趣味索然矣。

是夜诸宾与花间群豸，尽赴仙乐，天厂更约熙春。愚与熙春两度起舞，熙春惧甚，谓下走不能舞，举步稍舛，则将使小鸟踣地上，故特地谨慎，一谨慎步子遂木强，熙春既吃力，我亦大疲。仙乐有舞人名王伟珠，身轻如燕，仰其舞名者，趋之若鹜。翼华亦谓：真要跳舞，舍伟珠乃莫属。令熙春往识之，熙春亦谓抱之乃如无物。又有舞人氏周者，座中城北生招其同坐，周夙知下走名，亦夙仰陈灵犀先生高风，喜甚。陆放翁句："快意独来当此夕，狂名明日满人间。"正可为此时之下走咏矣。

（《社会日报》1939 年 8 月 11 日，署名：高唐）

昔日之中郎夫人

仙乐之夜，朋友中有招舞人侍坐者，当其来时，我未留意，偶然回首，忽发现多一粲者，老三告我，谓你可与周小姐跳。我不审周小姐为何人，以我舞技之拙，不敢冒昧，则私问老三曰："周小姐安从来？"老三瞒我，诿为交际花，因复扬声为我介绍。周小姐闻我名，忽肃恭曰："久仰唐君重文名。"我至此，面赪，不能措一词，盖窘甚矣。比乐声再踪，老三令我与周小姐舞，于是同入池中。乍发步，周小姐即曰："为固慕唐先生名，苟无人介绍，且错过今夕此会。我常读报，恒时注意文苑中人，如唐先生，如陈灵犀先生，常以不获一亲雅范为恨事。"我力谦逊，谓周小姐勿更为谀词，而陷我于至窘。然我闻周小姐言，知周小姐亦必通品，而雅擅文才。周小姐曰："否，特爱好文事耳。"自此遂别去，我归，以此告灵犀，灵犀亦诧为妙遇。明日告之翼华，翼华乃谓："其人固售舞于仙乐者，旧为友人中郎之妇。中郎美丰仪，亦我与灵犀之友，战后，中郎效国前方，遗女于沪上，仍操旧日生涯。女与中郎同居时，我与灵犀皆未及见,故我遇周小姐,亦不审其为昔日之中郎夫人也。”

(《社会日报》1939 年 8 月 13 日,署名:高唐)

自称之名词

今日(十三),令家中茹素一日,而锦婯忘之。自菜市归,依旧买小鱼三尾,鲜肉几两,于是复不能吃素。我则谓原不必形之于外,而要铭之于心,自审我心未死,平时之放浪形骸,正未必能挫吾志!

闻涤夷兄言,有人问以“下走”二字作何解?其实自称之名词甚众,如曰“愚”,曰“仆”,曰“我”,曰“予”,曰“不佞”,曰“不慧”,曰“下走”,曰“卑人”,凌霄汉阁称曰“朕”,又如“仄仄”、“鄙人”、“不肖”皆是也。颇闻章行严先生在甲寅时代,自称愚,海上之报纸上遂一窝风而愚矣。“卑人”两字,亦为徐彬彬先生所用,彬彬谈戏,称“卑人”,称“朕”,皆有道理,然而亦何尝不可称“咱”,称“俺”,称“老夫”,称“小生”,又称“某”哉?与南腔北调人之称卑人者,殆亦与彬彬一贯作风。下走昔用“我”,以为“我”字最好;亦称“予”,称“愚”,今则常用“下走”。窃以为灵犀兄当用“不佞”,“佞”字为“二女人”三字所集成,“不二女人”者,不二色也,灵犀固尽人而知其为坐怀不乱之君子人也。

(《社会日报》1939 年 8 月 16 日,署名:高唐)

大华新来一舞女

二月前,大华新来一舞女,曰谢宝宝,其姊珍珍,则为大都会之舞人。珍珍有时厌倦风尘,则退藏于密,月没星替,宝宝遂崭然露头角矣。在大华中坐于刘美英之邻,刘美英与陈玲珠善,今亦复与宝宝亲。社友红绡,舞鲁家小妹,亦兼舞宝宝,红绡与珍珍论交垂十年,爱屋及乌,以是亦兼亲宝宝也。宝宝年十八,貌非殊艳,而性极柔和,似陈玲珠,或谓:刘美英刚者也,而玲珠与之善,是柔固能克刚矣,今与宝宝亦能沆瀣,殆亦势理之然耳。红绡属下走赋诗,以赠宝宝,吾因得句曰:“儿家生长在苏州，天与纤腰待客搂。傍坐刘陈皆汝友，美英老练玲珠柔。”

愚好与舞女戏，常学古屋尸，身体毕挺，立到舞女面前，迨抱在手上，举步，亦一如行尸。舞人女子，胆小，辄惊呜，怒曰：“人不要做，乃要做鬼。”愚始笑曰：“我是鬼，然吾鬼有奇癖，不要生人烧锡箔，而能烧锡箔与生人者。”言已，投舞票于舞女，女知吾言有刺，为之不欢。

（《社会日报》1939 年 8 月 18 日，署名：高唐）

座上识二也先生

昨日起忽病痢，入夜困甚，顾以灵犀兴致好，犹事宵游，入舞场中，饮白兰地两口，以暖我腹，痛渐减，然惫极不堪为婆娑。座上识二也先生，先生与名法家谌兆栋律师游，愚与灵犀，皆识兆栋，二也剧赏钱雪英，愚亦以为雪英甚美。二也尝游夜花园，与钱雪英、鲁玲玲二人，记以诗，有“油碧香车载鲁钱”句，句乃绝美，当时遂钦其文采，近顷更以近著寄灵犀，多芊丽可诵。昨夜二也邀雪英侍坐，灵犀过其前，雪英指曰：“是陈先生。”遂通款曲，灵犀为愚介见，则亦朗朗俊士，真良晤矣。中宵愚与颍川先生买车先返，则病未稍已。次日，偃卧不能起，逾午后三时，始强兴执笔，书至此，手颤不可成写矣。

（《社会日报》1939 年 8 月 20 日，署名：高唐）

舞客怪谈

某家与一舞人相悦，然危于势，不能贮舞人于金屋也。夜半，舞人既返，辄宛转甲之襟袖间，甲乃絮絮问曰：“今日卿做几多钱？”舞人曰：“跳得二十金，又坐台子两次。”甲喜曰：“生涯甚茂，我之负担轻矣。”因之复告女曰：“汝忆之，凡有输财之客，汝必询其姓名，以告我，我则为之供长生之位，朝朝顶礼，祷于神曰：‘愿此输财之士，其为经商者，则所营无勿利；其为仕途中人者，则官运至昌。’神必锡若辈以巨福，使其财流之不竭，而吾舞人，亦能永永沾其余润，则我之肩负可释。惟神既能锡福于彼，亦必能锡祸于若侪，则愿各降以同样之疾于若辈之身，其疾维何，痿也，痿之于体，非特不可坚，且不可举！”语至此，舞人问曰：“是何为？”甲曰：“自是卿始无以玷其贞洁之躯，而为我一人私有矣。”时其友在旁，因失笑曰：“是无怪小白者流，只望自己有虫，不望自己有铜。”

或谓萧伯讷尝告一舞人曰：“我二人宜合作一雏，面孔要像你，思想要似我。”下走尝效颦其口吻告一舞人曰：“我二人宜合作一雏，面孔要像你，能文要如我。”女曰：“能文何为者，必多财要如沙逊。”愚为气短，始悟女人之只可以谈铜钿也。

（《社会日报》1939年8月21日，署名：高唐）

舞国第一枝笔

下走与舞人王琴珍女士，同以“第一枝笔”为朋友吃豆腐者也。然而我肚里明白，人家称我第一枝笔，是在吃我豆腐，勿审王小姐亦心里有数否？若当豆腐而为真价实货，则王小姐真苦恼矣。若干年前，王小姐局促于逍遥舞厅时，下走即以王小姐颇秀发，当时便请其坐台子，然而非常寒酸，不到一小时，只买五块钱票子，从来不买十块，现在想想，真难为情。前后大约坐过六七次，而王小姐不嫌菲薄，居然亦当我是一户头。然不久王小姐忽出逍遥而他骛，亦勿知何往。而其时王小姐予我印象之美，则其人似闺中淑女，自不知其为通品也。忽忽数年，王小姐已腾踔于舞场中，而为百乐门之名星，号称“前进舞女”，又称“舞国第一枝笔”，以是大红。然而登龙蹊径，有与寻常相殊者，一不以饰貌之妍，二不以迷汤之好也，此其所以为可贵。五六月来，愚浪迹欢场，时与王小姐相值，则风貌依然，相见殆不识下走为故人矣。一夜，于某舞场中，又见之，愚方起舞，王小姐忽诧曰：“噫，我知唐生不解舞，今亦翩翩作态矣！”愚曰：“然也，下海尚不久耳。”王小姐之言曰：“好的好的。应该消遣消遣。”王小姐之口气，已不若家常之言，有人以为美，而下走憎之。下走以为女人开口忌斯文，譬如王小姐回答我之言为“吼啥呀！跳得崭个”，我以为比“消遣消遣”要好听。我故谓苟王小姐能返其昔日闺中淑女之面目者，则下走不恤为前度刘晨矣。

（《社会日报》1939年8月22日，署名：高唐）

吾友之清白自守可知

梦云记其自战后处境奇窘，“旧包车一辆，货之旧货商人，车夫阿四，已遣归江北”。当梦云经商之日，以手腕玲珑，故有赢余。人既多金，心为之广，心广则体亦随之而胖，于是梦云发福矣，坐在包车上，“搨搨铺”一包车，如凌晨所见新宰之腯，亦如后马路上之钱庄上“夜壶攀”。愚常告朋友曰：“冯梦云有此一副身坯，后来穷不了，只有从包车坐到汽车，决不从包车坐到黄包车，或者走路。”岂知事有大谬不然者。沪战以后，亦不能不使梦云贫乏，于是典其旧车，则吾友之清白自守可知，弥足慰矣。当梦云坐包车时代，笑话最多。梦云之车人曰阿四，忠谨而愚拙，拉车以外，梦云令任馆中琐事，阿四竭其智能为之，犹勿称梦云意，梦云褊急，则咆哮不止。梦云以阿四为江北人，于是骂阿四亦用江北方言。以梦云为甬人，甬人而杂雌鸡音，其声调已绝怪，乃从此种声调中，更蜕化为江北口音。读吾报者，请闭目思之，乃成一副什么腔调？故朋友辄爱听其骂阿四之声，而为之捧腹大笑。一夜严寒，予等在伎家应酬，夜半归时，阿四与龟奴假寐于客堂中，及阿四出，则车胎已为宵小攫去，阿四大怒，梦云睹状，又狂詈，声震全巷。伎院中人，以为弄堂中新来一种杂要以娱嫖客者，纷纷探首窗外，不知此种新杂要，正是嫖客化身而为驰誉于文坛之冯大少爷也。

（《社会日报》1939年8月24日，署名：高唐）

“四记头”

平剧中之晕厥场面，白松轩主言：系敲“奔登仓，括而仓”。愚不解锣鼓点子，以为是“四记头”，故遇素琴，问以在香港时来过“四记头”否？即询其亦曾晕厥过去否？金大体亏，晕厥殆成常事。素琴乃谓：在香港时身体好，用不着打“四记头”，惟归上海后，疟疾来扰之第一日，曾打过“四记头”。素琴内行，亦随我而言“四记头”，殆以下走外行，不必为我辨正，非轩主教我，我将糊涂终身矣。

素琴之病，热度最高时达一百〇五度点二，体内之液气尽耗，困甚。次日愚又访之，则偃卧不可起，愚至，并说话亦无力，惟项下有汗，则频频以巨巾拂项下，腻发披枕上，犹滋然为艳光也。惟心火上腾，其靥遂朱，而腴容未减，望之又不似在病中。嗟夫！是殆天灵地鬼，垂悯佳人，特保妍姿，以慰病后之素琴者。闻其言：病起时，延一产科女医生，兼擅内科者，为之诊察，未尝效，又改延他医，致有今日缠绵之苦。愚几失笑，以疟疾而延产科，其荒唐为何如。素琴为未嫁女儿，彼介绍医生者，真存心“兜哏”来矣。

（《社会日报》1939年8月27日，署名：高唐）

闷着头儿往上干

于素莲案上，见其卡片，书曰“于素莲北平”，人谓于师妹以平角自鸣，由此一纸卡片上，可证明矣。别个坤角，自名为“努力”“奋斗”者，我特闻之于若辈口头上，未尝见其坐言立行也。惟有素莲，从不在牙齿缝中，露半句努力与奋斗，而向上之心，比任何人尤帜，所谓闷着头儿往上干者也。近来在家，习艺勿辍，吊喉咙，习昆腔，还要练工，毛世来南来，素莲见世来踹硬跷，便觉得自惭形秽，以自己只能踹软跷，于是亦做起硬跷来，天天在家里踹着，预备将来上台亦踹硬跷，至于其争胜之心甚烈，为一般人所周知。梨园中人，恒谓素莲在后台，不易共事，然其能进取于艺术之途，要为我人所向往，不可以女儿情性，而少之也。

轩主谓：不懂锣鼓点子，便是上台唱戏，有何味道？研究平剧之最感兴奋者，亦在锣鼓点子上，然则不懂音乐而跳舞，便是能下池为婆娑，亦有何滋味？下走不懂点子，曾上过台，不解音乐，曾下过池，如此唱戏，如此跳舞，在轩主视之，直是作孽。

（《社会日报》1939年8月28日，署名：高唐）

“格相貌犯关，贼婊子妮子”

梦云在报间述其儿时情状，历历如绘，然其向读者称为“卖老”，其谈上海掌故，大有使孙玉声望而却步。愚从前亦卜居上海，而卜宅之地与梦云所述者，大抵相近。一日随家人在茶楼上吃茶，见邻桌为一五十许之老年人，据桌吃点心，顷之，有一少年，缚一童子至，趋老者之前，告曰：“伯父，阿弟又在跳电车矣，为伯母亲见，谓屡戒不悛，恐生意外，故令我缚之至此，俟伯父惩以家法。”老者大怒，发指目裂，扬掌击童子之头与面上，童子啼，啼声似雌鸡，而老者之怒犹不息，继之以詈，詈良久。愚第记得有“格相貌犯关，贼婊子妮子”等语，当时固不知其所詈为何。至今日方悟老者所詈者，胥甬人方言也。二十余年后，读梦云之文，所述其幼时之卜居地相同，而其爱在车上跳上跳落，固相同，梦云至今仍是一条怪喉咙亦相同，疑茶楼上被执之童子，即今日之吾友梦云，而彼老者或即冯老伯父，第不知少年又何人。证以梦云原籍慈溪，尤为吻合，因特记之，使梦云知其可以卖老，下走亦当有老好向读者卖也。

（《社会日报》1939年8月30日，署名：高唐）

涂 鸦 小 集

涂鸦小集诸君，无非健笔，因请于晚蘋，为下走容一席，今且正式参加矣。东施效颦，亦时时以舞文而称才子者，以宓令为尤著。往读他报，有《瘗禽记》一文，述“萝娘”能诗，辄向慕其人，勿审萝娘固为谁氏。鳏生痴福未全，欲求罗绮而兼文章者，乃不可得。识侥英三五月，初闻其勤读，大喜，以为此儿亦通品，既又谂其能读吾诗，益雀跃。近则日遣女奴入市，买报纸，凡有下走写述者，必尽读之，及相见，娓娓谈吾笔所及，勿爽片语。愚乃感奋，私语曰：“美英则下走知己矣。”顾问其能写作否？辄摇首。又曰：“勿工写作，必能成字。”亦摇首。则复伸纸捉笔，令其书美英之名，亦面赪示勿能。愚乃废然，小女子好卖弄诚不足为训,然拘执如此,吾怀何慰?此宓令之所以为可人,而萝娘之所以为舞坛之至宝矣。

(《社会日报》1939年9月1日,署名:高唐)

舞人有名丽娘者

舞人有名丽娘者,初舞于大华,与某少年论情好,继亦及亲肤之爱矣,尝相约共死生。然少年情不能专,未几遽寒其盟,则与别一舞人眷恋,丽闻而号泣不时。一夜,少年携新欢至大华,为丽所见,晕地上,少年不自安,遁席去,丽则欲仰药自死,顾为家人劝阻,始苟延其会。自此有人为丽道少年名,丽辄啜泣,无何,丽以大华之花,而移报仙乐。近日,少年又携舞侣游大华,时在夜半,会丽亦自仙乐来,睹少年,伏一隅而泣。少年有友,悉其状,滋勿忍,往慰之。丽曰:"烦为我使彼人与妾一面者,始无怨。"友返白少年,少年勿听,丽故泣不已,少年将行,而丽勿奋身出门,行于少年前,少年之友患丽将有变,踵之。时门外风雨正盛,见丽方疾行于泥途中,行数步,遽蹶,众观之,则复晕矣。后事勿知如何,闻其事者,佥谓丽真情种也哉!前三月,愚游舞榭。尝遘丽一人坐,时丽已入仙乐,似曾相识,因邀之游伊文泰,乃觉其人温婉,不似欢场中人,怜之。明日,遂诣仙乐,招之侍坐,是夜,又游大华,丽有妹亦同往。将晓,忽闻麦克风前,有歌声,觇之,则丽家妹也。愚憎其人,憎其人而使愚对丽之印象亦转移,自是遂不复相晤,不图此儿多感,而雅善称情,若上述之一幕,要为多感者所向往也。

(《社会日报》1939年9月2日,署名:高唐)

靠人缘吃饭

舞人某,以前进名于时,其家有父母,父母皆染痼癖,舞人恶之,私语其姊妹淘曰:"我今不幸有此堕落家庭也。"一日,舞人语其母,曰:"今日之事,吾母生女为社会而生女也,亦为国家而生女也,初不以为父母者老来之谋……”言至此，其母遂哭，哭三五夜不能止，舞人遂杜口，又私语其友曰：“我以此言白于亲，吾亲悉不解，彼以为我在幼年，父母为抚育我长成，今我力足以自赡，便当反报劬劳，在吾亲心目中，不知有社会，亦不知所谓家庭耳。”

近与之方共游处，之方恒大乐，之方谓：“我作宵游，恒念大郎，苟大郎而勿在，必不乐。”其肉麻如此。楚绥灵犀，亦屡屡言，非大郎乃不可尽欢。下走有生三十二年，近十年来，不靠本事吃饭，靠人缘吃饭，故朋友与下走之感情都奇美。朋友之言曰：“大郎者，从不作扫兴事。”其实此言正足以反证下走之没心肝。下走一入欢场，先将年纪月生忘记，然后再把肩膊上一副重担放下，什么都不管，似醉似痴，他人乃目我为狂。比来更加麻木，女人都是好的，看见女人，先搂住了跳一只舞再讲。某舞人曰：“你现在会跑跑了（指亦能起舞），只晓得跳。”意在言外，不大懂得讲情爱。然也，我从午夜跳至将晓，疲甚回家，上床，睡至午时。实告读者，下走不能上心事，一上心事，我要死，所以有时在思前想后时，立刻遏止其念头，骂一声管他娘，天坍自有长人撑！

（《社会日报》1939年9月3日，署名：高唐）

当时着笔之造次

欢场中遘林小云老八，一身是孝，则悼念其亡夫樊绍良君也。三五年来，不见八于灯红酒绿之场，是夜虽屏绝铅华，而英爽之概未敛，此八只终以女儿身，而有丈夫气者也。昔年八浪迹花丛时，行为好效游侠之儿，愚初见其人，着手葛长袍，宽腰博袖，袖又翻口，白纺绸内衫之袖，亦呈于外。与之谈，则爽脆似男儿，心慕其人，以为女人无婉媚之美，亦当富有豪情，然海上伎人之以豪迈称者，亦非做作，八一人似天生，愚故以八为可爱也！

师诚有友，欲得素莲照片，而烦下走代致之。往日，访素莲于其家，忽忆此事，遂请素莲赠一影，亲笔题上下款，嗣后，愚作诗记此行，曾有句云：“已经代向师诚讨，亲笔签名照片回。”我以派不出人送照片与师诚，师诚见吾诗，必遣人来向我讨，而师诚乃投一简与灵犀，谓此二言之语气，实为于小姐向师诚讨照片，不图不惑之年，犹蒙青睐于美人云云。愚更重读所作，则师诚之言良是，可见当时着笔之造次，而师诚不谓下走语气倒置，而谓下走乃存心吃其豆腐，此则比骂我更苦矣！

（《社会日报》1939年9月4日，署名：高唐）

美英为可亲者

于舞场中，时常遇不便招呼，亦不敢招呼之朋友，为状最窘。今日锋芒已敛，涵养渐深，若在往时，见此种朋友，纵不必指戟而詈，亦将色然示勿悦。一夕，方与美英起舞，乃遘一友，友固与我殊途者，忽于身后呼愚名，愚亟应，视其人，始又曰："足下耳。"友将举其手与愚为礼，愚佯为不见，似吾手紧抱美英，疾驰而去。顾美英诧异，谓彼人将与汝作礼者，汝奈何慢之？愚伏其耳告曰："吾友方得意，不似下走之摇落依然，我故怕见得意朋友，亦不愿与得意朋友周旋。"美英慧人，知吾言未尽其奥，则徐徐点首，曰："生兹乱世，朋友诚不易言，亲疏之间，宜审慎也！"愚知其有会心，则以掌徐击其肩，喜曰："然则美英为可亲者矣。"

一夜，赴舞场较迟，愚有一相习已久之舞人，勿在座上，问其妹，则曰："阿姊以午夜归矣。"愚乃曰："汝归语而姊，我来而渠既归，我今夜将坐至天明，勿更一起婆娑矣。"妹闻言而然之，时顾曲郎方与胡娘舞，使愚亦陪之同舞，愚应声起，于是复狂舞二小时。舞已，自笑曰："今生不欲为女人役矣，我高兴，我要跳，我何为而不跳？必欲为一女人而痴守者，这把算盘，打来打去，终觉不合算也！"

（《社会日报》1939年9月5日，署名：高唐）

吾言有失，为文娟谢

一夜，赴宴蜀腴，文娟亦在座，时之方、剑星、佩之诸兄，拟在马浪路金城茶室旧址，辟一小剧场，即名之曰"小舞台"，将聘文娟为终年台柱，一似卡尔登之有麒麟童也。时愚忽掺言曰：“你们楼上开戏馆，楼底下我开一爿混堂。”盖援长乐时代之例，楼上有小型剧场，楼下无不有洋盆大汤也。文娟闻之，色陡变，愚亦知吾言有失，亟敛口。愚平时不甚作尖刻之言，是夜乃使小女儿为之勿悦，于心良疚。颇闻文娟近来，力趋进取之途，立志不愿在混堂楼上登台，故我此言，重创其心，我知过矣，志此，为文娟谢，亦为自身谴也！

一老丐尾一西装少年行，告少年曰：“请你赏我几文钱，买个大饼吃。”少年语其同行曰：“老丐勿领市面，现在身上哪里有大饼之钱？不与则已，与之，则可以用一餐饱饭矣。”愚闻其言，亦告同行人曰：“此人身上，至多有一只洋耳。”昔尝闻一丐索于行人，谓：“请你给我些钱，让我赎当头，让我吃一顿饭。”我甚诧异，既而悟此丐从前不是少爷班子出身，定是将来不至穷死。若老丐口气之小，始为老死于水门汀上者矣。

（《社会日报》1939 年 9 月 6 日，署名：高唐）

再叙涂雅小集

涂雅小集餐聚之日，愚首次参加，集友到者十余人，仅全数之半。是日午后，天忽暴雨，集友之雅兴胥阻，于是大半缺席，至者亦以单身至，不见有雌雄党矣。一友谓：唐君必多隽侣，奈何亦不见“双携”？愚强笑曰：“其实无之。”以诸友皆交浅，我亦不必言深，盖下走八字中，不能得女之服帖于我，哪怕我做大老官，肯出血，女人亦对我冷冷然。双携之雅，在我全部生命史中，将占极少之几页，言之真勿“吃价”也。集友中，心如先生之言最趣，谓尝带一十三点舞女出去劝其酒，薄醉，女遂吹法螺于心如之前矣，则曰：“我方才有某闻人子，欲招我侍坐，又有某巨商亦招我侍坐。”心如知其伪，因冷冷曰：“非也，他人只叫你坐，而我独要你跳，故我在舞场良久。池子中与卿偕舞者，只我一人。”闻者皆失笑，女犹不知其言之为讽也。心如又曰：“其友某，尝携一舞女投旅家，好梦既圆，女遂大号，女谓实诱其失身，因以电话招其母至，客大惶恐,劝其勿哭,谓汝何需者悉言之,我必勿吝! 女哭勿已,则又曰:'汝得勿需钱耶?'因出囊中所贮者,得五十余金,悉与之。既而母至,见女手中持钞票,亦不与客较,挈女而返。"心如因谓:女亦十三点之流,不要面子,只要铜钿,故十三点之舞女,诚容易上钩,然上钩之后牵丝绊藤之事,亦正多也。

(《社会日报》1939 年 9 月 7 日,署名:高唐)

乔金红如朝阳鸣凤

大华舞人中,乔金红如朝阳鸣凤,可以傲视恒俦。或谓金红之病在冷也,顾愚常遘之,辄以笑靥投所识之人,与之谈,则复和煦如春风,令人有肤发融然之快。故与其谓冷,不如谓其人乃清绝,纵谓冷者,亦当谓其冷乃在骨,不在形耳。吾人游大华,喜与金红舞,红鲤舞刘伶而转舞金红,顾曲生百无一可,比亦向慕金红,绵蛮更不能忘情。若下走有时,直欲灰刘之念,托一缕痴情,于江东乔氏。他人以小乔之清,以为斯人特供雅赏,未堪亵玩,于是未尝交一戏言,第下走无赖,则问之曰:"卿好着布衣,居恒乃未着一寸丝裳。"金红笑曰:"儿家固喜布衣,终我之世,或者与丝裳无缘。"愚曰:"安能遂为此语者? 他日乔姑为新嫁娘时,必欲服矣。"金红又笑,徐徐曰:"我殆无此一日也。"吾言止于此,他人即止于此者,亦未尝戏。愚以为金红之清似梅花,是宜嫁与才人,然金红所憾者,不甚通文理,苟其人而雅擅才华,为奴为畜,我尽甘之!

(《社会日报》1939 年 9 月 8 日,署名:高唐)

一千块跳一只舞

一夜,在酒楼上,闻隔室一男子曰:"此生有一心愿,便是想同陈云裳跳一只舞。"又一男子接其言曰,"此事不难解决,听说现在有人肯出一千只洋,即可得陈云裳伴舞一次。"又有女子继之发言曰:"跳仔一只舞,要末勿死哉,个末搅落一千块跳一只。"此女子之言,似为第一个男子而怀妒意也。第二个发言之男子，则又曰："陈云裳好哪能勿好，不过千元一舞，未免过昂，然假使同舞之时，两人衣服少穿一点，顶好是勿着，则一千元又并不为奢。我是无钱，去合了一脚单刀会，也要去跳一跳。"愚闻其言，频频颔首，语同饮者曰："正中下怀。"然隔室之女子又曰："倷男人总管是下作！"

在舞场中等天亮，极无聊时，与一方、涤夷二兄联吟，涤夷起句，则为"检阅当前有感伤"，要我接下二句，在两只音乐间，我只得一，忽想着我坐在惠民身后，于是复得第二句曰："刘娘身后刘郎坐。"要一方接下去，岂知我上面七字才写出，已不见一方，询涤夷，则谓倦极而归矣。于是联句未及修篇，然下面一句，下走可以代一方续者，不知一方以为扫兴否？其句曰"乔姐襟边乔士忙"，有此确切之事实，然后有此严正之对仗，白凤先生读之，亦将为之轩渠不已也！

桐韵阿媛有口头禅曰"大约摸"，灵犀兄笔下之"三那"。"三那"者，有口头禅曰"无所谓"。小洛、之方，咸以无所谓称之。刘美英亦有口头禅曰"后慢来"。美英尝谓："有嘴说别人，无嘴说自身。"你难道没有口头禅？愚曰：有之，"上生活"三字也。下走好色，自然常以此三字挂于口头矣。

（《社会日报》1939 年 9 月 9 日，署名：高唐）

临到自身，其以肉麻为有趣矣！

三本《文素臣》，许鹣鹣与刘璇姑相遇于官船上之一场幕前戏，真朱先生神来之笔，以两个花旦，在极冷之场子中做戏，而满台是旖旎风光，剧场空气，绝不因此松弛，在平剧之编制者，惟予倩与朱先生，始有此妙造。后来船上卖鱼之对白，譬之行文，则此文亦必出才人腕底。卖鱼者曰："这是扬州的鱼，而要用吴江的水来养的。"许接其言曰："你说错了，他离了水是要死的。"而刘璇姑曰："卖鱼的，还有一种鱼是杭州的刘鱼，杭州的鱼吴江的文人最爱吃。你们捉鱼，今夜晚一齐把她捉了去。"寥寥数语不铺张场面，而自有缠绵悱恻之致。一夕，惠民观剧于台下,及后相值,问其三本《文素臣》,哪一幕最胜。亦以下走上述两场为言,惟儿女情长,宜为惠民所向往,若朝房之骂奸末幕之法场,在妙女儿观之,便以为不干己事。愚语惠民,谓汝亦刘鱼也,刘鱼而产之于南湖,则亦何逊乎杭州,而南湖之刘鱼,亦见爱于文人。惠民闻至此,遽赧,则复脉脉而俯。恒时看他人之于其隽侣者,往往笑其交接之肉麻,然临到自身,则不自禁其以肉麻为有趣矣!

(《社会日报》1939 年 9 月 11 日,署名:高唐)

物价高昂,数倍于昔

向闻博窟中多美丽之女招待,因随友往叩某巨厦之门,此来决不在看别人钞票之推进推出,而欲为眼皮供养。然楼上跑了两次,坐于台子上者,都是眼腔深陷,为南蛮鴂舌之音,论其色,不足一顾,若蹀躞场中,司招待者,至多如寻常之茶花,亦未尝有殊色也。用是怅怅,退一步乃看女赌客,十之三四为四十以上之老妇人,又十之三四为三十来人,其余则皆少艾。然少艾中亦无瑰丽若天人者,而泰半有烟容,至此愚不禁废然,从知此中之其实与我无缘,下次不想再来矣。前年,愚在友人家,一日,有曼妙女郎登门叩吾友夫人,愚惊为绝艳。夫人款其坐,又见其娓娓与夫人言,言细,愚不及闻,迨其去,乃问夫人以女郎何来? 夫人曰:“自窟中来,其人司侍应者耳。”愚诧曰:“侍应女郎,乃娇艳如花?”夫人曰:“宁止一人,其余若干众,无不都于貌。”时赌禁方悬,夫人为窟中常客,比窟移植,女郎乃登门报夫人,且愿夫人常为其佳客也。愚记夫人言,至于今日,辄动窥艳之念,不图所得如此,非夫人诒我者,岂此行之不足其他欤?

友人自远道来,设宴于一粤菜馆中,一席之费十六元,然结果耗三十八元之巨,菜以外啤酒汽水而已,乃知请客消费之大,而物价高昂,数倍于昔。处身于此,欲求葱汤麦饭,乃不可得。疗饥两字,今后殆不易言矣!

(《社会日报》1939 年 9 月 12 日,署名:高唐)

觉厂之笔，自是崇高

愚记三本《文素臣》“卖鱼”一场之言，微误。卖鱼者之言曰：“这鱼是扬州来的，要用吴江的水来养活它，离开了水，它是要坏的。”鹣鹣乃曰：“你说错啦，离开了水它就要死的。”夫如是非复成双关妙语，才人之笔，一字一句，都有斟酌，固不容轻为增损，不然点金成铁矣。朱先生之剧本，周信芳先生修改之处甚多，如东宫之联弹，为原本所无，二先生之观察容有相左。然愚以为以文学价值论，则觉厂之笔，自是崇高，苟以原本，付之剞劂，一旦发行，将为嗜戏剧与文艺之人士，争先披读也必矣。

无题十章，仅刊其一，其余九章，乃未能续制，时至今日，且无意足成。近来百事无恒，对女人亦情不专属，更欲谓鲰生情种者，自是欺人。友人甲，对女人便认真，友人乙，一对女人辄咒骂，愚以为两者皆不取。中庸之道，对人惟有吃豆腐，其在欢场中，她为钞票，我为寻开心，故认真与咒骂，都嫌过分。

舞女之姘头曰拖车，舞女本身，乃曰龙头。某拖车告其龙头曰：“汝邻坐一舞女，肌肉正坚实，优于汝之松弛多矣。”龙头不悦白：“她的肌肉紧，裤子带也紧，我的肌肉松，裤带亦奇松，汝又何激于我哉?”拖车语塞。

（《社会日报》1939 年 9 月 13 日，署名：高唐）

舞场中之“张墨罗”

星六之夜，有舞人初进丽都，有稔客为之捧场，送花篮甚多，然花篮上亦皆题款识，一人自署为张伯伦，一人名罗斯福，又一人则曰墨索利尼。或曰凡此三客，对舞人必俱无野心者，盖欧洲风云如墨，而国际间之张、墨、罗三人，则都志不在战，客之不欲以“利器”向舞人者，定无可疑。

张文娟又将在时代登场。与文娟不通问者，三五月矣，偶于宴会上见之，亦不暇问其起居近状，往昔之亲，而有今日之疏，真觉人事之无常矣。忆去岁此时,吾人之奔放情怀,都寄托于小型剧场,当时亦以为至乐,顾半载以还,吾人既变迁其生活,颇疑文娟于旧地重来之日,若使吾人亦旧梦重温者,其风味乃为何如? 在我正有此感,其在他人,或者有风景不殊,而人物都非之憾。安得姜云霞亦再来合作,则台下结队而至者,又何非前度刘晨哉!

某法家不甚登火山,一日偶下池,欲偕一舞人舞,舞人入抱后,逊曰:“我勿大会跳的。”某曰:“然则我亦不大会跳的,不要跳了。”将释手而行,舞人止之曰:“我与你是客气呀。”又三先生尝问一舞人,年岁何矣。答曰:“十八。”三先生则曰:“我相信你是十八,顾十八女儿,未必能解风情,吾人在外面跳舞,志在胡调,而不在舞!”女遽曰:“胡调我也来得,我今年逾廿岁矣。”此舞女与舞客,都是爽直脾气也。

(《社会日报》1939 年 9 月 14 日,署名:高唐)

和姜云霞对话

张文娟宴客于丁先生府上之夜,姜云霞亦被邀而来,我同她谈话,以可记者记于此:

我:姜老板,好久不见你了,干么从前那么亲近,现在会弄得这样疏远! 连个人影儿都不见。

她:我实在太忙了,日夜两场戏,连拜会你们的机会都没有。

我:还在先施唱吗? 唱什么戏?

她:在先施,唱本头戏,吃力得多,把嗓子都唱“哑”了,到如今也没有好过。

我:本戏不是可以随便一点吗? 为什么反而吃力?

她:也看什么戏,譬如说董小宛、潘金莲,怎么可以随便? 尤其是潘金莲,七点半在台上,到十一点半才下来,简直不大有空。

我:听说你在念书,又起了一个学名叫什么姜纬文,有其事吗?

她:有的,闹闹玩儿的。

我:暂时你不想出门吧!

她:邀我的地方很多,青岛也有人来过,南京也来邀我,我倒想去,有几位朋友都劝我守在上海,我因为人家骂我,气昏了,想离开上海市民都不听。

我:谁骂你,骂你什么?

她:骂我要养孩子。骂我的人,我也知道,我哪能去同她争辩,所以只有生气。

我:你许多结拜姊妹呢?

她:不大有得看见,老三狠苦(潘雪琴),老大(谢韵秋)说到常州去,也没有通知过我,其余(天红、凤鸣)都在上海。

我:你胖了,金子涨到四百六十七十块钱一两,你的两只牙齿,怎么不敲去换些法币?

她:(红着脸笑,没有下文)

(《社会日报》1939年9月15日,署名:高唐)

女之生涯尤美,其母之心事尤重

对所居之舞人,生涯甚茂,常从客为宵游,然其母禁之,女以是恒与其母不睦,巷中人言:女尚处子,其母故防范甚严,虑其失此珲璞也。予近日不甚迟归,将晓闻巷中有革履声,知女且迟来,而履声起处,女楼上之灯火亦明,可知其母迟女归,未尝交睫也。因私念当女在家别母外行,其母即开始担心事,心事要担到其女归来为止,女之生涯尤美,其母之心事尤重,嗟此老妇人,亦人间可怜之尤矣。

予曾记老友笑缘,身边不放法币,尽放外汇,不胜致其歆。乃一日遘之,所示我者,特为美金一元,谓以十三元半买进。后数日,又遘之,则谓美金已值十五元奇。予问曰:"向者之一元,既'脱手'邪?"曰:"脱手"矣。笑缘毕竟还老实,"脱手"两字,我在讽刺他,而他还好胃口,回答我说已经脱手。一共也买不了半担米的几个钱,称之为脱手,真有些汗毛凛凛也!

(《社会日报》1939年9月17日,署名:高唐)

翼楼新琴师

翼楼之琴师，有痼癖，本亦伶工，以溺于烟霞，败其嗓，遂司胡索为生。愚近来不吊嗓，故久不见其人，然此人固日日伺我与翼华于楼上也。某日，愚忽兴到，欲一试枯喉，迟琴师不至。及夜，有人来报，谓经马霍路，官中人捕烟窟，获君子若干人，琴师与焉，闻讯悒悒良久。与此君相伴者，亦既半载，遽遭此厄，心何能安？向时翼华尝劝其绝嗜好，勿听，吞吐如故，乃审其人之意志正复坚强。愚则以为烟已成癖，勿戒亦无不可，留一分烟容，未尝不良于观。他人与之言，无非研讨平剧，愚独嬲之谈一榻横陈之乐，其人津津然，引愚为知己。不图此人终以此而入官也。翼楼同人，课不可荒，于是续请马君操弦。马名宝格，近从小金在卡尔登，愚旧亦识之。客岁，与培林、翼华、梯公彩唱之前，皆烦马吊嗓，马固善托予之新腔者也。

篷矢兄知我学舞而未见我一试身手，于是从我游云裳。世勋常言，云裳舞厅，为足下而设，而足下乃吝其玉趾，使同人何以为情？其厚爱如此，良可感矣。时在茶舞时间，亦号称"鹦哥老五"之孙秀文进场之夜，乐台上燃彩炬以欢迎之。世勋计划，凡三只头舞场之上选人才，将一一罗致以入云裳，使云裳以五只头跻攀于第一流舞厅而上之，则非小噱头而为雄图矣。有苾美华女士，瑰丽若天人，为云裳茶舞人才中之一隽，以父礼事世勋，每夜舞于大都会。世勋延之则至，语世勋，曰："为舞女一日，为云裳尽力一日。"美华孝其父，孝其母，今亦孝其干父，或曰：是真舞场孝女矣。

（《社会日报》1939年9月18日，署名：高唐）

为工为商，俱比读书为美

舅氏常叹今日之世，人类之情感益趋淡薄。戚某氏，丧其夫，妻乃泣于戚里之前，口口声声曰："叫我以后如何度日？"初不伤其夫之死，而悲其来日之难，一若以后可以度日者，则其夫之死亦其时矣。

幼子不肯勤读，一日入学，祝甥归，谓未尝见唐哲上课。吾母大怒，索之，则坐于巷外之南货店门口，捉之归，吾母施以鞭笞，幼子号，愚复不忍，以为读书不成，从商可耳。而哲儿尤顽皮，每日用铅笔一枝，写字不足百枚，则用利刃削之，旋削旋短，卒至无用。吾母又怒其浪费，愚则以为此儿殆性近于工艺者，为工为商，俱比读书为美，故我与幼子无恶感！

尝与淑贞在舞场中待旦，淑贞恒指池中之舞客曰："此人为绸缎店伙友，我身上个料子，是伊手里一尺一尺量下来个。"又指某舞客曰："理发师也，其技甚精，大媛头发，非此人做不能称意！"因忆仲方常言，于舞场中遘理发师，过来招呼仲方，仲方一怒而走，詈曰："大少爷跑跑个地方，他也混进来！"此种口气，实不必有，意今日之仲方，或者无此锋芒矣！

"千秋容有痴于我，一饭何尝忘却卿？"是为舅氏旧诗。舅氏尝买花供室中题其花曰："百钱易汝归书案，风雨闲窗一展眉。容有美人如子瘦，别无芳草系予思，……"人谓此一联正美，予则爱"风雨闲窗一展眉"七字之胜，以谓舅氏，亦必点首也。

(《社会日报》1939 年 9 月 19 日，署名：高唐)

愚论诗只重意境

愚论诗只重意境，昔与某夫人谈诗，夫人似不解意境之美，因要愚举昔人诗以意境著者，愚乃录《踏青竹枝词》一绝云："垂髫弟弟慢前行，路在田边记不清。东岸垂杨西岸柳，乱飞蝴蝶乱啼莺。"又冬郎《已凉》一绝云："碧栏干外绣帘垂，猩色屏风画折枝。八尺龙须方锦褥，已凉天气未寒时。"前者以"路在田边记不清"七字，竟成绝唱，从知诗之优美，正不在格调之高厚；而后者之"已凉天气未寒时"一句，奇峰如云外飞来，为后人传诵。世之薄冬郎者，乃谓冬郎实输义山，有雏风清声之誉，愚则读其《已凉》一首，深致倾倒。义山之诗，刻骨称情，而冬郎独能重意境之美,愚故尤爱冬郎也。

一夜与之方坐大新四小时,愚欲舞二人,一欲舞王琴珍,乍一舞而琴珍以茶舞时过,返百乐门;二欲舞宓令,然宓令始终未见在位子上,愚于是枯坐不复起舞。偶入厕,返座时,见宓令侍一客坐于沙发上。客貌斯文,将女诗人之纤手,入自己之握。愚大不忍,虑其再进一步,而邻于亵玩,因视客,幸客非大块头金牙齿之白相人模样,而亦似通品者,因诵"凝脂入握滑于砂"之句。客与宓令,要正在制造其舞宫韵事也。

(《社会日报》1939 年 9 月 20 日,署名:高唐)

商与南宫刀先生

南宫刀先生,与下走为文友者,将六七年矣,先生以写舞文而驰骋于舞坛间,声名甚盛。不肖既学舞,于是泛刃追"先进"之后,亦写舞文,自惭鸠拙,不敢与健者较长短也。或谓不肖舞文,其作风乃与捧角为一贯,盖亦热情用事,大华舞人,如刘美英乔金红者,皆以不肖之笔,而用热情渲写者也。南宫刀先生,乃屡屡于其主纂之报间,讥不肖为穷捧,又曰刘与乔实为"才子"穷捧而成名。先是,"才子"两字,未敢自承,顾某日报间,直指贱名,乃知南宫刀先生,是目我为才子矣。按乔金红以闲雅著称于舞榭,饮名既久,固不烦不肖之捧,更不烦不肖之穷捧。不肖为大华常客,爱其人如芝兰,则于文字间,数数及之,初意固不在捧也,不知如何,南宫刀先生,独不慊其人,意者,金红之冷于形耳。不肖旧尝言之,金红冷于形,而热于骨,与客既相习,则亦口没遮拦,啁啾如幽禽鸣树,顾当生客之前,则若凛然不可犯者。南宫刀先生,徒鉴其形,遂以此人为嫚,其实女人而凛不可犯者,亦未始不可观。刘美英之为不肖刻情称情,正以其人终岁如有严霜罩面耳,说与南宫刀先生,或将为之失笑也!

(《社会日报》1939 年 9 月 21 日,署名:高唐)

宋德珠

宋德珠三字，似女人名。昔天厂与翼华游北都，观德珠剧，错认德珠女人。沪上某律师于三年前看德珠戏，亘七日而不知其为须眉，可知德珠不仅名字似女人，其人妖艳，亦宛然雌类矣！

赵如泉出演于共舞台，友人定座四日，第一日看其演《醉打山门》，叹为佳唱，身手依然矫捷，知此老犹可为也。近年来看共舞台诸君之戏，都唱《红莲寺》，老戏曾未寓目。是夕，入座亦迟，王少楼之"周瑜归天"，已在末一场，然犹看见其从三只台子上翻下来也。松樵与王福胜合演《拜山》，向闻内行称福胜花面之不恶，我则谓看大面身浪只有少山，少山不得，亦当看盛戎矣。松樵自肯做戏，上山时一路东张西望，不知看些什么，说穿黄门后代后之一派很劲，在使台下失笑。松樵皮色黝黑，连粉亦打不上，涂上粉，便变为青，真与小达子一样。是夜，灵犀笔下之我家云裳，在包厢内看戏，而灵犀又一贵本家亦在台下据一座，她生成这副嘴脸，而能享名银幕上，是天下第一冤屈事，此人若做舞女，必称阿桂姐。若在西平通讯中，必青黑之间，不知如何，乃能熠熠于水银灯上，疑其祖上积一点阴功。

（《社会日报》1939 年 9 月 23 日，署名：高唐）

下走之隽侣为刘美英

必欲肉麻当有趣说下走有"隽侣"者，则下走之隽侣为刘美英矣。半载以还，与刘氏过从之日甚多，在晨光熹微中，游过公园，在花前月下，坐过伊文泰与泼拂林，在华乐明灯间，曾通宵为婆娑之舞，亦曾市楼同饭，亦曾携手街前，而未尝看过影戏，未尝同观平剧。美英与其妹玲珠，看卡尔登戏，愚为之定座，而从不追随作侍臣，则下走雅不愿以老去风怀，更效儿女情长，出现于稠人广众间矣。合众公司之《文素臣》第一、二两集，既经摄竣，于二十一日夜午，试映于卡尔登，费时达四句钟。

愚以病目，故不大看电影，然《文素臣》以吾友朱石麟先生编导，又以老友刘琼及娇侄熙春主演，则又乌可不快先睹，顾长夜漫漫，不能不邀号称“隽侣”者，同为俊赏。于是邀美英与玲珠同来，小女儿嗜影戏如命，看《文素臣》于公映之前，弥足使“若辈雀跃”，于是下走在卡尔登花楼第一排之正中，踞一座，而傍我有鬟丝矣。片中之女人，如王熙春、杨文英、吴飞虹，俱与美英、玲珠相习，若辈乃谓，看熟人演戏，更亲切有味。愚爱朱先生导演手法之精纯，熙春演技之自然稳练，更爱各种插曲之意味深长，为之击节。看戏三四小时，居然以全副精神贯注，竟不暇为傍座鬟丝，作嘘寒问暖之爱情“镜头”。谓为《文素臣》影片之精警而诱人以不暇分心者也，谓为下走以老去风怀，雅不愿效儿女情长，出现于稠人广众间，亦无不可也。

(《社会日报》1939年9月24日，署名：高唐)

闻费穆先生将导《西太后》

曾因捧女人而与文友打笔墨官司，已不知若干次，近事之可记者，因捧“袖珍谭富英”而与白雪在报上吃斗，骂来骂去，只少连爷娘祖宗都拖出来。不图事隔未到一年，下走且以人事问题，不与她们搭讪，幸亏我与白雪，早已释嫌，不然让他看见现在这副局面，一定要在旁好笑。今则又为乔金红，引起南宫刀先生之反响，谓下走之记金红者，实言大而夸，我若从此与南宫刀先生抬杠下去，势必陷于“论争”状态，不知下走已有戒心，决不肯再因女人而与文友气急脸红。“袖珍谭富英”，女子而为艺人，为艺人而论争，犹可说；乔金红为舞女，为一舞女而伤朋友和气，下走虽愚，尤不肯为，何况涵养功深，更能忍得住这口气哉！平时想想，从前为女人打笔墨官司，真真犯不着。女人，将来是人家的女人，我现在自己，摸也摸不着，她好她坏，关我鸟事。故我欲为南宫刀先生言，咱们从此不谈，惟金红不失为舞人中之清品，足下亦有不可过分将她指摘。杭州海生弟打起官话曰：“攻击一个弱女子，也不是一件光荣的事情。”以之转赠足下，足下亦当为之莞尔也！

费穆先生归来，屡屡于座上遘之，今日又返香江矣。闻先生将为民华公司导演《西太后》一片，此事酝酿既久，近始实现。《西太后》主角，去年拟请素琴担任，今接洽不知如何。惟素琴将为远行，苟《西太后》而十月开拍者，老大将不及为民华服役矣。

（《社会日报》1939 年 9 月 25 日，署名：高唐）

行严先生诗之美

一夜，同苏君、丹蘋、笑缘三兄，坐舞场中。丹蘋秋闱之痛未已，愚因问曰："苟是时秋姑携其新欢来舞场，丹蘋将何以处之？"丹蘋则曰："我将局促不知所可，若是可能，邀秋姑过我一言，于意至惬。"笑缘曰："丹蘋之痴也，是谓'见×酥'，刚强之人，且如是，何况书生。"愚曰："秋姑已忍心绝丹蘋，丹蘋何以更念秋姑？苟其来，我将为择场中佳丽，使丹蘋挟之同舞，舞于秋姑之侧，以傲秋姑曰：'汝有新欢，我也有"壳子"也'。"苏君然我言，则曰："当此情境，而徒事忠恕者，是骇汉子。男女之间，台型不可不札，札台型用几张钞票耳，亦于意滋快。"丹蘋闻我二人语，犹摇首以为不可。苏君又曰："丹蘋谓秋姑离丹蘋去，秋姑将不能自拔，以今观之，丹蘋且将为秋姑而自隳其意志矣！"

有舞女身着银色之裳，通体如燃明炬，照耀场中，世勋乃曰："此人今日来碰急令牌矣。"问其故，曰："她坐在黑暗里，客人亦可以看得见她。"闻者以世勋之言，趣而尖刻，为之失笑。

当此秋日，恒念章行严先生津浦路道中一诗之美，其词云："略尽南游半日程，夕阳无语傍轮行。两旁霜叶红如染，照见横枪卧道兵。"此景愚于津浦道上，仿佛见之。行严先生，自逊不能为诗，其寄李印泉将军句云："我近能诗亦奇绝，快将心事写存君。"然而章诗固不失为丰厚，可知贾生才调，本是无伦。

（《社会日报》1939 年 9 月 26 日，署名：高唐）

麒派真有许多老戏好看

性栽先生太夫人治殡之前一日，为亲友公祭。上午，翼华以电话来，邀我袍褂而往。饭已，公祭开始，凡分十余次，愚与翼华、吴三、王二等七人为一集，此七人中，以下走德望之隆，遂推为主祭，主祭之礼仪重于陪祭。献爵、献饭，胥由主祭为之，于是主祭如台上之正角，陪祭者乃如龙套，亦似中军。愚始窘甚，然既挟我登坛，则亦不可固辞。赞礼者似为乡人，念献茶字，竟作"柔"音，为之失笑。祭已，乃悟今日又被他们作弄一次，一年三百六十五日，无一日不在想尽办法，吃别人豆腐，然报应正复不爽，遂有今日之事，使人啼笑皆非矣！

近看信芳《香莲帕》中之"叹皇陵"，为之击节称绝，口面工夫、身段、吊毛，无处不显麒派作风之精神。一年以来，常游于翼楼，在卡尔登台上，看见之好戏，则惟此一出"叹皇陵"，因知麒派真有许多老戏好看，而信芳终靳老戏而不为麒迷杀一杀戏瘾，是何理者？

（《社会日报》1939 年 9 月 27 日，署名：高唐）

"最高乐府"之云裳

外传云裳舞厅，将搬至昔日国际旧址者，其实不确。云裳自开幕以来，周世勋之噱头层出不穷，故其生涯，亦长保持丰盛，正不必为迁地之谋。而吴邦藩言：上海舞场设于六楼者惟一云裳，故云裳今可称为"最高乐府"。国际饭店之十四层楼，虽有舞厅，不卖舞票，不足道也。

云裳茶舞，以茹美华领导，茹以盖世风华，蜚声舞榭，而世勋邀之至，无日或缺席。夜舞则以孙秀文、李丽花、翁丽娜为此中翘楚，其阵容坚硬，在五只头舞场中，要不可见。世勋恒以此自傲，其实亦惟世勋能以此傲人耳。

有许氏姊妹者，为孪生女，面貌衣饰悉相似，自璇宫做至云裳，生涯甚盛。世勋常为友辈乐道,谓有客欲邀许家姊妹坐台,或带出去者,便当同台二人,使客坐中间,许家姊妹分坐两边,见者必为惊奇,而客之用钱者,便亦用出噱头。此虽世勋为自己生意眼而言,然亦趣而有理。

(《社会日报》1939 年 9 月 28 日,署名:高唐)

素琴又买舟赴港矣

素琴于中秋日,又买舟赴港矣。此行所为何事,不暇究诘,惟审其归期不可计。自归来而重复出门,不过四十日,四十日中,愚与之见三五面。中秋前三四日,以电话速愚往,则谓又将远征,又谓归来以后,未尝与好友一共游宴,知我能舞,因要愚陪之赴舞场,愚漫应之而未果行也。次日忽兴到,约熙春舞于大华,熙春为愚之娇侄,愚不可太放纵,虽同舞而故示庄严,意兴遂索然,且熙春不堪熬夜,未及一时,即言归去,更扫兴。素琴虽比较脱熟,然亦不容不事矜饰,况其病后,亦不可熬夜,愚故亦无意约其一舞,不图其行期又如此迫促也!愚以为跳舞最好跳舞女,跳熟了一个户头,可以肆无忌惮者,尤其佳妙。愚于刘美英至今掼勿落,放勿开者,正以美英肯许我放浪耳。譬如同舞之际,跳快跳慢,可以随便,跳怪步子,亦可以随便,跳舞时口说许多不入耳之言,诱其嗔怒,美英必以手羞其颊,有时羞而无以自遣,则用其指掐吾臂,使吾臂痛甚,有青痕,其意始快,而愚亦以此为跳舞乐境,故愚以后不要跳"交际舞"。之方恒言,与夫人跳舞,最无滋味。愚意料跳"交际舞"之乏味,亦等于偕夫人同舞也。

(《社会日报》1939 年 9 月 29 日,署名:高唐)

挑灯读《近楼浪墨》

昨日小病,挑灯读《近楼浪墨》,皆记舞之文。愚尝自念,舞有派,亦有程律,顾若下走平常之舞,亦有所谓自成一家者乎?求之《近楼浪墨》中，乃得一节，其言曰："呼幺喝六，结党连镖，艺不必求，衣不必整，奔赴广场，拥抱为急，曲肩驼背，东踉西踊，贴面沾唇，斜身叠腿，伴侣局促不安，旁观为之汗栗，拟之为天魔。若犷性之未除，喻之以土风，觉天真之远逊，舞乎云哉品斯下矣，此当名之为胡调自由派。"近楼之文，直举下走舞姿，跃然纸上，从知愚舞固自成一派，而曰"胡调自由派"。揣近楼语气，舞此派者，似有窃期期以为不可之憾，不知人生行乐，当得真趣，舞踊亦行乐耳，必欲循规蹈矩以赴之，则真趣安在？近楼鄙薄此种舞姿，为出之于狂且之儿、钱刀之侩，令人读之爽然！窃念近楼先生，必为一本正经之人物，一本正经者，与下走谈行乐事，遂多格格不相入矣。《近楼浪墨》中，有《舞场竹枝词》云："不是沉迷定是痴，无端示阔费寻思。坐台带出成专利，此是瘟生得意时。"词旨甚趣。下走未尝下海前，辄招相悦之舞人侍坐，果如近楼所言，则下走得意于瘟生之时者，已非一次，因有诗云："几番我我又卿卿，记得樽前笑眼明。近日方知贫是累，不然长愿作瘟生。"

（《社会日报》1939年10月1日，署名：高唐）

愚爱锦晖

顾文绮女士美秀能文，性亦柔嘉，三年前，似已与瞿氏子论婚。瞿为一怡同学，会于丁慕老府上，下走尝目见文绮曼睐微饧，窥新婿于广座之前，其印象不可泯灭。丹蘋述文绮事甚多，似为文绮作传，独遗此一节，丹蘋似不可忽，亦不可不知也！

桐韵二媛、宓令、胡燕燕，在今日丹蘋眼光中，皆可爱之人，丹蘋对秋姑无事不求忠恕，则又何必举其所悦之人，以创秋姑之心。秋姑穷苦无归，排日读丹蘋缠绵悱恻之文，未尝不作还巢之想，今忽以此刺秋姑，秋姑于丹蘋之念灰矣。忠恕便当忠恕到底，立意做糟兄，自是须眉行径，否则便弄一个与秋姑瞧瞧，所以告秋姑曰："你是去了，自有人来。"亦不失为角逐欢场之男儿身手。黎锦晖先生，自徐来去帷，哀恸逾于悼亡，然不久即俪梁家女，所以傲徐来者曰："莫看老夫衰朽，相伴尚有红颜。”此锦晖之所以千古达人。愚爱锦晖,比之爱丹蘋深矣!

闲得无聊时,亦尝研讨丹蘋与秋姑之变,愚更设以自己为丹蘋,而逢秋姑之叛,将何以处之。则曰:秋闱痛语必不写,写亦不称秋闱痛语,而曰秋闱隐语,则不必有哀怨之音,特记其往事之一页耳。要以文字感动女子之天君,此种女人,在今日之世,已死尽死绝,此点务必看破,否则引之笔墨,古老人当《玉梨魂》小说看,贤达之士,读之无不起鸡肉痱子者。嗟夫!以今日丹蘋之痴,语此,适足以滋其恨我耳!

(《社会日报》1939年10月2日,署名:高唐)

后巷迁来小铁工厂

战后,愚居之后巷,迁来一户,则为闸北之小铁工厂,楼上下所住之人,其为男子,一面孔是“神圣”之容,其为女人,年长者似缝穷之媪,少艾亦似缫丝阿姐。惟西厢房楼上,税与他人,居者为一少妇,美丰仪,愚屡屡记以诗,如曰:“谁窃幽香流别院,休教繁露沾春闺。”又曰:“春市果鲜曾早起,清宵罗薄故迟眠。”居不及一载,楼下之小工厂,忽欲扩充其规模,与妇解租居之约,妇遂迁去。愚夜半归来,推窗望妇旧居之楼上,憧憧所紧者,疑非人而鬼。巷中人言,小工厂自战区运自来水管至,加以工技,售之市上,乃获巨利。自晨至暮,巷中但又运铁之声,声巨,扰吾清梦者不止一次,有时丁丁作响,一似其家常有人盖棺。愤甚,闭窗蒙被而卧,起居恒为之失调,私念既获巨利,便当安分,女人在家叉叉麻将,男人便改跑跑舞场,纵然自游不趋时髦,则亦当摆一只烟铺在家中,以遣此岁月,而复终日劳工,劳其筋骨至死,原无足惜,劳其筋骨而使合巷人为之不宁,尤其使善享清福之下走,减其宵游精力,则“迭份人家”,将来终必一如穷我。自妇迁去,那存嫉之之心,迩来更加讨厌。初一月半点香烛,不暇祷降福于吾身,特先祷后巷芳邻,速隳其业,苟不然,亦当早早滚他妈的蛋也。

(《社会日报》1939年10月3日,署名:高唐)

下走吃亏者，正在“狂放”二字上

蝶衣谓将效法于下走，其实下走一不足法，蝶衣爱我，遂以为下走之狂放也可法，不知下走吃亏者，正在“狂放”二字上，不然，金饭碗早捧住吃到了现在，而铁道部小官，亦已做起来。前三年，张公权部长，存心要挑我做官，召我入京，当差引我至部长室，我“郎当”之状，终为贵人瞧不顺眼，结果说我染洋场气太深，未足以为仕途中人，于是仍落拓返沪上。现在想想，有些可惜，当时何不矜饰一些，让他先安排一个差司我当当，不管大小，总是官儿，将来死下去，讣闻上也好有个头衔。情愿做了之后，狐狸尾巴显原形，再将我贬谪，然而我官终已做过，而结果如此，实误于“狂放”两字。复有一次，海上某名流，要请我去做秘书，托吾友来言，我第一句对吾友曰，“他养不活我的”。吾友大不悦，便无下文，辄回复名士，谓唐某是一狂士，不用他也罢，此亦误在“狂放”二字上。混到现在，以狂放出名，而受惠于狂放者，一无所有，蝶衣谨愿，必勿以下走为法，下走今日，陌生人听见我会头痛，谓我有神经病，不能当大事。有此定评，自分此生，将摇落终世，悯我者特二三知己耳。

（《社会日报》1939 年 10 月 4 日，署名：高唐）

愚为栋良说麒派

江栋良自在丁府上听我唱戏之后，深为艳羡，谓其自己会唱跳舞场流行之歌曲，会唱南方歌剧，亦会哭七七与小孤孀，独于平剧，竟不能引吭。昨夜，偕之方、小洛同登翼楼，要我为其说《追信》之流水，愚以为他人门前，不敢卖弄，惟栋良“门外”，便是说一说亦何妨。自“吾主爷”说起，正其字眼，纠其行腔。正当耳提面领之时，忽信芳自门隙来窥，复鼓掌呼好，愚为之惶悚起座，面红及于项，十年来不知“皮嫩”为何事，至此忽狂窘。之方因又绝倒，曰：“大郎苟为栋良说谭派戏，今门隙来窥者，为谭小培、谭富英，犹不大要紧。今为栋良说麒派绝唱之剧，而门隙来窥者，为信芳先生，是真班门弄斧矣！”顾信芳于鼓掌之后，亦遂引去，我乃疑心。我唱《追韩信》，许多人都说我不劣，翼华不轻许人，亦谓可以敷衍，夏间袁美云亦盛称下走之歌可听。因惑信芳欣赏，或者由衷，亦未可知，当时真想追到后台，问个明白，而为之方拉住曰：“你不要好胃口，你又不是老K，不是梦云，当嘘嘘嘘为击节声，当轰轰轰为拍案叫绝声哉！”

（《社会日报》1939 年 10 月 6 日，署名：高唐）

“家宽乃出少年”

秋节后一日，患病痢，自此亘三四日，吾腹恒隐隐作痛，有时大便，便极溏薄。吾友勃罗兄来，知病状，谓此象绝似肠胃。勃罗方以罹肠胃病，乞假归来，乃谓肠胃病为势之恶，可以使壮硕者，不久而成衰废，羸瘠如愚，死可期矣！勃罗固劝我，使我就诊于医者，验大便，苟病固在肠胃，宜立治，或可挽救。当时闻其言，焦灼者竟日，然后来思之，我身边事值得忧急者正多，宁止负病，苟集可忧而丛之一身，则我今日遂死，亦已嫌迟。既似“脱底棺材”，天大事不必放在心上，若论生病，在有钱人视之为重大事，让医生敲竹杠，挑药店发财，以同样之病，放到穷人身上，有时不治亦自能愈，借曰不然，勿治必濒于殆者，则死一条穷命，亦何可恤？我一切事想得太穿，故下走之忧愁少而乐观多，他人见下走者谓我年青，我亦尝侈言曰：“家宽乃出少年。”其实下走之家何尝宽？今日之所以能长葆朱颜，正是叨“脱底棺材”四字之光耳。

玉狸抵沪上，此次不似往年挟豪迈之气以俱来，欢情都敛。尝偕之入舞场，则亦枯坐未尝入池，问之，谓此特若干年前之兴奋剂，今再嚼之，等鸡肋矣。愚用是自庆，吾乃如庄子所谓犹能婴孩也，今日之世，赖兴致过日子，并此无之，不如死，我而有一日意兴衰时，可以料理后事矣！

（《社会日报》1939 年 10 月 7 日，署名：高唐）

在台上便要肯做戏

李如春之戏，看得不多，今春在天蟾，曾聆其一二剧，近顷加入共舞台，以演剧认真，为台主人所激赏。灵犀看如春戏，美如春曰："只要有机会做戏，他便做足，决不丝毫苟且。"此在如春为尽职，然一般人名之谓"火"，谓"野"，京朝派宁瘟不取火，如春之流，宜不足为若辈挂齿。愚爱看火爆戏，爱看真肯做戏的角儿做戏，故亦同情如春。徐彬彬先生谈戏，不薄小达子，谓小达子在台上，肯做戏，此为忠于艺术，若不肯做戏而冷在台上唱，不如听清唱，更不如听大转盘之话匣子哉。

先后在黄金看两出《连环套》，上次为高盛麟、裘盛戎、江世玉合演。昨夜则看吴彦衡、袁世海、艾世菊所演，吴个子比盛麟好，自占便宜，又面上有戏，此亦胜于盛麟。惟据内行言，其说白用假嗓子，怪不得不大顺耳，气度亦不及盛麟之凝重。袁与裘论根底世海不逮盛戎，然其流于滑，则彼此相同，不知如何。金少山在北方出足风头后，北方来的后生大面，都沿染这么一点儿少山"滑调"，裘与袁，都不能免，然下走便在见裘、袁之几处模仿少山时，辄悬念此久客不归之一代艺人矣！

（《社会日报》1939 年 10 月 8 日，署名：高唐）

愚与诸友游于舞场

某夕，愚与熙春、小金并梦云、翼华、笑缘诸兄，游于舞场，会一方来，一方与鲁玲玲起舞，梦云在座上见之，窃笑曰："一方又矮又胖，身浪太不边式，放在舞池内无论如何，不能等样。"笑缘公道，谓："他人可以评议一方，惟有梦云，自己也生就了这一只尊范，这一副身材，也未必等样，笑他人何不检点自己。"梦云与小金、熙春起舞，愚谓梦云似黄浦江氽起之无名男尸一具，而小金与熙春似救生员。既而思之，比拟犹嫌未称，梦云应如战场上中弹之兵，而其舞伴，如掩埋队，亦如军中之看护，舁伤兵至后方焉。梦云谓愚形貌，猥琐类侏儒，愚固勿甚俊朗，然比之梦云，似从油坛中泡透了捞起来者，则下走犹不失为清姿玉骨也。

与小金同舞，是夕犹第一次，小金舞艺甚美，然近来家居，不入舞榭，自谓两胫僵矣！熙春与小金，并嗜舞，一入舞场，自己会下去寻熟舞女同舞，故此夜小金与陈玲珠舞，熙春则与章莉萍偕为婆娑。愚之所以喜与熙春、小金游者，正以二人都能助兴，若素琴便见得老成，苟将来嫁为人妇者，更不知为何状？徐来称黎太太十年，而跳荡犹似十七八姑娘，此徐来之所以令吾人永永想望风仪也！

（《社会日报》1939 年 10 月 9 日，署名：高唐）

大华张翠红

处身于欢场中，愚一向主张场面要阔，“罩势”要足。下走虽穷，在拆散头发时，情愿合单刀会，放生朋友。讨好女人，“砍招牌”于朋友面前，无所谓，对外头女人，却不可不示“台型”也。故要白相相而求刮皮，还不如在家里哄孩子，尽天伦之乐。若“瘟生”“糟兄”之名称，必为刮皮者所“肇锡”，揆其用意，不在讽刺某人，特用之聊以自嘲。往时，我家常言：瘟生是福气人做的，做瘟生时，受女人奉承，要为刮皮者梦想不及，志不过在白相相，白相相便当求舒服，说几句好话，此外更何所求？若办事精明，则失却寻欢初旨，真不如坐在家中“太平点”矣。

愚久游大华，选此中佳丽，无一当意者，近顷始获睹翠红。翠红氏张，虞山人，琴川妙女，肤白如霜，翠红正复如是。愚识翠红之美，如盛时富六，亦如三五年前之黎十，六与十，固似虎贲之与中郎，今之翠红，兼肖于黎十富六间，其风华可想。惟其人拙于词令，拙于词令者，静默可耳，而翠红复好为“寒暄”，于是措词恒有失当之苦，发音亦枯涩，似男子，不如乔金红之娇脆，是皆白玉之玷。瓢庵谓其人华美，倾场中人，殆无其匹，之方亦叹为明姿，“国初诸老钟情甚，袖角裙边半姓名”，翠红于吾辈宵游队里，仿佛有此光景焉。

（《社会日报》1939 年 10 月 10 日，署名：高唐）

朋友不大要我会钞

愚在外面白相,起初不肯去,要朋友来拖我,然一拖之后,我跑得最快,于是我以被人拖出来,一切开销,朋友便不大要我会钞。蝶衣所谓“惟余一事真惭歉,吃账常揩诸位油”,其情景我真仿佛似之。某夕,又与诸友游,我殆薄饮,乃发醉语,忽扬言曰:“出来白相,谁吃了我的钱,要腹痛一日。”一友滋不悦,谓:“你不肯会钞,其情为吝,非吝亦穷,吝与穷,朋友俱可谅,此言一扬,则关心术问题,自不可恕。”后来吾酒意渐消,为诸君谢罪,以后乃续吃豆腐不已。

信芳演《四进士》之夜,头公堂念“小人有下情回禀”一段说白时,熙春跪在一旁,看信芳一边念,一边做,她两只眼睛亦随之上下旋动,盖看得出神矣。愚到后台,谓熙春曰:“你也随着大爷做戏。”熙春遂大窘,因谓某次偕百岁演“别窑”于南京,王宝川跪在地上,抱住平贵不放,平贵张开了口,唱“王三姐呀”之“呀”字时,行腔特长,熙春忽发现其人口中之小舌头在颤动,颇为有趣,于是似医生之看喉咙毛病,向百岁口腔窥探,并已亦忘其所以然矣。

(《社会日报》1939 年 10 月 12 日,署名:高唐)

不做亏心事,不取昧心钱

写舞文之美,以愚看来,倒不在乎写得典雅。譬如说:“国泰舞娘李××,与一西装亚尔曼来百乐门,坐进门沙发上,‘该’亚尔曼与‘该娘演出,相当热络’。”短短一节中,愚便以为两个“该”字,用得有趣,文章有时以似通非通为好者,此即是也。

有银行家,踪迹时出没于舞场中,此君老矣,着西装,面项间一块白,一块红,俗称曰白癜风,舞文中时称道其人,不写姓名,而呼之为白地红花之亚尔曼,愚每谈此,恒为失笑。

近楼笔下之国泰舞人王亦芬,愚亦数见其人,其人无殊色,特容颜娇嫩，灯光下望颐项致然，有类婴儿，或曰："此为孩儿面，中法药房可以取王之照相，为'孩儿面'做广告，可以告闺中人曰：擦孩儿面皮肤便能白嫩似王亦芬矣。"

在欢场中，遇见热心救济难民的朋友，我不免发一种异样的感触。我自己天天混迹欢场，我想背后亦一定有人疑心我，然而我还恃笔耕为活，六七年如一日，不做亏心事，不取昧心钱，至多他们来疑心我，穷凶极恶向朋友借来了钱，不去养家活口，送到欢笑场中，入某娘某娘之腰包耳。

（《社会日报》1939 年 10 月 14 日，署名：高唐）

好女子转变之速

携筝儿夜坐，坐良久，见其皱眉，问何事不悦，曰："腹痛。"我曰："然则我为汝摩之，痛且已。"曰："是勿雅于观。"我乃缩手，我疑其痛为中寒，因曰："曷进酒，饮白兰地一盏，痛亦已。"又摇首曰："未必为功。"我因大怪，徐曰："暖腹不足为功，是必痛经。"筝儿微颔首，我爽然曰："然则送汝归耳。"遂偕起。下走卤莽，未善体贴女人，独于女人毛病，窥之能切，顾不知如何，女人好处，竟看不出来。

一日，谢小天驱车过派克路，愚凭楼唤之，小天见我，则扬手而笑，及车至静安寺路，犹回头相望。我乃深感与小天别二年，此儿犹未改其旧貌，从其一回首间，可知其长葆天真也。因忆伎人方宝宝，乍茁新芽时，亦天真温婉，逸芬爱赏之甚，谓此儿长大，嫁为人妇，则必宜人家室者。越二年，宝宝坐黄包车过龙门路，逸芬之车在其后，而不知前车为宝宝也。时对面来数车，皆少年，一人语其同行曰："是方宝宝。"声扬，宝宝闻之，则回首曰："方宝宝也被你认识了，小鬼，你要出道哉！"逸芬乃知果为宝宝，然听其口吻，气陡沮，望车座微喟，曰："好女子转变之速，有如此者！"

（《社会日报》1939 年 10 月 15 日，署名：高唐）

痴儿女今世已绝无仅有

三夫人善妒，而三先生好沾习风华，恒流连舞榭中，深宵始返。及归，三夫人每絮聒枕边，三先生闻而不之理，少顷，鼾声震矣，三夫人无可如何也。近顷乃变更计划，一夕，三先生归时，逾二时，见夫人坐灯下结绒线生活，又置一卷其侧。三先生曰："夜凉如许，不眠何为?"三夫人曰："迟君返，妾故治女红，又阅书，以遣此漫漫长夜耳。"如是凡三次，三先生大不忍曰："我宁求内人与我寻相骂打相打，今之类似苦肉计，真使我无以自解也！"

项间一痣，为愚用指掐破，流血甚多，渍之巾上，殷然似朵朵桃花，当时颇想废物利用，写一封血书，与吾心悦女人，以示用情之专，既而一想，万一我是假的，她比我还要假，疑书中之字，系用猪血写成，岂不我吃了大亏。痴儿女今世已绝无仅有，这桩事我不做也罢，不做也罢！

莺娘与某公子离缘，今则似又庆钗合矣，瘦鹃先生闻此消息，岂不了一重心愿。某夕，愚方与明儿偕舞，背后有人呼愚字，愚回首，则为某公子，又视其所拥之人，竟是莺娘，从知公子痛定不复思痛。顾愚在当时，竟未尝措一词为吾友言贺，愚盖不暇计二人离合之间，乃为公子之福？抑为公子之不幸也？愚以为莺娘重归吾友，苟纯为读吾友文章，而动其天君，收拾一片伤心，以慰其昔日之良人者，则此女人犹可取，不然便无足道。愚深疑文字之痴，未必能邀女子矜怜，要得谋莺娘之心，为吾友坦白一陈哉！

（《社会日报》1939年10月16日，署名：高唐）

灵犀脑筋用得太复杂

灵犀对于男女之事，脑筋用得太复杂，故其痛苦，亦比之任何人为深，不是下走自夸，比灵犀要看得穿。下走平时，于事俱不求甚解，男女之事，亦不肯多用心思。若干日前，舞人某，与我片言而失欢，舞人愤甚,知我于午夜往,渠则于午夜之前,匆匆行,使为伊邢之避面。愚至,不见其人,良用怅惘,怅惘无以解,辄譬其人已死,死而我未尝得其实耗,因有诗云:“红颜合死西风里,容我千秋作忍人。”又曰:“不比微之情分重,更无余绪遣悲怀。”识者遂谓下走真忍人,而不知下走正以此为慰情之道。一夜,愚入舞场,睹某在座,渠见愚至,亦凛然作色,及我舞近其身,逗以笑语,渠亦色霁,乃知其用气亦一时耳。十年来历迹欢场,对女人未尝负心,而女人负我者良多。梦云闻之,便当额手称庆曰:“此大郎遇妻太薄之报。”下走亦深疑殆有因果,下走既历劫而来,对女人已不复用痴,某舞人尚知自爱,此则为愚所向往,于是棺材之底,终于脱在此人身上矣。

顾孝慧兄,以生龙活虎之人,遽罹疾死矣。是夜与灵犀、楚缓兄谈,俱言做人太无意思,今朝不知明日,名利二字,应该看得淡薄些。愚谓,此种慨叹,现在有,明天或者还有,后日便忘记,再过几日,忘记得干干净净,再要有时,除非再死一个朋友,要死一个生龙活如孝慧兄一样的朋友。

(《社会日报》1939 年 10 月 17 日,署名:高唐)

杨文英演刘璇姑

前进舞人,姿色都无可取,短中取长,杨文英有几分好看。合众公司,以《文素臣》呆照赠愚,杨文英有一个镜头,美无伦匹,即刘璇姑预备为文素臣荐枕席之夜,镜台上红烛高烧,璇姑则独对菱花,理其云鬓,是在舞台上,所谓“蓬门报德”之一场也。舞台上之刘璇姑,戏为金素雯做足,银幕上之刘璇姑、小金谈判未成,拟改用张文娟与王雪艳,终亦阻于条件,卒烦之文英,文英果能胜任愉快,可见天下事有前定。说者谓苟此角而界之文娟、雪艳者,未必能比文英,而文英以此片之问世,将来益将崇高其舞场之地位,可逆料也。

某君谓尝入舞人之闼,其中设备绝华美,有一玻璃柜,置舞人之履数十件,因曰:“装皮鞋亦定制一柜,比我还要阔绰。”愚不然其说,曰:“我们又不靠‘屁股’挣钱进来,去眼红人家作啥?”又有某君悦一舞人,问其友曰:“我想在她身上用五百块钱,你看可能一圆好梦否?”友曰:“是必足矣,用五百块钱而不能偿愿者,我情愿以‘屁股’来代替她。”两个屁股,都是妙语,虽是下作,不遑计矣。

(《社会日报》1939 年 10 月 18 日,署名:高唐)

久不觌吾师樊先生矣

久不觌吾师樊先生矣。愚未事宵游前,间一星期或十日,必踵师门,为樊先生问起居。半载以来,愚习磨夜,非黎明不返,非下午不起身,用是师门之踪迹遂疏。前日,师以电话问我,我不及听,师语家人曰:“未见大郎日久,我乃甚念大郎,促其起,我将为渠话悰曲也。”家人推吾醒,白我以师言,我大骇,辄持听筒,师乃曰:“我欲汝一省吾家,殆不可能,今夜款汝于市楼,汝必至,我念大郎甚,以见汝为喜也。”愚兢兢受命,置听筒,而惭怍不自禁。吾师设宴之地,为新华酒家,师见吾面,遽曰:“我闻大郎事宵游,既忘其自返,有其事乎?”愚曰:“有之,受业蹇促日甚,不事嬉游,又将安作?”师曰:“我非视大郎之嬉游为荒唐也,亦非谓大郎之挥霍,而吝其费用之巨也,我所关念大郎者,特身体戕贼之甚,正当有为,奈何以嬉戏而戕贼心身?”愚曰:“吾师之言是。”师谓:“既是吾言,后此当与大郎约,晨九时辄起身,晚十二时前必入睡。诚知大郎文章佳境,必得之欢场,今舞事方酣,周以二次为度,亦足以遣大郎清兴,大郎能从吾言乎?”愚遽曰:“能之。”师曰:“以何日始?”曰:“三日以内。”师曰:“轻诺则寡信,以十一月一日始,十一月以前,大郎就事宵游,必酣必罄,至一日起,宜使生活就其轨范。”愚大喜,礼吾师曰:“师真解人,乃能为受业谋之葳也。”嗟夫!吾师樊先生者,以海上之贤豪而笃爱其徒,于下走之钟爱尤甚,遇下走交识之人,辄殷殷问下走近状,谓大郎未尝作恶,故可爱,特清游勿倦,使其形容就瘠,是可虑耳!师之言,胥从心坎中流出,乃生至情,惟至情足以动下走,用是想望师门,感极流涕,下走而不即日脂车者,真无以对樊先生矣。

(《社会日报》1939 年 10 月 23 日,署名:高唐)

筝儿慧黠

昨夜，左胫奇痒，初以为木虱所吮，及返家，去袜，胫红且肿，始大惧，搽以阿木尼亚，似不著效，今日犹然，肿且甚，深虑吾胫将以是而创，殆天灵地鬼，知下走之不堪收拾其放心，特创吾一胫，使我不容驰骛邪？

六郎为下走题句曰："郎似螳螂，妾似螳螂子。"真才人之笔，为之折服。其实筝儿何尝称下走为郎，称下走为郎者，下走"自说自话"耳。惟筝儿则自称曰儿，筝儿毕竟妙人，一夕，见其偕一肥硕之西装客，游于丽都，次日问之，则曰："是我过房爷。"愚曰："奈何与过房爷同舞？"则曰："本是舞客，过房爷则尊之也，尊之为过房爷，使其不能亵视儿家。"愚大笑，筝儿又言：尝有一客，身上贮钞票百金，招我侍坐，又招我同游，恒以其身上之钱，炫视于我，付账，甚至叫出差车畀小郎一角洋钿时，亦并此百金钞票同出囊橐，气派之小，殆不可言喻，儿实憎之。近顷，忽语儿曰："汝能偕我赴旅舍乎？"儿曰："今朝勿去，等两天跟你去。"越数日，又来曰："可以去矣。"儿又拒之。此人遂绝迹。筝儿慧黠，闻其言，辄使人忍俊不禁，所谓解语花者，此儿是也。凡此俱为惠民所绝无，而敦厚不足，惠民并温柔亦不善虚饰，而不能敦厚，一似筝儿，尽非好女子，顾下走"溺爱"之，真无以自解矣。

（《社会日报》1939 年 10 月 25 日，署名：高唐）

聚散本无常，凡事管他娘

蝶衣、一方二兄，并记《刘美英不识唐先生》事，吾友之言，以为若其他人，刘美英可以诿为不知，惟唐先生则不容不识，而刘竟不识之，此人之无情可知也。忆愚与美英论交后一二月，一方游舞榭，知下走憩于翼楼，因令美英以电话招我往，美英冷然曰："我未尝打电话与吾舞客也。"一方颇懊丧。是夜，归语下走，谓此女不可与，窃以为吾友之万丈幽情，寄托非其人耳。愚则唯唯否否，自以为女人能冷，亦有殊味，其能忘情,更多异趣,用是终宝其人。嗟夫!下走又岂不知热之尤可爱于冷者,苟欢场女子,一旦付我以热情,托我以挚意,下走且将沉迷不堪自拔,若美英之冷,且不知解脱之方,更何况热?顾友人爱我,辄致谴彼人,彼人凉薄天生,责之亦何裨于下走?聚散本无常,凡事管他娘,二兄不必为下走动隔壁肝肠矣!

与晚蘋、漫郎二兄相值舞场中,二兄皆跳标准舞,我平时不留心步法,何谓标准舞,亦不知,见晚蘋起舞,乃以为标准舞规范既严,便失之沉闷。而漫郎则言,舞而久之,标准舞亦能流于油滑,下走有意习标准舞,将来踏下舞池,也有个交代。闻之漫、晚二兄言:习半月必可观,惟下走将收拾放心,纵有此愿,亦多事矣。

(《社会日报》1939 年 10 月 26 日,署名:高唐)

愚爱读“纯性灵”诗

一夜忽悲从中来,咏“新鸟啾啾旧鸟归,老羊羸瘦小羊肥。人生衣食真难事,不及鸳鸯处处飞。”念三四遍,泪溢枕上。耐庵此诗,感人最深,顾耐庵未尝致力于诗,而致力于小说家言,《水浒》终为千秋绝作,苟其致力于诗,诗必以性灵胜。近见报间二三子,谈工力与性灵者,谓必欲以工力薄性灵,其言亦不足为训。愚不多读书,工力两字,此生已谈不到,故爱读“纯性灵”诗,其意虽私,要亦为若干知者虘耳。

小金初进卡尔登时,尝与信芳演《武家坡》,观而美之,及后卡尔登唱《薛八出》。《武家坡》以熙春匹信芳,小金所演者,特《别窑》与《鸿雁传书》两场。熙春之“回窑”,论情绪不逮小金,愚故长忆小金此戏之妙。一日于幕后看台上《别窑》,比信芳进场,乃谓下走与桑弧曰:“今演此剧,已不易表现情绪。”意殆指配角之不够也。或谓信芳此剧,与芸芳合唱,始能铢两悉称。下走旧尝观之,而印象已不清。下走之意,则麒派名剧中,《别窑》乃未必是好戏,而梯公所谓“万人争看薛将军”者,亦“好事者”之论耳。

(《社会日报》1939 年 10 月 27 日,署名:高唐)

近来吾神经日就衰弱

金素琴扮相之美，在南北坤旦中，殆无其匹，闻铃阁主人所谓划梦搏魂，看台上之素琴，真有此概。愚尝语素琴，天下女人真有如台上之大姊者，虽令下走执箕帚，长伺妆台，亦所甘悦；又尝看其扮小生，带笑出场，神情至美，愚又曰："真有男人如台上之大姊者，我愿化一明慧雏鬟，为斯人役。"闻我言者，遂谓下走誉人，恒逾其量。去年某日，小云女士，反串《白门楼》，既除贴片，两颐乃滋然有艳光，愚深悦之，及其卸装，往告之曰："小云扮小生殊美，我苟少十数年，以'屁股'献矣。"当时四座闻言，无不骇愕，以为下走之言，乃殊狎亵，小云亦面赪不敢仰，其实细细思之，言虽不甚庄，然而誉人之逾量则一也，其为热情奔放之表现，盖尤甚于愿为素琴之长伺妆台也。顾许多人咸不察，徒知骇愕，小云女士，更非解人，果其能识破此点，其将如何有感于下走斯言矣！

近来治稿，恒于宵游归家后为之，神倦力罢，思益枯涩，所以谋刺戟神经，则燃烟狂吸。有时吸烟无济于事，乃取脆薄之纸片，投之瓷缸中，引火燎之，火熊熊作细响，听之颇适耳，精神亦稍振发，久为之，竟成惯事。儿子从梦中醒回，讽我曰："年长如许，还要弄火，苟儿亦效阿父行者，箠笞加儿身矣。"然惟对之苦笑。近来吾神经日就衰弱，耳目恒颤动，又健忘，可证戕伐之甚，借债来，送上某娘某娘之结果，如此而已，何犯得着！

（《社会日报》1939 年 10 月 28 日，署名：高唐）

费穆先生在座

师门宴罢，吾友遂耕恒生诸兄，佥谓大郎将收束放心，于其期前，当恣为欢舞，更不可辜负今宵。遂耕请我赴仙乐斯，恒生则邀游百乐门，人情之盛，感念无极。顾愚一一谢之，独归翼楼，会费穆先生在座，相与倾谈，亦能忘倦。至十一时，陈娟娟自国泰舞厅应召而来，召之者为吾友亭林先生,而我见其人,似“老枪”之忽睹莺膏,瘾乃大作,似不可稍耐,至一时,以电话约惠民,同游伊文泰。伊文泰游客日稀,不复睹初夏时之盛况,然昔人《踏青词》云:“郎自乞晴侬乞雨,要他微雨散闲人。”人少亦自有妙趣,愚问惠民谓报间记有客来问卿以唐生近状者?卿遂诿为不知,有其事乎?惠民曰:“有之,然不似报间言之繁也。”愚始勿悦曰:“然则卿奈何称勿识唐生?”惠民曰:“必欲我语他人以知君何事者?”愚顿喜曰:“然,似我惠民者,规规矩矩做舞女,未尝一涉私情,更未尝做过龙头,下走今日非拖车,然‘抱昙’已具,只要装上‘引擎’,便能接轨之人物,在卿诚宜讳莫如深。”语至此,惠民知我讽彼,遽赪,推我肩勿令续言,我复大笑不止。长日穷愁,惟有以看女人,骂女人,吃女人豆腐,为唯一乐境。若惠民女士,正为下走承欢之好材料也!

(《社会日报》1939年10月30日,署名:高唐)

“我的度量是很大的”

王兰芳在今日,殆以彩旦戏最餍观众。《临江驿》中,王饰崔通之外妻,亦一味以油滑取悦台下,尝对崔通说“我的度量是很大的”一言时,用手指其腹际,因悟王殆以度量之度,为肚皮之肚矣。时瓢庵在座,曰:“兰芳应该将手往上指,指其胸,便可证兰芳通文;或者将手往下指,指其胯,盖胯间自有‘度量’也,则亦可以见兰芳之彩旦,能油滑到底。今一举手间,而指其腹,遂为台下通人所‘腹笑’矣。”

吾报记大金之病,小金得之人言,于是丐下走为报方关说,小金谓:何姊出门,是去唱戏,非疗病也。愚笑问小金曰:“报纸所言,非尽空穴来风乎?”小金曰:“奈何唐兄亦为斯语?”愚曰:“卿辈视礼教过严,以我观之,则淡然,有其事与无其事等也。”小金则曰:“身为艺人者,要以艺事之精湛,供执笔者之嗟赏传述,始为光荣,若此隐私,亦被人研讨,辱矣,以绝无其事而当真有其事之研讨,辱且甚!”愚曰:“卿言不尽然,社会人士之关心一艺人者,其艺事之上进,固为一端,而日常生活之如何,亦莫不及之,往往以注意艺事为沉闷,谈论其私生活为兴趣,而其对艺人重视则一也!”小金闻愚言,犹摇首。嗟夫!以小金近年之勤读,其思想乃迂腐如宿儒,因悟下走襟怀,不足使一般人谅解矣!

(《社会日报》1939 年 10 月 31 日,署名:高唐)

宁波话亦能“糯”

汪北平先生以三十年老上海而说一口宁波话,所谓乡音无改者是也。人言宁波话不好听,粪翁且尝讽以有感之诗,愚独以为不然。宁波话之说得动听者,亦能“糯”,不比南蛮鴂舌之音,第有刚耳。昔与滩簧家孙翠娥女士谈,即喜其糯也。十余年来,翠娥驰艳誉于沪上,而绚烂已极,渐归平淡,其人亦如火候纯青,发音至低柔,然一上丝弦,则又委婉如行云自流,闻之醰醰若中酒,海上人士之所以倾倒于孙娘者,奚止于千万众。愚不嗜甬滩,然听其音调,尚且神移,因悟说话之可听者,有两种,一种为富磁力,譬如唐若青之说白,最能动人;一种为糯,糯则易悦人耳。宁波话亦糯,正不必吴下女儿之软语如环也。

王绍基君忽以书来,劝我勿事宵游,劝我在家静坐,又劝我女人事少管。不图斯人乃作斯语,令人心目俱爽。下走浪游无度,脱底亦如绍基往时,而下走之可危实逾于绍基者;绍基之放诞风流,乃在少日,下走则以老去情怀,投身欢场,其浑忘自返,殆将尤甚于绍基。睹此一札,惭悚久之!

(《社会日报》1939 年 11 月 1 日,署名:高唐)

有乡人甲乙

有乡人甲乙,并富膂力,甲耄矣,少时亦好勇斗狠。乙方少壮,甲妇妖冶,与乙染,未几请下帷从乙去,甲不之阻第曰:“有子未及冠,宜使乙善视之。”于是脱辐。妇从乙自乡间迁至安亭镇,营一饭肆,顾乙殊嫉视甲子,屡施暴虐,妇不敢言。甲微闻之,一日,自乡来镇上,携荸荠一筐,将啖其儿,为乙所见,倾其筐于地,不令子啖,甲大愤,遂退去。时为炎夏，夜间，甲宿于市桥，竟夕不归，或过而识其人者，促其返，则曰："此间凉适，将乘朝暾而返。"昧爽，市人渐集，知乙必入市市菜蔬，因赴酒家，倚柜外，买白烧二碗，吞之下，踉跄竟去，立桥上。桥上为小菜佣所踞，人尤拥塞，忽睹乙荷筐至，甲突前抚其背，乙回顾，愕然曰："汝何来？"甲笑曰："我欲与汝偕亡也。"乙遽扬一足，而其臂已为甲所执，不可脱。甲曳之近身，刃遂洞其胸，第闻呀然一声，乙已死于血泊中，市人咸大惊四避。乙死之地为桥上，桥昆嘉二县交界处，量其地，则当昆境，捕者至，甲曰："刃我所有也，乙，我死之也，死一人，我抵命耳。"遂系狱。安亭人有见当时情状者，至今犹言之寒栗，乃谓一人拼命，万夫莫当，甲之勇，愤激致之耳。

（《社会日报》1939年11月2日，署名：高唐）

今素莲果独当一面矣！

于素莲脱离卡尔登，走出黄金，今日为台柱于新都剧场，是否稳定，虽不可卜，然素莲今日，正英雌得意时矣。一个人心志高傲，受不住许多闲气，便当跳出来，自己爬。此种精神，本不可及，而娉娉弱质，如于氏素莲者，能毅然为此，更使吾人向往。今素莲果独当一面矣！人言素莲脾气不好，惟下走正以倔傲为人生美德，下走一生，便不甘就范，以前从事银行时，亦不羁，终与上峰闹翻，请我辞职。七八年来，为文字之役，遂无管头管脚之人。有人欲为下走谋一业，坐写字间，愚有条件，一曰钱要够我用，二曰做得好坏，不许批评。人家吃勿住，不再请教，而执笔如故。愚近年来关爱素琴，亦以其人能傲，小达子林树森，挂在她上头，尚非情愿，用是搭配老生甚难，致上海不易出演，只往外路里跑，不然宁在家挨饿，傲高之人，其个性可取。谦谦之士，往往流于虚伪，便是君子，亦是假君子多，故为下走所疾恶。《碎琴楼》上之寿大王曰："我桓桓男子，何沦为奴？大丈夫当握笔评人，顾乃伛偻受群狗品头量足，滋可辱也！"愚爱《碎琴楼》说部之美，亦正以何诹之笔，倔傲不驯耳。

（《社会日报》1939年11月3日，署名：高唐）

下走赏识盖三省戏

或谈旧伶杨四立遗事者,谓杨以开口跳应行,然每隶戏院,打泡唱《盗魂铃》,戏院便卖立票,次日即唱《空城计》,杨之大胆如此。杨天生贫嘴,在烟台时,台下人报好之声甚怪,杨乃于台上插科曰:"我来装兔子叫与老爷们听听。"于是亦引声效台下人报好之调,台下人大哄,欲击杨,杨遁于幕后,然若台下人不报好。杨又有曰:"我这玩意儿是六月天出大汗捉摸得来的,不容易,在这里唱,众位老爷们看得我很平常,若在乡下唱,连高粱穗儿也要点几点头。"盖谓如高粱穗儿之草木,也能誉我技之神,今台下人并草木不如矣。其贫嘴如此。杨至暮年,卜居烟台,曾有积贮,顾尽为其子所隳,旋神经发生异状,过街前,市人识杨者,咸要求杨一试绝技,杨果当街走几步矮步,依然当时开口跳之好身手也。今闻已死,一说谓尚在人间,不知孰是?

下走赏识盖三省戏,如《六月雪》之禁婆,《能仁寺》之赛西施,俱可以笑痛肚皮。顾识戏之士,乃詈三省为荒伧,下走犷俗,故引三省为同道。某君谈,三省唱戏,是在搅别人,别人遂怕与之同台,譬如唱《六月雪》,悲剧也,而在大段慢板时,三省做几个身段,扯开怪嗓搭几句词儿,使台下哄场,戏剧之空气毁矣。故角儿闻有三省配戏,辄烦管事语三省曰:"请三爷勿太好做戏。"其意即要三省勿搅人。三省闻是言,往往减少其身段,而增多其面上五官之动作,每次"亮相",亦能使台下人发噱,用知三省之好"搅人"为天生,故在"情不自禁"中流露出来云。

(《社会日报》1939 年 11 月 4 日,署名:高唐)

中国"洛克赛"

一夜坐翼华车偕天厂、灵犀赴天厂寓中晚膳,过大华大戏院。大华之英文名曰"洛克赛",愚乃大放厥词矣,谓洛克赛者,为纽约之一家戏院,座位多至六千余只,在纽约之历史已十数年,而后来世界各国之建筑戏院者，座位曾未超过洛克赛之多，故洛克赛终为世界电影院座位最多之一家。今大华袭其命名，殆欲示其规模之宏也。车中人闻言，咸钦下走见识之广。顾司机之翼华，乃谓下走此言，实听之陶伯逊先生处，初非从外国杂志上看来。天厂哗然，既而谓今夜我所请佳宾，皆西人，以大郎之博，不患无用武地矣。天厂之宴，果有西友四人，三人为法籍，一为捷克，匆匆亦不暇计他们是些密司忒什么矣。瓢庵尝游学巴黎，故为酬对，能操流利之法语，天厂之德文甚美，与法人言，则用英语，老三亦第能英文，其不堪为鴂舌之音者，惟愚与灵犀二人。然各人既以英语为会话，而英文又尽是羊毛，犹能为下走听之而审。是夜，肴馔甚丰，为新华银行之厨房所承办，至九时愚与翼华、灵犀，遁席先去，去时，且不敢如姜云霞与西人握手作“骨头摆”送别之词，其狼狈亦可知矣。比从天厂游，天厂多西人友，愚乃屡屡为国际间之酬酢，然以绌于西文，辄仅坐当筵，此种夜饭，天厂若请我吃一年，吾豪迈之气，将为之尽敛，而涵养功深，不必从磨劫中求之矣！

（《社会日报》1939 年 11 月 5 日，署名：高唐）

嘉定银行将复业

夜半归来，推门入吾室，有时幼子方醒，闻吾声，辄呼阿父，而推衾自起。吾儿临睡时，家人先为洁其手面，故在此时，儿常光润，转不如白日所见之混身肮脏也。愚既倦游，亦自返其奔放之心，于是感天伦之聚为乐，抱吾子于襟上，患其受寒，为之加衣，吻其发，兼吻其两颐，为快实逾于跳舞时香舞女面孔。又问其饥否，曰：“饥。”则又偕之进食。吾儿平时，食甚缓，惟此际则不然，一若偶然享受其老太爷之侍奉，诚为殊宠也。食已，愚欲赴别室治文稿，儿曰：“儿犹勿眠，阿父必傍我而坐，夜鼠扰人，儿大惧，有阿父在，儿可寻梦。”愚闻言唯唯，移纸笔于其床前，燃烟自索文思，儿张目于被外，灼灼视愚，有时相对，皆大笑。儿笑声震，愚又警之，曰：“勿扰祖母眠也！”儿始默然。嗟夫！此无母之儿也，其所以不知无母之悲者，乃有吾母。顾吾母已耄，神力两不能周，吾儿于是昵其父，苟愚而亦不暇予其慰藉者，则吾儿亦终何聊？

嘉定银行，将于本月十四日复业，新址位于爱多亚路九六六号，资本收足国币三十万元，既呈准财经两部备案矣。樊良伯先生以董事长兼总经理，乃如此行之主持人物，若瞿九皋、徐新甫、叶敬良诸君子，咸襄辅其事，其营业之发展盖可期也。“嘉行”之营业要目，凡分五类，曰：“各种存款”、“各种放款”、“票据贴现”、“汇兑买卖”、“信托保险”。良伯先生以沪上名流，而为市场能手，下走深为“嘉行”之得人庆矣。

（《社会日报》1939年11月6日，署名：高唐）

唐师母今年四十初度

唐师母今年四十初度，世昌先生于十月初二、初三两日，宴男女亲朋于其寓邸，所以酬夫人十余年来持家之劳，礼也，亦理也。唐师母平时好宾客，其为人复风趣，说苏白自柔软，然亦善操北音，流利又一如旗下蛾眉。愚不若天厂居士之通各地方言，第苏白与京片子，亦能上口，故与师母谈，有时为京白，有时又为苏白，恒为听者解颐。世昌先生，以时艰世困，不欲多费，第将其府上髹漆全新，而为款宴宾朋之地。惟下走以为凡唐先生之及门弟子，谋所以娱师母于此日者，宜各出其绝艺，借庆遐龄，而下走更当献一阕于师母之前。下走之歌，师母所嗜，谓其音虽涩，而神韵自高，譬如他人之论下走诗文者，正同此例。下走从唐先生久矣，愿以唐门记室之立场，为先生知友告，师母之华诞为初二日，惟初二款女宾，初三则招待男客。不再以请柬速高轩矣！

一月以来，下走实陷于病中，以今日医药之腾贵，明知有病亦不易疗，则强为无病，病自知之，又何必为他人语者。往时素兰尚可言，今亦不必为其知。昨夜病来益甚，百乐门散后，若在他日必兴犹未尽。而昨夜则急欲归去，抵家百体如瘫废，黎明，且发热，忧甚，惟冀寒热速退，寒热退，则明日犹可支，不然，势必病卧。下走一人，为全家生计所系，宁堪病卧，及午，幸得强支，草此文竟，笔摇摇颤矣。

（《社会日报》1939年11月7日，署名：高唐）

王熙春的舌头带一点儿弯

王熙春的毛病，是在舌头上，她的舌头伸出时，便发现带一点儿弯，并且一面薄，一面厚，如何致病？到现在也没有人明白。幸亏这毛病是生在王熙春身上，万一今天下走有了这毛病，我想一定有许多人会造作谰言，决不是说我平常嘴上伤人，而一定要说将舌头用过度。这种话常时与我寻惯开心的朋友，像天厂、翼华、灵犀诸君一定有的，尤其是刻毒不过的冯梦云。现在却生在熙春身上，熙春是好女儿，至多说她唱得疲了，便没有其他理由。

我看见了外国人说不出话，至友如陈灵犀先生，丝毫不肯包涵，将我当时狼狈之状，描写得淋漓尽致，自己想想，也是惭愧。在报上看见，我们的朋友姜云霞女士，她不过在慕尔堂里读了几个月的英文，却已经能同外国人酬对。有一夜，外国人请她们在扬子饭店吃夜饭，吃完了，姜小姐同外国人握一握手，说了声“骨头摆”，第二天报上登出来，姜党的人看见都张着嘴笑了。我却以为小红有了这一副本事，不去想法进账“骨儿大拉”，而还在唱戏，也是傻子。

舞女王小姐的话说得最妙，她说有一个客人，明明知道他是做丝生意的，他偏偏要说做外汇。丝生意我晓得是什么生意，外汇我就不懂了，他一定要在我面前，把我不懂的话，说给我听，岂非讨厌。

（《社会日报》1939年11月9日，署名：高唐）

刘美英襟怀淡泊

刘美英襟怀淡泊，不求闻达，此种气度，读书种子如下走者有之，二十尺香楼中人亦有之，其投身欢场，饰貌矜情之待舞女儿，未尝有也。不图乃有美英，然则美英正如朝阳之鸣凤矣。尝语我曰：“为是不要人家说我好，更不愿在报纸上见我名字。”可见其自甘默默矣。顾南宫刀不谅其人，词锋所至，屡屡及之，美英乃大懊丧。南宫刀之识美英，不知在何时，苟二人之相识，以下走一言通姓氏，则今日下走之负眚于美英者，将不堪自赎。以故后南宫刀笔下之刘美英，其为说好话、说坏话，俱与下走无关；美英见之，亦不必与下走言；惟期望于南宫刀者，写刘美英勿以下走为牵连。下走之于刘美英，不过一寻常舞客，海上各舞场，下走咸有认定之户头，户头且不止一家一人，若非垃圾马车，又何至若干年来，身上背头两万洋钿债哉！

海生兄偕素秋来拜客。予见素秋，先后二次矣，前数日在丁家，未闻其发一语。然他人见素秋者，则谓素秋健谈，娓娓青灯，使人意远。而此日来时，愚方起床，亦未暇梳栉，不能款客，用是亦稍留即去，未尝为深谈也。第闻其明日（十一）再度登场于更新舞台，以上次声誉之隆，所以欲餍海上之顾曲人士，故又展清姿于红氍毹上矣。

（《社会日报》1939 年 11 月 13 日，署名：高唐）

拟印“华年”

余尧坤、陈涤夷二兄，近议与黄金诸君子，年终彩唱一次，可见友好戏瘾之深，而下走在卡尔登台上之《连环套》，有不能不唱之势，信芳先生捧我，陪我朱光祖，翼华之窦尔墩，自称要自“坐寨盗马”唱起，至降罪止，而昨夜忽变卦，谓“拜山”一场，将烦之百岁或中原二兄，究其理由，则谓此场与下走之“盖口”甚多，恐我作怪，他要笑，笑则损其身段之边式矣！我听之不甚高兴，既然讲定了，便不当更改，“拜山”一场，我的戏，自唱不过翼华，然论剧中人物，自是天霸正场，翼华或者以此有所不甘，一似梨园子弟喜欢吃一点戏醋，果如是，则下走要翻老账矣。下走去年陪过过宜唱《黄鹤楼》孔明，陪过翼华唱《大登殿》王允，又唱过《会审》之蓝袍，牌子挂在红袍之下，此种气度，自为识者所歆动。今翼华不陪我唱拜山，乃疑吾友之唱戏，亦有“领袖癖”者，然则号称“捧足”下走者，又将奚解？光气火来，让翼华唱天霸，我来唱寨主，下走不才，动出把花脸戏，或者犹可将就过去也。

一面寻开心，一面又当为自己生计着想，想觅一项卒岁之资，则拟印一册书籍，议题眉于之方，书为文艺杂志。之方谓一个“风”字甚好，既说明是秋风，又一望而知为偏重于文艺之书册。愚则以为不如称之为“唐风”，“唐风”二字妙在浑成，然终于定名曰“华年”。“华年”比较派头大，要请人踊跃输将，自己又不能太失身份，在上海地方，这种情形，多得如车载斗量焉。

(《社会日报》1939 年 11 月 14 日，署名：高唐）

记孙翠娥宁波滩簧

愚屡屡记孙翠娥宁波滩簧之美，至昨在唐夫人寿筵上，闻其歌《绣花鞋》后，我于翠娥之信仰乃益坚。唱滩簧之女口，在男口表述时，仅能搭腔，而不能自出噱头。惟翠娥则勿然，翠娥之发言亦往往奇趣，譬如在《绣花鞋》中，男口说：“白相人称长衫曰大篷。”翠娥应曰：“然则马褂何称？岂非短篷邪？”又曰：“钞票称血。”翠娥应曰：“然则邮票何是叫脓？”虽常言俗语，而能不伤大雅，且口角玲珑，固不仅其歌之柔润动听也。更有趣者，《绣花鞋》为一已嫁女儿，于其旧日情人私会，女欲遣其情夫，翠娥乃以挖花为喻，谓男口曰：情人是戤白皮，戤白皮便不大牢靠故要抓只花来，成为锦对。花，即我今日之当家也。譬如谓，我是娥牌你是白皮，不过一百六十道，今我已抓得花来，你这白皮不能再留，不然便当合扑。下走近方沉溺于挖花，而台下听者，亦多挖花同志，闻翠娥言，无不大噱，叹其比喻之趣，为不可及，尤以自比娥牌更有东拉西扯，都成妙谛之妙！听完返寓，得歪诗一章，尚不恶，为翠娥博一笑，诗云：“昨宵听罢绣花鞋，散尽老夫抑塞怀。若道偕卿龙可接，头张便想睏娥牌。”

(《社会日报》1939 年 11 月 16 日，署名：高唐）

愚观《明末遗恨》于璇宫

自唐若青在璇宫登台之始，愚喜为绝句，诗甚松薄，而阿英先生宝之，言于若青，若青亦喜，告阿英曰："会当介我一见吾宗也。"十一夜，愚观《明末遗恨》于璇宫，第三场毕后，李一来导我至后台，遇如晦先生，登台人如舒湮、严斐、志直、刘琼，咸旧识，其未尝一接笑谈者，惟一若青，若青初称我为本家，继闻我问槐秋先生好，则又称世伯。其实愚与槐秋，亦一二面耳，惟是乃见若青之洒脱。若青在台下之说白，不似台上之用口劲，不用口劲，便觉爽朗，时犹着台上之戎妆，灯光照其面，瑰丽无伦，顾一登氍毹，春靨之上，便盖幽威，颇疑此幽威乃何自而至，真神艺也。舒湮闻我迟至，而第一幕不及视，则大怨，谓第一幕我重头戏，做的是方巾生，第三幕则武生矣。足下文人，讵不愿看第一幕之名士风流，而欲看书生之跃马横戈？愚曰："以舒湮而跃马横戈，真是儒将，宁非可爱！"我看第三幕时，热泪已不可遏，则忍泪来与后台诸君握手，窃念此时此地，后台诸君，尚有大声疾呼之勇，从泪眼中看诸君，诸君胥可爱。马金子问我，你怎么瘦？我曰："我是荒唐。"言已，欲掩面向隅，惟时愚平旦之气，突涌心头，视后台诸君之振振有为，反顾吾身，无复人状矣。嗟夫！

（《社会日报》1939年11月17日，署名：高唐）

明日起将逐日写日记

嘉定银行复业之晨，愚昧爽即往为樊先生贺，先生以百忙之身，而凌晨即起，不废临池。先生慕苏书《醉翁亭记》，若干年来，功夫不辍，笔力乃至雄健，然先生未尝以此自矜，谓临帖特用以修养身心，其谦抑尤不可及也。先生复殷殷以下走起居为问，下走乃大惶歉，世谓感恩知己者，感恩不足言，惟知己难求，樊先生为不肖知己，不肖之所以爱戴樊先生者，正在此。先生律己弥谨，今出其余绪，主持一金融机关，其予社会人士之信仰亦弥坚，下走为樊先生贺，兼为嘉定银行之前途庆矣。

明日起，将逐日写日记。日记之作，八载不为，非无终始，实乏工夫，近忽又想执笔，然无工夫则仍也。因拟写于报间，用是将《说日》之

《云裳杂写》,改为《云裳日记》,终是身边文学,写日记则为“身边”之尤,倘亦为读者所谅。愚十七岁写日记至廿四岁辍笔,积七年日记,得二十余册,一半留于上海,一半已散弃故乡。此中旧诗甚多,尽不可忆,然诗非甚美,即亡佚亦不足惜。愚从前写日记,最坦白,亡精一次,笔之于书,比结婚后,闺房燕婉之好,亦记载无遗,此在少年,著笔尤不嫌肉麻,今当中岁,无此闲情,无此雅量矣!

(《社会日报》1939 年 11 月 19 日,署名:高唐)

与信芳同登一台之愿不可偿了

某“坤票”登台唱《宇宙锋》,忽发奇想,要金素雯为陪哑丫环,丐某君往说小金,票且自说自话:“我与小金有交情也。”某家果与小金言,小金愕然,犹以为某家在打朋。第二次又言,小金遂勿悦,拒之,峻拒之。某君几无落场势,因报坤票,忽然想出主意,对坤票曰:“哑丫环是另碎应行的,惟海上有一人,演此为一时独步,梅大王来,即其他之三大名旦来,无不邀之为匹,其人为黄金之陈玉梅,我当设法与你把他拉了来耳。”

闻有人强信芳陪赵金蓉在卡尔登唱《花田错》之卞基,信芳大不快,声言决不干。强信芳之人,殆听说信芳肯陪大郎唱《连环套》之“盗钩”,于是转此念头,不知信芳陪票友便肯,陪内行便不肯也。顾因赵金蓉,信芳连年终“翼楼同人消寒会”之朱光祖亦不唱,遂使下走欲与信芳同登一台之愿,亦不可偿了。闻此消息,怅惘久之,近日我本已开始读单片,闻信芳言,几挫其“进取”之志,既而一想,信芳便是不唱,单凭我,要号召一场满堂,尚非难事,何况有翼华、灵犀、之方诸兄为伴,(补此一句好让配我者咽得落)顾若信芳肯来,自然更添异彩。为今之计,下走愿让头牌与信芳,使信芳不以此为清议所累,信芳知己,其亦谅其区区之下情欤?

(《社会日报》1939 年 11 月 21 日,署名:高唐)

素琴来书

前记某坤票唱《宇宙锋》，邀小金匹哑丫环，兹闻某坤票为陆梦瑛女士，明社票房之中坚人物。明社为李叔明先生所主办，此次既动议彩排，叔明先生曾戏谓梦瑛曰："果唱《宇宙锋》者，何不以小金匹饰丫环，使梦瑛之戏，广添异彩。"而梦瑛则逊谢不遑，谓何可以贱唱渎小金？虚心如此，君子美之，故邀小金为叔明先生之戏言，初非梦瑛本尝，此则当正前记之误者。下走未意识梦瑛，素琴赴港之前，愚应小蝶兄招，偕熙春赴宴，闻是日座上，乃有梦瑛，然印象亦不可记。今日，梦瑛在卡尔登登场，唱《宇宙锋》，近方小病恹恹，惟以明社为第一次彩排，既定剧目，不便遽废，故力疾登台，其逸兴雅量，真不可及。《宇宙锋》之后，为叔明先生之全本《失空斩》，海上谈剧人士，先我言此剧之美者，已数数觏，更不烦下走之絮聒矣。

素琴来书，谓渠实不能执笔，每作一书，须费半月光阴，书中嘱愚为翼楼诸君子问安好，因谓：翼楼同人众，苟一一举其名字，又当费半月工夫。书尾又曰："今无话矣，过了半月再写信来。"全书先后，凡有三个半月，而三个半月，都成妙趣，人谓大金矜严，不图出之书简中，吐属正复可爱也。

（《社会日报》1939 年 11 月 24 日，署名：高唐）

奢望与信芳同一次台

今岁夏，尝与信芳先生闲谈，愚谓年终又想唱一出戏，信芳许我同唱《状元谱》，愚大喜。十年以来，有一奢望，便是想与信芳同一次台，今信芳果许我，我乌得不喜？上月社友小议，拟排全本《连环套》，以黄天霸属之下走，闻于信芳，则曰："天霸果自大郎演之，我将陪其朱光祖矣。"愚于是益喜心翻倒，为乐逾于挣十万金元。顾未几，忽传信芳推翻前说，我又勿悦，怅惘之情，无可言喻。或告之信芳，信芳复不忍，则使人报愚曰："愿大郎少安，践宿诺可矣。"我始复高兴。近来心绪，竟视此事为转移，暇尝自省，亦不禁为之莞尔也。信芳先生之开口跳戏，殆为麒迷诸君，不多得见，“铡判官”之油溜鬼，其作风又异于朱光祖，麒迷诸君子，夙喜哑嗓儿韵味之高厚者，今年正不可错过其满口京白，倘亦异味之尝。至于下走，自踵至顶，无一不“羊”，苟以剧艺衡量下走，则下走惶恐以告诸君曰：不敢枉驾也。

愚今所虑者，自议事起，水纱要扎一小时半之久，至多在“盗钩”时，可以“拱一拱”外，其余时间，惟有永锢，深患头上吃不消。因拟约一人，前后分演，我唱前后无不可，至其他一人，众议须以倒串之姿态出之，则梯公尚矣，苟梯公不可，约小金反串亦佳，缓当与二君商之。果不却我，则吾踵吾顶，被泽广矣。

（《社会日报》1939年11月27日，署名：高唐）

“非让你挂头牌不可”

近来忽然手不释卷，则读《连环套》之台词也。坊间有印《盗御马》与《连环套》之戏册者，错误百出，《盗御马》一本，尤不可用。《连环套》之“拜山”，知者较众，故已加以增减，无事时即捧之诵读，惟至今不能得《盗御马》善本，尝询之移风后台，亦俱无此戏总讲。故拟先请宗瑛录示单片，过一时再说身段，谅不迟也。

周瑞安亦杨派武生，人称曰周三爷。周三爷唱“拜山”，其说白中有曰：“那大户人家，日间有三百名家丁，夜晚有二百名教习，一共五百名，轮流看守此马。”其中“一共五百名”，为周三爷所特有，他人则略此一句，非略此一句，原本所无也。不知如何，周三爷则非念不可，念则台下人非哄堂不可，此为袁世海君为愚言者。

信芳先生当面许我，曰：“朱光祖陪你唱定了，而非让你挂头牌不可。”蒙此殊宠，欢悦无量，今年年内，什么事都不想做，不把望上台唱戏，有钱也不想去挣，有女人也不转念头，刘美英等等宝贝，决不再放在心上，只想唱，唱不好，人僵在台上，气断在台上，我都情愿。

（《社会日报》1939年11月29日，署名：高唐）

同人合演《碧血花》

梦云屡屡于笔记中，要予演《碧血花》中蔡如衡一角，揣其意，似以蔡如衡为奸人，而此角必欲下走承之，始能传神，梦云之浅薄无聊，说起来真够可怜。纵谓下走能传奸佞之状，则其奸佞亦不过在舞台上，又不是真做奸人，比而亦可以为调谑之资，我真要劝劝梦云，还是省点事体。同人合演之《碧血花》，争演蔡如衡者甚众，如胡梯维与李培林二兄，相竞尤烈，卒归之梯维。愚愿做博洛，然此角已转于百岁，在理想中，百岁必雅合身份。愚当时愿为博洛者，其蓄意甚卑，以为可以摸摸微波面孔，未尝不可以图快于一时耳。至孙克咸之属之信芳，诚不能再美，果如是，愚人将从灵犀争演余澹心，则可以与信芳同场。一年之中，演平剧、话剧，而俱得与信芳同台，草草之生命史上，甚可为大书特书之一页，大丈夫致千石，封万里侯亦逊此光荣矣。

近来从舞之念顿灰，可知愚不以舞为嗜好，特嗜女人耳。然而女人与金钱，愚实尤嗜金钱，然而金钱之要不得者，愚可以不取，则女人之要不得者，愚又何能终取？于是以要不得之女人而舍弃之，从舞之念，自此灰矣！

（《社会日报》1939 年 12 月 1 日，署名：高唐）

天津水灾筹赈播音会

譬如谓某舞人为我的户头，当其生意忙时，眼看人家坐台子，眼看别人带出去，自己想跳跳勿着，其苦闷何如？然若一旦见其生涯寥落，坐在位子上，无人问津，便会不容我不去同她跳，非但跳，还想让她面子上好看点，于是我来坐台子，我来带出去。天性有妇人之仁，便不可与欢场女子论交，若下走者，便是这样一块料。南宫刀骂我既瘟且糟，仔细想想，骂得何尝不妙！

兰亭叫我在天津水灾筹赈播音会中，与小蝶、翼华，大家去唱一段《连环套》，做做样品，好待上演时，利于号召。愚笑谓此种广告，不做也罢，盖不送样品，我的戏如何，犹为一谜，一送样品，只少我一只破喉咙，已被无线电听众识透，非但不足以利号召，且将使若干人为之裹足不前。而灵犀见我摄天霸剧照，便要印之报端，其意亦谓使向慕下走歌才者，先从画里作真真之唤。凡此宣传政策，皆是以造成将来无人上门之局面，岂计之得哉？愚以为卡尔登之戏，果以义赈名义演出，则当竭力宣传看下走之戏，等于看滑稽，身上似着"羊毛"短衫裤子而上台者，凡身段亮相，无一能够得上"边式"二字，惟其全"羊"，或者能使台下人发为笑乐。而最可观者，则一代艺人如周信芳先生之倒串开口跳，此则千载一时之机会，在下走果以得俪信芳为殊荣，而海上之千万麒迷，又乌能错过此将来不见得再有之眼福哉？

（《社会日报》1939 年 12 月 3 日，署名：高唐）

夜花园中一幕活剧

今岁夏，曾在夜花园中，见一幕活剧，名舞女某，识一客，客为北方人，豪于财，视女甚善，每日必至舞场，见女坐在位子上，必招之侍坐，报效甚广。一夜，女游夜花园，见客已先在，而同客坐者，为别一舞女，妒甚，迳登酒楼，市酒狂饮，既醉，挟怒向前，客大恐，而女已扬一手倾客之桌矣。别一舞人见状，大惧，乘闲遁去，二人互扭至广场，女痛哭失声，且詈，其言至秽，客则恂恂然，不敢与女争，亦不敢为女慰，第曰："汝醉矣，我当偕汝归去。"女詈之益甚。时场中人弥众，客大窘，不欲更示懦弱，执其手曰："汝何状者，汝乃何人，得与我哄？"女曰："我是舞女。"客曰："汝是舞女，我是舞客，汝哄妄为？"此言一出，女尤愤，掴客之颊，铿然作响。客御镜，镜随掌堕地，始亦怒曰："汝何悍！今相我之颊！"女曰："掴汝又如何！我岂特掴汝，且欲死汝。"言已，取场中莳花瓦器，将掷客，客始踉跄扬去。愚当时颇为客不平，以为客何以不与女互斗，令受其辱？于是场中有人曰："此二人之干系，必异恒常。"愚曰："所谓异于恒常，至多有肌肤之亲，然亦何侮？果有肌肤之亲，我今便要与别一女人论爱，彼为舞女者又将奈何？多见客懦怯可怜耳。"而又一人曰：

“勿以为客之懦怯可怜，不知客受此一捆，不特不以女为辱己，且以为女实施恩于我，盖女能妒我，是爱我也，又何尝肯想到女固爱他，尤爱他夜夜来坐一只台子哉！”

（《社会日报》1939 年 12 月 4 日，署名：高唐）

《连环套》一剧编制之美

听台上之窦尔墩唱摇板，看其盗马时之身段，比什么都舒服。近来乃发现《连环套》一剧编制之美，似窦唱“耳边厢又听得梆铃儿响亮”之一个身段，裘盛戎便妩媚绝伦。盛戎与世海二人，皆失之魁梧，然“身段”都有功夫，故转侧之顷，无不好看。好戏要人做，向闻共舞台王福生亦佳净，尝观其演此，“身浪”并不好看，令人失望，然我见王为“拜山”也，尝与金庆奎君谈，使马春甫演窦尔墩，将如何？庆奎谓“拜山”必美，“盗马”差矣。可见“盗马”与“拜山”，其作风截然不同，“盗马”看腰腿工夫，“拜山”则看草莽英雄之气概矣。

大华有舞人名胡燕燕，毗陵人，近忽大红，既夺钱雪英席矣。一夜，吾与亭林后人，游伊文泰，后人招燕燕来，允于半小时后至，顾待至二小时，亦不见其来，于是寻到大华，则燕燕方从客人台子上下来，责其爽约，则曰：“客人不许我下来，我有何法想？”燕燕之红，全恃其貌，若谈吐之乡音未改，以及应肆之绝无手腕，皆无致红之理由。故面孔好，是为第一条件，若郑明明今日，有谓承恩不在貌者，盖例外耳。

（《社会日报》1939 年 12 月 5 日，署名：高唐）

幼子大有父风

幼子对于读书，不感兴趣，昨日自校中归来，一书包外，尚有习字簿一本，其他书籍与教育用品，不知遗失于何时何地矣。幼子至此亦大窘，一似学生意当掉了铺盖回家，不敢直言，而长子幸灾乐祸，诉于我。我乃捉之于膝下，问其故，则曰：“不知遗失于何处矣。”我谓儿既无书，明日将不能上学，奈何？儿曰：“先生亦言之，明日不必来矣。”我谓然则儿遂辍读，于意悦邪？儿频频点首，从知吾儿直无意于读书，此儿将来之放浪，必甚于下走。下走少时，亦不好读书，上课之日，不肯起床，若逢休沐，醒独早，视学校如畏途。幼子大有父风，下走故悦幼子，初不以长子之勤学为喜也。

黄天霸之剧照既印成，传视者咸大笑，我则谓莫视影中人而笑，当视我于台上，将来上台，“活力满身”矣。演黄天霸能活力满身，便是佳境，或曰：“以足下尪弱，安从使劲？”愚则有恃而无恐，谓中西药房于出游强身之剂曰“活力满身”，一二月后，则肌肉丰盈，行动敏捷，到那时你再看看我这一份黄门的后代，尚如今日之影中人否？

长子每日自校中归来，墨痕必涂其面上，有时，作彩色画，则彩色亦能上其面。一日，其面上似开染坊，说句话，翼华与小蝶二兄勿要多心（仿顾尔康兄口气），活像一个开脸一半之窦尔墩。

（《社会日报》1939年12月6日，署名：高唐）

《文素臣》影片今且献映

尝为乔金红曰：“大华舞人，论气度之美者，特数卿家。”顾金红不知气度为何言也，因又解释曰：上海人言之，则为“派头”。始恍然。若更掉文而不言气度，直言容止，金红尤将不知下走所云。诸友近且倦游舞榭，然论大华通宵人才，群以为惟金红为颠扑不破，自绝旧俦。金红大足聊以慰情，此人冷艳，然若接之有方，则亦似春风煦我，非故弄矜持者可比矣。

一夕，偶值美英，自在《别美英》诗后二周矣。座上有一方，见美英，忽笑问曰：“无复涕泪开门邪？”美英闻之，续其言曰：“涕泪开门，送美英矣。”愚乃大乐，以此人倨傲，终于能记下走名诗，然美英犹不知涕泪开门，固有本事。有人作诗云：“绛云楼下雨如丝，涕泪开门放采芝。”盖亦钱牧斋故事也。纵谓下走貌拟前贤，而与美英间之干系，尚不及此。嗟夫！香山作达，蒙叟能痴，愚都有愧于前辈风怀矣！

《文素臣》影片，今且献映，王熙春初登银幕，而演技之精湛，胜于老手。舞台上之《文素臣》，为朱石麟先生编制，银幕上《文素臣》，亦为朱先生编导，此片而不倾动上海者，我不信矣。

（《社会日报》1939 年 12 月 8 日，署名：高唐）

牯岭路多游侠儿，亦多宵小

愚居牯岭路，牯岭路多游侠之儿，亦多宵小，路劫之案，时有所闻。今岁新春，愚出巷外，即为路贼攫吾帽而飏。人安里斜对面，有一巷，巷窄不能行车，其北通爱文义路，巷又无灯，入夜路贼恒踞此巷伺行人。近闻人言，三五日前，行人过此巷，衣帽被劫者两起，而皆在上灯时候也。愚夜归恒迟，得此消息，颇有戒心。巷之对邻，为一小茶馆，愚疑此小茶馆，实为群贼啸聚之地。三年前，巷中有卖果之儿，未几弃其业，自称为马路英雄，战后，此人忽不见，则以土案入狱，日前省释，垢衣污面，似乞食者流终日居小茶馆中。不数日，又入官，则以攫行人之帽，为巡逻人所执，乃知此卖果之儿，又自马路英雄而为行掠之寇矣。故疑小茶馆者，实为群贼啸聚之地，或谓人安里居家，品类最复杂，观此尤信。

与舞人王慧琴居同里，愚在国泰舞慧琴，畴昔之夜，约刘婆同游，值慧琴于中途，遂亦挟之登车，至三时返。在例刘婆居于西，应先送刘婆，然后偕慧琴双归，顾是夕，送慧琴进巷后，愚又送刘婆，然后孑然归去。越数日，慧琴辄举此以为调讽，愚振振有词曰："偕汝双归，巷中人见之良匆雅。"慧琴嗤以鼻曰："夜静人稀，谁得见偕归者？"愚曰："看弄堂人是老举，见我双携而返，明日必传之巷中，詈唐某为兔子，兔子而吃家边草矣。我固被骂，亦贬汝声名，为我计，为卿谋，胥不甚得也！"

（《社会日报》1939 年 12 月 10 日，署名：高唐）

愚想集资"开一只庙"

战后，营商而获巨利者，上海一隅，多至不可胜数。据下走所知，则庙宇亦无不发财，海上之号称大丛林者，当家和尚，无不面团团作富家翁。下走非经商好手，故做生意之财，只有看人家发，不敢眼红，亦无从眼红也，于是想集资“开一只庙”来白相相。昨夜与人谈起，一人谓下本太大，非有四五万金，不足致“规模粗具”，且安觅偌大一所房子，亦不易得。愚之“开庙”计划，先登广告，以佛事、素膳两种为号召，意在抢功德林生意，而另外请一老年人来，以充住持。有人建议，叫杨草仙来做幌子，上海人闻其年纪，必能向往。愚见生涯不恶，便会跳下去做和尚，白日拿一串菩提珠，在庙内看热闹，十二时后，又可到通宵舞场里坐台子带出去矣。读吾报者，亦有多财之士，愿助下走立变富家翁者乎？苟有之，请速告我，我将奉上计划书，请诸君随意投资，至将来营业昌隆，必有红可分。下走之信誉，有昭昭可举者，吃过银行饭，未曾偷过一张钞票，今使下走经理庙事，亦必不致监守自盗也，伏维诸股东鉴察。

一日，刘美英在卡尔登看戏，愚踞楼上遥与招呼，剧终曾不过我，因知此儿固不复识陌路萧郎矣！近来偶携慧琴登翼楼，愚纵博，慧琴则为愚司筹码，或为愚理牌，依依襟袖间，绝不似美英之好弄矜持。以二人譬之为花底娇虫，刘美英似沧海曾经之房老，王慧琴如善伺人意之小阿媛矣。

（《社会日报》1939 年 12 月 12 日，署名：高唐）

乐部女儿，多镶金牙

或谈更新新角郑冰如，以唱工胜，内行誉郑之唱，在近世坤角上不可多得，所憾者，则冰如一开口，便有五六只金牙齿，与唇上焉支，同发光辉。金牙齿在十廿年前，或者尚为时髦女子之装饰，以迄今兹，非特不以为美，且觉村俗之气奇重，顾乐部女儿，几十有七八，不废金牙者，似今日上海之韩素秋，亦尚见其辈。窥唇，当年之金素琴，何曾不镶过金牙，于素莲无论矣，姜云霞饰貌非妍，而亦装金齿。愚尝直言相劝，谓面孔不甚好，是属之先天，人力无可挽回，惟金牙齿当时既以为好看而装上去，今日便当怪其难看而卸下来，非小红终未纳此逆耳之言，颇不审其何理也。

包小蝶兄言，冰如唱工之美，其言曰："我唱过青衣，个人听上去，便听得出郑老板之唱是勒路浪，甜是甜得来。"此内行之言也。小蝶听冰如演《六月雪》之夜，之方亦在座，之方于散戏后来访晤，亦谓冰如歌喉至甜润，然无"唱勒路浪"之言，可见我人并"顾曲"亦不具资格，而竟欲登台，真不自量力矣。

（《社会日报》1939 年 12 月 16 日，署名：高唐）

吾母病数日矣

吾母病数日矣，不愈，愚忧煎欲绝，于是不敢远骛，及夜，坐母病榻前。艺、哲二儿，本随母卧大床，母既称病，乃使二儿迁卧地板上。夜深，吉光来慰我，曰："好在大郎熬惯夜的人，不在家中，便在舞榭，今地方不同，景象亦异耳。"是时，吾母方入睡，有鼾声起枕上，愚乃指鼾声告吉光曰："苟譬此为乐工之曲，则地上佳儿，大似下走心悦之舞人，譬此屋为大华通宵之舞，则吾佳儿，一为乔金红，一为刘美英。"嗟夫！人到中年，乃觉儿子之可爱，尤甚于女人。愚常谓女人之可爱，犹勿如金钱，然以金钱而较儿子，有时竟不能辨其轻重，吉光亦笃爱其儿，语之，将为点首不已矣！

舅来，信笔书二绝句云："赁庑不到伯通家，记得仓街巷口斜。矮屋三间楼一角，安排瓦盎种秋花。"又曰："春雨如绳屋角斜，满园芳草茁新芽。前村尚有兰醪卖，为点回甘一搪茶。"白描之笔，乃如好妇人之风致便娟，不知出何人之手？

前刊萧郎二绝句，后一首校印微有讹误，原词云："憔悴萧郎觅细腰，西风门内亦清宵。不知绝代人何在？如此凄凉始姓乔。"何諏写美人曰"凄凉绝代"，张眼欢场，不知"绝代凄凉"者，谁得当之？以今而观，惟金红受之无愧，其余尽奴畜耳。

（《社会日报》1939 年 12 月 19 日，署名：高唐）

愚诗文永远不能到至高之境

有人称下走作诗,另一蹊径,其实下走之诗,恒多流于乖僻,若谓风格卓越而异于恒俦者,是谬奖矣。愚学力薄弱,诗文永远不能到至高之境,近来尤任意为诗,遂粗糙不可成句。譬如最近发刊之十二月十二夜纪事一诗,其中有一联云:“为恐爪长怜润玉,可容广舌度朱樱。”爪长何能偶广舌?后来发现,自己亦不禁哑然。又今年七夕前一日,访素琴病后记以诗云:“怜她红艳似秋蓼,向晚来看特地娇。不道兄来将慢客,相逢眼角有微潮。天教倾国争清貌,士为能诗惜细腰。安用明朝灵鹊引,此身本在凤凰巢。”当时此诗随写随念,至末句以为得意之笔,辄付刊,厥后有人为愚咏“安用明朝灵鹊引,此身本在凤凰巢”,盖亦喜我此两句之美也。一日,过听潮许,翻旧报重读此诗,加以细辨,则以为末二句诚不恶,而起首两句,亦多妙致,惟两联俱不可成立,颈联之上句更可恶,下句本可用,顾以上句之坏,下句亦为之泄气,腰联似嫌白费,因念此诗若废去两联,而改为绝句,譬如为“怜她红艳似秋蓼,向晚来看特地娇。不用明朝灵鹊引,此身本在凤凰巢。”转可成一完全之诗。愚写香奁诗,好为律句,特以工力之薄,终无妙造,十年前有“玉面虽于何处见?西风略似昨宵寒”之句,至今更不能于平淡中见诗境之美矣。嗟夫!

(《社会日报》1939年12月20日,署名:高唐)

愚将演《雷雨》中“仆人甲”

王闿运作《湘绮楼日记》,称周妈为周婆,如曰:“某某招宴,而周婆尼我。”后人腻其事,闿运之风流放诞,因此弥著。愚近为《说日》写《云裳日记》,往往著一刘婆,要非尽拾壬秋牙慧。愚初以为写刘君不类,刘娘又鲜雅致,则称之曰婆,喜其新奇,然一念及湘绮楼上之周妈,便亦为之忍俊不禁。一夜以电话问刘婆,她开口便说我骂她,不叫名字而称刘婆,言已悻悻,似颇不怿。我乃大笑,知今世女人,不足与言风雅,何况楚腰纤细,能为婆娑舞态之儿,此宋词人之所以欲绝迹欢场,谓:开眼纷华,都不足当其一顾矣。

中旅之演《雷雨》,愚始终未往观,近顷旧剧从业员与文化人混合演出之《明末遗恨》,既生变化,群人小议,将改演《雷雨》。愚近日家居,乃闻梯公亦派愚一角,询之,则末一幕出场之“仆人甲”也,灵犀则为“仆人乙”。愚于此戏,既了无印象,则取剧本一读,台词不过十来句耳,用是放心。尝与听潮言,我二人将以文明戏姿态演出,译台词尽为苏白,譬如说:“阿唷唷乃末那亨介,老爷,小姐一只手搭勒一根电线浪触子电哉,少爷要紧跑上去救俚,亦翘子辫子哉!”此为仆人之言,演老爷之周朴园者,乃为信芳先生,信芳当此必切齿曰:你们都如盖三省搅人场子!若以此私见,透露与演《雷雨》诸君,如梯公、桑弧二兄,不将引为一重心事邪?一笑。

(《社会日报》1939年12月21日,署名:高唐)

太白额角上终年出汗

太白写文章最风趣,固不第谈戏之娓娓动听也。某日,太白与三那、红鲤诸君,饮于市楼,座上有阿媛、二媛等诸女士,小娘鱼看见太白头上流汗,以时在严冬,引为异事,而举为笑乐。太白乃谓:“我是活人,活人头上,才能流汗,几曾看见死人头上流汗哉?”沪人有“死人额角头”之谚,喻死人之头冷也。阿媛与二媛闻言,则自抚其额,咸不流汗,始知太白咒己为死人矣。因都语塞。太白则甚得意,将此一席话,记诸报间。愚阅之甚不平,以为小娘鱼口齿太软,被太白白吃一场豆腐。其实,死人头上诚无汗,然往往有将死之人,而出一头虚汗者,或黄浦江中,氽起之无名男尸,捞上岸时,则头上亦有水,水淋漓如圆珠,则犹汗也。太白以三十许人,无间冬夏,额角上终年出汗,是为病态。一说,小时在正月中剃了头,长成便有此象。惟据太白自言,其头上之汗,若一日不流,辄病,譬之有湿气者,脚上一日不出水,则一日体不能舒,又如便结，一日不拉矢，亦能致病。惟太白之“健康表现”，不在脚丫，不在肛门，而在额角头上耳。因记一诗，可以纳入《俳体诗集》也。

知君有异死人头，额角冬来汗不休。信是佳章豆腐老，却怜嫩口女儿流。当时汤饼方正月，今日“颗郎”似臭沟。我为“双媛”还伊骂：“浦江捞起一尸浮。”

（《社会日报》1939 年 12 月 22 日，署名：高唐）

小郎今知为一方

某报有小郎先生作《一元三跳斋随笔》，今日发噱其末一节曰：“童子天真未泯，但如一入舞场为‘小郎’，则其前途必极黯淡，盖所见所闻，无非红红绿绿事件。于学识二字，初无所知，此时为小郎，则将来充其极，不过做一大郎而已。”文尾忽然点出大郎，愚乃不能不多心小郎先生实在讽刺不佞。本不知小郎为何人，及侦知为一方化名，益信其寻开心是存心的。自顾庸庸，本来是小郎坯子，充其极而做到现在之大郎。譬如一方，便不然，虽其自署曰小郎，而自有手腕，雅擅经营。在表面上虽与不佞同为鬻文之士，然一方能广积，其事业可以为诸君告者，最近开幕之卡乐舞场，一方亦投资为股东之一。既为跳舞场老板，便要挖苦其属下之“小郎”，以挖苦小郎而使大郎亦中一流弹，在一方落笔时之得意，固可想见，而愚受无妄之灾，又何可诉？楚绥谓我，近来只被别人骂，骂了我我且不敢还骂，诚为事实，然此中有得区别者。不佞之锋芒尽挫，要为主因，而亦有骂我之人，为我所不屑还骂者，遂亦听其蛮骂，一方雅人，今挖苦到我，我不能不有此一争，依然不是还骂，只是怨诽，此情还当为知己矜怜耳。

（《社会日报》1939 年 12 月 29 日，署名：高唐）

演《雷雨》诸君开始练戏

演《雷雨》诸君，自二十六日起，已逐夜开始练戏，惟信芳之周朴园恒不能出席。在第一幕中，周冲、周萍与繁漪在楼下对白时，至周冲说：咦，爸爸来啦，……排至此，辄不能下续，盖其下须有周朴园进来，才能演得下去。信芳既不来，桑弧之周冲，梯公之周萍，咸怅望中门曰："我们的爸爸乃勿来也！"愚悯其情，则自告奋勇，语二兄曰："明日信芳犹不来，则不肖如区区者，愿为信芳之替，而代伊为二兄之爸爸如何？"二子胥同意。二姑娘，亦无闲言，而颔首以不肖为老夫矣。

百岁夫人最忠厚，与百岁伉俪之情亦綦笃，此次众人嬲夫人登台演《雷雨》，夫人初允许，既又自食其言，以剧本还与梯公，曰："台词太繁，我记不清楚。"故吹了。时某君在旁，正色语梯公曰："高夫人既不演，则此角重要，须早觅人才。昨日某舞人欲来参加，盍招之至，委以此角，亦殊相宜。"梯公颔首，夫人之色陡变，急再翻剧本，顷之，自言曰："实在多不过，我吃勿消。"梯公闻言，辄捧腹，慰夫人曰："某君之言戏也。"盖夫人一生，最畏听"舞人"二字，何况招来之舞人，与百岁同台，又为剧中百岁之老婆哉？宜夫人有戒心，而某君豆腐吃得太好，亦可见夫人之为人太老实矣。

(《社会日报》1939年12月30日，署名：高唐)

"爸爸你抽烟吧"

昨记愚替信芳先生代排《雷雨》之周朴园，顷已开始。第一幕繁漪既下楼，周冲来视繁漪之疾，周萍亦至，而朴园遂入，朴园自中门上，乍入门，周萍、周冲起立呼爸爸。剧本上朴园不必允二子之呼，愚则点首连声称说吙吙，于是梯公之周萍颇不怿。顷之，周萍取雪茄授朴园，梯公乃伸中指及愚唇边，曰："爸爸你抽烟吧，我跟你点着啦。"愚大笑而起，笑梯公志在报复，一有机会，蠢然动矣。

久绝宵游，昨夜又在大华达旦，则携慧琴同往。慧琴为人，似甚天真，然无挚情，话高兴如何说，便如何说。座上，某舞场主人，邀其加入，琴乃正色曰："我客人少，幸不遐弃，然正恐无以副雅望，稍缓二三月，容再报命。"其言委婉甚得体，然愚知渠与国泰有条约，初不可遽废，因问之曰:“汝果不肯往,辄当以国泰条约谢之,作此门面语何如者?”则曰:“我苟言此,他人且闻之不快,而得罪人矣!”可知此儿城府之深,而女人可爱者之少也。

(《社会日报》1939 年 12 月 31 日,署名:高唐)

“我不高兴做你爷,你来做我的爷矣”

一二年来,识坤旦甚众,独有一人,为愚所刻骨倾心,而至今未尝一接言谈,一见庐山真面者,是为绮罗香女士。其人貌非绝艳,顾一登台上,便落落大方,闻其私底下亦富闺门气息。愚观其剧甚多,则在二三年前之更新舞台,战后,闻其远适他省,百岁归来,侦其消息,则谓献艺于湘鄂间,似有适人之讯,辄用惘惘。近顷,晤赵如泉先生,又从如泉侦绮罗香近况,乃言郭家姊妹,随杜文林出演于昆明,歌衫无恙,舞袖依然,则又为之大慰。窃念此人不在上海,苟勿然,周信芳先生,且将罗致,以振移风旦角阵容,使娟娟此豸,不必有天涯行役之劳矣!

百岁在《雷雨》中,饰鲁贵,百岁自言,饰鲁贵不如饰大海者,在宋世杰口中之精壮的娃娃也,其身份则为普鲁少年,百岁有戆气,饰此角必工。鲁贵为胁肩谄笑之小人,其行为复无赖,故或者为百岁之性格所勿似。今以天厂饰大海,天厂有表演天才,或能揣摩鲁贵举动,论者故谓二人宜互易其角色。顾天厂方有远行,归期不可定,苟日内能迎其返棹,则百岁或将为天厂开谈判曰:“我不高兴做你爷,你来做我的爷矣。”

(《社会日报》1940 年 1 月 3 日,署名:高唐)

马蕙兰演鲁侍萍

马蕙兰女士,旧亦乐部女儿,近为小金所嬲,要其加入演出《雷雨》,为鲁侍萍一角。第一次排戏,犹看不出蕙兰之表演天才,第二次再排,则蕙兰已记熟台词,台词熟,情绪亦能揣摩出来,于是“烟士披里纯”充塞乎声调间，闻其念“四凤可怜的孩子”数语时，朱端钧先生，击节称赏，培林、梯公、小金无不叹绝，而不肖尤深深感动。话剧之所以受人欣赏，转在情绪之深长，翼华之嫉恶话剧，正以其不以戏剧之情绪为可贵，翼华以为戏剧之可贵者，特在身段之边式，与夫歌喉之圆朗，故其欣赏平剧，恒时所津津乐道者，只是口面工夫之好、腰脚之健、亮相之美而已，于情绪不及也。信芳《青风亭》之为绝唱，翼华且不以“认子”一场为高潮，而其演《连环套》之窦尔墩，愿唱“盗马”，不愿唱“拜山”，更不欲唱“认罪”，以“盗马”诸场，胥以亮相身段见长。若夫窦寨主之为旷代英雄，惟至“认罪”，始足为台下人所向往，翼华独敝屣此末场好戏，因悟翼华为人，理智强于情感，理智过强之人，容易漠然于戏剧之情绪。话剧灵魂，端在情绪，翼华之忽于话剧者，宜矣！

（《社会日报》1940年1月4日，署名：高唐）

《雷雨》排至第四幕

《雷雨》排至第四幕，予之仆人乙须上场，与周朴园有对白。予一向代信芳演朴园，是日乃须重找替身，适笠诗在座，我丐于笠诗，请代朴园。笠诗初不肯，甚至面赪峻拒，固请，始曰：“我手持剧本，念台词可矣，譬如读书。”予颔首，谓但须如此。于是上场，不料笠诗一开口，便是台上说白之口气，绝非念书，及至有表情时，亦会立起身来走，亦会回过头来看，盖不自禁其身与剧化矣，愚掩口而笑。又是日梯公之周萍亦迟至，室中第有朱端钧先生、小金、桑弧及愚与笠诗，笠诗既代朴园，至周萍上场，不得已，以端钧先生为替，与朴园对白甚久。小金忽回首曰：“我看这一段不用排啦，你们两位将来都不是台上的人，排他干什么！”盖此时端钧先生既忘其所以，笠诗更在认真做戏，予与桑弧，亦未曾想到，一经小金说穿，各人俱哑然失笑，因谓女孩子毕竟细心，所以她们读台词，亦比我们男人容易记忆也！

朱端钧先生表示欣慰，谓乃得为文化人与旧剧从业员导演一次话剧，予等则亦以演话剧而得朱先生导演，亦认为殊幸。朱先生谓：话剧虽无“内行”与票友之分，然演者既为旧剧从业员，不妨留一点平剧气息，正不必脱胎换骨，似所谓“话剧从业员”。然愚亦谓此次卡尔登之平剧，以伶人票友记者混合演出，台上工夫，伶人自伶人，票友自票友，记者自记者，若不肖者，完全记者之演剧工夫耳。

（《社会日报》1940 年 1 月 7 日，署名：高唐）

教我把孩子们怎么样？

昨日吾友自昆明来，谓绮罗香与杜文林在昆明，与李鑫培打对台，李大红，而绮罗香亦不弱，愚曩记绮罗香歌衫无恙，总非妄传，为之良慰。不图今晨读报，太白醉写乃谓绮罗香已嫁与杜文林。梨园子弟与乐部女儿论婚嫁，未始不是好事，惟若文林，看外貌似嫌粗气一点，然各有因缘，已不必因此歆羡他人耳。绮罗香私底下，我未尝一见，惟友人传述，则谓其人娴雅，而台上之丰韵尤不恶，故三五年来，绻恋之殷，曾无小辍。绮罗香姊妹，皆氏郭，有弟为武生，昔同在更新舞台，太白谓为姓刘，必太白所误忆，虽然，依刘非计，入郭无能，徒令人增无穷惆怅而已！

临窗治事，闻儿子戏于巷中，口中秽语，且惊动别家儿子之令堂，怒甚，踞窗口呵之。吾儿近来更不好，马路英雄之谈吐，出口皆是，如曰老举，又曰戤牌头，不一而足。不佞教子无方，然有时亦喜吾儿能具此作风，不佞心理上之矛盾，精神上之痛苦，真有说不出者，教我把孩子们怎么样？

（《社会日报》1940 年 1 月 8 日，署名：高唐）

钦迟不尽者，杜先生一人耳

吾友某，近年颇伤于憔悴，近忽惠书于我，其词云：“听说你很过得去，急景凋年，我则如王小二之一年不如一年，叨在老友，想向你借十来只洋，能借几个十来块，未始不可集腋成裘也。若打回票，是你不写意，上海杜先生从来不打回票，我倒要看看你的。”愚得书，大喜，觉得此君真风趣，向人称贷，亦能妙语如珠，因于万分穷迫中，措二十金畀之，谢其捧我之雅。以杜先生曩在沪上，疏财仗义，自为吾人所向往，此君因借钱而涉到杜先生，故能诱我乐。不肖生不羡封万户侯，二十年居海上，钦迟不尽者，杜先生一人耳。

吾友某，既伤憔悴，遂不免称贷度日，有人邀之赴某区者，谓彼方得钱广也。惟彼方之言语有异于此间，吾友遂习彼方之言，忽问授语之人曰："借点铜钿来"应如何说法？授语之人教之，吾友不耐，急退去，旋语人曰："彼方之言不易学，借钱一句话，要有二三十个声音，才能达出，这样太费事。我若到了彼方，还以称贷度日，岂非要我天天说这一句话，麻烦不麻烦呢？"闻者咸为绝倒！

（《社会日报》1940年1月10日，署名：高唐）

凡有心愿，几无勿偿

昨夜首次排九本《狸猫》于黄金台上，晤黄金后台之人物四，一为韩金奎，一为盖三省，一为粉菊花，一则筱玲红也。粉菊花老去秋娘，其落寞可见，韩金奎为素识，筱玲红旧亦见之于共舞台扮戏房中，违二三年矣，自不复知我，其人稚齿韶颜，秀美殆无伦拟，黄金戏院重视之。黄金之值得吾人歌颂者，其当局能识拔贤才，视其才可造，琢之磨之，恒勿遗余力，此种量度，要为吾人歆动。顾在黄金，则视为政策，于是梨园子弟，乐部女儿之蒙其庥者，殆无涯极！盖三省以彩旦驰名，兰亭先生，特为不肖介见，称盖为杨三爷，谓盖曰："唐先生于三爷倾倒甚殷，以识面为幸也。"盖逊谢不遑。盖老矣，发长及于肩下，其妆束乃至特别，九本《狸猫》中，盖有玉面人一角，与不肖之安乐王同场，虽仅一场，而于意良惬。昔欲与信芳同登一台，又欲与素琴合演一剧，凡此心愿，既次第得偿。及看盖演《赛西施》，大笑，笑至于前俯后仰，以为此人至怪，则又欲与三省同一次台，今此愿亦将得了。谁谓所谋不遂者，我正以为凡有心愿，几无勿偿，惟妒司财之神，始终勿肯缠扰不肖耳。

（《社会日报》1940年1月11日，署名：高唐）

“吹皱春池，干卿底事？”

愚记绮罗香事，一方乃谓绮罗香亦唐家笔下之佳人，顾若干人来告，谓绮罗香私底下初不至美，愚自台下睹之，则亦艳稚出群，此印象未尝泯灭也。近传其人嫁杜文林，于是因绮罗香而谈杜文林矣。杜臃肿似豢久之腯，食量弥宏，西菜一客不足饱，即论谈吐，亦伧俗无妙相。夏日，腰间缠板带，带宽可三四寸围腰一匝，辄引手拉其腹下之肉，以出带外，一把一把拉出来，累累然堆之腹外，试设想其景状，安得不呕？而绮罗香必昵之，是令人有卿本佳人之叹。愚尝见杜与百岁演《西游记》，杜为八戒，着袈裟，以香云纱制，而套一猪头，其唇翕张间，使人寒栗。其时绮罗香亦隶更新，苟今日瞑目而念当时《西游记》中之“良人色相”，亦应神气沮丧！愚为此言，梯公读之，必将下一转语曰：“吹皱春池，干卿底事？”是则还让一方为解人，所谓惜物怜才，本人之常情耳！

朱端钧先生既谓旧剧从业员，演话剧，宜使其留一点话剧气息，苟做到纯是话剧作风，亦无味矣。愚与灵犀，即分饰仆人甲乙，先生又谓：二君便做得活龙活现像一份当差，亦胡可贵。故做到能不乱戏剧空气，已经足够，不乱戏剧空气，便不当过火。愚于演剧，太过宁取不及，先生之言，亦此志也！

（《社会日报》1940 年 1 月 12 日，署名：高唐）

丁先生为文娟北上设饯

文娟北上之前，为之设饯于蜀腴酒家，丁先生为文娟曰：“座上若某者某者，皆助汝成名，汝他日果能腾踔逾于今日，亦不当忘诸君之雅。”文娟闻言，止丁先生曰：“丁先生慎勿更言，言之，我泪不可支矣。”愚当时深为感动，小女儿离绪填膺，及至此际，其言遂无不从心坎中流出，故可听也。去年小红赴甬上，四郎且谓虽小别亦黯然，今文娟举室北迁，归来正不知何日，此座上诸君之所以怅惘不禁矣。

乐部女儿之可爱者，愚谓姜云霞实一人，饯文席上，云霞亦至，知其平时念吾等深也，约之同舞于大华。云霞见美英，则曰："此吾学友也，同读于慕尔堂者。"云霞乃谓美英亦善羞，先生要她背书，她即面赪，由是知美英之善羞实天性。云霞舞不甚娴，顾好为此，平时又无暇走舞榭，是夜起舞甚频，惟与愚特一舞而已。午夜，云霞匆匆行，愚告四郎，念旧之儿，惟有小红，四郎亦颔首。云霞自杨宝童辞班，便为台柱于先施乐园，宁为鸡口，云霞今日，当不复忍辕之下伏矣。

(《社会日报》1940 年 1 月 14 日，署名：高唐)

金少山之误场

金少山之误场，殆为家常便饭。往年，信芳出演于黄金，金亦来归，时后台总管为今日移风社之金庆奎，兼司催角，距少山上场之时已近，而不见少山至，庆奎遂替少山，有时勾脸至一半，闻少山来，庆奎辄避去，涤其面上粉墨，盖惧为少山见。少山见之，必偷懒曰："好好，你扮上了，我回去啦。"少山自有艺人气度，于此益见之。

入冬以来，尽鱼肝油四瓶，前二瓶为中法之青鱼肝油，后二瓶，为吾弟次达所馈，则为中西药房产，时在隆冬，而颇不畏冷，不能不归功于补剂也。次达自谓：二月来，尽鱼肝油五瓶，体重增二十余磅，不敢再进，虑变痴肥。愚戕伐过甚，纵有健身之剂，其著效视次达为微，惟迩时面色颇红润，尤可异者，冬来性欲亦亢进，疑与鱼肝油有关。中西之鱼肝油，今岁新制者，有两种，一曰四宝命麦精鱼肝油，二曰血必红麦精鱼肝油，味皆适口。血必红鱼肝油，初以为女人服之，可以调整经期，继审不然，谓男子服之，血色能红，血色红，是为强身之征。愚欲趁春未来时，亦服血必红，愿其强身，亦愿为财富。盖血必红者，所见钱必旺之朕耳，以语读者，不又将以贪财乌龟笑我耶！

(《社会日报》1940 年 1 月 19 日，署名：高唐)

富商子到处借麻衣债

上海有某富商,拥家产达千万以上,顾其人生性吝啬,有一螟蛉子,善挥霍。某约子严,子有所索,靳而勿与,子则到处借麻衣债。麻衣债者,譬如借款为万元,而借据则书五万金,惟此债须待其父死后,着麻衣在身,然后清偿,父亦无可如何也。一日,某为其子授室,亲友有致送联轴之属,例须开发使金,则四角或六角,送礼之佣,嫌其菲薄,向账房絮聒,账房曰:“是为主人所嘱,我亦不能擅主。”事为其子所闻,不耐,辄告送礼之佣曰:“现在少一点,你们将就拿了来罢!等到下次你送挽对来时,我总加倍开销。”送礼之佣,闻言亦遂心平气和,正不以此獍语枭声为刻毒也!

愚以两腮外拓,于是扮黄天霸,梯公谓我绝似雀牌中之西风,更形诸楮笔,为刘婆所知,刘亦以此嘲我,我乃笑曰:“我西风单吊吊了长久,幸亏有了你,这一牌才和了出来。”盖刘婆亦两腮外拓,以视我,直五十步与百步耳。两腮外拓之面型,扮老生,口面可以掩,扮青衣,贴片亦可以障,惟有扮不出胡子之武生与小生,便不免贻西风之诮矣!

(《社会日报》1940年1月20日,署名:高唐)

赵如泉先生老而弥健

九本《狸猫》,二次排于卡尔登台上,三十场之联弹,且一说再说,而上过胡琴矣。胡琴打六半调,同唱者有赵培鑫、孙兰亭、袁森斋、刘从侠、李元龙、王唯我诸君,而不肖之安乐王,亦参一席,调门既高,其他人俱游刃有余,独唯我与愚,俱不胜。唯我不自量,纵扯破枯喉,亦不够,愚勿欲白费气力,故唱调底。张桂芳先生言:“有一补救办法,则可以干唱。”干唱者,临到我开口时,琴声遂息,第有板,则虽枯涩之喉,亦能为激越之音矣。早知如此,我当时何必做范仲华,不如为汤生。今日之下，既自寻苦闷，而又歆羡梯公，占尽一台艳福耳。赵如泉先生老而弥健，说一夜戏，绝不露衰颓之状，见者叹曰："此老还有十年好运可走。"共舞台自迎赵归沪，排《济公活佛》，三四月来，几无一夜不卖满堂，老噱头纵横之概，可以想见。黄金义剧，赵复慨然负导演之责，一月以来，颇耗心力，无其热忱，吾人乃欲为此老去艺人祝福，愿其永永留沪上，使沪上人士，常瞻此老辈风仪，勿更为湖海之飘零也！

（《社会日报》1940 年 1 月 21 日，署名：高唐）

"这孩子天生一副穷骨头"

义剧之券既售罄，立人要看戏，因来与我商量，谓：让他做我的跟包，拿了茶壶，伺我饮场，又拿了手巾，伺候我揩鼻涕（因我伤风甚剧）。我韪其言，因与翼华言之，翼华谓：戏班规矩，饮场只许检场人，角儿跟包，也要将茶壶交与检场人，不为直到台上，否则跟包便是抢检场的饭碗，非打相打不可。我以此言告之立人，则又另出噱头，渠谓我既是票友登场，指上应戴大粒钻戒，又当着皮领头大衣，然后等样。此两项东西，我俱未遑置办，立人拟为我去向朋友处借来，他便可以跟在我后面，及我上台，他在后台为我拿皮大衣，若有人轰他下台，他便在后台嚷起来，说我手上的钻戒、身上的大衣，都是由他代借来的，唱完了戏，还要将原物去还人家。立人之言，风趣欲绝，此人有滑稽天才，若做独脚戏，程笑亭为之失色，江笑笑且叹勿如。而立人计不出此，只会手持一卷报，捧发票与收条，到处兜广告，真如《雷雨》中鲁贵之骂大海曰："这孩子天生那一副穷骨头"矣！

（《社会日报》1940 年 1 月 24 日，署名：高唐）

与信芳先生同上一台

我有夙愿，谓此生能与信芳先生同上一台，则我身纵即死，亦无所恨。信芳先生听我诚悰，岁前，因许我同唱《连环套》，愚益不胜知己之感。此剧已于二十二日，上演于卡尔登戏院矣，是为移风社封相后第一夜。信芳先生甚高兴，六时已至院中，愚上妆时，信芳亦上装，灵犀兄乃谓大郎今日，如将娶之郎，又惊又喜，直道出不肖心事。第一场上后，愚震颤不能出一字，则以信芳先生在台上也。至"回店"一场，有说白曰："是我二人约定，明日在山下比试，我若胜不过他，情愿替父认罪，万死不辞，他若胜不过俺，情愿献出御马，随我到官认罪，万死不辞。明日山下比试，全仗众位仁兄之力也。"此节系前夜信芳口授，即愚记之心头者，不料在台，我念到"明日在山下比试"，其下接一对一个，于是下文便开始吃螺蛳，连吃七八个。台下人残忍，以见我之窘在台上，为其乐境，则笑不可仰。信芳先生带我，便问我"你若是胜不过他呢？"我此时神智已昏，俱不知所答，狼狈之状，真无以对信芳。盖是夜信芳既高兴，朱光祖便大为认真，身手之矫捷，白口之斩钉截铁，台下人无不击节叹曰："此旷代艺人之所以终为旷代艺人也。"愚夙愿既偿，从此于信芳先生益致其敬爱之诚，惟下次决不再试，使信芳好戏，为我一人而牵累，我一人诚罪孽深重，要亦非待朋友之道也。

（《社会日报》1940 年 1 月 26 日，署名：高唐）

演《雷雨》之夜

演《雷雨》之夜，台上台下，胥以严肃姿态出之，以是剧场之空气亦紧张，愚之仆人上场，亦不敢恣意妄为，一则顾全大局，一则体念曹禺先生二年来呕心沥血之苦，用是一本正经，惟扯大海上场时，百岁忽然披海生之颊，愚忍不住笑，笑其台下二人之打朋，居然搬演到台上来也。此次话剧使愚最感奋者，梯维、培林、小金诸兄以及导演朱端钧先生之任劳任怨，而终有二十三日之圆满演出，所以稍慰吾友之清怀者，惟此而已。翌日，梯公设宴市楼，为与演诸君酬劳，筹觥交错之顷，想见诸君中心愉悦，弥难名状矣。

此次《连环套》与《雷雨》上演之前，卡尔登有海报，用红绿字写，愚过门前，见之，心里有说不出之一种舒服，念我一生，做梦也想不到名字会上到海报。曾与翼华商量，说过瘾要过足，素性写几张红底金字的海报，满街去贴，看了更加窝心。在上演之前，我又关照茶房，有人打电话到卡尔登来，说唐先生在台上，等一等打来，此所谓“过瘾”，而真过戏瘾者，未必在台上之喊几声，为一生乐境。不肖则恒从小地方寻聊以自娱之道，明知为大雅所非，亦不遑恤矣！

（《社会日报》1940年1月27日，署名：高唐）

《雷雨》里有几次笑场

《雷雨》里有几次笑场，第一个是小金，她看见信芳的周朴园出来，穿了一件没有领圈的纱大褂，她便掩不拢嘴来，信芳轻轻对她说“别乐别乐”，可是她怎样也绷不起脸来。到了后台，信芳问她你笑什么？她说：“你这身行头，我在后台没有见你穿过，突然穿了这身衣服出来，好像不是演话剧，是在唱独脚戏，我所以忍不住乐了。”这比方我看见小蝶的窦尔墩，在台上挟了头，我倒不怎样好笑，等他戴上了风帽，我反而好笑起来，那就因为我连想到，我不是唱的“拜山”，是唱的“捉放”。还有一次，我同海生弟都笑了出来，当我们把大海扯到台上时，百岁用力将我们劈开，我同海生弟几乎都摔在台上，我所以又忍不住笑了，朝台前笑不大好，只得把背心朝着台口。不料刚一回身，百岁又在发着蛮狠，竟将海生弟掴了一下，在台底下我因为常看见他们有这种不大文明的打棚，不意到了台上，也来这一身，我又不得不请台下人看我背心上做戏。

《雷雨》的演出，台上与台下，都认为这一两个月来的心力，都没有白费，一致说，明年还有胃口，我说：像马蕙兰女士的人才，我们如果真组织一个剧团的话，我们永远愿意她做我们的伙伴，除了她超特的演技不论之外，她有女人最美的德性，她永远谦和。桑弧说：一看见马小姐，便会使人发生一种最崇高的印象。

（《社会日报》1940年1月28日，署名：高唐）

桑弧绝顶聪明

慧琴之母自乡间来，携土产甚多，慧琴遂送年夜礼至吾家矣。鲤鱼一双，猪羊肉数片，米粉一裹，益以罐头食物，殆以酬我往时报效之雅者。顾渠亲来我家，谓审吾母病，不遑存问，所以礼吾家，兼以吾母病耳。是夜，愚还家，见陈列于案上者，胥慧琴妙贶，辄为失笑，念涉足欢场，此亦异遇。愚与慧琴，其交谊竟殊于舞人与舞客，而过从酬酢，一似寻常亲眷，愚子称慧琴为娘娘，慧琴称吾母曰姆妈，楼居相望。愚子见慧琴理装，则呼曰："姑美也。"慧琴亦笑愚子慧黠。愚则谓，愚子本痴纯，比与慧琴对邻居，始伶齿俐牙，一似跌宕舞坛之小米汤矣。

一夜，与小乔同坐，愚谓金红无一不美，特其人所缺乏者，为人类之热情，而凛然若不可犯，使人睹之恒怏怏。金红谓我对任何人恒如此。愚笑曰："惟其对任何人如此，故谓卿缺乏热情，我非谓卿之热情，独靳于吾曹也。"或曰："我言不获见小乔之热情流露，然以小乔婉美，终不信其冷艳如李花，领略之者，必有一二人焉。"金红摇首曰："否，否。"我亦索然曰："热情两字，或者在金红之心坎，尚未醮着，自然流露无从矣。"

桑弧之周冲，一致博得观众好评，而不知桑弧之绝顶聪明也。一月以来，《雷雨》开始排戏，首读剧本，桑弧之国语尚未纯熟，小金在旁，一字一句，为其指正。愚初闻之，亦以为桑弧之国语不甚好，将来何以登台，不图才数次排戏后，觉其音渐适耳，又未几，居然朗朗可听矣，因叹吾友之聪明，为不肖所勿逮。不肖尝游北都，居二载，及南归，"京片子"犹打不好，且乡音无改，常为天厂居士所非笑。灵犀原籍潮阳，然说一口上海话，谁也听不出来自岭东，疑其有方言天才，顾教之习国语，则唇齿艰难，《雷雨》排戏之夜，老仆不可无两三言，灵犀亦吝于开口。说上海话如此好，说国语便不能，是何理者？

梦云看两夜义戏后，对不肖个人之评语，演《连环套》曰"大胆老面皮"，演《雷雨》曰"无足致评"。《雷雨》之仆人，固无足致评矣，而论

《连环套》,似除“大胆老面皮”五字外,更无其他适当老语。梦云毕竟知我,故能为此万世不磨之论。其实不肖与梦云,其情形正复相类,苟梦云而不大胆老面皮者,亦无上洋琴台唱《何日君再来》之勇气,梦云亦以吾言为然否?

(《社会日报》1940 年 1 月 29 日,署名:高唐)

越嫁而越红

许晓初先生,闻不肖将登台,则言于子佩兄曰:“将馈花篮与大郎,为台前点缀。”愚谨谢不敢领。晓初先生以读书种子,而为阛阓名流,交友一托以热诚,于不肖之关垂深切,良用感念。因花篮而忆一趣事,赵培鑫先生,尝歌《探母》,其演公主者,为曹炳生夫人,比公主将上场,台前陈列花篮与银质器皿,都百余件,费一二十分钟,始蒇其事。培鑫之四郎,等在台上,台下人代其奇窘,培鑫亦自然不好过,时炳生先生方显达,各方为夫人登台之贺者,方络绎于途焉。

或谓昔日生意浪之红伎女,嫁一次人,则黑一次,故伎人之嫁而复出者,犹之白相人之吃一趟官司,触一趟霉头也。时至今日,有不然者,故谓舞人中之陈曼丽,嫁人不止一次,而其走红,以越嫁而越红,由是而见跑跳舞场之有钱人,其胃口,正殊于往日跑生意浪者,殆亦一时之风尚使然邪?不可知矣。

(《社会日报》1940 年 2 月 1 日,署名:高唐)

宋玉狸论缘法

宋词人之论缘法,曰:“大概文字有灵,要须缘法为辅,如同鍊霞女士,跌宕骚坛,绮思艳发。客岁忽因文章游戏,竟与余大相扞格,虽有蜀腴、丁府两叙,而鍊霞语侵先慈,词锋益厉,甚至谓来生倘遇,愿罚予为牛羊,伊则为牧童,庶几日加鞭挞,以快其意,毒哉妇人之心乎?自是翰墨交谊,益如冰炭,凡此盖未有缘法之故也!缘法之说,佛家言之最为精谛，凡鸟兽草木之通灵见性者，皆可有缘法，初不限于人间世。先舅祖耕孙公工书法，善为行草，写十七帖得其神髓，晚岁喜与人写大寿字，笔力□□，得者珍贵之，前年卒于湖州乡里，年八十矣。生前每磨墨写大寿字，必见一白狐体大如獒，自帘际探牖而下，伏床前默观，目炯炯如霜毫，及寿字写比，狐即自去，相处綦久，各不惊扰。耕孙公殁后，其家人即不复见此神狐，岂亦缘法终了之故邪？"玉狸此文，写以寄愚者，前节谈鍊霞事，谓翰墨交谊，已如冰炭，此则似非诛心之论。玉狸于鍊霞文事，折服至深，偶为诗词，倾倒之情，犹不觉流露行间，冰炭云乎哉！

（《社会日报》1940 年 2 月 2 日，署名：高唐）

当时诗稿百余首

周信芳先生，既许我同演一剧，在我深有知己之感，我故谓年来遍交旧剧艺人，其使我怀念不尽者，信芳自是一人。以言女子，唯有云霞，一载以还，云霞唱于游艺场，勿恒与吾人相见，然偶一觌面，辄尽倾其相望之情，若不能自遏者，我则大为感动。新春后三日，值之舞场，怨曰："儿家以事羁，不获观唐先生登台，然有人观义剧归来，辄侦之，谓唐先生台上之神情乃绝趣，我复向往不已。"愚辨其言，无非一片热情也。不禁怏怏曰："今年乃欲与云霞演一剧。"云霞颔首谓："唐先生果健歌，我陪唐先生歌矣。"云霞于旧剧之造诣至高，韵味醇厚，以他人歌比云霞，遂病他人之歌为松薄，顾云霞年来，都伤不遇，至今犹为辕下之伏，愚惘其遭际，慰勉有加。云霞之所以不忘故人者，殆亦以吾人正为云霞知己耳。

比日瘦甚，起居之不节，自为最大原因。去年愚甫识林媚时，无夕不携之为宵游，及归，窗上曙色陈矣。吾母不知儿子荒唐，谓我乃太忙，而损其心力。时愚有句云："阿母道儿忙亦苦，如何不见旧丰颐？"近日情状，又复如是。今晨归时，母既醒，睹愚状，又诧曰："消瘦至此，宜节劳矣。"老人爱子，辄以儿子之肥瘦为健弱之征。忆十六年前，愚任事于中行，月必归省母，时有《归家诗》云："整装欲返家，举手向颐按。癯影不自怜，恐被慈帷看。”舅氏谓情至乃生好诗，当时诗稿一册，都百余首，惟此诗为舅氏所赏爱。今三十许人，而叫嚣驰骛，犹事浪游，浪游无度，则陷亲于危，儿时纯挚之情，且不可得于今日，愚不孝之罪，直通天矣。

玄郎谈舞女吃咖啡事，趣矣，顾玄郎之谈舞场趣屑，有多不胜书之概，于是今日又当述一和尚头矣。玄郎之友天罡先生，眷王家女，女亦舞榭中人，既与天罡相悦，王乃请天罡曰：“愿过儿家。”天罡漫应之，未遽行也。一日下午，天罡忽按址往访王家女，登楼，抵一室，是为女之寝处，门内一床，张锦帐，床后留隙地，置溺器，其前更障一幔。天罡入门时，幔半揭，天罡偶扬睛瞩幔以内，见溺器之上，坐一人，方如厕，不能辨其人之面目与年岁，惟可以确定者，是为男子，盖下俯向外者，光然一顶也。天罡愠甚，顾不言，未几辞去，濒行，更注视幔内，顷之光颅，已杳然不为再见。出而语其友，谓王家女房中，藏一和尚头，始终不知具此和尚头者，与王家女之干系何若。友人慰之曰：“是必女父，是或女兄，而必非王家女之本夫，以本夫在，不容天罡入室矣。”天罡之疑窦不可释，曰：“何谓本夫，直乌龟耳。”于是朋友咸以和尚头为揶揄天罡之绝好材料云。

（《社会日报》1940 年 2 月 15 日，署名：高唐）

美英不好名

愚未识刘美英前，报纸上未尝见刘美英之名，自识美英后，姑于诗文中，数数著其姓氏，志不在张扬，特以“美人香草”之章，记一时游迹耳。顾美英不好名，辄以报纸记其名字为遗憾，白于愚，愚漫应之，未遑检点也。美英屡屡言，愚大恚，以为愚于美英，舞宾耳，虽不足称豪客，要亦非鄙吝之夫，人家卖舞，我则买之，我又不恃传述一舞人为吃饭之工具，然则我又无为以文字而取厌于彼人哉？上月末，尝上书二通，与涤夷、灵犀二兄，丐其发稿时，凡遇有写“刘美英”三字者，辄废之，讵百密一疏，十四日之《火山拾隽》，又陈一节，美英日后之絮聒愚前，为必然之势。愚今特以肫挚之情，为老友请愿，后此勿再觋施，纵写美英，必勿以不肖牵连。美英为一寻常舞女，不肖则为舞客，其关系止于此，纵谓关系有超出舞人与舞客，则美英之得俪大郎，非美英幸福，大郎而得俪美英，亦非大郎光宠，固又何用写述哉？美英语不肖之言，殊不逊，听之几句可当受，小女子不知进退，恒移他客之言，以入愚耳，他客都妄人，又乌能测书生襟度？而美英信其言，惴惴然似是以妨其前途者，令人失笑。愚任其迂执，故特为老友请，老友从我言，使愚与美英，得维持此平凡之关系，果为素愿；不然，愚将置一切于勿顾，以此绝一美英，亦无所恤！

（《社会日报》1940 年 2 月 16 日，署名：高唐）

某 法 家

某法家，尝至大都会，见明儿坐于座，起与偕舞。法家告明儿曰："闻小姐湖州人，我亦原籍吴兴，特来此攀乡谊也。"顷之，友人见法家一舞而已，又顷之，法家呼仆欧，令买舞票一金，以畀明儿。其友咸大诧，私议曰：明儿为此间红舞人，以一金之券畀之，是辱明儿也。越数日，法家述其故，谓我为明儿说起是湖州人，明儿便将陈果夫、陈立夫都搬到嘴里来，一若其曾晋接于达官贵人之间者。我大恶之，以为其人风格之卑，由此可见，纵谓其饰貌之妍，如天上人者，我无取矣。

又小乔以娴雅艳称舞国，一日，某法家招人侍坐，闲谈间，一人谓官中人某君，尝为小乔捧场来者。小乔闻言，色然而喜，某法家窥其情，为之摇首，退而语人曰："孰谓小乔娴雅？其人亦俗物耳，不然，何以闻某君之名而色喜，一若其受惠于某君，为无上之光荣者，其风格之不高，亦可想见。"愚以为法家之责备于小女儿，毋乃太苛，居常扬溢于我耳根者，许多人尊某名流曰"老"，又曰"老伯伯"，甚至为"伯伯"，凡此肉麻当有趣之称呼，有甚于小乔之闻某君名而色喜矣。我亲耳闻之，我又如是何哉？

（《社会日报》1940 年 2 月 19 日，署名：高唐）

一年岁月，不知如何度过来

九本《狸猫》中，以顾福棠君之老尼姑，穿插草裙舞，为台下人所艳称。票友串戏，能大胆表演，便使人向往。梯维演剧甚认真，不肯笑场，然此夕与福棠同台，竟不自禁其掩口葫芦，则福棠之引人入胜可知矣。福棠本痴肥，其人健睡，在稠人广众笑声杂作之际，而有鼾声发自旁，则无人不知福棠寻梦矣。不图一登台上，遂跳荡至此，正复出人意外，其化妆亦妙，面部涂取浓白，而两颊有圆痕，如碗口之径，色作大红，舞时着汗衫，裂玻璃纸条纷缠腰际。台下人有识福棠者，谓福棠营火腿肆；又睹福棠之两胫奇粗，因为可惜曰："顾君不善为其宝号做广告，不然在其两腿之间，一面写雪舫，一面写蒋腿，更于踝骨之上，悬其肆之招牌，则为效优于登《新闻报》十日矣。"

友人近有戒除烟酒者，愚至今日，香烟有不可不戒之势，一月所费至少四十金，一二年来，愚吸"小炮台"，二月前，改"大炮台"，则又非"大炮台"不过瘾。苟除此癖，节一月所耗，可以代一家人半月米粮。顾闻戒香烟之不易，有甚于戒鸦片者，愚意志复勿坚，此愿又何可偿。今日之穷，穷于浪费，节各种浪费，以赡养一家，可无虑冻馁。然而人生几何，孜孜矻矻于一家之生计，岂非小矣？

有人托小郎之名，在他报讽我似"有钱之小开"，最最伤心。自有生以来，我是穷到现在，穷至于无可讳饰。去年大除，尚为钱痞所逼索，此种情状，老友如一方诸兄，且亲目所见，故小郎以有钱讽我，其实痛矣。周瘦鹃先生尝读吾报，谓：果如唐君文中所述，则其一年以来，足迹所经，无非声色之场，非月入千数百金，安能致此？他人以周先生之言，白于愚，愚天生是个糊涂虫，经周先生说穿，似迷梦方回，亦惘然曰："一年以来之岁月，真不知如何度过来者。"或尝致其遗憾之词，于木公之前曰："唐某负债甚重，在跳舞场中，少坐几次台子，少带几趟出去，便不致积逋累累矣。"不论说此言者，是否为愚之债主，愚皆不服气，不是债主，此言当他废话，若是债主，我也叫他收回去，肯借不肯借在你，借来后之用法如何，在我，你管不着。如果你不愿意再借我，我因借不到你的钱而闷死，而饿死，也在我，决不怨你。丈夫志在沟壑，唐某预备饿死者久矣，不比暴发户，有一包臭血，便爱惜皮囊。借钱与人，亦不妨说是施惠，既施惠矣，必欲多一句闲话，听得我真火冒。近来真能释躁平矜，因此又大动肝肠，真想不到也。

（《社会日报》1940 年 2 月 20 日，署名：高唐）

我辈与信芳并世者，为幸运儿矣！

优人之演《打渔杀家》者，千万人不止矣，演《打渔杀家》而能赚台下人之眼泪者，则不过周信芳先生一人。在信芳诸戏中，《庆顶珠》实为绝唱，愚观之屡矣，看一次则伤感一回，人谓信芳为中国剧坛之怪杰，我则誉为尤物；人谓陈德霖之唱，如嚼甘蔗，弥老则弥甜，我谓信芳演技，如中西之明星香水，所谓越陈越香也。一日，与中原同观信芳戏，中原叹麒艺之无传人，觇其语气，殆亦悟信芳佛也，故不可学耳。愚复偏私，以为麒艺，纵勿传亦佳，任其绝响，惟其绝响，方见我辈与信芳并世者，为幸运儿矣！

伯铭有弟，于役长沙，以书来，丐伯铭市杂用诸物，付某夫人携赴湘中。夫人居沪之西区，伯铭固勿识夫人，造其居，夫人方独处一楼，客至，愕然语伯铭曰：“我勿识汝，汝入我室奚为？”伯铭道来意，始与款接。顾不待伯铭言，遽曰：“我父我母，皆六十外人矣，近忽异居，报间记其事，先生见之邪？”伯铭茫然，夫人则疾登楼上，携一报纸，传伯铭读之，读竟，又为诉说其他事，类家居琐屑，不足为外人道者，而夫人一一言之。伯铭大窘，良久始辞去，退而语人曰：“夫人真戚门陆氏之尤。”伯铭似昭玩人丧德之戒，不然，此种妇人豆腐正可以吃一个七荤八素也！

（《社会日报》1940 年 2 月 23 日，署名：高唐）

遇钱化佛君于市楼

一日，遇钱化佛君于市楼，钱君提起六七年前，我曾经痛骂过他，而接着又说："有人说我好，我记得他，有人说我坏，我也记得他。"可知其于不肖犹不免介介也。不肖年来罢手，不肯以此笔骂人，当时所造口孽，现在清夜扪心，颇不自安。钱君耄年不甚得意，尤悔彼时不应着此闲笔，欲弥从前之失，拟稍稍为化佛揄扬，顾化佛又不如昔年之好出风头，使化佛耿耿于我者，我惟徒唤奈何而已。

愚习《小上坟》，复为翼华所怂恿，翼华说与兰芳令我为小丑，使兰芳演花衫。兰芳喜曰："小丑戏渠亦谙熟，可为唐生一说也。"兰亭闻之，则欲替兰芳演花衫，蒙太白不弃，欲为愚配刘禄敬。顾愚乃不能花旦也，纵其能之，亦不敢与太白同上一台，太白口才便给，插科打诨之巧，将使不肖无地自容，其演汤书僮，固已脍炙人口，万一刘禄敬在台上，随便搬几个上海名流，放在嘴里，如什么先生，如什么老伯伯，岂不将胆小之奴家，吓得撒一场尿在台上哉？

（《社会日报》1940 年 2 月 26 日，署名：高唐）

吾舅病危矣

舅氏钱梯丹先生，于二十五日下午，突患心痛病，三日间来势至猛，舅自分必死。愚两日往视疾，舅执吾手，犹勉我为好人。愚大悲，哭不可仰。舅氏年来，中怀郁结，殆未尝有一日放其眉头，病之积也渐，而发之于一旦，遂似不可收拾。群医既感棘手，妗氏且为备后事，愚独以为舅氏不能死也，惟冀医药有灵，使吾舅再活十年，不肖纵无所成，亦当见其子之克传先业。吾母既侍病两日，亦病，母谓："舅果不幸，则吾独存亦无聊！"其言凄恻，闻之肠断。十年前，舅旅故都，吾母病于乡，舅来书曰："愿姊伴我至老，毋使我抱无穷之戚也。"愚当时读舅书，大号。今念前言，我泪益不可遏。吾舅痛苦之状，见者咸为心酸。吾母怜吾舅，则曰："苟病苦而能移人者，愿畚舅氏之痛，分载其身。"吾母、吾舅，笃于兄弟之爱，自先外王母死，舅益爱吾母，谓姊犹其母也，病中，呼母曰："姊乎？怜吾兄弟皆薄命！"言已，吾母放声悲，尽室之人，无不恸绝！愚书至此，已不能不续。舅病尚在极度危境中，当此文传观于读者之日，正复不知何状。嗟夫！读吾报者，几无勿爱待复庐主人之文章矣！读愚文竟，幸代愚致祷曰："愿主人更张眼十年，此世诚不足活，然主人之死，犹非其时也！"

（《社会日报》1940年3月1日，署名：高唐）

上海女人之死可哀者，惟一阮玲玉

陈曼丽死于医院之日，愚从朋友三五众，小憩于百乐门，将归，有游客议于门前，谓将唁曼丽之丧于殡仪馆也。陡念易实甫诗有"直将嗟凤伤鸾意，来吊生龙活虎人"之句，正可为今日所见之若干舞客咏之。顾实甫复有句云："天原不忍生尤物，世竟无情杀美人。"则今日之曼丽，似乎尚不敢当，上海女人之死可哀者，惟一阮玲玉。玲玉大殓之日，门外驻足而悼痛者数万人，宁止嗟凤伤鸾，真有"世竟无情"之叹矣！

丽都有舞人汪氏女，风貌至不恶，而健骨高躯，所谓如玉树临风者也。愚恒心醉其人，顾未尝一舞，先是，愚将入池，之方止我曰："谓汪氏姊妹二人，客无论掷资巨万，不肯从客他游，譬之乔金红，其持捧犹为足下所抱憾，则又何取于彼姝？"用是裹足，然歆慕其人，犹不止也。一夜又诣丽都，与一友谈汪之风华如何，友曰："此人邪？为舞女已六七稔，世故之深，要不可与。"愚信其言，始惘惘，喟然曰："既相逢矣，正不必相识耳。"盖女人而老于世故，复城府深者，最要不得。若干年来，吃女人之苦端为此，我又乌可再不昭炯戒哉？

（《社会日报》1940年3月3日，署名：高唐）

错服麝香

舅氏起病之日，入夜，痛尤甚，如被严刑。舅本通医理，初以为气痛，姑嘱家人市沉香，疏其气也。惟一见赴药肆，时在夜半，叩关入，肆中生徒，自梦寐醒曰，取麝香付之。家人于忙乱中，未遑审察，服后痛不已。忽有人见裹药之纸，为麝香，举家咸惊愕，舅亦陡觉，自言曰："我心痛不足死，死于麝香矣。"后一日冷汗流不止，顾医者咸称，病逾一日夜无变化，则麝香之药性已消逝，不足愚矣。至二十八日，小便三次，二十九日而便忽杳，脉伏，神志亦昏迷，医者乃谓病起自心脏，而转为"尿毒症"，以症状似也。因畀入医院，医言：苟检查所得，"尿毒症"为无讹者，麝香之为害医矣。舅家一度与药肆交涉，肆中守阍之役，承认为生徒所误取，盖阍者亦明明闻买主要沉香也。其失在药肆之生徒，舅氏忠恕，谓生徒亦可怜，责之一人失业矣，我死命耳。嗟夫！吾舅良善至此，苟天道犹可问，天亦奚忍夺善人？医者又谓："尿中毒"非绝症，毒解，病自能愈，特以寓中治病非宜，故入大公医院。大公之内科主任沈医生，治心脏病为专长，院长顾，愚夙识之，因丐师诚兄请院长全院中人，善为道地病者，吾舅能全其生，愚将永戴叶、沈二医之德矣。

（《社会日报》1940 年 3 月 5 日，署名：高唐）

寥寥三四百字逾于连城珠价

为舅父治丧之第二日，犹未就殓，愚率二子往拜。入夜，又送之归，阻于雨，不复赴殡仪馆，复以稿事多荒，拟稍稍记述。翻旧箧，得舅书数通，又遗稿一，则《陇上语》之片段。《陇上语》亘二月而中辍，此稿后至，故未经刊入，为记六盘胜景者。顾语气未尝尽，意其下更有续编也。舅父文章，类多以情致胜，偶作散文，又如淡素佳人，长眉轻鬟，不着铅华，若《六盘》一记，可见之也。听潮爱舅父之文，自《破家赘录》完成，屡嘱愚丐舅父奋笔，舅许我而未果行也，其心思之不属可知。今不图于故纸堆中，出其旧编，而已当舅父待殓之时，吾痛曷极！因雪涕为加圈点，以赠听潮，虽寥寥三四百字，自我视之，逾于连城珠价矣！（文见昨日本刊）

舅父近年作诗，不甚示愚，偶有所见，亦复不能读熟，惟去年有寄某公一律,似尚可忆,写其词云:“黯黯荒原茁怒苗,东南风急晚来潮。谁从平陆论刍牧?我为牛山怵采樵。避地十年天尚醉,入门一棒佛难饶。知公书角磨砻尽,(或作后)尚有忧民念未销!”不知亦有误忆否?脱有讹字,舅在九野见之,必掀髯笑曰:“阿常又偾老夫事,此儿真糊涂得可怜也!”

(《社会日报》1940年3月6日,署名:高唐)

我想写一篇哀思录

我想写一篇哀思录,来纪念舅父,听潮也以为写整篇的好,明天要出空了工夫,一气写下来。近年写比较长一点的东西,总是一天接一天写的,从来没有一气写成过,惟有纪念我舅父的文字,不能再断断续续的写。可是我又想到,舅父一向爱护我可以说无微不至,我哪里能够写得周到?最可恨的,舅父爱我以至诚,而我对于舅父连年来的行止,都漠不关心,我现在精神上的痛苦,便是因我一直辜负到舅父于一瞑不视之后。我想过了,假使为鬼有灵的话是可信的,那末舅父死了以后,他一定觉悟我这个外甥是让他白白期望了一世,他死之后,一定厌恨我。当他临死前的几天,方立人先生去望病,舅父说他舍不得阿姊,舍不得自己的妻儿,他始终没有说,舍不得阿常。当他临终的时候,我立在他床头,他眼睛张开了转过几次,看过我母亲,看过舅母,看过他的子女,却没有看过负了他期望的外甥,可知他不待身死,已经厌恶我了。林琴南说:一个人不要辜负了一个加惠于我的人,假使那人一旦物化以后,那末精神的苦痛,到自己死了,还不会宁已的。我于舅父,现在已经造成这种情形,这几天我的涕泗长流,有什么用呢?

(《社会日报》1940年3月7日,署名:高唐)

林庚白论诗

尝见林庚白先生论诗曰:“言宋诗者,称东坡、荆公、山谷、放翁、后山、宛陵、石湖、诚斋，而忘有刘后村。言清诗者，称竹垞、渔洋、樊榭、仲则、定厂，以迄郑子尹、王闿运、范常世、樊增祥、郑孝胥、陈三立，而忘有江湜。盖中国人士治学，辄以古人为目虾，而自为其水母焉。古人以为大家名家者，亦从而名之，大之，纵或后人所作，突过古人，仅可称其神似某某，未敢遽谓其凌铄往昔作者也。此实为中国学术上进步停滞之总因。以予所见，《后村集》与湜所著《伏敌堂集》，皆奄有唐宋诸家之长，其才力卓绝，意境清新，初不待言，尤能以平易通俗之语入诗，而自然精美，此则雕肝镂肾之唐宋诗所不及也。今之少年，喜旧体诗者，殆必取经于此二君，则新生活与现实之意境，可以恣笔出之矣。”其实庚白之诗，正复才力卓绝，意境清新，亦能以平易通俗之语入诗，而自然精美者也。愚读庚白诗甚多，正复爱其诗之以现实意境，能恣笔出之，观其上述之言，则庚白之诗，殆甚得力于二君者。愚读书不多，习为诗，草率不足观，第绝佩庚白论诗，因拟取《后村集》与《伏敌堂集》读之，读者亦有能为愚介绍此两著者乎？企盼曷极！

（《社会日报》1940年3月8日，署名：高唐）

殡仪馆之煤

在殡仪馆之夜，与钱氏表弟妹，及妗氏、吾母，守舅父遗体。吾人居楼上一室，室外即备殓室，舅父遗体所置处也。招四尼诵经于侧，一老尼，其余三尼咸少艾。三尼中其一且美丰姿，能写字，遒劲不若出女人弱腕，可异也。自十一时始，至清晨五时，尼诵经凡六次，有人审群尼乃无不胆怯，诵经时，引吭特高，似欲振其胆，比假寐，四尼皆外向，不敢视长椅上之下死人也！幼尼如此，老年之尼亦如此。钱家人有责尼诵经不勤者，一尼健嚣，出言殊不逊，而口气绝似上海之舞女派头，如曰：“闲话阿要难听？说伲只念子两趟经，阿要自说自话？”不肖愤愤，以为吾身真不祥物也，在殡仪馆中，亦听得到舞场术语，舞场术语而出之于尼姑齿颊间，更令人哭笑不得！我人所居之室绝宽大，是夜奇寒，我母不耐冷，令馆中侍者燃火，侍者谓：夜深煤扃之小圃中，不能取也。因贿侍者,助其入小圃取煤,又取木柴,登楼引火,室遂如和煦之巢。后一日,煤账特廉,知为侍者所道地,亦贿之功也。有人谓:入某种餐肆,首畀一二金与侍役,则价廉而味特鲜美。可见贿之为用之大,殡仪馆之煤,亦其例耳!

(《社会日报》1940年3月9日,署名:高唐)

今日崛起者,更有绍华

近日,屡以"搭煞侬"博输赢,此戏夙以瓢庵为圣手。愚向时从天厂、梯公习,翼华复以此自矜,而今日之崛起者,更有绍华。绍华夙擅此术,遂于我辈目空一切,然其术自高明。初翼华不甘服,以每分五角计,博胜负,屡博而屡败,始叹敛手。若愚以后进,尤其其敌。愚之对手,在翼楼惟一剑鸣,剑鸣之程度与愚相若,盖都不能出以机诈也。绍华之好,不仅出奇制胜,能料对方之牌,十七八无讹误,真是鬼技。绍华自命,生平无博不精,尝从其入诗文集,集主朱君,与绍华为审友,恒与绍华讽谑,谓绍华识字且未周,何以能博诗谜?绍华亦不以为迕。然其有一本事,则一筒之中,可以辨哪一张为红条,屡认无讹,故又使愚惊愕。顾绍华之于博,每大负;小蝶雅不善博,有时为雀戏,技之低劣,令人失笑。剑鸣谓:赢大哥钱,真正不忍。嗟夫!是亦仁者之言矣。

(《社会日报》1940年3月11日,署名:高唐)

忽忽十六七年矣

小时能背舅诗甚夥,今大半忘佚。昨夜不眠,记其诗,则《三咏斜阳》犹可忆也。此诗曩已刊之吾报,七绝为"春涨新添绿一篙,缘溪柳浸晚来潮。朝来行迹门前少,没却村南红板桥。"髫年,舅为我写箑,夺末句"红"字,尝与某君议。愚谓是殆"一"字,某则谓为"小"字,询之舅,舅谓"小"字软,自以"一"字为美,因笑曰:"阿常若作诗,非无成就。"愚闻言大乐。又北都大雪,舅诗云:"风雪连朝一巷泥,二三饥鸟向人啼。起来为觅瓮头看，喜有新春数合粞。”温柔敦厚，的是风人之旨。又有某月日《买醉伎家》一律云：“头颅巨影落杯中，强戴须眉唱恼公。流水笑人双白鬓，斜阳迟汝一青枫。狂名未脱因才累，绮业初深悟色空。试看谢娘银烛畔，可怜骰子恋人红。”是夕，舅大醉归，写此诗于纸上，愚当时过目即能记，越数日，默记此诗。舅见之问曰：“是出何人笔？”愚曰：“舅所为耳。”舅乃失笑，谓是倚醉仗笔，比醒，遂忘前事矣。由是可知舅于为诗，工力之修养实在高，凡此诸事，忽忽十六七年矣，问经侍讲之乐，要再不可得，念之肠断！

（《社会日报》1940年3月13日，署名：高唐）

有人拟为素琴设饯

素琴将赴港前三夕，与愚会于丽都，愚数十日不舞矣，为素琴则又重下舞池。素琴奇瘦，迥异初归时，下舞，觉其气促，乃知此人之弱不好弄，尤逾往日。后诣大华，更舞，气尤促，问之，谓中酒耳。笑其此论实违心！

有人拟为素琴设饯，素琴忽掉文，曰：“莫提起，提起了，泪长流。”绍华以为是一谜面，又“动脑筋”射覆矣。然素琴谓非谜，是为成句，因有人设饯，自有离情，愚始知绍华之缠夹，幸未造次，不然我想说出谜底为“男人小便”，荀金大闻之后，将饰貌矜情曰：“大郎兄又与我打朋矣！”

素琴屡次远行，愚皆有诗，旧句如云：“却怜远道冲寒客，正是当时绝艳人。”又：“闺中佳丽归无日，门外垂杨绿未齐。”在在都是以见当时之刻骨倾心。然于今日，情怀俱减，此岂投老之征，亦可见不肖之与恒人周旋，未必尽全终始矣！

（《社会日报》1940年3月14日，署名：高唐）

素琴又将为港游

素琴又将为港游，十二日，绍华饯之于雪园。席上有人谈起卡尔登票房间失窃事，一人谓：偷了一次，再偷二次，宜贼之难逃法网。一人则曰：此贼为常贼。翼华谓：贼为院中杂役之友，负于博，遂一再为宵小。愚曰：然则贼是票友矣。座上森斋、小蝶、绍华、伯铭、元龙、筱珊诸君，咸色然。愚亦旋悟言失，亟谢过，曰：我也是票友。

雪园点心中，有一种馒头，其制造之法，观之不甚典雅，食时，以两手张其缝，缝既豁然，更实烧鸭，或鱼肉于其中，和而同食。是日，"主客"取其一，方使馒头豁然之顷，剑鸣取箸夹一肉片，欲敬客，信口曰："叫我放在哪个里面？"陡见"主客"手中之馒头，遽曰："就是此地罢！"闻者咸为掩口葫芦，而"主客"未尝会意，剑鸣亦未觉其言之失态，盖两者俱心地纯正，而旁人之观察，偶有邪僻，遂以为此言此行，都成妙谛矣。

（《社会日报》1940 年 3 月 15 日，署名：高唐）

上海啤酒推销最力之凌剑鸣

吾宗有美髯之目，顾其恒言，自问已多老态，故而畏缩，不欲共少年人征逐欢场矣。一夜，又为此语，舞人红儿伴于侧曰："先生之髯，至适于观。"吾宗摇首，曰："我今日苟剃此须，称三十许人于人前，人犹信我，当此一丛，婴婴宛宛者，无不目为五十老夫矣。"红儿摇手，曰："先生勿剃其髭，果尽去者，且易旧观，令人诧愕。"旧友陈灝一，逾四十再娶，薙其唇外之髭，固未见其重返青春，而威仪尽替。可见髭之为物，其于年少年老之别，为效绝微，顾红儿之见不到此，第赏吾宗为美髯，故劝其以引刀为快耳。

凌剑鸣兄，为谋上海啤酒推销最力之一人，故 UB 公司之倚重于兄者亦殷。或谓剑鸣之推销上海啤酒，其方式甚多，愚则以为其宣传之法尤妙者，美妙于自己吃于大众看也。尝于宴会中，见剑鸣携巨桶，盛啤酒殆满，与席上人轰饮。剑鸣饮独多，他人不能容，而剑鸣犹倾大盏，众异之，谓啤酒果未必使人烂醉，然也要有肚皮来袋。剑鸣既不甚魁梧，亦非痴肥，饮既多，酒将奚藏？一人笑曰："疑凌先生曾练功夫，练此一功,遂为 UB 公司,尽其职责,而公司当局,遂有天赐良材之广矣!”

(《社会日报》1940 年 3 月 18 日,署名:高唐)

“詹筱珊,有朋友看你!”

詹筱珊君年三十七,太白谓其已育男女得李家太保之众,然望筱珊,犹二十许人,其长公子已及冠,硕人颀颀。一夕,觅其翁于翼楼,门外遇伯铭,伯铭引之入,连名带姓呼筱珊曰:“詹筱珊,有朋友看你!”筱珊见为己子,则为楼中人作介,既而曰:“是为我大个小囝。”伯铭勿信,辄詈筱珊,谓:“触伊拉,朋友要好来看看侬,侬当别人家是侬个泥子!”闻者哄堂,筱珊亦不禁失笑。至此,不得不尽损其家翁之威,独公子愕然!

浣溪红弟,今犹浮沉花海,张圆珠艳帜于群玉山头,相违既久,一旦遇于舞榭,则旧日萧郎,犹伤摇落,而玉人无恙,翻为丰腴,真绝代也!愚曩为别红弟诗,其词曰:“人间谁不爱青春,欲托歌衫掩此身。莫问城南茶早熟,重逢可许一微颦!”故去年于舞座上亦曾见其惊鸿一瞥,归后记以诗云:“为送城南茶早熟,春城四月见红儿。”忆往岁红弟从愚游时,恒于清晨赴城南烧香,吃茶,吃素斋,不肖贫薄之状,未尝为红儿所笑。今重见之,则旧痕历历,都上心头,比日归来,久陷穷愁,惟红弟浅笑之痕,要是以涤我抑塞风怀也。嗟夫!

(《社会日报》1940 年 3 月 23 日,署名:高唐)

越雅越臭矣!

海上戏剧刊物中,惟《罗宾汉》有独特之风格,而撰述诸君之笔调,更不流于恒俗,朱瘦竹先生为一枝绝笔,钦迟已久,其他诸君,尤能以常言俗语缀为绝妙文章者,是真所谓“信手拈来”矣!顾福棠设宴之次日,《罗宾汉》刊登一文,标其题曰《袁履登点中吃顾福棠》,其下文字,开头两句曰:“袁履登老伯伯,看得起名票顾福棠……”愚读之辄拍案叫绝,是即所谓以常言俗语,缀为绝妙好词者也。试觇其语气,于袁履登之地位,绝不铺张,而顾福棠三字,以此自显,若老伯伯称呼,口吻之亲昵,亦力示后辈谦恭之状,良可爱也。从知文章之美,真不在雕凿,断断于词藻之典丽者,无论如何,必是下乘。福棠之宴,愚亦有一文记其事,题其文曰《顾楼消夜记》,鸳蝴遗毒,尽蕴其中,较"袁履登点中吃顾福棠",字面之淳朴,真觉"顾楼消夜"云者,盖越雅越臭矣!忆前年夏,我人日走时代剧场,一夕,与海生约,同往听歌,愚阻以他事,不克往,海生于《罗宾汉》上,载一文曰:《唐大郎时代剧场撤烂污》,记愚之有约不来也。此题为培林见之,恒引为笑话,培林盖未尝悟《罗宾汉》之一贯风格,为独特而不流恒俗者也!

(《社会日报》1940年3月26日,署名:高唐)

释 风 尘

昔年,文友某君,曾记银星胡蝶之起身者,谓其人乃"出处风尘"。胡蝶见之,大恚,状某君于官,指其辱己也。时张恂子先生,方执律务于海上,某君延之为辩护,引《风尘三侠》故事,谓"风尘"二字,在中国文字之意义上,乃未必为轻侮之名词,顾讼未得直,某君卒以谤毁而科罚锾。按寻常以"风尘"上面必联"堕溷"二字,于是身操贱业之女人,谓之为"风尘中人",而"风尘"两字,亦几成"乐籍"之代名词矣。惟风尘实有异乎此义者,《风尘三侠》诚为一例。又杜诗"海内风尘诸弟隔",此风尘又当奚解?而章行严先生为虞澹涵所绘之山水题诗,有句云:"夫人也念风尘苦,写此林泉著胜流。"苟"风尘"必联"堕溷"者,则章先生之风尘云云,讵非语病?一日,小金与愚谈,忽然自谦,谓:我姊妹虽身在风尘……言至此,愚大惶悚,不令其下续,止之曰:"何其言重!妹在风尘中,为兄的亦未尝在风尘外也。"当时匆匆,不及为渠释风尘之义,偶记前言,为作兹篇,以告素雯,为博一笑!

(《社会日报》1940年3月28日,署名:高唐)

如何？如之何？

于祖莱先生寿筵上，晤祖夔先生，初，先生读吾报甚久，既默识执笔诸人矣，于不肖恒多谬奖，遇吾师良伯先生，辄以不肖为念。客岁，吾师以先生之急诏于愚，复遣愚过先生居，谓：祖夔先生，老成宿学，宜勤谋聚首之缘，借攀风雅，讵非佳事？愚奉命而卒不果行，至是夜始晤于此，真嫌此会之迟矣！先生擅旧诗，珍秘不为外间经见，闻之人言，谓先生所作，工力最厚，格调弥高，顾先生㧑抑，乃夸不肖之蛩鸣蛙唱，在在得意境清远之美。前辈谦和盛德，直使后学愧怍不敢当矣！

一方记洛公索租，书"如何"二字，意问一方将何以料理房租也？一方踌躇有顷，报以"如之何"三字，意不在拒租，而无法付租之苦衷。从此三字间，已尽"宛转陈词"之妙。人谓一方毕竟书生，其吐属故自隽雅，若遇不肖伧俗，必在"如何"上面加"无可"二字，来他一个"阴干"；或者在不高兴时，于如何上面，加"你欲"二字，则成为游侠儿口吻，而曰"侬要哪能"矣。虽然，是殆不能对付二房东如施济群兄者耳！

（《社会日报》1940年3月30日，署名：高唐）

托人为我措一业

一夜，与张翠红同宴，愚慨然曰："此身不能系一业，不知我者，群疑为唐某真上海地方白相相个白相人矣。"故近来求业之欲大炽，曾托过许多人，为我措一业，则漫应之未果行也。乃以此奉翠红，翠红或有上宾，乘酒酣耳热之际，为我进言曰："我家有阿兄，赋闲既久，久闲且患其旷身心，公如恤儿家者，亦当恤儿家之兄，为其位置一事，感载且同身受矣。"愚言竟，座上人咸笑，翠红似不知我言戏也，则大羞，面赧不能仰，愚乃大乐。近顷，木公亟赏翠红，一夜，公送翠红返，其妹附车行。后数日，木公遇翠红，问之曰："汝妹归家，亦尝白汝堂上：阿姊乃遇一老夫？……”翠红亟摇首，曰：“吾妹归时，惟道公盛德。”言未竟，愚止之谓翠红之言必妄，是为门面语，出之于老举舞女之口，不足责，翠红好女儿，奈何亦习此媚客之术？翠红闻言，滋窘，又转语曰：“我言诚不实，顾吾妹亦未尝有言薄公也！”木公大悦，愚亦叹曰：“翠红毕竟佳人，我一向乃殊未虚识。嗟夫！惟良善之儿，始足为吾人向往耳。”

（《社会日报》1940 年 3 月 31 日，署名：高唐）

“某君笔下之两代人”

舞场中，有人挟摄影机，为座客留影者，始于百乐门，今大华亦有之。一夜，客招金红同坐，呼摄影师来，欲偕金红同一影，金红婉谢，固请，金红面赧，遁归己座，客用是悻悻。事后，或以是问金红，金红谓：与男儿合贮影中，宁不羞人？或乃笑曰：“好女儿迂旧可怜！”此金红之所以为凄凉绝代人矣！

愚写张翠红曰“有风华盖代之观”，写乔金红又曰“凄凉绝代之儿”，或讽曰：“兹二人者，某君笔下之两代人也。”其实“‘凄凉绝代’四字，非愚杜撰，《碎琴楼》之写琼花，不知于何时死矣！”要之，女人而有幽艳之致，殆无不可形容以凄凉绝代，故有人以舞国隽才，拟红楼人物，而不易得黛玉之选，黛玉即幽艳人耳。推金红，或者似矣。

愚尝以金红比梅花，曾有句云：“劝汝莫修才子妇，如何消瘦似梅花？”以是而论，则翠红为芙蓉，钱雪英如夭桃，何奈凤如丛菊，刘美英若蔷薇，久隐之鲁玲玲，如万寿菊，挟一团火气矣。

（《社会日报》1940 年 4 月 1 日，署名：高唐）

岭南人士听皮簧

闻王熙春在港，不甚得志，金素琴继其后队，失败亦为必然之事。林树森与薛觉先友善，林出演于香港，薛捧之至力，且不可久支。梅兰芳以伶王之尊，亦第为南国愚公，不见其轻易露演，故有人曾干脆的说：

"岭南人士之听皮簧,其茫然正似我人之欣赏粤剧,兰芳且不能红,熙春与素琴,将何恃而使南人倾倒?""何恃"云者,以心直口快之语气出之,则为靠什么东西也!

樊伟麟兄,为吾师良伯先生公子,近执教鞭,欲示老于人前,则蓄短髭。愚嫌其多事,劝其剃去。伟麟孝吾师甚至,愚谓其病不在故饰苍颜,苟于绕膝承欢之际,对吾师将如何?我师年方逾四十,未尝有髯,睹儿郎之唇际须,又当如何?

四月一日之本记,述"凄凉绝代"云。"凄凉绝代"四字,非愚杜撰,《碎琴楼》之写琼花,辄称之曰"凄凉绝代",如云:"凄凉绝代之琼花,不知于何时死矣。"原文刊出后,夺一行,遂使文气不能连贯,时在我报改革第一日,着此一玷,不能不为勘出,为校阅诸君勉焉。

(《社会日报》1940年4月3日,署名:高唐)

舅诗尤胜者为《西征诸咏》

某坤伶致书沪友曰:"某日至某日,我们要唱三天戏,为庆祝某事也。"其友读书,哭笑不得,忆北都既沦陷,津浦路通车,行通车"典礼",女优赵啸澜,尝与此会,时海上某报,捧啸澜甚力,特为书其事曰:"将来中国交通史上,赵啸澜亦值得煊写之一人也。"大意如此,而审此语气,绝非所谓"皮里阳秋",而真情挚意,充塞于字里行间。嗟夫!执笔治文者,其认识之不清且如此,又何责于某坤伶之沾沾自喜,大书其唱庆祝戏哉?

舅氏遗诗,惟一兄搜集得四十余章。惟一兄谓舅诗之尤胜者,端为《西征诸咏》,近年则重工力,故格律弥高。《西征》诸作,兄亦不能尽忆,昔愚记得甚多,今亦亡佚,《始皇墓》二首,仅忆其后一绝云:"玉鱼金碗总飘零,吹断罡风草木腥。十丈灵旗天际语,乱云飞去一山青。"《华清池》亦有三首,仅忆其首一绝云:"艳绝华清水一池,残香犹借好风吹。今来策骑匆匆过,妒煞痴肥一禄儿。"他如《六盘》、《大佛寺》诸章,断句尚可记,全章已不能背。舅尝自言,《西征》之作,古风胜于近体，愚乡居藏有存稿，今不知已毁于兵燹中否？念之恸绝！

（《社会日报》1940 年 4 月 7 日，署名：高唐）

慕尔堂有规例

明姑好为艳装，尤喜修饰，尝读于慕尔堂。慕尔堂有规例，凡其学生，不许染铅华，亦不许御盛服，违此禁者，必蒙教师严谴，或不悛，则退学矣。明姑故谓：每日就读，着蓝布衣，御平跟鞋，素面低鬟，乃如闺阁中人，顾在游宴时，我人恒见明姑于饭后辄治状，对镜敷粉，染唇膏，愚尝讶其为以动为斯役。则曰："唇膏之色诚鲜浓，然每当进食后，色亦随尽，固不必以素巾拂拭，然后卸之也。"此盖舶来品。今国人亦有自制唇膏者，闻之中西药房，发行一种，曰"明星变色唇膏"，其色泽与质料，咸超舶来品之上，惟一妙用，则能历一日不褪，而光彩滋然。愚尝挟此消息，以告明姑，谓做了女人，使人见其不务他役，惟致力于映白施朱，要不为大雅者所重，故以明星变色唇膏为荐，使樊素之口，长日如樱桃，不复使人见其有人工点染时矣！去年夏舞于大都会，有舞人以其唇就我肩，肩上红色殷然。一夕，与舞人又戏于车中，至灯下，有人见吾颊有血痕，骇甚，以为麻姑玉抓，乃创檀郎，其实皆受褪色唇膏之赐，不比销魂之迹也。

（《社会日报》1940 年 4 月 8 日，署名：高唐）

"阿常与作诗恒自负也！"

四月三日晨之车中记事诗，已刊本报，近年来作绮语而得蕴藉之致，自谓惟此诗似之，前六言俱写当时情景，末二句则为补写后来事。原文云："归向镜台余细怨，者番容易鬓鬟松。"不知如何，于写寄听潮时，乃改为"归向镜台余细怨，今朝微惜鬓鬟松"。刊出读之，总觉百不舒服，无论意境与神韵，俱不及原唱之好，可见诗殊不可妄改，改则有扭捏态令识者憎厌矣！

去岁作香奁诗最多，集之，得百数十章。岁将阑时，舅来吾家，检读诸作，颇爱“帘静知渠春睡足，日高归客一身闲”。是诗盖为雪又琴写者，时又琴与愚居同巷，一日晨归，愚方进晨膳，而又琴之歌声已起于窗，故结句又云：“难得朝阳光景美，忽闻仙乐到人间。”舅谓此联前句犹不及后句之胜，愚笑谓舅氏，后句实得山谷气息。舅不语，似默许吾言，旋告人曰：“阿常与作诗恒自负也！”

（《社会日报》1940 年 4 月 12 日，署名：高唐）

读 旧 诗

尝忆孙子潇有诗云：“物但关情皆可爱，事真入手不嫌迟。”真道着我近一年来心事。近人薄《疑雨集》，然《疑雨集》何尝无佳唱，愚爱其零句云：“暂依泥水潜奇士，别置山堂望美人。”“载酒船乘春涨活，踏歌人喜夜寒轻。”“但有玉人长照恨，更无尘事暂经心。”“几度扇遮当面笑，可应灯照下帏羞。”“浮世本无堪喜愠，高人未易可亲疏。”无不可念。

杜樊川有“高人以饮为忙事，浮世除诗尽强名。”而黄山谷亦云：“与世浮沉惟酒可，随时忧乐以诗鸣。”各言诗酒，而各人状各人心事，小杜之洒脱，庭坚之艰涩，一望了然！

元稹律诗有极美者，如：“自言行乐朝朝是，岂料浮生渐渐忙。”“斗柄未回犹带闰，江痕潜上已成春。”又如“些些风景闲犹在，事事颠狂老渐无”。而读诗人必以微之《遣悲怀三首》，始足传诵者，不知是何心理！

李义山有“重吟细把真无奈，已落犹开未放愁。”愚从前往往与杜工部之“细草留连侵坐软，残花怅望近人开”对照读之，乃悟义山诗才，自非冬郎能及。

（《社会日报》1940 年 4 月 14 日，署名：高唐）

和瓢庵抬杠"私房"

一夜,与瓢庵同看《探母》,至"盗令"一场,萧太后之座上,置令箭一枝,箭上镶玻璃,电灯照其上,明光灼台下,可炫人目。愚因为疑问,询瓢庵曰:亦知《探母》中之令箭,为"私房"抑为"官中"? 瓢庵遽答曰:是必"私房"。愚曰:诚如君言,其为老生之"私房",抑为青衣之"私房"? 瓢庵不能答,旋曰:亦许为萧太后之"私房"。正不可知,以"盗令"为萧太后戏也。愚谓今日之演《探母》,"盗令"总是公主正场,故令箭必为青衣之"私房"。瓢庵曰:否,出关见母,回令时,令箭在四郎项上,故老生宜有此"私房"。"论争"至此,二人渐入抬杠状态,以二人之音甚低,故无第三者为之证明。愚又奇懒,不愿往后台打听内行,而瓢庵毕竟风趣,谓我二人,不必"雄辩",以我思之,令箭实镶嵌而成,其心子为青衣之"私房",其外面之壳子,则备自老生,以有一定之尺寸,合演时即将心子装入壳子中,故一枝金批令箭,实为老生与青衣共有之"私房"。愚闻言大笑,谓上海舞场中,称吊膀子为搭壳子者,不即根据此典实邪? 瓢庵亦大笑颔首。虽然,此为戏言,还当质之高明,如评剧家、戏教师者,有以教我。顾若因此问题,而使两方交恶,将来打起官司,则愚不负责,亦决不以一言为两方调解;若弄僵之后,怨我为戎首,则上海人打话是你们勿写意矣!

(《社会日报》1940 年 4 月 15 日,署名:高唐)

舅 氏 少 作

新艳秋将北归时,于筵席间一见其人,颇悔其登台时,未尝饱聆佳奏。新艳秋之美,美在闲雅,又似人间灵秀之气,丛集于其人踵顶,尊前豁眼,肤发融然。瓢庵亦以是为言,又曰:"女人之美,最难得一秀字,秀如新艳秋,微特金二小姐所谓'风尘中人',不可得见,即求之当世闺彦,亦何曾有?"愚十余年来,于新艳秋未尝有好感,屡屡自报端见其摄影,疑其人亦黄脸常婆,不图一朝相对,方知当日之测想,乃为荒谬绝著。影人中惟一美云,顾美云之气度匆似;舞人中乔金红未尝匆秀,惜偃偃有媪象,亦匆称。若新艳秋,乍见其人,不必交一语,培林所谓已能使人留崇高之印象矣。

偶翻旧箧,又得舅氏遗诗,则以故乡有书场之设,舅题□帏者,词云:“斜阳村鼓不堪听,肠断当年柳敬亭。天宝拾遗余涕泪,琵琶终古叹漂零!”又《碧云词》云:“海棠庭院雨丝丝,小病慵慵未画眉。笑道如卿堪入画,不知似妾可能诗。乍归燕子春三月,小别鹦哥又一时。记得腰支刚半搦,今朝却又瘦些儿。”“尚愧才名不称君,敢辞拜倒石榴裙。桃源不尽东西水,巫峡难行朝暮云。口舌长留香一寸,衣裳特为窄三分。温糜足疗相如渴,贱煞当年论蜀文。”凡此皆舅少时作,愚尝谓舅作绮语都非工,即此二律,远逊于后来之《天平十首》矣。

(《社会日报》1940 年 4 月 16 日,署名:高唐)

赵如泉自奉甚俭

或谈赵如泉自奉甚俭,自来搭共舞台后,从其家至戏院,来往从未坐过一次车子,其俭能令人敬服,而此老之雄健,尤使爱戴者为之欣慰。某夕归家,与李如春同行,有丐妇伺于门口,见赵辄尊赵为赵老板,赵微睇其人似不识,忽掩面疾驰而去,李在后笑不可仰,谓老开私底下之作风,亦如台上之济公也。

本集《济公》初演之夜,毛剑秋骑于驴子上,驴为真驴。赵如泉之济颠,用指施定身法,将剑秋指定,剑秋遂勿动,顾缰辔既驰,驴忽自行,台下人大笑,台上人大恐,以剑秋方怀娠,或坠于驴下,畜固无恙,而母子不安矣。如泉机警,急牵驴曰:“我倒忘记脱哉,个只驴子呒没指定,让我来牵住俚吧。”次日,恐蹈覆辙,因别用一驴夫,将驴子牵住于台上。

李如春最尊服如泉,如泉虽非如春之师,而如春实以师礼如泉。如春在台上有戏做,必不肯放过,有几分力可卖,必不肯偷懒。此种作风,正如如泉，而如春自对人言，辄尊如泉为老辈，后生之谦和美德，惟如春有焉。

（《社会日报》1940 年 4 月 18 日，署名：高唐）

舞人之名

一方论乔金红题名之美，最惬予怀。愚初识金红时，亦皱眉曰："奈何凄凉绝代之人，而名字用两个俗字。"又曰："与其金红，不如惊鸿之为美也。"顾后来辄笑吾见之谬，以为金红二字能叠用，亦殊古雅，诚如一方所谓推陈出新也。林楣小字曰林妹，本寻常女子之小名，愚记之文字中，则改号为林楣，自哂风雅为多事。林楣孤独人，惟留兄嫂，嫂氏来，问其起居，称之林妹，他人知者已绝少。近又闻王慧琴小名阿妹，其家与吾寓对邻居，其母迩来忽挽髻，告吾家人曰："阿妹为我招梳栉之奴，月耗二金，老身殊嫌其多费也。"阿妹二字似不适耳，然出于老妇人呼其娇女之口，辄使人想见家庭间融泄之状，为可歆羡。愚颇恶舞场中莉莉、爱娜之名，而以为宝宝、娟娟甚好，顾舞人中之宝宝、娟娟，有其人而其人不称其名，为之丧气。又林楣尝为言，渠入学时，特自题一号，曰惠明。愚摇首久之，是在男人，为和尚，在女子，则为尼姑，此儿一生孤寂相，在处便可以觇之。

（《社会日报》1940 年 4 月 19 日，署名：高唐）

读《禅真后史》

殷正为君，贻愚《禅真后史》一部，装印甚美，有马迹山农之言曰："《禅真后史》共八册，六十回，明崇祯木刻精本，列清禁书目，近世罕觏，珍贵异常。为某收藏家所有，既与物主商得同意，特就中摘其尤精彩者抄录七回。自四九至五五，奇文古者体，妙到毫颠，不自隐秘，谨以赠奉同好。此册之成，虽费时两月，不过癖嗜之勤耳，愿得奇文同赏，倘相视以侩，则失之矣。"愚昨夜排灯读之竟，别以为行文于古体中尤别饶妙绪，如写来金吾之群姬与嵇西化私，劳氏之议其夫来金吾云："俗言说得好，若依佛法，便当饿杀！若依官法，便行打杀。比如我和老来，果系结发之情，一夫一妇，若做这般勾当，人心上怎么去得？请瞧一个腌不滥的老子，占下几座肉屏之风，你想大旱之天，洒这数点雨，滋扶的几茎禾稻？若非车水接应，立见枯槁成灰。正为'遇饮酒时须饮酒，得风流处且风流'。若徒胶柱鼓瑟，转眼白骨黄沙。只是那千度灵犀，胜似官居一品。"叙怨妇放荡之言，如睹真人，而语意之奇，令人失笑。此书又多"有诗为证"，诗亦奇隽，如云："一段幽情两下通，等闲奇会此宵中。群姬不是心无妒，为结花营免露风。"又云："怨女深居欲似燃，抱衾长恨夜如年。倚屏慢觑通宵乐，俛首含颦只自怜。"

（《社会日报》1940年4月23日，署名：高唐）

有人谥翼楼为"芝兰之室"

翼华雅好修饰，头上青丝，勤施胶沐，而居处亦整洁。时将夏令，乃使卡尔登侍役，遍洒明星花露香水，吾人登翼楼者，遂有花气袭人之快，而有人谥翼楼为"芝兰之室"，亦是故也。翼华不耐闻臭药水，故谓明星花露香水，不第为化妆品之妙选，亦可以醒神避疫，为效乃无逊于臭药水。他时冷气开放，更将以明星香水，自冷气中打出，而传于观众，既凉生肘腋，复有奇香馥郁，回旋于襟袖间，亦剧场妙境矣。

有坤伶自北都来者，居沪凡二月，而为海上名流荐枕席者五人，有人审其隐私者，谓第一次是个胖子，第二次是个瘦子，第三次是个胖子，第四次是个瘦子，第五次又是个瘦子。或喻某坤伶二月间之轮回，乃如打大小，一记大，一记小，一记大，一记小，至第五记又是小，是为连小，真谑而虐矣！

收坤角为过房女儿，则干老子在势不能避免做过房乌龟，诚是冤事。我于是想想，近年来做过一桩丧心病狂之事，因我人虽兴高采烈，怂恿丁先生收某坤伶为义女，以从前无今日之阅历，今日想起来，该打嘴巴。

（《社会日报》1940年4月28日，署名：高唐）

吾师关怀不肖

范松风兄,佐吾师理嘉定银行业务,嘉定银行之蜚声于阛阓,吾师之力,亦兄之功也。吾师关怀不肖之起居甚殷,每日问兄曰:“唐生近状何如? 云裳日记,乃书何事?”兄遂取读吾日记,一一告于师,及不肖述困于恶疾,辄止,不令吾师知,谓师将忧君疾,而恶其轻薄也。兄又言:“既称隐疾,隐之可耳,奈何形之楮墨间,君可写,我则不可言。”松风兄为人之谨严,可于此数语间觇之。五六年前,愚始病今日之病,当时述病状于报间,为读者所骇怪,近年掩敛无复往日锋芒,旧恙发作,志之日记中,著以轻淡之笔,非如当时作“惊世骇俗”论矣。

孙兰亭兄,有时对人言,自称姓蓝,婴宛之流,恒称之曰蓝先生。蓝先生好诙谐,一日,为袁履登老伯伯看得起之名票顾福棠,在酒楼上,卧于软椅中,蓝先生至,长跽其前,牵其衣,福棠遽醒,忽睹蓝先生为矮人,问何事者? 蓝先生央告曰:“我求求你,以后好不好不要再睏了。”小蝶尝述偕福棠看足球,在万人如海中,忽失其人,遥瞩之,则福棠已立卧于人潮中,被涌在丈余外矣。同行者睹状,无不绝倒!

(《社会日报》1940 年 4 月 29 日,署名:高唐)

笠诗不能酒

笠诗不能酒。一夜同宴于酒家,席上献烤猪,主人殷殷劝酒,请笠诗曰:“看我面上,尽此盅酒。”笠诗举其开水之杯,曰:“好好,看猪猡面上,吃一杯开水。”闻者以其言虽刻度,亦自然妙趣,因大笑。主人固笠诗稔友,亦不为忤。笠诗平时,词锋如铁,当者恒感不能消受之苦,归时,车中犹语愚曰:“说话太妙,不说出来,岂不浪费?”愚谓如君者,死后入拔舌地狱无疑,笠诗亦笑曰:“早预备这一着矣,又奈之何哉?”

青鸾写《红灯煮梦录》后,又写《偏怜集》,集中之紫英氏谢,青鸾取元微之“谢公最小偏怜女”诗,而为《偏怜集》,自饶雅韵。或谓青鸾既别紫英，乃眷三娘，将来写三娘事，亦当有集，其为《教子集》乎？教子者，《三娘教子》也。予曰："是太粗俗，宜称《机房集》，或《断机集》，比较典雅，不谂青鸾先生以为当否？"

他人问愚吾报之巧姐为何人？愚秘之不欲答。一夕，青鸾在座，又有人问之曰："巧姐何人？"愚遽答，是一个女人。座上有人出笑声。或谓巧姐之夫名大郎，大郎是乌龟，然大郎果有妇如今之巧姐，不致当元绪公。以今日之巧姐，虽沾惹，胆则小，固未尝有秽德彰闻也。

（《社会日报》1940 年 4 月 30 日，署名：高唐）

吾家拾义死矣

吾家拾义死矣。六七岁时，居沪上，行于通衢间，即见唐拾义久咳丸之广告，到处皆是，可见久咳丸在上海医药史上，享名之久。近年以来，此君似不复为沪上人士所艳称，惟我人于看花时，竖起一牌，得空张为金钗之数，即大呼曰"久咳丸"，又曰"唐拾义"。盖偶从博局间，犹为此老作义务宣传也。

张畹云亦南通伶工学校学生，十余年前，登台于丹桂，《海报》刊其姓名，字大如拳，未几，即声势日替，今则沦为移风社班底矣。张嗓音极高亮，惜无韵味，故发音虽能震屋梁，徒使听者刺耳。闻人之言：畹云戏瘾极大，既作班底，不甚有戏可唱，偶派《斩子》之穆桂英，唱虽不多，张必使气而歌。一夕，忽演《桑园会》，不及七时已登场，台下寥寥二三十人，然张已大悦，似有过屠门大嚼矣。愚踞楼座，观其剧竟，辄感喟曰："此末路艺人之所以为可怜也。"

舞人口中之代表男女淫行者，用一个字，其字为"溪邪切"，故又从此字之下加"八索"二字，八索为雀牌，取象形也。近则又闻"八腊"二字，其义与上述一字同，而用意何在，颇不可知。或谓八腊搭为叠音之一种，八腊即喻搭也，搭则搭壳子矣。或又谓八腊为场面上之开场点子，故云八腊，犹言好戏之将登场矣。

（《社会日报》1940 年 5 月 4 日，署名：高唐）

卡尔登之义剧，势必举行

卡尔登之义剧，势必举行，主持人昨又请愚排身段矣。剧已定《别窑》与《戏凤》两出，如美云暂不去港，则《别窑》与美云合演，《戏凤》则拟与王兰芳先生同台。惟时日已迫，故有人劝愚第唱一出，另一日则温一次《拜山》，顾愚有夙愿，已唱之戏，想"收起来"不拟再唱。不肖有自知之明，吾剧未必有使人百观不厌之胜也。又闻主持人言，此次义剧，以周信芳先生领导演出外，票友戏第使不肖登场，其于拙唱之推重如此，令人感奋。又谓友好之闻不肖登台者，已有人请定座位。可见友好亦都以不肖之陈其丑态于四座间，为快意事也。一昨，宴于李祖夔先生许，李先生谓沈田莘先生演戏，怪态百出，而四座绝倒，不知者以为台下人戏弄田莘，其实田莘本老夫聊以自娱之旨，正以台下人为其戏弄之对象耳，此聪明人所为事也。李先生言至此，笠诗指愚而告先生曰："田莘之后，大郎又是一人。"愚指天誓日，谓老辈襟怀，后生焉能企及？愚以夙嗜戏剧，偶习登场，力求以心得贡献于痴嗜诸君，不敢妄为，宁求赏爱。谨慎将事之不遑，又安得以台下人为戏弄之对象？笠诗终非知我，故视台上人之大郎，似王无能之复活者，言之真使人怅惘也！

（《社会日报》1940年5月6日，署名：高唐）

看阎世善演《百草山》

星六夜，看阎世善演《百草山》，自"补缸"至"打出手"，虽历时不久，而愚已足过戏瘾。绝不作违心之论，则世善之扮相，微特南北名旦所勿及，即求之坤伶队中，亦何尝有一人得与比肩？于素莲无其朗秀，王熙春逊此娇妍，则世善之美为何如？此剧自登场以后，未尝见世善略呈笑容，惟其勿笑，丰采尤俊，因悟天下之真美人者，初不以蔼蔼笑容为可贵，若霜雪之冷，有时转能增其艳丽。每次亮相，台下之采声与掌声勿间，可见台下人都不以世善无温颜而少之也。"补缸"之李一车，竟无嗓，恒时不觉马富禄为可爱，到此使人乃念富禄。刘砚亭在《长坂坡》中饰张飞，亦有喊不出之苦，而台下自有人缘。李洪春之关公，但两场戏，亦有采声。他如贯大元之胡琴，吃采几夺大元之唱，上海“假老乱”多，吃唱戏饭遂容易矣。桂秋依然循规蹈矩，不肯矜才使气，自是名旦风度。出关以后，不胜久坐，故离去，桂秋不知书生荒懒，即此二三小时，不为看老友戏，且勿来也。

（《社会日报》1940年5月7日，署名：高唐）

和韵之诗，意韵必减

东坡七律诗，分上下两卷，上卷得二百五十八首，下卷得二百八十二首，曾文正辑《十八家诗钞》，七律之丰，殆无逾东坡矣。愚比读坡公诗最勤，所引为微憾者，则集中次韵之作太多，上卷占十之三四，下卷几占十之七八。愚于为诗，以为和韵终是一病，非谓和韵之诗，必无妙造，第诗之为物，要以自然之格调，而纾其意境，若囿于一韵，已嫌牵率，矧囿于一字哉？愚故以为和韵之诗，或无妨工力，而意韵必减；清澈幽远之诗，都非和韵，是可断言。近人某，好作诗，翻其诗集，皆步韵之题，辄掩卷，至今犹鄙其诗，此或愚一人偏激之见，然论诗之道，固如是也。

海上黑汇市场，发生剧烈风潮后，辄有人惶惶然奔走相告，愚睹其状，每大笑，曰：“看有钱人殚精竭虑而死也，今日之事，惟似愚之穷无担石储者为最乐。”或告愚曰：“来日大难，将如何？”愚曰：“死耳，十年以来，几千万钞票，在吾手中摸过，一二百女人，在一条被中睏过，发妻之外，屡结外室，亦吃过，亦嫖过，愚何德能，受用如此？一生知足，以为即此而死，了无微憾。乱世之人，何患饥来侵我，果来侵我，则死亦在当口上矣。”

（《社会日报》1940年5月8日，署名：高唐）

孤鹰剧团筹备中

与绍华先生，同访素雯于化妆室，素雯谓曾看阎世善戏，因谓世善之妍，并世无匹，复自谦曰：“像伲格种面孔，勿晓得甩到啥地方去哉。”愚谓本来男人较女人为美，闻人之言：凡为动物，牡不及牝为美，譬如公鸡，美丽逾母鸡，在人亦然。素雯辄指愚与绍华曰：“你是美男子，他也是美男子。”愚乃笑其断章取义，指西风面孔为美男子，置吾友波斯之南风面孔于何地哉！

孤鹰剧团，尚在进行筹备中，绍华闻之色喜，愿来参加，有人主张，售券所得，不必再做好事，以润演员。生平要钱如命，闻此消息，大为兴奋，从前戏想少做一点，以后将求派一较重之角色，角色重，得钱多也。演戏之人，以金钱旌其芳，不算寒伧事，独怪孤鹰诸子，恂恂然深避牟利之嫌，真令人怅惘矣。

近挈林儿游兆丰花园，得句云：“何惜春光容易老，对君胜看一春花。”以曲尽谄媚之能事，卒废之勿存。

（《社会日报》1940年5月9日，署名：高唐）

金老太爷最好

女伶徐绣雯未归前，吾友曾宴之市楼。乍入席，其父忽至，众审为徐翁也，邀其同饭，翁婉谢，则枯坐一旁，比席散，未尝发一言。愚代其自窘，偶回首窥其人，首俯，眉蹙，若被重忧，愚辄为之废食。及其父女去后，愤愤曰：“这老头子不豁达如此，何可教女儿唱戏？”昔吾人初识张文娟时，每同饭，其父亦随来，稍久，愚不甚高兴，谓吾辈怜文娟之才耳，终无意诱其失身，其翁来为监视人奚为者？后此请客，邀文娟，必不邀其翁，因摒张父。愚又识金二小姐之尊人，以为金老太爷最好，既笃爱其二姑娘，有时入化妆室，携糕饼之属，以啖其女，及老二登台，辄踞楼上扶梯踏步，坐而听其女妙奏。若老二游宴于外，老人则绝勿预问。某夕，素雯方上妆，老人遽至，素雯作娇痴声曰：“爸，你怎么把女儿养成这个长相，让我扮戏都扮不好？”老人闻言，自笑不为一语，而家庭间融泄之状，于老人之一笑间，已尽陈之矣。

（《社会日报》1940年5月11日，署名：高唐）

迩来秃发甚多，老态日征

迩来忽秃发甚多，老态日征，惟念苟吾发秃至半颅，则将着西装。愚以为着西装而秃顶之老年人，大多有钱，亦大半多艳遇，试举银行家二人为例，其一为刘晦之，其一则张伯驹也。刘先生之艳闻韵事，为海上人士所传称，篮陈曼丽于室，尤艳称人口；张先生本不甚知其底细，惟审其雄于财，顷见报载，则张先生亦老年而西装秃顶，妙伴复为潘妃老九，九本佳人，今嫔清河，则其艳福正复无量。故愚今日之秃发，欢喜实较忧愁为夥。愚好财如命，好色亦如命，果老来秃发而能财色双归者，我又何憾乎厥颅之似濯濯牛山哉？

近又算命一次，术者谓我当再娶一妻，元配必死，继之者亦无可全终始，则愚之重作新郎，殆有日也。之方虽劝愚续娶，谓渠愿投资三千金，为不肖婚典之费，其用意何在？不可知，特朋友热肠，要足铭感。惟算命者未尝言我能致巨富，因为悒悒，有艳遇不能致巨富，亦何可贵？我常患我不能发财，欲萌短见，以贫薄书生，而欲求好女人之心悦诚服者，不可以语于今世也。

（《社会日报》1940 年 5 月 23 日，未署名）

记庚白先生之诗者佳句

愚向来不爱《别窑》一剧，尤恶其剧词之不美，譬如“十担干柴，老米八斗”，全剧中凡数数及之。论者谓薛将军派头不小，乃勒死吊死在十担与八斗上也。愚此次排演此剧，初拟将柴米少提几句，终以无此闲情逸兴，一仍旧词，意我在台上时，要念到第三次十担八斗时，想起平贵派头之一络小，必将失笑矣。

曩在本报作《已凉》绝句，有语云：“始信心肠多异数，丈夫终比女儿柔。”当时为空我先生所赏爱，顷读旧诗，乃觉此诗正复可诵，当初为友人代作，今且侵及吾躬，则我之怅惘可知也。

友人有不重庚白先生之诗者，因为记其佳句，如《小睡》云："能寐差应忘可欲，居安所贵是知忘。"《沙逊房子眺望有感》云："几竭吾邦宜有是，竟得此土岂无端。"《某咖啡馆感赋》云："忧饥念乱今何世，怀往伤春只一楼。"《过辣斐德路作》云："徐步能收千意态，劳生只付一吟呻！"

（《社会日报》1940 年 5 月 24 日，未署名）

小毛病唱戏唱得好

《别窑》为信芳名作之一，愚唱《别窑》，无一能似信芳，惟身上之靠、头上之盔、脚上之花靴，又无一不似信芳，盖自顶至踵之行头，俱从信芳借来。不肖何幸，乃得与一代艺人，等此身材。是夕，入其化妆室，坐其化妆之凳，由翼华扮戏，及着靠，信芳先生亦为帮忙，攀条抽素，弥见情深，愚中心大悦，念友情之洽，足慰平生。登场之前，病甚，几不可支，既到台上，忽忘病，然筱珊兄所授之身段，忘其大半，几次拉马俱忘记解缰，念之亦不禁失笑也。学时得十分戏，及其演出，不过三分。之方解人，乃谓大郎演戏，当以此为度，不可再进步，进步则失其观众矣。愚颔首称然。戏毕，友人咸来慰劳，道我唱得好，我知其戏也，惟筱珊兄亦谓不恶，愚遂扬其拇指曰："名师固必出高徒。"兄为大笑！中宵，病果失，惟精神太奋发，疲困而已，小毛病唱戏唱得好，今日验之矣。

（《社会日报》1940 年 5 月 26 日，未署名）

施济群先生脉案委婉可诵

信芳演《三搜索府》之夕，某居士投数券与陆洁先生，请约英茵同来，顾英茵终不至，居士乃怅怅。明日，愚告居士，公不言英茵来邪，奈何未见？居士若不知所答。居士为醉心英茵演艺之一人，自《武则天》话剧既演出，居士益刻骨倾心，自言一生向慕之人，以言平剧，男为周信芳，女为雪又琴；以言电影与舞台剧，则惟一英茵。本居士初衷，不过怜才而已，好事者恒滋为谰言，入居士耳，不怒，惟亟口呼冤。愚因悟谰言为物，有时使人听之勿悦，有时转能使旷达之夫，轩眉一笑者也。

病五六日，而寒热曾未稍祛，因知吾病之不可忽视，因重丐施济群先生来诊，济公书其方曰："连日寒热，而犹粉墨登场，博通宵，精神遂难苏复，五心微热，脉激神疲，治当和其营卫，惟休养较服药为尤要，毋使些微之疾，淹缠时日也。"济公毕竟通人，其脉案亦委婉可诵。

演剧归来之夜，幼子已醒，知其兄昨夜曾嬲阿翁登台，因来吾榻前，垂涕而告，谓阿翁做戏，哥哥有得看，遗儿于家。愚怜其状，告曰："儿无悲，阿翁今夜更演戏与吾儿观耳。"及放学，儿来索戏券，无以应，昔孟母不欲绐其儿，因割发市肉，愚非古人，则斥之去，曰："你真要看我好看邪？"

(《社会日报》1940 年 5 月 27 日，未署名)

卡尔登组剧团名孤鹰

客岁，卡尔登之《雷雨》，为文化人与平剧从业员混合演出者也。以《雷雨》一演而红，同社诸君，遂如豹子食牛，方兴未艾，则又组剧团名孤鹰，新团员之加入者，得雪枋、绍华二君，则声势尤振矣。第一剧已定《寄生草》，于昨日排演。《寄生草》之演员不过五人，演出者为桑弧、梯公、素雯、雪枋，又不弃下愚，亦列不肖一角。排演之时，为星期日上午，梯公、桑弧，并以文化人而业金融，能习早起；素雯与雪枋，虽称坤旦，思想亦都前进，实为今日新女性，故亦富朝气，上午排戏，自无问题；独不肖迟眠，及午始兴，其颓废与腐败，本不可与诸君子竞爽，故此日乃未得通知。比下午愚闻此消息，诘问梯公，犹疑梯公以我为"末僚"，初不必参与排演之役。梯公则谓：不欲扰清梦。又曰：大郎习戏，能出以速成，固不必为他人之孜孜矻矻，而成绩自是斐然！闻梯公之言谀，顿喜，不然，孤鹰剧团未及公演，内讧生矣。

昔人熏衣韵事，入之诗词者甚夥，今人之所谓衣香，则大都洒香水其上，未闻以肥皂洗衣裳，而能使衣上留香者也。盖肥皂有肥皂气，洗之不净，使人闻之，易生不快之感，惟星光肥皂则异。星光肥皂为中西药房出品，其质地透明，而香味雅静，用以洗衣，则衣香不散，是发明之不可谓不惊人矣。中西更重视其出品，当星光肥皂问世之日，宣传殊力，将与明星香水之越陈越香，同传远近，而星光肥皂之出，从此兰闺韵事，不必烦素手熏香矣。

（《社会日报》1940年5月30日，未署名）

稚子作书绝无做作气

闲时，取儿子写字，加以临摹，颇喜其结构自然婉美。盖稚子作书，恒多率意为之，绝无做作气，望之乃殊舒服，若加摹拟，有时能成极好之笔。因悟不肖唱戏，亦等诸稚子作书，既未尝窥戏剧堂奥，更未尝下演戏功夫，正如未经雕凿之毛坯，而置身台上，偶然动作，有时必得极优美之身段，是须有心人之小心体会。故看我唱戏，正不必以幼稚而哄堂大笑，其为真正之内行，且当检点其可取处，从而追摹，无有勿成为新颖而好看之身段者也。

某舞人能写他人诗，愚与灵犀并遘之。越一日，愚游新都花园，固约某同行，然秘不为灵犀知，愚固闻灵犀亦将引此人为清游之侣，不图灵犀果记独坐仙乐时，招其人为伴矣。愚用是大窘，嗟此一雌，两雄相竞，若论存心，灵犀先于我，若论行事，我实早于灵犀，此人之当谁属，宜得之公评，故望效文先生，不作左右袒，得一言为吾二人息讼焉。

（《社会日报》1940年5月31日，未署名）

浮生几许，宜各有其寄托

宵游之侣，在去年此时为最盛，若之方、翼华、楚绥、灵犀几无夕不共游处。及至今日，渐呈星散之象，惟愚一人，若有不可恝然置之者，则往往独行。有一时期，绍华游舞榭甚勤，恒引愚为伴，今此君亦绝迹，于是华乐琤琮间，一杯开水，媵以一个大郎矣。其初，念独行之勿乐，恒招之方，而之方善失约，恶之，又以为人家方约束，愚必陷之于俾昼作夜，于友道殊勿当，故宁独行，毁我一人，则亦已耳，误朋友何为者？比独行既久，亦安之，有时约妙侣西行，娓娓终宵，为欢弥永。兰亭睹愚状，怨曰“唐生轻友”，而不知浮生几许，宜各有其寄托，以遣此凄凉岁月。譬如兰亭，好博弈，其情怀寄托于博。不肖所好，惟财色两关，有生以来，财与我似绝缘，其能慰吾余生者特有女人，遂不得不竭绵薄以赴，为情固滋可悯也。

（《社会日报》1940 年 6 月 3 日，未署名）

“日光节约”运动

“日光节约”运动后，算命先生应当从万年历上注一笔曰：某年某月某日起至某月某日止，为上海“日光节约”期中，应将时辰提前一小时算，不然时辰有错，全造俱非，将来算到“日光节约”时之八字，算命先生有斫招牌之虞矣。

“日光节约”始行之夜，某通宵舞场之舞女，有欲先归者，舞女大班阻之曰：“十二点以前，尚未举行，你们未尝早来一小时，十二点以后，你们又何为早走一小时，故纵然要走，也当待之明日。”舞人大怨，咸语其稔客曰：“伲要快，伊拉勿许伲快。”细味其言，甚趣，女人之所以有女人腔也。

有人有不能耐久之苦。五月十一日夜十二时，与其夫人论爱好，亦顷刻即已，此人喜曰：“今日算历一小时零数分矣。”妻不解，谓迅疾一似往日，何云久持？其人曰：“卿疑吾言，请询之电话公司。”妻果以电话问时间，则报一时后矣。“日光节约”第一桩妙事，我所闻者如此。

（《社会日报》1940 年 6 月 4 日，未署名）

黄金大戏院优礼名角

上海黄金大戏院之优礼名角，恒为南北梨园行所艳称。譬如谓苗胜春先生,搭黄金长班者也,一月之中,登台不过数次,而黄金居之食之,月俸无缺;又如芙蓉草先生,搭黄金长班者也,黄金每年奉厚币以安之,使桐珊十年海上,将致小康北旋,亦可见黄金之能广庇真才实艺之士矣。至若于京朝名角,尤能尽供养之诚。客有谈马连良先生之来,谓夜戏既毕,先以车迓之憩于金廷荪先生私邸中,进宵夜,主持黄金之诸君子,陪连良为夜话,话至天明,复以车送之赴沧州,使其安寝;而连良日常需用之件,无不由黄金安排,不必待连良开口,黄金已预为道地。连良为人,似极节约,居常御西服,譬如欲添衬衫、置领带,亦往往由黄金偿其值;又如将理发,明日,黄金已为招一华安之理发师,伺其侧,理竟自去,盖连良理发之资,亦由黄金代偿矣。总之,虽为数至纤,黄金似亦不忍使连良稍为破费。或曰:黄金之优礼名角,固可称颂,惟其为名角者,将使人对其气派发生疑问,以为京朝名角,奈何一吝至斯!愚则以为不然,连良固深知今日之上海,资金最充,北来之人,不尽情以耗上海人之钱,宁非傻子?故不开口请黄金做皮大衣、置西装,犹为客气,件把衬衫、条把领带,真挫刀之小者耳。

(《社会日报》1940 年 6 月 5 日,未署名)

“等一等一客蛋炒饭”

南方人称“看白戏”,北方人则曰“听蹭戏”,叫听蹭戏之人谓为“听蹭儿的”,“蹭”字初不知如何写,后见有人作此字,故从之。愚既为卡尔登常客,一二年来,不为请人看戏,自己要看,从未花过票钱,有时到场子里倚隅而立,或遇包厢未尝售去,则踞楼上而坐,其实亦听蹭戏也。翼楼中人,称在包厢内听蹭戏为“拿高登”,不知何解?愚则常谓“淴个浴去”,盖卡尔登之楼上包厢,望之如新式浴盆,坐其中看戏,有如淴浴,若携妙侣同来,则如鸳鸯之戏水矣!

一日,过黄金,与兰亭立场后听张君秋之《刺汤》,至行腔婉妙处,愚喝一采,告兰亭曰:“我来捧场矣。”兰亭则曰:“等一等一客蛋炒饭。”此言盖有原因,往时伶人登台,恒邀一般捧场人坐场后,或三层楼上,扯开破嗓子叫好，及戏散，每人饷以蛋炒饭一客。兰亭根据此事，因调侃及愚，喜其隽妙，故记于此，而不以为迕！

（《社会日报》1940年6月6日，未署名）

名角夫人

时疫医院广播之次夜，马连良妻氏（仿梦云兄文法）某夫人，亦诣电台，歌《八义图》一段。久闻连良夫人，跌宕能歌，宗马派，今夜聆之，则其飘逸一似海上之清唱群姬，或曰：夫人从连良久，健歌宜也。此说当非的论，愚与信芳、伯绥两夫人咸相习，固未尝知两夫人能歌也。似信芳之为剧坛宗匠，意夫人未必能窥麒艺之奥微；百岁夫人，于舞台上演出之故事且茫然，更无论识平剧艺术矣。愚每次登台，夫人恒为座上客，观后，仰天大笑，而调讽备至，更抉愚在台上之奇怪神情，摹拟一遍，使愚啼笑皆非。愚恒愤愤曰："嫁名角为夫人，并引吭一歌之能耐且无之，笑他人奚为哉？"

一夕，素兰谓愚，俗谚有"七颠八倒"一语，今且验矣，盖辰光拨快一小时后，便成"七点八到"，亦八点钟到了。愚当时颇然之，继念此在苏滩家之口气，已极尽幽默之能事。素兰平时，讷讷不善谈，偶作妙语，则亦不脱鲲弦檀板之风格。嗟夫！老夫情怀，似犹不能忘情于旧日生涯者，良可怜也！

（《社会日报》1940年6月7日，未署名）

愚将卖扇

愚将卖扇，信如巧姐所言。一日造厕简楼，丐粪翁为制小启，而由禹钟、白蕉、叔范诸兄咸署名，语粪曰"字写不好"，亦于启事中及之，惟所写俱为自己诗，亦及之。翁乃作打油四六，于翌日投来，记其词曰："大郎先生以绝世鬼才，挥上将神笔，喜笑怒骂，皆成文章，酱醋油盐，各随口味，断魂裙角，曾蒙一笑之春，吐火山头，又暂三生之约，病到英雄，由来本色，人真名士，毕竟风流，迩者戏操斑管，遍写黄罗，铸出新型，惊倒苏黄米蔡，搬来旧作，踢开唐宋元明，诗有灵魂，尽堪激赏，书之优劣，非所短长，于是怀素楼头，不少有求之客，高唐梦里，平添无事之忙，某等交游有素，晤对生怜，爰效时流，为订润例，清风有价，箑取五元，廉士宜师，限以百把，郎不好名，借节耕耘之力，金非谀墨，少助盐米之资，凡诸友好，咸使闻之，准此等由，须至启者，沈禹钟、白蕉、施叔范、龚翁同代订。”

（《社会日报》1940 年 6 月 9 日，未署名）

“唐生好谑”

更半月者，王家女将嫁为人妇矣。女居于吾家对邻，往时驰盛誉于舞榭，灵犀记其工言善媚客，迷阳城而惑下蔡者，然也。一月前退隐，则与某氏子论嫁娶，日日坐窗下理嫁衣裳矣。一日，过吾居，以其与吾家人咸相习，愚遂戏谓之曰：“王小姐行将作嫁，往在舞坛，王小姐之舞客乃綦众，闻王小姐佳期有日，必惘惘为迷路之羊，其情当亦可悯。王小姐果非忍人，则当举从舞时之佳赏有几人？悉白我，我则将遍告之，使其日临寒舍，就窗内遥窥，王小姐则盛妆坐绣阁中，或临窗为微笑，或当镜理云鬟，但使若辈得重睹王小姐嫁前之颜色，固不必更倾悰愫也。仆复贪财，客之来者，我将纳门券之资，每人十元，约略计之，王小姐之常客为百人，日日来，则每日可获千金，十日便能成万。至后五日，我且益门券之值，为人各五十金，则五日得两万五千，此则足以慰众生之望，亦挑我发一注宏财，策本两全，王小姐果勿吝为此邪？”女闻言，嗤然徐曰：“唐生好谑，其言遂多匪夷所思！”

（《社会日报》1940 年 6 月 10 日，未署名）

蓝兰初名蓝馥清

舞联社在卡尔登演剧之日，愚往排《寄生草》。舞联社之剧，演《葛嫩娘》之第二幕，导演者为蓝兰。蓝初名蓝馥清，为孙师毅夫人，师毅曩居萨波赛路，时屡屡共师毅游宴，必见蓝兰。记第一次睹蓝兰时，师毅作介词曰："是唐大郎先生，是内人也。"师毅操国语极纯熟，而其跌宕之神情，印象未尝泯灭。比与师毅交渐契，则数过其家，坐书房为闲谈，蓝兰亦时时逗其婴妮，来就师毅。比抗战军兴，师毅于役后方，今日读报，载后方之文化消息者，辄及师毅，而记郭沫若、田汉之消息者亦辄及师毅，乃知师毅亦文化官矣。顾不知如何，遗蓝兰于沪上，或谓二人已占脱辐，亦无从证其实在。前岁蓝兰听文娟歌，与于信诸君同至，愚于于信诸兄咸相识，客座中互点首为礼，顾及蓝兰，蓝兰若不识愚；其后，蓝尝演剧于卡尔登，睹愚，亦似勿识，异之；导演舞联社演剧之日，愚又遘之后台，亦复相顾如路人。愚每为他人言，蓝兰即蓝馥清，愚则与馥清为熟人，而不识蓝兰，盖蓝为孙夫人时代，以蓝馥清为名也。

（《社会日报》1940 年 6 月 14 日，未署名）

愚故俗物，不能识此中奥微也

在吉祥寺，厅中悬龚翁一联，词云："此处获瞻圆妙相，到来俱是吉祥人。"翁注谓尝于某年月日，睹梅调鼎先生此联，因追摹其书，以贻雪悟和尚。翁常论梅先生之书，落笔皆软，而柔美无匹，翁复自逊此联不能似梅先生万一。愚造厕简楼，见翁家有梅先生一联，辄诧曰："梅书如账房先生之手笔，稚弱乃无可取。"翁乃为愚申述其工力之厚，而运化之奇，愚故俗物，不能识此中奥微也。翁联之旁，为铁公所书，铁公之字，方摹寒云，遂不美。愚常谓寒云之书，不可学，学之者非浮薄即贫乏，用功如逸芬亦何尝得乃师神髓？铁公益勿类。近顷逸芬夫人来沪上，携逸芬手札，夫人谓逸芬平居无事，辄致力于临池。读逸芬书，则书法渐渐叛其师，而妙境自见。愚意浩然前辈，应以逸芬书告铁公，使其不必致苦力于临摹一家。寒云聪明绝顶，逸芬与铁公，皆无其天分。譬如唱戏之学麒，昔日之逸芬，有类中原，铁公并此勿如，尚可学邪？率直之言，惟公宥我。

（《社会日报》1940 年 6 月 15 日，未署名）

素琴不失为忠恕人耳

素琴自香港归来后一日,以电话抵吾家。愚恒时与舞人谑弄,惯于电话中为戏言。是日愚不意素琴归来,故电话中问我何人,愚遽曰:“我是你爸爸。”素琴则应曰:“啊。”盖亦不肯饶人也。及其自言为素琴,始大悟愧,顾素琴初不以此相责,苟不然,而扮起面孔说:“上次在沪,我与大郎为兄妹,今日归来,大郎自尊为父,后此我更远道归来者,大郎不将尊为王父邪?”愚故言:“素琴之为素琴,犹不失为忠恕人耳。”

女人赋性刚烈者,殆无如梅影矣。梅影处欢场五六年,而不能销磨其锐气,生辣如往日,客侵以语,不能受,辄报以严词,明明言失在彼,而不肯自承其过,他人而不甘,则绝缘矣。顾其人操洁行高,仰而敬之者,正复有人。大抵女人而使男子敬服,必由敬生畏,于是惮梅影者正复有人。故数载以来,栖迟舞榭,其生涯正不嫌落寞。世上女人,以柔媚服人,我见也广,若夫欢场佳丽,以刚强以制群客者,实不多觏,有之,梅影一人而已。

(《社会日报》1940 年 6 月 16 日,未署名)

以新文学写剧评,始自醉芳

以新文学写剧评,始自醉芳。麒艺之赖醉芳笔下传述者,至多且广,醉芳后署桑弧,为吾报写作亦富。继醉芳之后,乃得阿汉,阿汉之运用新名词,视醉芳尤夸张,读者嫌其卖弄,谓不如醉芳之委婉自然也。愚未尝涉猎新文艺,顾于行文技巧之优窳,自能辨识。昨见阿汉一文,谓:“某小姐容颜的美丽,演技的洗练,套一句老话,真所谓‘色艺双绝’……”觇其语气,似“色艺双绝”四字,不可以入之于全篇搬用新名词之文章中,故须特地声明,此四字为老话,而用括弧括出之。窃以为文章新旧界限,初不在此,若囿于此见,纵尽力铺张,必非文章好手。

《带经堂诗话》论张继诗云:“姑苏城外寒山寺,夜半钟声到客船”,

谓张诗之好，好在为姑苏，好在为寒山寺，若为南京城外报恩寺者，则恶札矣，其迂执终为后世通人所诟病。此事虽不必与阿汉并为一论，然于文章见解之不甚高明，则亦等是。病中读报纸甚勤，用述感想，与阿汉言之，倘不罪我，若谓我如老凤之好求疵，则不像自家人矣！

（《社会日报》1940年6月17日，未署名）

是夜，病遂加甚！

病深矣，近日以来，虽握笔亦苦气急，胸前如压重石，始知愚负疾之深。愚所惧者，二十岁时之大病，将再见于今日。民十六之病，入医院诊察一月，返故乡疗养一年，始得痊，医药所耗，殆三千金，吾母添白发无数，其精神上之损失，又不可计数。今则亲老乱离之后，更何忍以吾病致其深忧。昨日丛愁百叠，乍起，体困不可支，陈栩园先生之奠，亦未往吊；夜间，上海电话购货公司开幕广播，亦以医生劝我节劳，未尝强疾赴电台。梦云以我缺席，则于报告时施以调讽，而不知故人之方周旋于药碗茶铛间，此情又有何人矜谅？愚于朋友事，可以为助者，从不袖手，而梦云则谓：马连良且请得到，何在一大郎？梦云固不知大郎之淹缠床褥，然此言难堪，正以愚有“名角”欲，上次演《别窑》，且不惜与连良打对台。今梦云以愚之不能报命，扬马而抑唐，直使我伤心，是夜，病遂加甚！

（《社会日报》1940年6月18日，未署名）

百岁夫妇，皆能俭约

一夜，饭于百岁家，百岁假聂榕卿先生之家厨来，宾客第叹赏此夕敦槃之盛，询之百岁，则谓全席所费不过四十金，求之市楼，非百金不办矣。信芳乃谓：百岁一生，非便宜事则不做，而世上之便宜事，亦惟百岁一人得受用。譬如高家之屋，为一幢三楼，月租仅三十一金，如此便宜，今从何处去找？而友人之议百岁者，谓百岁固有福享受便宜机会，然百岁夫妇，皆能俭约，百岁以赚一二千包银之名角，还居于薛华立路，若在常人，且以飞车代步矣，而百岁则坐人力车，有时且坐公共汽车，此其节省，要不可及。百岁复知足，自语积若干金，将摒弃今日之生涯，买舍燕冀，归陇亩矣。

信芳先生誉尚和玉功力之厚，为小楼所勿逮，上海各舞台聘古董京角来沪，奈何不及此老？往岁，有人议使信芳与梅兰芳合作，而以倒第二属之和玉，顾以兰芳之不能离港，此议遂废，不然者，此局而成，其风魔春江人士，将如何邪？

（《社会日报》1940 年 6 月 19 日，未署名）

庚白之诗，亦有极尽风流之能事者

夏吷庵曾道林庚白为性词人，愚初以为庚白之词，不过愿做橡皮熨帖女人之月经带而已。昨夜又从旧报读其《醉春风》一阕，有“浅醉人前共，轻玉灯边拥，……轻把郎推，渐闻声颤，微惊红涌”诸句，则不第为秘戏之白描，实是梳拢写照。而庚白之题则曰：“余以声声慢，一半儿诸作见诟于卫道之士，更倚此阕，使咋舌。”其语意乃似出之呕气而成此词者，良可笑也。试就文学价值言，无乃勿贵，奖之至极，不过为大胆，为率直而已，不足以言美善也。庚白之诗，亦有极尽风流之能事者，如《六月二十一日书忆一律》云：“舌尖徐度颊生春，无那心波跳荡频。浅浅娇羞肩际影，微微喘息臂中身。知应合眼千回忆，比似销魂一倍真。此诺三年我忍负，天涯莫更怨飘茵。”两联及首二句，亦复淋漓尽致，韩冬郎之“四体着人娇欲泣，自家揉损研缭绫”得毋类似？嗟夫！致尧之写香奁，且不能蕴藉，胡责乎今日之庚白哉？

（《社会日报》1940 年 6 月 20 日，未署名）

想使费穆先生与英茵合演《宝莲灯》

二十日，英茵女士摄戏装照于合众公司，陆洁先生，邀翼华为顾问，请为英茵拟几个身段也。顾是日未携宫粉,则取舞台剧化装法,不用大朱大白,惟贴片与头面,一仍平剧旧样耳。英茵以演舞台剧之《武则天》,而声华弥著。近顷同人小议,将举行一联欢会,登台演平剧,而使费穆先生与英茵合演《宝莲灯》,故此日英所化装者,即王桂英也。英非玉貌,特上装以后,亦能婉亮大方,若登之氍毹,疑其光彩亦能倾四座。装成,费穆先生为英道贺,言“内行所谓有了饭啦!”盖亦谀其扮相之不恶。将付镜头,而熙春来,因请熙春为英茵拟身段,熙春大羞,谓我自己装不好,更能为人谋邪?小女子天生谦抑,愧煞“贾老之乱”矣。在合众时,遘朱石麟先生,又识屠光启先生,朱先生既不良于行,而酷嗜平剧,有上台瘾,谓《空城计》苟能双演者,则“城楼”一段,我未唱,坐城楼上,第须张口,不多动作,台下人固不知我台步之不足观也。

(《社会日报》1940 年 6 月 24 日,未署名)

慧琴与吾家为对邻者一岁又半

王慧琴辍舞月余,于二十四日,与赵家郎结婚吴下,二十二日,始自沪去吴,是日之晨,赵家郎侍其亲先往,下午复来迓慧琴。慧琴离沪时,在下午五时,饭后,慧琴梳洗既竟,来别吾家,自一时至四时,为长谈惜别之情,盖可念也。慧琴与吾家为对邻者一岁又半,知其与我为同里,辄相过从,愚去年酣舞,屡挈慧琴同游,慧琴恒自卑,则尊我为唐伯,愚谓,以两家之立场,谊属同乡,纵尊我为太公,原无不可;今卿在欢场,我则在欢场中,捉卿为游侣,似勿宜留此名分,使人勿快。慧琴则曰:“唐伯长儿家十四年,唐伯游踪所至,儿家侍唐伯惟谨,亦足以壮观瞻也。”其口才之便给如此,宁非解人!及闻其嫁,询新婿之年,则曰:“逾儿家才二龄。”愚纾一口气,曰:“然则唐伯诚老矣。”别吾母时,吾母授绛纸之封与慧琴,曰:“戋戋者,不足以壮慧姑奁容,幸笑而纳之,所以表微忱耳。”慧琴坚不肯,谓:“一年以来,耗唐伯者殊多,更何敢受阿婆赐。”终潜置其仪,而迳辞去。是晚愚归家,吾母白于我,愚叹曰:“真好女儿也。从此嫁去,遥知陌路萧郎,为之划梦搏魂者，将无宁已矣！”

（《社会日报》1940 年 6 月 26 日，未署名）

费先生恒多独到之见

费穆先生谓若干年前，颇不知收藏之趣，近渐渐悟此举之为有味，因欲从友朋之健书者，一一求其墨迹矣。费先生之意，初不必为厅堂之饰，特贮之箧笥，闲时出之为观摩，为俊赏已足。愚乃谓然则正不必求楹帖联屏之巨件，其为书札，不尤佳邪？先生谓不然，古今尺牍大多饰貌矜情，便落一“贫”字。盖简牍本意，述一事而达意已足，顾千古之治书翰者，必雕饰于字里行间，务文采之美，则真趣尽失，例如曾文正公家书，一字一句，非翻覆引伸于人情世故，即斤斤于通晓大义，一若预必其书为后人范者，其枯索为何如？费先生恒多独到之见，其言遂隽。尝观愚演剧，叹曰：“是艺术精神之表现也，台上之唐君，既尽其所能，一一搬演出之矣，或逾量，或不足。台下人以为妄，则狂笑至于手足不知所放；而台上之唐君，若无所闻，尽其能事至于终场，故他人以为唐君之戏可笑。自我观之，则台上之唐君，实为一场悲剧，而台下真知艺术精神者，竟无人焉！”天厂闻言，笑曰：“费先生之言是，台下人观唐君戏，流泪者十有九人，哪得不是悲剧？”此君人愈老，嘴愈尖，向来坐汽车，今忽以无人开而自己在路上走，亦报施不爽矣。

（《社会日报》1940 年 6 月 29 日，未署名）

此妙遇乃不可忘

一夕，于百乐门舞场中，遘筱兰芬与梁小鸾，小鸾似亦能起舞，惟兰芬第为壁上观，此婆自以坤角须生，故着男装，发亦奇短，苟非审视，且以为固男儿身也。因是掀起若干旧时印象。髫年，尝于东方乍白之时，于中央公园，见梅兰芳与孟小冬，时二人情爱方酣，凌晨，携手于莲塘；方盛暑，梅着白绸短衫裤，孟亦似之，质料同，式样亦无异，梅婉媚如妇人,以视小冬,特潇逸若隽士,此妙遇乃不可忘。又愚尝倾心于坤旦秦凤云,戏毕,伺之于剧场外,冬日,秦御皮帽,于妩媚中见刚劲之概。往岁,方红宝莅沪,亦好为男装,着一氅,为獭绒领,仪态之都,不可方物。凡此胥为男妆之美者,今之筱兰芬,艳不若以上三人之娜,而衣亦悃愊无华,惟其淡素,故予人之印象,得大方两字。世竞纤妍,求婉亮大方之女人不易得,在坤旦群中,见一兰芬,在舞国娇雌中,特一凄凉绝代之乔金红耳。

(《社会日报》1940 年 6 月 30 日,未署名)

高唐散记(1940.7—1941.6)

豚犬上书要看戏

沈田莘先生登台演剧,其妙犹至今为沪人所乐道。沈先生公子二三人,尝苦谏乃翁,合御一长函,劝翁后此勿再登场,翁不悦曰:“孺子何知,溷乃公事?”则演唱如故。比沈先生负疾,始摒粉墨,今不肖之剧,有人谓与沈先生几殊途同归,盖皆能以身段做工,博台下人之哄堂者也。惟沈先生唱,不就板,亦不就眼,不肖所勿如焉,犹计较板眼耳。不图事有无独有偶者,沈公子苦谏乃翁,而豚子亦有责善之举。吾子唐艺、唐哲,一十一龄,一八岁,亦上书于我,畏起,发其缄,亦关于我唱戏而致其类似声讨之檄者,记其文曰:“父亲:报上说你又要唱戏,若是真,我们要看戏,你上次唱戏,哲儿没有看,艺儿去看了,位子在后头,一些看不见,父亲唱戏不叫我们看,你就不像父亲!”沈公子之函,必尽婉转陈词之妙,而豚犬之书,则几欲破口詈矣,虽用意不同,而情形则一。不肖绝少训诲之人,以后乃欲听儿子之直谏,真他够倒尽霉矣。

(《社会日报》1940 年 7 月 2 日,未署名)

“偕诸君往舞场小坐如何?”

体弱至此,医生及交识友,咸以珍惜精神,为第一要件。盖病原之伏,正以十数月来,宵游不辍,俾昼作夜,造成今日肺弱神亏诸症。疗治之法,医药犹不逮摄生,坐是原因,愚今乃有“职业欲”矣。忆先舅在时,曾诏不肖曰:“汝一生病在太消闲,闲则惟致力于无益之事!”良伯师亦以此为言。愚尝自念,今惟有速返其放心,丐人措一业以自安,必规定时间,上午至下午,勿怠勿懈,上海人所谓写字间生活者,业有所守,起居便可以就范,曾一再为平时常晤之老友言之。老友闻者,群疑遂起,谓不肖闲散久,未必能孜孜矻矻于刻板之职业;又谓不肖倨慢,亦未必能戢然受人所豢。凡如胥为老友对不肖中伤之论,愚求业之念既炽,为老友者,不能为故人借箸,宜如何惭怍而死,转不恤施以指摘,必欲见愚身心两陷而始快,从知交友之不易言。平时常晤诸友,有蜚声于市廛,亦有兜得转于上海之社会者,愚以为为一交好之人,措一职业,易如拾芥,不图愚乍一开口,吾友之窘态毕露。愚乃苦笑,转其语气曰:"偕诸君往舞场小坐如何?"盖不忍见此僵局之久持也。

(《社会日报》1940 年 7 月 3 日,未署名)

将丐粪翁镌一印曰"惠明上人"

卖扇之议,终不果行,枉费粪翁之一篇好文章矣。既以体羸,遂懒于搦管,更惮用好笔,磨好墨,落于好纸上也。老凤先生,属治一箑,灵犀遽曰:"大郎方订润例。"先生乃谓:然则我当如润以偿大郎,辄使愚难堪。愚尝一再宣称,凡为友好,概得揩油,当世之书画名家,且不好意向朋友收钱,何况大郎,大郎岂真斤斤于阿堵物者?第以鬻书而屡受讪讽,益不复有登广告之勇。今年之穷,虽一仍往年,然亦不致于等卖扇下来,开家里伙仓,待身闲心远之时,当有以报凤公之命。

刘美英女士,一字惠明,惠明二字,一似空门中人之法号,间尝问之,不知何人肇锡兹名与窈窕人者?美英乃曰:"自我题之。"嗟夫!此儿之孤寂情恒,从可知也!故又告曰:"若此字面,往往为镌琉所有,今卿号惠明,若在不肖,得勿可称为'惠明上人'?"美英固通文,味我言,狂羞,脉脉而赧,淡然为潮晕矣。愚睹状大乐,明日,将丐粪翁镌一印曰"惠明上人"。

(《社会日报》1940 年 7 月 5 日,未署名)

读苏少卿《马连良谭富英合论》

苏少卿先生，近为《申报》著《马连良谭富英合论》一文，分三日刊完，尝一一读之。愚于戏剧太外行，故不辨少卿之言为是，抑为不是，惟他人有比我内行，则谓少卿此文，写不如不写也；其尤为乖谬者，则述《定军山》一剧，谭、马无分轻重，实足使识者群起不平，而詈少卿直同梦呓。今人之论《定军山》，富英而外，不作第二人想，连良并摆的地方都没有，遑论并肩，故少卿之言，非偏见，必为故持异论，要皆不足为训也。少卿诚懂戏，平时眼高于顶，议人恒无所许可，近年似稍改习气，渐渐能谀人矣。顾《谭马合论》一文，竟浮泛不堪卒读，尤妙者，其结尾竟说出谭、马二人，俱其老友，似不便有所轩轾，若然，此文寝之可耳，又何必浪费笔墨，而强作解人哉？今年，曾见少卿记信芳一剧，备致倾倒，我故知少卿能渐渐谀人，方喜其学好，不图又以此作，从知少卿之为少卿，犹吴下阿蒙耳。

（《社会日报》1940 年 7 月 7 日，未署名）

錬霞之婉媚令人歆慕

在白蕉个展中，遇周錬霞女士，会师诚引卜乐兰、乐梅姊妹至。姊妹年俱为及笄，以善歌鸣海上，姊妹乃出扇页二，丐錬霞作画，扇页为绯色，并要錬霞为乐梅画梅，乐兰写兰。錬霞接扇，辄笑曰：“颜色好看得来，阿像新娘子。”又曰：“我个画是呒没把握，画坏子是赔勿起个。”顷之将写兰，仰首见白蕉，辄腼腆曰：“我画兰花是班门弄斧。”言已，始俯首濡毫泼墨，未几两页皆成，而工致不可方物。识錬霞二三年，见面亦数十次，独此际于无心窥伺间，乃觉錬霞之婉媚令人歆慕。蓄才艺之女人，非目空一切，便是脱尽女儿气息，惟有錬霞，诗词既好，书画亦工，宜可称才艺人矣。而其本身予人之印象，则为柔媚，为娇痴，有时着艳服，过舞场，惊鸿过眼，识之为当世之隽秀可，识之为交际名花，亦无不可,勿若其他女书家、女画家,自称风雅,截短发,戴眼镜,年不过三十许,望之终如一老丑之婆者,乃令人憎恶。愚向来爱行动服饰与其身份互悖二人,所谓无“俗气”是也,故自今而后,愚乃视鍊霞又一人矣。

(《社会日报》1940 年 7 月 10 日,未署名)

瓢庵真妙论也

与瓢庵饭于功德林,睹立轴,则写东坡诗而为素菜馆补壁,最是称合。诗云:“秋来霜露满东园,莱菔生儿芥有孙。我与何曾同一饱,不知何苦食鸡豚!”坡公此作,传诵甚广,愚儿时已能记之。瓢庵乃谓“何曾”是为人名,不知“何苦”亦是人名否?真妙论也。

名片《天外天》之续集,将于平剧歇夏期中在卡尔登戏院放映,此片在沪上犹为第一次与影迷相见也。卡尔登对放映此片,至为隆重,将扩大宣传,又以“天外天续集”五字之晦涩,则拟别题片名,一度改为《天外风云》,亦嫌轻淡,终决定为《大闹天宫》则火爆矣,亦引人注目矣。《大闹天宫》,既为戏院当局所珍视,自亦为无数影迷争先恐后,来观佳构,于是卡尔登将示限止,赠券暂时停止通用。愚家藏卡尔登赠券最多,初以为儿子未尝见过二轮之舶来影片,得此机缘,正可使若辈一张眼界。今有此议,大为懊丧,儿子之命薄欤?抑合该要穷爷之破财欤?

(《社会日报》1940 年 7 月 11 日,未署名)

客中叙乡谊

连良在黄金登台时,某夕,愚坐后台,睹一人,仿佛素识,因问元声,谓是殆张君秋之师傅李凌枫欤?若然,则我识其人,以凌枫与我为同乡,兼同学也。元声遂为愚介凌枫之于北都,客中叙乡亲之谊,备极融契,别十五年,愚犹记凌枫,而凌枫不复稔我矣。凌枫为吾师霞圃先生哲嗣，霞圃先生精绘事，工戏剧，亦艺术家，凌枫但习剧，而不工作画，尝登台，嗓败，退为教师，君秋盖其得意门生。是夕重逢，凌枫说京白，元声谓既是同里，正可以打乡音矣。凌枫则一时不能改，明明嘉定人，而不善说嘉定话，明明绍兴人，而偏说学嘉定话，此天厂居士之所以为趣人，一见而便用诗韵中之十一尤，皮黄中之尤求辙，与我攀谈，必钳得我走投无路，始快厥意，诚何为者？

（《社会日报》1940 年 7 月 13 日，未署名）

吉祥寺之素斋

昨日又病腹，不欲吃荤腥，因赴吉祥寺吃素斋，则志圆和尚，赋归在即矣。吉祥寺当家法师雪悟上人之居室，临于东，东窗启处，晚风习习吹牖内，凉意都透。是夜合座皆纵酒，独愚不胜一蕉叶，培林病后，亦废饮，梦祁自号为酒王，龚翁自署醉尉，白蕉又镌印为醉乡侯。王也尉也侯也，帝王气象，充塞筵间，我与培林不能饮，乃如太监。梦祁点一菜，为青辣椒烧毛豆，而名之曰“双翠”，遂有雅韵欲流之美。诸菜胥为座上客互点，而无一不可口，因得大饱，愚故誉吉祥寺之素斋，亦足称王矣。雪悟上人，审愚嗜吉祥寺诸菜，因为吉祥素斋，题一专名，称之为“吉祥斋”。读吾报者，亦欲一啖此绝世风味者乎？请托不肖名，丐若瓢和尚转语厨下，则必有胜味为诸君谋口腹之快者矣。

（《社会日报》1940 年 7 月 15 日，未署名）

愚一生不事生产

今年西瓜大贵，一日，忽发狠劲，谓凭他卖五块钱一只，我也得买几只使合家人一尝暑时妙品。愚盖想起跳舞场里，两块钱吃一杯开水又何吝几块钱买一只西瓜，与家人剖食？在外面胡调，不忘记有家，此为愚近年来长进得最好之成绩，纵使谓此种见解，同是脱底棺材应有之征象！

愚一生不事生产，非特不善居积，更欢喜用钱要用过头，所谓寅吃卯粮者是。愚尝自念，幸亏我膝下但有二雄，若使有女儿，至我无力自耕，而想派女儿用场时，必定将女儿卖与野鸡堂子，或卖绝，或做押账，决不会化本钱，自己使她去跳舞，或延师令其唱戏。盖愚之脾气，喜欢现金集中，而不暇先投资而后营业者。朋友中一方与我或相似，若听潮、翼华，必为吾后者之一说。至于梦云，一不卖绝女儿，亦不栽培女儿，惟有大做广告，为女儿谋发扬光大，再图重利，则为有计划之乌龟矣，盖亦脾气犯就也。

(《社会日报》1940 年 7 月 17 日，未署名)

不定谁跌在谁手里也

舞人称男女之私曰“羌”，读音有异于恒常之“羌”字，应读为“溪耶切”。尝闻某舞人与其客相骂，舞人曰：“吃倷爷啥个豆腐！”客笑，曰：“尔如何能做我的爷？”舞人又曰：“勿要管我雌爷雄爷，只要搭倷屋里籴米买柴，还要倷姆妈拨我羌一羌。”故“羌”字必须读六麻或九佳韵也。

从舞一年，近乃传有某舞人者，将从大郎为唐家妇矣。在我既未造此风谣，而道路传谈，乃有是语，令人啼笑皆非。愚贫乏一如昔日，虽欲竭绵薄以报效舞人，且虞勿继，更何暇与欢场妙女，论嫁娶之约？舞人稔客似亦闻兹讯，纷纷谗于舞人曰：“唐家郎勿善生产，汝苟惑其甘言，而委以终身者，必将遗后来之戚！”舞人以其客之言白于我，愚笑曰：“我乃未甘言媚卿也，卿当谅我，若谣诼之兴，亦置之若罔闻也可，吹皱春池，干卿底事？客之谗妒，其用心乃不可诘。愚固未尝有此事实，亦未尝有此存心，若有存心，则他人未必能加阻挠，若谓此因缘须视钱财之多寡为舍取，则穷爷亦将光起火来，借几笔巨款，与自命小开之客人，比一比家当，正不定谁跌在谁手里也。”

(《社会日报》1940 年 7 月 18 日，未署名)

王八蛋想吃这一口笔墨饭

一方又屡屡于其笔记中,对不肖深致其不慊之词矣。其实一方今日,似已摆脱其笔墨生涯,而致力于舞场事业,吾人常见其着白哔叽裤子,黑上装,在卡乐舞场中,指挥若定,从知不久以后之一方,将步顾尔康兄之后尘,为舞丛权威,成多财之贾,而为读书人一吐穷酸气矣。信如是,则一方宜如何看得远,放得开,对老友之偃促如恒者,加以矜怜,不然亦当置之不闻不问可也。乃一方偶尔著笔,辄将老友钳牢勿放,逼更变本加厉,盈篇累牍,作埋名隐姓之讽骂,不肖未能涵养,一见其文,便会扯到自家身上,吃定一方是在骂我,用是感喟无穷。自家有了生路,有了饭吃,便当让朋友一条路,哪怕是一条窄路,然朋友正赖此路以生养,一方固不可憎厌朋友而并此窄路亦绝之。譬如我天天写周信芳,天天写邓粪翁,正可见我才思日偪,骗一口饭吃,为状正复可怜;我苟有别条路好走,王八蛋想吃这一口笔墨饭。实告一方,纵以鼎力汲引我至卡乐舞厅做协理,是否能替卡乐"想噱头",尚一问题,叫我着一套黑上装白裤子的西装,恐也不会等样,岂非要命!

(《社会日报》1940 年 7 月 19 日,未署名)

曾与汪洋为艺华公司同事

木兄为我批今年流年,谓六月防口舌之争,慎饮食。一日,吃西瓜半只、玉蜀黍二枚,越一日,遽病腹,昨夜痢十余次,复有痧。暑病不必问医,尽功德水一瓶,然以痢久,全身如瘫废,竟不可支。

路上每次遇世勋,世勋必曰:"你如何不来白相? 花园里吹吹风凉。"花园者,新都夜花园也。愚先后赴之,新都二次皆不见世勋,又不好意思叫仆欧去请他上来,因世勋上来,必将吃账签去,特地叫老板来签账,亦不好意思。

儿子读于某小学,校长某先生,与愚神交,近闻我人又将演赈济绍兴难民义务戏，特抵书与我，谓事属善举，若有戏券，请惠赐一二为祷。既知义举，如何有赠票？可见某先生对于慈善事业之外行矣。愚将报一书与他，如儿子学费，允我免缴一学期，则委事无不照办。

曾与汪洋为艺华公司同事，自汪洋为舞人，二三年来，其活泼天真，与艺华公司时初无二样，然愚见其人，必憎厌，此种心理，愚亦不自知其所以然，或者愚以为汪洋之可爱，乃在从前不烫之头发，与一件蓝布旗袍上耳。

（《社会日报》1940 年 7 月 20 日，未署名）

余为"脱底棺材"

余为"脱底棺材"，朋友之性格相似者，特有一方。愚故谓苟养女儿，至穷无可告时，必将鬻女儿人下等倡寮，意此论且为一方所同调，不图一方，竟非吾议，究其原因，则以一方真有女儿也。老夫膝下，但有双雄，故肯为此不关痛痒之言，若鳏生掌上，亦有明珠，必且缄口，人之善怜其骨肉，论情固当如是也。

一方因愚有靠□吃饭之言，因代愚大发牢骚，其言如"不信请以高唐先生自己经历之事证之，高唐先生尝狂捧林媚与乔金红，此为众人所深知者，然又何曾见林、乔二人向唐僧作半句感恩知己之语，是知所谓捧舞女者，宁能靠□吃饭，直是俏眉眼之做与瞎子看耳"。一方毕竟朋友，知我最深，今好事者谓予与舞人有论嫁娶之约，今以吾友言，得止从谣矣，书此为一方谢。

（《社会日报》1940 年 7 月 22 日，未署名）

"摆脱"与"脱摆"

《翠屏山房乱话》，不知为伊谁所作，巧姐之真名实姓，亦不可知。何物淫雌，偏多妙语，如云："采芝室主对于娟儿，打算摆脱，我却认为时间尚早，因为既未'脱摆'，哪里谈得到摆脱？"寥寥三十余字，而妙绪无穷。"脱摆"二字，自有异解，脱者，裤也，摆为动词，上海人用以言男女暧昧之行者也。因再论“摆脱”二字，上文云云，则“摆脱”当为“掼开”解，为“放弃”解，然若衡以上海人之俗语口气，便有殊义，譬如男女二人，方谈精神恋爱，其友见而不耐，则告其友曰：“活了一把年纪，讲什么恋爱，女人是你欢喜的，趁早‘摆脱’子伊，来得爽快。”此“摆脱”二字，“摆”字亦如上述之为动词，加一“脱”字，即谓发生肌肤关系也。故巧姐所言之“脱摆”，实亦犹之“摆脱”，使更聪明一点写，正不必将此二字颠颠倒倒。有人又言，今世多凉薄男女，往往有摆脱之后，即行摆脱者，此是牙签，采芝室主果未摆脱娟儿，而欲谋摆脱之方，此其欲以慧力断情根。男女之爱，仅有一个摆脱之后，其人便无可议，纵非情种，要亦敦厚人耳。

（《社会日报》1940 年 7 月 24 日，未署名）

骄矜过甚之女人，真要不得

翼华常言：在台下吊嗓子时，若一面唱，一面脸上有表情，如攒肩，或成苦脸者，则其人之戏，必不能唱得好。近闻陈丽芳在台上唱戏，其面上亦有表情，惟其表情，不随戏境而生，从唱腔而造，如唱一细腔，则丽芳双目，亦随之而合，渐渐并为细缝，及唱腔放高，则双眸亦随而豁朗，故有人言：若丽芳唱花腔时，其脸上，得勿成一花脸邪？

骄矜过甚之女人，真要不得。从前之生意浪，今日之舞场中，往往有之，一旦成名，便以为其裤子裆中，有盈斗盈升之金刚钻，可以发掘出来，一若男人过之者，则可以取之不竭，用之不尽，而立时便能致富者，故时时以骄凌之气逼人。闻某舞人鄙弃其客市百金舞券携之外游者，辄使人发指，此种女人，果有一日，使吾人见其在穷途中，以过街楼下，为其居处，则痛快将无可形容。

（《社会日报》1940 年 7 月 25 日，未署名）

越 剧 风 行

越剧既如此风行，愚则仅看过一次姚水娟，近闻马樟花之倾动海堧,一日,乃听好友电台播音,以马与袁雪芬日有一档节目也。俯首跂足,缔聆达二小时,颇不辨其好处何在,从知地方戏剧之不能普遍。顾观于马之倾动海堧,则其理又不可穷,好友有越剧专刊印行,凡马、袁所歌,悉载册中,封面剧照,影中人马、袁皆可观,因疑兹二人,或以貌胜。姚水娟之私底下,已见之,苟有机缘,顾一睹马、袁之匡庐面目。

《双栖小唱》记某姝之语,青鸾遂寄声于姝,谓:“某姝读吾报,后此请不必访我。”婉儿读竟,骇曰:“青鸾先生竟绝其所欢矣,果文中之某姝赋性似儿家者,亦必从此绝之矣。”因欲以电话抵青鸾,劝其勿谓过甚之词。愚见而笑曰:“卿今日劝青鸾,亦欲青鸾明日之来劝卿耳。”婉儿闻言,色然搁其电筒,不复通问。嗟夫!蛾眉倔强,曾未有如吾儿之婉儿者,真不是女人也。

(《社会日报》1940 年 7 月 26 日,未署名)

“设想英雄垂暮日,温柔不住住何乡”

昔明夷为我批命书,再三警戒曰:“少与女人亲近。”迩时又遘浩浩神相,请渠监吾貌,亦曰:“病容甚著,不可犯女色。”其他之算命看相先生,亦都以此为言,闻之辄令人不耐。今日之我,不亲女色,更将何为?自知有一副刮地皮、吸收民脂民膏之本事,而政府不叫我去做官;有一副不顾死活、卖空买空之手腕,而天不付我以资财,使我为投机家;有一副盘剥重利、压榨贫民之心肠,而又不派我做所谓上海银钱巨子。偏偏让我捏一枝笔为文士,又为今生今世之文士,其没出息要为必然之事实。平素自念,生有奇才,而无所施展,遂不免自挫其心志,以自挫心志而不免流于颓废,以颓废而好妇人若命,要亦天公地道矣!谁知好妇人乃为命里相上所不许,便教我为难。然再想想,我若不听先生之劝,而好色如故,其结果亦不过是促其寿命,或穷其终生,其他不致再有弥天大祸。果然者,则我将自愿短寿,自甘终穷,女人我还要亲近,君不闻“自古英雄皆好色,从来名士嬲姘头”?又不闻“设想英雄垂暮日,温柔不住住何乡”?此才是逢人知命之言,苟我谨守相面算命先生之语,则亦不成其为唐某人矣！质之高明，以为然否？

（《社会日报》1940年8月2日，未署名）

愚从来不喜求人书画

愚为人既俗不可耐，故亦不欲谬托风雅，从来不喜求人书画。上海之书画家，相交殆遍，愚从来未曾麻烦过他们。以为现在上海，住别人家房子，用以补壁者，有几张女人"小照"已足，正不必悬楹帖联屏，以炫其"绝俗"。将来万一发财，自家兴建住宅，则拟用各种新钞票、银行存折、公司股票，以及房地产道契，配镜框悬诸厅堂，使吾客之下顾者一望而便知吾富程矣。既称富人，而不让人知我为富几何，宁非屈死！以若干年来，我未尝得某书家一联、某画家一轴，即夏日所携之聚头亦不多。昨发旧箧，得史仲瑾先生二箑，史先生书法之高，有"并世无俦"之誉，愚得两箑，皆当年自媿翁转烦者，先生与翁善，愚以示亦获识先生。愚为报人后一年，先生遽归道山，闲时，出其箑把玩，辄不胜腹痛。更有一箑，为宛平孙幼铭先生所作，亦精致，惟此皆可以夸示灵犀。灵犀藏箑百余件，然欲得一事可以敌史、孙二先生之精贵者，竟无有。以此告之，又可以使他气得发抖也。

（《社会日报》1940年8月3日，未署名）

愚丐龚翁治一章

愚之不嗜风雅，既如昨日所言，故不要求名家书画，此是原因。更有一重关系，我脾气太坏，要我自己买纸买扇页去求人墨宝，最不高兴；若空口说白话，对书家或画家云："某兄，你替我写一点画一点来。"则书画家究非吾过房儿子，绝无此种"承欢"义务。既为情理所无，而我又不肯自己购置，于是有时虽欲搜罗一些，因此而废止矣。今年，白蕉、龚翁二先生，各见贻一扇，俱系赠送扇面者，唐云先生又绘一横幅，托灵犀转赐，亦连纸送来，此是极熟朋友，有此交情，当然例外。假使我今要毫无交谊之冯超然、吴湖帆他们，画点东西送我，而不化一钱，不费一纸,必将挨一顿臭骂无疑矣!

林宗孟生前,文章书法,无不精工。某银行家称寿,托人丐宗孟治寿屏,索千金,往说者请抑其值,宗孟恚曰:“不向他们多取几文,更向谁去取?”其爽直如此。亦有人丐史仲瑾先生作书者,请免其润,史涂竟报以书曰:“字故劣,然非此不足为花钱者劝,为揩油者惩也。”其风趣又如此!愚丐龚翁治一章,石头并未送去,翁之消息乃杳然,然翁之为人固非“非血不行”者,而我不买石头,亦自是辣手!

(《社会日报》1940 年 8 月 4 日,未署名)

良伯师大殓之日

良伯师大殓之日,吊者云集,同声震悼,凄哀之象,不可言状。李祖莱先生与师最友爱,先生既来,拜于灵前,辄往视吾师遗容,蹦踊哀楚,见者大恸,则扶先生出,泪浪浪悬其颊,至师盖棺未已也!卢文英女士,亦大哭于吾师遗体之旁,久之,其与名流周旋,忽悟曰:“大阿姐何以勿来?大阿姐与我,皆与大阿哥笃于友谊,宜使其来展奠,睹大阿哥最后一面也。”大阿姐氏丁,与文英并著侠声,惟年事较文英为长,文英以车往迓丁至,丁亦伏灵前不能起。何五良先生亦哀感甚深,频频拂其泪。吊唁之人,一例痛悼,谓仁者不寿,令人惘惘!吾师遗子女七,以伟麟居长,伟麟哀甚,则晕于地上。其生母益悲,大哭,令伟麟勿过哀,谓:爷死,继其意志者,乃惟吾孙,何可哀毁若此?时吊者尤感动泣下。噫!吾师孑孑长往,留此老幼,将来岁月,乃不可问。吾师生前至友,如祖莱、善琨先生,将为樊氏家属谋善后之方,毋使吾师抱恨于重泉。生死交情,愚乃于张、李二先生见之矣!悲夫!

(《社会日报》1940 年 8 月 7 日,未署名)

殡仪馆洁尸之妇

陆洁先生自其家赴华联摄影场,每日必坐公共汽车,恒有一少女同车，初不知其为何人。一日，陆送其友人入殓，诣中国殡仪馆，忽睹此女，知为馆中职员。馆中人谓此女年十七，其在馆所事职务，专为洗涤尸体者。陆闻言大震，后生见此女上车，不敢注目，偶一回眸，似觉此女亦大类魅物，乃有阴森之气以慑人者。

殡仪馆洗涤尸体之职员，凡男女两种，分日夜两班。夜班之人，往往在二三时送一尸来，则一人在洁尸室中工作，既为恒事，神经上亦无异感。闻一夕者，有女尸三人，舁入某殡仪馆，一齐送入洁尸室中，洁尸之职员，次第为尸洗涤。一尸甫动手，忽见其旁老妇之尸，作呼吸状，未几两目皆张，职员乃奔出告馆中人，谓一尸或有重苏之望。前往告其家属，更入医院，此老妇果又生，惟历一日，复气绝，仍舁入此殡仪馆。洁尸之妇，见此尸至，明知其为旧地重游，而了无恐怖！

（《社会日报》1940 年 8 月 9 日，未署名）

谈诗对仗

三友补丸，用“一瓶见效”做广告，忽悟此八字可以作对。或谓效不可以对丸，实则两字皆名词，何以不可对？愚少时作诗有句云：“夜静犹寻残卷伴，衣单肯与故人谋。”有人见之谓夜对衣，卷对人，皆欠工整。愚问苏东坡之“人似秋鸿来有信，事如春梦了无痕”，人对事亦可以谓工整耶！其人曰：“自然工整。”问其故，则强言曰：“人与事在诗中常常见之耳。”其人固以能诗自鸣者，迂执若此，其诗之造诣亦可想而知。

刘斌昆在《活捉》之变脸，第一个身段，将帽子朝后一掼，水发外露，而脸变灰矣。第二个身段尤快，第见斌昆往后一蹲，脸已变黑，台下人乃纷纷聚论其变脸用何方法，谓第一次颜色放在帽子上，然则第二次又如何？又有人谓颜色放在手中，一只手涂灰色，一只手涂黑色，此言较近情理，然在极短促之时间中，如何能涂抹如此均匀，则又一问题。愚始终以为灰与黑，乃贴上去的两张彩纸，言虽然又是羊毛，然死活无对证。盖斌昆虽存，你要叫他证明，他亦犹死人之不肯拆除此种门槛也。

(《社会日报》1940 年 8 月 10 日,未署名)

诗一入酸,便取人厌

松江顾尽缘君,近以其诗稿寄来,颜曰:《雪爪水影录》,高吹万先生为之题眉,可以为兹册光者,惟此而已! 脱稿之日,似远在若干年前,顾君今始见寄,并附近作,为自题小影之五律一章,又作者别署曰“梨魂后身”,观此可以想见顾君诗文,鸳蝴气息之重,册中尚有徐枕霞之题咏。枕霞病化已久,又可见此册之问世,历时亦非短矣。云间才士,惟沈瘦狂先生,愚所倾折,册中独不见瘦狂一诗,为之惘惘。近年来见私人印行之诗集,真无可称美者,而泰半病其酸也,能诗之士,一入酸,便取人厌,顾君亦不能免是例。枕霞于题诗中之第一章云:“君家有个顾炎武,老耄才成一编书。欲出风头趁年少,强爷胜祖语非虚。”枕霞一生,诗文都不足称,诗尤为恶札,独此二十八字,乃有皮里阳秋之妙,要可爱也。

(《社会日报》1940 年 8 月 17 日,未署名)

近闻吾父将讼愚于官

近闻吾父将讼愚于官,以愚非特不能曲意承欢,有时盛怒,且报以恶声也,于是父怒我忤逆,欲状我入官。此种家庭事,本不必述之楮墨间,述之楮墨间,徒为迂执之夫,视为犷语枭声而已。愚夙反对世俗愚忠、愚孝之两种人物,以为人与人间之感情,不可赖一方维系,父不能贤,子必曲意孝养,此为子者之做人,乃为他人做,自己更何生趣? 愚自小至长成,与吾父绝无好感,一生最明恩怨,吾舅视其甥如亲子,而愚不能振发,迨舅父至死,亦未尝能慰其幽灵,抱恨终天者,惟此一事。又尝负吾妇于死,至今皆愧且不及。若论吾父,愚实未尝负之。吾舅生前,亦未尝数愚不孝之罪,他人之不知此父此子者,总以理屈在我,我绝不欲求谅于人。今述此篇，友人读之，若以愚之凉薄，而一一绝其交谊，亦在所勿恤；必欲愚盲从为愚孝之人，此头可断，此事难行！

（《社会日报》1940 年 8 月 22 日，未署名）

国际饭店之三楼茶座

近来形容枯槁，瘘缩日甚一日，访慕老于新亚药厂，因得晤许晓霞先生，惊愚羸弱，出肧生蒙四管见贻，请朝暮尽四片，周后，可以稍祛今日之瘘靡。从其言，服之果著效。肧生蒙为著名于今世之补剂，采人参、紫河车为配制之原料，其滋补于身体者，逾于参芪。晓霞所贻者，为样品，以愚食而称其效，因复饬人送六管来。季康子馈药情深，感何可已！因志数言，为故人谢，兼为欲进补剂者，介绍此名药焉。

进茶点于国际饭店之三楼，有冷气，而地毯厚寸许，列坐西人尤较华人为众，其空气乃至庄穆，啜茗互语者，声细如蚊，然有时于此肃静之空气中，发一阵娇笑声，则为夷妇之偶然放浪形骸也。其实此种形态，吾人定不能有，特以环境所囿，不好意思有耳。啜茗之地，例宜有笑语之声，若以地方关系，扮得一本正经，精神上岂不痛苦？我故不甚爱此茶楼。会有一日，此地可以吃讲茶者，我将频频为座上客矣。

（《社会日报》1940 年 8 月 24 日，未署名）

马樟花在电台唱《第二保姆》

马樟花在电台播音，唱一曲名《第二保姆》，想为三友实业社广告部代为编制者，《第二保姆》之内容，盖劝人节欲也。全盘不过二三百言，然始终不著节欲二字，而以有趣之比喻，劝妻子勿令丈夫纵欲。其后段云："日里办公很辛苦，空来还要谈情爱，那时纵全凭第二保姆来栽培，好言好语去安慰。常言道少吃可以多滋味，多吃就要坏肠胃，丈夫若是讲不听，你只要喔唷喔唷喊起来，就说肚子突然痛起来，想必丈夫不会再麻烦。"听至"喔唷喔唷痛起来"句时，恒令人轩渠不已，又似见马樟花在眼前对我装假肚皮痛一样。果以此法骗丈夫,除非丈夫是死人,不然必不致受妻子之欺。譬如不肖,别样事都会糊涂,惟于此役极认真,苟床头人向我装假毛病,我一望便知,必依旧要麻烦,而不肯放松。盖我的脾气最坏,无论什么事,一转到念头,便无法遏止,苟强为遏止,真是说不出的苦。马樟花女士乎!以此语卿,卿或不知,亦或不信,然仆亦终无法可以取信于女士,殊可憾耳。

(《社会日报》1940年8月25日,未署名)

小洛欲集百寿图

一日,小洛谓先生阁上人物,与本报之执笔诸君,大半为寿头,因欲集百寿图。寿头者,譬如女人之称十三点也。夫寿头汉子,以吾邑有大宗出产,或谓为小学教员者,尤多寿种,宜嘉定人之为小学教育者众矣。先生阁上人物与《社报》执笔诸君中,他人不便言,惟有太白,凡在其笔下者,绝无寿气,而闻其吐属,睹其形状,便觉其人有寿征。愚又尝识一舞人,当其为伴舞生涯时,坐在位子上,看不出为十三点也;带她出去,坐于稠人广座间,亦看不出为十三点也;及后其人既作嫁,遇其夫时,在人前作温存体贴之状,辄令人肉麻,于是知此人亦十三点矣。愚故叹识人之不易,男人有寿者相者,太白先生是,女人有十三点在骨子里,此舞人是也。

(《社会日报》1940年8月26日,未署名)

天 麟 乖 巧

昔日吾家余屋,曾分与九公来住,与九公同居者,为其公子天麟,不及十龄之童子也。天麟奇慧,勤于读,亦能为文,九公曾刊其日记于报端,居然亦成章矣。九公与夫人既仳离,天麟为九公留养,九公续娶,天麟遂以九公新妇为母矣。近二年,天麟居于乡,依九公姊氏居,一日者,天麟以书抵其父,书首为"母父亲大人"五字,母与父并肩写,母右而父左，或谓向例父居上而母居下，未闻以母而冠于父上者也。时小洛在旁，谓九公新妇为续娶，天麟于二人间，爷是熟人，娘则客气，故以母居于上。愚则以为天麟本乖巧，以母字居于后，使其后母见之，以为讽己，而于天麟或不欢。故娘纵慢娘，而于行文之际，必列于前；父本生父，虽列父于后，九公亦不致责天麟，诮之为慢爷也。此天麟之所以为乖伲子，虽小节，亦能无憾于亲间也。

（《社会日报》1940 年 9 月 2 日，未署名）

《黄慧如与陆根荣》不易评论

共舞台推《黄慧如与陆根荣》时，赵如泉先生要金素雯说“我身浪向已经三个月勿来哉”之一句台词。素雯闻而羞，语赵先生曰：“我何能作此言者？”赵则曰：“此语乃做戏，有什么关系？”又催金曰：“你说嘘！你说嘘。”素雯仍不肯出口，赵先生又谓老二解释，谓：“我实梗一把年纪，孙子也有了，还在做戏，啥个闲话都说得出，你怕点啥呢？伲是做戏，又不是私底下，你要当私底下一样怕难为情，那末我这个人也同你要好不起来了。”闻者俱为轩渠。金果受其感化，第一夜登场，便将自家“身浪”事，说与观众听，第闻第二夜又删去，岂风化之攸关欤？抑金二之不甘出此俚语欤？不可知矣。《黄陆》一剧上演前，愚遘尧坤、沈琪诸君，谓评述此剧，颇不易著笔，尤其在意识问题上……尧坤无言，沈琪遽曰：“意识甚正确，果为‘恋爱至上主义’与‘打破阶级观念’也。”合座皆默然，愚不知沈琪之言是否。录之以问桑弧。

（《社会日报》1940 年 9 月 3 日，未署名）

上海市面，特为女人所撑

盖叫天叫好不叫座，小达子则叫座不叫好。盖叫天演剧，台下即寥寥卖双排座，然叫好声如发连珠炮，不绝于耳。小达子演戏，座上满坑满谷，而池子中绝无叫好者。夫叫好不叫座，所谓货售识家也，盖五之在南方，自是一代宗匠，然赏之者特为内行，在上海唱戏，靠内行吃饭，其人不流转于沟壑者几希。一日，与元龙兄谈，元龙言：上海唱戏，造诣之高卑固无论，其第一条件，必须取悦于妇人，台上之戏，为太太小姐所悦，则戏无不红。太太既悦矣，老爷必追随，小姐所欢矣，少爷亦必同行。若盖五之戏，便不为妇人所好，虽声名之盛，登台仅三五日，其卖座辄替，足可见戏剧之于女人，实休戚相关者也。试看信芳之剧，美如《青风亭》，而激赏之人勿多，惟《文素臣》与《六国拜相》，转能长持盛况，盖亦视女人之爱憎而卜其兴衰者也。民间故事电影之所以风行，申曲、越剧之所以倾动，其关键无不系在女人身上。或曰：上海市面，特为女人所撑，然戏剧艺术也，乃兴替之钥，亦掌之于女人之手，是可怜耳！

（《社会日报》1940 年 9 月 4 日，未署名）

愚百病在身，自慰胃尚健

愚胃甚健，身体尪瘠至此，而不致遽尔淹化者，赖健食耳。顾疑吾肠又至弱，不然，何以饮食勿慎，遂告病痢，入秋以还，疾两次，后一次，尤困苦不堪言状。愚医药常识太缺乏，百病瘁于一身，既勿知调摄，亦勿遑审病本之所在，念之良可笑也。去年，毓庆自香江归，患肠胃病甚烈；愚方便稀，入水，沉于桶底。毓庆语此亦肠胃病之特征，属愚速就医，愚卒不暇顾。今岁毓庆又归，乃谓：医药常识，最好勿过丰，过丰则耗钱广，而精神上之痛苦，将无所取偿。愚乃笑曰："然则如不肖者，得毋为天下福人邪?"先舅恒言，病而勿问医，第须谨慎起居，亦是一法。吾友某，略有资财，小病，辄使大钱，伤风一次，所费恒数十金。愚尝谓，移吾一身之病，置之君体，则一岁所用，将无虑万金。愚自知百病在身，第堪自慰者，则胃强能容饭也。中法药房，大可摄吾胃之影，以为其出品之胃宁作牌号，虽再数年者，我或死于胃，衡以善泅者死于水之例，则亦不可知耳。

（《社会日报》1940 年 9 月 6 日，未署名）

桌上奇人一枚

世勋为其尊人设奠于净土庵之日，愚偕吉光同往，既饭，亦与吉光同坐，一桌上人，素识者亦惟吉光一人。傍吾左肩坐者为一中年男子，状貌虽非俊朗，亦不至十分猥琐，但其人实大奇。先是，桌上陈四冷盆、二干果，此人先撮咖啡花生一把、瓜子一把、梨一只，置于面前，又用筷子夹取冷盆之菜，如面筋腐皮之属，俱放面前；及上热菜，择其不沾腻汁者，亦必夹取放于面前，如素烧鸭及馒头等；比点心上来，此人攫取最多，亦积于桌上；而小郎送香烟来，此人竟取其一罐，小郎谓罐须返我，此人则出其烟盈握，亦放于面前。尤奇者，愚取一梨，未吃，渐渐亦为其人没收，而移至其所辖地矣。席将散，视此人所积者高五寸、圆径殆二尺，愚念其人留此不入口，为状绝如祭神鬼。顷之，忽出一巾，尽收所积，而纳之衣橐，殆将归遗细君，不然，亦必泽及儿曹矣。愚始大诧，以为偌大一包，藏之衣橐，如何立起来，立起来又如何跑出去。此时愚之心理，决不笑此人派头太小，惟奇其人回家之后，将效魔术家之在裤裆中变出一碗清水，卜其合第之拍掌欢呼，始是大好身手耳。

（《社会日报》1940 年 9 月 13 日，未署名）

若积学而终归，死，便不值得！

灵犀记“隐者也”，投书于先生阁，并托渠传一笺与某君，某君是指我。愚曾读隐者也先生书，长五六百言，本孟轲父子不责善之义，其所以晓喻于不肖者，至周且挚，良意自可感念。隐者也之书法，绝类友人荣仲方君，疑自仲方所发，然不闻仲方在沪，而仲方文笔，亦不似隐者也之修饰，且仲方率直，正不必虚托一人，诤其老友，故必别有其人。灵犀所记，误甲事为乙事，使隐者也读之，将莫名其妙，无论其他读者矣。愚于灵犀所谓不欲置喙，既不能慎于初，讵能悔于后？仁爱之士，或能怜谅，若有犷伧而匿于墙隅，亦惟置之。嗟夫！老之情怀，犹堪倔强，故人闻之，其将笑唐生终不衰废也无？

读灵犀之文，知其近来，淫于古箧，引经据典，真欲吓坏伧夫，颇叹愚终不能效灵犀之冷落，亦不能似灵犀之放得开、收得拢，弃欢情而埋头于故卷丛中，自分今生殆不能有此一日，求博学何为？在生一日，惟设法求钱，求钱不得，亦当觅绮艳之佣，慰此劳生，两者俱，可死耳。若积学而终归，死，便不值得！

（《社会日报》1940 年 9 月 16 日，未署名）

王无能死后

王无能死后，谑者谓其遗骸为人收买，用以制吗啡，盖无能生时，吃大土，打吗啡针，凡此毒质，胥侵入其骨髓间，故敲其骨髓，尽是精华。愚人信以为真，传说遂甚，一似真有其事者。小洛根据其理，谓太白死后，绍兴人必争购其尸骸，于做酒时只须盛水一缸，举其骨蘸于水，水发酒香矣。又谓大郎物化，则可以将其骨制兴奋之剂，以大郎为色徒，磨其骨为细粉，服之，可以收固精补肾之功。若灵犀谢世，以灵犀擅文才，为当世名儒，其遗骸可以益脑力，长文思，制为药品，则为效如中法药房之艾罗补脑汁矣。小洛言竟，愚为之补充曰："小洛若弃尘寰，取其骨一分，和水磨之，得豆腐一担，此人一生一世，以吃豆腐为第一本领，故其骨可以制豆腐。信如所言，则凡此四人，生前俱不必致力事业，死后自有遗产传其后人，惟愚之所遗，终恐不免害子孙耳！"

（《社会日报》1940 年 9 月 17 日，未署名）

珠儿下嫁且八年

珠儿下嫁且八年。战后，自桥北移于桥南，遂时时见之于通衢间，虽往昔欢情，已不可续，然晤谈之顷，咻问固未尝不殷勤也。昨夜，与之方入光明咖啡馆，又睹其在座，停杯微睇，与一老人为细语，其人盖七八年来，相依之婿也。婿固耄年，而珠则犹秾艳一如曩日，愚若受重震，脚木几不可移步。珠尝从我游,亦尝屡屡餐于市楼,麦瑞乐乡,为吾二人恒至之地,停杯微睇之状,悉如今日所见。犹忆一日者,午饭于乐乡,进冰结涟,冰作碣色,珠举一二匙辄止,问曰:“不能继邪?”则笑曰:“儿睹冰状,乃类糟油乳腐,遂不可下咽。”言已笑而投其首于吾肩,我乃大乐。顾越二日,其人之踪迹遽杳,又一周,忽以电话告曰:“儿以岌岌,将从一老夫而隐,虽齐大非偶,特以育子奉亲,为势亦不遑计矣!”从此别去,四年不见其人。愚昔日有“何时待我黄金赎,携手堂前拜月华”之句,然而绮愿终虚,惟自此不复至乐乡。春间,寄萍邀饮葡萄酒,亦未往,正以不欲重履伤心地耳。愚艳福未修,生平腻侣,得一珠儿,似亦足以傲笑人间矣。

(《社会日报》1940 年 9 月 18 日,未署名)

先舅《秦淮竹枝词》九首

发旧箧,得《秦淮竹枝词》九首,为先舅钱山华先生,作于沪粤道中者,距今盖若干年矣。诗俱可传,今日读之,则又异其感慨。嗟夫!其一云:“南迁漫说朝廷小,北渡今嗤留守迂。我为群公筹一策,临安山水更清娱。”其二云:“扬子江中潮怒生,狮子山头角怒鸣。谁携玉笛作三弄,并作秋来第一声。”其三云:“崇祠山半自堂堂,接武明陵气郁苍。一是平民一天子,看来门户总相当。”其四云:“担水千钱贵似浆,文园无病亦郎当。而今柴米油盐外,更为新添一字汤。”其五云:“夫子庙前画角多,可怜肉竹替弦歌。春风桃李花开日,莺燕纷纷渡泮河。”其六云:“迢迢远路海陵春,油碧飙轮载丽人。丞相莫嗔君莫笑,不妨同作太平民。”其七云:“斫却秦淮万树花,桃源未便有云遮。儿家门巷原如昨,郎若闲时来吃茶。(成句)”其八云:“清淡而后又空谈,我亦南人只爱南。莫问六朝兴废事,与君且自擘黄柑。”其九云:“杨柳青牵河上舟,秦淮灯火一时休。凭君莫问秦淮水,昔是清流今浊流!”第一首原注云:“宗泽为汴京留守,有志匡复,临殁呼渡河者三。”

(《社会日报》1940 年 9 月 20 日,未署名)

俳体诗不宜多谈“身边事”

吾报写俳体诗者，推粪翁之《有感集》为卓绝群伦之作。粪翁执笔既久，以迄近顷，乃有宁汉、银儿、晚甘侯、障红及秋云诸先生，皆为妙手。宁汉为李垚三先生，尝与愚通音问，为韵语，自饶清逸之致，偶治俳诗，尤为风趣。兹数君者，近则尽归吾报，真吾报之光也。惟诸君所作，多互相调弄之词，范围盈篇累牍，无不富“身边”色彩者，遂不免憾太狭，窃以清才丽藻如诸君子，正可撷拾其他观感，衍为章句，发为谐吟，必是令人绝倒。忆粪翁见乘人力车者，攻击人力车夫得句云：“有力须当临敌去，无钱何必坐车来？”夫若是然后为绝妙好词。吾观者番改革，灵犀似颇下一决心，谓将以内容侧重新闻性，愚固主张小报以登大报所不登之新闻为最好材料，顾灵犀有此言，而未见立行，致占篇幅者犹多谈身边杂事之文，诲淫诲赌，诚不足为训，至多写自家人事，亦非取材之上乘也。

（《社会日报》1940 年 9 月 21 日，未署名）

俞振飞书牍甚美

俞振飞以世家子弟而下海为伶官，故书牍甚美，偶见其小札，无不可诵。言菊朋或亦工此，其他伶人，便都不堪问。俞言皆以票友下海，言旧曾任事于参议院之主计处，淫于旧剧，终为名优。振飞字箴非，此二字颇堂堂正正，近顷，又见其致沪上某君书，则又自署为枕扉，则尤古秀，此人之不俗可想。或曰：扉，门也，枕于扉，则躺在板门上矣，必乃为兆不祥。

晨起恒不能进食，若动笔即写，则又感神力勿足，有时久饥，且手颤不可成字，乃知不食亦非善策也。或以吾体孱弱，宜稍稍进补，早起，吃滋养料较丰之物，莫如麦乳精。愚从其言，近来买唯他乐麦乳精吃，每日啖一盏。吃麦乳精者，常人恒佐以饼干，愚不嗜好此，则啖烧饼，烧饼方出炉，松香可口，嚼一口烧饼，咽一口麦乳精，风味之胜，虽知堂老人之称美白粥油条者，亦不能过此。

（《社会日报》1940 年 9 月 24 日，未署名）

将续作《怀人诗三十二首》

作《怀人诗三十二首》既竟，于是拟续作三十二首，其人物初不必相识，但须读者熟谂其名已足。譬如有文明戏老二，知其人者甚多，其人可咏也，其事尤可咏者也。吾诗将以律体传写，而以俳谐之笔调出之，不复一本正经矣。

黄包车夫穷苦可怜，我人本悲天悯人之愿，对此劳人，自有同情，然自两界交通间阻，试一看黄包车夫之气焰万丈，便觉不可禁受。吾友平时，嫉恶黄包车夫如凶仇大敌，初以为吾友有汽车，而嫉此苦役奚为？及今追思，则黄包车夫之有被巡捕查照会，被西洋水手打耳光者，殆亦自取。一日，有妇人唤车，索半金，妇人还以三角，车夫呈夷鄙之容曰："奈何不打听打听市面，现在哪有三角钱好坐车子哉？"凶顽若是，令人气沮！

有舞人既嫁为人妇，居家之日，当家人之前，辄静默无一言，然好与佣奴伍，则又没遮拦矣。家人鄙之，谓此女毕竟自欢场中来，故不修身份。其实为舞人者，又岂尽如此女者邪？特以其人久为讨人身体，为讨人时，睹鸨婆之容而失色，遂习于下人游，及嫁为人妻，此习不除，家人不知，误以为欢场中人，大抵如是耳。

（《社会日报》1940 年 10 月 1 日，署名：大郎）

吾友迷信于不肖之通文

愚不读《红氍毹上》，然吾友则读之弥感兴趣。一日，忽以书中人名小金堃之"堃"字问愚曰："此何字？"愚曰坤，又戏之曰：若读去声，则为睏，其解释即言男女之睏觉也。吾友不深信，愚曰："卿不见邪，此为象形字，其下之土，犹之一炕，其上二方，作鸳鸯交颈状，方之一点，二人之颀也，方之下面两笔，似男女之四足也，此种睡态，我有之，卿亦有之，故我人宜嗟赏古人造字，有时竟有绘影绘声之妙。”言至此，吾友似无疑，辗然而頫，视之，两腮作夕阳红矣（抄白门旧客句）。既又问曰：“信如君语，则此‘堃’字为一亵渎之词，奈何可以入之人名中？彼曰小金堃者，非人名邪？”愚曰：“是有何不可，譬如性交之性字，天厂居士尝用为雅讳，上生活之‘上’字，严月闲尊人且采作尊纂，则‘堃’字又何以不能为人名？”吾友始颔首无言。吾友聪明绝顶，识见胜人，独迷信于不肖之通文，遂一任我信口雌黄，亦近来趣事也。

（《社会日报》1940 年 10 月 2 日，未署名）

作诗不易，好诗尤难得

懂得平仄，记得诗韵，自然不可谓此人便能作诗矣。《玉梨魂》上，诗算得多，无一字不平仄调谐，亦决不偶出一韵，然读其诗，皆非诗也，直弹词耳。笼统言之，以其言之无物耳。言之无物者，虽体裁为诗，实不是诗，文字之意味深长者，虽体裁不是诗，读之亦饶诗意，此作诗之所以为不易，而好诗之所以难得也。

曩见本刊，似采芝室主曾有言，谓诗中有画，方是好诗，画中有诗，方是好画。惟愚则稍嫌其说得太肯定，好诗不一定诗中有画，但能纾写襟怀，超脱不著一俗笔者，亦是好诗。愚总以为好诗端视意境，意境之清微幽远，不必在此中有画。譬如杜樊川之“高人以饮为忙事，浮世除诗尽强名”，又如元遗山之“伎俩本宜闲处着，姓名谁遣世间闻”，无不为诗中神品，然此中初无画镜，其所以为好诗者，即所谓抒写襟怀，不著俗笔，而意境自高。愚生平最爱山谷律，尤爱其“交盖春风汝水边，客床相对卧僧毡。舞阳去叶才百里，贱子与公俱少年。白发齐生如有种，青山好去坐无钱。烟沙篁竹江南岸，输与鸬鹚取次眠。”前后四句，皆写景物，未必尽美，独两联回味无穷。如此天才，如此襟度，才有如此好诗，庸手何以能到？

（《社会日报》1940 年 10 月 3 日，未署名）

街上积水之日遐想

街上积水之日,之方坐人力车经派克路,谓其地水尤深,广美之车,四轮俱淹,其娇小如香扇坠者,非惨遭灭顶,必有萍飘蓬转之险。过卡尔登,觅翼华之车,而翼华之车果不见,盖其车梯公所谓娇小如香扇坠者也。之方因曰:“以意度之,香扇坠必随风西流,比水退之日,忽发现此车在大西路上。”此君之言,好在夸张,做戏院广告,又安得勿佳?

之方又言,在水中坐包车,车夫满口为怨语,似悔其所索之值,犹不能抵其辛苦者。此时车上人虽怒其贪,然不敢忤也,盖虑车夫亦併为一怒,停其车于水中,使车上人既不能下车涉水,而又无术以迳登彼岸,为势必将陷于奇窘。

有少女亦裸其双趺,涉水而过,肌白于霜,滋然为奇彩,睹此辄生美感。愚尝过泅水之场,见戏水女儿而无动于中,独对此孤芳,以为绝艳。正以戏水女郎,终老吃老做,譬如夏日经乡村,村女甫发育,第以一抹轻绡,掩其胸前,而易成遐想。在海上看摩登伽女之一撮玄丝飘飘于腋下者,往往漠然视之,同一理也。

(《社会日报》1940 年 10 月 5 日,未署名)

小南腔北调人之剧谈

梨园子弟之名字,有袭用角儿原名而冠以“小”字、“盖”字或“赛”字者,此例既不胜举矣,不图风气所播,乃及文人。近见某刊物有人谈戏,署名为“小南腔北调人”,顾名思义,其人对南腔北调人之心折可知,于行文间,亦时时推重南腔北调人,而南腔北调人不知也。忽近忽发现,白于尧坤,不图后一日,愚又见此人一文,忽对南腔北调人作不逊之词,似谓南腔北调人近尝有《理想新纺棉花》之作,由《双摇会》而至《五花洞》,如此变化,为《十八扯》、《戏迷传》则可,为《纺棉花》则不可也。此人对于《纺棉花》,尚有一番考究,词长不能尽忆,惟总之《新纺棉花》台上只能一旦一丑，不许有第三人上场，若如南腔北调人之"理想"，便失却楷模，将为内行所齿冷。愚初以为小南腔北调人之剧谈，不过拾南腔北调人之唾余，而胡乱成篇者，不料其人自有见解，且能举南腔北调人之非而直斥之，其大胆亦令人惊佩。我未尝闻小白玉霜于白玉霜有异言，亦未尝闻赛达子讽小达子为胡闹，而第见小南腔北调人之对南腔北调人，致其不满之词，故谓之大胆也。又小南腔北调人说南腔北调人并寇准之"寇"字都不识，而书为"冠"字，此则为手民所误植，愚当代南腔北调人呼冤者。

（《社会日报》1940 年 10 月 8 日，未署名）

"造"之读音

愚尝读儇薄子弟之"儇"为"环"，辄为天厂居士所非笑。昨日，又以可造之材之"造"，念为"糙"，天厂复又绝倒，愚之腹俭，宜为渊雅人士所齿冷。天厂之意，谓可造之材之"造"字，与造就之"造"同，与制造之"造"亦同，故不读"糙"声；若读如"糙"，当作"到"字解，如为造府，又如谓此境不难造，犹言此境不难至也。惟如造次、造诣，亦音"糙"耳。往时，愚与友人观某坤旦剧，某固初上氍毹，见其艺而赏之，则曰：此可造材也。吾友忽摇首曰："此'造'当读为'糙'。"愚当时以为未加细辨，今以天厂之指谬，始知吾友之读别其音，尚有用意，盖"糙"字，北方人乃用以詈人者，吾友殆以此为戏谑耳。愚不知其言诈也，遂误记至今，亦吐口出矣。

（《社会日报》1940 年 10 月 16 日，未署名）

负才艺之士宜自有一副脾气

马公愚先生，与愚无深交，惟其艺事，则倾折已久，近读吾报，谓马先生无书画家习气。书画家所有之习气如何？愚不得知，第愚与马先生曾二三面，以为马先生之好，在谦和，而马先生之不好，亦在谦和。谦和过甚，患其人不能直谋，愚故以为负才艺之士，宜自有一副脾气，真有本事，虽眼睛泛在额角上，愚亦为之惊佩。吾友某，书法绝工，一日，梅光远见其作联，揭其短，我友冷然曰："汝又何知者？"光远大窘。愚闻之则大快，以为吾友始不负其才艺也。愚知马先生必不然，以马先生之谦和，他人亦不致揭其短，马先生亦不致得罪人，于是马先生终在谦和中，享其书画盛名矣。

世勋好酒，日尽啤酒八九瓶，以为常事，曾有妙论，谓：男人吃醉了，忘记朋友；女人吃醉了酒，则忘记了自家。忘记了自家，一切都好辨，往往以此误了大事矣。

(《社会日报》1940 年 10 月 17 日，未署名)

主角与龙套

上海戏剧学校公演于黄金之日，愚曾两次作壁上观，为之钦佩无量。许晓初先生于是校投资之富，益以陈承荫先生辛苦维持，亦为令人向往。兰亭兄谓陈先生之处事认真，虽一戏单之微，亦须亲为校勘，由此一端，于学校之设施，且无勿竭其心力，虽历时无几，而有今日之成绩，要非无因也。愚看戏剧学校之戏，爱其整齐，譬如《草上坡》之群众场面，亦复井然有序，台下看台上如一幅图案，或谓是科班皆然，初不足以专美戏剧学校也。愚又见龙套登场，辄致其悲悯同情，以为少小如此，奈何已沦为龙套？翼华则言，今且不可定论，龙套中或有美才，安知将来不跻为角儿？今日之演正场戏者，一遇挫折，及其长大，又安知不沦为班底？人事难测，若剧班中人事，尤为难言。为伯绥司胡索之刘文甫，起身于富连成，尝谓科班之儿郎为龙套者，他人替之可惜。其实大多天生这副骨头，父母送子女入科班，无不望其将来为名角，又谁冀其为班底为龙套者？顾一经学戏，授之歌，教之做，则往往号哭不肯，及畀以龙套旗，辄大笑，不胜喜跃，谓为是非天生龙套之材，不可得也，其言至趣，故并志之。

(《社会日报》1940 年 10 月 18 日，未署名)

观《海国英雄》

阿那先生招观璇宫之《海国英雄》，是又魏如晦先生赚人热泪之作，观后心血如沸。愚于戏剧非经谙，于编剧与导演之瑕瑜，不敢妄论；惟台词用文章“成句”，几占十之六七，此种成句，用之于上韵之平剧中，尚可容易听，用之舞台剧，便不能自然，况用而多之邪？为隆武帝者似为赵英才先生，其说话声调已极怪异，有人谓似耶稣之传道人，若说到成句，更非细听莫辨。第二幕之博洛，亦为赵所兼饰，转能稍祛此弊。《海国英雄》始演之日，遇费穆先生，谓尝看英才演剧，台下人固未以为美也，顾费穆观之，则谓已竭其能力，亦既表现其艺术精神矣，当无可议。愚以为赵先生宜改善其说白之声调，以此种声调，猝听之可以引人发笑，听而久之，则能使台下人听觉不宁，而绝不足以辅助亡国君王之情绪，所以为要不得也。赵先生雅人，必能恕其率直，其他演员之好者，如郑芝龙、郑芝豹、董氏、郑瑜、马金子当然好，郑成功以末幕为尤胜，亦惟末幕有戏好做也。

（《社会日报》1940 年 10 月 20 日，未署名）

周越然先生谈锋犹健

九福公司宴客之夜，兼巢老人亦至，主人乃逊座良久，群以老人年高有德，自分后生，俱不敢陪坐，畏拘束也。于是公推望重者，如包天笑先生、李浩然先生、严独鹤先生、钱芥尘先生，及唐世昌先生，就中以唐先生年最轻，然仪表非凡要亦无损老人尊严。久不晤周越然先生，几勿相识，盖先生亦老态弥增矣，顾谈锋犹健。顷之，捉刀人至，钱须弥先生介于老人曰：“此捉刀人也。”老人亟拱手，曰：“我读大作甚多。”梦云在旁闻之，大笑，笑至于不可仰，以为老人能多读捉刀人大作，则此老情怀，当何如者？吾则爱老人之率真，而笑梦云之少见多怪。

卡尔登之坤旦，姜云霞抵金素雯，论根柢，云霞初不弱于素雯，特恐

《温如玉》之金镜儿,《文素臣》之刘璇姑,云霞乃不能如金二之传神阿堵耳。林妍纹抵张慧聪,绰乎有余,曹雪芹虽小花旦,而美无伦匹,原名艳雪琴,与信芳有葭莩谊,知其氏曹,改为曹雪芹,与《石头记》作者,同其名姓,乃有信手拈来之妙。

(《社会日报》1940 年 10 月 21 日,未署名)

看《济公活佛》于共舞台

看八本《济公活佛》于共舞台,赵如泉老健如仙,真人瑞,比之演陆根荣,好看得多。赵君艳之俏尼,恨不得将肚皮里所有之粗攀谈,一一吐出口来,表演至传神处,并耳目亦俱能做戏,初不仅口舌玲珑也。素雯与如春“凉亭”一场,为共舞台本戏中必有之场面,亦傅小波先生神来之笔,素雯易钗而弁,济公脂粉气太重,使台下人对台上人是女儿身固然可爱,是丈夫子,亦有视同禁脔之欲。闻共舞台之角儿戏,皆由扮演者分别编制台词,潘鼎新乃有一句唱词云:“为婚姻选下了阶级斗争。”此为传说,愚不及亲闻,惟听某武生口中,有“不成其问”四字,其意盖为不成问题也,因要叶韵,将“问题”改为“其问”二字,则与潘之阶级斗争云者,同一趣妙矣!

愚在台下,如春与素雯见之,必招呼,或笑笑,或闭闭眼睛,如此看戏,乃有“情致弥珍”之感。如春“受刑”一场,躺其身于钉板上,腹上置一巨石搥之,三搥而石碎,之方称之为铁板桥,然内行谓此非铁板桥,铁板桥将首足放于两张椅子之靠背上,身压挺如铁,信芳演《刺庆忌》中有之。故如春所表演者,实非也,内行无专门名词。愚尝遇如春,告之曰:“你这不是‘□背头’吗?”此三字较“铁板桥”实为贴切。

(《社会日报》1940 年 10 月 22 日,未署名)

翼华收藏书画近且成癖

翼华收藏书画,近且成癖,一日约愚同赴宁波同乡会,看历代名人书画展。楼下两间，有近人作品，我等初入时，一招待者，尾我不舍，觇其用意，不当我买主上门，便当我要顺手牵羊。愚忽见袁寒云有一联，上联为下联所掩，下联则杜甫句："掌中常看一珠新"也。愚告翼华，谓上联为"云里微闻双凤下"，盖为王维句，寒云赠伎人凤珠语也。翼华揭视之，果然，此招待者始知我为识家，逡巡退去，为之失笑。寒云此联，愚旧尝见之，不知如何，今乃转辗入市场，又不知此伎人凤珠者，即当年之富春楼老六否？

楼上又见一横额，为谭祖庵先生书，赠与一名智周者。智周何人，不可知。祖庵先生书横额之文，为"努力奋斗"四字，他老人家教智周先生要努力奋斗，则智周先生，应如何遵守此革命前辈之遗训，顾此人无状。迄至今日，不将祖庵先生之横额，什袭珍藏，而委弃于交易之场，使有心人视此，为之嗟叹唏嘘，不能自已。翼华思购之，以价不合而罢。

曩在大新，见一西人油画标价达三千五百金，宁波同乡会，亦有一中堂，标价达千六百金，想买回去，寒舍无偌大厅堂，纵有偌大厅堂，挂起来也使我提心吊胆，怕有风雅之俦，拿去摆一摆堆老，故决计不买。

（《社会日报》1940 年 10 月 25 日，未署名）

戏有人唱戏与戏唱人之分

当于素莲在移风社时，演《温如玉》之金钟儿，台下人无不称好，内行亦许为佳构，于是素莲亦以此自矜，金钟儿一角，遂以素莲之演而有了"谱"矣。素莲既去，素雯继之加入移风，素雯夙以表情擅场，贴《温如玉》，素雯亦惴惴自惧曰："我乃深虑不足以敌素莲也。"及既演矣，论者作大公之词曰："前半段之跌宕，素雯实未逮素莲，后半段状金钟之哀怨，则素雯又未遑多让，谓素雯日超盖素莲，固自失当，谓素雯之金钟完全失败，亦过分矣。"比移风贴头本《文素臣》，素雯演蓬门报德之刘璇姑，台下人既一致称服，内行亦叹为杰唱，而素雯亦遂以此自矜，刘璇姑以素雯之演，亦有了"谱"矣。今素雯去，移风拟重排《文素臣》，刘璇姑一剧，将畀之姜云霞，他人以为云霞未必胜任，独信芳先生，不以为然，谓云霞尝遍看《文素臣》，素雯之刘璇姑，云霞亦见之。天才容有不逮素雯，苟加以揣摩，亦得十之六七，又谓戏有人唱戏与戏唱人之分，以《文素臣》为例，未鸾收，要人唱戏，刘璇姑则戏唱人者也，此盖言刘璇姑所得之故事已生动，复有别人为之烘托，则卖七分力，亦得十分彩矣。

（《社会日报》1940 年 10 月 26 日，未署名）

此中曾断大郎魂

前年春，欧阳予倩先生去沪上，桑弧饯之于酒家楼，是夜乃招金素琴姊妹作陪，时中华剧团，方自更新舞台休演后也。愚以金氏姊妹，胥能饮，曾记一诗云："当初歌管入黄昏，今见灯痕杂酒痕。一笑归来裙角重，此中曾断大郎魂。"俳谐之咏，初不类诗，不图即此为二三子所激赏，龚翁尤盛道之，谓二十八字中，以一"重"字为奇艳，乃见想象丰富之美。又尝见于素莲演《翠屏山》，得绝句云："乱颤风鬟作艳装，近人总是一身香。翠屏不障云兼雨，为有销魂唤大郎。"是两诗皆入作诗人名字，或见面病之，愚笑曰："自小即浸淫陆游诗，陆诗入其名字者最多，其为人习知者，如'一树梅花一放翁'，又如'团扇家家画放翁'。"愚特本其意耳，惟入于风冶之吟，遂不免贻轻薄之讥矣。

我谈杨□君为人最率真，座多熟人，杨遂以没遮拦矣。一日，移风贴《薛八出》，王兰芳唱《三击掌》，杨在幕后窥兰芳戏，或在其背后，拍其肩曰："你偷着点儿。"杨遽答曰："是，我这儿偷呐。"此在矜饰者，闻"偷"字且以为辱已，杨能自承，故谓其率真得可爱也。

（《社会日报》1940 年 10 月 27 日，未署名）

笠诗赠我赵之谦尺牍

生平酷嗜赵㧑叔书法，当年之有正书局，有㧑叔一联，文曰："老我此来百神仰，从公已觉十年迟。"殆为集句，书法既高，而文亦奇美，徘徊俊赏，不能远去。一日，看镌香书画之名人书画展览，亦有㧑叔二三联，顾不逮有正所藏者远甚。尝以此言白之笠诗，笠诗谓我家藏扐叔书，既为大郎所爱，遗大郎可耳。当时以为戏也，越一日，果送来一开，皆之谦书牍，已付装池，书凡八通，长至四五页者，亦有短仅数行者，虽都率意之作，而精致绝伦，尾复系一签条，书“六弟太太手启”，六字神韵欲绝。愚以如此精品不敢受，而笠诗必令我珍藏，愚家无此物，有此，乃足为他时作家之宝。是夜喜极无寐，枕上翻覆揣摩，直至西伯利亚之高气压，暂然离沪上也。

或谓名人书画展览中，真迹固有，而赝品亦多，购者固不辨真伪，则可指某人一联，谓其招待者曰：“此联实非真品。”招待者必曰：“然则旁边一幅，非赝鼎矣。”又可以还价，甚至好打二五折。书画市集之情形如此，亦因得一二风雅朋友，而长得许多见识也。

（《社会日报》1940 年 10 月 28 日，未署名）

平时习性，一贯作风

有人问我，在外面呼朋引类之后，回到府上，更做些什么？愚曰：“洗洗脚，揩揩面，与床头人寻是生非，吵骂一场，然后上床睡觉。”灵犀则床前写作，写作既已，复傍枕读书，以较不肖，勤惰有别。若论风雅之尤，莫如绍华。一日，绍华于无意中，忽吐露其闺房之乐，谓每夜回家，夫人待之闺中，不欲迳寻好梦，俟夫人归来，取弈对博，以风雅为云情雨意之开端，其雅人深致，为何如者？或谓绍华瘾于博，所以不能忘情于临睡之前，正与灵犀之读书，不肖之讨相骂，为平时习性之一贯作风耳，其然岂其然欤？

愚不能弈，亦无闲情逸致，潜研此道。褚夫人未死以前，习象棋，夫人灵心慧质，久之，遂窥堂奥，顾寓中无对弈之人，不肖过其家，邀不肖亦习此。勿欲扫人兴，姑问移子之法，良久，学无寸逾，夫人不悦，詈愚乃奇蠢；每对弈，仅数子已败于夫人，既非劲敌，夫人以为胜亦不武，宜其怒不肖之无长进也。顾夫人嗜弈深，又乏敌手，终不弃菲材，尝泛舟海上亦俳为同弈；又尝游白门，弈于京沪车中，橹声轮影间，夫人之清音笑貌，如在目前。越半年，夫人逝于沪，今距埋香逾三载矣。偶闻弈响，未尝不念夫人懿德，而为之怆然也。

（《社会日报》1940年10月29日，未署名）

移风放弃一素雯，而得云霞

信芳贴《青风亭》之夕，其前为姜云霞与李鑫甫之《武昭关》，桑弧在台下听，我在台上看。既下场，就桑弧谈，则益称云霞歌艺之长，非侪辈所及，维时台下人尚多，亦无一二知音，报以彩声，使云霞清唱，终于寂寞中下去，真天下不平事也。桑弧言已，若不胜其抱憾者。何德之先生，夙嗜云霞歌，二年前乃排夕为座上客，今虽于云霞登台之始，曾为一文以张之，当云霞回神投眸之顷，何先生未尝为台下窥伺之人。人言德之临事，提得起放得下，若在不肖，便不能视之恝然。嗟夫！不肖之鄙邪？抑德之之忍邪？天厂尝闻云霞歌，称其规矩。某夕，与信芳在后台，见云霞在台上，信芳笑而指云霞曰，此亦素雯也，扮相似，动作亦似，乃知移风放弃一素雯，而得云霞，信芳之中怀良慰矣。书此，以为何德之先生告。

（《社会日报》1940年10月30日，未署名）

席上一见新艳秋

昨夜，复于席上一见新艳秋，兰亭不称之为王老板，而称之为新老板，此三字已甚艳俏。席设处，在新老板卧室之邻，故新来入席，着常服，为玄色长袖袍，发施胶沐，而浅为轻朱，风神欲绝。偶张口，有一齿微挢，将笑，新老板虑损其宛美，故取巾掩其口，于是新老板之笑，尤其美。新老板复拘谨，拘谨之人，恒善羞，何诹言："天下古今之所谓美人者，固无不善羞者也。"直言之，则善羞实为女子之佳程，其当羞而无以□□，世多以□□其收场，则新老板独以一笑掩之，坐是新老板遂以善羞而笑亦多。坐席上不过半时，吾人领略其笑颜者弥夥，而无非妙境。

今人观新老板戏，不称其成就，第称其靥秀，台上然，台下亦然。又曰：台上之新老板，得一静字，此境要从修养中求之，非工力所能达，此材之难，微特乐部女儿曾未有，即访之于红毡胜侣，亦岂得见？愚故叹曰：见新老板，令人有如对芝兰，若依翠竹之想，使伴其坐者，尽成尘垢满身之荒伧俗子矣。

（《社会日报》1940年10月31日，未署名）

读过宜《志茹富兰》文

读过宜《志茹富兰》文，乃向往其人。愚尝晤其人于席上，黄金诸子，为愚介绍富兰，又谓愚亦演武老生戏，如《连环套》，如《别窑》，每贴，辄倾巷来观，盖唐某之艺事宗杨，而别参新意，遂卓然自成一家。富兰闻言，信不疑，又以愚艺事宗杨，如逢劲敌，便视愚为他山之石，若可以功错者。将与愚谈，大窘，黄金诸子则又大笑不已。北人老实，不知南方人之善于捉弄，遂任此辈“做绍兴”而不自觉，凛玩人丧德之戒，不知将来造何种地狱，以安顿此辈耳？

报间记女伶曹雪琴，将以父礼侍愚，愚德薄能鲜，岂可好为人父？亡妻遗儿子二，数年以来，愚且未遑尽抚育之责，又安有闲力以翼护他人？此事翼华怂恿甚力，愚殊意有未属，以灵犀之老成持重，有人劝其录君艳为女，惶愧不敢受，愚又何为哉？做过房爷要如某居士之有实力，使过房女儿，看生财大道面上，服服帖帖，宛转于膝下襟边，始不虚枉，愚又何如哉？是以敬谢不敏。

（《社会日报》1940年11月2日，未署名）

近年博侣，以天厂为第一

夜饭于美华酒家，席上晤天荫、大生、定磐、毓英、佩兰诸兄，群谈欣夫好为雀战，顾输赢形于词色，若大胜，则欢愉无量，若大负，遂怨诟丛生，谓何人诱我博者？我乃不欲博也。苟局中欣夫之牌风最挫，则欣夫每摸一牌,便哀告曰:“我无钱人也,再输,将力不胜矣。”其非欣夫至友,睹此情状,必谓欣夫临博,气度乃非渊雅,愚独以为惟风趣人,始有此妙态。论赌品,在输钱之后,咆哮而震怒者,是为下乘。其不动声色,无论胜负,一本正经于钞票之出入者,亦非好品。愚不敢为豪博,有时入局,牌风好,则欢笑随之,牌风挫,便默默不为一语,此为人情之常,非好亦非坏。其能于大负之后,犹杂诙谐者,始为极品,颇不知欣夫之哀告其牌,出之于情急,抑故作玩笑者耳?近年博侣,以天厂为第一,譬如挖花,天厂能打赔张亦肯举发合扑,非如不肖能混得过,便想混过去也。

(《社会日报》1940 年 11 月 4 日,未署名)

姬觉弥能书

有人谓,吴佩孚不以书法鸣,然竟有人作佩孚字,置之于书画市场,以求善价,甚且谓书画市场所见之佩孚墨迹,无非赝品。或曰:“佩孚之书法诚不高,然有人罗致以为宝,则非爱佩孚书,特慕其人耳。故佩孚之书法,自有销场,销场大,书画商无以供真迹,遂以赝品充塞市场矣。”愚尝看爱莲堂之名人书画展览,欣赏达一二小时,竟无惬意者。有之,惟琴南翁一联,非好其书,实慕其文名耳,此则与慕吴将军为英雄而兼爱其墨迹者,同一理也。在赵扮叔、翁同龢、伊秉绶诸人之对联中,有姬觉弥一联,约略计之,上联五字,下联亦五字,然欲辨其为什么字,终不可得。赵翁俱作古人,惟姬为近代名家,春申江上,无人不知姬工书法者也。上海有书法研究会,会中人皆以书名,曾聘姬为名誉理事,是姬之能书,则又事实也。

(《社会日报》1940 年 11 月 7 日,未署名)

汪北平先生

愚尝于报间征挖花牌唱词,而久久无应者,私念,此亦不必出之征求,一问老友便得之矣。老友何人?则汪北平先生也。北老于博戏无一不通，愚虽未与北老同花局，然逆知此类唱词，必烂熟于北老腹中。顷读《无所为而为斋杂谈》，以最通善之挖花唱词示我，文中有涉及陈屺怀先生与《宁波日报》者，颇疑作者即汪先生也。违北老既久，愚以人事纷繁，虽同居一巷，而未暇投问，知北老亦僦居一隅，羌无好怀，特以文笔自遣。北老文字之散布于报纸者，具名为盎三，固不知《无所为而为斋杂谈》，亦出其腕底，近阅其文，屡屡关垂不肖，始识是亦北老所为也。北老为新闻业前辈，不以文章鸣，而为文都朴实可爱，尤熟掌故，听其谈时贤往史，如数家珍，寓沪既久，而甬上方言，不能去口，恒为愚与一方匿笑，先生不顾。近时，巧姐记添丁事于报间，素兰知之，诘于愚，非素兰读巧姐文，必北老言之，以素兰与汪夫人稔耳。

（《社会日报》1940年11月9日，未署名）

信芳先生近来精神尤振发

信芳先生，近来精神尤振发，知其体日就复原，殊用快慰！昨偕之谈，先生更高兴，谓今年岁暮，又当与唐生合串一剧。翼华提议唱《群英会》，使我为鲁肃赶关公，翼华为孔明，而以信芳去周瑜，百岁为黄盖，梯维演蒋干，然则曹操必为南腔北调人矣。信芳谓：如周瑜以大嗓子来唱，虑为"清议"所非，故颇欲一试蒋干，盖近年自有小花面瘾也。又欲为灵犀立一角，以不唱为原则。信芳举一人，愚已忘其名字，谓其人固亦角儿也，须大笑三声。信芳演《群英会》，自亦由鲁肃而关公，平时恒怜其吃力，愚为外行，一旦效之，如何能"累得起"？故不赶犹可，赶则无可为功矣。拟单唱鲁肃，则有信芳先生之一份谱在，愚亟宜藏拙，惟有一事可憾者，若不唱鲁肃，则又不能与翼华之孔明同场。翼华自珍其艺，不欲与羊毛同场，更怕我在台上搅人，去年《连环套》演"盗马"而不带"拜山"，坐是故也。愚则颇有与翼华同场之瘾，故渠果饰孔明，愚非子敬不演矣。第未知能如愿否？

（《社会日报》1940年11月10日，未署名）

颇有一试王伯党之瘾

尝见林砚纹演头本《虹霓关》而美之，乃颇有一试王伯党之瘾。有人献议，谓以王兰芳演东方氏，则此剧必可观。王伯党有快枪，有枪架子，凭我天才横溢，要两三天学成，势不可能，问之内行，谓半年或四月，纵以唐生之草率将事，亦非三月不为功。三月之时间过久，愚复奇懒，遂罢此议。近来演剧之瘾大炽，闻信芳言，快乐不可入寐，曩记信芳所举之灵犀一角，为阙泽，今附记于此。

纤素生记何诹，谓何除《碎琴楼》外，别无著作。曩在旅家，见海上某大公司有年鉴一则，其中有小说一篇，亦为何诹所著。篇长不过数千字，读其行文，略似《碎琴楼》，而无《碎琴楼》之洗练，谓其非出何诹腕底，则又勿类，然谓其为何诹著作，则又面目勿类何诹事。慧剑记之甚多，惟何之存亡，至今犹无人能证之耳。

（《社会日报》1940年11月13日，未署名）

记张伯铭兄

曩记张伯铭兄，时以“触傺”二字，放在嘴上。伯铭见之，谓何事不可写，必欲以触傺涉之笔墨间？其实欲描绘伯铭之真实，非如此写，殆不易显。伯铭为人，落拓有名士风，虽非如一般人所称落拓之不修边幅，而其随便得可爱，然热肠侠骨、秉性纯良，此则又为朋辈中罕见。平时亦嗜戏剧，尝粉墨登场，虽白口不脱耐宜乡音，功力自见。时人亦称之名票，愚爱其人，初不以其擅剧艺而为名票，特爱其人之好耳。好人之在我笔底渲染者，宜多且广，顾愚恒不及伯铭，伯铭亦以是不慊于愚，谓愚荒懒甚也！其实伯铭今日，实跻于海上小开之林，然则多写伯铭，使贫薄书生，蒙“扎小开”之嫌，此不肖腕底，所以写兰亭而不及元声，写小蝶而不及伯铭，虽为朋友则一也。近顷，伯铭入博局，累夕所负，几近八千，遘于黄金，则神气沮丧，有悔意。愚乃叹曰：“虽是小开，而犹未成为脱底棺材，斯伯铭之所以终为好人也。”

（《社会日报》1940 年 11 月 14 日，未署名）

振飞《贩马记》风魔海上

振飞之《贩马记》，既风魔海上，愚迄未一观，昨日乃看其演《狮吼记》，匹之者为朱传茗与郑传鉴。朱、郑为旧时昆曲传习所之二杰，传鉴尤可爱，表情之工，说者谓如平剧之有周信芳。昔年尝观《奇双会》，朱饰桂枝，而郑为李奇，“哭监”一场，手铐上链条上，都生戏情，愚叹为观止，尝为传玠言：是固又一信芳也。传玠亦谓，苟能使传鉴师事信芳，俾得循随雅范，朝夕观摩，则所造必无限量。演平剧者，恒以所谓硬里子饰李奇，张春彦之流，辄以此自负，其实何曾有人能稍拟传鉴者。去年，信芳有愿，拟唱一次李奇，若有梅博士之桂枝，振飞之赵宠，更使信芳一试李奇，则古今梨园之盛事，宁复有逾此者邪？传鉴既辍歌，恒以其近况为念，今见其与振飞配演，嗓益枯涩，迩来不得意盖可知也。范叔寒律师，曾见振飞演《跪池》，谓有超轶群伦之美。叔寒潜研昆曲，论振飞多内行之言，所谓此人此技，愚复讵有间言哉？

（《社会日报》1940 年 11 月 15 日，未署名）

先舅著述

数年来，先舅为报间著述，得四种，曰《陇上语》，曰《破家赘录》，曰《西征闻见录》，又曰《双文小传》。《陇上语》于四年前刊于他报，亦先舅为小型报执笔之始。其后三种，咸刊于吾报，读者就此论短长，谓《双文小传》不及《破家赘录》，《破家》一记，又不及《西征闻见录》，而愚则尤爱《陇上语》。先舅写《陇上语》阅绝不经意，而韵致弥长，容生先生读《文曲》而得《陇上语》，叹为压卷之作。惟论文质，则《陇上语》不及《西征录》之厚，若言行文情致，则又当让《陇上语》为丰。今春先舅易箦于沪寓时，犹以其著述梓行为念，顾百事腾贵，梓行之费且不赀，迄今尚无以慰吾舅在天之灵，念之恒为悚愧！舅诗以愚与唯一所蒐集者，不及百首，他时拟以《陇上》、《西征》、《破家》三编合梓之，而《双文小传》废焉。《双文》为小说体材，读者未能称其全美，舅氏亦以为不是传世。三文得十万字，梓之有一巨册，不知此愿何时偿耳！

（《社会日报》1940 年 11 月 16 日，未署名）

河南坠子

河南坠子以乔清秀为一时独步，愚未听乔歌，而曾听刘月霞。刘面目有艳光，眉子先生称其头特小，遂不等样，此言是也。吾友听乔清秀者，咸称道之。翼华于时人妙艺，绝少许可，独于清秀备致倾倒。乔之使人不能忘情如此，必可爱矣。《半月戏剧》，传清秀噩耗，是松油一辫之大娘们儿，将不复使沪人士得眼皮供养之缘，诚堪悼念！因清秀之死，而忆刘月霞，刘亦谢秋娘投老风华，犹鬻歌自给，其不得意既可知。往岁出唱于大中华时，数数闻其歌，一老叟司乐器，目尽盲，双手操弦，以一足踏檀板，为状绝趣。愚故谓北方杂耍之有味，往往其台上人物，先有特征，刘月霞之司弦老叟其一也。杨莲琴之弹筝人亦一也，而与董桂枝偕来之乃师张某，亦瞽，声大如雷鸣，此又一也。上海人非洋装笔挺，便是硬领头夹大衣，油头粉面，缎子软底鞋，丝袜，望其打扮，已使人作恶，不若北人于朴实中有自然滑稽之妙。八角快书之谢瑞芝，五十许人发后掠，风貌癯然，要笑而笑不透之状，见之辄忍俊不禁。

（《社会日报》1940 年 11 月 17 日，未署名）

秋翁骂人，词锋如铁

秋翁骂人，词锋如铁，当之者辄为啼笑皆非，息隐于报坛垂十年，近时偶染秉毫，不图其锐利犹昔也。尝谓三十岁人，写“二十年肉市回忆录”，其人必于十岁时从乃翁造肉市，不然亦必随阿母历迹屠门。从阿父游肉市，已极嘲讽能事，从阿母历屠门，则尖刻不可禁受矣。然写

“二十年肉市回忆录”者，自有其人，其人见秋翁文，初未尝反唇相稽也，则其人雅度，洵不可及，于以知愚见襟亚作《镜花缘之风雅国》，以愚为书中中心人物，而遽报一诗，终遭襟亚之再骂一场者，为自讨没趣矣！襟亚于《答高唐老人》篇中，首即考究高唐两字之出处，而牵涉及“大茶壶”以及“桥头三阿爹之始祖”。查高唐两字，本为现成名词，而愚以高唐为署，其用意正复“恶俗”。八九年前，尝眷一妇，氏高，以高唐适为现成名词，故自署高唐，其浅薄可笑如此，安得谓为风雅，又乌足以比红闺腻侣“秋霞双影”之题哉？

（《社会日报》1940 年 11 月 22 日，未署名）

原稿潦草误植字

慧琴来省吾家，愚尝记一诗，已载于数日前本刊矣，颈联云：“能工巧笑人犹旧，为此伤心我最先。”手民以“为”字植作“如”字，文理既不可苟通，语气亦悖。愚以原稿潦草，不敢苛责他人，此则请偶为勘正耳。

下部之三角肉上，忽肿痛，若如花柳病之所谓恒痃，又非其地位，疑同疝气，因只二三日，未尝问医生，毛铁慰愚速投医者。近年，以所交多富友，有揩油汽车可乘，故行路之时间甚少。若谓劳吾胫而致疾者，我且勿值，若谓正以吾胫太安逸，致血气勿和，成此症状，则惟有自嗟薄命。自己汽车不能买，而并揩油坐坐之福分亦沦之，宁不大可伤心哉？

有人游大都会，见姬娜从其客游于此。某次姬娜与客起舞，舞时，二人之唇忽相接，及乐合，而两唇犹不离，直至第二次乐声再起时，始相拥归台。于是大都会之游客与舞女咸哗然，或谓：姬娜嗜杯中物，此其醉态也。好事者因此调查客与姬娜平时之干系，则知客初非姬之腻侣，亦非报效丰厚之所谓大客人，特一寻常之客耳，耗之于姬娜身上者，不足二百金耳。

（《社会日报》1940 年 11 月 24 日，未署名）

“黄金”拟演《打花鼓》

遇余余于先生阁上，余谓黄金年终义剧，拟演单出老戏，有《打花鼓》一剧，兰亭为凤阳婆，而以愚为王八，余为公子。愚曰：“角色我都来，惟与其为王八，不如让我做公子。”余遂出言不逊，谓愚实天生一只王八面孔。此则愚稍有所辩。梯公谓愚貌似西风，盖喻其扁而方也，宁有王八之面，为扁而方者欤？读者诸君有识我二人者，意必曰：“大郎骨相清寒，固不似公子，然亦不似王八，若谓余余先生，恰合公子身份，则亦必遭天怒人怨矣。”愚以为为王八者，要看其私底下，其人俯首直下，两足与腰身齐摆，一爪微扬，而香汗满头，正似元绪公独行于庭雨中，为状甚自得也。虽然，做戏终是做戏，何况做的噱头戏，必欲斤斤于恰合身份，则兰亭之凤阳婆，最为悖谬情理，故余余必欲派愚为王八者，愚亦遂为王八矣。

（《社会日报》1940 年 11 月 28 日，未署名）

吾子有失学之悲

前记幼子在巷内一小学中肄业，家人告愚，谓校中课程如何。不获知，惟约束生徒，则必严必密，生徒有过失，责罚勿稍贷，吾子既屡屡关夜学矣。愚闻言，颇为欣慰，非庆校中之不致误人子弟，特喜校中能多留吾子片刻时间，使吾家人多得片刻安静耳。孰意昨乃变生仓卒，晨间生徒入校，见课室中之桌椅，不知于何时运去，教师亦勿见一人，生徒大哗，谓校长置其学生于不顾，迁校中用具去矣。生徒用是有失学之悲，白之家长，家长亦不能筹一策。旋侦知校长有兄子，尚匿于楼上，家长咸使其子开于堂，欲令校长兄子，偿已缴之学费也，声势甚厉，群儿出言都不逊，谓将见其人而辱之。幼子睹愚归，似亦审乃翁生计艰难，慰我曰：“儿必勿令阿翁枉掷此金也。”言已，亦入校随众而哄。日且暮，儿犹不归，遣人速之，亦勿来，捉之始至，告之曰：“而翁犹堪胜此失也，儿母派头奇小，苟节而翁‘顷刻欢娱’者，儿又得别就一校矣。”

（《社会日报》1940 年 11 月 29 日，未署名）

今岁吾胃忽不适

尝自诩吾胃特强，十数年来，起居未尝有节，饮食亦何尝有序？顾终未尝损吾胃也，用是自喜。惟今岁则不然，第一使我感觉吾胃忽不甚健全者，则勿能耐饥，饿则四肢震颤，非顷刻得食，不能已吾苦也。愚用是大悲，以粮价奇昂，我正欲赖吾胃之强，忍饿须臾，节些些物力，而吾胃辄叛其主人于危时，宁无怨懑！一夜，酣卧之际，忽饿甚，以是而醒，醒一时无所食，则忍之，忍之久，胁上下作痛，至清晨未止。谓为胃痛，然作痛之地位，又勿在胃，以愚生理常识之茫然，滋勿可解，姑识之为胃痛耳。次日痛不已，愚亦无暇投医，及晚痛渐复，自此尤不禁饿，将问之医生，果为胃病，则惟乞灵于“胃宁”。翼华迩时亦病胃甚剧，谓误于酒。翼华平时固不好杯中物，一夕寒甚，呷威士忌两口，病遂发；又一日，新都开幕，出香槟以奉客，又少饮，胃至今不获宁。吾人惟日渐周郎憔悴可怜之色矣。

（《社会日报》1940 年 11 月 30 日，未署名）

愚与素雯演《别窑》

袁美云主演之《西施》，历时逾年矣，近始开公映，其非草率将事，从此可知。新华拟为《西施》印特辑，编者索一言于愚，仓卒无以应命，因年先舅少时，尝作《天平十律》句，而以《灵境》一章，为愚所至爱，记其句云：“灵境荒唐事有无？吴宫花草剩蘼芜。布金绀宇连云起（原注：时方建大殿），喜雨斑鸠隔岸呼。一代繁华归响屧，半生心事属烟蓑。阿谁载得西施去？臣亦猖狂拟大夫。”舅此行实挈伎人同游，乃不觉其散艳流香，为之百读不厌。

在听潮处见一影，为摄取于舞台上者，台上之人物二，一青衣，一着靠武生，辨之，则愚与素雯之《别窑》也，影为穆一龙先生所摄，愚未之前见，而听潮得之。愚在台上，固以为第身上之“羊”，乃诱台下人以绝倒，顾视影中所现，正复边式好看，一似内行，因信愚自有奇才，一若为天灵地鬼，助我以台容之楚楚可观者。惟二人之位置稍有斟酌，则以距离过远，此则为信芳、芸芳所未有。夫妻分别，自不胜情，纵使相拥相抱，亦未为过分，我当时胡为而不轧紧素雯哉？

（《社会日报》1940 年 12 月 5 日，未署名）

丁先生府上睹英茵

戈湘岚、胡也佛二先生举行画展于大新画厅，期为月之十四日，盖在其石个展开幕后一日也。六日，二君招宴于丁先生府上，座中着一鬓丝，则为英茵女士是。英茵新作《赛金花》，近方公映，灯唇酒尾，忽睹斯人，使座客弥为兴奋。英茵之来，着黄呢大衣，抱一袖狗，狗为白色，毛结，亦奇洁，颇类爱好修饰之士。英茵藏之胸前，狗畏冷，以其颀贴英茵之胸弥切。及抵室中，放狗于沙发上，某漫画家，辄趋抚弄，不弄狗身，亦不抚狗尾，把玩不释特在狗颀。天衣率直，语画家以英茵怀狗之方式，而画家之所以必欲抚弄狗颀，其作用已显然可喻。画家闻言，大赧，其余人则大笑。顷之某君与英茵互尽一杯，梦云艳羡不胜，谓某君有福，乃获与赛金花同饮。愚指身旁之王引曰：“还有人同西施睏在一起的，汝对之将如何？”梦云有时，真幼稚得可怜，此人而能谈国际大势，亦前世事哉！

（《社会日报》1940 年 12 月 9 日，未署名）

周錬霞香奁体《有赠》

尝见周錬霞一诗，为香奁体，题作《有赠》两字，诗云：“雷声车走晚晴天，何意相逢画里仙？蝶黛翠描扇十样，云鬟香拥玉双肩。墨华衣称文心细，荷粉妆宜笑靥圆。最爱乌丝绒半臂，娇红一线着边缘。”

舅作《二华》诗，有云："出潼关，即见二华，是日天朗气清，二华苍茫绵邈，峰峦层叠，翠色可挹，如龙卧，如虎蹲，其混沦超拔之致，实较泰岱为佳。时适日出，光景万变，异状幻色，不可方物，真大块文章也。车中坐卧，日有讽咏，揽此大观，思诗以记之，顾起句率不可得，以不易状其态也。良久，得'不尽淋漓致'五字，遂成五言律一章，附录于此：'不尽淋漓致，混茫此大雄。擎天留一掌，拔地得三峰。云坞搴仙屐，天风落梵障。自然真气满，睥睨万山空。'"

（《社会日报》1940 年 12 月 16 日，未署名）

夏日之卡尔登阳台

夏日，凭卡尔登阳台上，看下面女人经过，忽疾风南来，迫女人之衣，衣张，玉腿陡呈，有时衣不张，而贴切身体上，身体之高低隆陷俱现。其尤妙者，女人既自省其为状勿雅，则抱两手而趋，使高低隆陷之区，悉为手所掩，冷眼观之，无不绝倒。近顷胡也佛先生，陈列其作品于大新画厅，也佛尤工仕女，以前人笔法，而参以欧西新意，想像之丰，线条之美，见者叹为杰构。翼华曾往观赏，以赏鉴家、收藏家之忠实口吻，亦力誉胡君作品之精，谓仕女"开相"既好，兼之肌丰腰细，上身短，下身长，无一笔不足以引人入胜。尝见一图，绘女子临风扃其扉，风大，则用力关门，门外落叶，随风势扫入户内，风逼女子衣，衣切其肌肤，厥状正似卡尔登阳台上之所见，盖女子身上高低隆陷之区亦既一览无余矣。此所以谓线条美，想像丰也。

（《社会日报》1940 年 12 月 17 日，未署名）

罗掘金钱为过年

拟罗掘若干金，为过年之用，不得不再乞助于各方友好矣。顾愚性奇懒，年关迫于眉睫，犹迟迟未曾实行，行之，亦不过以电话以函件耳。遂为子佩兄所斥，谓天下事乌能从逸乐中成之者。勿有辛苦，欲求收获，吾子殆妄想耳。子佩不失为直谏之友，愚闻其言，惶愧良久。先舅父谢宾客，不闻有人直启吾非者矣，有之，惟今日之子佩兄，宁敢不拜嘉言。此较之有人以"西风"名吾书册，为调侃之材料，真觉人畜关头，只在方寸间矣。

明楼之哄，为婴宁所关怀，沧海曾经，婴宁固深知甘苦也。愚作四绝句，结束一章云："将遣聪明求'欲罢'，又令仁爱念当时。"此情当为婴宁所能喻，丈夫气短，有时不能不负疾苦以趋，纵有大刀阔斧，只得葳而勿用者，其为情之哀，当亦为婴宁所喻也。

（《社会日报》1940 年 12 月 18 日，未署名）

卡尔登聚餐会

卡尔登排戏之夜，有一聚餐会，与会者各献其家厨所制之佳馔。昨夕，与梯维、翼华，及伯绥夫人为雀戏，既终，熙春留我参加。会员十余众，伯绥伉俪外，有熙春、碧君、雪芹，与刘艳华，是皆坤旦；又如韵芳、鑫甫，是为老生；如小牛、二百五，为打鼓佬；如兰芳，是为男旦；如长山，则佳丑矣。庆奎为管事，翼华为经理，信芳虽亦会员，顾不恒同席，必饭于寓所，既毕再至。聚餐后为博局，兰芳与世恩嗜此尤甚，愚先后两入局，皆有兰芳。局中谑笑不绝，世恩有时以语侵兰芳，愚笑，兰芳叱我，谓应罚唐生，不罚以语侵人者，而罚窃笑于一旁之人，其理不可解。人言戏班规矩学不尽，今可信矣。梯维雀战之术独精，牌又快，昨又八圈，伯绥夫人一人输，愚又大赢，以牌快，错张甚多。愚谓伯绥夫人，皆受梯维催张之苦，夫人曰："打得快我倒不怕，明明如此，偏偏服气。"宜请高太太一人会钞矣。

（《社会日报》1940 年 12 月 19 日，未署名）

"是皆血性汉子也"

《孔夫子》既公映，导演人费穆先生，投资人金信民、童廉两先生，明知其不能抓取多量观众，其亏负累累，势在必然，而心中无不愉，其于艺术效忠之勇，当我之世，不多遘矣。公映后一日，费先生倒杯酒酌我，指金、童两先生曰：“是皆血性汉子也。十几年来，历历数交游，殆未遇热情人如金、童二先生者。”嗟夫！世惟热情人，始有真肯牺牲之精神。末俗风漓，视热情人为傻子，金、童两先生之投巨量资财，以培育《孔夫子》一片成功；费先生呕心沥血，使《孔夫子》一片问世，蛮巧之徒，固窃笑于一旁。莫论是非，论是非则气杀人矣。是夜费先生要我看一遍，既往，忽有人以电话来，谓有要事待商，速我往，遂不获侍费先生同赏其杰构，颇觉愧对故人，然日内必当重往，以慰吾友爱我之情。写此文为誓，以报费先生与金、童两先生焉。

（《社会日报》1940 年 12 月 23 日，未署名）

庄宝宝不满苏滩

庄宝宝以苏滩而下海为舞人，为舞人而亦效苏妮、丁香之写“身边文学”，题曰：《宝宝杂谈》。杂谈之第一日，即对其原来行业，深致不满，不知兹数言者，亦曾为乃父庄海泉所见否？《青风亭》“赶子”一场，张继保既见生母，便告母曰：“张元秀给他吃的是豆腐渣。”元秀叱之谓：没有豆腐渣，怎能养得你这般长大？今宝宝亦犹继保之忘本也。庄氏为苏滩世家，宝宝之长成，固赖其父之张口唱苏滩也；我非谓庄之今日，不应咀咒苏滩，特未可笔之于书，使海泉见之，创其老怀耳。苏滩女儿，皆不读书，舍间一妇，旧业苏滩，识字极少，并我写白话信，亦未必尽解。今庄宝宝不仅能读，且有文才，是诚可贵，有此本领，何事不可为，而唱苏滩，又为舞女，此则不能不责海泉之老悖矣。

（《社会日报》1940 年 12 月 24 日，未署名）

愚观默片，记事之诗甚多

昔年看默片甚多，其印象之萦回不尽者，惟《肉体之道》，尝观而多之，片终，涕泗被吾面，而哽咽不可自已，又以为依密尔瑾宁斯之表演，殆不作第二人想矣。近顷,国泰映《肉体之道》声片,明知剧本之好犹是也,顾演者非瑾宁斯,遂不欲观。瑾宁斯以不擅英语而停止其银幕生涯,愚亦以不通英语,不为舶来影片之欣赏者,今之不欲重看《肉体之道》,盖亦欲殉此一代艺人耳。愚观默片时代,记事之诗甚多,先舅生前,皆推许之,如《贤父孝子》云:“阿爷临死别其儿,儿不能言潸泪垂。试问十年经历事,当时微哭欲何为?”惟于《肉体之道》,竟不得一字,非不可诗也,特虑吾诗乃匆如其分,则辱彼名作矣。昔尝与世昌、梦云两先生驰车于富桐道上,风景如画,无非诗料,而终于不获成只字,则亦患吾诗恶俗,将渎大好湖山耳。

(《社会日报》1940年12月26日,未署名)

其景象森然可想

姓名三字之俱取入声者,为薛笃弼,近时见太白笔下,提及之史致富,此三字尽为去声亦异。

陆小曼与阿芙蓉亲,又老,厥状遂奇瘦,十六年遇之,则固风华盖代人也。翁瑞午瘦而长,枯槁之状,与小曼同,望之皆令人生怖。念此二人,燃一盏残灯,于消磨永夜时,其景象之森然可想。

某居士复将远游,此后且少一花局之侣。居士为博局中之好户头,第一能输钱,又能举发自己合扑,赌品之好,莫可与京,安得稍留数日,再发一次饷,然后倚装哉?

愚既述郭太华矣,尚有未尽者,初以为太华犹未嫁,实则此人既五育,其婿亦行役于海上,闻之人言,则执业于发行橘子水之公司云。

(《社会日报》1940年12月27日,未署名)

《华年》将刊《陇上语》

独坐于灯下治稿,有时文思奇钝,则搁笔,燃磷寸于烟灰缸,火中炽时,就之良适,盖非以遣我岑寂,直欲赖此戟刺神经。闺中人不知我苦闷，有时梦回，睹状，辄曰："长成如许，犹能弄火，他日生儿，果效汝者，将何以督之邪?"属此稿时，室中寒甚，因自起置柴于炉，燃以火，柴燎，又投以煤，柴既烬，煤未炽也，则去煤而益以柴，凡三易，煤皆未炽，废然入睡。又一日，天将曙时，饥甚，引火烧煤球，当炉摇扇，既久，两子都叫，喝止，火亦随熄，凡此诸役，平时女佣优为之，而愚俱未通其窍，辄为闺中人所嘲笑。顾又谓丈夫诚不宜谙此术，谙此术者，直厨下奴矣。女人之心理不可解，往往如此。

《陇上语》，亦为先舅在近四年中精心结撰之作。其尝露布于报端者，十之四五，今岁愚正有《华年》之册，拟采其全稿，尽为刊出，使尝读《陇上语》而未窥全豹者，获此遗咏。全文不足万言，与《西征闻见录》性质相同，而体裁实异，笔致比《西征》一记为轻松。

(《社会日报》1940 年 12 月 30 日，未署名)

向往妇人能缮稿

为本报撰稿之朱雀先生，读著述已多，而尚未识荆，其文亦复妙绪如云，与太白之《遗风集》，可谓二绝。朱先生殆新婚，故文中恒及夫人明霞女士，近见其《开源节流》一文，尤为神往，有言曰："予撰稿，明霞缮稿。"不知缮稿文者，为指著作抑指誊写? 按上文语气，则似以誊清之役，属之夫人。以文稿寄之报端，誊清手续，大可废除，顾朱雀先生，不惮烦琐，必劳之夫人，意者，朱先生殆欲借此以彰闺房韵事耳。读朱先生文，辄使人不胜歆羡。愚有时执笔，而文思不至，辄呼内人来，授以毫管，曰："汝为我成之。"则曰："我苟能此，又奚必为汝妇哉?"并亡妇先后凡三偶，都不擅文事，虽缮稿亦未必能称，何论属稿? 愚尝抑吾期望，欲求一妇人，初不必文理清通，第须自我口述而遽能笔录，一似陈存仁医士之授方于其徒，写脉案能不识一字者，则愚可以高枕于床，徐徐理其词藻，使妇人一一笔之，二小时尽诗文若干则，于怀已惬，乃并此不可求，于是见朱夫人之仅能缮稿，弥为向往矣。

(《社会日报》1941 年 1 月 5 日，未署名)

费穆求言路之切

除夕下午,笠诗来,为言祖夔先生,尝看《孔夫子》影片,将纾其观感,使愚记以文。先生博览群籍,其见解自不同凡恒,所谓认识清者也。《孔夫子》献映以后,报间评述《孔夫子》之文章,望眼皆是,顾未尝有一言点中窍要,为之兴叹。费穆曾欲觅谢豹兄一看此作,可见其求言路之切,盖不可待矣。

偕笠诗与翼华夫妇,观劳莱、哈台之《虾兵蟹将》,为南京座上客,犹远在沪战前。劳哈合作之片,亦尝见之,此片奇逗,演滑稽片而使人欲笑无从,其成绩殆可想见。正片之前,复映短片二,皆着色,座后有男子携数女郎来,似皆舞榭之雌,凡一短片献映,见画面有人物辄指曰:"此劳莱、哈台也。"愚为匿笑,乃知座上更有外行逾我者。及正片既映,座后转归寂无声,殆女郎既悟前言之失,方私自愧恨,此种女人,携之于舞场沙发上,偎依作通夜之游,且无胃口,何况携之入影院,而任其口没遮拦,为公众之厌物哉!

(《社会日报》1941 年 1 月 6 日,未署名)

为朋友者无不宅心纯良

周前,约灵犀入花局,他人以不耐熬夜,汝梯维,四圈已嫌其多,天厂亦只十圈八圈,适如其量,独灵犀最骄,谓非二十圈,不可终局也。于是朋友咸不惮其战术之长,而惮其能耐久战耳。顾昨夜又招之,既至,仅以八圈为约,异其反常,则曰:病甚,方就医者诊疗。问其病,肺弱,而夜不安眠,视其容颜,果形销骨立,发长益不见腴润。既入局,牌风之锐,乃不可当,八圈既终,负者要求续四圈,灵犀且不以为苦,我故谓苟牌风勿挫,即日夜为之,疗病之方,此为最优,惜不可能耳。灵犀复自惧,以为负病而博,亦获多金,深虑所获者,将尽送与药肆之门,朋友多情,代偿其治病之钱,则滋勿幸矣。愚则劝其勿说短气话,朋友输钱与汝，固望汝放在袋里摸摸，至少亦当于下次再博时，还与朋友，讵有望汝以赢来之钱，作看病之费哉？总之，为朋友者无不宅心纯良，只希望玉体健康，而牌风大挫，决不望清恙缠身，而囊括朋友也。

（《社会日报》1941 年 1 月 7 日，未署名）

四大名家之真草隶篆册页

翼华既富收藏，近顷乃以重金易四大名家之真草隶篆册页四幅，真楷为褚德彝，草书为叶尔恺，隶书为王禔，篆书则赵叔孺也。四人既缴卷，将付装池，忽有识家过翼华，谓褚书实出代笔，断无可疑。褚有女公子，摹父书绝肖，恒常书作，每为女子代劳。翼华乃不悦，退其原件，述其理由，谓必丐褚老躬笔为之。愚以为此事难堪，以大书家而被人识破其虚伪，情何以遣。因惜翼华雅度，犹嫌不足，须知为褚老代笔者，为其女公子，非似袁克文之为门人，于右任之为外甥，其为女公子，便可以商量矣。故我若为翼华，既知褚书为女公子代笔，则闺中佳丽之手泽，其实贵且逾于德彝老人之真迹矣。平时，每不慊吾友处事太方正，今为此类事，亦如此认真，深觉其于通人旷达之境，尚迢遥不可遽及耳！

浩浩神相，以鉴人术鸣于时，徐夫人尤誉之若天灵。战前，浩浩过城北楼上，夫人嫂氏某，就浩浩论相，浩浩有警句曰："汝殆无子。"曰："然。"则又曰："求子勿难，惟既得子，则丧夫矣，子与夫两者不可兼。"是时，嫂氏娠，未几育一雄，会"八一三"战事作于海壖，夫人之兄，死于大世界弹片下，始悟神相之口，为铁范矣。夫人又言，某君亦传麻衣之学，一夕过楼上，有妇人抱婴娩喂乳，妇饰貌都楚楚，某睨之有顷，问夫人曰："是府上戚里邪？"夫人漫允之，曰："相其人如何？"则曰："此贵妇人格也，纵不能贵必富，今日私蓄，定逾十万。"夫人大笑，曰："怀中之婴娩，我所育也，是妇人则乳佣耳。"某赧然曰："乳佣乌能有此好相者？"愚近来渐疑星相之说不可恃，愚以家哄，卜于术人，术人谓，更越一月者，乐昌之镜圆矣。其实，更延一月，情感愈冷，愈冷，惟裂可期耳。

（《社会日报》1941 年 1 月 11 日，未署名）

《西施》插曲俱妙

《西施》插曲,似出严工上手笔,果尔,此老诚美才也。《浣纱溪》头一阕,与《吴王台上》之一阕,俱妙,而采莲时所唱,尤妙到毫颠。全词已不可记,惟忆采莲之调,为思乡曲耳。浣纱溪头,则写柴价之高,以柴为越王所爱,从此而写出勾践之卧薪尝胆,真耐人寻味。愚观《西施》而好之,初不以卜万苍之导演手法为可爱,爱演员演技之胜,若插曲可观,则尤可爱也。今日影片之用插曲,多而滥,又若无插曲即不成其为影片者。尝见《西厢记》之预告,利用周璇能歌,于是一张口便是唱,如“拷红”之问几句唱几声,与看南方歌剧以及其他一切歌剧何异?插曲不可长,要短而隽,在全片中杂两三折,不致讨厌。《西施》一片,映两小时又一刻钟,已觉头目森然。愚以体弱,不耐坐电影院,若《乱世佳人》之映三小时以上,愚且不以失之交臂为可惜矣。勾践之尝胆,悬胆于书案之前,映之银幕上,见胆且误以为唤侍役之电铃,及勾践投以舌,始悟为胆。全片以介绍史事之性质较重,故极少穿插,尤少令人解颐之穿插,殆以西施本事过繁,且不遑顾及其他欤?

(《社会日报》1941 年 1 月 12 日,未署名)

冯子和演剧卡尔登

一方有时以病废而搁笔次日,遂从文字间,深致愧疚,其实愚何尝勿然。无论今日为报纸撰述,即向时主纂一报时,亦往往废报事两三日,伪为卧病,实则赖此偷些许休闲,作养息精神计耳。今兹仅为撰述,益易荒稿事,第吾稿以日计,今日所缺,明日足之,缺两三日,则补以一日,虽未盈量,不遑顾也。书之借钱赖债,债且可赖,何况文章?某夕,负于博,竟夜不获眠,移恨于灵犀上家之凶。次日,遂赖《社报》之稿,以示泄愤,且作一诗寄灵犀云:“坐你下家光火透,今朝硬赖稿三篇。”灵犀始知唐某之钱不好赢,惟喟然兴叹曰:“让他去罢!”

冯子和先生自弃贾归来，以授艺自给，尝与周信芳诸君，数数登台，虽无复张绪当年，而典型所在，犹为顾曲人士所倾动也。昨年，曾与信芳、如泉合唱《鸿鸾禧》。近顷，伶联会复演义剧在黄金者若干日，在卡尔登一日，黄金诸剧，已散见报章。卡尔登在二十日演日场，为全本《许田射鹿》外，复有《打花鼓》一剧，则为子和之凤阳婆，信芳之公子，而如泉之王八也，以此预告于吾报读者，料知嗜曲之士，又将雀跃三日矣。

（《社会日报》1941 年 1 月 16 日，未署名）

卡尔登坤旦群观冯子和

卡尔登演义剧之日，于素莲来，殆看子和演《打花鼓》者，其太夫人尚随从如曩时，此伛伛者，真意兴高矣。素莲似较为腴润，居甬上八月，者番归来，说杭州话如故，可见其染彼乡之泥土气未深也。是日子和又登台，内行之来作壁上观者甚众，卡尔登群旦，无不在座，素雯亦至。信芳饰公子，如泉为王八，皆以临时钻锅，俱嫌生强，然惟其生强，乃使台下人绝倒。韩金奎演公子上海话说，信芳则亦如王八之操江北音，似亦自知此角之不称向来身份，故屡屡笑场，惟如泉唱小花面，“自顾自理”，信芳于剧中呼王八为老屁眼，或指此也。

向例，《打花鼓》之凤阳婆上场徐徐后退，是以子和亦背行出场，然一出场即以脸朝外矣。说者谓子和不是女儿，故不要使台下人欣赏尊臀。华慧麟以此剧为绝唱，第厥股不丰，多视亦无味，坤伶中以此耐人注目者，绮罗香嫌其太广，若太线条好者，其惟素莲一人欤？

（《社会日报》1941 年 1 月 23 日，未署名）

废历除夕夜买橄榄

废历除夕夜，雨甚，愚在家晚饭后，将出门，家中人言：橄榄恐不够吃。因要愚再买一些来。愚临雨得水果摊，则橄榄之价激昂，其最贱者每元十枚，贵者，每元六枚或七枚，愚为之舌挢不能下。因念橄榄不比米，米不吃则饿死，不吃橄榄，至多新春中无元宝可吃耳。何随为？遂赴生泰买糖果，见生泰亦有橄榄，询其价，每元九枚，问其十枚可乎？售货员似大叫冤枉，但结果卖是卖的，我见其不甚窝心，因慰之曰：今日不卖掉，要隔四五天，橄榄表面烂矣，益不能得善价，此四五日中，宁言又舍不得吃他一粒。其实愚固怨其吃不起此重价之橄榄也。又念新春中宜抽好烟，因问茄力克，生泰中人言：其货已断档，有之，十四金一罐。愚叹曰："我终是穷人，无福享受。"仍买"老炮台"，"老炮台"固长备之品也。先舅在时，于水果惟嗜橄榄，若去年不死，闻此价之昂，必懊丧不忍吃。愚怀橄榄归时，私念苟吾舅尚存，今夜必奉以二十枚，不敢多，多则知我所费巨，而蒙其谴矣！

（《社会日报》1941 年 2 月 1 日，未署名）

年关难过为三数年来所未有

此次废历年关，他人皆以我为好过，我则深感艰难，为状之窘，殆为三数年来所未有。应得之钱，在此日此时，为应付者所靳，乃知阔朋友自会捉弄穷人，要看穷朋友之尽辱其局促之状，而为其当前乐境。其实愚固视废历年关，若无其事，举家人纵不获饫鱼肉，亦无所憾，惟欠人之钱，例当归偿，卒以此故，竟无所报吾逋主，虽索逋者未尝迟我门下，而我中心惶歉，无可言宣。除夕前一日，华宗以电话来，问吾状，愚纵勿欲重累故人，然即此一问，已使愚涕欲零。之方亦困乏，顾犹为我偿发行之值，凡此皆足见友情之厚，真不知何以报之也。

陈廷桢先生，以中西药房事既丛集于其一身，不复兼顾电台报告，报告之役，乃委之于陆剑秋女士。剑秋之娓娓清谈，辄为无线电听众所歆动，而中西之"电台"生涯，遂有应接不暇之盛。一日访廷桢为闲谈，乃闻某君家买日光肥皂六十箱，计其值，当为千数百金，廷桢乃谓此亦剑秋舌底翻澜之功，因叹今日女人为用之大，男人纵舌敝唇焦，不及女人之略传为语也。电台报告之女郎，以唐霞辉著声最早，顾以后来者竞相摹仿其声调,多而淡矣。今得剑秋,一似程玉霜之别创新腔,遂教又风魔春江士女耳。

(《社会日报》1941 年 2 月 3 日,未署名)

看《红骑血战记》于南京

友人相嬲,看《红骑血战记》于南京,初不欲去,友人乃谓:某某诸片,汝皆尝携闺中人观之,何以重阃范,而抗朋友命?愚无言置辩,始偕行。《红骑血战记》为西席地密尔导演,片则五色片也,映两小时又十分钟,既使人头目森然矣;而全片不能睹一紧张场面,其情节复极凌乱,益使英语不甚高明者,有越看越糊涂之憾!有米德士女郎,闻之老于观影者谈,是为卓别麟之妇,瘦而黑,其人热情如炽,论色,殊不可恋,而卓别麟爱之,说者谓爱其热情耳。座后,又有舞女从其客来者,舞人之言殊多,有时复从银幕上所见,作私意之批评,令人失笑。此十三点女人之所以不可携之于稠人广众间也。尝闻论新春中之影片,谓《红花艳曲》至妙,而《飞骑将军》次之,独不及《红骑血战记》,可见上海人看影戏之凶,而影片之出于大手笔如西席地密尔腕底者,正未必俱是精品耳。

(《社会日报》1941 年 2 月 5 日,未署名)

小型报文字要轻灵简短

灵犀兄又要我稿子写得长一点,说此话时,同在赌局上,因随便回答之曰:“心绪匆宁,太长实写不出来也。”灵犀因央愚旁座一人曰:“愿为我督大郎,勿以燕婉之好,而旷其文事也。”其人羞,及归果从灵犀言,谏曰:“果以我而疲汝之笔,则人将以移怒于妾身矣。是乌可?”其实愚应撰述,下笔比较经意,偶有新诗,自以为尚不恶者,亦必有献灵犀,故愚于《社日》,已尽其爱护之真忱,于灵犀个人,亦已竭其谄谀之丑态,若此而犹不足副《社日》读者之望,不能惬吾老友之怀则是才力问题,于勤怠无与也。惟愚不喜治长文,灵犀则好斤斤于字数之多少间,是二人之见解又互歧耳。愚终以为小型报文字,要轻灵简短,惟简短始得有文情并美之章,不肖诚无所称,然试看冗长之作,能有几篇不似老太婆之脚带哉?

(《社会日报》1941 年 2 月 8 日,未署名)

流产的现代四大诗家专集

往年,本刊尝记沪战之前,中华书局有梓行《现代四大诗家专集》之议,终以人事变迁,未成事实。四大诗家者,黄、梁而外,一为李拔可,一则夏吷庵也。黄、梁、李三家,自可等量齐观,夏最逊,纵令羼入,亦有名实难副之憾,顾促成尤力者,吷庵一人耳。昨闻某君言:则与前记微有出入,谓时中华拟梓行之诗集,但为黄、梁、夏三人,而拔可无与,拔可自以商务之人,其诗亦当付商务印行,正不必假手于中华。以发行上之矛盾,故顾虑此席,初非遭逢意外,使此老萦扰心曲,始罢此议耳。

世昌先生诞辰,席上与袁帅南、姚肇第两律师同坐。姚律师述一谜语,其谜面为:“左手抱住他的腰,右手弄得他吱吱叫,没有这一块布,脏了你的裤。”射用具一,帅南先生思索有顷,即曰:“此殆胡琴。”众乃各称谜面之巧亦服帅南才思之妙。肇第与帅南,论交甚契,二人俱潜心文事,过从益密,年皆不逾四十也。

(《社会日报》1941 年 2 月 11 日,未署名)

看王金璐与阎世善之《夺太仓》

从兰亭赴黄金,看王金璐与阎世善之《夺太仓》,此剧为武旦正场,金璐为之匹演,则金璐捧世善也。金璐本老生底子,于此剧中,乃可见其于老生实深具功力,黄金诸子,力扬其《夜奔》与《挑滑》车诸剧,谓有并世无俦之概。为金璐说戏者名丁永利,说杨派戏,推一时独步。当世武生之出其门者，不可胜数，而丁独钟爱金璐，金璐南来，丁亦偕行，其督护之周，正似瑶卿之与玉蓉也。阎世善风情似旧，而功力亦似旧，打出手时，丁永利与苗胜春并坐后排，苗既称赏不已，丁亦叹为异数，是可知世善造诣，不第能悦外行之目，即内行视之，亦未尝非后起隽才也。其下为《凤双飞》，剧由梆子之《蝴蝶杯》所改编，李玉茹之唱做绝繁重，此儿造就，微特童芷苓、吴素秋之流，不逮其十一，即章遏云亦何堪几及？做既可人意，唱亦大堪过瘾，出场之南梆子，与几番荡桨之快板，甜润不可方弗。闻之人言，李台下实不甚都丽，顾一经装束，便风神绝俊，然则雪艳琴之后，坤旦而管领群芳者，其李玉茹一人乎？

（《社会日报》1941 年 2 月 12 日，未署名）

女人之美，端在温柔婉妙

后起银星，未尝一见匡庐真相者甚众，周曼华其一也。每见曼华近影，审此儿亦银坛佳丽，往时，嗜看伟骨高躯之妇人，故以为银星之美，特一陆露明，犹在陆与许幸之同居时代，此豸有风华旷世之观，顾今日见之，竟无好感，闻斯人有万夫不当之勇，益令人畏缩，噫！想见老夫颓唐之甚也。而以女人之美，端在温柔婉妙，于是认张翠红为值得倾倒矣。惟周璇之红，最百索不得其解，脸奇长，嘴奇大，线条直僵僵，不知美在何许？而影迷争宠之，讵以周璇能歌，然电影女皇恃能歌而红，我终不信。或谓愚识周璇早，见其自蓬头粗婢而至鼎盛春秋，故不觉其好。愚尝撇开从前印象，从新看起，亦不足当一美字。周家甚贫，父老，辛勤抚育，使周璇得有今日，或天心仁厚，不负老人期女之殷，故周璇乃大红，姑留此一说可也。

（《社会日报》1941 年 2 月 15 日，未署名）

舅父现在你先回去罢！

去年的这几天，正是我断肠的日子，舅父从正月十八日起病，一天沉重一天，到二十三日，弃我而逝。这五天中，他呻吟的神气，先后对我说几句话，我都记得，可是他的撒手尘寰，却要正正的一年了。一年以来的上海，情形又是大变，假使舅父不死，他眼看米蠹的操纵，纵不急死，也要把他气死了。所以鉴到世道日险，人心日恶，那末让吾舅父不看见也好！

因为中国殡仪馆的寄柩费太贵，舅母担任不起，她要把舅父运回去安葬。说起卜葬，我又记起舅父的遗言，他叫我请人写一个墓碑，只要"诗人钱梯丹之墓"七字，我到现在还没有办。但我也想过，现在，又何必就办？办了植立在荒林野草间，谁去凭吊我舅父？即使每天有一两个路过的人，也不是泉下的舅父，情愿他们对这墓碑看一看的。我自有日期，这两年内，外甥若不追随舅父到泉下，我会亲自下乡，亲手去扶植这块墓碑的，舅父现在你先回去罢！

（《社会日报》1941年2月17日，未署名）

愚将以《文曲》复活

张效坤将军生前，与李祖夔先生善，若干日前，为效坤六十冥诞，李先生特假净土精舍，为设经筵一日，所以悼念故人，亦不胜其情深知己也。愚尝诣李先生治事之所，见座后一联，出将军手笔，似为"半壁河山，二分明月"八字，诚未足以言工力，然笔致正复雄浑，世人但见将军外貌粗豪，而不知其人固绝顶聪明者，韩复榘便不足语此耳。

愚将以《文曲》复活，志在稍丰收入，非好作老板也。尝访祖莱先生，请为我助，先生藏清代明人相片绝夥，自谓数载以来，耗巨价易之，张园所刊之四大美人照片，亦假自祖莱先生，先生欲觅一渊雅之士，为各系以小传，委于愚，愚谢不敏。若博闻强记，又精研典籍者，友人中惟郑过宜先生，缓当烦之过宜，必胜任愉快，而李先生之夙愿，亦赖此偿矣。

（《社会日报》1941年2月19日，未署名）

校旁赌局

自寓所赴卡尔登，必经吾幼子就读之校，校外有卖饧之贾，携一器似箕，支于木架上，器中则陈博具。其博局至简单，以红、黄、蓝三色之纸，各剪尖、方、圆三式之形，粘于厚纸片上，儿童乃来下注，其人复备纸片数十张，亦粘三种形色于纸之上，注于黄，则揭之纸片亦为黄，中矣。否则勿中，吞其注钱，中则以蛋片酬儿童，片小不盈寸，投一片入儿童之口，固无阻于喉际也。一日，放学以后，觅幼子不归，愚经其校门，方卜注于此，则匿其身后，看吾儿纵博之状，气势甚豪。顾运亦奇蹇，每揭一片，必勿中，勿中则大詈，甚至有“操伊拉”之骂，一若白相人坐台子上打大小矣。未几尽其资，窥其颊，为强笑，而面赤如霞，犹不去。父子自有天性，愚辄悯其负于博也，则拍其肩曰：“儿归来，阿婆待汝已久。”儿睹愚，狂窜而逝，愚叹曰：“是亦佳子弟，能知羞而遁，其为劣儿，不管你是穷爷，又要啃钱再注矣。”

（《社会日报》1941 年 2 月 21 日，未署名）

愚以琼克劳馥为俏也

红儿既丰腴，眉亦浓黑，七八年前识之，其人纤瘦，眉清淡若远山，顾红儿则谓：眉固天生浓黑也。其实昔日之红儿，清婉似水仙，今则艳俏若芙蓉，眉之深浅，固随其妙体而平均发展，若以往时之纤弱，而眉深似今日，则亦不成其为风神绝世之红儿矣。或谈雪又琴不以风姿显者，病在鼻，其鼻在相谱中有之，名狮子鼻，属于男儿，且腾达。愚谓：海上游侠之徒，具狮子鼻者甚众，故男人而生狮子鼻，必令其入帮口，拜老头子，收徒弟，定出风头，质之浩浩神相，以为当否？愚恒以女人之两腮外拓者为好看，西洋电影中，得一人，则为琼克劳馥。琼亦奇瘠，两鬓虽丰，而不足掩其腮，虽老，愚且以为俏也。

（《社会日报》1941 年 2 月 22 日，未署名）

李玉茹戏每座售四金

荒寒至此,并娱乐费用,不得不打算盘。李玉茹来,以阵容之盛,每座售四金,固不可谓奢,而愚迄未为座上客,正坐于上述之因缘耳。兰亭谂故人能俭,以两券见贻,始得偕家人同观,戏为《探母》与《连环套》也。玉茹冶甚,一动嘴,一张眸,无不有梯公所谓"荡哉"之感,真当世不二出之才也。座后数男子,互为戏语,以玉茹台上之动作,分配其此来之代价,若玉茹之一笑值几何,又若数度回腰,看莲步轻移,又值几何,言虽轻薄,要亦可以见玉茹丰腴,予台下人之诱惑力量乃奇重。比宫主念至"……如若不然,奏明母后,哥哥儿,哥哥儿,我要了你的脑袋"时,台下又有怪声,似曰:"我这儿有一个。"旁座者失笑,初不知何指,及后思之,宫主所要者为脑袋,此人则说他有一个,则此一个,殆愿赠与台上之玉茹也。凡此妙状,白玉霜台下有之,近三年来,惟见之玉茹耳。

(《社会日报》1941年2月23日,未署名)

丁翔华遗作《蜗牛集》

以经商健手,而性耽文墨者,得两人,一为有竹居主人陈子彝先生,一则知止老人丁健行先生也。愚识子彝而不识健行,健行两公子,翔熊攻法律,翔华亦笃嗜风雅,年前病殁海上,翔熊集其遗作,成《蜗牛集》一册,所以纪念艺人也。近顷,健行先生,丐画家成尺页,复邀名流题咏,既竟,投一书与《新闻报》之讷厂,先生自称为"晚",先生以五六十人,而谦恭若此,想见前辈之虚怀盛德,令人钦服。惟以恒例推之,先生而犹晚者,若我辈三十许人,将何以自命?其用一"夜"字乎?我而为"夜",则沈琪之流,才逾弱冠,其为"深夜"无疑矣。一笑。

黄金之小生储金鹏,两目距鼻梁甚遥阔,目又奇小,脸窄,愚乃发现此人扮相,绝似小生(此两字系愚自称)。愚昔日登台,扮戏既竟,亦尝视镜里容颜，仿佛今见之金鹏，语之闺中人，亦为失笑。晚蘋曩言，人必自悦其容，且悦他人与己貌相似者，愚与金鹏果无恶感，岂真基此说邪？

（《社会日报》1941 年 2 月 24 日，未署名）

贱字不可以渎名绘

祖夔先生，以扇页来，一面又画，一面则属愚作字。画出定山居士陈蝶野先生之手，大骇，复不敢落笔，以贱字不可以渎名绘也。愚不是书家，偏略似当世书家之有书家脾气，好画在前，固不敢写，若一面又太劣之画，则亦不屑写。蝶野以诗书画，为艺林绘事，其作品自精故不敢写，若某老人之人物，某君之画佛者，又嫌辱我之笔，不屑写矣。今请述一往事与读者，去年初夏，有人造吾居，携便面来索书，一面亦有画，视之恶俗不可言喻，讵索书者愚又鄙其人，遂置之。此人一月中三五至，催我书事也。一日复至，愚方闲坐，则请曰："今可以为我成之矣。"愚笑曰："生平不备好笔，试看案上所置者，无非秃管，无已，我方习指书，自以功力尚不薄，为君一试何如？"其人大喜，于是磨墨，伸半指蘸于砚中，书"清风徐来"四字与之，其人欣然去。愚为吾儿曰："而翁送了此人第八只指头，亏他还来得欢喜。"此事未尝言之报端，患其人兴问罪之师，今其人已久离沪上，说与读者一笑，风声想不致吹到他耳朵里也。

（《社会日报》1941 年 2 月 25 日，未署名）

啖胡桃所悟

昨夜归来，闺中人以胡桃饷予，谓下午市胡桃五金，十之七已去其壳矣，将待尽去后，一半炒椒盐，一半和芝麻研为细末，拌糖食之，味极甘香。兹则以清胡桃肉，令予尝之。予固嗜胡桃，而今日所啖，为味殊逊，旋悟其故，因取未去壳者，仗齿力碎其壳，自壳中剔其肉，徐徐咀嚼，味乃绝美。往者，家中之旧佣散去，烹调之役，悉躬为之，及餐，菜奇甘，饭亦奇香，比之假手于佣奴者，转饶殊味。愚因戏语闺中人曰："看亲生儿子可爱，看拖油瓶惹气，正因亲生儿子，曾费自家之一把气力耳。”吃胡桃亦其例也。往时，饮于厕简楼，龚翁以胡桃下酒，翁置桃于桌，以掌击之，立碎，予则以齿力强，故仗齿。小时齿掌胥无力，得胡桃，置于地，举凳足阶之，亦裂；有时置之于户枢间，合其户，桃亦尽碎；少长，摔桃于地，地为砖，桃片又四溅，患为邻家子攫取，则又不甚敢为矣。

（《社会日报》1941年2月28日，未署名）

纯挚之情使人感念无穷矣

姚绍华先生，患胃溃疡症，入中西疗养院，居三星期，今渐瘥。病时，愚方罗掘卒岁之资，未暇慰其疾，附一书存问。绍华为人，笃于友谊，一年前，时共游宴，其人沉默，而愚则猖狂，两两相济，情绪乃谐。惟二人胥当迟暮，志不在久恋欢场，春后，踪迹遂疏，每相值，笑曰：“正不必有绍华伴我，始为乐也。”或谓：赵培鑫先生，亦温雅似绍华，而不肖痴顽，颇类兰亭，兰亭性好诙谐，发一语能倾座，非若不肖之一味荒伧。不知兰亭者，疑其人圆活，实则论交稍久，其人正复敦厚，于不自觉间，流露其纯挚之情，听潮、之方，佥以此为言。年来深感友情之重，去秋伯铭市巨蟹啖愚，顾福棠先生携之造吾庐，岁将终，福棠以中国制腿公司之南腿相馈，亦躬至，愚何德能，邀此殊宠？福棠则谓：物固戋戋，苟烦佣仆必耗使金，虽易之于市，亦且得矣。其语趣而挚，益使人感念无穷矣！

（《社会日报》1941年3月1日，未署名）

为刘宝全留取声容，长存典范

刘宝全以一代鼓王，然不为上海之电影观众所喜。《宁武关》上映之日，座上人见宝全登场，慢条斯理之状，已勿耐，及其张口，竟报以嘘声，甚有要求中止者。戏院果从观众隔时抽去，自此有人往观《宁武关》，仅三之一矣。愚谓不能携此消息北上，不然，入此老之耳，恐其不可永年。宝全胸怀褊窄,曩来沪上,谢瑞芝人缘绝好,宝全妒甚,立幕后有不豫之容,比登台,讽瑞芝不去口,予吾人之印象,至为恶劣。惟其人为鼓坛盟主,则为世人共认,《宁武关》不能取悦于上海之电影观众,是电影观众之恶俗,于宝全之声价,无所轻重也。上海之电影观众,第能欣赏话剧播音人手制之长篇巨著者,乌能识宝全?故电影公司为宝全留取声容,长存典范,正是苦心,固不必遂以捞回本钱为当务之急耳。

(《社会日报》1941 年 3 月 2 日,未署名)

上海戏剧学校应当鼓励

上海戏剧学校,因为创办不过一年,管理方面,尚未臻尽善尽美之境,本不必讳言,司言论之责者,加以鼓励,加以督促,吾知主持剧校诸君,必能虚心接受。今乃有人加以辱骂,辱骂者又为号称颇负时誉之报纸,则不独使剧校主持人见之灰心,亦为识者所不值。该报自以健笔独红,力斥时弊,顾其编者,未尝能办辨一事之真相,任投稿人信口雌黄,其为挟嫌中伤者,在在皆是。譬如剧校主持人,耗绝大资金,志在培养平剧人才,其惨淡经营,每为社会人士所向往,设施容有未周,加以指导,正为吾人之责;今效泼妇骂街,揣其用意,似在摧残一培育人才之机关,则殊觉失当也。

(《社会日报》1941 年 3 月 4 日,未署名)

“出世”两字有讲究

《唐小孩出世记》之“出世”两字,大有语病。在常人说话中,“出世”两字,固作生到世界上之解,然一入文字,往往写为“入世”,而“出世”作离世之解矣。前人诗如“出尘入世两难事”,入世为生,出尘为死。又如“我已轻舟将出世,得卿来作挂帆人”,则出世明明为去世矣。惟旧剧中如诸葛亮出世及孙悟空出世者,无不作生到世界上之解,此旧剧之所以不足与谈文艺耳。

一夜,江夏生携舞人周梅君饮于市楼,愚适至,梅君方取磷寸三,其一两端皆折二三分,其一仅折一端,其一完整如恒。梅君令江夏生列成一字,江夏良久不能就,梅君乃揭示,为一“乃”字,颇具巧思。惟梅君有语甚腻,不可不记,则曰:“勿许叠起来摆,勿许叠起来摆。”听之颇为兴奋,其实勿许叠起来摆者,谓勿可将磷寸作交枝状也。

(《社会日报》1941 年 3 月 11 日,未署名)

愚性爱婴孩

吾女既食代乳粉,次达以克宁奶粉礼我,又致语曰:若除污洗涤之用,则明星香水厂之日月肥皂,与硬质头等肥皂尚矣。次达任事于中西药房,其推荐必无虚罔。愚本买某牌奶粉,识者谓其质太腻,勿宜于婴孩消化,克宁如何,要不可知。惟此役奇繁,每虑喂之不得其法,则吾女且蒙其弊,固无论所耗之巨耳。愚自得女,中心甚悦,初不计来日大难,添此重累,中夜不眠,则为之按时喂乳,闻其啼,复怜之,抱于手上,绕行室中。昔年,两子在襁褓时,亦如是,愚性爱婴孩,及其稍长,转不甚经意。譬如长子,今才十二岁,视我若已老迂,愚亦对之淡然,惟婴婗不解人言,最可怜,有时俯而吻其颊,自认温香,及觉吾髭已劲,殆既创婴婗之面,则又悔而抚其颊。凡此情趣,他人勿能体会,而愚自喻之,穷愁困厄中,得此未尝不可一豁眉头也。

(《社会日报》1941 年 3 月 12 日,未署名)

李祖夔先生设宴

李祖夔先生,嗜笙歌,谭富英南来,先生欣然曰:“上海始有戏可看也。”其于旧剧人才选别之严,由此可见。顾先生复笃爱剧校诸儿,以时下胜流,出其余绪,翼护后起人才与夫赞助培育旧剧人才之机关,至殷至切,亦剧校之知己矣。先生称剧校诸儿为“小班”,小班中之关正明,习须生,尤为先生激赏,或请于先生,使正明以父礼事膝前,既可督正明他年造就，至宏且远，亦可使先生晚年，得东山丝竹、儿女陶情之乐。因于九日之夕，举行盛典，先生且设宴，宴其友好，一陈先生，一则黄宪中兄。宪中亦与剧校之役，为席上人述剧校惨淡经营之状，至为详尽。嗜剧艺之士，宜群起扶植之不遑，今乃有人仗词锋之快，欲毁撼之者，真别具心肝矣！

（《社会日报》1941年3月13日，未署名）

海上之言诗者，我终爱其三

近见其三先生《答客问》一首云："朝愁白米暮忧炊，骨可为薪肉作糜。一事汝曹须缅想，本来率兽食人时。"执海上之言诗者，谁能著此好笔？我故终爱其三。

友人以"拂石坐来衫袖冷，踏花归去马蹄香"句之出处见询，苦不能答。据友人自言，似为杜甫，益苦不能玩索。愚至今不能工部之诗，惧其严正耳。友书又从他处转来，寓目已迟，问之啼红、阿隐诸兄，再报吾友，不谂尚来得及否？

久不获宋词人音讯，近得一简，犹甚念海上故人也。谓《图南集》多剑拔弩张之语，读者当为起废，近尝见蝶衣兄论诗，亦及《图南集》。其实今日作诗，得词人所谓剑拔弩张之气，便是好句，固不必斤斤于炼字之轻灵也。

（《社会日报》1941年3月17日，未署名）

医药宣传，宜有分寸

今日电台报告员之令人歆动者，以中西之陆剑秋女士为最。譬如闻歌，陆以幽雅胜，海上居家，绝爱其娓娓清谈，而中西之电购事业，赖以大振。专为某社补丸播送节目之好友电台，报告者为黄小姐，黄小姐为无线电听众，兼作医药顾问。有人问黄小姐以病，恶约略述病状，而再介绍药剂，顾药剂不出某社之出品，一若某社所创之药，乃能袪除人生百病者。譬如问黄小姐曰:“七八年未愈之老白浊,亦能治乎?”必答曰:“吃某社补丸。”若问其某社补丸,何以能愈淋浊?则强词夺理曰:“某社补丸,固本培元,吃之久,体力日壮,体力既增,淋菌自然灭绝!”故在黄小姐口中,杨梅疮不用打六〇六,横痃不用开刀,但须吃某社补丸,岂不荒天下之大唐?医药宣传,宜有分寸,其为药剂作广告,更宜审慎,若某社补丸之做广告,则必误尽天下苍生也!

(《社会日报》1941 年 3 月 18 日,未署名)

嘉定巨族有廖氏

近有廖家艾女士,颇为腾踔于春申江上,愚既未尝一见其芳容,亦未尝一闻其妙矣。乃有人来告,谓廖实与不肖为同里,嘉定廖相国之女孙,然则殆为廖益璆之女公子矣。儿时,夙知城中廖氏,为巨族,既华屋隆隆,复设仓廪,乡人眼光如豆,过其门,见其门槛之高,辄惊美曰:“此大家也,亦巨富也。”固不知为相国之居也。城中居室,婴孩病卧于床,大人疑为鬼祟,则燃冥镪送之,祷曰:“愿勿扰我家,我家穷也,此去应入廖氏之大门,则所获必广。”此在乡人之道德,容有可议,第由此亦足见廖氏豪华,乡人视同天上人也。愚亦奇幸,垂髫入学,与廖氏子弟辈同学者甚多,惟未尝闻有家艾之名,有亦不可忆矣。今此女栖迟沪上,从闻人名贾游,且以歌著,殆亦足为我乡里之光也矣。

(《社会日报》1941 年 3 月 24 日,未署名)

“在他们面前,我总可以卖弄才思!”

报载,有少年人药房购来沙而,即在肆中吞服,此人自杀之勇,未之前见。尝闻北方有窭人子,以敝服入肆求质,肆中人睹此百结鹑衣,鄙而拒之,其人固请,肆中人怒曰:“你还是当鸡八吧!”其人应声曰:“唯。”匆匆出门,顷又至,遂褪其下衣,出刀剚其具,掷诸柜内,犹曰:“我当鸡八来矣。”言已,遽晕。此事亦曾轰动旧京。彼吞服来沙而之少年,固无怨于肆中人,何为亦累药房犯人命官司哉?

一日,入南京路某肆,欲约略购家常用物,柜上一人,方把笔为书,似方搜索枯肠。愚至,亦不暇顾,呼之,则颇憎我扰其文思者。因笑曰:“作书我优为之,曷不烦之我,汝则为我理所需之物。”其人亦笑,竟请。问其所欲言,尽述之,片刻即蒇事。其人大喜,誉我书法极苍劲,而文笔亦清通。愚曰:“固恃此为生,亦犹汝包扎之好看耳。”遂辞去,出门,自语曰:“在他们面前,我总可以卖弄才思!”

(《社会日报》1941 年 3 月 25 日,未署名)

父母惟其疾之忧

日日读禹公之《听歌日记》,颇美此君之雅量不浅。上星期某日,有友方以一事萦扰心曲,为其友者,闻此消息,亦都怀抱不纾。越一日,翻读《听歌日记》,乃知禹公于是日下午登天韵楼,自天韵楼登先施游乐场,降大新游乐场又入新世界,更自新世界而趋大世界,自大世界而抵黄金大戏院,凡上海之游艺场所,涉足殆遍。悬想禹公口衔香烟,周旋于大京班后台,以评剧家姿态,对大京班角儿谆谆诲导之际,正同人等扰心如捣时也。由此乃知人生福分,不可强求,禹公则生成前世修来之福,固不仅逸兴雅量之高人一等耳。

子女三人,近病其二,幼子发痧子甚剧,赖吾母当心,稍抒吾虑。女堕地兼旬,病亦甚,女不女言,病惟号,审其痛苦,愚亦为之心胆俱堕。昨日,抱之就诊于叶植生医师,比归,读其三《儿病》一诗云:“病魔何事苦吾儿?愁听微呻唤我时。我近黄昏儿待旦,这般心事少人知。”不禁泪下,而知“父母惟其疾之忧”一语,为从心坎中流出之血泪矣。

(《社会日报》1941 年 3 月 26 日,未署名)

参观粪翁个展

参观粪翁个展之日,场中遘谌则高先生,先生谓粪翁作品,如张于厅堂诸件,下署最好不著粪翁两字,若为小品,固无伤耳。为此言者,固不止谌先生一人,粪翁亦未尝不自知,顾不欲改,改则粪翁所谓“营业目的”太大,亦不屑为也。场中笠诗购银质之母子图章一,费十五金。母子图章者,大图章中,孕一小图章也,望之似一事,判之,则子章见矣。愚粗人,不称之为母子图章,而名之为姘头图章,癖风雅而兼有意淫之好者。悬此一章,自饶奇趣。此行同去三人,笠诗而外,尚有睦翁与翼华。翼华市石章二,丐粪翁为印,睦翁亦买一小框,愚独无所好,惟请戴天居士,为批今岁流年,意存揩油,则无所耗,而有所获矣。

(《社会日报》1941 年 3 月 27 日,未署名)

“要吃要着嫁老公”

某越剧女伶,既嫁其婿非窭人子,何以结缡后,仍令其新妇出演于大来剧场?若谓夫婿不欲据为私有使迷恋于某伶色艺之台下人,顿兴侯门似海之叹,故仍令伊人以新少奶身份,公之同好,则此为解人,我无间言。若谓因自家开销勿转,遣女鬻歌所得,贴补家用者,则某女伶不嫁与他家,而嫁与唐家,我也可以与你做一夫一妻,一样可以在大西洋结婚,一样请得到袁履登先生为证婚人,一样可以贺客似云,一样可以在报上登结婚消息,结婚后一样可以在报上登结婚照片,但决不叫你再出去抛头露面。不要怕我穷,咱们会穷守在一起,必不忍让你猫样的跳,狗样的叫,再现身说法于红氍毹上。俗语说得好,“要吃要着嫁老公,覅吃覅着掗啥空”。她现在才做得几朝新娘子,戏也做了,音也播了,岂不是掗空耶?

[先生阁主按:某女伶之名,又为我隐去,高唐老人读之,幸勿不快,此亦怜香惜玉之意,不忍以此重创彼姝心也。为“花”请命,老人当亦笑许,不以“戎囊子”为讥乎?]

(《社会日报》1941 年 3 月 28 日,未署名)

朋友不当有误会

太白遍历海上各游艺场事，愚见之于《听歌日记》中，引其原文，而致其歆美之词，不图以此勿慊于太白，不知其何所感触？忽疑吾言为意在调侃，因于二十九日之《遗风集》中，记吾言，而萧骚之概，溢乎纸上。是日，复遇吾宗，亦责愚悖谬，谓："太白为人有肝胆，有义气。某夜，尝为朋友事，以电话抵我，慷慨陈词，如冀州堂之莫掌家，我方钦其量度，汝奈何施以嘲讽？是岂情理所当哉！"愚何尝调侃太白，嘲讽太白？而太白必谓我调侃，吾宗亦谓我嘲讽，我将何辩？朋友不当有误会，愚不慎，既失欢于太白，当请罪，幸后此勿以是介之，愚亦将转笔锋，狠一狠心肠，骂蒋九功之颟顸矣。

(《社会日报》1941 年 3 月 31 日，未署名)

"今朝呒拨角子"

去年，灵犀记人安里卖果郎垂毙，求恤于巷中人，旋忽不见，以为被普善山庄收埋去矣，孰知至今尚无恙也。愚当时不慎，误遣此人为撮合山人，及此人自卖果郎而蜕化为马路英雄，又自马路英雄沦为钉靶之瘪三，每见我，必尾随数十武，予其钱，始跳跃而去，真似附骨之疣矣。昨行于牯岭路上，闻有人絮絮于我身后，视之，又此人也，大震，扬声曰："覅吓我，瘪三，我当侬死脱勒。"则曰："死是呒拨死，跌猹牢刚刚出来，现在白粉勿吃哉。"愚曰："白粉勿吃，瘪三好做做哉，哪能还要来钉靶？"则强笑曰："唐先生帮帮忙。"愚又作色曰："娘个皮，牯岭路抛顶宫，阿是侬？"则指天誓曰："牯岭路浪我哪能好抛顶宫，抛子顶宫，我还好白相个勒！"愚鄙之曰："触那，白相，饭讨仔长远哉，还要白相？"则曰："人是起码点，老头子还勒拉。"愚不欲更与多言，止之曰："今朝呒拨角子，明朝点拨，下趟覅跟……"平时听得几句上海人习用之方言，偶然放在嘴里咀嚼，不觉声容之俱神似也。

(《社会日报》1941 年 4 月 1 日，未署名)

宜有名角分信芳之忧

信芳感冒重作之第二日，问病于其寓邸，则寒热已尽去，且能强支起坐矣。愚以信芳多病，劝其宜得长期休养，而信芳则以班底为念。盖信芳既病，戏不能上演，班底在信芳帡幪之下，无钱，便当取索于信芳。信芳果积资甚广，犹能赡养班底也，乃信芳亦清贫，于是不遑恤其窳弱之躬，率群劳作矣。医生亦以信芳宜多养为言，信芳胥不顾，曰："息我身体而不能息吾心者，虽息亦徒然。"于是决定于星六起，再行登台。愚与翼华言，今日之事，宜使人暂抵信芳，偕移风之班底而出演，则可以分信芳之忧。在沪名角，惟一素琴，素琴果能闻风来归，愚且不惮三顾之劳焉。

（《社会日报》1941 年 4 月 3 日，未署名）

友人公宴瓢庵之夜

友人公宴瓢庵之夜，陈雪莉女士，亦来参加，将入座，又以专车速谭瓶斋先生至。先生以书法鸣于海内，雪莉复笃嗜风雅，丐先生为之书楹联，并纨扇一页，美人名士，遂缔因缘，亦艺林之胜事矣。是夜，耀堂先生复薄醉，志山先生戒饮久，故停杯，吾人初不知襟亚健饮，今始见频倒巨觥，为之惊服。梯公亦在座，曩者，梯公著《十里莺花梦》，曾及雪莉旧事，而襟亚亦以陈家事，实其《人心大变》中。雪莉一一记之，二兄固不图又晤书中人于今夕也。回谈往迹，无不欢然。耀堂先生，识梯公于读书时，乃谓梯公当年，有卫玠璧人之目。志山先生视之，则曰："即在今日，梯公偶出，亦何患无掷果盈车之胜。"于是梯公大赪。

（《社会日报》1941 年 4 月 4 日，未署名）

与桑弧、其三同饭

雪莉之坐憩室中，置花一缸，为浅绯色，雪莉言四日前来此，犹菡萏，今则怒放矣。愚于琪花瑶草，颇不知名，笠诗指为杜鹃。向闻人言，杜鹃猩红如血，今此无乃勿似。笠诗又言，固非一致，且此为异邦种，花发，多人工之迹，美则美矣，惜无天然之趣耳。因见杜鹃，而念留下（去杭十数里）景物奇胜，四年以来，溷处浊尘中，丛垢积备，不知何日，始得达洗荡襟怀之愿，惘然无已。

一夜，与桑弧、其三同饭，为近时快事。桑弧日诵其三诗，愚举其三诗之美者，桑弧亦有同感。其三未尝戒饮，曩时，桑弧病后，颇摒酒，今则渐渐解此范矣，因与其三一啖啤酒，各一瓶，丧乱余生，知故人之情怀犹好，欣慰万状。

王艳琴既逢惨死，王家班之申曲，遂编为新戏，其目的不知是否为表彰死者之贞烈？苟不然，其旨在获利，则王艳琴泉下有知，必长叹曰："死在杜某手里不冤枉，惟有此阿父，有此阿嫂，始不堪瞑目耳。"

（《社会日报》1941 年 4 月 5 日，未署名）

吾女萎瘦可怜

吾女啖奶粉不得法，一月以来萎瘦可怜。一夜，之方款愚与惠明饭，及归，则羸瘠益无复人容，大悲，顾不审其致疾之由，明日抱之诣伯庸医院，谒臧先生，丐先生为我示育婴之道，兼为吾女治疾也。先生检其遗，则谓食奶粉而所遗仍奶粉，是为消化不良，因劝愚止用代乳品，母乳既不得食，亦当雇一乳佣，盖代乳品与中国婴孩之体质，有未尽相宜者，而调乳之役尤劳人心力，稍有疏忽，即致婴孩于疾苦。时问病者集室中，臧先生解吾女衣，见者无不嗟愕，谓羸瘦至此，即乍堕地时，亦不当如此也。有老妇人，谓其孙亦饮代乳粉，能致健壮，今十二年矣。顾戚里之效法其家者，其婴孩无不萎折，故谓代乳粉绝无所用，不可说，谓必能使婴孩欣欣向荣，则又须耗绝大精神。愚与惠明俱习疏慵，婴孩之病宜也。

某米业中人语人曰："米价之所以腾涨，报纸新闻，实促成之。报纸宣传米价高涨尤甚，而人心尤恐慌，米蠹之心尤凶，手尤辣。米价然，其他百物之价莫不然,故奸商之才思别具者,且利用新闻政策,以刺戟物价之高腾,而遂其囤积居奇之愿。"因闻某通信社,即为米奸商所收买,日日投报米市涨风之甚。又譬如上月闻一度传说汽油来源减少,而经营汽油之公司当局,出而否认,于是可知报纸所刊新闻,纯属谣传,而为奸商所利用耳。

(《社会日报》1941 年 4 月 6 日,未署名)

一遘唐季珊

唐季珊君,旅沪甚久,近始于宴席间,一遘其人。虽发星星渐近中年,而风采言谈,两俱隽爽,复豪于饮,或谓其人似阿道夫孟乔,然阿道夫孟乔,犹逊此轻盈也。愚向时以为季珊一商人耳,纵使其人富称敌国,亦何至使婴宛者流,争倾风采?乃始知唐自风流,阮玲玉之抵死相从,非无因矣。

吾女之夭,老友有宠以挽词者,除灵犀、蝶衣二兄外,虽语涉调讽,而居意良善。志山先生,且躬来慰问,云情高谊弥深感戴。或谓女生仅三十八日,哀之以诗文,似不免矫情,第愚尝告之灵犀,谓吾女之生,欲费心血,一旦离去,恧乃惘惘若有所失,此殆中年伤于哀乐之一征,要为知己者谅之也。

(《社会日报》1941 年 4 月 13 日,未署名)

电影公司未能量才用人

电影公司摄制恐怖片以号召,可谓善于揣摩观众心理者矣,然于"量才"之道,窃犹以为未能善其事。譬如陆露明,好材料也,而公司当局,以及导演诸君,绝无"真赏"之人,遂使露明浮沉银海,湮没不为人重者,迄于今日,宁非憾事?愚若为导演,早已使露明红遍于春申江岸。诸君思之,露明有一个好身坯,好身坯又有一身好肉,面孔既勿难看,眼睛亦非不花描,则使其人演冶荡之戏,必有妙造。或谓一上镜头,面孔太板，不能状妖媚之容，此则在导演之督促，令露明于水银灯下，身上之肉，时常有摇曳生姿之美，则映之银幕上，无有不能倾动座中之观众者。文逸民先生导演《大劈棺》，以露明为剧中田氏，不可谓非善用其才，顾用而犹未能极尽其能事，则亦枉然。愚以为文君宜编《杀子报》剧本，重使露明主演，愚且有条陈献与文君，必使露明成功而后已，文君其有意乎？

（《社会日报》1941 年 4 月 15 日，未署名）

翼华来书述其凌云之状

翼华既北行，顷有一书寄来，谓坐飞机上数小时，呕三次。梯公阅书，大摇首，自言小时泛舟湖上，且晕而吐，胡能航空哉？劳玉居士，既迁家故都，拟约老友赴平，作一月勾留，于是翼华、梯公、笠诗、老三与愚三五人，相约同行。不图劳玉夫人病，翼华以同枝谊事，故先行，顾述其凌云之状，又使人视为畏途。愚心脏衰弱，更不耐巨响震耳，正恐不适于飞行，翼华壮硕，且逢此苦，愚与梯维无论矣。

或谓，平剧艺人，患痧眼者最多，以调脂匀粉，铅尘之屑，易浊其目。尝问之信芳，则不然，四十年来，信芳固未尝有痧也。翼华尝问病于徐逸民医师，谓：何以致癌病？徐乃曰："病有绝对不知其何以种根者，最普通如痧眼，以今日之科学昌明，犹莫能知其何以伏痧眼之根也。"近见西洋有医学家，制治痧之药，历十七日，必愈，药犹未尝来吾土，他时运至，病家将不复有刮目之苦矣。家人偶染目疾，以中法药房出品之目药水治之。蝶衣幼公子曾病目月余，亦为中法目药水治愈之，见《低眉散记》。

（《社会日报》1941 年 4 月 17 日，未署名）

弄堂学校要不得

弄堂学校已要不得，弄堂学校而与我卧室望衡对宇，其要不得尤甚。春梦方酣，曙光乍着檐际，群徒已入学，则相逐如蛙噪，自是遂不得安眠。今日又为繁管所醒，愤而离榻，才七时耳。顾校中至九时半始上课，至十时，始见教师临课室，此时众声方寂，综计一日之晨，扰扰不休者，绵亘至三小时，于是学堂之四邻苦矣。愚迩习早眠，若如昔日之为竟夜游者，则学生入校之时，在愚方着枕之始。往居人安里，侵晨归去，将拥衾卧，两子已醒，则为低唱，当时未尝不嫌其扰，恒起身呵之，第当今日之情景，颇悔向日用家翁之威于吾子者，无乃过分。儿时在小学读书，校宇闳敞，四围皆旷野，扰扰亦如今日之学生，顾未尝取恶于四邻也。今日学生之局促于一楼二底之房屋中，是皆苦恼之儿，然若辈又乌知者？

（《社会日报》1941 年 4 月 19 日，未署名）

憾不获一瞻吴湖帆之丰姿

若干日前，冯子和公子以小冯子和名，演《花田错》于更新，闻冯公子亦内行，第硕人颀颀，唱花衫颇不良于观。此夜之卞稽与小姐，烦之次江与兰芳二人，盖皆长条子也。二人既长，可以稍掩小冯子和之高得厉害。唱戏者无不有此私心，程艳秋之要王少楼为老生，要顾钰孙为小生，又要吴富琴配戏，无非要盖其自己之痴肥耳。

吴湖帆先生宴客之后一日，愚始得其请柬，不及往，乃不获一瞻此艺坛名宿之丰姿，良可憾也。请柬"吴湖帆"三字署名，似出先生手笔，余如柬面名字，及日期所点，皆为沁范所填。吴先生书画精绝一时，即此三字，愚当珍藏。吴先生既封笔，使此求其墨宝，日不可得，此三字者，亦似吉光片羽之极可珍矣。

（《社会日报》1941 年 4 月 20 日，未署名）

上海时疫医院将演义剧筹款

上海时疫医院，将演义剧筹款，拟烦陈雪莉女士，串演一剧。雪莉从李琴仙学《梅龙镇》，凡三月，身段亦既排练纯熟矣。有人来请，雪莉犹自馁，谓造诣太薄，苟演唱勿善，则增人惭恧耳。畴昔之夜，吾人复聚宴于雪庐，席既阑，且会歌于楼上，时在午夜，琴师马宝格君，尚伺陈家，培鑫欲诱雪莉歌，因首唱《梅龙镇》，继又唱《甘露寺》，继之愚与兰亭合歌《别窑》，而笠诗奏《洪羊洞》，其俊吊《珠帘寨》，金奎且大唱汉调之《乔府求计》，繁弦急管，一室轰然。有人以四邻不宁为虑，兰亭则曰："果有人查询者，告之谓吾家收音机，损其扭矣。"众皆绝倒。乃嬲雪莉歌，雪莉大怯，欲遁席，李德华先生捉之返，无已，唱四平调，行腔微远，乃叹自琴仙所传者，终非恒响。座中人因请雪莉决登场，培鑫且愿为匹正德，其不自矜伐，信可风也。

（《社会日报》1941 年 4 月 21 日，未署名）

背着舅父吹吹小法螺

文友以"因风""三定"为集联者，独不肖未与其事，似不肖示弱于众人矣。其实不然，盖亦有所作也，"因风"云："因信文章芳子笔，风传人语大郎书。"不肖少读古人书，作诗文不善用典，此二语皆用今典，以一方文章，恒多"因信"二字，尝得雅号曰"卢因信"；至"风传人语"，则愚曩年辑他报时，所用之标题也。又昨日雀戏，被上家独和清一色，遂得句云："一副三台拦我倒，今朝定当独家输。"虽对仗未全工稳，而如舞台上得现抓词儿之妙。又云："阿拉盎三谙掌故，配他嘉定好文章。"无所为而为斋主人，有笔名曰盎三，为他报写随笔，述海上掌故，如数家珍，他报刊随笔两篇，其一即不肖之《怀素楼缀语》也。嘉定号称文风甚盛，然能文之士，初不多遘，有之，亦惟食古不化之徒。若先舅生时，下句尚不敢用，今舅父已归道山，正不妨背着他吹此小小法螺耳，一笑。

（《社会日报》1941 年 4 月 22 日，未署名）

观上海剧艺社搬演《家》

海上之平剧从业员，亦拟以巴金之《家》，搬演于舞台，其理想阵容，以周信芳为高觉新，以高百岁为觉民，金素琴为梅，素雯为琴，王熙春为鸣凤，赵如泉为冯乐山，不知高老太爷，将予何人，高觉慧又将予何人。昨偕梯公往观上海剧艺社搬演此剧，全剧人物，高觉慧与鸣凤之重要为最，韩非之演觉慧，英子之演鸣凤，已叹观止，熙春欲略似英子，实属大难，而觉慧一角，由平剧从业员中，得其选者，亦觉环顾无人。百岁尝自告奋勇，演觉慧，他姑无论，即以年岁参差，已为憾事。若畀之李如春，患其不刚而野；畀之张翼鹏，恐失之瘟矣。觉新固为着重人物，然此角之不易讨好，无论出之于如何好手，亦自徒劳。如泉之为冯乐山，诚恰如身份，惜戏太少耳。蓝兰之演梅，未必尽矣；柳露之为琴，亦无妙造；使金氏姊妹演之，或能超盖此二人。“上剧社”之演克安克定者，文明戏作风大浓，看之颇不适意，而台下人有拍手欢迎之者，乃知《家》在一百几十场下来，已侵略到文明戏场之观众矣。

（《社会日报》1941 年 4 月 24 日，未署名）

用字平俗而风格清华，始是好诗

少陵有《少年行》一首云：“马上谁家白面郎，临阶下马坐人床。不通姓字粗豪甚，指点银瓶索酒尝。”此诗从小看到现在，亦不知其好在何处。非谓少陵此诗之为粗制滥造也，然绝无含蓄，则任何人一望而知。诗之好，本不必在词藻之修饰，有用字面极其平俗成诗者，而诗之风格绝清华，始是好手。昔人诗之通俗易解，人称白香山，然后人习诗，欲追摹香山神貌，而渺不可攀。愚幼时读《香山集》，至“月俸百千官二品，朝廷雇我做闲人”，恒失笑，以为此语乌可入诗。及渐渐辨诗之真味，乃知香山吐属，自有其不可及者。后人作诗，何尝敢写得如此平易，非胆量不能到，其襟度有不逮香山耳。蝶衣论《图南集》之《亟盼吴公虎》两诗，谓非亚子先生经心之作，诗固有不必经心而自然超脱者，此诗之病，亦似《少年行》之不能得丝毫含蓄耳。

（《社会日报》1941 年 4 月 25 日，未署名）

愿韩君奋起

一夜，丁先生与梦云相值于筵上，先生对黎派歌曲，至今犹有深好，梦云亦然，天下自有标准胃口，此真二难并矣。先生问梦云曰："近时歌曲，以何者为好听？"先生则先举其一二，梦云则谓某歌颇不弱，愚逆知是为周某所唱，时在饭际，几作呕。梦云至今而犹婘念周某，疑梦云为向导社发卡之徒。周某者无论在哪一种"艺术"立场上，其拥有之群众，为向导婆娘，为行云神女，如此艺人，似更不劳吾人悬念，乃梦云犹视为稀世之珍，其旨趣之不高，要可想见。闻"上剧社"之韩非，将投身银幕，为周某配戏，有心人为之痛哭流涕，以为眼睁睁大好才人，且毁于一旦矣。以韩非演技之精湛，置身银幕，纵其令独当一面，亦何不可，而必附庸于人。愿韩君奋起，攘臂于银坛，勿使局促之中国电影圈，尽让"瓜劳发格"也。

（《社会日报》1941年4月26日，未署名）

信芳笃爱韩非与英子

报纸有记韩非将以父礼事信芳，问之信芳，则绝未闻其事也。惟周夫人固识韩君（报载韩与裘家为戚里），韩君尝请周夫人看戏，夫人亦尝请韩君看信芳之《明末遗恨》，韩、周之关系止于此，攀过房亲云者，则为他人臆测之谈。惟信芳固甚爱韩君，若从中有人，促成此一段好事者，信芳必不致峻拒。信芳于上剧社诸人，于韩非外，亦笃爱英子，英子之演《家》，演《英烈传》，无不深致赞叹，若能使韩、英二人，同归膝下，尤为佳事，特不谂信芳夫人，能兼爱双雏否？

钧卿之书画个展，于廿六日起，举行于青年会，陈列之件，凡二百余幅，此君诗书画无不精绝，特以歌名太著，遂掩其余技。梯维识钧卿早，固知其擅郑虔三绝之技，笠诗工赏鉴，亦深许钧卿为才美之士。记其题画诗云："剑门瀑布势奔腾，石磴盘旋最上层。记得秋山黄叶落，支筇蹈月访琴僧。”又如记画松云:“他日黄山封顶畔,老龙归去恐无家。”

(《社会日报》1941 年 4 月 28 日,未署名)

以生以养,非上海不可

愚于二十四日夜,忽有寒热,是夜不能眠;翌日上午,热未全退,祖夔、笠诗两先生,招愚同饭,遂婉辞。下午诣卡尔登,途中复有风寒,乃得长城甘氏与叩关二先生请柬,亦邀愚赴宴。叩关先生,且系一书,情深殊不敢却,将往矣,而梯公突至,抚吾手如炙,乃谓门外风高,不宜行,因为速一医者徐氏,授一方,两共费三十金;翼华且驾车送我归去,顾病仍勿抒。愚以两日无遗,疑大便秘结,为致病之由,床头有中法药房果导,吞二片,深夜,竟通解,而得安眠。愚本主病不必求医药,念三十金之悉付东流,不能无怨于梯公也。

翼华南归,乃谓此行以北都气候至恶,游兴遂减,仅可念者,得见尚和玉一出《铁笼山》耳。又谓:亦曾薄游舞榭,乃遘白凤如夫人,亦小坐其间。伊人从沈曼华北上,拟于剧艺求深造,进境何如,则不可知矣。翼华归来,瘦且黑,可见有许多人,以生以养,似非上海不可者,一离上海,不病则死耳,愚与翼华俱是也。

猫双栖楼联语,愚亦有“叫春猫碎楼前瓦”,下句苦思不可得,前日一病,更无续成之勇,下句有一个双字,任尔怎样好手,亦放不妥当矣。

(《社会日报》1941 年 4 月 29 日,未署名)

《遗风集》记慧生此来

《遗风集》记慧生此来,奉老父与俱。慧生居金廷荪先生宅中,与慧生对榻而眠者,非慧生之父,而为北平画家刘君,荀父则别处一小室中。又他人俱尊荀父为老爷子,而慧生独呼其父为“喂”,想见《遗风集》作者,不无抱憾。惟此文之结束两言,殊为奇突,其原文曰:“我不常在慧生室中逗留,郑过宜先生为我言之。”过宜为人敦厚,不轻谴人长短，借曰过宜果有此言矣，则太白先生似亦不当形诸笔墨，使过宜见嫉于慧生。慧生一角儿耳，过宜与之善，太白亦捧之，同为捧角儿，似无权利冲突之可言，故太白之著此一笔，愚不忍进一步研究其心术问题，谓其意在贾祸他人，惟太白但愿其文章之美，不遑计此言之有出入，则疏忽之愆，且不获辞。过宜与灵犀为同乡，为老友，灵犀又非不知过宜为好人者，灵犀亦当置一言为过宜辩也。

（《社会日报》1941 年 4 月 30 日，未署名）

生平不谙博术

与灵犀违，将近月矣，以同居于一屋之人，不相谋面且若是其久，则其他交朋之疏远可知。翼华既北游，惟常晤梯公，稍得与故人倾衷曲，亦惟梯公一人。顾灵犀时以书来，密密一纸，作蝇头细字，想见欲为老友言者，犹不止此也。

梯公曾以吾脸扁而长，似雀牌中之西风。一日，信芳先生又怂恿愚演《华容道》，梯公闻之，忽狂笑，笑已，曰："两番和出矣。"信芳询以故，则曰："西风而又红中也。"又曰："中西大药房，可以取愚之关公脸谱，用为商标。"愚亦曰："索性一面给玉露香皂，一面作功德水之两种广告，一似中西设支店关公面上矣。"

生平不谙博术，博非不好，特无钱可输，则亦安之。近与梯公叉无奇不有麻将，置百搭四只，复负多金。打此种牌，别有技巧。尝立梯公背后，见其发一张，往往有匪夷所思之妙，且熟极而流，一局既成，谈其理，头头是道。愚无巧思，不可耍此钱也。

（《社会日报》1941 年 5 月 1 日，未署名）

黎利安营秘宅于某路

黎利安营秘宅于某路，自言为丹麦人，所居为洋楼一幢，与黎同处者，仆欧一人，犬一头而已。隆隆巨厦，则尽辟为小室，痴男怨女，临时不获双栖之地者，问于黎，黎乃以其小室供于客，幽且密，视逆旅为优矣。黎亦以自身为布施，长身艳发，骨肉停匀，客至，入楼下会客处，使仆欧来请，始登楼，如问名医，初至之地，为挂号处，应召，始得入诊病室焉。愚等凡四人往，待半小时，问仆欧，仆欧曰："方有成衣者为主人裁衣履。"乃知成衣匠方劳其神力，出玉尺量黎之修短深浅间。顷之，有皮履声自楼上下，则成衣匠后门行矣。又顷之，我人始获履其香阀，顾接之颇和善，自言来沪才两年，年才二十一耳。其经营时间，为下午二时至九时，逾九时，付值且倍于常，总之其行径乃绝类行医，此盖犹之急诊也。

（《社会日报》1941 年 5 月 3 日，未署名）

求一直谅之友，渺不可得

知止先生，自言能鉴人术，然所望之人，无非善相，其实天下乌得尽为善相者，特先生见不善之相，不欲言耳。方伯奋先生，亦自言通命理，愚以八字付之，则曰："三十八岁，恐不可免。"生死事本关先定，非人力所能强，愚颇以方先生之直言为可爱。知止先生，老成持重，而故自谦焉，于后学乃力致其谀词，谀之过甚，使受者汗颜，其稍有自知之明者，且以为先生之言辱也。愚诗不足称，一诗既成，颇愿得一方为之评量，以一方之言，从不作违心之论，如曰："今日之诗佳，而昨日之诗，乃非惬意。"愚无不服膺，既为朋友，于艺事宜有切磋，若为超誉，转失真情。此意要为贤者所喻，茫茫人海，欲求一直谅之友，渺不可得，亦恨事已！

达邦善绘蝌蚪，幽趣欲绝，蝌蚪如标点中之"，"。愚尝谓蕉兄画兰，已不费力，而更有易于画兰者，则为写蝌蚪矣。于是效达邦所为，卒不似，乃悟此生无作画才力，正不必眼红他人之卖兰花、卖蝌蚪耳。

（《社会日报》1941 年 5 月 6 日，未署名）

四大金刚与四小金刚

昔易哭厂与樊樊山互为谐谑，人之讽咏，如樊山以"易实甫"三字，谐为“遗矢否”,而哭厂亦以“樊增祥”三字,谐为“饭增强”,故有“矢三拉矣饭增强”之句。有人亦以周翼华谐成“遭夜壶”,而姚笠诗三字谐为“摇沥尿”,将此六个字,连贯读之,分明一幅半夜起身小便图也。而“摇沥尿”三字,尤有形容绝倒之妙。

白松轩主,遽归道山,上海之评剧家,多于过江之鲫,不图此人先萎,从此吾人且不获“读庚读庚,刮而仓,刮而仓奔登仓”文字上之场面声音矣,曷胜悼念！评剧家有四大金刚与四小金刚之分,四大金刚者,苏少卿、郑过宜、徐慕云与张肖怆诸君。四小金刚者,张古愚、王唯我、南腔北调人与白松轩主是。今四小金刚,折此一足,沈琪先生,似不复见于歌癖,故其谈剧文字,亦不复见于报章,苟其努力至今者,此位必属之沈君,宜当仁不让也。

(《社会日报》1941 年 5 月 9 日,未署名)

以歌声为北人歆动者,惟文涓而已

张文涓之父名连生,往岁携其女北上,抵平之后,谒沪上旅平之大好老。张父既久居南中,习闻为伶人者,见大好老须打参,于是张父谒大好老时,恒一足微弯,一手直下焉。尝谒城北公,亦如是,公由平中还,告于我,我为之大笑。公谓:迩年以来,优伶在外交接,已废此礼仪,张父不知,于是为北人匿笑曰:“个只是南边来的曹老鸾也。”连生培育其母,不遗余力,而望女成名,至为殷切。渠往岁在沪,本为沪伎司弦索,今则孜孜矻矻,惟求其女艺事之高,而绝勿有鄙恶之企图,此亦难能可贵矣。翼华勾留平中,凡二十三日,拟一看文涓戏,而文涓从未出演。闻南方姑娘唱须生者,在平得三人,文涓之余,一李宗英,一乐弟,宗英行头好,乐弟习气太深,其以歌声为北人歆动者,惟文涓而已。

(《社会日报》1941 年 5 月 11 日,未署名)

租 房 纠 纷

二房东对我家之威迫,愚既以专篇述之矣,兹更述此屋之来历。前年秋，惠明自大通路迁至此，为三层楼统楼及亭子楼各一间，厨房在晒台上。时惠明与陈玲珠同作舞人，及玲珠嫔票友陈君，以一时觅屋非易，故以亭子楼分赁与陈君，为二人双栖之所，此为去岁春间事，愚与惠明之结合，实亦肇始于此时也。自夏徂秋，陈君携玲珠迁去，亭子楼遂为吾家佣人寝室。在法，此屋之承租人为惠明，则二房东与吾家之纠纷，愚可以置身事外，不图该严某者，必欲使我卷入漩涡，是何用心，乃不可知。愚本性和平，纵欲息事宁人，竟不可得，夫复何言！按两间租价，每月为六十元，电灯且由自费，衡以全屋月租，亦不过六十金左右，则彼为二房东者，此不可谓非心凶手辣，乃犹以此数不足遂其盘剥之快，复用威逼手段，使我迁去。愚于此屋初无好感，特以二房东咄咄逼人，转有久居之意。顾近岁以来，生计日艰，惠明恐我不胜担负之重，愿躬操井臼，将佣人解雇，再以亭子楼分税他人，吾友如不嫌其陋小者，请以二十元酬我，且成议矣。惟万一二房东女人，来寻相骂，打相打，不免殃及池鱼，则愚且不能偿吾友精神与物质上之损失耳。奈何！

（《社会日报》1941 年 5 月 15 日，未署名）

诗之工否，惟重天才

灵犀论工部《少年行》一诗，得粗豪之美，既别制一文，申述愚见矣。兹复欲与灵犀言者，诗之工否，窃以为初不全恃乎学力，惟重天才。苟其人富有诗才，偶涉吟咏，必无腐言，若加之学力充沛，则其诗且无不惊人矣。故饱学之士，未必能为好诗，反之，富诗才之人，纵绌于学力，为诗亦能婉亮异凡流，此理殆不可变也。灵犀不惬其为诗，委为学力勿足，我不必以灵犀之文学根底，与当世名儒相竞，而拟之于报坛诸子中，则灵犀实为健者。此子好学，家居读书不辍，试读其著述，工整流鬯，无不可诵，顾其为诗，乃不能自惬心意，此岂为学力所囿邪？要为天才之不副耳。灵犀谀我诗甚至，退一万步言，灵犀之推重我者，非溢美之词，则不肖自幼即荒于学问，频年摇落，无心读书，为文遂芜乱不足称，比之灵犀，渺不可及，然灵犀固谀吾诗胜其诗也。信如是，则学力之于诗，其关系亦微薄极矣。

(《社会日报》1941 年 5 月 18 日,未署名)

灵犀从来谨慎

灵犀从来谨慎,惟至近时,益见其心胆若堕。本报篇幅,曩固以嬉笑怒骂称长,今则一律摒之,所余者,特为歌功颂德之章,不图瘦竹之后,我乃又见灵犀也。愚结习难忘,有时犹不免口没遮拦,灵犀睹吾文,有扬人之恶者,辄掩之,愚尝愤愤不自已,则记之于他报。灵犀亦恚,辩曰:"扬人之短,违忠恕之道矣。"有此一言,读者无不悦然,谓灵犀得风人敦厚之遗,至若唐某,则儇薄之徒耳。譬如愚记与二房东之纠纷,以为老友受迫于人,欲借文字一宣泄之,灵犀必将尽录所言矣。顾吾文之词锋张拔者,灵犀稍稍易其言为宛转,用意原无出入,然若求读起来觉得"有劲",相差已速。上海人骂二房东,不成罪恶,纵使吾言有失,而触犯法律条文其责任亦由我负之,灵犀正无用其鳃鳃;若吾文而为游词,旨在胡调二房东女人者,则灵犀当以妨害风化而为之涂抹,无奈我没有胃口耳！此下见,今俱直责于灵犀,不复张之他报,而使灵犀更为之不快焉。

(《社会日报》1941 年 5 月 20 日,未署名)

赋长句谢子彝先生

往年读《有竹居诗稿》,厌此中多酬和之唱,尝为一文,颇施讥弹。未几,有客治酒食款愚者,以他友代邀,既至,则主人即子彝先生也。言谈间初不及往事,而此君谦和万状,愚为其至诚所动,大感惶惭,乃悟马伏波戒兄子不欲议论人长短之语,初不为招尤而已也。子彝先生家于杭,尝述其居处之胜,一如世勋之谈留下。近读其诗,而及七里滩,辄神驰不已。惠明长于沪上,未尝识山水之趣,恒谓愚曰:"兵烽既敛,徜徉于圣湖之滨,宁非乐事?"愚因是告以有竹居地势清幽,他日当丐之主人,款我二人居三日不去,十年尘浊,至此得荡涤无余,则其为乐且非驰油壁香车于愚园路上所可拟也。今子彝先生久不见，唐律之夭，先生以诗慰我，赋长句谢之，兼以存近况焉："又是新篁解箨时，家山何梦不相思！争教我辈无清虑，尚喜先生有好诗。绝代才笔归市隐，昨宵游兴动蛾眉。桐庐爱看银鳞跃，四月闻莺岂不知？"

（《社会日报》1941 年 5 月 23 日，未署名）

触触二房东霉头

灵犀《有辩》一文，诘其用心，不仅要如白相人打话"显我个底"，而且大有怂恿二房东，"你搭俚上末哉，看俚有啥颜色"之意。凭良心讲，我以为触二房东霉头，等于触赤老霉头一样，轻松平淡，无须介意。故我之写二房东诸篇，一非为自己出气，二不借报纸为向严夹俚摆华容道，仅以为无文章好写，则触触二房东霉头，与骂米蛀虫、煤奸商，勿生一粒痱子者也。故我始终无利用报纸之存心，存心要利用报纸，亦不致利用灵犀之报，此中交情，我似乎亦同灵犀一样兜得转也。至于灵犀谓歌功颂德，是趋炎附势之滥小人行为，何其心虚乃尔？固曾有不少读本报者，为此种论调也。愚则力判其非，谓小报文章，不外捧人与骂人两途，灵犀胆小，则放弃骂人而捧人，于是乱占篇幅者，多违心之言，然考其用意原极纯正，不图灵犀亦自疑于趋炎附势之滥小人，则宁复何说？今二房东迫我仍烈，瓜劳且率纠纠者三五人，寻上门来，愚本不想再写着他们，为《有辩》一文，又提到纸上来，亦算迭挡码子晦气耳。（犀按：读此文竟，不欲再辩矣。）

（《社会日报》1941 年 5 月 24 日，未署名）

［编按："瓜劳"，原文如此，不明其意。］

不必再麻烦光头矣

若瓢和尚，似与上海之书画名流，颇兜得转者，翼华既好收藏，因此亦识若瓢。去年，尝丐和尚曰："愿为代求'金闺国士'之书画四件来，品要精，价则不妨稍贱也。”金闺国士之名字，愚已不复尽忆，惟陈小翠有之，谢月眉亦有之。顾和尚受翼华托，距今且越半年矣。初无报命，翼华不耐，恚曰：“和尚真黄牛肩胛哉！”愚为之解释，谓子欲得金闺国士之作，奈何求之和尚？譬如子欲烦白蕉书、唐云画，或粪翁之金石者，倩和尚求之，逾时勿至，和尚且登门面索，索之勿得，坐而索，坐索亦勿得，则寝食于斯而索之，固不难效劳也。若金闺国士，胥女人，方外人固不好时往纠缠。金闺国士之家有佣人，有小囡，忽来一缁流，宁非突兀？故非和尚之不肯努力，特不好意思奔走耳。顷闻小翠、月眉二人，将与顾飞、冯文凤合作书画展于大新，自二十六日起，六月一日止，陈件并扇页七百余种，大观也。书此以告翼华，不必再麻烦光头矣。

（《社会日报》1941年5月26日，未署名）

昨午造访厕简楼

孙翠娥女士，既与瘦腰郎赋同居之好，育一雏，孙复从此卸却歌衫矣。愚不嗜宁波滩簧，闻翠娥一阕而胃口大开，今此乐自为郎一人独占。往者，翠娥尝于台上自喻为挖花中之娥牌，愚作谐诗调之曰：“若道与卿龙可接，头张便想睏娥牌。”今则此句不能更为瘦腰郎诵矣。

久不见粪翁，昨午访之于厕简楼，至梯下，仰观楼上，门外张八字曰：“办公时间，恕不招待。”愚则写一笺烦其家人递之，书曰：“难得到此，请破例招待。”时翁方午睡，未几，遂醒，乃得晤言。翁问寿翁何人？愚告以或为襟亚。翁尝与桑弧议，谓百寿图未必有如许人才，减为八寿图，则随口可举矣。翁将各献以横额，而著上下款焉。翁果非惜墨如金，则愚亦愿为八寿图中之一寿，得赚翁墨宝耳。

（《社会日报》1941年5月28日，未署名）

做戏自做戏耳

四本《欧阳德》将公映之前，共舞台之广告，为金素雯宣传，谓素雯于剧中，演一冶荡之角，因有“淫得辣辣叫”之语。愚见报，以电话抵天衣，问其何谓“淫得辣辣叫”？天衣大笑曰：“汝不知，共舞台之观众知之也。”又谓素雯亦见报，辄以书来，谓渠不愿演淫戏，故请勿以此为号召。女角儿之不愿演淫戏，亦同男角儿之不愿演奸佞，然其见解，同为谬误，而其无忠于艺术之志，亦昭然若揭。以素雯之擅长表情，域中坤旦，无出其右，若描摹贪欢之妇，必擅胜场，则戏中便作淫娃，亦何伤？做戏自做戏耳，戏中角色之选别，与本身之旨趣，初无干系，小金奈何见不及此？而周旋其袖角襟边者，未尝无通文之士，亦不能如愚之贡一得之愚，尤可怪也。愚久已不见素雯，怀念弥敦，愚以为戏到小金手上，无有不做勿好者，管他是淫，管他是辣辣叫，你就淫淫看，辣辣看，叫叫看哉！

（《社会日报》1941 年 5 月 30 日，未署名）

申曲之好，好在恶俗

申曲之好，好在恶俗，上海人固绝少真知风雅者，于是恶俗之物，人多宝之，申曲遂风行于沪上矣。一日，在无线电中，听申曲会串，王雅琴唱《新茶花女》，有大段唱工，完全数三国人名，自桃园结义，而至赤壁鏖兵，此所谓莫名其妙之妙也。又闻“三堂会审”一折，堂上三人，皆打官话，既不上中州韵，比之国语，又相去甚远，盖完全衍东乡话而强作官音者。苏三唱词中，有“来子公子王正卿”，正卿殆金龙之字，若然，则申曲从业员实工于考究矣。苏三又唱“吃一杯香茗三百两纹银”，刘秉义亦抓此题材，以调侃金龙，而金龙遽呼堂下，令取一杯香茶，以饮苏三，秉义止之曰：“他是一个犯人，怎么可以吃大人的茶？”金龙又曰：“这一堂官司，审起来有不少辰光，我怕她要口干，这就叫爱民如子。”凡此穿插，为平剧所无，申曲固不厌其肉麻当有趣也。惟其肉麻当有趣，乃为上海人所倾动，此愚所以谓申曲之好，好在恶俗也。

（《社会日报》1941 年 5 月 31 日，未署名）

深夜听霍桑探案

近一月来，早眠早起，起居似已上轨道，乃某夜忽于无线电中，听一人讲述霍桑探案，方从头上讲起，时间为夜午十二时至二时，听一夜，竟不能罢休，迄今已亘三五夜矣，于是入睡将近三时而起身亦既傍午矣。愚不喜读小说，侦探说部，尤不寓目，今忽于夜静之际，闻此人娓娓演述，居然忘倦，亦可异也。

比邻楼上居一妇，其夫不善生产，则驱其妇入舞场，操货腰生涯，二人育一子，妻一月所入，仅足赡妇孥耳。子尚稚，妇既外出，夫恒弄子于窗前，引吭为欧歌，子不觉其阿父之歌趣，则啼而索饵，索饵不足，更索钱，夫乃诱之曰："俟汝母归来，饵亦有，钱亦有矣。"言已复歌，歌声常自东窗绕至西室，西室愚所居，厌其调之浊，直欲引首窗前，告之曰："有此能耐，曷不放于舞场之麦格风前做洋琴鬼领班，也好助尊夫人一臂之力哉！"

(《社会日报》1941 年 6 月 1 日，未署名)

"百 寿 图"

"百寿图"人选，粪翁与桑弧拟减订为八人，因一百个寿头，究竟集之不易，若为八人，则俯拾即是矣。之圆常时拟"百寿图"，殆欲并读者亦连带在内，又猫双栖楼座上客，亦连带在内也。石秀山庄偶话，谓愚乃"铨叙"是役，其实未曾，惟名单旧曾见之，约略可忆者，如老凤、沈淇、九公、太白、朱雀、过宜、采芝室主，而以灵犀为当然主席。愚尝笑语之圆曰："唐某固十三点也，而榜上无名，得勿有沧海遗珠之憾?"之圆笑而勿语，以意度之，不欲面授，故略去耳。过宜未必有寿气，特以网篮之争，而寿声扬溢；采芝岂是寿头？卒因《封笔》一文，寿名鹊起。惟梦云不在之圆所举之列，以潘老丈之努力推荐，自足欢迎。惟灵犀人情练达，固无寿之特征，而之圆必欲入之，殆以其人能纳群寿之文，故为当然之一寿欤！以愚所知，则冯氏伤药之冯寿宝为至寿，其人已久离沪上，白松轩主人史悠宗为大寿，其魂方归地府，书至此，又不禁兴寿友飘零之感矣。

（《社会日报》1941 年 6 月 2 日，未署名）

读柳亚子先生自撰年谱

读柳亚子先生自撰年谱，自丁卯四十一岁起，至庚辰五十四岁止，此中所述，初不斤斤于德业功名，故于仕途事迹，绝鲜采录，而孜孜不倦者，大半为诗文之酬唱，宜终柳之世，而不欲以政治家自炫矣。柳平生似笃爱定厂诗，年谱中，辄多步羽玲元唱之作，尝于凤公壁上，睹一轴，为柳先生庆凤公寿者，亦写定厂句，故知其嗜之深也。当世诗才横溢之士，林庚白先生第一人，亚子先生亦与庚白善，年谱中亦屡述与庚白唱和。事变之后，林先生之踪影杳然，不审萍飘何许。海上报纸，亦绝无刊其消息，悬知湖海生涯，林先生既有无数新诗入橐矣，读柳先生年谱，亦念林先生勿已也！

（《社会日报》1941 年 6 月 3 日，未署名）

伏虎山人讲述霍桑探案

生平读小说不多，侦探小说，复绝未寓目。近在夜午，闻一伏虎山人，讲述霍桑探案，此君口齿颇清晰，惟其传述霍桑之为人，有时不类一侦探家之态度，说几句俏皮话，并不尖刻，更无风趣，而形容包朗尤讨厌。譬如追究一大学生时，以大学生为枪杀一名舞女之嫌疑犯，大学生言："当我与伊人结合之始，我甚爱伊，伊亦甚爱我。"于是包朗认为其言太肉麻，责其为不正当之结合，无所谓爱也。继之且以其人为大学生，不致力于学术，而孜孜矻矻于恋爱工程，何以对自己？何以对家庭？何以对国家社会？凡此废话，不一而足。侦探家之于嫌疑犯，研究其与案情有关之问题足矣，个人之私德无与焉。颇不知此种对白，为讲述者临时插入，抑为原著所有，果为书上所载，则此小说之不健全，可想见而知（犀按：霍桑探案，多出程小青先生之笔，先生为侦探小说名家，作品风行一时，高唐所记，殆为讲述者之蛇足）。

三十一日，傍晚偕翼华、笠诗二兄，游于兆丰花园，流连仅一小时，入惠尔康进夜餐，昔年，为上海之时髦人士，争趋觅食之地，今则渐渐退化矣。惟炸鸡尚肥美，冰淇淋复不恶，颇快朵颐。

章逸云在卡尔登出演之日，其姊遏云，为之化妆，为之在后台把场，未尝有一日间也。逸云既登场，遏云则褰幔窥于后，台下之有心人，固可以见幕后有人，流波四盼焉。或曾见之，归乃曰："花六元钱看言菊朋，未免稍昂，然因看言菊朋而得见章遏云之庐山面目，则六元钱又似非不值得矣。"

（《社会日报》1941 年 6 月 5 日，未署名）

"爱看他人妾，贪吟自己诗"

粪翁率门弟子设宴于吉祥寺，宾客凡百五十众，可谓极裙屐之盛矣。金闺国士，如吴青霞、庞左玉、赵含英与周錬霞俱至。含英犹初见，其人健硕，虽投老风华，而余态弥妍，着时世装，绝可人意。愚与桑弧、灵犀、晚蘋、蝶衣及进高皆比肩坐，桑弧未娶，进高嗜古雅若命，灵犀近时，忽耽禅悦，凡此胥不足慕，惟美蝶衣与晚蘋，乃得娶金闺国士为妻。朱夫人丹青名手，为艺林所重，錬霞更诗情画意，尽萃一身，二兄清福，正不知几生修到？愚未尝得通文之妇，闺中人读粪翁为污翁者，其腹俭正复可怜。愚尝窃愿，苟得一红颜，能为愚录写诗笺，于怀已惬，固不必擅谢家咏絮才也，此愿非奢，而终不可得，此日席上，故放盏久之！

去年拟鬻书，为人书箑，粪翁、白蕉、禹钟诸先生，且为愚联名作卖扇小启，终未实行。近来多暇，又欲继往昔之谋。愚自来作便面，必写自己诗，所谓"爱看他人妾，贪吟自己诗"，愚之恶俗，此特征也。订每扇为十羊，固有背薄利多卖之旨，然亦文人心血，正不必妄自菲薄，生意之昌衰，又何必问哉？

（《社会日报》1941 年 6 月 6 日，未署名）

报载马连良自杀

报载马连良在天津投河自杀，其原因为"在台上铸成大错"，愚始终认为必非真相。马连良本身，是一个唱戏的，并非艺术家，所谓"艺术良心"，此人不但无有，恐怕连懂也勿懂。譬如不佞，是一个卖文者，若有人认我为文学家，为诗人，则笑话矣。马连良今日，鬼老，皮亦老，哪怕《汾河湾》唱到《武家坡》，渠不以为意，即使王佐唱出金兀术词儿来，亦无动于衷，听台下倒采，只当风雷过耳，宁有因此而忿恨，忿恨而作跳河自杀之企图哉？去岁连良在沪，尝语人曰："我至今日，精神既不如前，嗓子亦日就衰败，不靠考究行头，如何卖钱？"此正大丈夫坦白之言，故愚又疑"铸成大错"云者，毛病或出在行头，岂王佐说书时之玄色褶子，连良乃误穿秋香色之蟒与相貂上场乎？假使如是，亦奚至自杀？总言之，马连良之企图自杀，必不在唱歌上之铸成大错，自别有其原因。更譬如言谓，愚写一篇文章，用错了典，错又错得荒谬绝伦，而明日愚自杀矣，诸君其肯信我因羞忿而出此乎？必曰：别有缘因，不为洋钱，定为女人。

（《社会日报》1941 年 6 月 10 日，未署名）

今年赌运奇恶

今年赌运奇恶，总计在继美家赢过一场三十元，梯公府上赢过五元，又与梯公博圈的温赢两金，其余则无局不输，赢至多三十元，负则每局在五十金以上，超过百金者亦常有之，于是半年来掷于此者，为数实复不赀。前夕，归去晏矣，有婴婴宛宛者迟我于室，相将入局，又负百金，愚性不嗜博，而伤于博，直疑有神鬼祟我！

善作各地方言者，根据生理学立论，则以其人之"耳音"好也。若然，朋友中翼华之"耳音"必甚好，笠诗乃谓翼华不宜居家于杀牛公司，因听惯了老牛临刑之惨厉呼声，开出口来，便成畜类哀句。其言诚谑而且虐。惟笠诗则谓此言实有原由，故名票朱耐根君，尝自诩其“耳音”绝好，故谓：我不能住在跑马厅，不然开起口来，尽是马叫声音矣。

报间有证实马连良之自杀，果为台上出了乱子，此人遂表现其“大勇”，然则我昔日一记，看错人头矣，书此以示歉疚。

（《社会日报》1941年6月13日，未署名）

朋友之书，无不胜我

一日，得灵犀书，书为庄楷，遒而媚，疑非出灵犀腕底，而以为此儿好弄，倩当世之所谓金闺国士者，为其记室矣。顾书中有言：“夜间多闲，惟读经写字耳。”故复悟此儿自有心胸，今日之孜孜矻矻者，其所造已若是可观矣。生平得灵犀书无算，其字无不如蚓屈，独开斯缄，遂豁双眉，不禁为之歆服。我鬻扇之始，灵犀以此见示，得勿为一种威胁，若告我曰：“汝书而可以取人钱，我则如何？”其实朋友之书，固无不胜于我，如一方、涤夷且然，啼红无论矣。今不图灵犀亦轶我而上，始知愚今日独张卖字之例，信为无耻之尤，真无以对捧场诸老也！近日病不已，寒热时作，四体俱疲，委件且不获遽奉，尤为惶惭。北窗偃卧，读名山老人诗，滋可喜。此老诗不以工力胜，亦不以僻字涩句，矜其渊雅，亦能懂名词无雅俗之别，此在六十以外之长者，有此见解，殊不可覯，执经问字，我亦甘之。

（《社会日报》1941年6月14日，未署名）

得小凤先生赐书

得小凤先生赐书，狂喜，愚才不如张船山，不期近岁所遭逢者，恒与船山相合，要亦足慰平生矣。小凤之名，黎锦晖先生之女公子，尝题此二字，吾家去年买三友补丸，得赠品为一女洋囡囡，其襟边有题名，亦为小凤，然则小凤二字，为女郎矣。顾叶楚伧先生，往年著述恒以小凤自署，由此观之，小凤为名，彼苍髯之叟，亦能占用，固不仅属之女郎也。

惟投书之小凤先生，书法绝高，文亦委婉可诵，视其书，疑为厕简楼弟子，盖用笔苍劲，何以似粪翁之甚也？而其人之才美亦可知，才美如此，宁有不望下交者？第末由直陈衷曲，为可憾耳。张船山《答人诗》，载《袁简斋诗话》，小时读之甚熟，今犹能记三五言，小凤先生，或亦知之，陋才诚不及船山，然亦不可无一言当念，因得句云："信多国士出金闺，便许相思愿总违。生在青山无俗骨，肯教红粉慕单衣？小名只许堂前唤，素面难从门外窥。求艾三年哪可得，何当待客煮咖啡。"

（《社会日报》1941 年 6 月 15 日，未署名）

灵犀作《四十述怀》

灵犀既作《四十述怀》，欲索和于诸大吟坛。曩读其四十征文小启，谓要海内知交，向其说老实话，写诗固非不可以写老实话者，特欲范之以字，囿之以韵，则又胡能责其直言？言之，亦无非削足适履，在在见牵掣之苦耳。故愚意为灵犀索和之作，实与原意相背，愚拟实作两诗以献之，借祝长寿。今岁睦公亦四十寿，知友尝谋一日之欢娱，灵犀似亦不宜阙，风雅自风雅，酒肉必不可少。梯维方居丧，却寿宜也。惟灵犀与笠诗，胥不可遁，盖笠诗与梯维皆四十，笠诗率直，谓汝等欲为我如何为者，如何为耳。此君除欲迫其授室外，固无事不可商量。灵犀子女多，惟皆未成年。笠诗未娶，自无嗣，要闹猛闹猛，端赖朋友。我卖扇，灵犀为我作代理人，且第一笔生意，由渠介绍作成，则愚于其事，似亦不能不来起劲一下也。

（《社会日报》1941 年 6 月 17 日，未署名）

张园广告

张园广告，出之圆先生手笔，张园经理则为沈天荫先生。近见张园广告，有标语两句云："满园绿荫遍地，真是夏之天堂。"在此十二字中，嵌"天荫"两字，做广告而跑经理香槟，以此为创见。或曰：绿荫但有

“蔽天”，而无“遍地”。愚曰：“蔽天之绿荫不过乘风凉而已，若遍地之绿荫，则双携之侣，蝼伏其中，要哪能随哪能矣。”半月前，游兆丰公园，见一茅亭，绝广敞，其外以绿树范之，树密，亭乃深没于浓翠中，此即所谓遍地之绿荫也。翼华见之，诧呼曰：“幽邃如此，必有艳迹可遗。”可见惟遍地之绿荫，方能尽幽聚之乐，若夫绿荫蔽天，未始非妙境，然不闻树大招风，易致病乎？譬之岩墙，圣者远矣，故张园广告之写绿荫，不曰蔽天，而称遍地，固有深意，在读者如何味之耳。

（《社会日报》1941 年 6 月 19 日，未署名）

薛老三死于北平

薛老三死于北平，沪上某报，载其凶耗，直称三为名伶。梯公纯厚，读之喟然曰：“王孙末路，滋可哀也。”三往岁以饥驱赴平，拟下海，尝数度公演，未能倾动，于是郁郁不得志，故终三之世，犹为票友，未及为伶工身也。俞振飞初度偕新艳秋南来之日，兰亭为之洗尘，席间，振飞述三方抵平，遍谒诸名优，一日登场，贴《空城》，时台下观者，如言菊朋、谭富英、马连良、孟小冬毕至，三方出帘，彩声如雷震，及念引子，至“四轮车”而戛然中止矣。三张皇失措，时菊朋坐台前，为之提词曰“快快”，盖欲其续“快如云飞”也。而三卒不获终场，此为入平后第一炮，便不响，此君之郁结可知。三既死，姬人小黑姑娘侍于侧，殡殓之役，小黑任之，顾无资，则以指环质一槥，为楠木制者，板既扃，小黑复以智夺钻环还。今世巧取豪夺之事，本极寻常，巧取豪夺而施之于棺材店老板，尤为天公地道，不闻今日煤米之外，棺材亦飞涨乎？矧此玲珑手腕，出之于一绝世佳人如小黑者，我故终为小黑恶也。

（《社会日报》1941 年 6 月 20 日，未署名）

冯振威在卡尔登演《黄鹤楼》

冯振威先生，此次加入平和票房，在卡尔登演《黄鹤楼》。他报有记冯君系初次登台者，其实不然，冯十四岁即习戏，浸淫于此中者，几二十年矣，惟平时不恒串演耳。是夜《黄鹤楼》以郭星白君陪张飞，郭尤健歌，日夜两场，凡演四剧；《黄鹤楼》之张飞外，后演《拜山》之窦尔墩，《二进宫》之徐延昭，而《庆顶珠》中，反串教师，亦想见其人之多才艺矣。闻振威先生言，先舅钱山华先生生前，亦识郭君，客岁初春，星白在更新唱《黄鹤楼》，舅尝作《偶语》赠之云："铁板铜琶，大江东去，清风明月，黄鹤西飞。"未几，舅遂卧病，病五日而谢宾客，黄鹤西飞云者，不图其终成语谶也！愚尝诣平和之化妆室，时《二进宫》将上场，陈禾犀先生，为愚介见郭君，雄而健，虽不获睹匡庐真相，而气度自佳。昔尝遘某净票，则不然，以为其身份已超轶于"名票"之外，俨然以内行自居矣。言菊朋艺事非不可取，而其人讨厌，正以其在票友时代，自比内行，一衣一履，亦必以老谭为法，故不免贻识者笑矣。

（《社会日报》1941 年 6 月 21 日，未署名）

袁帅南先生招宴于其寓邸

袁帅南先生招宴于其寓邸，其屋于客岁方落成，邻为诗人李拔可先生所居，亦新筑，识者指李先生之屋，为西班牙式，两家有广圃，间一篱，篱有门，此真所谓结通家之好矣。是日以法家为多，如厉志山、孙祖基、方福枢、姚肇第、唐世昌诸先生皆是也。方字立中，闽人，与彭启炘先生，同为去年供职工部局者，年俱不逾三十，而学术精湛，志山先生盛称道之。座上复有谭瓶斋先生，先生以书法之高，鸣于海内。近顷，有人诣其居，谓四壁悉张钱沣楷书，先生寝馈于斯，朝夕观摩，宜其书境之日益超脱矣。袁家所治为闽菜，无不腴美，有珠蚶一碟，尤有奇味。祖基先生谓愚，锡人有读愚打油诗者，亟谓观吴素秋《盘丝洞》之绝句为可诵，原词愚不能忆，而笠诗能记二三言，谓此中以末一言为警句，则"后台可有行军床"也。愚好句甚多，笠诗胥不能记，独于此淫浮之作，而讽诵不去口，四十年不谋家室之人，其闷结于方寸灵台者固如是耳。

（《社会日报》1941 年 6 月 23 日，未署名）

申曲于恒常吐属需图改善

一日听王雅琴播音，听众点雅琴唱《魂断蓝桥》，雅琴便唱《魂断蓝桥》，唱已雅琴向听众致谢曰："《魂断蓝桥》孝敬过矣。"听众点雅琴唱《孔雀东南飞》，雅琴便唱《孔雀东南飞》，唱已，雅琴又为听众致谢曰："《孔雀东南飞》孝敬过矣。""孝敬"二字，为申曲家对听众表示谄媚之口头禅，听众非申曲家之爷娘，何用孝敬？今乃凡为申曲家，无不孝敬其听众者，毋乃言重。且"孝敬"二字，出诸男申曲家之口，第觉其伧俗而已，若出诸女申曲家，而又如号称风华绝代之王雅琴之口，则使人难过至于食不下咽矣。申曲为物，风行海壖，在意识上，申曲诚无若何改进，而观其排演新剧，往往以电影名作改编，若《魂断蓝桥》，若《马路天使》，则其表面上之标新立异要已尽改其曩时面目，顾于恒常吐属，始终不取改善之图，闻其言，如听乡媪村姑之诉说家常，究有何味？老友若严幼祥、李萍倩、岳枫诸君，今俱出其余绪，为沪剧社导演，烦挈吾言，以告雅琴，使其谈吐稍稍变为雅驯，毋使中国之东乡费文丽，令人有可闻不如目见之叹也！

（《社会日报》1941年6月24日，未署名）

读一方记三成坊旧事

尝读一方记三成坊旧事，感喟久之，一方性肫挚，故为感慨，最能动人。三成坊者，旧为文友僦居之地，灵犀亦卜宅其中。愚与来卢两家复有同屋之雅，距今不过六七年耳，光景迁移，不堪回忆。愚殊无状，薄视吾妻，致其抑郁而死，今相处都安者，惟卢家伉俪而已，于以知一方天性纯厚，而愚最凉薄，笠诗誉愚为弃旧怜新之圣手，真不移之论哉！

去岁尝遘李祖莱先生，知愚沉湎欢场，而所耗绝多，则劝曰："宜加节储，人生固不可不虞疾病来侵也！"上月，又谒祖莱先生，愚谓摇落如故，而疏狂亦如故，先生将何以教我？先生摇首曰："语此奚为？今日做人,做到哪里是哪里耳!"祖莱与先师樊良伯同盟兄弟,其言乃为长者之规箴,祖谟先生,则为友情之慰藉,两可感也。祖谟与祖莱,俱为祖夔先生介弟,并任侠好义,为时人所称。祖莱尤奋发,年才逾三十,而经营事业,已绝繁多,十年后,纵横于上海之商业场中者,此一人耳。

(《社会日报》1941 年 6 月 29 日,未署名)

愚编申曲定是好手

信芳所排之《董小宛》,以末一幕最精彩,则闹花宫夫妻相会也。顷知申曲家亦有此戏,一日,于收音机中闻之,为冒巢民之男角唱:"但勿知当今万岁待侬那光景,我搭侬夫妻淘里勿要紧,问声侬小宛阿曾失身?"为小宛之女角,继此有繁重唱工,惟末二句可忆者,则曰:"冒郎啦,我拨勒当今万岁逼得呒哪能,老实对侬说,小宛已经失了身。"愚听至此,亦接之唱曰:"倷两家头,女个是糟蹋佳人董小宛,男个是辱杀才人冒巢民,老古话,东乡人只唱东乡调,我劝倷,还是唱唱《卖草囤》,再勿然,唱两只《庵堂相会》《陆雅臣》。"以上信口编来,若上之申曲胡琴,必能音调铿锵,为申曲迷所叹赏。因此看来,愚编申曲定是好手,然此消息,不能使《我与王雅琴七天友谊》之作者戈戈君闻之,且将疑我要轧进去,抢他那口饭吃矣。敬请放心,不过倷有疑难地方,来向我讨教讨教,我必不吝透点关子也。

(《社会日报》1941 年 6 月 30 日,未署名)

高唐散记(1941.7—1942.6)

张英超有新中国画之展

张英超先生,久不见,上月三十日起,出其近岁作品百余件,展览于大新画厅,先二日,邀饭于福来饭店。愚初以为英超擅漫画,昔年作品之推重于艺林者,作女人,以极细之线条勾勒之,佐以造意,乃无不生动,与此次所陈列于大新者,俱非是,而为中国之彩色画。盖沪战以后,英超辄致力于此,惟其所作,无不自出机杼,不欲落昔贤窠臼,故名其画曰新中国画,画具与纸张,皆如国画,惟颜色则有不得不无用舶来品者,譬如中国之有花青与藤黄,究嫌不足。英超尝言国画之无足贵,在作画者之意近摹前人,囿于旧范。譬如谓某画家学石涛,美矣,然论其所得,为一石涛耳,本身固有之精神,固未尝于其作品中表现也,此实艺术家之羞,故从事此者,宜觅取其新途径,国画乃有发扬光大之一日。陶冷月、高剑父、高奇峰,知其旨矣,然其所作,多效法东瀛,纤巧轻灵有余,雄浑不足,此则失去中国之民族性,又为治艺者之缺陷。闻此理论,知其旨趣实不可及。此夜,又出其新作五六页,示在座诸君,神韵之充,设景之美,足堪俊赏。英超又谓其落笔之顷,于时间空间,俱复注意。妙绪如此,造就之不薄可知矣。

(《社会日报》1941 年 7 月 3 日,未署名)

“嬍”为美之通字,非读“微”也

誉妇人之美德者,用“嬍”字,用“懿”字,前作《寿陈嫂四十》诗云

“诸般嬍德皆亲见”，及印之报上，则误植“嬍德”为“微德”，颇有出入矣。是夜，晤谢啼红兄，询以“嬍德”果为妇人所专用乎？则谓“嬍”为“美”之通字，非读“微”也。谢豹渊雅，乃能教我，志此亦可见愚于学问之荒疏矣。

预防痢疾、疟疾，及霍乱之三种混合药片，近来价值腾贵，穷措大不敢问鼎。今年大气恶劣，为往昔所无，疫疠丛生，自在意中，居家之人，宜相互告诫，慎寒暑，节饮食，食不洁不入口，则可长葆平安。苟有备无患，置中西药房之功德水，亦足避灾，其药效，其价廉，故乐为诸君告也。

拟制一严、周事件之开篇，得起句云：“钗分钏合本寻常，凤泊鸾飘始可伤，周璇她本是阁楼贫贱女，蓬门未识绮罗香……”至此不复下续，苟横云阁主，能为我介一娇婉之女弹词家，而以吾作付之弹唱，或不惜工夫竟成之也。此四句为样品，欲以就正于阁主者，不识高明以为可用否？

(《社会日报》1941 年 7 月 5 日，未署名)

闻定山居士谈诗

近遘定山居士陈蝶野先生于席上，闻居士谈诗，居士固以此自矜者，薄苏、黄而尊杜。近年以来，愚既屡闻有人轻宋诗矣，究其故，则谓不逮唐耳，迂执至此，要非论学宜有之态度，是姑勿言。居士复谓尝于定山讲座，为诸生论工部之《秋兴八首》，自傍晚七时，至深夜二时，倦矣，而诸生尤请续勿辍，居士固引为得意。愚则以为论诗若此，无乃太苦？微论欣赏杜诗，不消如此吃力，即从《秋兴八首》，而加以种种探索，亦何必费偌大工夫？居士固言，文章与诗，为今人所赏爱者，其流传必不远，与前人之“五百年后论自公”一语相吻合，乃人诚勿喜定山诗，意定山之诗，垂他年之不朽必矣！愚少日亦自负才气，曾寄友句曰：“孰意能诗如我者，竟难写出报君知。”至今日则怪当时狂悖，抚躬清夜，羞愤无穷。今忽闻定山居士白于众座间曰：“我自谂所作，轶坡公而上矣。”始又舌结胆落，方知我昔日狂言，犹有未盈其量者耳。

(《社会日报》1941 年 7 月 6 日，未署名)

小舟主持《小说日报》辑务

涤夷既辞《说日》辑务,佩兄乃邀小舟主持其事。小舟姓周,字浩然,其人洒脱有奇气,为文恣肆,试千言万言,而绝不胶黏,战前居玄武湖时,以文字投愚,写湖居景状,事迹纵极其平凡,而文章自得天趣,其才可知也。自是吾二人书信无间,比流离来沪,不以文字见人,佩兄亦亟慕其才,者番遂为敦聘,盖欲用此人治此报,所以观其成就之大也。小舟在南京时,旧为报人,于辑事本非生手,顾其视事前一日,乃来访愚,疏此已久,患不获副佩兄雅命耳。愚告以作报人之始,以十足外行,即主纂务,亦未尝"陨越",矧小舟为老手乎?

昔日南京报人,多才美之士,近侨居沪上者,眉子先生其一也,小舟其二也。人言北平销路绝畅之报纸,其内容实无足观,试言人才,亦无可取,王柱宇推一时独步,其所著小言,第能为当差门房所歆赏,故又曰,北平报纸所以发行之多,正以门房当差之流,咸能一纸在手耳。上海并立柜台之生意人,且多如盲,何况奴役哉?

(《社会日报》1941 年 7 月 9 日,未署名)

与笠诗二事

有竹居主人续委愚作一便面,愚为转烦笠诗。昨日,笠诗来言,谓箑已为蟑螂所蚀,溃散不复成件矣。因要愚代谢主人,且谓当别成一页,其一面则将倩魏郎作绘。郎即停云主人公子,近方投传于吴子深先生者也,似此或足以稍赎前愆耳。

与笠诗凭街楼,楼下过一人力车,车上一妇人作陈尸状,其少女伏其身,呼姆妈不止,意妇人气且绝,人力车则疾行如飞,殆欲投宝隆医院者也。笠诗喟然曰:"遘此一幕,知人生之无味。"是夜竟得梦,梦中吾病且殆,愚似无所苦,第闻吾母悲曰:"才三十四年,便溘然逝邪?"遂震醒,醒后大哀,念曰:"我非不可死,特尚有人不愿我死者耳!"

徐东明演《御碑亭》亦提网篮登场后，一日，以告过宜，谓上海有此谭派嫡传之坤角须生，奈何不见"歌场三十年回忆录"作者著一字哉？是时，适兰亭亦在座，告过宜曰："宝森将南下献艺矣。"顷刻间，过宜得喜报二，于是大乐。过宜平时，固无忧愁，特其眉头常勿开，是日，竟为展颜，愚亦大慰。

（《社会日报》1941年7月18日，未署名）

打油诗以风趣为最要

近时报纸，作打油诗者，七个字一句，凑四句，既不讲平仄，亦不限一韵。愚于作诗，本以为十一真非不可以入十二文，九青十蒸，非不以入八庚者，既称打油诗，以风趣为最要，顾报纸所载，一无是处，惟某舞刊往往多佳作，读之辄引人绝倒。其诗不称打油集，而称"眼药诗"，又称"臭药诗"，作者对于拖车，每好施以恶谑，今记两首，第一首为《送郎》云："送郎送到火车站，照片看见交交关。有张照片像郎面，幸亏巡捕近视眼。"又一首《无题》云："龙拖同进红庙弄，拖车草帽抛顶宫。一看却是自家人，七八年前小弟兄。"趣味诚是不以言高级，然若放入江笑笑嘴里，吟哦出来，必有人拍手称为冷隽矣。

丁先生招宴之日，晤周錬霞女士，谓尝见愚为人书手册，写近诗，有"故惜春泥放步迟"一句，至今犹能诵之。会裔云有友嘱我书便面，辄书此诗报之，裔云之友，固盛称錬霞之才华者，则此诗当亦为其人所喜也。喜某夫人《咏柳》诗云："莫向长亭争折取，浓荫留与往来人。"袁简斋谓是慈重覆物之思，今錬霞之能念予此诗，得毋类是，蛾眉之所以异于须眉者亦在是耳。

（《社会日报》1941年7月20日，未署名）

"弱"字当作年幼解

愚尝记梯公惫困，不堪熬夜，用"弱不可弄"之句，乃承读者吴坤厚先生指示，谓“弱不好弄”，语出《左传》“夷吾弱不好弄，能斗不过”，意谓夷吾年幼，不好戏嬉。揆吴君之意，“弱”字当作年幼解，不可用之于梯公，以梯公为父老非子弟耳。此教可钦也。

本刊记余中南篇，谓中南与张嘉璈体貌相似，惟中南不似公权之双鬓微颓耳。公权先生为愚素识，中南今亦于友人席上遘之，其实二人在形式上相殊之处甚多。譬如公权清穆，宜为显达之征；中南则酒肉气奇重，不失为洋场之买办阶级。闻之人言，中南营投机事业，其孜孜矻矻，至于如此，使此人而投机失败者，天道真不可问矣！

闻熙春家居，调嗓不辍，其不忘于吃饭本事也可知。又闻素琴将从此辍歌，则复怅怅有所失，海上人士之想望歌声者，实繁有徒，奈何便自此退隐，不嫌其为过早邪？

（《社会日报》1941 年 7 月 21 日，未署名）

两子读书俱中下游

尤子瑾先生雅擅文翰亦嗜歌，为上海合众票房之健者，其人短小如盛戎，歌黑头亦如盛戎。盛戎习于颓废，不自振拔，子瑾惜之，惜其人，亦惜其才也。子瑾与张伯铭兄善，亦与吾居之二房东为素识，愚与二房东之争，赖子瑾出为缓冲，愚终未尝受厄于女子小人之手，滋可感矣。

两子读书，上半年之学期俱已终了，问其成绩，长子曰：“一级中凡四五十人，儿为第二十四名。”又问幼子，则曰：“一级七十人，儿为四十五名。”两子皆顽钝，幼子尤甚，问其成绩报告单何在？曰弃之久矣。嗟夫！吾子未尝不体念父艰，勿欲以此伤我心也。下学期学费，复增益，闻之心悸，尝谋与吾子，劝其辍读，儿子问曰：“然则家居邪？”愚摇首，谓将送汝曹入僧寺，作小沙弥，苟他日有成，力纂而为方丈矣，亦足以谋温饱，汝曹不见若瓢伯伯邪？雄健无饥寒之色，又不见陈家伯伯邪？文字之役，患不足以全其生，于是所欲遁迹幽场，于此中度其余年。父母固无不爱其子者，父尤笃爱吾雏，欲导之于善焉。

（《社会日报》1941 年 7 月 23 日，未署名）

已是有家归不得

故乡有老屋,战前,家中有人欲货于人,吾母阻之,谓祖宗所遗,我在,不欲见吾居易主也。议遂寝。战幕既张,愚奉母来沪上,守是屋者,为吾叔与吾婶。婶无状,与下流伍,且犯恶癖,叔亦庸庸无以谋家计,渐赤贫,以迄今日,乃闻叔亦沉湎于海洛英,顾无钱,于是不复计数十年来所蔽风雨之所矣。第以吾父在,不能以整屋售于人,则毁门窗,卸砖泥,亦可得善价。乡人来,谓一椽既毁,得九百金,叔囊之不与婶,婶更无赖,从别椽去其一门,今日得钱,今日尽矣。明日又售其柩,复得钱,亦尽矣。吾母闻之,忧忿不可眠,愚慰母曰:"比之燔于兵火耳,奚戚戚为?"嗟夫!"已是有家归不得,逢人还在说家乡"。彼甚怀之不展可知也!吾叔年五十外,无子,育一女,未谙妇德,吾妹未尝修教育。某岁,婶以烟案系于狱中,吾姑母豢吾妹于家,为之置衣履,及婶归来,又以新衣,悉易为钱,吾妹之苦如此。故乡无可念之人,特此将质,沦于吾叔、吾婶之手,真不知何以慰其生平耳!

(《社会日报》1941 年 7 月 24 日,未署名)

抄征婚广告

《说日》主人,日前招饭市楼,愚强疾往,坐上乃获晤知止先生与浩浩神相。主人之宴,一以志小舟先生来任主纂之荣;二以酬知止先生若干时来,为《说日》撰述之劳;三则庆谢豹先生能自拔于乌烟瘴气中焉。谢困于痼癖既久,颓丧日甚,今忽立愿,永除恶嗜,安得不令故人闻之心喜。是夕晓初、禹钟两先生,本约俱来,喁望至于席终,未见命驾,辄用怅怅!席上人留髭者三人,阿稳其一也,小舟其二也,浮尸其三也。以历史言,小舟最久,浮尸最近,浩浩神相,傍浮尸坐,目炯炯视浮尸之髭,皱眉曰:"人中无须,乌可留?"浮尸骇曰:"不可留邪?然则剃之。"神相曰:"既留之,又乌能剃!剃之复必获咎。"浮尸曰:"我以生姜擦人中,或能生髭。”神相又摇首曰：“是殆无用。”愚为代谋，取其有余，补其不足，曷不谋之于尊腹以下，苟其下亦初不充盈，则愚且愿无条件贷与浮尸，以吾所蓄，举浮尸之颅，且逊此丰多也。浮尸果有意，请投本报一号信箱，示其短长，合则面洽，不合守秘，无诚莫试。（后三句悉抄征婚广告）

（《社会日报》1941年7月26日，未署名）

马碧篁女士赠画

愚于名人书画，向无干求之好，往者读马碧篁女士之仕女而好之，不觉形诸楮墨间。碧篁不胜知己之感，其族兄公愚先生，且以是白于愚，谓碧篁已作一图，将遗吾子，存为纪念，因此大悦。闻公愚有知己之感一言，愚从而遂“感”不绝于心矣！公愚固言，明日将以其件送至吾临事之所，顾颙望至今，不蒙颁至，用是萦念勿释，书此敢以问公愚，不将使此公掀髯一笑曰：“送书画为情分，讨书画则非名分矣”邪？

《说日》浮尸具名，忽改为浮云，据作者声称，原因有万千之众，因作俳句存之曰：“浮尸浸胖几多时？物怪从知名亦奇。我亦红尘偷此活，愿卿莫被罡风吹！”

药局广告，有称杨草仙为名书法家者，乃知天下悠悠之口，为不可恃矣。杨自诩能长寿，称之为“名老人”可也，称之为“名长寿人”可也，必欲以书家谀之，杨必见此沾沾自喜。乌乎！不能忘情于至圣先师之一言也！

（《社会日报》1941年7月27日，未署名）

唱戏何必别尖团

一夕，诸友饮于瓢庵府上。席间，谈起尖团字，周信芳先生谓“倒”字，宜念团音，读如“捣”。劳玉居士，则以侨居故都迄今，有若干月日历史，操蓝青官话如“譬如谓颠倒之倒，实为尖字，盖读如刀也”。又如

"倒(刀)过来,亦尖字"。愚曰:"然则倒下去与倾倒之倒,念尖字又不成语矣。"时费穆先生在座,因述一事,谓《洪宣娇》剧中,唐若青有大段念白,第一次试演既竟,费语唐曰:"你这一大段中,倒字太多。黄先生之念倒,亦尖字也。"唐辄止之曰:"不,倒字唐作团字。"费先生不能辩,此则与张文襄之批评其僚属用日本名词非常讨厌,而有人驳之曰"名词亦日本名词,允其讨厌"者,同一为艺苑佳谈矣。愚于四声无所研习,因告众人,谓唱戏何必别尖团,如何好听,如何念耳。瓢庵以为不然,则谓字而念倒,必无可悦耳者,梯维之所以为劳玉匿笑,则以团字常念尖字。例如性欲之"性",必念"兴",于是称老友吴性栽先生为老性者,听之为老兴,十数年来,他人亦从而老兴矣。又如信芳先生唱"急急走来急急行"之"急"字,每唱作"节"音,信芳自言,未尝不自知其倒,特临场而无法改善耳,亦前世事也。

(《社会日报》1941 年 7 月 31 日,未署名)

唐生乃未辱樊门也

良伯师周年祭之日,愚方卧病,故不获躬临展奠,私衷欿然!陆申豹先生,于本刊记是日所见,谓愚亦垂泪一隅者,意其故为婉讽也。吾师之丧,愚悼痛之深,无时或辍,愚疏狂无状,胥不足以慰吾师在天之灵,第吾师生前,有所嫉恶,愚至今亦能远之,惟此差足承吾师遗志。嗟夫!师固有知,此日踞九京遥望,见人海之颓澜浊浪中,有其弟子孑孑孤行者,亦将开眉一笑曰:"唐生乃未辱樊门也。"

尝观上海戏剧学校之《新玉堂春》,在共同做戏时,辄病其不能紧凑。例如会审时,王金龙与红蓝两袍之对白,不能贯串一气,因知剧校诸生受训时间,固绰乎有余,而观摩机会,实嫌不足。做戏不贯气,便流于松懈,松懈则台下人必兴味索然矣。又譬如崇公道出场,以人小,不能坐高椅,检场者抱而置之椅上,台下大笑,此在丑角,偶一为之,诚不失为引人解颐,然一而再,再而三亦殊讨厌。愚以为剧校诸生,皆未成年,桌椅不妨做成小一号者,则于演员之身材,亦能配合,而适于台下人之观赏也。

(《社会日报》1941 年 8 月 4 日,未署名)

愚弟次达与乃兑表妹行将婚庆

愚弟次达,将于三五月后,与钱乃兑表妹,结缡于沪上,乃兑,先舅之弱女也。次达战前,尚依愚而居,次达未必学问深邃,而其人操作能勤,尤堪耐苦,即此已足为其立身养命之本。战后乃介于周邦俊先生,入中西药房,司会计,孜孜矻矻。因受知于周文同兄,文同盖中西之支店部部长也,青睐特加,三四年来,居然能为家室之谋矣。家大人老去疏狂,儿女事未能顾问,此次婚礼,赖育如堂舅主持,初拟入礼拜堂举行嘉礼,旋以糜费尚多,乃改为最节约之办法,及期,宴于酒楼,烦法家为二人证婚,次达丐愚聘王效文律师,一任其劳。当世名法家之与愚友善者,奚止十百人?惟论德望之高,舍效文先生外,竟不获第二人焉。礼节之俭约如此,似较之集团结婚尤堪效法,先舅父泉下有知,亦必以此举为善焉。

天酷暑,傍晚,亟返家沐身,自此遂不复出,因与老友之形迹日疏,灵犀念我滋可感也。该报知灵犀夜必访无所为而为斋主人作宵谈,而纳凉余事,亦往往于笔墨间窥之,如山野人闻城中胜会,无不神往。树棠来,见愚又与闺中人抹纸牌为戏,其枯索无聊,正可想见。同女人时辄想念朋友,我与朋友相处久,又不能不拳于女人,此人生知足之境之所以不可期也!

(《社会日报》1941 年 8 月 6 日,未署名)

述此事颠末兼以告诸老友

愚曩记某君事于本篇,某意殊不悦,告于兰亭,兰亭以电话抵愚,劝愚息争,愚以至友托,敢不应命,即告兰亭,谓以明日始,苟见吾文有及某君者,愚且无以对老友。至翌日,兰亭复传某君言,谓渠复见吾于他报述一文，至不能堪，因请兰亭勿为鲁仲连，且谓渠固勿欲与唐某为难，惟其亲戚众、朋友多，恐若辈未必能谅唐某耳。至是，兰亭卸劝和之责，愚亦终日惶惶，待某君之朋友亲戚，将如何措置小生耳！又越二日，瓢庵亦以电话来，特缘此事为双方解纷者。愚告瓢庵，谓盛意滋可感，特彼人有朋友亲戚，兄亦未必能熄若侪之焰，将奈何？则曰："尽力为之。"又越二日，忽见灵犀一文，亟为某君道地者，愤甚，以为彼有朋友，以彼受辱于人，纵强出头而无惧，则我亦有朋友，而朋友如灵犀，终乃如此！宁不大哀，即草一文，深致其恚懑之词。稿既成，陡念灵犀固不识某君，此文之来，乃殊突兀，因为瓢庵通一电，始知灵犀实受其托也。大悔，将全文删削，仅于灵犀之所论怕事与不怕事云云，致其声辨，而言之犹不觉其过重也。读六日《猫双栖楼随笔》一文，惶悚久之，惟其中灵犀谓愚尝请其重为某君洗刷者，殆为误忆，盖愚既知灵犀一文，实受瓢庵之托，同时风闻某君，犹未肯甘休，因尝草一小笺，以语灵犀，谓纵有椽笔斡旋，患终枉抛心力，故灵犀续记一文，意欲为双方消除意气也。总之愚非不怕事，亦极重友情，惟事既临我，则怕亦奚益？因述此事颠末，为瓢庵、灵犀谢，兼以告关心唐某之老友，若某君见之，尚语愚有所絮聒者，则亦误矣。

（《社会日报》1941 年 8 月 9 日，未署名）

桑弧写《灵与肉》已开拍

西平来言，近尝遘素琴于市楼，衣履皆极华丽，其人则映白施朱，犹作□生装也。顾瘦甚，以此益不能掩其青春之已消逝矣。西平故谓：素琴今日，苟不必效小女儿时世之装，着玄裳，御白缎绣花平底鞋，加以横髻穿环，料知其且余态弥妍也。其言良是，然咏"寄语旁人须早计，随宜梳洗莫倾城"之诗，此意又未必为金家大姊喻矣。

桑弧写《灵与肉》剧本既蒇事，付朱石麟先生导演，主角将用英茵女士，愚因与梯公约，谓剧作人与导演人，俱为知友，则不肖与子，何不亦与其盛，为剧中之临时演员可乎？梯公诺。今《灵与肉》已开拍，石麟先生昨以电话抵愚，谓支配角色，得一人，则英茵于堕身俎上时，其嫖客之第一人，即属之吾友，其亦谓无伤大雅欤？愚欣然应承，问梯维，梯维拒曰："谁愿意为嫖客者？做新闻记者则来来看耳。"喔唷，阿要气数！

（《社会日报》1941年8月11日，未署名）

忽忆灵犀之胆小

灵犀记吾病状，甚感其关念之切，然愚见灵犀，憔悴弥甚，询之，则殊无病。其实灵犀之固清癯，又不恒整容，发既丛生，益见尪瘠，愚之谓其憔悴弥甚者，则以其意兴萧瑟，尤逾于曩时耳！灵犀固不好事，胆复奇小，惶惶然若其身之终日在临危履险中，疑其神经衰弱之甚，愚故以为灵犀今日，实有锻炼体魄之必要，若长此因循，又何异自安于鸩毒？书至此，忽忆灵犀之胆小，有可嗢者。一夕，瓢庵、灵犀及愚三人，附翼华车赴十六铺，就饭于德兴馆。战后灵犀之足迹未尝莅外滩，无论十六铺矣。在灵犀之理想中，乃不知十六铺已为何等境地，既至，市廛之繁，胜于往昔也，行人之众，亦胜于往昔也，电火炫煽之速，亦胜于往昔也，于是大奇。先是，翼华之车自公馆马路至外滩，向十六铺进发，时两租界方施戒备，灵犀睹之，觳觫车厢中，口中若念念有词，语翼华曰："适可而止矣。"翼华笑曰："尔我之腹未果，固不能适可而止。"车仍迈进，视灵犀将无人色，瓢庵睹状滋勿忍，慰之曰："听公放心好哉！听公放心好哉！"盖此时之瓢庵，绝似抱婴儿在手，徐徐拍婴儿之身曰："阿囝覅吓"焉。

（《社会日报》1941年8月15日，未署名）

无心寓目之一夕电影

新艳秋出演于上海，既已期满，犹逗留不去。一夕，愚携闺中人观影于大上海，坐吾座之后者，则艳秋也。新与其女侄同来，在黯弱之灯光下瞩之,则婉丽若天上人,愚倾慕新娘之色,几于魂梦常萦,偶回首,见艳秋之右,虚一座,因念苟不与闺中人同来,此时必移吾身而坐此虚待之席,则投眸之际,亦得窥伊人之眉棱眼角间,时时透其春色也。俄顷,吾身旁一男子,忽返身与艳秋语,作北方音,意此人必新家弟兄,不然,亦为新剧团之场面上人。比电影既放映,吾身旁之人,忽摸索而至后座矣,视之,居然与艳秋骈首银光下,而笑语之声时纵,不禁气咽,亦不自禁其妒火之中烧也!此夕电影,遂无心寓目,时时切齿于此男子,剧终,徐行出院,睹彼男子,肥而短,叹曰:“斯荒伧耳,乌足俪此绝代佳人者?”读吾报者识之,愚最自私,愚所心许之女人,固不敢存尽来归我之奢望,特亦不愿其有男人,有之,此男人即如吾眼中之钉,有不拔不快之怨!近时报纸,传新艳秋消息二则,一为已在津结婚,一则秋凉后与少山来沪。既嫁男人,何须唱戏?既要唱戏,奚必嫁人?男儿而不能赡其家室,使艳秋犹漂泊歌尘中,岂非无赖?嗟夫艳秋!汝甘如此,当时又何不嫁与一穷书生如唐某者邪?

(《社会日报》1941年8月16日,未署名)

周氏兄弟

周继美先生,为经商能手,然其人拙于词令。曩年,其经营之某纱厂,因事与人涉讼,须继美莅庭,继美忧之,忧其言有失,而不利讼事,遂于开庭前一星期,理想问官之所问,及自己预备之答言,一一录于纸上,譬如其先必问之姓名、籍贯、年龄,亦无遗焉。录既竟,乃如话剧演员之诵读台词,使烂熟胸中,犹嫌勿足,以问官须操官话,于是继美以问官之言,衍为官音,而自己所答,悉作乡谈,以是自晨至暮。继美家人,但闻其自言自语曰:“你姓什么?”“姓周。”“叫什么?”“周继美。”“什么地方人?”“牙绍兴。”其下则皆为案情之问答矣。及庭谳之日,报姓名、籍贯,熟极而流,顾一涉案情,堂上所问,俱非继美预备之言,继美遂有江郎才尽之叹。及后,继美以是语人,闻者靡不绝倒。继美为翼华令兄,兄弟皆富才干,翼华尤倜傥自喜。近顷,朱瘦竹先生,在大来电台广播,有人问瘦竹云:翼华在未为戏院经理以前,曾为何事? 瘦竹不能报,仅曰:但是老票友哉! 其实周氏世代习商,翼华曾业于钱庄,亦尝为橡胶厂主人,既倦,则复潜心艺事,研讨旧剧甚勤,信芳所演《斩经堂》,即为翼华所导演,性之所好,终为剧场经理耳。

(《社会日报》1941 年 8 月 19 日,未署名)

梯维夫人殒折矣

梯维疾卧四五日,其夫人忽于十八日夜十一时,以心脏衰弱、救治无效而殒折矣。春间,梯维丁内艰,半年而又抱鼓盆之戚,家庭多故,吾友哀感之可知也。夫人体本健硕,平时好杯中物,庄德医师,尝为夫人检验体格,为血压过高而心脏又颇不健全。在理,血压过高,复病心脏者,忌饮酒,夫人乃不知所戒,饮无虚日。十八夜七时,犹为低酌,酒系白干,已非醇品,故为患弥巨。至八时,夫人面色顿变,手足亦麻木,胡家人大惧,延庄医至,谓两疾并发,势殊岌岌,射强心针,终不治,延至十一时而气绝。夫人归胡氏逾二十年,育丈夫子三,长且成年,而夫人终不及见令子之腾踔也。悲夫! 夫人瞑后,第二夕,梯维辟一室于逆旅,病犹未瘥,夜与瓢庵、翼华往存之,梯维携两子俱,长子则侍母于殡仪馆,盖夫人犹未殓也。幼亦逾十龄,尚不解事,似未审无母之哀,故憨跳如旧,以是乃益增梯维之悲。梯维谓夫人死后,家中凌乱无状,子稚亦无人照顾,真有奈何之叹! 大殓之日,愚往展奠,见夫人容色如生前,而三子泣一隅,此情乃不堪回忆也!

(《社会日报》1941 年 8 月 23 日,未署名)

愚在《灵与肉》中饰演唐大人

朱石麟先生小病既起,遂开始拍《灵与肉》矣。前二日,愚得拍戏通知,及期与桑弧、翼华冒大雨同往。翼华意不在为朋友作伴,特欲看我初上银灯时局促之态耳。愚初拟在银幕上为一现之昙花,于愿已足,而朱先生厚爱，则以四五镜头界我，对白亦有六七言，有远景有特写。桑弧从旁估计，谓以我个人之戏，接之亦得映四五分钟时间。有此，可以祛狂罔之徒，以临时演员轻我矣。愚化装一四十余岁之中年人，着马褂与长袍，灯光逼我，热不可当，方知摄影滋味为不易消受。愚初不仅闻朱先生之一声预备，场记先生之一拍而面色如灰耳！

愚所演者剧中人名字为唐大人，止一腻窟中，见英茵在焉，于是朱先生授愚曰：须"摩挲老眼，细餐秀色"，盖要我从此八字中做出戏来。试之，朱先生谓不够热，盖此时虽极尽轻狂，亦无嫌过火，然不能捞一把、香一个，任一己之轻浮，则事实上此嫖客为十三点耳。十一时半，戏已毕，车伫于门外，不及卸装，登车归去，司巷人启门，以巾掩我唇，俯首疾行，女佣来启门，亦以巾掩唇。疾步登楼，入室，笑曰："少小离家老大回矣。"相顾而噱。

（《社会日报》1941年8月24日，未署名）

良伯师厄于目运

良伯师生前尝病目，至友有以野草方献者，如法疗之，果渐愈。师魁梧雄伟，惟其目小而无神，识者忧焉，谓鉴人之术，果可验者，吾师必厄于目运。师于去年谢宾客，年四十三，果厄于目运也。范恒德先生，体亦壮硕，而目小如无缝，有人为论相，入眼运必死，今亦验矣。愚初不识范，昔年纂某报，记商人某失踪事，商恚甚，白于范，时范已辟一室于新新，邀愚往，为作鲁仲连，遂成相识焉。

识谢葆生先生，亦自范室始，时谢既未尝张舞业，亦在与范合作大舞台之前，而谢已温恭谦抑，非复如他人之剑拔弩张矣。范、谢于海上闻人中，胥以风趣称，自范设戏院，谢持舞业，则又无不孜孜矻矻，求业务上之进展。或言范主持大舞台，有时生涯不甚美茂，则悒悒有自丧之色，有时亘数夕卖满堂，则亦往往喜极而怒。林树森所谓"高兴了也要发脾气"者是也，其赋性之有异于人，由此可见。

（《社会日报》1941年8月27日，未署名）

香烟之价一再告涨

香烟之价一再告涨,有不胜负担之苦,月前拟戒绝此好,顾持志不坚,因循至今,念之亦殊惘然也!愚夙吸“大炮台”,往岁“炮台”增价,则吸前门牌,示朋友曰:“家道中落,不得不降级求耳。”未几,前门牌嫌其辛辣,则改“大炮台”如故,此烟自二角五分十枝,涨至今日,达一元一角十支,若买一罐,则六元九角矣。愚烟量不甚宏,上午治稿,须尽十支,下午亦尽十支,并家人所耗矣,于是与闺人议共蠲兹耗。愚戒香烟,亦如戒鸦片之用递减法,往时日尽二十支者,今则缩为十支,初欲一旦刈尽之,则恍恍若有所失。晨起,执笔在手,若重千钧,知香烟之祟也,不如愿,第吾腕不能纾只字。闺人怜我,潜以烟进,则引火而吸,吾文遂缕缕自毫间出,烟将烬,作字弥疾。前日,一旦十七小时未进烟,会闺人启衣橱,则烟罐陈焉,睹之,期身若瘫废,必欲得一支解相思之苦,因悟此物诱人之甚。吾母往居乡城,用皮丝烟,及侨寓沪上,亦改用香烟,烟质非精良,所费乃尤甚奢,母曰:“生平无所嗜,惟此且系我至死矣。”比患气促,或言雪茄能疏胸膈,于是母又用吕宋烟。愚嗜雪茄,较香烟为甚,惟今日雪茄之较称高品者,二十五支恒费三五十金,苟以一日尽五支计,则一月所费,易担米有余矣。

(《社会日报》1941 年 8 月 31 日,未署名)

废历七月,为吾唐氏多厄难之日

废历七月,为吾唐氏多厄难之日,吾叔、吾姑,俱死于七月,吾前母亦死于七月,近年,则亡妇之丧,亦在七月,愚故怕听家中七月有病人。顷者,两子皆病,愚以是为之心胆俱堕,幼子病犹微,长子患痢疾,第一日,泄十数次,进以治痢之药,痢止,而呕吐不辍,大恐,是夜,愚遂无眠。愚固不与子同居,第以爱念吾儿,不堪交睫,次晨以电话询之,疾未已,往视,则两颐顿削。儿已开学,勤其课,病中犹时时起坐,谓欲向学去也。吾母言:儿昨夜惊醒,自言曰:“在牯岭路见鬼,入门复见鬼,儿故惊啼!”问其何所见?则曰梦里耳。愚迂腐,闻此亦以为不祥,则祷曰:稚子未作孽,扰之殊无谓,惟愚凉德薄行,鬼果祟人者,宜祟我,毋祟稚子!及午医者来,亦以为病势非轻,愚故忧煎益甚,药后,闻小可,始稍豁眉头。是夜,睡稍酣,侵晨,电话铃声大震,愚乃惊起,心怦怦跃不已,听之,则非是,稍顷,又问家中,则谓病势已退减,愁肠始解。愚近时十二时前必入睡,八时已起,今为儿病,复患失眠,而一抹吴霜,渐见鬓上矣。

(《社会日报》1941 年 9 月 3 日,未署名)

读青鸾《红灯煮梦录》

捧角之役,久已厌倦,近日挑灯,读青鸾《相思草》中之《红灯煮梦录》,真觉前尘影事之无不可以绝倒也!昨日海生专诚来访,携李鹏言之卡片,盖鹏言之父,比自汉皋来,谓鹏言方出演于彼乡,声名藉甚,须生之外,有时亦兼串青衣,每贴,必座无隙地。鹏言常言:海上人士之可念者得二人,则海生与愚也。喜其能蜷蜷于故旧,不禁神往。论当世坤伶风神之俊,与夫饰貌之妍,鹏言外不作第二人想。往岁在沪,偃蹇无所遇,惟愚怜其才,鹏言虽少,似亦知人海茫茫中,惟唐君为知己。忆愚有诗云:“管弦喧尽江南路,识汝今无第二人。却与书生同薄命,李儿偃蹇尚天真。”萧骚不平之气,固亦充溢于字里行间矣。海生又言,金风振爽之后,淑棠或将献演来沪上,或者不使唐生更觉今日之歌坛岑寂耳。

《红灯煮梦录》之仲生,殆为“大郎”两字所蜕化,顾不知少梅又何人。大郎似未尝有隽侣如少梅者,殆作者随意章扯耳。文中,银筝于广座前,欲以父礼事青鸾,青鸾不悦,以为银筝,青鸾之“壳子”耳,“壳子”与“芯子”,名分固平肩者也,乌可为参役?遂失欢。读此节恒失笑,睦公尝论小鸟女士为无诚,以小鸟见人之称呼,恒为叔叔、伯伯与娘舅。睦公乃谓,小鸟叫别人为长辈,于是做长辈者,不能辣手辣脚“动”小辈

“脑筋”矣。

（《社会日报》1941 年 9 月 5 日，未署名）

上海有美容院

上海有所谓美容院者，闻舞女趋之若鹜。舞女之有求于美容院，初非欲割眼皮、修鼻子或去雀斑之所谓美容也，则何为而往？曰：健身耳。舞女以腰身之好，为唯一条件，腰身好，则乳房必求其高，求乳房之高，美容院有注射之剂，闻一针之值，极高至六七十金，注十针廿针始见平原者隆起若小阜，而所费多矣。一日，遘中西药房之周文同先生，乃谓女人之乳房萎瘦者，注民谊药厂之新宝凤针药，自然而成塞上之酥、鸡头之肉矣。文同又以愚尫瘠益甚，因劝愚注新宝龙，必能臻康强之域。舶来品补剂，近为囤积居奇，售价大昂，中等人家，今岁进补艰难，惟国货针药，为效未尝不宏，特不为国人所提倡，今而后，似不再问津于舶来之品矣。

有陈君欲以其女赠予豢养，一日，其夫人抱女来，谓将置之而去。顾其情凄楚，愚不忍，告之曰：“夫人先抱之去，下午更饬人送来。”盖愚不欲睹其雪涕而行也。比下午，乃未送至，今且十日，而渺无信息，殆陈君夫妇，终不忍剜此心头肉耳。愚亦感其事之无味，从今将不复问此呱呱矣。

（《社会日报》1941 年 9 月 9 日，未署名）

《偏怜集》中之紫英

《偏怜集》中之紫英，今尚侨居沪上，一日午后，与吾友梯公闲行于静安寺路，见此人坐黄包车上，怀一婴儿。紫英少时，风华本不甚茂，今尤憔悴无润容，秋风被其面，双眉锁结，五官以外之皮肤，重重为皱痕，望之盖有妪像矣。因与梯公相视而叹，谓“偏怜集”后来数页，距今不过两年事耳，今人事都非，不能无慊于文人之笔，往往渲染之甚也。譬若紫英，正不值吾友霜毫为之传写，更无论其祸延梨枣矣。

青鸾韵事，可以传者，抹煞不书；不必传者，且不恤盈篇累牍，喋喋无休，此愚之展“相思草”，所以见“偏怜集”三字而双眉遽蹙也。青鸾嫟紫英甚，当时友人如青萍，力非之然不敢直启青鸾，若在背后，往往击桌诅紫英，谓紫英直无情之物宜速死，不然，青鸾纵不为紫英蛊惑而死，必且为其磨折而不堪自活。顾不久，二人遽告分飞，朋友咸大庆，青鸾仍怏怏者久之，知非绮缘，而甘安孽障，此吾辈之所以不宜沾惹耳。

（《社会日报》1941 年 9 月 11 日，未署名）

“华新”《肉》试映庆宴

沈淇兄以爱护朱石麟先生之严，曾不恤求全责备，朱先生复不胜知己之感。《肉》试映于新光之日，沈兄在座，既竟，华新同人，治杯酒于市楼，邀沈兄同往，朱先生频频劝饮，沈兄果连尽巨觥。比酣，沈兄之颜大赧，愚乃拍其肩曰：此所谓红红面孔也。语竟，忽悔吾言殊失，以此毕竟为流氓攀谈，不可以告于他正青年如沈淇者耳。

谢葆生先生，将于中秋后一日，为其文孙治汤饼宴于仙乐舞厅，而邀友好演堂戏。雪莉延李琴仙授剧既久，能戏已多，于是拟于此盛会中，演《鸿鸾禧》，欲愚为匹莫稽。愚无小嗓，惟念信芳尝饰此角，亦唱大嗓，出场之南梆子，固可以唱闲板者也，故有意允雪莉之约。惟桑弧谓愚穷生而唱大嗓子，必失神韵，正恐糟之又糟。愚故言于瓢庵，丐其转告雪莉，谓雪莉如以演戏为出之游戏者，则不妨一试，否则若一本正经，求台上声容之好，则大可不必，以愚非绿叶，不能助牡丹之好也。瓢庵初拟饰金松，旋又悔约，故金松一角，至今犹虚，安得葆生先生一串演之，舞伴而哄孙子，似亦无伤大雅者耳。一笑！

（《社会日报》1941 年 9 月 13 日，未署名）

棺材之价飞涨

梯公夫人逝世后，吴鹤云夫人亦于九日夜十时，死于大华医院。夫人病肺甚久，自病至死，耗于医药之资，达四万金。医者为夫人施手术，去肋骨八根，每根纳费美金百元，分两次开刀。第一次已竣事，第二次方于三日前取去，而左肺突发炎，医生故谓夫人死于肺炎，非死于手术也。医生西洋人，尝为鹤云保证，谓肋骨去后，病人生命，可以延长十年，又谁料其厄于肺炎哉？或言夫人之病，绝病耳，若在家道贫寒，死且久矣，所以继绵迄今者，医药之力，亦钞票之助耳。

在殡仪馆中，有人谈棺材之价飞涨，一棺之值，竟无在千金以下者，楠木沙枋，索价往往二三万，而折扣之大，亦多出人意料。近闻有人拟制水门汀棺材，其里表俱用木料，视之，与寻常棺材无异，惟水门汀奇重，则拟造为空心，使轻其分量。上海木料缺乏，将来棺材之价，必更逐步飞腾，水门汀棺材问世，或可弭此恐慌耳。

（《社会日报》1941 年 9 月 15 日，未署名）

与女弹词家暌违已久

与女弹词家暌违已久，自小天作嫁、疑仙退藏，遂与此辈分绝交疏。近年崛起之人才，曾未领略声容，所以能约略举其名者，惟得之横云先生腕底之传述耳。一日，忽于友人座上，识汪梅韵，虽非艳若天人，要亦婉丽多姿。叔良为言，书坛红粉，梅韵实为一时尤物，其人善唱之外，兼工绘事，以其写梅，故能作疏影横斜之笔，此则尤为侪辈所莫及。汪父佳雨，是日亦同至，清而瘠，望之如宿儒，不似老江湖也。愚审视梅韵良久，忽悟弦边妙女，有一通病，则其身体无健美之致，虽吴下女儿，多清柔似水，顾今日风气所趋，无不知乳峰峭拔，臀波掀动之为美也。乃弹唱诸儿，都未尝着意于身体线条之美，譬如疑仙与小天，及今之梅韵，莫非病在“本钱”不足。昔者，吾友某君，睹醉疑仙惊为绝艳，语愚曰：安得化身为醉疑仙怀里琵琶，任美人之轻排慢弄也？愚曰：我乃勿欲，盖纵为琵琶，初不获黏着其酥胸，特能靠近其二十四根肋骨耳，则亦何趣？愚为此言，即以疑仙之胸前坦坦若平原，为无可取。唱苏滩、申曲以及平剧之女儿，及悟其所业之不足以广大其前程时，辄纷纷下海，为伴舞之人，而未闻女弹词家，亦有不得已而操货腰生涯者，是何故欤？曰：晚蘋先生所谓舞女要有线条之美，若彼则不够条件耳。

（《社会日报》1941年9月16日，未署名）

“逐臭”之士爱慕粪翁书法

近尝入五芳斋吃点心，楼上账柜，坐一少妇，风致便娟，而腹大如五石瓢。五芳斋有女小开，以小汤团驰艳声于沪上，今则息隐已久，此少妇不知即小汤团否？然嫁出女儿，不至更为娘家之商肆司度支，复以大肚皮呈献于千人百眼之下，故疑少妇非小汤团而为小开娘矣。果尔，令人叹糕团店主人之独多美眷也！小汤团称汤团西施，或谓舞女筱曼丽，其家设棺材店，故称棺材西施，有客容筱曼丽报效甚勤，语人辄曰：我非悦筱曼丽之色，特欲为残年二老，定两具便宜寿器耳。

听不止十百人言矣，谓以粪翁书法之高，而其名为粪，乃使藏其件者，心所勿悦，有人非不爱翁之名件，特一念及下署之粪，呈现眼底时，辄又废然而止。然翁每届书展，成绩之美，艺苑中无与抗衡者，可知“逐臭”之士，正复不少。苟粪翁能阿大众之好，改一“香名”，展览之日，必有使大新画厅，有户限为穿之盛。愚见粪翁书，惟“吉祥寺”三字，为庄书，而下署老铁；为闻孙陵所勒之三民主义总讲，其中亦有粪翁所作，则署海上钝铁；常人丐翁书，请易去“粪”字，必不顾也。

（《社会日报》1941年9月18日，未署名）

愚近时秃发甚多

灵犀记玉狸有友，将发行月刊一种，定名《情报》，愚亦曾得词人通知。惟其后复获一函，则谓主持人以身体违和，于出版事业，已无意经营，故《情报》发行，暂作罢论，曾嘱愚转告粪翁、鍊霞诸先生，谓惠赐大作，惟请俟之将来耳。词人书来，已逾旬日，而灵犀十五日所记，尚为《情报》征文，故志于此，不必更劳粪翁椽笔、鍊霞弱腕矣。

近有叶矢先生，作一诗投于某报，悼某夫人之玉殒者，文中于艺人宜春女士，深致愤恚，诗固绝美，但为承遂先生见之，愤而归去，不令发刊。承遂盖某报之主干也，以叶矢此诗，尚涉及重来居士，承遂与居士不足以言交深，顾向于居士之道德学问，钦迟无极，不欲以闲文小札，创其心也。因驰书述其事于愚，并谓："区区之意，亦可知爱护文友之深。"愚为之感动！

愚近时秃发甚多，初以为乍届中年，而老境已侵，及发觉亦奇痒，乃知秃发原因，实为病态。问之医生，则谓血气亏损，为最大原因，皮肤未必有病也。然欲知皮肤是否有病，当先验血，愚又怕周折，因循至今，犹未踵医者之门，一任每日起床，第一要事，为"搔首问青天"耳。

（《社会日报》1941 年 9 月 19 日，未署名）

"灵与肉"、"肉"与"雨"

今年尝得某救济会之纪念证书，其性质有同奖状，在理，宜与毕业证书，同为补壁之用，亦足以夸耀一时。顾愚既未尝在任何学校毕业，毕业证书，终付阙如，于是不欲使此救济会之纪念证书，孑然无伴，而独为堂事之饰。昨日属稿，苦无素纸，竟复硬一硬头皮，将此证书条裂为四纸，为写缀语散记之用，遂使虞洽、闻兰、袁履、林康、徐乾诸老之亲笔签名，沉沦于深染油墨之手民五指间，固不仅覆瓿而已也！

《灵与肉》摄制既成，忽改其名为《肉》，影评人之自命为前进之徒，谓此一改，改得富有色情的诱惑矣。然一般人固言："灵与肉"三字太平凡，即剧中人桑弧亦以此为语，故改名为"肉"，就影片本身之题名言，其实优于"灵与肉"良多，特仁智之见，互有不同耳。当未经善琨先生去"灵"当"肉"之前，桑弧拟易名为"雨"，因全剧以雨始，亦以雨终，是则文艺气魄较重，然患其名晦涩，益不足引人注目。上海制片家，究竟不以发扬文化为"己任"，而发行一片，志在图得厚利，此为不可掩饰之事实，影片题名，亦不能着重于生意眼，故"灵与肉"、"肉"与"雨"，无论从哪一方面看，终以一个“肉”字为可取矣。

（《社会日报》1941年9月21日，未署名）

“奶婶婶之丈夫”

愚尝谓坤伶本人，颇有婉美可亲者，而往往有一可憎之母。盖母既视女为摇钱树，见女平常所交接者，若为输金之客，则肉麻恭维，否则忌视亦深，两俱可恶。故坤伶尚有异于倡伎，坤伶之母，则十九为鸨型焉。昨闻有客谈女明星某，近年蜚声于银幕，然有所欢，往往从女至摄影场，其初尚如参观拍戏之宾客，后来渐公开，而干涉到女之“公事”上。譬如公司请女拍一戏，剧本人选，其所欢亦参加意见矣，驯至酬劳问题，其所欢亦代之嫌少争多矣。公司当局，衔其人甚，谓其精明，逾于坤伶带来之太夫人，而恶劣程度，比之太夫人有过无不及也。一日与影业巨头谈起此事，巨头谓此种人如“奶婶婶之丈夫”，其譬喻乃使人绝倒。盖奶婶婶之丈夫，不出面亦已耳，若一旦出面，麻烦便多，不是怂恿其妻子向东家加工钱，便是约妻子出去开房间，种种损失，尽在东家。然为东家者，又不能得罪奶婶婶之丈夫，匆然，将劝奶婶婶归去，或荐奶奶上别人家生意，而东家以哺子情切，于奶婶婶，固不敢忤犯，于奶婶婶之夫，亦只得听其乱作主张矣。

（《社会日报》1941年9月23日，未署名）

《社日》八寿图

春间，有人拟《社日》之作者富寿气者，称之为八寿图，而以老凤先生，为领袖群伦。老凤尝笑而承之，不以为忤，其他若太白先生，亦当仁不让，尚有朱下走先生（即朱雀），愚指其为寿，下走亦不非下走之议也。老凤先生之前辈襟怀，诚不可及，而其余二君，亦总是读书种子，其洒脱亦令人称服。近顷青鸾之《相思草》，既由襟亚发行单行本，愚乃欲为中央书店，具一条陈，请将老凤先生之《引凤楼缀语》，太白先生之

《遗风集》，下走先生之《詹詹小语》，各搜罗旧稿，印为专集。其字多不能以一二册尽之者，可以列若干卷分订之，其卷多而不能散置者，则制为木匣，髹以生漆，镌字其上，文曰“延年益寿”，其格局似四部丛刊然。装订既成，中央书店，可以登广告于报端，谓读此书之效用，不仅消灾益寿，且可以为送礼之妙品，人有寿庆，献以此书，亦典雅，亦别致，比寿糕、寿糖之荒俗不可耐，盖非为同日而语矣。以老凤诸先生德望之隆，此书定能不胫而走。索居终日，穷困无聊，于是转发财念头，自己转不出，则为别人谋，不知襟亚亦有意做此生意否？若有，出版以后，我将老老面皮，向襟亚抽一成建议税也。

（《社会日报》1941 年 9 月 25 日，未署名）

读过宜剧谈

一夕，在看联合公司之《新姊妹花》，出门，门外大雨如注，见一妇人，形容枯槁，着蓝布衫，似觅其同行之人，忽睹愚，呼愚名，愚愕然，谛视其貌，复辨其音，始知为雯七娘也。与雯七相违，又二三年矣，往者，尝于新雅座上遘之，时七方为文明戏演员，见旧识之人，有时操苏白，有时又作京片子，所以示文明戏演员，应擅之两种方言也。未几，闻其人适一评剧家，遂不闻其消息，是夜所觅之人，即评剧家，乃知贤伉俪犹相安无事。雨势既盛，急觅规程，故不暇问其嫁后光阴，惟睹其不若当年之丰润，逆知其人既绚烂之极，且归于平淡，而今日之荆钗布服，又可以悬揣其恒时之井臼躬操也。以当年欢场跌宕之儿，乃甘于寂寞若此，雯七诚有足多者矣。

读过宜剧谈，每忽其列论之精，而独欣赏其词藻之美，读者俱为斯论，固不仅愚一人然也。《申报》之《梨园人物小志》，文出过宜手笔，初为文言，今则易为白话，白话文非不高，然视文言，则觉过宜之文言为尤美。欲为过宜约，请仍改写文言，而黄寄萍先生，亦不妨以此为过宜敦劝焉。

（《社会日报》1941 年 9 月 26 日，未署名）

宏图大略，且与暴发户商量

今年春，在家闲坐时，忽有一童子至，视其容色即知其久为饥寒所被。既见愚，呈一函，外且附水笔一束，谓是衔父命来也。擘其缄，则作书之人，亦非素识，第称宿本寒儒，今益不堪措于温饱，无已，拟贩笔自全，顾猝厄于病，不克躬至，遂令童子趋前，要愚市其笔也。笔皆劣货，惟念彼亦文人，摇落既尤甚于我，不忍拒也，纳两三管遣之。近顷，又从邮局中，寄来一纸卷，启而视之，则小中堂一幅，作行楷三行，兼俪小笺，谓作书人本从事畜牧者，今流徙至此，拟在沪营牧场，而绌于赀，遂欲出其书法，为义卖之举，购其一件，仅纳五金。愚以此人所望，已奢于前者，且愚识书画家綦众，书法之远胜此人者尤多，于朋友且无干求，买书画为四壁之饰，更无此闲钱，故置之不顾，无论其义举为利举也。且近一二年来，看见瘪三坐汽车之多，已不胜牢骚，若此人用我钱而真去经营牧场，则致富可待，一致富便坐汽车，我岂不作孽无量？自分终我之世，穷困无聊，做好事于人，正轮不到我，故此人之宏图大略，只能与暴发户商量，我固无能为力也！

（《社会日报》1941年9月27日，未署名）

情至而生文

性至乃生好文，此语不诬也。生平爱文章，惟以情致深者，而以孜孜于雕饰词藻之徒为可鄙。老凤先生近作《纪念祖母》一文，即所谓情至而生文者也，描绘其幼年时依依于祖母杖履间，稚憨之态，如现目前。苟此文尾巴不将其长公子骂出一团火气来，令人不信出于五十以外之老翁手笔。老凤常痛骂其儿子，惟这场痛骂，竟成蛇足，盖足以损全文之美也，凤公以为如何？

一夜，扶碟仙为戏，愚问曰："佛家有因果之说，敢问上海人靠做二房东而剥削三房客，以养家活口者，此种人将食何报？"则指八字曰："美眷如花，售其皮肉。”家中人不解其义，愚沉思有顷，叹曰：“并无恶报，仍是一笔好生意耳。”家中人请毕我说，则谓之曰：剥削三房客之二房东，妻子女儿，将来以皮肉易人钱，妻子女儿之皮肉上，有空地方，势将如有余屋之分租与人焉。故心凶手辣，剥削愈多之二房东，则其妻女之皮肉生涯，亦必愈盛，岂不又是一件不费本钱之好买卖，未可以谓其食恶报也。

一日，过白克路，人行道上，伏一老人，面外向，上覆敝席，其身蜷曲如虾，视其颅，则骨以外裹一重皮耳，宛似昔年在西湖博览会所见之木乃伊。初疑其人或病卧道旁，翌日又过此，则群蝇已集其双目者，秽恶之状，无可形容。愚留此印象，是夜竟不能进食。昨见有人登报，觅一老者，附铜图尪瘠，一如白克路所见之陈尸。饥寒载道，路毙日多，我又不能断其必非也。

（《社会日报》1941 年 9 月 29 日，未署名）

老凤先生其“国小爷叔”乎？

老凤先生作《纪念祖母》一文，既为吾人所传诵。一夕遘老凤于席上，据他见告，文中有述祖太夫人勉老凤从孙总理奔走革命一节，老凤原文直写先总理为孙文，而灵犀校稿，特为加“先生”二字，以示尊敬，老凤乃笑灵犀实误解其旨。盖老凤之直写孙文，欲竭力描绘当年祖太夫人之口气耳，当年马太恭人，固未尝称孙文先生也。白描文章，贵在传写之逼真，灵犀恒时辑稿，一字之增，有点铁成金之妙，今此加“先生”二字，无乃蛇足。老凤先生为党国先进，亦近代之硕彦，比年隐居沪上，以文字自娱，其文每及党政名流，辄以兄弟相呼，可见往昔亲狎之状。故以私谊言与先总理实为故交，地位容有参差，名分无所轩轾，纵不尊孙总理为先生，亦情理之常也。更透切言之，孙总理为国父，孙宋夫人为国母，而昔日从孙总理努力建国者，无不为国叔辈子，老凤先生，在吾蚩蚩群民，已尊其老，然在努力建国之一大群中，似犹年轻得很，上海人有称所谓小爷叔者，老凤先生其“国小爷叔”乎？

（《社会日报》1941 年 10 月 2 日，未署名）

四大名旦，以程砚秋气度为最胜

海生偕更新新人赵曼云、白家麟、李多奎诸君来，此中惟李多奎旧尝闻其歌，白、赵二君，犹皆初识，亦未尝见其艺也。愚故不言艺而先言姿色，白为男子，无足道；赵曼云则风神甚俊，若新艳秋之好，诚为不多见者，顾小赵而拟吴素秋、童芷苓之流，则吴童又为蓬头粗服妇矣。南方坤旦，论色亦无足与赵比肩，素琴、素莲，伤于萎瘦，熙春则病在上海人所谓"不起淫心"，曼云独无两家之短。砚秋之出演于黄金，富英亦将在大舞台登台，白、赵之来，正恐其不易抗衡，今见曼云之丰于色，则更新在龙蟠虎踞之中，或可以赖此吐气也。

四大名旦，以程砚秋气度为最胜，兰芳尚不能除脂粉气，慧生无论矣。桑弧谓砚秋若贵介公子，笠诗尤称其人品行高洁，则弥足多者。砚秋此来，不似曩昔之痴肥，其扮相当更可观。顾此种艺坛珍品，如读好书，不忍其终卷，实际则读一页少一页矣，我故告嗜曲之士，真不能错过砚秋此来也。

（《社会日报》1941 年 10 月 3 日，未署名）

李八先生守身笃行

李祖夔先生言，生平不与朋友夫人同舞，亦不与表姊妹舞，更不与阿嫂或弟媳妇舞。愚问先生，然则将与何人同舞邪？曰："夫人与舞女耳。"又曰："夫人是我自己的，固不论，舞女以货腰为业，彼以舞售与人，我则以钱购其舞，无悖于情，亦无悖于理也。"愚曰："诚如先生言，我人于社交场中，纵与朋友之妻起舞，原为礼节所许，先生何以亦非之？"先生始笑曰："我气量不如他人之广，深患我与朋友夫人舞，朋友亦舞我夫人，我乃不愿夫人与朋友同舞也。"李八先生为海岛名流，春江士女，争倾风采，顾其守身笃行，为知交所称道，即此数言，可见其平生高义矣。

海上素膳之美，闻以乐振葆先生之家厨，最脍炙人口，然非乐夫人督厨，又不能尽其美。祖夔先生谓尝见茹素之士，食笋仅取其舌，若大菜，亦将叶壳尽弃，实暴殄天物之甚；又有人不食大荤而食小鲜，养不可宰，豕不可杀，第食虾仁。虾仁盈篮，数百命毕于此矣，固未尝非杀生也。和钦先生言，菜蔬俱有其天生滋味，若烹调得法，未有不能辨一菜一蔬之各有其味，而其味绝永者，今人不能赏蔬食之美，特以烹调者为庸手耳。

（《社会日报》1941 年 10 月 5 日，未署名）

吴兴画展于湖社

春间，吴兴之画家如庞虚斋、姚虞琴、沈田莘诸先生，展览其作品于湖社，时孙老筹成，嘱愚为文张其事，而欲有所酬愚者，则使就诸家之中，择一人，或书或画，无不可致。宿闻田莘先生，法书高逸，因丐于孙曰，愿得沈书，其事距今且半年矣。一日，于知止先生嫁女筵上，忽与孙值，互谈及此事，孙犹谓必有以报命也。惟以愚所知，则田莘先生，病废已久，临池之役，恐不胜劳，故请孙以不必图之亟耳。昨得孙书，附长联为精裱，出王扆昌先生手笔，联集各家词而作隶书者，工妙无伦。小楼得此，益曜珠玑，为之快慰。王精艺事，不徒以书法见称，孙函于王为袁履登先生高足，然则董开章兄，必识其人，书此所以志感，兼为孙老谢焉。

汪啸水先生，近经营雪茄事业，知愚嗜此，因托北平以三号亨白一种贻愚，故自不恶。北平尝以此烟之牌子示愚，行文时忽然忘佚，致不获为读者告矣。愚欲绝香烟之好，而久久未成，体气日亏，心志日促，念之不觉徒呼负负也！啸水因言：愚果啖其烟而美之，后此将续有所贶。永吃白烟，所勿敢当，特不审亦有粗细如老球牌，而价值亦称是之货否？有之，则愚将如梯公之弃香烟而吃雪茄矣。（潮按：汪君所贻大郎者，为熊球牌三号亨白，味醇价廉，余近亦常喜吸之，装璜尤美妾粗细如老球牌者，则有熊球牌平头雪茄等，每支值一二角不等，可向各公司选购也。)

(《社会日报》1941 年 10 月 12 日,未署名)

石挥演技之神,乃无其匹

愚识话剧演员中之石挥先生,自《家》中高老太爷始。然高老太爷,并不以石挥为好也,平稳而已,及见《蜕变》中之梁专员,始惊石先生演技之神,乃无其匹。愚不能一一状石先生在台上动作之美,惟直捷言之,则台上之石先生,不似做戏,直诱台下人疑为果有此一员健吏,出现眼前。一日,沈淇先生谓愚,话剧演员之有石挥,乃如平剧演员之有周信芳也。信芳之戏,状暮境苍凉之老年人,一时无两,此《青风亭》、《四进士》诸剧之所以敻绝千古也。石挥演技,论路线,与信芳相似,故以高老太爷之耽于逸乐,未必能工,若《正气歌》之文天祥,今日《蜕变》中之梁公仰,似较"对工",所以好矣。石先生之演文天祥,伯逊先生亦尝为愚称道不止,沈淇先生之看话剧,往往参以平剧眼光,因亦言石先生在《正气歌》中身段奇繁,繁而甚俏,而无不美观。愚既看信芳之《青风亭》而泪满裾襟矣,乃悟亦惟暮境苍凉之老年人角色,能赚吾眼泪。愚视西片匆多,当年,看依密尔瑾宁斯之《肉体之道》,三看而三堕泪焉。及见信芳,私以为是盖中国之瑾宁斯耳。今石挥先生之演《蜕变》,虽未足以诱人热泪,然荀写一句本,有类张元秀之角色者,乞石挥先生为之演出,则亦足使台下人一片伤心,有画不成者矣。

(《社会日报》1941 年 10 月 16 日,未署名)

与素雯、小洛同饭

一夜,与金二同饭,座有小洛。小洛之嘴,向以尖刻著名,有时语侵金二,金二不悦,谓我欲罚小洛矣。愚称金二为老二,小洛则亦老二之,既又称之曰"京戏老二",愚时方擎杯在手,大笑不可仰,杯亦倾,酒泼襟上,而金二犹不知此称呼之谑而且虐也!是夜愚饮汽水,金二以青梅酒渗水中，饮之尽，醉甚，几不可起坐。

男女相悦，辄互吮朱痕于颈项间，及明日发现，或朱痕所在，不可以领圈掩者，则往往以橡皮膏覆之，好事者有所问，且答曰：一热疖耳。某甲眷一舞人，一夜同饭，忽见舞人之项间亦黏橡皮膏一小方，疑其为吮痧也，屡屡羞之。舞人愠，徐曰：郎果勿信，我揭之以示郎焉。言已，将去其所覆。甲恐其负痛，亟止之，且笑而谢过，终不知橡皮膏下，实有不可见人之隐也。

看《妙峰山》之夜，夏霞之咳呛甚剧，戏亦为之减色。秋凉侵袭，咳嗽之疾，流行甚盛，中法药房之克嗽伏，销路大通。愚昔尝言之，克嗽伏之制剂，凡克里西佛应有之成分，无不尽有，买国货之治咳圣药，舍克嗽伏外，不必更求其他，此可断言者。

沈爱莲亦仙乐斯之美才，所谓亭亭如高荷展放，而腴艳照人，与新闻界有怀橘郎，眷恋甚殷。郎固创痛余年，无以为遣，则纵情声色，夜既午，必莅仙乐斯，召沈侍坐，久之，渐相嬺，沈亦以此而弃他客矣。客知其隐，咸戒裹足，沈遂从郎隐去，此上月间事也。

（《社会日报》1941 年 10 月 19 日，未署名）

尚未打定主意信鬼神

愚于鬼神之说，有时亦相信之，有时亦狗屁之，至今尚未打定主意焉。昨夜在友人处，看扶乩，灵不灵无须谈起，惟非常有趣，此则值得为读者告，读者试阅吾篇，则必有为之喷饭者矣。

愚入门时，他们正在与貂斑华通问，貂将去，予告之曰："密司貂你慢慢叫走嘘，我要托你搭我喊卢太太来。"顷之，碟果动指云："卢不来，彼言彼非道女，不得叫喊宜请。"旁人不知，愚究竟在外头白相相者，明白其意，因语众人曰："'道'字盖'导'字之误，乃谓卢非向导员，不可说喊字也。"因又告曰："个末就搭我请伊来罢。"良久，碟又动，动极慢，指"密雪斯□□"五字，知伊果至矣。因问曰："密雪斯去后，亦曾见你的密斯忒否?"则指："见，彼现在穷，向我要钱，我告彼我亦无钱带来，故夫妻之情,大不如前。”愚曰:“密雪斯一死,亦掉得落许多不痛肚皮的儿女邪?”指曰:“彼等俱已长大,不必由我训育,遗产则有‘寄伯’主持,我亦放心。”愚皱眉曰:“啥个‘寄伯’? 阿要难听! 你那哼说得出来个介?”则又指:“我之把弟,彼等有称寄伯,有称寄叔。”愚始恍然。愚又问:“我有友人梦云要在你开吊之日,着一件白长衫,预备将来好擘坝,汝意如何?”则指:“难为情的,我去矣。”乩遂止,梦云之事,终无下文云。

(《社会日报》1941 年 10 月 21 日,未署名)

记北都优人

客游平中,与北都优人交接既久,因谓叶盛兰今日,形销骨立渐无人状。其人体本羸弱,得滑遗症,初不必求之于梦寐,即坐立之时,亦能油然而下,每下,辄顿足号哭,呼曰:“这怎么办呢? 这怎么办呢?”一若死神既伺其身后者,为情盖殊可怜也。又李世芳亦淫于自渎,故嗓音日喑,而体日薄。凡此消息,若以语之江南一般富室姨太太,与夫堂子里阿姐,当无不同声叹息,大呼喔唷唷阿要罪过介不止矣。

范恒德先生既死,其家人追思勿怠,大舞台之办公室,犹每日整洁,及时,侍者沦清茗一碗,绞热水巾一条,置于桌上,呼曰:“老板吃茶,老板揩面”,一似范之犹生也。昔时,大舞台之戏码,必由恒德鉴定。范死后,馆中人既议戏码,缮一纸,置于范之桌上,微风忽起,纸角颤动,众乃谓老板犹未惬于戏码也,辄令更换,必俟纸角勿复掀动后而已,其于逝世者之恭敬如此。至范谢世后,复有魂附生人之说,以事涉迷信,不复记。

(《社会日报》1941 年 10 月 22 日,未署名)

唐某文章,视报纸风格而趋耳

昨遇邓荫先兄,渠谓近来有许多人向他说起,指予为各报撰述,实有偏心。譬如文字之质量,当以写与邓兄之报纸者最丰,然以文字之本身言，则类多芜杂之作，未足以言经心结撰也。至予为《社报》写作，恒寥寥不足三四百言，独多胜造。邓兄以他人言此，颇使其难堪，谓我与唐某之交谊，初无异于人，而唐某何乃有轻重之判？故言时不胜其牢骚！愚当时固直承他人之言为匪妄，而邓兄之亦宜有其牢骚。惟文章之好恶，为修养问题，故予之文章，好则好矣，恶则恶矣，无所区别，第稍有参差者或谓风格之不同。《社日》采稿，往时侧重文艺，故予之写述，稍稍于词藻上加以修饰，而使读者乃于文章之构造上，致其谀词。若邓兄之报，初不视此为其一报之风格，例如先舅作《陇上语》，刊邓兄之报，未尝有人赞一词焉；比作《西征》、《破家》诸记，刊于《社日》，而啧啧叹赏者，几同一口。予故亦以简率之笔，写《怀素楼缀语》，此所以符一报之风格，必责我以交谊之重轻，则予岂敢？近为佩兄报纸写述，以佩兄有敢言之勇，愚文遂亦不免剑拔弩张，凡此胥可以见唐某文章，终是唐某文章，作风容有不同，亦视报纸之风格而趋耳。邓兄牢骚，予亦难过，爰志吾言，为老友解嘲可乎？

（《社会日报》1941 年 10 月 23 日，未署名）

捧朋友即抬自己

齐白石名益大，其货品之售价亦益巨。翼华此次北游，第于厂肆以及若干南纸店中，对齐画作徘徊欣赏而已，终未购置一件。此君号称收藏家，顾贵货不吃，殆无预备倾家荡产之勇，此则可以为朋友慰焉。

一日，于名人书画中，见董香光之册页，忽觉朋友之书法有酷似香光者，忆之，则为笠诗。其复见姚亟致其钦佩之诚，谓其写董书有谱也。姚命笔作其昌二字，直与册页上之下款类真，益拍案叫绝。捧姚，亦所以示我之眼力不推班耳。故曰：捧朋友即抬自己。

名人书画会中，遘孙祖基律师，孙言：假货多真货少，真货而为精品者，几绝无。愚欲告以此地本绝无真货，但恐为书画会中人闻之，动以武力，将自电梯上推我下去，不比项东川死得更惨邪？用是默然！

予向时以为画竹、画兰最便当，无所谓工夫，学两三日，即可命笔矣。一夕,闻笠诗与李祖韩先生论画竹,历数小时不已,为同情朋友之不恤消耗精神,以后不敢再轻放此屁!

(《社会日报》1941 年 10 月 26 日,未署名)

昨得桑弧言,不禁涕下

尘无遗著,已由桑弧为之付梓,问世有日矣。桑弧来为言,渠尚有心愿,为印叔范之《酒襟清泻录》及诗稿外,尚欲为先舅之《陇上语》、《西征闻见录》及《破家赘录》三篇,亦并付欹劂,此情可感。顾今日纸价升腾,尚无已时,乃使桑弧不堪下手。叔范蛰处故乡,又久久未来沪上,闻其诗略有录存外,其散文则散佚都尽,惟有求之当时《社报》矣。先舅谢世之前,固以此责属之不肖,不肖尚无以想我舅者,亦以穷耳。昨得桑弧言,不禁涕下。吾报名著本多,计其可传者,尤以此三四家,盖梯公之笔,何尝不可垂之久远?所可憾者,梯公着墨不多,搜集为难,颇望其稍辟廋氛,重拈妙管,则他时寿之梨枣,又何尝非一家言哉?

忆中央书局有美人诗之辑,此中有《寄儿》绝句云:“家内平安报尔知,田园岁入有余赀。丝毫不用南中物,好作清官答圣时。”此为番禺李联芳室鲍凤珍所为也,比之花月之吟,令人赏心悦目得多。

(《社会日报》1941 年 10 月 30 日,未署名)

乐振葆先生遽归道山

廿四岁以上之佳人,着平跟绣花鞋,梳横爱司髻,自别有诱人情趣之妙。小阿姨在马斯南路时,尝伴一姬,不事艳妆,而风尘绝丽。越数日,吾友登其门,作问鼎之想,则索资五百金,友为咋舌而退。其时米价盘旋于二十元间,视此数犹今之五千也。旋此人忽杳,一说已随其婿西征,而重来无日矣。屠门中人,作此类装束,固不止上述一人,顷闻有陈家奶奶,亦孤雌少艾,风华甚擅;又有一沈小姐者,复锦衣绣履,横髻穿环,无不蜚声于刀俎间。海上肉食之徒,视乳浪臀波,渐无好感,有其病态之美者，且以尝鼎一脔为快，倘亦所谓复古运动乎？

乐振葆先生遽归道山，其人年事虽高，而体质甚壮，健谈亦健啖。客踵其门，词令滔滔，若江河之决。愚于一月前，获见此老，诵其诗，娴熟无一字遗忘，记忆力之强，少壮之人，亦所不逮，以为此上寿之征也。不图一月而后，遂传噩耗，哀矣！先生虽业商，而性耽风雅，有手写诗稿数册，其公子追念劬劳，当不忍令遗泽漂零也。

（《社会日报》1941 年 11 月 6 日，未署名）

佳人固不必为身世辱也

名舞人之爱好文艺者，陈雪莉亦一人。雪莉于小型报纸，无不浏览。顷阅吾报记其辍舞事，滋不安，谓作嫁之说，实出谣传，近以彩唱之后，困罢至不能兴，遂未尝周旋于华灯绮乐间耳。今又小苏，不日复当伴舞，客以陈之近况告我，因书此用代辩正。虽然，昔人诗云："当年不嫁惜娉婷，映白施朱作后生。寄语旁人须早计，随宜梳洗莫倾城。"诗诚好诗，意亦弥美，雪莉世之慧心人，曷勿三复斯言哉？

二三月前，尝游于百乐门，座上见陈云裳而美之，近日更去，则斯人已杳，闻之舞场值事言，陈已去港，暂时不拟归沪。有人谂陈之历史者，则不甚光明，然不甘为辕下之伏，终乃称红舞榭，佳人固不必为身世辱也。以向导人而为货腰女儿者，奚止恒河沙数，然未尝有婉媚如陈云裳其人，白云寒雁，霜露弥天，娟娟此豸，不知亦心切思乡否耳？

（《社会日报》1941 年 11 月 7 日，未署名）

陆洁先生劝我吃胚胎

两儿皆瘦瘠，见之心悸，欲与以鱼肝油，而苦不能食，于是以乐口福麦乳精与乐口福饼干并进。乐口福麦乳精，成人固以为适口之饮品，其在小儿，尤觉其甘如饧，饼干更为小儿所嗜，故此二物，乃为小儿最美之滋补剂矣。市上补品之繁，不胜缕计，然售价无不奇昂，当此果腹之谋，且大困难，更无论药补，必不得已而求物美价廉之品，则乐口福尚矣。

愚亦羸弱，一日与陆洁先生谈，陆先生劝我吃胚胎，且教我以洗涤法，惟谓入口颇不易。愚则笑曰，此无妨，药果能健我身者，无不可入我腹。愚髫年大病，且危，吾母忧心如捣，设百方为我驱疾，俗方有杀黄鳝时，破其腹血汩汩流出，盛以碗，且盛且倾入口中，以陈酒和之。愚亦不恤如法而服，日尽鳝血半盏，酒一碗，饮已大醉，则裸胸就日光下曝。又尝食龟肉，谓亦奇补，且尝吃童便侵卵，凡此治疗，诚未合科学学理，然亦可见愚胃口之健，腥臭殊勿厌也。陆先生谓与其吃胚胎炼制之药，不如直吃胚胎，惟此货今亦觅之不易，昔日费二金可获其一，今则"暗盘"飞涨，闻二十金亦不得求之矣。

(《社会日报》1941 年 11 月 8 日，未署名)

汪梅张酒大郎诗

愚作《报梅韵》诗二首，叔良亦来凑趣，此君不以诗鸣，而为诗偏能挺爽，真可喜也。两诗以后一首之末言为尤胜，此所谓格律与意境兼到之句，王媿翁所谓"但饶逸韵无微憾，如此情怀素未知"，真可为叔良咏矣。其第一首起句云："汪梅张酒大郎诗，同时江南第一枝。""时"殆"是"字之讹，代为更正于此。

于他报记舅氏临乩事，未能详尽，昨晤桑弧，为述龚翁召先舅时，乩示"梯丹到龚翁"五字，翁随言，钱先生久不见矣，我等将以先生遗著，寿之梨枣，先生亦闻而欢喜否？则示"删后付刊"四字，翁不明其意，曰：所谓删者，指先生文章乎？曰"诗"。又问然则要阿谁删邪？又指"龚翁"。舅与桑弧尝一见，翁因问立我对面者钱先生亦识其人否？则指"李桑弧"，桑弧不信扶乩之说，惟至此亦其可异，然又以为此乃心理上之作用，又召尘无。沪上诸友，咸不止尘无介弟，乃已何往，问于乩，尘无指在"皖之黟县某贸易公司"，桑弧于翌日投一快邮，谓尘无果有复书来者，则我于此无间言矣。

(《社会日报》1941 年 11 月 11 日，未署名)

汪萱女士以名山先生横条见贶

愚不识汪萱女士，其清才丽藻，固尝于报间乩之。远顷中国女子书画会，开展览会于大新，萱亦有出品陈列，近承其以名山先生之横条见贶，录先生之语云："辛巳十月十四夜，孙女中夜起，见月旁下数尺别有一月，色如白云，有微光，家人疑其诞。阅数日，见《申报》登沅陵来电，是夜九钟，月旁一月如黑饼，中放光，语与予孙女不同，时刻亦异，然同在此夜，同见此异，则非两事也。桀时有日妖夜出，此则可谓月妖矣。"又云："沪花贩将未开莲花，剥而反之，心为空，沪俗万恶，此其征也。予曾以此征诗，得余姚裘株常君诗云：'生吞活剥夫空面，编得花篮值几金。输与当堂娱众客，谁将消息向莲心！'恰到好处，已得骊珠矣，株常为予女弟子顾默飞外子，真佳偶也。"先生之书极遒劲，为之爱不忍释，而萱之厚惠，又不知何以图谢也！

（《社会日报》1941 年 11 月 12 日，未署名）

海上舞人最富者

维也纳舞场鼎盛时代，青鸾居士，尝酣舞其间，识少女名李君者，依依于襟袖边，似小鸟，亦似绵羊焉。青鸾夙号多怜，而情无久钟，未几复顾而之他，今李尚沉浮舞海，垂垂有老态，惟无殊往昔者，则双鬓如云，犹环缀鲜花耳。李不为普通舞女时世之装，服御往往彩艳夺目，然衣不常易，一若终年所见，惟此几袭旧衣也。乃最近有人统计，谓海上舞人积资最富者首推李君，穷其故，则以彼姝平时交接之舞客，多虬髯碧眼之儿，倾囊买券，往往取美金票以示惠于彼姝。若干年来，李积美金达二三万元，以迄今日，合之法币，则在百万元外矣。然李犹俭约，不欲浪费如故，而操舞业亦如故。或曰：能节约，不失为女人美德，顾不辞老丑，未厌风尘，又何自苦乃尔？则曰：此种女人，譬如男人之为守财虏者，至老至死，犹欲竭其残力，挣取金钱，俗所谓一辈子想不穿之人，其可怜亦等于到手辄尽之“烂料”女人相同耳。

(《社会日报》1941 年 11 月 15 日,未署名)

笠诗、梯公、灵犀诸兄四十寿

笠诗、梯公、灵犀诸兄四十寿,厉汉秋、唐木斋二先生,款杯酒为之晋祝,邀女弹词家汪梅韵开篇为之献寿。越数日,笠诗诸兄,还敬一礼,灵犀托愚邀徐雪行、顾竹君,亦以清弦助兴。愚与此中人疏远已久,殊不能为老友效劳,譬如横云阁主与叔良兄,犹常至弦边,烦其传语,则迅速而较易。惟徐氏群雏,不以貌胜,竹君如何,则勿可知。吾以为琵琶遮面,亦当选风致便娟之女郎,始惬人意,醉疑仙其实不美,而伊人柔婉,可以使人作眼皮之供养也。

客又言止某妪门中,睹一姝,由其母挈之来,谓为商人之妾,妪固索重价。客于缱绻之余问其身世,则非商人之妾而为现方伴舞之娇虫也。其人身长玉立,面上泽重脂,肤不甚白,年似过风花信矣,故以人家人炫人耳。其实某妪门中,固不乏货腰女郎,即此号召,已足为肉食者流所向往,更不必以人家人为居奇,譬之某美人,且得为妪所罗致,讵不足以“光耀门楣”,又何必人家人哉?

(《社会日报》1941 年 11 月 23 日,未署名)

海生兄所作《白茶》

海生兄所作《白茶》,有似白香山诗,老妪都解之美,惟此君执事于剧场,而往往以剧场之女职员,供其写“纾情文章”之材料,似“一个电话接线员”也,又似最近“一个戏院里的领票女职员”也。电话接线员,喜读巴金小说,而为海生向往;领票女职员,不甘为宾客所侮弄,而又为海生同情。于是书之腕底,尽成佳章,顾粗犷若愚,读海生《白茶》,每不言海生文章之美,而为轻薄之揣测曰:“迭个小贼,又勒笃掼血血搭壳子哉?”嗟夫!此文为海生所见,复当满腹牢骚,写一篇文章,不仅

“流泪”，要抱头痛哭矣。

为克美医院打招呼者，为某报之总编辑梁君。梁与周惠礼为葭莩亲也，诚为刘均先生所言，人为情感动物，陌路人尚且应放出互助精神，何况亲眷？徐颂晓案发生，若干报纸，亦曾受有关人物所关说，而其未受关说之报纸，遂群起哗然，不恤蔑诬丑诋，盖若辈犹不知情感为用之大。譬如愚于周惠礼之无行，向所嫉恶，故亦曾指摘不稍容情，对此种人，不用情感，亦无妨也。

（《社会日报》1941 年 11 月 25 日，未署名）

天厂居士

天厂居士既侨居故都，与愚曾无间音问，来书常以灵犀为念，亦念长城甘氏与叩关两先生，盖居士与二君为素识也。居士旧亦称雄于上海商业场中，而邃于学问，古今中外事，无不通晓，亦雄才矣。平生又嗜剧，癖麒艺弥深，六七年前，信芳自故都来，居士以长联为赠，联为梯公所撰，而居士书之，笔致挺秀，居士未尝不以为得意之作也。向时居士怀一愿，谓不经营戏院事业则已，果经营戏院事业，必邀信芳为长年台柱。“八一三”后，移风社出演于卡尔登，前台之昌兴公司，即居士与翼华、梯维合资经营者，数年积愿，偿于一朝，其乐可想；而戏院之盈亏得失，在居士初无所计，惟信芳于此，宜不胜其知己之感耳！居士既耽于文艺，故于吾道中人，交往亦多。灵犀柢痻，居士知之，灵犀兼治佛学，居士亦知之，来书辄以此殷殷为念，以告灵犀，似亦当报以一笺，为远道人慰焉。

（《社会日报》1941 年 11 月 27 日，未署名）

梯公建议演平剧充善举

去岁夏，素雯演《别窑》后，未尝粉墨登场者，一岁有余矣。愚无歌癖，惟朋友相嬲，偶有炊弄，本无伤大雅。今移风社既与卡尔登割席，已无现成班底，同人欲求串演，殊感为难。惟“上职”社主持人周剑云先生，雅好皮簧，翼华复嗜歌如命，梯公因为建议，今岁年终，前后台合作一同乐会，演平剧充善举。闻之小洛言，“上职”之韩非、严俊诸君，无不兼工平剧。韩能小丑，饰《法门寺》之贾贵，内行视之，亦且失色；严则能歌大面，莫非良才。使梯公之议，果成事实，则吊嗓说戏，吾人又将不辞其犯晓冲寒矣。

清鱼肝油，一瓶卖一金时，愚尝服之，去年卖七金一瓶时，亦尝服之，今岁则激增至二三十金一瓶矣。此货以本市中西中法药房发行者，为最著称，或谓强身益体，清鱼肝油实为最佳之剂，盖其著效速也。去此，则舶来品之所谓鱼肝油精耳。然鱼肝油精，今亦腾贵，百颗售至三百金外，盖非常人所能举矣。

（《社会日报》1941 年 11 月 28 日，未署名）

一方谈舞人心理

昔佩之为卡乐舞厅经理时，吾人时往小坐。时卡乐有舞人姓朱，偃蹇不得志，坐于旁乐工台处。佩之曾考舞场账册，谓朱于一月间，仅得舞券七金，而舞场方面，须与舞人膳食，如夜餐一次、点心一顿，合其数，当为四十五元，是舞场之雇朱，非特不是生利，且为此人而告亏折矣。佩之言，乃为戈其先生所闻，悯朱际遇，曾为稍稍润色，朱亦不胜其知己之感焉。昨夜，韩志成先生邀宴，席间与戈其晤对，而一方亦为同座。一方固当年卡乐之襄理也，见戈其，猛忆及朱，因告戈其曰：“朱非吴下阿蒙矣，今且处头角于舞池中，下午为茶舞于新华，晚舞于高士满，输金之客既众，其人亦渐有倨傲之色，尝见其对客有不敬事。”惟朱尚识一方，以一方一言，恒能寝事。愚乃谓，然则今使戈其复与之舞，其必能记当时之德，而厚礼戈其。一方曰：“此亦难言，以戈其识朱于微时，必嫉戈其，患其扬昔时寒态于人前，则失色矣。”一方十数年来，纵横舞国，周旋婴婴宛宛间，于舞人心理揣摩最切，此言或为情理所必然，幸戈其亦无意重见其人耳。

（《社会日报》1941 年 11 月 30 日，未署名）

不孝之罪，无以自赎耳

吾母厄于遭遇，三十年来，未尝稍舒心意，积郁所致，乃得痞症。比年精力就衰，痞作，则痛楚不堪受，愚见其苦，恒心胆大震，急切间以热盐熨之，或进以雅片，皆能杀其痛，然久之，热盐与雅片之效用亦消失，于是束手无术矣。痞大作时，腹以下有块似瓜，弥忍则块弥大，而痛亦愈甚，此在当年，亘数月或一月作一次，今则日日如此，遂令为其子者，对之心碎，所可慰者，母犹能健饭。一日告愚，谓将请医者为之割治，割治而得法，犹能延其生命，不然待死耳。割治之先，医者须照爱克司光，仅此索七十金，母不悦，谓照爱克司光而耗此重金，施刀圭之费，必非寒家所能胜矣，用是又复因循。医者谓非素识，愚戚金氏，则与之为同学，今为某医院之外科主任，良医也。愚则谓医果能愈母疾者，愚不恤罗掘以赴之，特念吾母年高，体力复衰薄，正恐不胜手术之苦，而促其命，将奈何？且天寒如许，施手术尤非年老人相宜，因劝母待之春回大地时，然后再为母除附骨之疽。今母痞虽日作，幸作而不甚，固无妨稍迟数月。母生平嗜雀战，今日为此，疑与病体亦非宜，顾除此不为，又何以遣其抑郁情怀？愚殊无状，至今不能指吾母于安乐之乡，不孝之罪，正无以自赎耳。嗟夫！

（《社会日报》1941 年 12 月 3 日，未署名）

时人写瘦金体以吴湖帆先生为独绝

笠诗写瘦金体，有媚韵欲流之美，尝为雪莉书长联，亦写瘦金体。笠诗言，时人大写瘦金体者，以吴湖帆先生为独绝。湖帆先生，以病懒久废临池，欲得其墨宝殊难，尝丐之陆沁范兄，陆与吴善，谓限时三月，必为我致之，然今亦逾期已久，可知吴先生之不甚与砚墨亲也。吴先生擅画兰竹，以画兰竹之笔，作瘦金体书，无不可观，此亦笠诗为我言者。瘦金体始自宋徽宗，艺苑真赏社，有玻璃板印成之《宋徽宗瘦金体三图题识》一册，为十田轩所藏，笠诗尝市此贻愚，字不甚多，一题得五十六字外，复有七律一章，共得字百一二十耳。今录其诗云：“彼美蜿蜒势若龙，挺然为瑞独称雄。云凝好色来相借，水润清辉更不同。常带瞑烟疑振鬣，每乘宵雨恐凌空。故凭彩笔亲模写，融结功深未易穷。”

灵犀见笠诗为雪莉书联而好之，因丐亦以一联为赐。雪莉之联，系集《梅溪词》，而为袁帅南先生所作，笠诗因重烦帅南为之。其实以笠诗才华卓绝，正不必假手他人，而笠诗不肯为，谦光让德，此吾友之所以为高人也。

（《社会日报》1941 年 12 月 4 日，未署名）

笠诗四十诞辰

笠诗四十诞辰，厉汉秋先生又书律句为寿，而袁帅南先生，亦谱《寿星明》两阕以献。笠诗、汉秋、帅南，并为名法家，而并以文事称长者，宜互契之深矣。

夙闻雪莉有妹名七弟者，读书甚富，陈家姊妹六七人，治家者惟七弟一人而已，今方辍读，依雪莉而居。一夕，愚遘其人，知其为雪莉之妹，而不知为七弟也，故问曰：“若今尚操故业否？”则曰：“否，儿乃未尝在外头也。”愚闻言颇内疚，知愚殊误识矣，亟乱以他语。七弟恒时，不染铅华，虽色不甚都，而自饶清致，与人谈，亦落落通世故，盖佳儿女也。

一夕，于十四层楼夜舞，有西人男女为表演者，女击男人之背，仆于地，地板奇滑，其人之体似蛇游而入客座之桌下。客座皆夷人，为两男两女，其人伏桌下良久不起，而座上之男女咸笑不可仰。及表演之女人，将挽其足，始挺然而立，忽于手中献一物，视之，则女子之亵衣也，众益哗然。

（《社会日报》1941 年 12 月 7 日，未署名）

角儿与舞女

昔时，吴素秋数数南下，及北归，南人之赠以衣裳饰物者，恒充其行箧,或乃叹曰:“养女儿乃不可不教其学戏也。”及此次秋郎之来,海上舞苑群雌,争以一接光容为幸。郎于北返之时,赴飞机场送之起程者,得舞女六人,而无不市珍物为壮行色。有人计之,或投以爱而近手表一枚,或买司宝丹克斯西装一套,或授以支票,或贻法币者,名目难数,而以闻支票送人远行,尤为特别,令人不解赠者之用意何居?受者之用心何在也?或又叹曰:“养儿子乃不可教以学戏也。”顾又有人言:“养儿子而教之唱青衣,正不啻兼蓄一女,盖收获之丰,无殊于女,而宗祠亦无虞间绝耳。”秋郎为舞女所困扰,报纸近载綦众,其实梨园子弟之媚欢场女子,自是常事。十年以前,婊子吊优伶之膀子,为出风头事,今舞女声势较婊子为盛,于是吊伶人膀子之役,舞女乃理而代婊子矣。至梨园子弟受欢场中人之示惠者尤为自来恒例,愚亲耳闻之,某优人为某名娼所垂青,谓撮合者曰,苟欲我得一夜销魂者,黄靠一身、白蟒一件。然此犹为“条斧”之大者,亦有仅求不及国币百金者,为厚底靴一双、纱帽一顶耳!总而言之,角儿与女人论交,非固有独不名一文,且抱定“进账”为宗旨者,一若稍为“搅落”,其家便有天火烧之祸矣。

(《社会日报》1941 年 12 月 9 日,未署名)

灵犀负我,我负先生

久欲一拜效文先生门下,秋间,昙花之宴,不及参加,时为怅怅!愚尝为先生言之,而先生亦以不能招愚同行为恨也。昨日灵犀以书抵愚,谓先生招愚饭于其寓邸,大喜。灵犀并命愚待于翼楼,渠谓四时必至,将买车同行也。顾待之至五时,犹不见至,愚忽畏寒,因先归去,且留言与楼中人曰:苟陈先生来,丐渠以电话至吾居。俾得附车,既抵家,待之复待之,至八时而音讯杳然,乃知灵犀亦不果行矣。闻效文先生家,有花木之胜,而先生复谦和仁蔼,富阅历,多见闻,每就之谈,胜读千卷书也。乃此会不克参与,灵犀负我,我负先生,耿耿此怀,何时得已!(犀按:是日五时,我命儿赴云飞雇车,并速唐先生,则唐先生已匆在,楼中人亦未有言,遂不获偕行。)

一夜偶赴大华，忆在前年，此地为排夕必至之所，别后重来，光景无殊，而人物都非，相识者，特一人称阿张之张素琴与张慧娟二人而已。乔金红闻已作嫁，其蒿砧清河生，于金红爱惜甚至，愚乃祝其归宿美也。愚偶与阿张起舞，阿张谓：他人俱嫁，惟我尚留。相识者曰："尽嫁矣，阿张亦当转转念头也。"愚亦云然，顾阿张无嫁意，沉浮如故，岂别有怀抱邪？

（《社会日报》1941年12月10日，未署名）

大新舞厅开幕

大新舞厅既开幕，尝偕笠诗、三郎与翼华小坐其间，会笑缘兄来。笑缘固吾曹老友，亦大新要员之一，对付吾桌上之账单，礼也。既而笑缘知吾友皆淫于舞，因介舞人二，为吾曹侍坐，吾曹不能却，如其命，亦礼也。顷之，三郎欲饮酒，而侍座之两雌，俱色喜，曰："愿为三郎侑酒。"于是令仆欧进酒，酒为"芹可可乐"，侍者托酒盈其盘，与账单并置桌。三郎睹账单而左右顾，则已不见笑缘，令侍者觅之，则已他去，三郎不悦曰："笑缘之吝也。"愚则谓买米艰难，笑缘殆以芹酒亦为玉粟所酿成，不欲见三郎之浪费物力，故遁席耳。是夜，三郎之酒，虽饮亦未畅。近时，固屡屡与三郎游，三郎好饮，而每不及沉醉也。某舞人尝劝戒饮，谓求饱且不可得，何可图醉？人同此戒，乃闻舞场之酒吧生涯，今果日见其销沉矣。

（《社会日报》1941年12月20日，未署名）

瘪三攫食比去年有进步

梯公于晨间过菜市，睹一妇手中持食物，而为一瘪三所攫，妇不舍，与之力争，顾终为瘪三所得，妇不肯已，各得一半，妇乃疾遁，瘪三亦不肯已，逐妇于后。梯公乃谓：瘪三攫食，不自今年始，而今年比去年演出上比较进步者，则又睹此一幕耳。

去年瘪三所攫之食，为立时可以入口之热物，如面包、馒头，以及粢饭之属，既到手，辍咽之入腹。今则并鲜鱼肉，及黄芽菜之类，亦在其行劫之列，此则又与往年所不一样也。

一日经白克路小菜场，一瘪三过大饼摊，攫一饼而扬，饼摊上二人追于后，瘪三不能疾趋，终为所得，击之，仆于地，瘪三乞怜曰："我返汝饼耳，击我何为？"因献饼。一人受其饼，一人更击之，瘪三蜷伏任其击，不动亦不言。我于此，乃觉天下是非，有无从判别者矣。

又一日，一妇人抱婴儿，一手持生煎馒头若干枚，若有戒心，故入握甚严。有瘪三尾之行，妇左右为狼顾，见瘪三，惊惶至于面赧，行弥疾，瘪三尾之亦疾。顷之抵巷口，始释然，拍婴儿之背似令毋恐，乃知妇非惜手中物，特惧为瘪三之扰，而震其婴儿耳！

(《社会日报》1941 年 12 月 21 日，未署名)

工部局通告私家车禁止驶行

以汽油来源之间断，工部局乃通告私人汽车，禁止驶行，惟此例不及行医者，以医生须为人治疾也。其实医生除急救之外，其平常出诊，只要勿搭架子，正不必用四轮代步也。小时蛰居村市，犹见医生出诊，坐蓝呢轿子者，当时疑其为一府之官，非医生也。今沪上汽车绝迹后，悬壶之士，不知再将复古而坐一肩轻轿否？

施济群先生亦中医，向时未尝置飞车，而坐包车，出诊医例，乃以路程之远近而分高下，施固列一表格也。以后医生之自备汽车而不坐者，其诊例不妨以济群为法。吾乡幼科名家韩养儒，近年亦行医海上，其人俭约，出诊时并人力车亦不肯坐，而坐电车，病家予以车资，韩乃常得盈余；然韩闻病家召，立至不少延，病家德之，未尝以韩为吝也。

(《社会日报》1941 年 12 月 23 日，未署名)

《浮生六记》惟第二记为可诵

不与海上重来客见者，且三四年。素琴出演于黄金之前，尝挈之同谒，自此一面，即不复晤。今岁，闻其病足，截一胫，亦不遑致省，甚怅怅也！比读其《定命论》，乃知容于此道研讨之深，有不比恒常者。灵犀记与桑弧、其三访客事于报间，更以不获同行为恨。愚数年以来，不欲与术者谈，以术书之谈，多俗论也。客独能采微掘奥，则深愿为我赐一言。顾客以孱弱不能多耗心力，故勿敢遽请，天厂、瓢庵，亦以读《定命论》而佩客之鸿博，安得灵犀之引，使我三人，诣客而一聚生平哉？固不在时之迟早也。

《浮生六记》，抒情叙事，不能深刻，故非佳著，然能脍炙人口，则亦愚矣。《六记》中惟第二记之"闲情记趣"为可诵，此中谓香橼可以久供，然有人供香橼者，往往取而嗅以鼻，又随置之，此非久供之法。因谓久供之法，乃非笔墨所能宜，著此一语，一似供笑缘之法，神秘无穷者，而读者终不获窥其奥也。周瘦鹃先生，平生着意于闲情之趣，不知于此亦有领悟否？愿有以示我也。

（《社会日报》1941 年 12 月 24 日，未署名）

定依阁失和

定依阁失和事，灵犀尝记之报端，而谓蝶衣亦关怀其事，良友多情，心感而已！近一年来，愚被辱于妇人，常甘之而不能抗，遂使意志消沉。愚尝说，我盖食当年虐妻之报耳。有时信此说为无疑，值床头人吼声作时，辄大惧，一若亡妇之魂，乃附其体，而来迫我死者，恒夺门而逸。一日逸时，闻楼上呼曰："逸则不必归耳。"是夜果不成归，半固惧之，半亦怒其妄也。妇以愚贫，故见愚好博，必大怨，谏之勿听，复大愤，终则诟焉。是夜，愚既勿归，辄以妇之所恶者而亲之，觅佩之、雄飞诸兄为看花之局，宵半甫终，买一车返人安里，就灵犀为竟夕之谈。翌日，天厂自北都来，又夥之入花局，澈夜无休者三四夕，始悄然动思家之念，是盖十日前事也。无往者，愚与妇有违言，恒扰吾友，为吾友者，恒为之勿宁，则为吾妇劝，始妇犹纳吾友言，今则友言几未必为功，愚乃大忧。患吾二人之局，将未必能全终始，我固为妇怜，所望者妇亦能为孱弱书生恤耳。

（《社会日报》1941年12月26日，未署名）

瓢庵为介宋小坡先生

瓢庵为介宋小坡先生，先生诗书画皆精绝，尤工鉴赏，以瓢庵之笃嗜风雅，宜引先生为知交。顾瓢庵之识先生，不以论艺始，而识之于舞踊场中，是亦缘矣。盖先生生平亦好舞，愚尝举虞和钦先生，亦老而淫于舞。先生逊曰："虞先生自得舞中趣耳，我乃勿如，我特以此为消磨良夜，所谓旨在一搂而已。"昔年，维娜丝在上海大戏院后面时，华灯历月，歌舞凌霄，其盛况迥非今日之大华可以比拟。先生方税虹口中国银行大楼一屋而居，因谓每夜自梵皇渡俱乐部雀战既终，时方子夜，往往过所居不入，驱车抵维娜丝，踞一桌而坐，饮茶吃瓜子外，绝不起舞。在二时以后，舞侣乃纷至沓来，挤挤者一场皆是，先生乃谓惟此已足尽耳目之娱，当时固不必求一搂之愿也。愚取舞场琐事衍为俳诗，先生读而好之，顾不知出愚笔下也。一日，询之晚蘋先生，始知愚所作，复审瓢庵与愚善，因获缔交。愚弱冠时，好为俳诗，舅氏病焉，戒之，愚不敢违；及为报人，始复作此，下里巴音，贻讥大雅，今不图为宋先生作逾情之奖，先生岂所谓赏识于牝牡骊黄之外者欤？

（《社会日报》1941年12月27日，未署名）

二房东之黄金梦

愚家既与二房东失和，间二月，则将房租请求法院提存，如是者亦八九月矣。愚尝以此事，叩诸法家，则请求法院提存外，每月储入银行，使彼此纠纷终结时，始将此积贮之数，一并缴付，于法亦无不合。近见工部局方面，劝业主宜体恤房客，勿强索租金，勿无故勒迁，凡此莫非为工部局之德政。惟愚所赁之屋，初无契约，而房屋之业主，本非暴征苛敛之徒，特为二房东也，尝欲迫我迁居，愚则安之未动，实以无租赁之契约耳。今见工部局之布告，益为欣慰，可见二房东黄金之梦，已至日暮途穷之候。愚固谓工部局如能澈底解除民困，端须澈查恃房屋而营利之二房东，使为三房客者，一一陈报而将租金均分之，务使二房东不能恃房屋为牟利之具，此始为根除社会弊窦之唯一方法也。

（《社会日报》1941 年 12 月 28 日，未署名）

“直谈命课”之女先生

一日，遘百绰斋主人，主人谓愚气色甚好，红而润，不似曩时之萎而黄也。而此气色，则其人之得意可知。又一日，复遘效文先生，先生亦以此为言。愚亦尝自照“菱花”，则觉面部之红润，诚如二公所言，第愚昔从浩浩神相游，故亦粗知鉴人之法，盖时在严冬，气色宜如草木之凋黄，今红润而若富“活力”者，是不宜于冬，而宜于春夏，故二公之谓我气色大好，实嫌为时太早，非独不是祥征，抑且示其人之方履否途焉，乌能无惧？

爱文义路之叶美丽，梅白格之王月仙，皆为“直谈命课”之女先生也，愚每日出门，必经二先生设砚之所。一日步行，经叶先生之门，驻足望其内，见先生方少艾，短袖不掩其臂，截发，惟妙目悉盲，乃不辨妍媸。又一日，复经王先生之门，亦驻足望其内，则王先生为一老丑之婆，惟论两先生生涯之盛替，则王胜于叶。看瞎子先生之意兴衰，实以上门者做法事为标准，做法事者多，则先生生财之道通矣，否则必甚冷落。意者，王先生人虽老丑，本事殊有两下子，故上门者服其言；若叶先生徒卖年青耳，上门者豆腐“吃过推过”（此四字为四明话，效叶先生作乡谈），若开条斧，则勿服帖矣。

（《社会日报》1941 年 12 月 29 日，未署名）

食品肆呈萧条之象

锦江餐室，平时生涯鼎盛，侍者于食客未能优礼，及至今日，食品肆乃呈萧条之象，锦江亦不能例外。一夜愚与友人作座上客，侍者之面孔，似不若以前难看，及付小账时，且以笑靥相呈。愚乃谓不易见四川人之笑，今夜始辨之，乃觉川人之笑，亦似川人所治之肴，虽辣而其味犹美也。

马氏三姝，曰稚莺、稚燕，其至弱者则为稚蓉。稚莺已遣嫁，稚燕以体羸不胜为货腰之业，故亦退休，月没星替，稚蓉乃亦熠熠耀舞榭间矣。其人伴舞于丽都午后，则为茶舞于新华，身体无苗条之美，而气度自佳。愚与数数舞，尝宠以诗云："莺已自寻乔木住，燕还觅得旧时梁。却教张起芙蓉镜，暂遣佳人事晓妆。"诗颇恶劣，不足以美稚蓉十一也。

新华夜场本为夷女所占，今则此局已辍，所有舞人，乃分布于各首轮舞厅中。尝于大都会见二人，一老一丑，老者犹可看，丑者则望而作恶，夜渐深，而无客问津者，其人之目，睒睒逐人，尤可怖。尝于新华茶舞中，睹一人，则丰润如玉，貌亦不恶，近时所见之异国舞人，此为尤物！

（《社会日报》1942 年 1 月 5 日，未署名）

近日海上影坛，以肉感为号召

《欲焰》一片，初映于卡尔登，此片译中文名凡二，一为《爱的协调》，一则《欲焰》也。主演之女角，传为军火商之夫人，其实其人固曾与军火商结婚，惟摄此片时，二人既占脱辐，妇亦从事于银灯生涯矣。全片被工部局剪去者甚多，当其初运抵沪时，有人曾见试映，则片中有牝牡二马之热恋表演，而女主角裸行于荒烟蔓草间。近顷，卡尔登复映此片，愚尝见之，则裸行之镜头，固存留无恙，特不见二马相合耳。女主角人嫌瘦瘠无腴润之美，故裸亦不足诱人妙感，至疾步丛草间时，银幕上更以"雾面"掩饰之，愚短视，穷目力视之，亦不可晰，然有人固谓妇不挂一丝，须眉毕露焉。近日海上之影片，以肉感为号召者，无不获利甚丰。《美人鱼》售票处之拥挤，有人谓如轧平米之行列；而顾兰君之《荡妇》，亦有倾巷来观之盛；即卡尔登之《欲焰》，亦地无立锥。想见女人身上，自有财源可以发掘也。

（《社会日报》1942 年 1 月 11 日，未署名）

信芳藏近人墨宝甚多

杭人萧伯逢君,能诗,自号萝月盦主,亦名泊凤,明岁将有艾服纪念册之刊行,而自作《四九述怀诗八绝句》征和。乡人程沙雁君,与伯逢善,因烦索句于愚。愚不善为酬应之章,惟读其原唱,好句甚多,知其人能诗而不自囿于诗格者,为可喜也。录其诗于此,借志钦迟:"不闻鼙鼓起何年?四九流光转自怜。欲慰妻孥无别语,秀山未有买山钱。炉香静袅下珠帘,谁与殷勤露指尖?长此团圞贫亦好,不须惆怅食无盐。"

信芳藏近人墨宝甚多,而海藏楼书件,尤美不胜收。泥金一箑,为老人诗宠信芳者,有句云:"却喜周郎工乐府,好将忠义动时人。"黄秋岳亦有两绝句,论今人诗者,以黄、梁并重,梁盖指梁众异也。然愚意秋岳之诗艰涩,偏重于工力,众异之诗,则风致娟好,所谓娟若美妇人也。今见秋岳之诗,为赠信芳而兼示王梅生者,其言亦特奥,颇费索解。梅生即名旦王灵珠君,亦为海藏老人赏拔之一人,想见周、王二子,为当时海内诗人,倾倒之殷矣。

(《社会日报》1942 年 1 月 12 日,未署名)

以《二进宫》为老友贺嘉礼

朋友中有大家打打棚而无所谓者,亦有不善打别人之棚,而专为别人打棚者,此所谓标准豆腐靶子也;更有专门打别人棚而自己不能为别人打棚者,此则非公平之道矣。画家江栋良先生,风趣卓绝,欢喜打别人棚,打得别人已窘困万状矣,在栋良以为生平乐境。朋友既以栋良好打棚,遂与之亦打棚矣,譬如出恶言以辱栋良,栋良亦勿迕,其度量诚可谓宽廓。顾栋良毕生有缺陷之美,若别人举此为打棚之材料,栋良闻之,始则愠,终且勃然大怒。愚不自量,尝以此而撄吾友幽威,至今念之,犹悚然而惧,故后此不敢复与栋良打棚也。十三日《高唐散记》,记顾二娘照片事，涉及栋良，着墨之时，小心翼翼，患吾言或无检，将使老友勿欢，故行文之际，力避免调侃栋良者。不图报发之日，视其内容，竟有对栋良作打棚语，惶悚万状，特谨敬以告吾友。凡此调笑之词，胥非出鲰生腕底，其何自来，则不可知。鲰生有原稿在，可以覆按。盖吾文于顾二娘容有轻薄，而于江画师则绝无戏慢，诚恐栋良不察，而影响于吾二人之友谊者，则真成不白之冤情矣。（灵犀谨按：高唐记顾氏照片，出以绮语，颇嫌未当，拟尽删之，则全文精彩以失，读之索然，无已，乃斗胆易以调笑词，打打老友江画师棚，聊寻开心，无伤大雅。知江画师风趣人，当此愁苦之日，亦必许我破颜一笑，不以为忤也。今读此文，殊有挑拨嫌疑，则亦悚然，不能无惧，亟志数语，以表歉忱，庶几十年老友，不致以一语打棚，遂存芥蒂。江兄明达，毋为高唐所惑，幸甚！幸甚！）

天厂南归，熙春为之洗尘，同席八人，而鳏夫占其半，盖陆洁、梯公、鹤云，与愚胥是也。陆丧偶十数年，不谋续娶，愚则断弦逾四载，鹤云、梯公皆于今岁夏间，次第悼亡。陆无终世不娶之志，而鹤云、梯公，求配之心，若甚殷切，愚则无可无不可，所以迟之未行者，绌于赀耳。故吾四人，皆有重作新郎之望，愚用是提议，为共同樽节开支计，不妨于一年以内，举行集团结婚，其情形自稍异于往日之市政府，及今日之丽都花园者。譬如设证婚人一人，喜筵则混合铺张，比之分头举行，自然省事。熙春亦云英未嫁之身，吾人乃冀其早得良俦，同与斯役，举行结婚仪式时，以年岁高卑，先后进行，则陆洁最长，梯公次之，鹤云与愚又次之，而以熙春为殿。熙春闻言，颇娇羞，谓我必盛服来，来吃喜酒耳。是夜天厂、翼华外，尚有名旦黄桂秋先生。天厂有《二进宫》瘾，曾欲翼华为匹杨波，桂秋为陪国太，愚乃谓若集团结婚之议能成行者，这一出《二进宫》，正可为老友贺嘉礼而演出矣。

（《社会日报》1942 年 1 月 18 日，未署名）

录百纬斋主人书

愚记心爱梅调鼎先生法书，笠诗白于百纬斋主人，主人辄以一联见觋。愚无所收藏，有之，亦不过近人惠贻之作。往岁，笠诗以赵抝叔书牍相赠，今复得梅友竹一联，或亦可为传家宝藏也。今录主人之书云："途中两次相见，匆匆即过，未得接谈，怅也何似？亮有同情。昨晤笠诗，知兄颇鉴爱吾邑乡贤梅友竹先生法书，是于下走，具有同好，自问老眼不花，今得兄乃益信，可为欣幸！先生曾馆吾家，与先人尤称莫逆，惜下走生也晚，不获师承，惟知先生孤介自守，不求闻达，平生惜墨如金，故文字流传甚少，而名遂以不彰。以与吾家往还至久，年来下走亦有搜集，所以收藏独多，兹检奉楹联一副，亦宝剑赠烈士之意，希珍藏之，幸甚！幸甚！吾乡阿育王寺大殿门匾，先生书'八吉祥地'四大字，飞舞活泼，四方诸士，称为仙笔，先生亦自认为得意之作，他日升平，愿约兄同往一赏，庶先生九京下，亦知尘世之知己正多也。日来以无事，下午终不出门，亟思得二三知己清谈以破岑寂，解此苦闷。兄如得暇，时临少叙，借倾积愫，如晤灵犀、叔惠两兄，并乞代致拳拳尤感。"

（《社会日报》1942 年 1 月 19 日，未署名）

盖叫天演武生推南北独步

盖叫天演武生推南北独步，盖亦以此自矜。其人于京朝角色，嫉视最深，以为北来名角，都无敌我者，而享誉甚宏，得钱尤众，常为不平。去岁演义务戏之役，先是，有京朝大角参加，最高价售二十金，旋经理其事者，请于盖，盖曰："他人可以售二十金，我乌得勿能！无此数，则不上台了。"众从其议，果亦售二十金如京朝大角。与此役者，尚有信芳诸人，以盖、麒合作，果轰动春江，座无隙地。者番，黄金大戏院，复邀盖演短期十日，盖又曰："北来某角，可以卖十二金，盖某宁肯后人？"黄金孙兰亭先生，委婉语盖曰："北来角色，以汇水之巨，其包银遂可观，而一切之开支亦激增，若不售大价，戏院将不足以挹注，非以角为京朝，而故高其声价耳。"盖犹勿悻，兰亭不可拗，遂得一折衷之议，分一百座售十二金，其余则折半而售，盖始无言，而此局遂成。识者叹曰："盖五毕竟英雄，故不甘妄自菲薄，而北国伶人，门户之见最深，其于南方贤角，排挤曾不遗余力，盖五若此，亦可以为江南之梨园子弟，吐一口气矣。”盖登台之先，张宣言于报端，有言曰：“非敢言老当益壮，亦不欲遽荒末技耳。”不卑不亢，此老之孤介情怀，跃然纸上。

（《社会日报》1942 年 1 月 20 日，未署名）

愚以英茵短命而倍觉神伤焉！

英茵于十九夜九时，在国际饭店服阿芙蓉自杀，至二十一晨一时香消玉殒，就医于宝隆医院。愚于二十日下午闻讯，以宝隆近在咫尺，辄往省视，为医者所拒，至不获为最后之诀别，良可伤矣！其自杀原由谈者不一，无非揣测之词，而身体羸弱自为若干原由中之一种。英之身材甚高伟，望其人，不失为一健美女性，实则外强中干，病象时呈。辣斐剧场演《北京人》后，即得咯血之症，往时，演戏于水银灯下，往往有晕厥之疾，其孱弱可知矣。愚与英茵违，既两三月，辣斐演《妙峰山》之夜，尝见之，又一夕，则于百乐门座上，劝其酒，即以病为辞，而是夜淡妆不饰，意兴甚衰，自是遂不复见。英以演技精湛，为识者所赏爱，《武则天》话剧登场以后，名大著，而《北京人》之演出，尤为一致所推许。其貌不甚美，桑弧所谓凯丝令赫本，不以饰貌之妍，特以演技之卓越，而博得无数群众者，则英茵或即东方之凯丝令赫本也。然而此才逝矣，谁为之继？茫茫银海，此选大难，愚故尤以英茵短命，而倍觉神伤焉！

（《社会日报》1942 年 1 月 23 日，未署名）

追念此一代艺人

廿一日下午五时，赴万国殡仪馆视英茵遗体，其闺友李言女士，为买得衣衾之属。李垂泪语人曰：“我得一绣花被，其上刺一凤，英小字为凤珍，以此殉葬，当为九京所喜也！”李与英茵交甚笃，情逾骨肉，英卧于医院中，医生不许其人卧，李乃时时用力推之，勿令睡魔之相侵也。其疲困可知，既死，则躄踊哀楚，曾无小辍。嗟夫！英固以为此世无足恋，故撒手而去，讵亦勿念故交情重，而苟活一时邪？闻英茵既瞑，李言返其寓所，忽得一简，则英之遗字也，谓我死后无所留，屋中什物，姊以为可喜者，为我藏之，不然，俟我女兄自平中来，请一一畀之。惟手表一事，常日系我腕间者，亦为我恒时珍惜之物，必与姊，愿姊见表，似睹妹也！李将其书示于人，乃言英之遗物，我无所需，将标价待沽，得钱，更与英姊。英有两姊，俱适人，而处境咸不豫，伊得即使，得其遗物，将不能载之北归，不如畀以钱之为愈也。英身后绝无所蓄，殡殓之费，皆为朋友代筹，然不足犹多，乃望相识者一一赙以现金。读我报者，亦有追念此一代艺人者乎？其人将于今日下午盖棺矣，徘徊凭吊，尚非迟也！

（《社会日报》1942年1月24日，未署名）

白玉霜死耗系误传

白玉霜死耗见刊于《申报》之日，予即指为消息必误传，既而《申报》果自动纠正，谓白实未死。按传白死耗之王唯我君，近年常居故都，亦偶来沪上，英茵大殓之日，又遇之于万国殡仪馆，则谓来沪甫二日。愚问其白果无恙否？则色然曰："他妈的，人家都说我造谣，我给他们一张白玉霜的讣闻看看，才知我言之不妄耳。"盖其犹坚持白已死去也。惟纵谓白实已死，则为期亦不过十来天事，白之讣闻，又安从已入唯我之手？是则造谣中之造谣，若王唯我君者，真所谓"别来无恙"矣。

英茵大殓之日，群星毕至，论姿色，绝无一可取者。某君尝言：中国之电影女明星，绝无一人称得起美丽者。此语不诬也。万国殡仪馆有女职员二人，愚俱目为殊色，其一人，尝导我侪视英茵之棺椁，两腮微扩，而无损其丽，语之同侪，亦以为吾言绝非夸张。桑弧见其人，且频频颔首，谓其人实至美，若置之于水银灯下，所谓"开麦拉"番司，必甚可观，其言盖又从艺术立场出发矣。尚有一人，常驻于写字间中，较之彼棺材西施，尤得华贵之度。是日，电影观众之莅万国殡仪馆者，半为吊死者，半亦看活人而来，惟愚一人，半为送英茵之殓，半则望两个葡萄牙阿姐来耳。

(《社会日报》1942 年 1 月 27 日,未署名)

人至自杀,其原因必不止一端

阮玲玉生前,一夕,在艺华公司拍戏,睹汤天绣在侧,时汤已迟暮,不为人重,阮辄语人曰:“今日之汤,即他年之我也。”盖其瞻望前途,惴惴焉没落之将临,会张达民案发生,遂决其厌世之念。故人至自杀,其原因必不止一端,阮亦性烈,有此大勇,遽尔轻生矣。英茵之丧,坐何因缘?咸莫能测,谓为失意于男女之爱可也,谓为顽疾缠身,使其不复有生志亦可也。然若谓为其瞻望前途,惴惴焉没落之将临,亦无不可。有人述英之家世,谓英父为蒙古人,而母则黎民。英茵尝言:其少时面部轮廓颇端美,及长渐易旧观,盖两颧外扩,使其形容浓减明秀之色。两颧外扩,是为黎人之特征,英乃惧其更越时日,其貌将毕肖其母。女人无勿爱美,亦无勿自悦其容者,今睹其容态变迁,虽欲自悦而不可得,则其懊丧为何如也?

(《社会日报》1942 年 1 月 28 日,未署名)

昨与桑弧在黄金看戏

灵犀《答蜂尾》一文,哀哀欲绝,至诚所至,蜂尾终为所动,遂草一文直承冒昧,是亦光明汉子也。蜂尾即梅霞之别名,愚于一月前始知之。此君清才妙语,今日之执笔诸君,殆无其匹。梅霞以撰写舞文而名始显,今则骎骎焉为稗官高手,尝为舞人王丽娜女士,张扬不遗余力,其人之淫于舞也可知。愚迩日百无聊赖,排夕从诸友走舞场,有时友人之舞兴方酣,而愚独枯坐,则深念梅霞,以为此时苟得梅霞其人,纵谈舞场琐事,其乐必甚于翩跹起舞,顾终不可得,辄为惘惘。报纸攻讦灵犀之文多矣,灵犀恒不辩,不独于《蜂尾》一文,不惜以洋洋数千言报之,其重爱梅霞,亦可知也。

昨日与桑弧在黄金看戏，马丽云既卸装，乃与桑弧至后台存问，丽云尝与我人演《雷雨》中之侍萍者也。演技之美，众口同称，其人复婉雅温恭，本已绝迹于红氍毹上，兹复登场，处境殆不甚得意也。愚等与丽云谈，丽云念繁漪，愚则颇眷眷萍儿，其实丽云固常见繁漪，愚亦恒遘萍儿，言念及之，亦友谊之常耳。

（《社会日报》1942 年 1 月 29 日，未署名）

“我今乃知夫子之所业矣”

有人创办事业，请报间撰述者，于着笔之时，加以揄扬；更有摘取材料，使撰述者有所参考，此在吃我们这碗饭者，尤为常有之事。谓朋友相托，或转辗相求，以人情言，俱未可拒绝也。一日，得书三四封，皆为托发之“材料”。愚写稿恒在夜间，故怀书归去，抵家，又置之桌上，床头人一一翻阅之，忽现鄙夷之色，徐曰：“我今乃知夫子之所业矣，其与唱独脚戏在电台上报告栗子大王、年糕大王，初无区别耳。若然……”语至此，愚为之狂窘，愚往时常逞词锋，不肯让人，而迩时则常受厄于妇人稚子，直堪气煞！

信芳之上演于黄金，既得一王熙春矣，而必更以桂秋为俪，始觉阵容之益形充实。譬如《斩经堂》、《别窑》诸剧，桂秋皆不能演，惟熙春则胜任愉快；而《武家坡》、《汾河湾》以及《四进士》之写状，则胥以桂秋称长矣。桂秋与熙春，谊属师生，向时尤尊敬乃师，故者番肯屈三牌，黄金与桂秋谈公事时，邀熙春同行，熙春谓得侍吾师唱于一台，使弟不得占其光荣，其言词之婉，谁谓小鸟非可儿邪？

（《社会日报》1942 年 1 月 30 日，未署名）

杜进高先生举行金石书画展

杜进高先生举行金石书画个展于同孚路之同孚画厅，此君渊雅，逆料开幕之日，嗜古之士，必趋之若骛。进高治书画金石，精而且博，凡其所工，皆为愚所无力欣赏者，质言之，愚于“古雅”，实都是门外汉也。惟尝见进高书行楷，秀逸之气，扑人眉宇，纵不辨其源何自，本何取，第觉其所书能怡神悦目，而知其此中曾费工夫也。读者中如有参观进高之个展者，请忆愚言，知必有同赏人焉。进高为蜀中才士，以其造诣绝高，故于近人之作，少所许可，其人诗文皆美。谢小天鬻艺海上时，文友争相延誉，有人以“小天”两字，丐进高为嵌字联得句云：“谢公最小偏怜女，天下何人不识君！”天衣无缝，真神来之笔矣。

夜总会之李娟，既为波斯写一竹箑，成月余而波斯不往取。昨夜，愚去小坐，偶与娟舞，闻其为中国女子书画会会员，故举女子书画家若干人，问其相识否。则俱为摇首示未，并鍊霞亦勿知，乃悟此人为新加入之新会员耳。愚起舞三四次，殷殷以波斯为问，愚直告之曰：“波斯于舞蹈无好感，往昔之来，实出偶然，且其人不嗜风雅，卿既成之箑，毁之可也，毋待其来矣。”娟乃默然。近年来不肯扫人之兴，独此事实煞风景，因明翁为我批命书，诏我辛巳腊月，女人与朋友事，以不管为妙。

（《社会日报》1942 年 2 月 1 日，未署名）

郯卿先生近岁得意之作

翼华欲得胡郯卿先生墨龙一幅，托愚丐徐晚蘋先生代求。郯卿先生，比年退居白下，年事既高，而时有头晕之患，故不恒与画笔亲，墨龙一件，亦费时八九月始得，犹赖晚蘋敦促之力也。先生作画既成，自奉为近岁得意之作，故曾书一函与晚蘋，谓着墨之日，上午七时起，忽兴到，遂捉管，至十二时而蒇其事，盖一气呵成者也。

翼华收藏之兴，渐减曩时。功德林举行历代名人书画展览会时，以卡尔登之近在咫尺，翼华亦不欲枉步，迄未一观，可见其风雅之嗜，亦不能持恒矣。惟翼华迩来亦致力于书法，写赵孟頫，能得其神韵，拟自作一联，悬诸堂事，得几句云：“传家有道惟存厚，处世无奇但率真。”然终未着笔，询以故，曰：“患其书不称耳。”于是拟烦之笠诗。其实翼华致力之深，初无让于中原，而天纵聪明，亦无让于中原，今中原能出其所得，为社会公益之助，翼华并自家堂会之饰鳃鳃焉尚多过虑，谓为翼华之勇不如中原乎？真不可索解矣。

（《社会日报》1942年2月6日，未署名）

熙春虑陈琦之“颜色”也

陈琦以演话剧而著名，继则亦登银幕。其人似为高中毕业生，学问知识，较普通电影演员，自胜一筹，于是小娘鱼不免有骄矜之色，视其他人为什么东西矣。性极聪颖，又善歌，歌谱到手，曼声度之，自然可听。在大成制片厂拍戏时，王熙春不敢当陈琦之面而唱歌，盖熙春不谙歌谱，倩人教之，唱六七遍犹不能入调，虑为陈琦讽笑；故值熙春歌时，导演必请陈回避，可见陈之“颜色”也。桑弧写《洞房花烛夜》既成，又续写一剧本，拟为英茵主演者，甫及半，而英已蜕化，拟搁笔矣，陆洁先生促其续成，谓可以付陈琦演也。可知电影公司，固亦识陈琦自有真才者。

小坐于米高美之夜，睹一舞人，长身玉立，风貌似昔日丽都之郑雪影，惟不逮雪影之丰润耳。时陈娟娟坐于侧，询其人姓字，则曰：姓字不知，惟知为大学生出身，亦将来之红星也。娟娟此言，不认因其为大学生出身，而显耀于舞林？抑其人别有致红之道，匆匆竟不遑究诘。

（《社会日报》1942年2月9日，未署名）

费穆将于废历新春出演《长生殿》

费穆创上海艺术剧团，将于废历新春出演于卡尔登，第一个剧本为《长生殿》，贵妃与唐玄宗之演员，并用甲乙制，刘琼亦玄宗之一也。刘既排戏，故时至卡尔登，谓愚曰：“将来我们是冤家，固不必待狭路而时得相逢也。”桑弧之《洞房花烛夜》，为刘与陈燕燕同演者，剧本愚未尝寓目，问之刘琼，则赞叹不绝口，谓此片而实践，皆戏本之功，演员无与也。盖其结构既非常轻灵，而故事复入情入理，剧本好，演员自然省力，只要放在镜头前，便能成戏。譬如朱觉厂先生之《文素臣》，亦以剧本太好，而卖长期满座，虽贤如信芳，摆在台上，台下人亦能辨，不用周信芳，戏亦未必损失者，此即刘琼所谓演员不兴其功矣。刘琼既爱钦桑弧必欲一亲风度，丐愚为曹邱，刘颇自爱，其人复笃于交谊，桑弧当亦获此新知为幸也。

之华、毛羽诸君，今皆为上海艺术剧团效劳，一日，为《长生殿》制广告，欲引用《长恨歌》句，苦不能全忆，问于愚。愚谓所记万不如君等之多，今能诵者，不过二言，则"侍儿扶起娇无力，此是新承恩泽时"了。之华与毛羽皆失笑。

（《社会日报》1942 年 2 月 11 日，未署名）

有实力之捧角家汪啸水先生

汪啸水先生与刘叔诒君善，南中票友，啸水于叔诒折服尤殷。一夜李叔堂客串于更新，啸水见之，誉为扮相殊俊，此才非不可造也。啸水恒时，慷慨好结交，近岁复屡为优人张目，阎世善之来，实赖啸水、吕弓之延誉，始有今日，若言啸水为捧角家，则亦为拥有实力之捧角家也。渠既心喜叔堂，乃欲令叔堂执贽刘门，而宴师之费以及贽金所需，胥由啸水任之。啸水以此事语于我，以我与叔堂稔也；期以春寒渐减时，再与叔堂言之，灵犀闻其事，必喜而笑曰："李儿朗朗，从此乃得人护持矣！"

叔堂初此来时，隶演于小型剧场，名李鹏言，鹏言之名，初非恶俗，顾后来一度客串于天蟾，忽改为叔堂矣。鹏言本秦淮歌女，患鹏言二字有玷于今日之身份，故改淑棠，犹可说，今又以淑棠改叔堂，其故何在？竟不可诘，多见好事者作弄之忙耳。

（《社会日报》1942 年 2 月 21 日，未署名）

物价飞腾，漫无止境

物价飞腾，漫无止境，往年度岁之资，在今年以之旌赏佣役，犹嫌不足。有人为物价作今昔之比较，譬如谓以一金买柴爿，所得犹少于昔时之一金檀香也。又如今日配一个钥匙，昔且可以置铜壶一事矣。舞场自海上市容寥落后，茶资遽减，惟招舞女侍坐，则香茗一盏，尚需五金。一夜吾友招某舞女坐台，舞女唤白开水一杯，坐良久，而白开水未尝沾唇，愚不免寒酸，语之曰："奈何便五金一盏之茶，任使冰冷而委弃入痰盂邪？"因询其年纪，则曰："二十人矣。"因为之曰："卿在十五岁时，物价尚廉，自卿一岁至十五岁，所耗之开水，包括堕地时之洗涤婴儿，长成后之汏脚水，以及平时之洗面浴浴，即并十五年中一切饮食所需，其消耗于开水，殆亦未必有五金之多也。今卿为舞人，客人请吃一盏白茶，所耗乃若是之巨，卿似当念物力之艰难，使其沦入柔肠亦惜福之意也。"舞人闻言，笑而赧，举手力推予背，以为用水之言，实为轻薄，而不知愚言乃感慨之深焉。

（《社会日报》1942 年 2 月 23 日，未署名）

愚应桑弧邀往观《洞房花烛夜》

《洞房花烛夜》试映之期为辛巳除日之晨，愚应桑弧邀，特往观赏。桑弧作剧，刘琼、屠光启所谓愈写愈精者，信非过誉，全片中小动作之美，又在在见导演人之聪明。梯公看《野花哪有家花香》凡二次，因称朱石麟为中国之西席地密尔，以"惊才绝艳"四字，夸耀中国之电影导演，愚亦以为惟朱先生始克当之耳。片为刘琼与陈燕燕合演，燕燕久驰妙誉于银坛，顾其戏愚未尝一见，见之，以《洞房花烛夜》始。愚妇恒言，银幕诸星，惟燕燕最婉娈可怜。及愚观《洞房花烛夜》，第觉一睹燕燕，心头上便有甜润舒适之感，温柔和美，是好女儿。是日同饭于金谷，与之接谈，复谦和有礼，桑弧乃谓电影女星气质之美，惟燕燕一人而已。惜愚妇以忙于料量家事，未获践桑弧之约，不然，正可使于香酒清茗间，一识此夙所倾慕之艺人，以了平生妙愿也。

（《社会日报》1942 年 2 月 24 日，未署名）

《拷红》为愚所爱赏

半年以来,传金素雯之下嫁消息者,报间几日必有书,然都非信史也。至昨日,某报且谓佳期已定于二月初九日,亦不可信。愚于素雯为素识,与金婿尤称多年交好,颇欲得一翔实之讯,以报读者,顾以素雯之不恒晤面,而金婿复一再隐秘。愚尝问之:“报间所记,亦可信乎?”每摇首曰:“绝不可靠。”又问曰:“然则好事近乎?”则曰:“近则必告之老友,何喋喋为?”桑弧与金婿交亦笃,丐其勿讳言吉期,金婿亦告以决不相欺,故素雯为新嫁娘之日,我辈必能见其长纱曳地之妆,与其良人交拜堂前时焉。惟兹则为时尚早耳。

近年之流行歌曲中,《拷红》为愚所爱赏。《拷红》之词,出范烟桥先生手笔,才人腕底,自有好词,惟此中第二句云“和小姐闲谈吐”,谈吐之上,着一“闲”字,似不恒见,而文理上是否允许,乃成一问题。盖谈吐犹吐属也,非作谈话解也,故放一“闲”字,遂觉牵强。顾烟桥博雅,愚深虑自己见解之浅薄,尚望高明有以教我(犀按:西原词,“闲谈吐”作“闲穷究”,颇妙,不知烟桥先生何为勿取,殆以叶韵故耶?然谈吐若作谈话吐语解,则闲谈吐云云,亦无不可,强作解人,得勿贻讥大雅?)

(《社会日报》1942 年 2 月 26 日,未署名)

捧伶人而捧出气来

捧伶人而捧出气来,若为捧伶人者必有之遭遇,而人人有捧过捧伤之叹,啸水与灵犀,似俱能深体此中况味。我爱叔堂,以啸水之捧角,饶有实力,不禁怂恿为之。啸水思虑未熟,灵犀且期期以为不可,究其意,灵犀以为叔堂故自可儿。惟眈眈于其左右者,无非为狞恶之面目,悉我尽吾诚,而彼则测非善意,旧创方平正不必惹新愁耳。愚乃无言,往时青鸾著《红灯煮梦》之篇,计其所得,亦为一包闲气。青鸾固读书种子,受气而无以谋宣泄之道,后此遂引捧角为深戒。愚较粗犷,恒喜当场开销,与此中人寻过相骂,不止一遭。某坤伶之尊人,愚尝指戟詈之曰:“我又不想搭倷囡鱼壳子,你勠缠错点啥。”又尝拍案骂某坤旦曰:“倷排才是赤老,眼睛张张开,看看人头嘘!”骂过便算气过,而从不如青鸾之摛其妙笔,写如怨如慕、似泣似诉之文章者。又尝言之,捧角而吃着冤气,不必上吊,亦不必吃来沙而,不是打相打,便弄点堆老与他们搭搭耳。

(《社会日报》1942 年 3 月 1 日,未署名)

吾弟次达得一女

三日前,吾弟次达得一女,女堕地之日,适代乳粉为上海人囤积一空之时,克宁每听喊四百金,犹不见货也。幸吾弟已预贮四听,爱兰百利,亦曾预购一二筒,可以维持数月,然来日大难,及此儿拒乳时,正不知须用几多金也。女未育之际,本拟以代乳粉哺之,今以所费多,而货又缺,于是又欲饲以母乳,此计得也。去年此时,唐律生,亦以其母不肯喂以乳,而调代乳粉复不得其法,致吾女得消化不良之症,坐是夭亡,至今心痛。忆吾女堕地后一小时,愚往药房购乳粉,半磅装之勒吐精,不足五金,次达以五磅装之克宁馈我,询其价,亦不过四十余金耳。然其时已嫌售价之高,而以较今日,则相差复将十倍。唐律啖克宁仅十之一二,已病夭,其余者,分啖两儿,愚亦尝以为饮料,若藏至今日,其贵当直同珠粉。国产之代乳粉,迄今未能大行,中国之新药业中,济济多士,若许晓初先生等,奈何不在此着力,以挽漏卮哉?

(《社会日报》1942 年 3 月 3 日,未署名)

周錬霞率佣奴轧米

八仙桥边,新来一人,有客询之,谓何以堕溷至此者,则告曰:“因家无贮粮,阿娘日日驱我于轧米阵中,苦且不胜,故献身俎上耳。”客曰:“在家时受轧于街前,献身俎上,则又受轧于枕席间,惟横直不同耳,如奈何以直轧为苦,而视横轧为乐事哉?”则又曰:“是有劳逸之分,不可并为一谈者。”客大笑曰:“此女人谁天生懒而又滥者也。”

愚每日必经山海关路,山海关路有面粉栈,有时门售,则门外亦有轧面粉之行列。轧面粉者,服履较为整洁,尝睹一少女,作时世装,亦挨挤于人丛中,厥颜常赧,又恒俯首,持一书而读,故路上人乃不得睹其面目。上海漂亮人如周錬霞女士,未尝讳言亲自轧米,曾语人曰:“率佣奴二人,一先一后,己则挤于两者之间,每日轧数升米归去。”盖未尝以轧米事为可耻也。惟此女郎,尚以轧米为寒酸之役,其襟怀诚有莫逮錬霞者,读书何为哉?

(《社会日报》1942年3月5日,未署名)

妙语如环与讷讷然其舌若结

天厂居士,不第学术精湛,口才之美,友人中亦不可及。其人既辩才无碍,于是亦健谈,谈则滔滔若江河之决。惟闻之其戚周郎言,居士之谈锋,独不能施之于女人。譬如见一可以胡调之女人,居士犹能为儇薄之词,而有妙语如环之趣;若与良家妇女周旋,则讷讷然其舌若结。郎因居士方自北南来时,往晤一李小姐,李有风华盖代之观,其母居故都,因对居士曰:“居士自故都来,亦尝见吾母邪?”居士颔首曰:“见之见之。”又问曰:“彼老人亦安健如恒否?”居士乃忽为李小姐致感谢之忱曰:“好的好的谢谢你。”时郎亦在旁几为大笑。顷之,偕出,郎语居士曰:“她的娘好坏,于尔何与?乃劳尔要谢她邪?”居士恍然悟,顿足曰:“语无伦次,语无伦次!”

波斯春酒,愚尝一再要求之。一夜七时后矣,波斯以电话来招,愚既膳罢,乃辞之未往,波斯言座上有之方、小洛两兄也。惟无桑弧,亦无瓢庵与灵犀,故此会实临时相邀,惟愚已被招,后此殊不能饶舌,必欲叨扰者,还是待灵犀开口矣。(犀按:金闺赐酒,盼之久矣,我目望穿,我颈日酸,非贪口腹,乃欲一睹才子佳人之旖旎风光,以慰我枯寂凄独之怀耳。自知此生，未修艳福，必无此等可喜事，则亦欲以朋友之喜事以为喜，稍舒眉弯；亦若老年人之得见佳儿佳妇，骈肩堂前，欣慰之情，不可名状也。乃老友既设席，必欲扫我兴，不留陪末座，伥怊何似？新年间偏遇此不快意，知今年必难获佳遇矣，盖憾老友，至欲报以恶声。然而思之，我曾于报端吃老友豆腐，老友或以是勿悦，自不愿再给以酒食吃矣，其宴大郎、之方、小洛者，明欲借此气气我耳。大郎要我开口，我也不好意思启唇，还请瓢庵一言，言必重于九鼎，可以照牌头也。并乞桑弧，代为说情，勿念前嫌，许我当筵负荆，即请罚令司樽俎，供杂役，勿得一脔之尝，亦所快意。盖我之目的，欲一见老金闺欢乐之情，固不在喝两杯、吃两口也。）

（《社会日报》1942年3月6日，未署名）

沪上西药，又告腾涨

某报记陈雪莉女士之隐居勿出，谓已嫁为人妇矣。疑此言或不可信，愚与雪莉违甚久，其消息诚无由得闻，惟旧尝闻雪莉言之，沧海曾经，嫁人之事，亦殊少味，但求积聚能丰，自此至老，亦无憾矣。其言纵非诛心之论，然遽谓其既得良俦者，常亦无此速也。今年来不常见瓢庵，而瓢庵与雪庐，亦音问都隔，安得稍稍得佳人近况，以慰鳏生相望之殷否？

沪上西药，又告腾涨，有若干品类，虽经工部局加以限价，然至今日，亦不能不轶出轨范矣。譬如大健凰，昔日最高峰至六十元一支，而工部局之限价，则为二十八元八角，顾近来以收买者多，又超越五十金矣。大健凰既为囤积一空，中法制药厂之普健龙，于是亦被人收买，海上良医，固曾言普健龙之为效，视大健凰为尤著。惟国人迷信舶来药品，故普健龙之行销，尚较大健凰为差，今则亦为人尽量搜罗，且又过之，殆亦省悟国产之品，未必定输舶来货耳。

（《社会日报》1942年3月7日，未署名）

漫郎将办《竹报》

昨日大雨竟日，至晚不休，愚以早归，乃坐窗下治文稿，忽有友辈三人，联袂来访，则晚蘋、韦陀与漫郎也。三兄初不知愚居何所，问之蝶衣，故来并访，良朋枉驾，必有所言，乃知漫郎兄将出其余绪，创一小型报纸，颜曰《竹报》，篇幅与吾刊相同，取材将较异于寻常诸报，盖不以十多篇小说为号召，而以刊简短之新闻稿争胜于人，此即深中鄙怀者矣。近年小型报纸风格，以愚视之，乃无进步，愚以为小报之好，要在刊珍秘之闻，故当时《晶报》，自有其垂之不朽之精神，而为后来诸报所望尘莫及者也。虽云《晶报》，执笔人才，极一时之盛，然求之今日，亦何尝无妙笔生花之士，特以风气已转移，报纸编者对新闻材料无所重视耳。漫郎所见，与愚相同，故其取稿欲以珍秘新闻为前提，意者吾友亦尚向往昔时之《晶报》也。今《竹报》将于十五日发刊，漫郎不弃下愚，要愚执笔，雅爱殷殷，谊不可辞，复喜其办报旨趣之美，故志之，以告吾报读者幸稍一留意也。

（《社会日报》1942 年 3 月 8 日，未署名）

瓢庵近浸淫于东乡调中

愚书记迩时不获晤瓢庵，初以为病，继以为忙，近乃两者尽非是，而瓢庵实浸淫于东乡调中焉。瓢庵为著名之法家，亦为经商妙手，而多读书，喜临池，渊雅又非恒人所及，然除此以外，所嗜正多，例如酷爱笙歌也。盖瓢庵好平剧，能歌，其人不以评剧鸣，然偶论剧艺，无不警辟，为同侪所称道。桑弧先生尝一再言之，迩时，乃闻复着意于地方歌曲，首先潜研俗“东乡调”，雅称“沪剧”之申曲焉。璇宫剧场，近辟为申曲场院，上海沪剧社诸人，搬演其中，有人谓瓢庵乃日日为座上客，愚初不之信，昨始见有《申曲日报》者，记新闻一则曰：“有名律师姚肇第，撰赠名对（原文）一联，对于申曲社极称道，记者特抄录如下：‘管弦盈耳，同乐靡涯，水调歌来黄歇浦。粉墨登场，乡音无改，羽衣曲胜大江东。'"读是联，想见吾友日听《徐阿增看灯》，以及《庵堂相会》、《卖妹成亲》之津津有味矣。

（《社会日报》1942年3月9日，未署名）

穷凶极恶，以警吾儿

新春中，挈两子来，就食于愚，幼子顽钝，益甚于往昔，脱口而出者，无非为游侠儿之所谈。一日，与其兄斗，语兄曰："拨只卵侬搭搭。"愚以其言秽，呵斥之，然未尝施以鞭笞也。又一日，愚与之为掷骰之戏，幼子掷六骰于盎中，得红者四，又一二，一三，愚自曰："脱为二，或三为二者，则合四矣。今若此，多一点耳。"儿视我笑曰："正式个。"愚闻此三字，不觉怒甚，直欲挞，戒其下次必毋言，苟再言之，不棒死吾儿，则父宁自杀！

上海有不三不四之人物，常有一种口头禅，在彼自以为吐属娴雅，在我闻之，每觉其恶俗不可耐。譬如甲说一句真实话，乙附和之者，可以说"真的"，亦可以说"勿错勿错"，而此申人则每每以"正式个"三字代之，听之似可以解，然细究其义，则又非通，每闻言此，心头上便起不适之感，亦不知其何以致此也。开口邋遢，不是毛病，骂人只要骂得清通，未尝不可爱，故吾儿言"拨只卵侬搭搭"，虽至俗至秽，然一刮两响，不失为通顺也。惟以小孩子不当有此恶声，故呵斥之耳。若说"正式个"一类口吻，既非堂堂人物正大之言，亦不成为游侠儿郎轻薄之谈，此言庸劣，惟使人憎恶而已，愚故不能不穷凶极恶，以警吾儿焉。

（《社会日报》1942年3月10日，未署名）

《杨贵妃》得三绝焉

《杨贵妃》辍演在即，此剧愚以为得三绝焉，刘琼之唐玄宗，丁芝之梅妃，与司马英才之驿官是。英才第一次登台，出演《郑成功》剧中，愚以其声调之怪得刺耳，尝为文非之，士别三日，不图今日之驿官，遂有此优良成绩也。其动作于粗犷中见妩媚,对白从急乱中见斯文,有身段,耳中不闻有锣鼓点子,然其每一身段,似都做在锣鼓点子上。嗟夫!真神来之作也。桑弧曾致评语,谓明明做得过火,然绝不令台下人憎厌,其难能在此也。一日于后台见之,肃然致敬。窃念钟楼怪人之风格,英才未必不擅胜场,何不劳之?看《杨贵妃》者,大都神往于驿官,则以司马为钟楼怪人号召,似无不合机宜耳。

梯公成一舞台剧,名《人间世》,已付费穆,排演有日。素雯又将由剧中串演一角,素雯假期密迩,惟谓卸却歌衫,尚拟登一次银幕,更上一次话剧之台,然后再结束其艺术生涯,亦见其不能忘情之甚矣。

(《社会日报》1942 年 3 月 12 日,未署名)

女人着西装裤

愚妇每晚于十时后,租脚踏车学习。俟学成以后,谓将置一自备车,风驰电掣于通衢间焉。上海私人有汽车时候,渠不习驾驶汽车之术,今则学自行车,亦想见嫁得黔娄之不甚得意也!车犹未学成,而已预备置骑车之装,如西装之裤,及西装之上装,与夫半高跟之皮鞋,渠自津津,愚自乏味。女人着西装裤,叔红兄谓有诲淫之服,曾言一见西装裤,便有无尽意淫;愚则未尝体会得到,惟觉有人着之,极美于观,有人着之,殊不好看。当愚初发现女人着西装裤时,以为是从男人暂借得来,最近方知女人之西装裤与男人所着者,制造之法,微有不同,则男人"开裆",而女人"满裆"者也。男人"开裆",利于解溲,若女人着西装裤,则其大费周折可知。惟又闻之妇言,其有稍可补救之法,则不用板带,亦不用皮带,故上下之间,乃不甚累赘也!

(《社会日报》1942 年 3 月 14 日,未署名)

谈《雷 雨》

米买不着,煤与油亦起绝大恐慌,上海真不可留矣。一夜与若青、孙景璐诸人同饭，愚因告若青，我将不得吃饭，汝亦何能独免？汝能鬻艺，然赏艺之人，都无饭吃，且不暇看戏，为今之计，惟有开码头矣。汝要开码头，必毋忘记，带我一同走。若青以为然，曰："我跟你跑耳。"我谓你跟我跑何用？汝有剧团，汝为满板，我则想附为团员，今桌上人合一出《雷雨》，亦已足够，因指梯公曰："是为萍儿。"指桑弧曰："可以为周朴园。"唐若青似不信，因念朴园之台词一句，若青始大奇。愚乃笑曰："我尝代信芳排周朴园，我则仆人之一也。"因相与大笑。桑弧恒言，《日出》中之陈白露，唐若青为一绝；予则谓《雷雨》之繁漪有赵慧深不作第二人想，然鲁侍萍一角，求之内行，转不可得，虽贤如若青，未必能称，是则当帷与吾人当年合作之马蕙兰矣。席上人念戴涯不已，问之若青，亦不详，惟谓若有人言之，迩客西安，《梅萝香》之秦叫天，戴为一绝，顾桑弧尝见石挥演此，神妙无逊于戴，而愚终不及一睹也。

（《社会日报》1942 年 3 月 17 日，未署名）

国米禁运入租界

国米禁运入租界之前一日，米价陡增，最高价有讨至每担八百元者。有人统计，乃谓中国之米价，实以此日之上海为最贵。重庆米贵达千五百元一石，然重庆之斛，大逾上海者三倍，折而计之，亦不过五百金一石耳。惟有人言，某氏主闽之日，米价腾涨，达千二百金一石，福建之斛，固与上海相等也。时闽人不胜暴政，集团而跃闽江求死者，日必数千人，情形之惨，尤非此日之上海，所可及矣。是夜午十一二时，卖米声犹闻于巷内，其索价犹六十元，我梦回时，闻一乡人负米求售，有人开门问价，欲抑其值，乡人不肯，其人曰："时晏矣，汝苟负汝米尔出此巷者，路上人可以执汝入官。"乡人曰："宁入官中，欲我贬价，则不可也。"其强持若此。至次日，禁令已颁，然卖米者犹叫于巷内，盖即是夜之存货，未能脱售者也。然价已自降，四五十金得一斗矣。

（《社会日报》1942 年 3 月 18 日，未署名）

写电影说明书以二卢为尤胜

往年海上写电影说明书者,极多高手,此中以二卢为尤胜,盖梦殊与莳白两先生也。二卢中予识梦殊,而与莳白先生,乃未一面,四五年来,不谂梦殊萍飘何所?缅怀故旧,魂梦为劳。昔年《时报》有影刊之日,梦殊常执笔,而其名为大郎,读者以为愚所作也。其实十载以来,愚未尝为大报书只字,以不惯计字数得稿酬,故恒拒之勿为。梦殊以实告,且曰:“我亦弟兄居长,故号大郎。”愚亦曰:“然则唐某掠卢氏之美矣。”此言非愚自谦,良以梦殊行文之美,非愚几及者,当奥迪安与上海大戏院,未熸于兵火时,其说明书恒为竹本所著,愚尝读之叹赏不已,初不知竹本为何人,近年始有人见告,谓即卢莳白先生。忆考尔文与彭开合作之《情侣》献映时,说明书不及二百字,而情节已包罗殆尽,盖亦出竹本腕底,而文章之简朴可想,至今念之,余味犹甘。近年国产影片之治说明书者,无不庸劣,求一通顺之文,且不可得,遑论词意之美妙矣!

(《社会日报》1942 年 3 月 19 日,未署名)

愚向无规定之稿笺

愚生平能节物力,虽钱财浪费无度,而琐碎之物,曾不肯废弃,此可以愚之治稿证之。愚向无规定之稿笺,偶然小病,吃过中药,则裹药之笺,不肯废,以为写稿之用。近年时为俳诗,以俳诗着墨不多,往往缮于日历之后,一纸为一章,使无空白之地始已。愚家既无稿纸之设,有时材料匮乏,而条裂朋友投寄之信封,用其反面书之,觅信封不得,则用公司包货之纸,亦能涂抹于其上。凡朋友之曾手辑吾稿者,当知吾言为信也。近见同文谈其所用稿笺,侈谈其价之奢,愚惟自叹寒酸而已。愚平时厌恶浪费物质之人,去年,尝雇一奴,治事甚勤,一日,愚偶入厨下,见一旧铜壶中,贮皂片殆满,问奴何来。曰:“皂将尽,不可用,故废之。”

愚大愤，亟黜之去，以为留此人在，耗吾家之用物必多。奴平时剥削吾开支甚厚，令其市菜，五金之物必蚀一金，妇尝为愚言，愚不愿，以为奴得吾资无多，得此，亦使其稍润生活也。及见其耗费我物，始遣之。以是而观，愚视钱财轻，视物质重，岂亦所谓出之天性欤？

（《社会日报》1942年3月20日，未署名）

坐车西行，以舒胸怀

入春以来，忧嗟生计，抑塞胸怀，无以为遣。周前，春光较好，思为远僻之行，纵不可扑浊尘万斛，要亦少舒神意也。因坐电车赴静安寺，下车坐人力车，语车人曰："挽我徐行，可自善钟路而西。"愚一人不惜步履，故必以车也。且西疆之地，途径亦不易辨认，得一车，犹之得一瓜艇，任其漂泊耳。车乃行于白赛仲路及福开森路，而过赵主教路，道旁之法国梧桐，新芽未绿，柳丝亦未绽也。福开森路，吾友所居者，有帅南、效文二先生，昔尝过帅之居，今亦不复识旧路，惟双健居风景幽绝，未尝一访。效文先生尝言，其田园皆自灌，四时菜蔬，摘之，随付烹调，入口尤美，此则尤为向往。翼华久居阛市，亦恒念主人此言，以为他时苟得主人邀者，领樽无吝。乡人沈，为故选青先生稚女，近与吴鹤云先生结朱陈之好，沈卒业于东吴大学，亦效文先生之高足，盛称先生学问高深，而能维护其徒。沈患结缡以后，学术犹荒，他时者，复欲载酒问经，请双健主人，不辞教诲，不肖愿以此文为先容，主人读之，必豁其双肩曰："来来来，我无所谓也。"

（《社会日报》1942年3月23日，未署名）

交往无由衷之言，讵不险哉！

愚为他报作《妇人科》，又拟写《海上一百老面皮集》，平常看看，好像大胆老面皮之徒，触目皆是，及屈指一算，则又不得十人焉。一夜，与友人同饭，曾以此意告与兰亭，兰亭为我算算，亦不得十人，盖难在举其人面须使人耳熟能详者，故仅获票友二人、书家一名、号称金融业巨子者一名、电台鄙人二名。所谓书家一名，《新镜花缘》中之书匠阿羊哥也。羊年事崇高，应列为老面皮之魁首。尚有一人，亦为大胆老面皮之尤者，惜其人已下世，不然又可多列一人，则蔡钓之徒也。

又尝与叔红私议，谓相识中绝无诚意之徒亦殊众，我人以笠诗遇事，恒以游戏出之，故称之为姚无诚，其实笠诗风趣，非绝对无诚也。绝无诚意者，必世故甚深，修养甚富，不与交深，不知其诈，盖其无诚之度，所谓炉火纯青者也。愚与叔红，细数亦得三五人。叔红谓，苟集这批宝贝于室，令其互谈三日三夜，必始终不得一由衷之言，若与论交，讵不险哉！

（《社会日报》1942年3月24日，未署名）

吃饭难，吃饭之本事亦穷

本刊又将经一度改革，巨制煌煌，届时之面目一新，盖可卜也。愚为本刊撰述，在本刊创始一二年后，若谓愚为本刊之开国元勋，犹不克当，惟有一事值得纪念者，数本刊标题之历时最久者，则当推本篇《高唐散记》矣。灵犀为本报手创之人，顾其身边随笔，已自先生阁而易猫双栖楼，一方、蝶衣尤数数更替，若持久而未尝变换，第不肖一人，虽然，亦多见愚之老弱无能。愚心志日衰，文思益滞，自审出之腕底者，无复似当年之腾跃。愚果知耻，正宜投弃楮墨，自别于读者耳。顾今日犹腆觍涂抹者，实迫于饥驱，念此每不禁悚然！往者灵犀拟使吾刊改观，贻书与愚曰："愿我子分我劳，为我助，恒时着墨于本刊者，宜增其数量，勿以戋戋二三百言，常使人有食不获餍之苦！"灵犀爱我，故有此劝，而不知才尽文通，虽欲搁其爱护吾刊之忱，副故人属望之厚，其如力所不及乎！恒时每叹吃饭难，而不知吃饭之本事亦穷，我而不流转于沟壑，将驱谁流转于沟壑邪？悲夫！

（《社会日报》1942年3月26日，未署名）

介绍贤医缪东垣先生

吾翁老而弥健，偶有病，得缪东垣先生一剂，亦霍然矣。盖翁与缪为至交也。翁谓生平极服膺缪之医道，缪曾悬壶于西子湖边，凡七年，杭人誉为国手。其人学有源自，为叶熙春医家高足，自不同恒俗矣。既来沪上，曾为叶襄理诊务，亲炙既久，学术益精，叶不欲其为师分劳，而湮其医名，故告之曰："吾子固有活人术也，从此请自张一军。"缪拜而受命，乃设诊所于三马路广西路之同仁堂国药号，仅上午十至十一时。愚以受翁嘱，以贤医介绍与读吾报者。

明夷归来后，设问津处于成都路，昨往访之，门庭正如市也。朋友中称明夷为神人，则以其课命之学，有非恒流几及者。是日翼华亦同往，渠将远游，因丐明夷卜休咎。翼华每岁必烦明夷示流年，皆奇验。明夷谓翼华今岁六月，有消耗，翼华以为奇，盖其两子皆患扁桃腺炎，已为医生约，将于暑期中施以手术，医药之费，固应纳入消耗一途也。

（《社会日报》1942 年 3 月 28 日，未署名）

海内诗流足以为人范式者，庚白一人而已

林庚白先生之噩耗，今果证实矣，怆恸不知何已？时人之论诗者，皆不值庚白所作，以其力寻新径，非词之常范也。愚以为姑不论林先生于诗之本身造诣为何如，然其论词之作，都透辟为昔人所未有，而立意之美、条例之新，愚为之心折。以如海内诗流足以为人范式者，庚白一人而已，《孑楼诗稿》，愚所见不多；《长风》诸册，及《小晨报》所印者，多近体诗，而以七言律句为尤众。今先生殁后，其后人不知亦有集其遗著付印者否？先生曩居沪上，与青鹤主人识，青鹤夫人丧设奠于清凉寺，先生曾往吊，予与即此一面，不复再见。林为人奇短，人有嘲之者，林得句云："当时几辈知平仲，坐使齐侯致富强。"盖先生时以晏相自况也。白蕉与先生交甚笃，其佚事不妨由海曲居士道之，居士念故交，悼

名贤，似不能再以天下第一懒人而吝其纸墨矣。

(《社会日报》1942 年 3 月 29 日，未署名)

游兴大动，宜于踏青

《社会日报》之寿头气味赖某某诸君，乃有绵延不绝之观。愚坐跳舞场中，欢喜与自说自话之舞女攀谈，看小型报纸，亦爱自说自话如某某诸君之文章，故欲为听公上条陈，可否于吾刊革新之日，辟专页名“寿头板”，简称为“寿板”，或美其名曰“婺源”或“杪枋”，盖婺源与杪枋为棺材板，棺材板亦即寿板也。“寿板”之稿件，最好由朱雀先生主纂之，精警必在听公之上，如其实行，不肖定为朱公之助，以襄厥成，第不知听公有意否？

双健居之行，愚已详记于《怀素楼缀语》中，翼华诸君，以是游兴大动，因拟于扰效文先生后，复拟往扰石麟先生。石麟亦筑宅于荒郊僻壤，其地盖宜于踏青，吾人拟约桑弧、梯公、笠诗、鹤云诸君同行。翼华谓宜多邀妙侣，此君身无妙侣，恒以此烦之他人，以人又无能为力，石麟先生其号令一声，叫上海社来一批临时演员乎？

(《社会日报》1942 年 3 月 31 日，未署名)

寅初先生谦和盛德

饭于双健居之夜，王先生谈与某律师争执事。某年少而得意甚早，初曾受业于效文先生者，先生固某前辈也。昨岁先生受当事人托，与某商人以法律周旋，商人之代理人则某也。某与先生折冲之际，忽食一言，先生大愤，曰某之食言，在其个人，不过失信而已，然食言于我是为不敬，因驰告徐寄庼君，谓徐曰：“某无足下提携，则某无今日，今其人放纵，食言于我，我乃不胜其鳃鳃，谓徐之时日，某苟亦食言于足下者，将奈何！”徐亦不欢，召某至，曰：“王某愤汝，是恶汝也，汝当自省，今渠来白于我，于汝自无损，苟见法律中人，一一语之，则汝可行之径窄矣。”某霍然起，诣先生，为谢罪焉。先生知愚与某交甚久，故为言其事，今揭于此，不著名字，一以受先生嘱，一亦示我未忘旧谊耳。

王先生旧受业于马寅初先生，因谓寅初先生谦和盛德，为后生不逮。愚任事某银行时，寅初先生为愚上峰，愚年不过二十，先生亦以先生称愚，惭甚，以是而不甚敢面先生矣。

（《社会日报》1942 年 4 月 2 日，未署名）

火柴之价狂涨

火柴之价狂涨，昔年取火之火石，又可复用。愚小时赴舅家，见妗氏取铁刀，击一片石，而承以纸煤，得星星火，纸煤遂燃，其便也。当时早有磷寸，惟妗氏俭约，故犹用古法耳。一日偕瓢庵坐于大新舞厅，乃遘郑炜显先生，据谈：米高美与大新每家月于火柴之耗，将近万金，有人劝用电火或盘香以代者，郑拒其议，谓舞客若见舞场撙节物力，则其出手，自随之而减矣。郑雅善经营，即此数言，已见其运筹之工，宜乎虞洽卿路之舞榭事业，郑乃独霸一方矣。

（《社会日报》1942 年 4 月 4 日，未署名）

幼时父舅呼我为阿常

乡下人之名字，多用一个阿字，如阿毛、阿狗、阿小、阿二、阿三之类是也。吾乡人尤粗鄙，有时生一男孩，即以其生殖器之名称呼之，如曰“阿屪”。然文人亦有以阿字为典雅者，逸芬有别名为“阿迦”，此二字殆出之于释氏典籍中也？钱杏邨名阿英，殆取其容易叫、容易记，志不在雅俗矣。愚既谓阿字俱乡下人所用，然昔日之乡下人，颇有在上海翻身者，以旧时名字不足登大雅之堂，乃有好事者为之取巧窜易，往往以阿字更一“蔼”字。愚尝见有“蔼然”其人，料其初名必为阿泉；又有人名“蔼容”者，其先必唤阿荣，又如“霭龄”之为阿林，实不一而足。《新闻报》茶话中似曾有“爱楼”之名，此人不知即“阿屪”所蜕变否？愚乳名曰常，幼时父为皆呼我为阿常，舅在世时，亦以阿常呼我。往时愚习晏起，舅上午或莅吾家，睹愚尚高卧，辄立床前，呼曰“阿常起来”，愚辄醒。今不闻此拳爱之唤叫声，已逾二载，梦里惊回，常怀吾舅，腹痛神伤，永无极焉！

（《社会日报》1942 年 4 月 7 日，未署名）

路毙之丐，转为增多

天气渐燠，而路毙之丐，转觉隆冬时为增多。隆冬时倒死路隅，多毒癖之丐，不禁严寒，颠而毙矣。今则毒丐之中，杂以饿殍，盖食量既缺，不得饱者，皆死于饥，即不死，亦多流于丐，于是街头流浪之人益众。散步通衢，逐逐者，无非为鸠形鹄面之人，思之殊可怜也！近见巡逻之卒，持草绳，见乞食者，辄击之，如缚蟹然，既已逮之，不知何以善其后耳！

一日，巷中来一瞽丐，童子扶之，号于门外，愚异之，以吾居之巷，小贩且不得入，而此丐胡由来？良久，司阍者至，睹丐大怒，逐之去，司阍者曰：“丐进巷时，本拒之，丐乃谓巷中某氏，其戚属也，将往称贷，是与沿门托钵者不同耳。”司阍者许之而不意其言之仍诈也。

（《社会日报》1942 年 4 月 8 日，未署名）

林庚白论诗

愚恒谓名词无所谓雅与俗，亦无须别其雅俗也。一方言：林庚白以新的事物入诗，其实林正力求现实耳。《孑楼随笔》，有论诗之作，其言与愚往昔所见相合，今志之，曰：“曩与朋辈纵论诗词，深以同光以来作者，‘食古而不化’为病。盖诗词之属辞隶事，有必不可用于今日者，略以‘隅反’，则剪灯、吹灯之类皆是。何者？今之文物典章，以迄起居习尚，回殊往昔，即以灯论，前数十年，燃灯有灯草，灯草可剪也，亦可吹也，今之电灯，何自剪之、吹之哉？徒喜其字面之美，因袭不改。非仅

‘远实’，直是不通。今之诗词，犯此疵累者，指不胜屈，几使人不辨作者所处之时代，与所经历之日常生活，宁非笑柄。余尝谓字面无所谓雅俗，仅有生熟之别耳，叶恭绰颇以为然。”

（《社会日报》1942年4月10日，未署名）

大健凰、普健龙、果复明

五六年前，恒以旅舍为家，有旅舍必有女人，故愚居逆旅，亦不欲招朋辈共也。近年生活改变，视旅家为绝无“淫心”之地。昨日，愚又背家，拟自此不归，故税一室，晚饭后将就寝此中，而不堪合睫，觉疑怖丛生，似有伺而瞰我者，非鬼物即凶神，不禁凛然。推衾起，欲召儿子来伴我，又念苟门外忽然戒备，闭我于是，则父子同命矣。又不敢，卒起去，将于夜间谈于友，而晚宿于是，或可安枕耳！（犀按：读此颇为毛骨悚然，似将有不幸事，遘诸我友身者。然我得附言以慰大郎友好者，是晚我与郎作竟夕谈，黎明始别去。次晚同进餐，明姑亦共樽俎，欢笑如恒，则啸水兄为贤伉俪所设之和气夜饭，得啸水一言，遂和好如初。我若不附数言于此，友辈必皆将为郎急煞矣。）

治发炎及淋症之片，大健凰为名剂，顾国产药片，为效更神于大健凰者，若普健龙是也。普健龙与果复明胥为中法所产，“果复明”顾名思义，当为治目之药，孰知不然，盖是亦医淋症者也。谑者谓淋亦病在一眼，既以治眼，故称果复明，取其属辞之蕴藉也。

（《社会日报》1942年4月11日，未署名）

发现愚两子皆病短视

生意浪装日光灯，看女人之面孔，一白如灰。盎三病久，其形容已极枯槁，乃置之日光灯下，望之竟能生怖。店堂中，酒菜馆，装日光灯犹可说，而生意浪亦用之，则铺房间之不善运筹也可知。或谓日光灯不宜反映脂粉，故舞台上用之则不合；生意浪人，亦借脂粉以诱人欣赏，又乌可采用日光灯哉？

最近，发现愚两子皆病短视，长子尤甚，自电费激增，吾母不欲浪费，燃一灯仅廿五烛光，而长子好阅闲书，坐处离灯甚远，故辨字恒穷目力，厥光遂耗。二月前，愚见此状，大惧，亟命买烛头较大之灯泡，然已不及矣。一日，愚与子并坐，令其视六尺以外之日历，竟不能认；使其近前一尺，亦不辨；更一尺，辨而不能全晰也。方知其目已创，吾翁目光好，到老不花，愚弱冠已损，而吾子则髫年已不获健全矣！

（《社会日报》1942 年 4 月 12 日，未署名）

《洞房花烛夜》票房开未有之纪录

一日陈燕燕问朱石麟先生曰："《洞房花烛夜》，曾售几多钱？"朱告以为二十四万元。陈曰："是亦开未有之纪录邪？"朱笑而颔首，陈亦飘然曰："我不图尚有今日也！"女明星以久无好戏，每忧其萎损将立至，陈偃蹇已久，骤闻音讯，不觉有此荡涤胸怀之谓也。袁美云、陈云裳，声势但不及往时之盛者，亦以无好戏摄制为之助耳！

愚尝劝陆露明宜牺牲色相，以混身之肉，博影迷兼色迷之欣赏。近闻有《一夜销魂》之作，片中陆与小生有相拥而吻之镜头，而未尝以肉感炫人也。或曰："陆露明须远看，自有风头，近看则其面孔上似极人工堆砌之能事，缔视良久，无不胃口大倒者。"愚以为陆在电通时代，被许幸之带来带去时自有腴润之美，今则已成败柳残花，殊不耐看，故我虽劝其夸炫肉感，又深恐其脱开衣裳时，其肌肉非常松弛耳！

（《社会日报》1942 年 4 月 14 日，未署名）

轧米者排队等黎明

舞台剧之老旦，蒙纳为时人所艳称。一夕，我人集于文哥府上，饭时，马曼云女士至，马尝与吾侪合演《雷雨》者，饰鲁侍萍，熨帖细腻，若青亦视之有愧色，他无论矣。桑弧乃谓，苟使马小姐而从事舞台剧者，蒙纳无啖饭地矣。近在卡尔登观《四姊妹》,为四姊妹之母者,年太青,台下视之,不若母女,亦如姊妹,可见中年旦之难得。往年,尝在辣斐见《家》中饰高氏大少奶,中年而大块头,身份最合,然不知如何,此种典型,放在台上,便觉文明戏气味十足矣。

看《四姊妹》夜场,归去时,方交十一点,而轧米者已麇集于米店门首,将待黎明时,巡捕来为之列号也。轧米者胥或以小凳随身,或席地坐阶上,童子亦多,不耐熬夜,则为假寐,厥状乃令人酸鼻。顾犹有人言:彼露坐一宵者,至天明未必得米,盖为后来之大力者所排挤也!

(《社会日报》1942 年 4 月 15 日,未署名)

朋友家喜庆之事绵亘不绝

一月以内,朋友家喜庆之事,绵亘不绝,其先为梯维与素雯嘉礼,次则五良先生嫁女,昨则睦翁为其侄授室,而废历之三月初三(四月十七),为吴鹤云兄与沈延蔼女士结缡于国际饭店,其后十日,为四月二十七日,则李太夫人之七旬寿诞期矣。五良先生嫁女之日,愚方为室人缠哄,怨懑竟日,终失礼仪;次日,铁椎来告,始为之歉愧万状。鹤云为天津路协和行经理,二十年来,长袖善舞,蜚声于海上之商业场中,而为社会人士所景崇者也。去岁丧偶,旋凭媒妁之言,与吾乡沈延蔼女士,联为姻媾。沈卒业于东吴大学,貌固出群,才有盖世,二人结婚以后,将乘机北上,抵故都,度蜜月焉。李太夫人为祖韩、祖夔、祖模、祖源、祖明、祖莱诸先生之母太夫人,今岁六旬晋九,诸先生将借此良辰而舞彩承欢,因假丽都花园为礼堂,为老人祝嘏,不拟铺张,特设宴款至友近亲而已。喜讯纷呈,不禁欢悦无量,故并志之,亦备忘之意云尔!(犀按:大郎尚遗一事,则有竹居主人抱孙也。本星期六在新居邀同文数辈,共谋一醉,嘱代邀大郎,附此以告。)

(《社会日报》1942 年 4 月 17 日,未署名)

“老先生真会白相”

赵如泉先生年逾六旬，而精神矍铄，望之如四十许人，或谓赵之能长保青春，缘其人实得聊以自娱之道。赵之演剧，可以不必规矩者，决不规矩，务必规矩者，亦未必肯戢然就范。此次赵与信芳、树森、斌昆、世海、金奎诸君，合演《甘露寺》，赵之乔玄，复大吃豆腐，台上人俱为之笑场。先是，饰乔府之家人者为韩老板，在后台时，赵问金奎曰：“你这乔家人，还是乔福还是乔喜？”盖北派称乔喜，而南派则称乔福也。金奎则曰：“随你便，你管我叫什么，我就答应什么！”赵然之，及到台上，乔将唤金奎时，忽略作思索状，终则张口曰：“福喜。”盖合乔福、乔喜之名为一个，亦即溶南北派于一炉。此在台下人，犹以为赵老误词而已，惟后台人知其原委者，乃无不绝倒，佥曰：“老先生真会白相，无怪其终年如一个半老之徐爷矣。”（高唐曰：因上文有“矍铄”二字，最近乃见笠诗倩人作寿某太夫人诗数章，其中亦颂扬寿母之精神为矍铄者，以此二字，习用于男人，用于女人，似不多见，故以质之谢豹、稳斋诸兄，愿有以教我。）

（《社会日报》1942 年 4 月 18 日，未署名）

又累两夕失眠

又累两夕失眠。愚每值失眠，必起坐，或治文稿，苟能支坐，愚以为尚足取偿所至苦者；头甫着枕，两眼已张，及欲支坐则又昏昏且睡去矣。

比月以来，愚心意郁结，未尝有片时或解，故形容亦尪瘠。愚初不自觉，一日于茂昶喜席上，值臧伯庸医生，忽指愚曰：“何消瘦乃尔？”愚与伯庸先生，不见且一年，可知去年此时，愚实较为丰腴也。迩时更有一苦事，左手臂上，忽长微疹，作奇痒，抓之，又奇痛。视其上，则隐隐红起者十余粒，不知是何病也？一日，沈遂耕兄来愚告以所苦，则谓是花柳病耳，蕴结于血液中，逢春乃发，故有此象。愚去年尝验血，验尿道，朱仰高、程慕欧之流，俱谓洁净无瑕，遂耕此言，愚故疑焉。因亦问曰："吾兄不习医，安得知下走病根哉？"沈则答："我有阅历，安得勿知？"是夕归去，晤妗氏，妗谓其外孙甫十龄，近亦病此，愚始释然！

（《社会日报》1942 年 4 月 20 日，未署名）

在三郎婚宴上"开条斧"

三郎结婚之日，在国际进茶点后，宾客散殆尽，留平时交情尤契之男女友人三十众，群集其家。鹤云为召酒席三，一席以女宾伴新郎新娘同饮，余二席则皆为男宾。天厂居士邀愚与睦翁及翼华四人，在洞房中设花局终宵，至晓不去，以语三郎，郎有难色，于是在座之男女宾客，纷纷向三郎"开条斧"矣。居士是日为婚礼中之执柯人，故索价曰"茄力克半打"，翼华要美国皮皮鞋一双，守恒要白麂皮皮鞋一双，愚生平派头奇小，明明纵斧于人，亦开不了大口，则索中式纹皮皮鞋一双。三郎视而笑曰："大郎毕竟俭约人也。"陆洁与一刘君索白兰地与芹酒，笃兴、教咏诸兄，索五和牌汗衫两件，念祖恭则吉士香烟十包，其他若守澄、笠诗、睦翁、桑弧诸君，为宝塔牌手巾半打；而问之女客，则共十一人，每人各要柯的唇膏一支，及值六十金之丝袜一双。综三郎所费，须四千金，问于郎，郎颔首示可，遂以守澄、心得二君为采办人，而以吴之屏律师为之保证，之屏先生，郎之从叔也。众宾以新郎慷慨故，席散即行，时犹不及九时，使合欢衾底，大体早得成双耳。天厂嘱愚记其盛事，谓所以揭郎之仁风也。

（《社会日报》1942 年 4 月 25 日，未署名）

白蕉先生个展

白蕉先生个展之第一日，愚往参观，愚无欣赏艺事之能力，灵犀犹能指白蕉之诗，实优逾书法文章，以及金石写兰也。愚亦酷爱白蕉诗，尤爱其常取自己所作,为人写聚头楹帖也。场中遇粪翁,盛称白蕉近诗,谓绝句尤挺拔。愚记忆力衰退,虽屡过目,不复可记,惟曾忆白蕉有旧句云:"渐有桃花缀绿潮,豆花眼大杏花娇。先生策杖来何许?两面垂杨认小桥。"此诗纯写乡村风物,与李莼客之"正是江南农事起,小桥摇出罱泥船",及昔人竹枝词之"东岸垂杨西岸柳,乱飞蝴蝶乱啼莺",同有宛然似画之妙,而"渐有桃花缀绿潮"七字,尤觉其活色生香也。白蕉与林庚白相友善,愚则不识庚白,白蕉于林诗有微词,愚则倾倒甚至,此诚愚之阿私所好,顾林诗多新奇之语,为他人不常有,亦不能有也。惟庚白拙于书法,其人又好写字,书成,盖如小儿临习字之范,拙俗殊不耐看。他日必当集其佳诗,强白蕉手录之,此所谓二难并,值得珍藏矣。白蕉个展,闻今日为最后一日云。

(《社会日报》1942 年 4 月 26 日,未署名)

拟作《鲜花牛粪集》

男女结合,其不成佳偶者,俗有"一朵鲜花插在牛粪上"之谚,又云:"巧妻常伴拙夫眠"。前者男女并喻,后者正如"彩凤随鸦"之专为女人扼腕耳。然举世滔滔,鲜花与牛粪之结合,几开眼皆是。愚昔时则写上海一百老面皮传,以一时记不齐如许人物,复以老面皮中平时相识者甚众,致未能着笔;今则又拟作《鲜花牛粪集》,约略计之,亦可得一二十对,惟其中男女亦多愚之朋友,故文未便着墨,电影明星中,尤多此种孽缘。固不待愚之明言,读者已能相喻于衷矣。

厄于饥而死于檐下者,触目俱是,故有人揣测今岁沪上之疫疾必将盛行。近读某医师在《申报》著述一文,论上海近年来流传病者,读之心胆俱裂。春光老去,夏令随来,沪人惟一急务,当为购备治疫之剂。愚为读报诸君介绍中西之功德水,实为神效圣品,此外虽尚有神剂,然价则不比功德水之廉也。

(《社会日报》1942 年 4 月 27 日,未署名)

我无勇气废此一口薄粥

小型报之撰述人，因报馆主持人之待遇菲薄，发稿费“十年如一日”，故颇有人于行文之便，辄致其不胜怨恚之词，其情可悯，其语可哀。乃前日漫郎兄以《竹报》惠我，此中有《硬派编辑》一文，略谓有某报编辑，因看不惯“写稿子人”之搭足臭架子，一气而不要“写稿子人”之著作，预备自己一手包办云云，颇不知此编辑先生为何人。若每家报纸之编辑，都刚烈若此君者，则在今日情形之下，报馆虽不能顾全为稿子人以吃一口饱饭，然尚能顾其吃一口不饱之薄粥也。乃有此编辑，遥知此后之“写稿子人”，薄粥亦将不得沾唇矣。环诵此文，不禁寒栗！我为写稿子人之一，无勇气废此一口薄粥，故要求彼屈活先生，示我以硬派编辑为何人。我常央其勿再发此脾气，并望屈活先生，后此勿再渲染此硬派编辑之脾气于字里行间，免得还要别人帮忙写稿子之其他编辑效尤焉。

(《社会日报》1942 年 5 月 1 日，未署名)

史先生致富乃从未致富也！

有人疑史致富先生，营西药业，而积贮甚厚，复以前昨两年，北来坤角，俱拜于先生膝下，遂谓先生假此以利纵情声色者，其实殊厚诬好人也！诚然，营西药业之康才如史致富其人，迄至今日，广聚数百万，不为多，即积财数千万，亦非不可能，顾史先生一介勿取，致富乃从未致富也！不与深交，必不肯信。费穆尝谓，致富刻苦自励，二十年来，苦已乐人，以道义为重，至今犹居一敝椽，屋为一上一下，与六姓同处。有人造其庐，及门，辄掉首去，曰：“是非史先生家也。”又好着布衣，有人诣之，见其人，睹史之悃愊不华，往往诧异曰：“是即史先生邪?”平时既无嗜好，往岁，有北伶南来，友人谓史曰：“史先生终岁劳劳，宜策一自娱心意之图，聊快人生。”于是怂恿使坤伶咸拜其膝下，史亦受之，曰：“我正欲赖此聊以自娱也！”洋路人小议，乃谓史先生以多金而出此者，要非知言。愚既与史论交，又闻费穆述史之生平，钦迟不已，叹曰：“富贵不淫，贫贱则乐，史诚今之英杰哉！”

（《社会日报》1942 年 5 月 2 日，未署名）

愚无音乐之好

今日治稿时，有人在门外楼梯下，弄梵华铃，咿哑作响，恒一二小时不已，愚为之心烦欲绝。愚无音乐之好，故亦绝无所知，看电影而遇音乐短片，恒却走，因无线电中有音乐节目，故不喜欢无线电。去年，王耀堂先生以兰心一券畀愚，谓有音乐会甚佳，唐君若有暇，幸为座上客也。愚与耀堂先生，不甚相戏，故拜而受之，然终不曾入座也。此心惴惴，患耀堂果有音乐之癖，是日以愚废其券，而心滋勿快也。愚既不好音乐，于是亦憎恶音乐，此日弄梵华铃者，愚勿识其人，未便相阻，若为稔友，必驱之门外矣。

上海艺术剧团，有音乐配演者，愚亦以为多此一举，不知内行人之感想如何。若愚为门外汉，不第莫测高深，且以为戏剧空气，有时为此繁响所扰，而有妨碍者；戏果好，不必有音乐，自然入胜，戏而糟，即有音乐，亦多见其不三不四耳。

（《社会日报》1942 年 5 月 4 日，未署名）

愚撰述之报纸已有七家

愚近日为报纸撰述，已自三家增至七家，排日所草字数，已较前加一倍以上，此为老友怜我艰困，使我多数百金一月之收入，是乃盛情，受之，固力所不克胜任，拒之，又为不识抬举，故只能顾钱不顾命矣。从前写得少时，不知呕心沥血为何事，近乃渐识煮字之苦！一日，为某报治一文，执笔在手，良久不能着片字，故心思益烦乱，则读报。忽见戈凡先生诗，有“生活之鞭”之句，顿悟曰：“我今亦有生活之鞭，加诸身上也！”

念至此，几为失声痛哭！

三轮客车以筹备匆促，故行驶后其设备有未尽善者，如天雨之日，前面竟无篷布可张，若逢大雨，乘客之衣履必为之浸润。其先，愚尝谓此车有一妙用，盖天雨之际，携隽侣同匿其中，一任驾车人淋于雨内，其为乘客者，正不妨为所欲为，则其幽秘，较之昔时之飞车为尤适宜，汽车之容大，此则局蹐第能容二人，似更利于轻举妄动也。

（《社会日报》1942 年 5 月 6 日，未署名）

友人聚晤之所

一夜从友人饭于新会乐美春家，房老某，方患病卧于床，吾友乃为之延医疗之。吾友经商，驰妙誉于市廛间，昔时尝税一屋为友人聚晤之所，屋之房东，即此卧病之房老也。当时以宾主相处甚善，友故允伊人每节两宴其家，所以示不忘旧谊耳。饭既竟，以邻室有病人，不堪久扰，故迁至前弄之雪雯家，是为近日之名倡，布置在在见其奢华。座上有太原生，名医也，就之谈，娓娓渐忘困倦，亦忘夜色之渐深矣。将十二时，始各散去，路上人稀，不敢独行，因折至人安里，与灵犀、盎三诸兄，更纵夜半之谈，此乐又数月未尽。时绵蛮亦归来，出诗笺十页，示吾人曰："负于此者，又数百金也。"绵蛮亦恃笔耕为生者，故所操为雅业，平时则恒以诗句博钞票之输赢，则其赌亦为雅赌，此君旧曾困于黑籍，终为戒除，然戈其先生恒言抽雅片实为雅嗜，世有俗物，必不能窥雅片之所以为雅。绵蛮既操雅业，为雅博，不知当时何以必去此雅嗜邪？

（《社会日报》1942 年 5 月 7 日，未署名）

跳舞教师韩森

有跳舞教师名韩森者，闻其出门下之女弟子，乃无不以"叶"字题名，韩自以三木为字，由木生叶，自成十亩浓荫矣。昨夜，吾人饭于金谷饭店，一友挈韩森四徒至，其中一叶，最为隽美，问其姓，曰夏，连姓和名,便成夏叶。晚饭既竟,从诸叶诣夜总会,是夜,愚稍饮酒,意兴飙发,故狂舞,直至散场,始归去。念此地在八小时以后,由夜总会而蜕变为晨总会,亦时人所谓文艺沙龙者也。创办此举者,为毛羽诸君。毛羽尝来告我,朝暾既上,有人写作于文艺沙龙间,或制剧本,或涂文稿,既饥,食粢饭油炸烩,或咖啡牛茶之类,复以唱片播送音乐,苟挈鬓丝俱往者,亦堪起舞。毛羽因嘱愚,躬与其盛。愚曰:"起也起得早,粢饭油炸烩亦吃得下,惟其地为文艺沙龙,字面过新,放我在内,得毋嫌色调之不甚谐和乎?"

(《社会日报》1942 年 5 月 8 日,未署名)

药价奇昂

妇吃药,药仅七八味,费十五金,送药人言:此剂在去年,不过一金余耳。可知国药之价,激增之烈矣。颇闻最近囤国药者,胥为财富之徒,出全力搜购,于是药价奇昂。愚既丐王玉润先生处一方,携之归去,将兑药矣,适为吾弟所见,谓既为血管迸裂,则有现成药可治也。因出其所备之西药石蜡状遗愚,谓果血管迸裂,服此可愈,若为便血,则当别循医治之道。石蜡状可以胶黏血管碎裂,其为用同于玉润先生所言油当归之溶阿胶同服也。愚以有现成药,故未兑国药。玉润先生于医理,中西之法并参,当知石蜡状之功效,固无异于陈阿胶否?若能,则愚将取石蜡状治愈吾疾矣。腰脚稍健,当往躬问先生。

(《社会日报》1942 年 5 月 11 日,未署名)

文人落拓设相室

相家抱冰子,为文友古毚先生之别署,久不见矣,近获捐书,知故人之落拓依然也。其言云:"粥文已不足赡家,因于法租界敏体尼荫路文元坊三号,设临时相室,布置尚不陋恶,而弟亦可谓半正式下海矣。虽有'派窜头'之意,不敢抱过分奢望,抑常以门可罗雀为忧也。盖吾辈文人，手无余资，欲自张一军，谈何容易！花多钱登夸大广告，力所不及，无已，乞老友笔底揄扬，拉几个生意，挥妻孥去轧几升米耳。”吾友之言，可谓惨矣。挟神技而不能作江湖诀，其技几等于无用，而抱冰子之落魄宜也。愚心服吾友之诗文，亦钦折其论相之谈言微中，故数年以来，不惜为其作纸上之宣扬，读吾报者，亦有悯文人之坎坷不遇者乎？幸过抱冰子，赐明教，吾友明鉴万里，必有数言，使足下悦服者也。

（《社会日报》1942年5月13日，未署名）

未能仗义执言，私心愧疚

一夜坐电车归去，有二女立车门外，驾车人叱之曰：“立此何胡？”二女果退入室中，顾以驾车人之气焰烈也，颇不甘，亦责之曰：“何来盛气，乃欲噬人？”驾车人益怒，曰：“既言矣，汝乃咬我之卵！”其言至亵，二女咸大赧，私议曰：“不足与畜类言也。”而驾车人以二女子无言，怒益甚，恶形益纵。时车上有女人，咸不平，一人曰：“此瘪三何以若是之狠者？”然男人皆无语，愚亦男人，亦未尝攘臂为二女子助，以我初不雄于力，自卫且不遑，无论助人也。故车至黄家沙，二女子下，驾车人更以秽语报之，愚亦惟坐看威风，不致仗义执一言，一任私心之愧疚而已！及愚既下车，念此时车上，若易愚而为白雪，则二女子必勿受驾车人之辱，而白雪将挺身为之解纷。吾人常于报间读白雪之文，白雪恒言，路见不平必相助。又念车上而有陈娟娟女士，或亦能创彼狼彘，盖陈虽蛾眉，亦任侠好义，睹此不平，陈不怕事，必肯出头，计驾车人所收入者，痛骂一场，耳光若干记。女人之悍而泼，有时亦大有用场，用之于此驾车人身上，正一剂清凉药也。

（《社会日报》1942年5月15日，未署名）

以后誓与同文互相怜惜

阅今日本报，灵犀于《秋翁笔谈》篇尾，加以按语，谓愚与漫郎兄有笔墨之争，甚为诧异。愚未尝骂过漫郎，漫郎或不慊于我，但不过泄其诽怨之私，事已过去矣。漫郎之报，闻行销颇广，愚以穷忙，不甚看报，昔承漫郎以其报赠我，犹得睹其内容之丰茂，今久又不蒙见赐，而每日等电车时懒在报摊上买一份，欲赖以破数分钟之岑寂而得见漫郎以心血灌溉之刊物也。顾报摊恒告以无有，则怅惘与欢喜交集，怅惘者，以不得读其报之宏文；欢喜者，以其报销场好，恒为人争购一空。有时，有人好事，以电话见告，谓有人假漫郎之报，对我施泼骂，愚亦不甚信，以我未曾开罪同文，何致遭骂？并愚返发宏愿，以后誓与同文互相怜惜，世乱时艰，文人清苦，日甚一日。彼活得落过得过者，决不怜惜文人，故文人惟有惺惺相怜互为慰藉，讥讽且不能，何况泼骂？故漫郎之报，纵使真有人骂我者，我亦受之，自今日始，愿以此文为证，灵犀亦有感于吾言乎？

（《社会日报》1942 年 5 月 16 日，未署名）

看话剧《香妃》

前夜剧社演《香妃》之第一夕，愚特往观。此剧共分三幕，占时又不多，故并休息时间，不过二小时已蒇事矣。第一幕与小和卓木之死别，第二幕为乾隆帝欲幸香妃而香妃不屈，第三幕则清太后之赐死也，是与朱觉厂先生所编者，已极尽削繁就简之能事矣。愚意占时既短，至少可以增加一幕，则不妨以香妃之苦念故土，帝筑回宫以居之之场面，如卖瓜人之穿插，其用意初不浅薄，而于戏剧空气，亦不嫌冷静。即为宫女者，亦时得开口，郎世宁亦为要角，二三两幕皆有，皆为香妃图象，清宫蓄香妃戎装一图，为宁所写，此剧似告人以郎为香妃制图，在当时固以生人为范，初非后来凭空想像者。窃意香妃千古沉哀，脱无世宁之范像以传其人亦必不朽，故台上不妨有一世宁，其假重则不必如此之多。演员除夏风外，都不相识，郎世宁本属之黄宗江，又临时更调，香妃不知果为黄宗英否？若然则此人与演太后之江泓，胥足称也。

（《社会日报》1942 年 5 月 18 日，未署名）

诗词用字不可生涩

引凤楼主人五十许人，而风华豪迈，犹似三十年少壮之夫。愚初识主人时，尊之为老，尊之为公，然后来见其朱颜玄发，而出语之天真，与夫笔下述少年腻事之广，辄不敢以老视之。近诗所谓“浙江老卵”云者，窃意较称主人以老人实为贴切，主人何尝老？惟儿孙绕膝，其卵则又不能称之为少耳。

试以“浙江老卵对门居”七字，以比“洛阳儿女对门居”孰胜，若有人曰“后者为胜”，则此人必不懂诗，其实此两句为一样好也。《带经堂诗话》称“金陵城外报恩寺”，不及“姑苏城外寒山寺”之胜，为后世人所诟病。姑苏、金陵，报恩、寒山，俱为名词，名词无所谓好歹，故渔洋之言，终为屁话！

作诗词意不妨倔傲，而用字不可生涩，不能音节苍凉，亦当得柔和之美。黄山谷为一代诗宗，其词意大多艰涩，而用字无不平正，戈其先生得此遗旨，故为时人推重。作诗而好用生涩之字，读之令人拗口者，是于炼字无修养，终世不能有好诗也。

（《社会日报》1942 年 5 月 19 日，未署名）

闺 房 韵 事

友人尝入秋翁之室，见秋姑为翁去耳中之垢，叹为闺房韵事，莫过于此。斯人先生，似必欲扎秋翁台型，于是亦自写其闺房之乐于其日记中，谓其友文，持刈眉之钳，为其除颏下之须。愚为人粗野，对此细巧事而不屑为，往年与床头人哄，床头人好为竹林游，愚殊恶之，劝诫不听，詈之曰：“汝果闲得不安者，为我数胯下之丝耳。”今见斯人事，偶忆前语，辄为轩渠不止。

一瑯先生于中西文学无不贯通，能诗词，知命理，盖亦渊雅之士。尝于华府饭店席上遘之，倾谈甚快，先生以所作便面见遗，为草书，高朴为近世所罕见。愚以八字奉先生，请示我以休咎，故欲就决于先生。近来体气日衰，死象日臻，不知先生将何以语我耳。

（《社会日报》1942年5月20日，未署名）

有闻信芳已蓄髭

同文诸友，往贺一英订婚之夜，遇白雪于丁家，白雪谓，夙闻信芳已蓄髭，将从此摒绝舞台生活矣。愚于此事未有所闻，惟愚识信芳甚久，亦尝见其边幅不修之日，发长不理，髭长无刈。其所谓髭，疏而不密，人中且为不毛之地，俗所谓"太监形"是也。故信芳虽欲蓄髭，以此恐不可如愿。白雪于剧艺研讨甚勤，信芳为其一向钦迟之伶工，故关切亦殷也。

一日，钟信仁医师枉驾，谓渠迩与赵朴初、金振华两医生，主持益友医院临时诊疗所，自五月一日起，办理免费注射预防霍乱、伤寒针剂。此外，则为贫病之人，施诊给药，分中西医两类，中医之时间，为下午二至四时半，西医则五至七时。信仁平时，医务亦极发达，今且眷念贫黎，创斯义举，真令人钦服，不有一言，何以彰其善行哉？

（《社会日报》1942年5月22日，未署名）

愚不做囤药之徒

闻灵犀尝记愚经营西药事于报端，而愚未得见。盖灵犀读吾文，见我尝数访晓初先生，以为有所谋也。愚笔下于囤药之徒，尝施挞伐，然朋友之囤药者甚多，有时来访，为愚絮絮谈西药之可以为也。愚因略得此中门径，顾愚以贫乏，自已竟无所成，蝶衣兄骂我"有财可发，眼亦能红"，纵谓愚固眼红矣，特无本经营耳。欲假之友人，为自己谋，则愚于银钱信用，是一"臭盘"，友人不肯假我，我亦不欲求贷于人，求贷于人，以市薪米，犹可说，求贷于人，为囤积药物，则不可说也。故愚至今，家中无一"瓶"一"片"之贮，遑论"包"，遑论"箱"哉！晓初先生见灵犀文,乃谓陈君疑大郎者实误,许先生诚可以为我作证人也。愚以囤积药品,有可恕亦有不可恕者。譬如囤治疫之剂,以及止血止痛,罪不可赦;苟收购滋补之品,则亦未必伤廉,然滋补之品奇昂,愚有意经营,而力所不及,亦徒呼荷荷而已。

(《社会日报》1942 年 5 月 23 日,未署名)

丝袜“挑丝”涂蔻丹

一日,偕妇与小洛坐街车经霞飞路,一女子骑自行车过吾三人之侧,车上人雾鬓风鬟,望之绝艳,其车色泽亦华丽。更视其双趺,则丝袜已有裂痕,女人谓之曰“挑丝”,裂痕处有殷然而赤者,似血。愚故怜之,扬声谓小洛曰:“是亦可怜,女人能骑自行车,诚能兼刚劲婀娜之致,然肤发之损,在所不免,试视彼丽人,玉趺如雪,必创于车,乃使袜既绽,肤亦裂矣。”车上人闻言,遽大乐,夕阳被其面,映笑痕尤滋然可爱。小洛似有悟,曰:“是殷然而赤者,初非血,实为红药水耳。”言已,车上人之笑声益纵,而驶其车遂速,顷刻而杳。吾妇乃言,汝二人竟无所知,故为渠窃笑,盖其所涂者,不涂于肤,而涂于袜,是为染指之蔻丹。袜既挑丝,涂以蔻丹,能使袜保持现状,不然,一败如灰矣。愚用是亦笑,曰:“是亦甚佳,苟吾二人,亦为内行,且不获博车上人之几度嫣然耳。”

(《社会日报》1942 年 5 月 24 日,未署名)

一聊先生为愚论八字

一聊先生,近以书抵愚,关于愚之八字,有所论列,其言云:“乃日读《高唐散记》,顿忆前示大造,尚未有肯定答覆,兹细思之下,认为时辰可定卯时无疑,而今年则必可无虑。盖现行子运,应较申运为佳,凡经化格,在佳运中即流年不吉,断无妨事之理,况二十子不冲午乎?大可放心也。只三九岁似有一关,宜留意,修心补相之理,聊亦信之,如能多行善事,自能添寿也。”先生于命理研讨精微,其论不同凡俗,而书法尤胜，曩以所作扇页见贻，为草书，惟愚则尤哀其赐书所作行楷之美，复当更烦师诚求之。

昨夜应友人宴，归去时已逾十时，坐电车至新闸路，更步行返家，经小菜场畔，见烂草一堆，黑暗中似见四肢露于外，盖一陈尸也。行都市中，似履荒墟，令人毛发森然，小菜场畔，恒有陈尸，岂觅死之徒，视此为善地邪！

（《社会日报》1942年5月29日，未署名）

秋翁题句

诣秋斋者，无不见秋翁与秋芳女士双栖楼上，悬二人合摄之影，或秋芳一人之影甚多。翁风雅中人，故每买画幅，必题以妙句，使剧中人益增其光彩，如一幅云“宜嗔宜喜春风面”，又一幅云“秋水为神玉为骨”，虽都成句，我亦知翁之刻骨称情也。翁于本人之“画形图影”，初予题识，殆翁不欲贻肉麻当有趣之讥耳。近顷翁为愚作《妇人科》，分愚之劳，愚殊德之，故愿为翁亦作《题影》绝句，盖引玉抛砖之意，秋翁幸毋笑我。

春风端合配春宫，郎意轻狂妾意慵。自是有情成眷属，秋姑至竟伴秋翁。

一夜，与秋翁述及此事，愚谓秋芳是春风面，然则翁之尊荣又何如耶？青鸾笑曰：“亦”春宫面孔耳，亦字者以梦云尝谓愚之面孔，似春宫中人也。

（《社会日报》1942年6月2日，署名：高唐）

陈浮兄来书

陈浮兄来书，以《乱世风光》，及《秋》与《比翼鸟》之赠券遗愚。《乱世风光》为兄所编制，《秋》与《比翼鸟》宣传之役由荣伟公司，委之于兄，兄谓：“呈嫂夫人等消闲之用。”其厚意弥可感也。兄书又谓：“全市狂澜！使人不遑喘息，以弟之困顿，因念我兄近况不止！灵犀兄似亦大苦闷，不见此公者久矣，若干朋友，频为存问，惟相见时反拙于言辞，则觉彼此心照，沉默亦大佳耳。”其言似甚平淡，顾以愚读之，乃觉有一种不可言喻之伤感，从心坎中流出，读书竟清泪乃不禁夺眶出也。陈浮念我，我岂不念陈浮，我二人常时不相晤面，章行严所谓“行迹疏时情转密”，正可为我二人咏之。愚困顿极矣，有人有加以慰藉者，第以其言都平泛，迥不若陈浮之书之为亲切，是非陈浮之措词善于他人，我特爱其人，乃重其言耳。愚殊无状，不足使吾友关怀，而吾友终不弃，愚故感极而涕零矣！

（《社会日报》1942 年 6 月 6 日，未署名）

本刊内容，较为庄肃

为吾报写述，比寻常不敢随便，以本刊内容，较为庄肃，偶作一轻薄之词，灵犀亦不肯苟同，必加删除。吾友虽不以写色情为专工者，然如本刊之限格过严，更使我有言路日窄之叹。故愚为报纸治文，恒以本刊一篇，成就最后，以他报可以信笔所之，而本刊之文，不得不少经意也。愚乃苦之！近顷写述较多，尤视本刊之件，太耗心血，故拟循蝶衣兄例，有材料则写之，否则，正不必搜索，贱著之久不与读者相晤者，即坐是也。乃灵犀书书来嘱续为本报撰述，其言谓愚向时固爱护本报之一人，而本报稿件又奇缺，奈何袖手？前者愚应接受。在愚为文字生涯时，似不当辍笔于吾报，以历史与交谊言，俱不得如此做也。后者则愚殊愧怍，愚平时为小诗一二章，有时短文三百字而已，能为《社报》补篇幅者至微，而《社报》多宏文，多巨著，故灵犀此言，捧我而已，不足为嘱稿之理由也。

（《社会日报》1942 年 6 月 14 日，未署名）

高 乐 开 幕

引凤楼主，好打蓝青官话，主人浮沉宦海既久，打官话，亦情不自禁也。一夕，同诣家庭饭店，当炉之女，亲持敦槃，楼梯上下，煞费辛勤。主人不觉怜香惜玉，则慰之曰：“阿啊！这了不得，你太劳啦！”“劳”字可以牵强为“老”，愚恐女将不悦也。幸女擅粤语外，亦工国语，且亦通人，故知“劳”而非“老”也。因笑答：“应该的，应该的。”

高乐开幕之日，金素琴剪彩，浮尸托我，我邀素琴，陪之往，宜也。值袁履登、何五良二先生，亦为高乐揭幕而至，二先生俱有演词。五良先生，自称何五良，愚乃谓其诚恳而复别致，然后又疑五良先生或称五良而未尝冠姓，以何字易与五字混也。二先生胥前辈名流，其所训导于高乐主持人者，高乐主持人宜永记心头，毋负前辈之雅爱也可，若徐善宏，若冯梦云，一体遵循之！晓得哦？

（《社会日报》1942 年 6 月 15 日，未署名）

“一时高兴，未可乐观”

为高乐所著联语已多，秋翁亦作二言云：“一时高兴，未可乐观。”信手拈来，自成妙谛，秋翁固打趣而已，非触朋友霉头也。秋翁为高乐设计客之来者，应备花符，使其招平时所熟稔之伎人来，上台客串，伎必之歌者，无不高兴一试，客则为之点戏，如其他座客，见伎人之貌美能歌，亦可以转堂差。在高乐转堂差犹之转台子矣，则伎人自有收入，而高乐亦得有其利润，此法甚善，愿贡之宣传当局幸毋错过。秋翁又言，花选举办一年一次，规模要巨，参加者要多，则高乐之获利亦丰，总之花样正多，要在主持者脑筋转得快、转得妙，则尽是黄金，若呆呆板板，则充其量，吾们的朋友，不过为一小广寒老板耳。

徐欣木兄，欲饭于家庭饭店，丐秋翁为导，秋翁于前二日往定楼上房间，其虔诚可想。欣木约灵犀亦同至，别故人久矣，此夕当能得晤谈之快也。

（《社会日报》1942 年 6 月 18 日，未署名）

东坡诗文，以神韵之胜

灵犀尝记厉汉秋先生诗于本报，先生至近几岁始耽吟哦，然好句惊人，可知先生固夙工韵语者，诗闷一方寸灵台，未尝宣发耳。诗经黄太高前辈校正者，愚诣观心斋，先生出特稿示愚，方为叶子戏忽，不暇读全卷，然主人之清才绮思已窥豹一斑矣。坡公所谓“诗句对君难出手”者，我实有感于斯言也。

记苏诗“诗句对君难出手”之句，其下文为“云泉劝我早抽身”。若出手、若抽身无不为俚俗之语，然苏诗用之，辄觉其美无伦拟，而使作诗人以雕饰字面是务者，为之惊奇咋舌。东坡诗文，以神韵之胜，故为上上乘之依律诗。又有“晚觉文章真小技，早知富贵有危机”。前辈风流，真堪千古，偶见人议苏诗之不足重，是必妄人，故有此罔言！

（《社会日报》1942 年 6 月 19 日，未署名）

铭心笃于友道

铭心先生，偕友二三人，同坐于夜总会。吴邦藩先生，忽与一舞人起舞，舞已，送舞人与铭心曰：“此娟娟者，足以解汝岑寂也。”铭心遂似坐针毡，作不安状，面色亦变，自是不复作一词，同行者为之诧愕，而彼舞人，亦为之局促万状。同行者私议，意彼舞人，或为铭心素识，而尝有不可告人之秘者，因诘之。铭心乃直言曰：“我有直谅之友，尝谏我，谓我老成，不可沉沦欢场，我从友之劝，故欲绝迹于歌舞之地。今不慎来此，来此而复座有红妆，使为良友知之，必怒我，以我为不可教，或将弃其交谊，亦未可知，我用是忧而惧，非有他也。”是夜愚未尝与铭心游，次日同行者告我以昨日所见，愚乃信铭心在友辈中，实为君子，告以忠言，而能时时在念，际此人心浇薄之秋，求如铭心之笃于友道，已不可得。愚昔尝以“小开”二字呼铭心，铭心不悦，指我为侮，愚惧，自此不复有戏言，今闻其事，益为肃然！

（《社会日报》1942 年 6 月 25 日，未署名）

愚弟次达拟营一新肆

愚弟次达，战前，愚介之见周邦俊先生，任职于中西药房，克勤耐苦，得受邦俊、文同乔梓之知遇，复以俭约善经营，故文同谓之曰："我不顾使汝为辕下伏也。曷不谋自振？"因劝其自张一业。次达乃拟营一新肆，惟集股艰难，因托于愚，愚将为之遍谒故交，请赐投资。愚一生不通贸迁之道，特怜其刻苦自励，故将不吝腰脚，他日有成就，使唐家门祚，或不致终为蠹鱼所蚀耳。

徐欣木兄，以香烟馈愚，为扁白锡包，是烟高贵，货复缺，因斥二三百金，犹不可求。翼华谓薛宝润四公子，当年非此不吸，欣木知戒烟，以此遗我，谓欲使老友得名烟而破戒也。其实愚破戒已久，得名烟，又不忍吸之尽，贮三日，终不耐，故启其听。今日之事，有一分享受，则享受一分，吝惜何事者？书此，志吾得抽名烟而乐，兼为欣木谢也。

（《社会日报》1942 年 6 月 26 日，未署名）

"小动动都可以，无分手脚也"

近时秋翁、晚蘋，为日常晤见之友，二君皆喜为竹林游，于是入局者二君以外，为愚与翼华。有时厌博局之苦闷，则亦为舞场之行。一夜同饭，座上有鍊霞，秋翁乃戏谓鍊霞曰："近时吾人常与晚蘋俱，所得而告师娘者，'动手动脚'而已。"又曰："动手为叉麻将，动脚则跳舞也。请师娘示我，今晚多动动手好，抑多动动脚好？"鍊霞曰："小动动都可以，无分手脚也。"秋翁又问，然则师娘欢喜动手，还是欢喜动脚？则曰："动手不会，动脚亦难得也。"鍊霞至今不谙雀术，自言患在短视，河中之牌，既不能辨，而大相公、小相公又常常做者，故不愿为此。世俗女人，惟此是务，独鍊霞深恶之，此鍊霞之为女人，所以为超凡绝俗也。是夜同赴丽都,绍兴收藏家招王根弟侍坐,王既至乐起,语收藏家曰:“伲两家头起动动伊。”于是相挽入舞池,秋翁拍案叫绝曰:“该人吾女儿化好讲出闲话来,听得阿要窝心!”此又一动动也。[犀按:我却希望周小姐多动动手,能多动动手,则有好文章可读,吃剩有余(周小姐顷为《万象十日》辑书画版),或可分润一点。再不然,动嘴不动手亦好,吟得妙句,好共拜读。]

(《社会日报》1942 年 6 月 29 日,未署名)

高唐散记(1942.7—1943.12)

卡尔登门外积水成河

廿九日,卡尔登门外积水成河,而场内亦若池沼。余立门首,观赏水乡风景,有飞车疾驰过,簸为巨浪,一浪扑门内,不及避,履袜尽湿,因返家。而大光明门口,水深没胫,遇中国剧团之方先生着高统靴,不惮涉水,因欲负我至电车站,谢不敢,其热忱则殊感之。我履沉润,故亦不惮涉水,试之,没吾胫几一尺矣。电车既少,人奇挤,挤至于无立锥地,妇人尤苦,作呻吟声,而车上犹多狠斗之人,稍不如意,辄互詈,余为大惧,不幸而斗者,吾创必深。及车至卡德路,忽不前,亦无原因,但令车上人下来耳。因步行归去,幸不复遇水,抵家,急以热水涤吾足,吾足因抓痒而碎者,以红药水敷之。生平不讲卫生,惟念水性殊浊,患有毒,不慎而侵入血液也。

(《社会日报》1942 年 7 月 2 日,未署名)

张伯铭请愚看《雁门关》

张伯铭兄以电话来,要愚于星六之夜,看全部《雁门关》也。自桂秋重隶黄金,愚尚疏踪迹,乃欲为故人记一言而不可得,今日自必欣赏妙奏矣。此剧旦角甚多,黄金阵容,已极坚锐,而犹以为不足,故邀票友虞季眉亦加入,在《雁门关》中客串一角。虞以票友花衫,独步春江,自师事王大头(兰芳)获益弥广,而所造弥高。金信民先生观其剧,疑为坤旦,又疑为内行,前者可以知季眉之不乃类眉化身,而后者可以见其材事之超凡轶众矣。《雁门关》之艺事既极一时之选,演出之如火如荼,要在意料中。读吾报者,多推重桂秋之士,则此名剧,又乌可失之交臂?

高乐诸君,向同文宣称,捧固好,骂亦欢迎,只怕抹煞耳。窃以为骂亦当有个分寸,若攻击茶价太昂,逆料必使诸君皱眉,愚最识相,对此向来沉默,至多骂诸君干的事乌龟行为,此则完全寻开心,诸君受之,非特无恼,抑且笑而颔首,冯监理尤必揩一把鼻涕曰:"蛮对蛮对。"

(《社会日报》1942 年 7 月 4 日,署名:高唐)

可口可乐吃一瓶即少一瓶矣

近日所莅之冷气舞厅,以米高美最胜,仙乐久不去,想亦有此光景也。夜总会新装落成之夜,愚亦在座,冷气未及开放,惟灯光太浓,紫色与大红两色,尤使人不能张目,邦公似宜有早为改善。愚谓跳舞场之灯光,以平淡为最美,杂以彩色,便觉讨厌,此愚所以终爱丽都花园也。丽都自用电限制以后,其灯光视前为黯淡,然至适我目,此则或为善舞者所不喜,而愚则恒为神往不已。友人倡议游舞场,愚恒主赴丽都,而诸友皆詈我为自私,以吾居距其地密迩,舞已归家,不必车也。

两租界限制用可口可乐甚严,以原料已断,吃一瓶即少一瓶矣。一夜,坐友人经营之舞场,呼可口可乐,既至,友人乃以上述之言告我,而为付其值,为之不安。自后入他舞场,更饮,果不可得矣。

(《社会日报》1942 年 7 月 7 日,未署名)

瘦鹃先生设香雪园于卡德路

近日以来,吾家之女奴又数易矣。或来后自动退去,或不退而为吾家所黜,欲求一当选之人,殊不易也。前日晨,荐头店又送一人至,发蓬松,面黄而黑,似鬼,吾妇睹之,惊而却退,欲使引之来者,复引之去,而其人曰:"容试我为之,果不如主人意,再辞我可也。"愚心软留之,少顷其人近我身，忽觉竟体作奇腥，几呕，妇更不可耐，俟其饭毕，即遣之去，此人惘惘有所失。盖此人者，饿已久，得一啖饭地，惟恐其失。据其言，为人奴者已九年，春间一病，故寒薄至此，情至可怜。愚恶其人之秽，不能容，若一人只宜为高家之灶下妇，永永不能面主人者，始乃称耳。

瘦鹃先生，出售其所栽花树，设香雪园于卡德路，愚日经门外而未能一顾，则以愚在电车上也。有时夜归，不车而步，而香雪园又长门镇闭矣。香雪园为海上重来客所居，客擅星命之学，久欲就客一谈，终以尘务纷繁，不遑如愿。何时得暇，谒瘦鹃先生，兼谒重来客，于豆棚瓜架间，为故人一倾积愫哉？

（《社会日报》1942 年 7 月 9 日，未署名）

杂粮业领袖有竹居主人

有竹居主人，为市场名宿，而其人则风雅绝伦者也。诗文尝散见报端，辄使后生读之，钦迟无已。主人为杂粮业领袖，自叶惠钧、顾履桂相继辞世，此中巨擘，乃推主人。昔者，闻主人与惠钧先生相友善，因念唐氏再叔锡铭先生，少时，固受爱于叶先生者，今二十八岁，而勤朴诚厚，不失为好青年，徒以偃蹇，无业且逾年，要愚为之措一技之栖。愚因乞于主人，蒙主人厚我，如所请，既有端倪，欲使求业者于翌晨而试，主人竟枉驾，及愚治事之所，愚已还，时路上忽戒备，主人被困十余分钟，闻之中心惶歉，至今犹不可自解也。屡欲造主人居谢吾过，终以惫罢不果，用记此，使世之知主人者，更可审主人之过人诚挚，为不可及也。曩者，值老凤先生，知愚所求已大定，是则尤感成全之力，稍暇，当再引家再叔晋谒先生，谢推毂之德。

（《社会日报》1942 年 7 月 11 日，未署名）

同业头上难吃白食

病起之夜，赴大都会，花园中已患人满，招仆欧，仆欧应声而不至，同行者遂自据一桌，自搬数椅，坐良久，仆欧犹不至。十时后，愚将起去，始见一着号衣人来，问喊过东西否？一友曰：“喊良久，不见送来耳。”请再喊，俱呼不应，明日再来。春间，大都会门庭冷落，仆欧耽于荒懒，一旦人满，肆应自不获周全。吾辈之来，吃茶吹风凉而已，坐久而不获茶，将去始请呼茶，实不合算，一走，所以为慢客之惩，不足言刮皮两字也。

白雪设宴款同文，而愚方病起，强疾往，箸未尝沾唇也。白雪亦同辈之友，生平吃白食多矣，而吃到同业头上者绝少（灵犀往年，时有小惠，近年来可谓绝无，日日读《羌无好怀》之文，再要开口，除非吃卵）。今白雪勇于为此，而愚方以肠胃不良而拒食，倘所谓一饮一啄，莫非前定，而愚吃白食，固要吃定了业外朋友也。业外朋友闻之，得勿寒心？

（《社会日报》1942 年 7 月 14 日，未署名）

时疫盛行

近来常共游宴之友，如翼华、晚蘋、秋翁、之方、小洛诸兄，今吾六人，病其三，愚病最先，卧床一日，初痢，继以寒热，病势不猛，时在盛暑，则亦感转侧床褥之苦，惟第二日即起，痢止，热亦退矣。第三日且治文如恒。昨夜于金谷夜花园中，遘錬霞，谓晚蘋亦病痢，四日而不止，热亦未退，则其所患，似视我为重。继又遇丹蘋，亦言秋翁病痢，今日卧床不曾起，乃知三人之病实相似，而致病之由，亦似出一辙也。惟六人中病者三，翼华、小洛、之方，体质固视吾三人为胜，近日乃得游乐自如，闻小洛言：时疫盛行，袪除之法，多呷醋，可以有效，盖醋之为功，可以杀菌，又健饮者亦能抗除疠菌。小洛故纵饮，愚不胜酒，第醋能常饮，生平嗜酸，食面，非醋不美，抑亦癖矣。

（《社会日报》1942 年 7 月 16 日，未署名）

之方邀饭于雪园

一夕，引凤楼设宴，迟灵犀不至，知其又在茹素期间矣。请客而有一客不到辄令主人不欢，若灵兄负一时物望，恒缺席，主人之惘惘可知。木斋亦吃六月素，昨夜，之方邀饭于雪园，木公与焉，具素肴四，一冷盆为素鹅，一热炒为鞭笋炒冬菇，一菘菜炒百叶，加毛豆子，一汤则煮干丝也。无非美味，而尤以菘菜为清香可口，又荤肴若干件，如煮童鸡、干菜烧肉，皆鲜腴可食。近来久无真味之尝，得雪园一宴，不觉大快朵颐，以告读者，试之，必证吾言。

他报有记谢筱初君者，固愚二十年前旧识也。愚方髫年，居北都，谢与吾戚为素谂，故时见其人，今则相见不复相识矣，而旧日王孙，今方腾踔一时焉。谢有两雏，能歌平剧，昔老凤五十称庆，谢女皆登台，因念老凤必识筱初者。筱初先人复初先生，服官有贤声，去年，逝于沪上者。

（《社会日报》1942年7月18日，未署名）

翼楼包夜饭

近时以来，朋友之形迹最密者，得八九众，如费穆、小洛、之方、木公、秋翁、翼华、晚蘋等，下午辄相集于旧日之翼楼，自六时至十一时，游宴乃不可废。市楼一饮，为数恒可观，为节省计，迩有包夜饭之议，翼华招中国饭店之中菜厨房来，与之商量，每日须饭菜一桌，索价几二千金，然细细计之，初不甚贵，盖其菜与普通之厨房菜异，且精洁亦非普通之厨房菜所及也。前三年，设夜宴于翼楼，每桌不过四五金，一月计之，百数十元，当时未觉其廉，今所费达三四十倍，又未觉其贵，非人心已经麻木，又何言哉？上述诸友中，皆嗜舞之士，其无婆娑之好者，独小洛一人，然小洛不扫人兴，邀之游舞场，必偕行，他人皆兴尽而归，渠亦始行，并不以为有味，而耐此无味之游，洵不易得，于是朋友咸喜其为妙侣，优于健舞之俦矣。

（《社会日报》1942年7月20日，未署名）

读灵犀作《送一方兄跳出火坑》

读灵犀作《送一方兄跳出火坑》一文，为之汗涔涔下，似惶悚不可状者。予为职业文人之一，故读竟全文后，惘惘不知所措，其中有言曰："有人说我待遇不好，人家谁还愿意动笔？我认为这话不对，一方决不是那种轻义重利的人……"愚在此恭请灵犀，以后着笔，对此问题，最好不谈，谈之徒为亲者所痛耳。灵犀常言：《社报》维持不易，为老友者宜勤笔而勿辍，此理通也。然若中有一人，笔不勤而终辍矣，灵犀必以"重利轻义"责之，则若有人反问灵犀，身为职业文人者，斤斤于利，尚可图一碗粥吃，若惓惓于义，势必流转沟壑，君视之如何？为义而死，丈夫所乐为，然此义则未足赴也。灵犀常喻此言，故殚竭至诚，乞灵犀慎择其言，若"朗朗"之声，徒使老友见之难过，而灵犀清夜回思，亦必憾言之有所未善也。（犀按：一方兄何尝重利，若果如此，当自尤，何能怪人，倘亦从而讥之，则更勿是，当吃耳光矣。我所不解者，乃以兄既非为利，又不能动以情，一样写稿，偏不肯多少为我写点，疑其有所勿慊，退而自思，又未曾开罪老友，亦无法哀鸣吁请，怨自己为什么要做到如此地步，为老朋友所瞧不起耳！）

一日，素琴以电话见招，嘱夜饭于其家，谓座上有培林、梯维也。饭以外，兼为雀战，愚以事冗，因嘱妇先行。是为素琴之诞辰，金家人为大姊祝长春，皆纵饮，素雯更恋盏，遂醉甚，素琴亦玉山颓倒矣。梯维乃谓素雯嗜酒甚，而量则日窄，故无饮不醉。愚抵金家，打尚留饭后之三圈麻将，又为无奇不有，培林殊不喜此，谓使神经过分紧张可以致病，而于遣兴之旨，悖违甚远。十一时，愚等与培林先返，悬知风高月小中，梯维且扶得醉人归矣。

愚文有为报纸不欲刊登者，尝乞主辑返与我，顾主辑人恒不负此责。其实愚非敝帚自珍，特念甲报所不欲者，或为乙报所乐于刊载，我一转手间，即可移植他报，而得稍节其劳耳。尚望主辑人谅此下情，予以注意，则我感多矣。

（《社会日报》1942年7月26日，未署名）

金风振爽之时将重见"上艺"

舅氏有女任名乃亭，初读于旧京，旋则负笈来沪上，生平好戏剧，于舞台剧尤其兴趣盎然，曾以校中演戏，数数登台，于《明末遗恨》中饰葛嫩娘，居然老手，表弟乃复盛誉其演技精湛也。自离学校，为商肆之职员，近顷乃以经商非其所好，故欲投身剧界，丐愚为曹邱，乃立平时，固恒过吾家，愚知其现身说法于舞台上，则犹最近事也。因大喜，引之谒费穆先生，费亦深为嘉许，谓俟有机缘，立当招致。费在中国之戏剧家，固为鲁殿灵光，而其有识拔新人之勇，则为其他导演所勿如，矧上海艺术剧团，为费所主持，而愚与费又为当日相见者，乃立而得列其幄幪，将来之照拂自多。今"上艺"将退休二月，由如珊、钧卿两兄之华艺剧团上演，金风振爽之时，余将见"上艺"新猷与春江人士，重相见也。

(《社会日报》1942 年 7 月 28 日，未署名)

唐拾义退热丸

唐拾义发明之退热丸，近依电话号码分头寄送，每号两瓶，其总数自甚可观也。丸作妃色，每瓶至少贮二十粒，大小似黄豆然，此项退热丸之是否有效？愚及家人俱未尝发过寒热，故无从为之证明，第当兹新药，发行甚广之际，无不竭其能力，做广告为唯一宣传，若以其药品劝人为实际试验者，已不可得。唐拾义药厂肯不惜牺牲，盖犹循旧法也。愚所居之巷中，有粤人据三楼而住，其妇人以糊纸管为业，每日暴纸管于晒台阳光下，自吾楼望之，若小儿所食之蛋卷，良久，不知其为何物也。然而三年来，俟有阳光，必出暴，有时见其家呼街车至，盛管于筐，筐巨而管多，载数车去，似售于人者。一日，风来甚骤，其管乃自晒台吹堕巷内，吾家稚子，拾其一，献于我，则为唐拾义贮退热丸之管也，与迩来者较之，固无所异，乃知吾巷中，有此老医生之家属居焉。

(《社会日报》1942 年 7 月 31 日，未署名)

金谷花园营业不衰

八一二之夜赴大都会花园，花园中之灯火，远不如前者之光明，望洋琴台，亦不辨一“鬼”，颇苦闷。然跳舞之人众，而座客亦云集，乃知不喜光明，而乐黑暗者，正复有人。盖跳舞无灯，着香港装短脚裤，亦大可入池；客座无灯，谈谈说说之外，正不妨有其他动作。愚之引为苦闷，正以同行四人，胥为男子，无女伴而游舞榭，一方所谓志在人看人者，今人乃不能看人，更有何趣？

秋翁记金谷侍者失礼事于报端，此在他人，一宜对金谷表示深恶痛嫉矣。顾秋翁不然，近来在吃开夜饭之后，众人偶议觅纳凉之地，秋翁必曰：“我乃深喜金谷花园也。”可见秋翁之文，特在纠正金谷侍者招待上之礼貌，初并不介介于怀也。惟闻金谷以秋翁一文，侍者卸职者六人，其勇于采纳舆论，亦足以见整顿之精神，此金谷之所以营业不衰也。

（《社会日报》1942 年 8 月 15 日，未署名）

秋翁生平骂人有几次得意之笔

秋翁谓生平骂人，有过几次是自己认为得意之笔的。一次，施济群办了一张《人报》，其时许窥龙任事于逸园跑狗场，为宣传计，拟发行一《狗报》，所以载逸园之“狗的动态”也。消息乍布，《人报》某君，即指《狗报》而骂曰：“明明是人，何以要办《狗报》？办《狗报》，则人亦狗矣。”许见之不悦，诉于秋翁，翁大笑曰：“此正他们造好机会，叫你还骂他也。汝当于《狗报》刊一文，谓狗是畜，不能说话，不能写字，今出报，要人代替他们，是何足奇？所奇者，人是万物之灵，会说会写，今竟烦之于狗，故有‘狗办人报’之事发生也。”针锋相对，极尽谑而且虐之能事，真令人拍案叫绝矣。

（《社会日报》1942 年 8 月 17 日，未署名）

剧名太繁复

王引导演之《恨不相逢未嫁时》，剧名字数，达七字之多，小洛乃谓：此片可分前后两部，前部为《恨不相逢》，后部为《未嫁时》也，盖亦嫌其剧名之使人念不上口耳。闻公司中人，称此片仅用“恨不相逢”，而不有“未嫁时”矣。可知电影观众对此，亦必嫌剧名之繁复，或因此而使影迷有望而却步之虞。王引之导演此片，赴以全力，而美云老高亦都经心从事，不稍懈怠。美云捧王引之场，卖力为必然事，老高自远地归来，自不欲堕其已往之声誉，努力亦可知。公司以此片为一时伟构，故排之于大光明上映，卜万苍之《牡丹花下》，且屈居于其他戏院焉。

与慧海上人、丁慕老同饭之夜，出门，适遇暴雨，衣履皆湿，避雨至卡尔登，乃晤于素莲，此人真久违矣。而风貌不殊，太夫人亦无恙，惜匆匆一见，不遑询其何日重露色相耳。

（《社会日报》1942 年 8 月 18 日，未署名）

人类终为情感动物耳

一方兄记三友于他报，甚趣，谓翼华忠于其职，视戏院为父母，故宁可得罪朋友，而不愿使戏院，损失一厘钱也。此在办事业之立场言，原不必掺入私谊，而当扮起公事面孔，忠于职位，他人似无责备余地。惟翼华为人，太欠圆通，诚为大病，其人与孙兰亭成反比例，孙兰亭面面周到，一若无事不可商量者，于是有人誉孙曰：兰亭真会做人。翼华不然，心所勿悦，绝之拒之，不稍假词色，若凛然不可犯者，于是予人之印象惟觉其冷酷而已，其在白相场中如此，在公事上更不必言。虽然，亦有异数，则费穆之“上艺”剧团，出演于卡尔登，翼华非独不与订占尽便宜之条件，而两方做拆账，“上艺”生涯不甚昌隆，翼华未尝有怨言，于人来挖“上艺”地盘，俱为翼华所峻拒，偶有容纳，亦必征得费穆同意后，然后实行。盖费穆与翼华为故交，私谊既重，遂亦不免轻公，此为情感作用，可知人类终为情感动物耳。惟予犹欲为翼华进者，苟能将卡尔登公司之钞票，捧出来与老朋友大家白相相，为轻公重私之极，而亦为情感动物中之至上者矣。

（《社会日报》1942 年 8 月 19 日，未署名）

吾儿唤我唐大郎

金门席上，初识王大苏、陈亮二兄，大苏有笔名曰苏广成，陈亮则以善治说部而驰誉之田舍郎。二兄并精岐黄术，不操"草菅人命"之术而甘执笔为文士，其襟怀之淡泊，为可知矣。第总以鬻文所入，不足全其家，故兼营香烟与西药卖买之业，设谦泰行于人安里，与愚家为邻也。愚谓二兄皆国医，纵使营药业，则买国药亦足以致富，固何为而务西药？曰："措手不及耳。"内行如彼，尚觉无从下手，外行如我，宜做一样蚀一样矣。二兄既与我家卜邻而居，幼子顽劣，不称二兄为叔叔而直呼其字，如称陈为阿亮，称王则王大苏，二兄初不以忤，愚则大为不安。愚庭训不严，畜生无状，有时亦称我为唐大郎，愚固勿欲，然若张笞挞，则觉我量奇狭，于是笑而任之，幼子乃放纵益甚。劣子顽妄，无药可治，愚不孝爷娘，今殆自食其报，虽然二兄何辜，亦见犯于吾儿，终觉寸心无一日得宁耳。

（《社会日报》1942 年 8 月 23 日，未署名）

小洛病喉

小洛病喉，诊于林春山医生，林谓是为未成熟之喉痈，予以药，令其忌食鸡卵，又不食生冷，酒亦不可沾唇也。一夜同饭，为西餐，小洛留鸡蛋而不吃，惟冰啤酒至，则不肯放弃，尽一盏，未餍其嗜也，又倾巨觥，可知其与麹生之未能忘情矣。予初识小洛时，不善酒，自与楚绥游，始习为纵饮之人，量宏甚同游诸子，未有能逮小洛之爱于饮者也。其饮又不择地、不择时，下午三四时见之，往往醺然欲醉，饭后无论矣。惟其体弱，医者力嘱戒酒，谓苟不听，而纵饮无休，则心脏衰弱、神经衰弱，将立致，而小洛固不听，饮如故，惟近时始稍节其量，则惧喉痈之危，乃在旦夕。白玉霜死，其病为子宫间生一痈，小洛闻之益恐，知痈之为厄，乃使一杀搏身坯之白玉霜，能香消玉殒也，若小身体，还想有命活耶？

（《社会日报》1942 年 8 月 28 日，未署名）

张慧冲君将登台于大华

张慧冲君，将于三星期后，登台于大华。一日，相晤于舞场中，同座有矜蘋、木公、之方、笠诗诸兄。木公、矜蘋，与慧冲皆二十年故交，惟愚与笠诗，犹初见其人也。任先生言，张虽湖海飘零，喜其豪迈如故，而于魔术之所得，则益广而神矣。是夜，饮后，又至大都会，任先生夙以为跳舞而跳舞者，纵两鬓已皤，兴怀曾无少减，入座以后即舞，其舞初不尽好，顾非遣健舞之舞人不办，以故舞人之娴于舞艺者任悉舞之，每一舞场，户头之多，如丙舍之棺材。之方与愚，皆少任十余龄，论精神佳胜，远勿达任，此老真会寻快活哉。任谓报纸有记其以某种经营，积财颇广，滋不安。其人固安贫如旧，尝指其已广聚，本可喜，特患素逋者踵于门耳。愚识矜蘋久，知其热肠古道，今之男子，故为辨谣诼之非，兼以劝执笔诸子，勿以好人为寻开心对象也可。

（《社会日报》1942 年 9 月 1 日，未署名）

曾参演《葛嫩娘》的李桂琴

近识张慧冲君，聚晤之机会殊频，张剧赏大都会舞女李桂琴。李为影舞两栖人，初隶小舞场，吴邦藩及影圈诸君，大为揄扬，名遂大噪，《葛嫩娘》一片，李参演其间，盖亦影圈诸君怂恿之也。慧冲已定二十三日，在大华登场，拟招一少女，以国语为台下说明者，久无所得。李虽具江南儿女之秀，而其人固来自燕冀，之方白于张，张大喜，则商于桂琴，请为其辅，李复征询常时舞客之意见，佥谓是亦可以出风头事也，何不允之，谈判遂接近。予作此文为九月一日之晨，双方定今日签订合同，及慧冲表演期满，李且重返舞场。近时慧冲筹备登台之事甚忙，制礼服三身费万金，可知者番之要轰轰烈烈，干他一场矣。张来沪已久，更新舞台改组，张亦股东之一，在沪江次第建树事业，而为久居之谋焉。

（《社会日报》1942 年 9 月 3 日，未署名）

四川路之弟弟斯

与之方、西平饭于四川路之弟弟斯,弟弟斯而此地尚有一家,则为最近而知也。面包粗砺不堪下咽,西平啖热汤,之方与我皆啖冷汤,啖已,西平始曰:“啖冷汤而不出毛病者,请来问我。”则诘其何不早言?曰:“我固啖冷汤而病矣……”觇其意,似欲他人亦步其后尘者,则笑曰:“至多病耳,不至死也!”饭罢出门,方一时,跳茶室舞不肯去,跳茶舞犹嫌早,三人乃信步而行,至虞洽卿路而交通遇阻,遂折回,入大东,有秤人之磅,各登其上,之方为百四十磅,西平得一百十一,愚仅一百零六磅,因大恐,初以为我固身轻必无逊于西平,今若是,真不知自解,遂患顷间之冷汤,可以致西平病,或可以致愚于“大雅云亡”也,奈何!登楼,入大东茶室,此地已六七年不至,其情形与一乐天、同羽春且相去无几。仙乐一舞人,坐于此,见吾等至,作局促状,则以环境而影响其“罩势”,实则同是天涯沦落人,不为戒严,真不会想到此地来息脚也。闻此地常有白相人来吃讲茶者,若谈情说爱之俦,只有学生意与向导姑娘耳。

(《社会日报》1942 年 9 月 8 日,未署名)

办报之道

秦瘦鸥兄招饭于大三星,与小洛同往,并白雪、灵犀,不过五人而已。灵犀病,愈而复作,是夕又遍体焦灼,徒以老友宠宴,不欲缺席耳。樽边,各论办报之道,白雪与灵犀,但为老手,而方式不一,旨趣互殊,小洛引用空城司马懿之台词,作简赅之比喻,指白雪曰:“你的胆也忒大了。”又指灵犀曰:“你的胆也忒小了。”于是同为轩渠。归途,灵犀颇嘉我,谓笃爱能爱同文,近日以来对于同文态度,婉和诚挚。愚曰:“顾此亦不足以感某君,而日日以乱矢投我,避让不遑,兄将何以为我护哉?”则曰:“愿尽力劝之。”愚乃甚感灵犀,将闻其报,暂时且不致跳踉也。

之方、华曼，既为常日游宴之侣，于是一人而别有饭局，必为其余人所“钳牢”。譬如我有瘦鸥之约，遂为若辈发“浪声”矣。饭罢，不能不往觅其行踪。至翼楼，侍者谓出门而西行，于是觅之于光明、又一邨、曾满记诸家，皆不见，始怅怅归去。及返，则电话至矣。之方谓是夕未获尽兴，辄令我再出门，勉允之，又为浪游，饮咖啡一盏，午夜归，至天明始能合睫，乃叹交友之不可不慎，愚一生所误，端在此也！

（《社会日报》1942 年 9 月 14 日，未署名）

复汤修梅书

近得汤修梅兄书，报之如下：

“修梅兄：奉大示，拜悉一一，前文弟固深知兄等为难，惟存心要丑丑此人，不得不以大报开刀，过后思之，深负友情，殊惶歉，尚希鉴宥为感。大报取材，限于枯燥，此为不容讳言之事实，近数晤金兄，渠盛言足下辑此报之辛勤，所苦者写作人少，于是芜杂之品不可免，足下何不分一部分工夫，更延致贤才？弟见报纸之办得好者，恒拥戴不遗余力，故睹大报稿荒，辄深惓念，更不自禁，伸其直谅之言也。灵犀迩年，亦陷于此种苦闷中，而无力自湔，则以积重难返也。大报尚在始创，改革非难，弟文有未当尊意者，请直言，若我欲必吐之语，终经窜改，则勿怏，此为写作人同具之结习，亦所谓臭脾气也。足下纵横报海，当能深喻吾言。谨此奉复，谢过，兼存起居不一，大郎顿首。”

（《社会日报》1942 年 9 月 16 日，未署名）

费家一门都嗜歌

近见太白与平和票房诸君子，合演《贩马记》，太白所饰者为禁子，不禁心向往之。愚亦有《贩马记》，颇思一唱李奇，特苦嗓子不够耳。新艳秋为愚所刻骨倾心，苟“哭监”一场，得与新娘合者，则此乐且逾于挣成万金元。及求唱李奇不可得降而求其次，亦尝拟饰演禁子，惟禁卒亦有唱吹腔者，愚必不够调门，颇念太白如何抗得下来？迩时，翼楼又有吊嗓者，则翼华与费康先生，康为费穆介弟，唱小生，声宏如裂帛，费家一门都嗜歌，彝民先生唱谭派须生戏，韵味醰然。惟费穆不甚上弦，康则戏味甚足，翼楼既延琴师，无论风雨，康必至，其勤习如此。翼楼冷落已久，近时乃有重整旧风之象，排日抵此者有木公、笠诗、小洛、之方、襟亚、铁椎诸君，以打小沙蟹为戏。饭时，其觅餐于肆中，盖今日者，定包饭大难，价贵而菜饭不可口，然日日上馆子，开销亦复浩繁，上馆子后再报效于舞场，偶一为之，无不可，若常日如是，则又无不兴筋疲力尽之叹矣。

（《社会日报》1942 年 9 月 18 日，未署名）

在宴会时听演说

在宴会时听演说，为之食不下咽。一方兄言：第一个立起来者，有人拍手，第二个再立起来，已嫌多事，至第三、第四个，则是存心，涸乃公兴矣。一夜某医者设宴，起立作演词之人，有八九名之多，是则医者不是请人去吃饭，直叫人去受气矣。惟是夜晤老友甚多，亦一快事。问其三征收遥从弟子之生意奚若？曰：不佳。又一人曰：陈小翠亦不佳。愚故又曰：我亦不佳。其实愚不仅不佳，且绝无耳。

尝与白雪谈尧坤兄，白雪谓尧坤文章，骂人胜于捧人，惟尧坤近年，乃不大骂人耳。予近日读《遗风》两记，乃知尧坤之捧人，亦有捧得极艺术化者，惟白雪不喜此皮里阳秋耳。有人劝我，与其破口大骂，何如捧得人家承受不住，则其力量，比骂尤重大，愚无此技巧，而尧坤能深得此中窍要，遂有神来之笔也。

（《社会日报》1942 年 9 月 20 日，未署名）

韩致尧诗境之美

灵犀谓惠稿诸君，苟一日不以稿至，则篇幅势必有空白，既不能以天窗向人，惟一办法，只有剪稿。愚以为灵犀兄索性走剪稿一途，亦未始非终南捷径，其他之稿不必剪，只消剪本报旧日所刊者。譬如尘无、叔范诸兄之诗文，真有重读一遍之价值，我即有此胃口，知其他读者，亦必不反对此议也。

秋凉矣，当此时日，辄念韩致尧诗境之美，所谓“八尺龙须方锦褥，已凉天气未寒时”，真使人回肠荡气。冬郎之诗，侧于姚艳，独《已凉》一绝，乃有乐而不淫之美，韩诗之垂不朽，窃以为仅此一章耳，其他则与王彦章无所区别。若“八尺龙须”之句，翻烂《疑雨集》，不可一见。李商隐《示冬郎》句云：“桐花十里丹山路，雏凤清于老凤声。”说者谓商隐实谬奖冬郎，然吾读《已凉》一首，终觉雏凤之不愧清于老凤声也。

（《社会日报》1942 年 9 月 21 日，未署名）

久不晤叔红，渴想殊甚

久不晤叔红，渴想殊甚。昨者，光启、丁芝二人，约叔红饮于国际茶室，招予往，得互倾积愫，欢喜无量。光启导演之《并蒂莲》，近方开映于沪光，剧本固曾经与叔红斟酌者，初名为《十三号女囚》，旋改今名，非光启本意也。叔红于本报亦为爱护之一人，平时著作无多，偶然捉笔，有所得，辄付本刊。读者称其文沙明水净，清远不可方物，惟是日叔红亦以本刊近时采稿，大多晦涩，纵不屑负诲淫诲盗之罪名，然文章之轻松流利者固多，似未必便妨报格之高卑也，故志其言，以白灵犀。

大都会有舞女罗萍，将嫔福新烟公司小主人丁槃泉，丁耗身价十万金，娶罗。丁为丁厚卿子，厚卿老而吝啬，宁波同乡知之，上海人亦无不知之，今有子如此，信是天赐麟儿可以使厚卿征敛所得者，能稍稍流通于市上也。惟闻丁、罗于好事将成时，忽生阻梗，盖女方知丁父以吝啬名，不欲为其家人，故有中止婚约进行之议。老人不德，为其子者，遂有不能畅所欲为之苦，说者谓蛾眉志趣，颇不卑焉。

（《社会日报》1942 年 9 月 24 日，未署名）

秋翁将约束身心，埋头苦干

一日，秋翁独坐茶室中，招予往，则为予解释一事外，复谓年华已至老大，而无所建树，故欲从此摒绝游乐，埋头苦干，为事业奋斗，所以立他年不拔之基。因自即日起，勿日日为博局矣，为之，亦出之偶然，良以不加约束身心，则业必疏旷，因使愚挈此言以告游侣，谓勿以故人念也。是日愚果昭告诸人，无不感奋，又谓秋翁坐言立行，具征毅力，所可憾者，则其行也骤，使同人不免有失群之苦，因嘱愚更婉商秋翁，可否于约束身心之前，更图一次欢叙，苟荷允诺，则此会之意味，必更深长。翌日，愚果白之秋翁，秋翁不欲拒，辄复至，于是谈笑如旧，旋复为博局，至午夜始已，及起立，众复有盛会无多之叹，相将下楼，送秋翁登车去。愚等立夜色沉沉中，望秋翁之影，冉冉而逝，始再分手。离绪填膺，真无异长亭折柳时也。

（《社会日报》1942 年 9 月 26 日，未署名）

徐嫂陈宝琦女士去世矣

徐嫂陈宝琦女士，不幸于二十三日清晨，以病而去世矣。人生如朝露，若宝琦蜕化之速，则比之朝露犹不及焉。嫂氏方在绮年，其初体质极强壮，旋得疾，遂与阿芙蓉结下不解缘，体亦因之亏耗。昨年，以生育过繁，乃使医者施手术，为之绝受孕机能，以是益弱不可支，然犹不料其转瞬即不治焉。

愚居人安里时，于夜静之后，辄偕灵犀、一方，登善宏之楼，与贤伉俪互话家常，夫人慧质，于事无不通晓，而口才亦便给，故使主人无岑寂之感。有时入局为雀戏，夫人谙于博，故吾曹恒负，而夫人时得盈余。二三年来，此会久疏，偶一见之，则怜其形貌日瘠耳。

善宏育子女甚夥，夫人抚养不周，则分养于他人，此亦精力衰颓之征，性又褊急，时动肝肠，凡此俱为促寿之朕。夫人少善宏十二年，今才二十有四,吾友遘此横逆,心痛神伤,何以宁止?少暇,当为慰问,惟冀吾友稍节哀思耳。

(《社会日报》1942年9月27日,未署名)

涂鸦诸君共游吴淞

欣木兄相邀,与涂鸦诸君,共游吴淞。是日,吾等以十人成一集团,则为欣木伉俪外,尚有张先生及张夫人,与白凤先生携一鬓丝诸人也。徐嫂犹初见,与愚妇为旧识,惟未尝亲于形迹耳。嫂夫人温良婉美,与欣木兄之闲雅风流,真人间佳耦,愚妇归来,尤感道夫人全德。妇为人倔傲,不常许人,独于徐嫂无憾词,欣木兄得妇如斯,纵复跌宕欢场,宜可自戢其奔放情怀矣。

下船时有微雨,江风尤峭,予衣甚单,寒甚,笼两手于袖间,尚不可支。同船人以江上寒气奇重,有解雨衣为女客御寒者,《南天门》所谓"男人头上有三把火"者,惟予则特觉身上有一块冰耳。涂鸦之集,本以"文""舞"会友,船上所谈,都舞场事。船过高桥,有客呼岸上人曰:"阿有王珍珍卖否?"盖王有浑号曰"高桥松饼"也。

同座有梅霞,相谈甚欢,秋翁既努力于其事业,将多印新书,因烦梅兄著一说部,眉曰《镀金小姐》,更以学府为背景者,自擅胜场,会见清思妙绪,将续续出之吾友腕底,此定可以预卜也。

(《社会日报》1942年10月1日,未署名)

沈禹钟先生善作典丽之章

自沈禹钟先生为许晓初先生掌文牍,寻常小简,亦往往作清词丽藻。昔年,中法药房制团扇见贻,附一笺,治短文而为骈四骊六,幽雅不可方物,先舅见之,乃曰:"谁谓十国之旧文学可以废哉?惟兹小柬,乃适用于此,若易语体文,或为近世中国之散文,宁可观耶?"上海戏剧学校之北征,濒行,丐沈先生为一小启,亦出之以典丽之章,如曰:"华衮之荣，未逾此宠，第念诸生稚龄涉浅，囿习一隅，爰有北上之行，聊作观摩之举，庶冀远游有获，胜概能寻，不辞道路之劳，尽得江山之助，乃者行色频催，征车待发，平添别意，赋骊唱于江头，若问归期，指梅开于岭上。异日氍毹重见，故云车子之能歌，弦管来赓，更待周郎之顾误。"一望而知非沈先生，不能有此好手笔也。

（《社会日报》1942 年 10 月 3 日，未署名）

华成保险公司正式复业

华成保险公司，于十月一日，举行正式复业典礼，亦开办三十六周纪念也。华成创设于民国纪元前若干年之十月初一日，至"八一三"沪战而告停顿，此次以原有之根基，而再起于保险事业极度发展之日，内部已加以改组，由董事会推选姚肇第先生为董事长，路式导先生为总经理，其他若常务董事、监察人，以及副经理，或为阛阓贤才，或为博学之伦，更以华成以往之声誉，则未来业务之腾达，自必出人头地矣。姚先生为愚老友，故特于是日上午，躬往道贺，花篮多如山积。百缂斋主人，乃譬之红舞女之进场，谓视此自有逊色。华成位于爱多亚路三十九号，沪江信托公司，亦在其内，盖姚先生事业集中之地，若易以不甚雅驯之攀谈，则三十九号，谓为姚先生所开之"门口"，亦无不可。名流之踵门为姚先生庆者，几使户限为穿，或曰：此行情状，乃如祝姚先生之结婚。姚先生有终身不耦之志，而专心于事业，在姚先生祝创业之乐，正无异于燕尔新婚，宜其周旋众宾间，喜上眉端矣。

（《社会日报》1942 年 10 月 5 日，未署名）

富人真视金钱为粪土哉！

愚常疑惧，与顾尔康兄多谈，有吓出毛病来之危险。顾近年豪阔，非穷措大所能想象，昨与其打"克西诺"，要我每分五金，抑之，至每分五角而成局，然愚已不胜担负矣。顾则谓顷与人为此，为二十金一分，而牌风奇晦，负八百金。闻其言，不遑歆羡，但为股栗，盖一豪若此，富人真视金钱为粪土哉！

友人之任保险公司董事长者，若数知交，则得三人，为许晓初、周孝伯、姚肇第诸先生，其始未尝不喜故人能奋其事业，亦未始非胜蹈之迹。特今日视之，则保险公司之无尽产生，已令人头痛，而为董事长、总经理之流，马路政客有之，市井鄙夫亦有之，保险公司本身以及董事长之“招牌”，为若辈砍尽。华成开幕之日，及夜与笠诗同博局，诸人称之为姚董事长，愚谓，是直辱弄老友耳。众人以为奇，实则吾言固有感而发也。

复累日失眠，惟失眠有一好处，则文稿可于夜半治之也。夜半属文，人静，文思不乱，振笔疾书，其成就时间为速，若材料不枯，两小时蒇其事矣。

（《社会日报》1942 年 10 月 7 日，未署名）

世上知人之难，盖无逾如今日者矣

貌似谨愿之万国药房史致富，春间，愚曾记其勤俭起家事，原得之费穆与金信民之传言，时史方为一报讦诋，愚于史非深知，而信费言惑不罔，故于本刊为其辩白，不图数月之间，更以愚诋刘某事，遽陈露其狞恶之面目，起欲向愚扑击矣。愚固自笑当时之不识人头，然费穆先生，至此亦当兴“罩子过腔”之叹也。金信民君，与史为好友，闻其事，忽语吾友某君曰：“唐昔日曾为史某洗刷，今如此，固不能出尔反尔也。”此言颇触吾心，而出之于金某之口，尤使人有人心不古之哀！史至今日，欲陷我于不利，讵金某尚忍以此一言欲钳我之口耶？愚不靠史某吃饭，我何为而不能得罪此上海狠天狠地之狠客？故金为此言，殊令人莫测其用意，金平时亦为费先生力誉之一人，费先生乎，世上知人之难，盖无逾如今日者矣。

（《社会日报》1942 年 10 月 9 日，未署名）

“得勿太滥”的保险与银行

许晓初先生，事业遍海堧，近则复创富华保险公司与富华银行于海上，已次第开幕矣。毛兄挈此消息来告，而愚以尘事繁琐，俱不遑道贺，良用歉然！夫保险公司与银行之勃兴于上海，令人有“得勿太滥”之疑，果欲取信于人，特以主持人为瞻望，若主持之人为德望都孚之士，则他时之成就为可期，反之，无有不归淘汰。许先生名高望重，为商场硕果，大业初兴，闻者为之腾欢。愚无状，而恒时见爱于许先生者，无微不至。愚故有知己之感，人生得知己难耳，若我颠狂，知我者不多，而许先生曾不遐弃，斯可念也！

善宏来，述其夫人疾状，为之怆然。夫人将瞑，语善宏曰：“他人视我，终年在安乐中度日，惟我所苦，人不能知，知我者特有善宏。”言已而逝，故善宏益哀，谓夫人来归，体壮硕，我则陷之为痼癖所缚，遂使衰惫不可自振。夫人之死，为心脏衰弱，则我实误之，故杀夫人者，我也。善宏言至此，辄神伤涕殒矣！

（《社会日报》1942 年 10 月 10 日，未署名）

灯火管制之夜

灯火管制之夜，愚妇自外归来，方及门，紧急警报已过，弄内保甲中人方督促居户将灯闭熄，时妇取钥匙以手电筒照锁眼，电筒未闭红纸，特匿于掌中，盖妇亦知灯火管制之规律者也。顾为保甲中人见之，以为犯规，取电筒自去。妇为之愕然，告于愚，愚谓既是犯规，例当受罚，取去电筒，犹小事耳。愚每逢闻警报声，辄将室中电灯，例关闭，人则处于黑暗中，而犹见其他人家，大多置若罔闻，遂使保甲中人，声嘶力竭，催促闭灯，一时喧嚣之声，与挞门之声杂作，此辈人家，又宁知保甲中人之值夜辛勤？要为出于无奈。愚自知保甲之役，繁琐辛劳，故于若辈恒深寄同情，在可能范围内，自宜作精神上之帮助。三四月前，吾家为房屋纠纷，二房东在市民证申请书，请其盖章，不理，则诉之于联保长，请为调解，顾搁置月余，而未闻派人来说一句话也。愚亦无怨，盖愚亦知此役繁冗，有无从措手之苦耳。近见凤公记其为甲长，于半夜出巡事甚感动，读其文，每值灯火管制时，仿佛有一阵清脆之蓝青官话，如曰“亭子间里的灯关啦！三层楼上的光太大啦”，从窗牖间曲曲传来也。

（《社会日报》1942年10月13日，未署名）

之方无用多疑

愚于他报作《魁两声》一文，读之而多心者若干人，闻之方亦多我之心，问其五先生曰：“阿会勒拉骂我？”予可以答之曰：“非也。”之方为人倔傲，愚所深知，善琨谦恭下士，故宾主都欢，若干年来，曾无闲言，若之方而碰着一个心术险诈、一面孔老板眉眼、神气活现之东家，则早已绝裾矣。故之方正无用多疑。复有某君，亦为吾文而生不安至欲向愚声明，苟某君以为我言初非恶意讽骂而可以作激励看法者，则愚愿接受其声明。愚未尝昧尽天良，亦知人间尚有公道有必尽之言，我为尽之，便遭欺弄，我亦无辞。

近来宛如身行于野村荒塚之间，乃为群眚所蛊，张目所见，无非魅影，顾愚则未为惶惧，第觉与鬼周旋，亦有殊趣，鬼将噬我，我则以弄鬼为乐，然危机常伏，稍不慎，鬼口一张，我身悉□。今之所以无恙者，非人力之壮，以魅力微耳。以微力之鬼，尚思啖人，无怪为巨魔者，恒张牙舞爪于吾辈头上矣。

（《社会日报》1942年10月14日，未署名）

为人重视的《大马戏团》

十五日之晨，起身后，忽脑痛如劈，故再卧，抚我颊，则发寒热，而头目眩晕，不堪支起，疑为夜深露重时，着寒过重，故有此状，因添被偃卧。家人饭，予不能进粒米。比午后，似无好转，拟延医，忽忆翼华曩日，曾赠我以药，治伤风发热者，仅两丸，和开水服之，更卧，未几汗出而热亦退，神志且复，而索薄糜矣。垂暮起坐，铁椎以电话来相约，嘱为博局，加衣而出，与诸友叙谈若忘今日之病甚也。予于报间文稿，向不荒疏，非以病不能搦管，从勿旷课，然今日之病始于发稿时，而病已乃在发稿既竟之后，吾病乃大类强我赖各报之撰事者，思之弥可哂也。

《大马戏团》之作者，著盛誉于文坛，其治剧本识者谓直欲夺曹禺之席。佐临非好剧本不肯导演，石挥非好剧本亦不肯表演，《大马戏团》之为人重视可知。此剧未公演以前，剧名屡加改易，本为《马戏班》，而改为《大马戏班》，又自《大马戏班》而改为《大马戏》，结果，则“大马戏”之下，不用“班”字，而改为“团”字，于此三四字间，再三斟酌，则为吾人所莫测高深矣。

（《社会日报》1942年10月19日，未署名）

娇憨之态，惟女子有之

李玉芝台步与动作，效荀慧生绝似，自有憨态可掬之美。然此动作，出之于荀慧生本人，殊不良于观，则以其人为昂藏男子耳。娇憨之态，惟女子有之，得自然之妙，荀已老丑之夫，为之惟使人皮肤上起不快之感而已。故愚意如荀之所谓一代伶官者，但将其绝诣，传授后生，使垂之久远则可，若以四十许高年，现身说法之役，劳之躬亲，大可不必。荀如是，梅兰芳、程砚秋亦如是，他人希望兰芳登台甚殷，予不作此想，则以兰芳自己臻退隐之年矣。

报间广告，有人教授英文，题曰“惊人英文”，大意谓“读满三百小时功课，不能说写清通，可凭保单收回学费”，何市侩气之重也！而以教授法之迅疾，便称之为“惊人英文”，亦殊嫌其语无伦次，误人子弟，以此辈为尤甚，负改善社会之责者，何不起而纠正之！

（《社会日报》1942年10月21日，未署名）

洪福楣藏前贤书画展览会

洪福楣先生，出其所藏前贤书画，于二十一日起，举行展览会于宁波同乡会四楼，无非矜贵之品，知本报读者，酷嗜风雅，因嘱择尤摘记于下，使读吾报者，毋失此赏鉴之缘也。

仇十洲恒伊，《弄蓬图》精丽艳逸，艺林绝品，并有文徵明楷书题诗两首，又陆淘、戚伯坚等题识甚多，曾杜大绶等收藏。

石斋黄道周，文章风节高天下，荩臣手迹，自足千古。今有楷书长卷，及夫人蔡玉卿自书诗长卷，夫妇手泽，同垂后世。

李日华设色山水，竹懒书画与董思白齐名，用笔矜贵，传留颇少。

唐伯虎《采桑仕女图》，神态生动，雅韵欲流，不愧名士手笔。

文徵明仿倪云林《江南春图》，并有文彭、文嘉二子题字，乾隆御览之玺，殊属罕见。

祝枝山草书，写来笔走龙蛇，不同凡响。

石田翁沈周，巨帧山水册，风神超逸，骨格秀灵，堪称一代宗师，曾经毕秋飒鉴定真迹，收入秘笈。

（《社会日报》1942年10月24日，未署名）

愚已入老境也！

西风猝紧之夜，着单衣长衫，至十一时坐车归去，瑟缩为一团，盖不禁寒气之围袭也。次日，风益厉，着衬绒袍子，内则加夹袄，出门，犹体不能温，及夜，颇虑繁露来侵，至钟鸣九时，已告归去。卧时，盖薄被一，更薄之被又一，复加绒毯，愚妇呼热，愚则尚嫌不暖，遂与妇哄。妇谓夏日汝畏热，甚于我，及冬则汝畏冷，亦甚于我。妇少愚十年，不知其婿已入老境也！愚斲丧过甚，身体日就衰薄，乃已入不可挽救之局，而妇不怜我，以言相刺，愚大伤心。今日出门，愚欲加一厚马褂，盖无外衣，辄以厚马褂代夹衣。妇不许，谓高年之叟，始饰此装，婿方盛年，故不可。

愚亦勇，弃马褂出门，必有一日，为寒气所祟，而呻吟床褥间，则妇且知盛年之婿，其实已为高年之叟矣。

（《社会日报》1942年10月27日，未署名）

上海人之术语，日新月异

连日饮于飞达，遇雪莉于座上，雪莉谓上海之术语，尤来尤奇，今日则又有“腰子”两字流传于侪辈口中矣。予初不知腰子为何解，亦未闻他人先雪庐主人言者，因问曰：“何为腰子？”则曰：“是言人之不上不下，勿二勿三者耳。”盖以腰子生于人生部位而喻之也。又一夜，某君于筵席间，问白雪曰：“贵报上‘却’字独多，知其用意，而不知其何典？”其实上海人之术语，日新月异，考其典实，便无可究诘，白雪亦茫然不知。惟“却”字之音不响，欲准其音，则中国字汇中，殆无此一字，是为上声之“溪邪”切也。此字以我所知，则流行于舞场中，为时不过二年，舞女口中，所谓“却八束”者是。其五先生，亦言创行不久，而白雪则闻之已近十年，谓昔日在北四川路月宫顺风中，已闻有人谈“却八束”者，及今日白雪之报，始为之发扬光大耳。

（《社会日报》1942年10月29日，未署名）

天下奇才，人间至宝

盖叫天之《史文恭》与《武松》，愚已屡见之矣。此次盖登台于黄金，初以十五日为期排戏五台，我所必观者则《翠屏山》与《贺天保》耳。顾以吴素秋之要求演一次大轴戏，盖不能从，此局遂散，而以《武松》、《史文恭》二剧，唱至期终矣。昨夜乃往，看其《史文恭》，吴素秋、叶盛章之流，终是为恶，一夜唱至十一时二十分，始让《史文恭》上去，然上去而台下并不以时晏抽签，则吴、叶之谋亦可谓不臧，而盖五声名终未必败于小儿之手，良可慰也。愚在黄金之夜，《贪欢报》唱至十一时十分，上下场，皆立满内行，盖观摩此一代宗匠之绝艺者，都有看一出少一出之感也。盖貌视昔为丰腴,而白口亦胜当时,他若口面功夫之矫捷,犹能使台下人击节,而狂誉之曰:"仅存硕果,毕竟不凡。"嗟夫!天下奇才,人间至宝,愚又不知其重来何日矣。

(《社会日报》1942 年 10 月 30 日,未署名)

演《大名府》而无秦淮河

男女之事,以房屋为喻者,秋翁昔尝述一笑话矣。在黄金大戏院之《贪欢报》中,芙蓉草饰一鸨儿,俞振飞饰一嫖客,金尽,鸨母欲下逐客令,嫖客曰:"我用钱多,汝今逐我,则当以钱还我也。"鸨母乃指饰伎女之吴素秋曰:"把我们孩子,比为房屋,则汝在吾屋中,居住已久,进出亦频,若干时以来,你进进出出,把她的门枢子都践驰矣。你出之后,再好叫她供别人居住耶?故要我们还钱可以,汝则当为我们修理门面也。"俞乃曰:"我这房客,住过算数,却不管修理门面也。"凡此言语,俱足使台下人为之笑乐,此戏为玩笑戏,而意淫绝富。如吴素秋见嫖客将落魄,问其何为不治生产,而沉湎于此。俞乃张一手、伸一指,指于吴素秋之小腹以下,谓我即以此而迷恋耳。顾即此已见失却乐而不淫之旨。信芳演全本《大名府》,无秦淮河场子,愚固以得观秦淮河为创见也。

(《社会日报》1942 年 11 月 1 日,未署名)

其乐固逾于小儿得饼也

愚尝记停云楼诗句云"和尚尼姑挤满楼",盖此地某和尚曾邀予登临者,故知楼上有高僧在座也。若瓢见之,以吾诗词旨甚谑,以电话来,嘱为笔下留情,且曰:左玉女士举行义展之前,尝设宴,以发简者疏,故不及愚,然不关和尚事也。此言闻之颇丧气,人不饭固能饿死,然必欲于丈夫前,以一餐见诱者,其视人毋乃太卑。愚不乐盛宴,尝谓苟终年无人饭我者,我且大快,和尚诚不知我,作此谰言,若经其传述,使停云诸子亦视我为饕餮无餍之徒,则我冤且无以自洗。吾诗诚不免轻薄,作后颇自悔,然迹我初心,打朋而已,初无恶意者也,故述此为和尚告,使稍明故人心迹,兼为庞女士谢,以女士曾贶我以妙绘一帧,草野莽夫,怀兹墨宝,其乐固逾于小儿得饼也。

(《社会日报》1942 年 11 月 6 日,未署名)

摄影名作展览会

静安寺路九九六号之新厦之中,近方举行摄影名作展览会,券资所入,悉充防痨基金。展览与防痨运动之役,推动者皆丁惠康医师,丁擅摄影,故影展中出品最富,他如郎静山、胡伯翔、卢施福诸君,亦各陈其作品,其精彩自可知矣。丁尝游于海外,其作品之成于旅途者亦众。汇为巨帙,索愚题字,艺苑名流,如海粟、君豪、天健、蝶野诸先生,皆为之著语,珠玉在前,不敢贡拙,故至今犹不获报其雅命也。

叔红兄邀愚同观信芳之《青风亭》,皇后此局,"克司脱"自不甚坚强,故信芳乃赴以全力,而营业初无退减,此大艺人之歆动江南,由此可以见矣。愚以为信芳此来,白口益有劲,真似斩钉截铁者,"认子"一场激越凄凉,使台下人可以放声一哭也。

(《社会日报》1942 年 11 月 7 日,未署名)

其字辈文人

空我上人以其三为名,于是灵犀呼我为其大,以愚有别署为大郎也。而灵犀则当属其四,以人家称之为四阿哥也。而木公为其五,又以天衣为其二,则不知所指矣(犀按:天字从二从人,因作第二人想)。昔赵君豪先生,曾著一文刊《申报》,以其二具名,则从上人之其三,而得之者,君豪固谓,我长于其三,自当称其二也。或曰:小洛姓陆,可号其六,蝉虹为老七,故称其七,文友小逸可称其八,以小逸之姓得好耳。随意编排,直比文苑中人,为生意浪之老三老四矣。

朱端钧先生导演《云彩霞》既竟,将上演,谓剧中有客送云彩霞之对联一副，已有人撰述矣，而苦无人书，因委于愚，愚谢不能，以我未尝习书，偶写聚头，且欹侧不良于观，何况长联，因为朱先生喻曰：“吾书乃如奇丑之婆，立直了看，固不美，即睡下来看，亦陋恶万状也。”

（《社会日报》1942年11月9日，未署名）

今日论文，求其通而已

写“身边文学”，而得文章灵空之美者，此才殊不易得，愚故于柳生、梅郎，深致折服。灵犀所见，与愚相同，故尽力张罗二兄佳作，为本报篇幅光。此举尤为愚所赞同。柳于本报作一文，偶著“却”字，辄为秋翁所诟病，而张一文于他报，是在柳生，宜可一笑遣之。盖文章之道，见仁见智，若欲律以程式，则今日之执笔人，其所舒展于腕底者，覆瓿且嫌其恶俗，又乌足藏之名山？故今日论文，求其通而已，通而能抵于轻灵流畅之域，已是上乘。柳、梅之所以为可宝，即在此。若偶将俚言羼入文中，果用之适当，更未必遂败文容。今秋翁諓諓于“严正”之说，多见其言之迂耳。愚与人并无难过，持论恒主平恕，柳兄非素识，秋翁则为常日相处之友，惟以秋翁之言，殊偏激，不得不以此文释之，幸垂鉴焉！

（《社会日报》1942年11月10日，未署名）

文章必以情致胜

一夜，于国华筵上论文，秋翁于流辈之文，无所推重，或曰：“人心不古，乃无可喜之文。”笠诗亟然其说，谓作文须视其人之心地如何，心地纯良者，始有好文章可读。秋翁似不是兹言，谓为文实无关心地者。愚则为笠诗补充曰：文章至高条件，以“温柔敦厚”四字，为颠扑不破，亦千古不易之论也。愚读《汉书》，及文帝诸诏，恒泪下如雨，无他，其文胥以情致胜耳。文章必能使人可以歆，可以泣，可以欢，可以兴，始为文章之最大成功。今之文士，曾无一字一语，足以震我心灵者，是今日之文人,其技固拙,要亦无热情孕蓄其间耳。等是以下,惟取轻灵流畅之作,可以怡神悦目,已为佳构。前者几绝无所睹,后者所见亦罕,惟其至罕,故愚实宝视之,乃于二三文友,不禁致其偏爱之忱焉。

(《社会日报》1942 年 11 月 11 日,未署名)

谨布腹心,伏希垂察

报间有对秦瘦鸥兄,为讦诋之词,瘦鸥颇不宁,因托人关说,谓同文不宜相轻,其理直也。予于瘦鸥,近亦尝有微词,则以《秋海棠》为东乡调班中,居为奇货,瘦鸥不特不加梗阻,转从而怂恿之,毋乃不智,故我之言,实欲寻故人于善,论心地原极光明,而瘦鸥未鉴愚诚,若以愚之饶舌为可憾者,夫复何言?昨于木公处,见君豪兄一函,益知瘦鸥之疑我所言,用意不良,至深惶恐,谨布腹心,伏希垂察,后此且不敢有片词及之矣。

一夜看艳舞归,觅食于国华酒家,三人而占楼上一室,女侍三五人,咸集于此。一友微醺,兴至高,乃邀一李小姐歌《爱的波折》,又一刘小姐和之,凡二小时,始归去,三人吃账不过百金,而畀小账五十元,男侍惊为伟观,送客一躬到地,愚私语曰:凭傢几只嘴脸,真搀奈瞎子耳。

星期日,又偕五公,往观摄影展览,盖风闻是日有王美梅女士在场招待也。王以中国小姐之名,艳称海上,向者,公困于步履,家居不常出门,日来腰脚轻健,遂耽游乐,震中国小姐之名既久,亟欲一睹风神。比往,王之芳影杳然。丁医师与公交甚契,知公失望,乃谓是日五时,固与王相约茶舞于国际之十四层楼也,幸稍待同去。公勿耐,遂相偕饮咖啡于飞达,既已,复同止于罗刹天堂。比返,重过国华,呷啤酒甚多,不觉逾量,兴致弥佳,因曰:"惟杯中物,优于餐秀色耳。"闻之人言,王美梅既隐良家,近则将为出岫之云,下海之地,则为维也纳也。不知信否?丁所摄之人像中,有王影,谓影中人视匡庐真相,不逮者且十倍,则王之美可知矣。予慕坤旦新艳秋,丁蓄其影亦富,因为索一帧,许我而尚未见赐,果得之,则宝剑明珠之感,庸有已哉?

(《社会日报》1942 年 11 月 14 日,未署名)

与睦公论朋友之妇

愚尝谓欣木夫人贤而美，因复与睦公论朋友之妇，睦公乃称道秋姑，与舜华居士之爱宠四娘子。秋姑温淑，不妄议人短长，时从秋翁游宴，未尝与秋翁之友，有一言之争也。某次同博，秋姑为一友词锋所迫，亦勿较，惟默志心头而已，旋秋翁与此友不睦，秋姑始以昔日被窘，述于吾人，故睦公益称其美德。愚等游秋斋，秋姑则亲睦如家人，频劝加餐，曾无稍吝。比以相习既久，吾人时为谑浪，亦不避秋姑，而秋姑应接有致，其气度尤不可及。四娘子亦驯良贤美，居士夫人疾，伺于榻，衣不解带，无论昼夜，此在古时，容有此淑妇，今世风漓，则不多觏，睦公亲睹之，且谓如鲁殿灵光焉。愚妇褊急，偶拂意，似迅雷行天，大地为震，公生平亦殊憾未得温柔之妇，故俱不能无羡于诸友之福，为几世修来者。顾不羁似愚，又似木公，正恐既得驯妻，而不知享受耳！

（《社会日报》1942年11月16日，未署名）

施君嘱愚写楹联

有施有圃君，以书抵愚，谓昔虽由灵犀代嘱不佞及蝶衣、啼红诸兄，作一集锦便面，犹以为勿足，而痂癖吾书，因嘱再为写一楹联，此则强人所难矣。不久前，愚尝述吾书之劣，乃如丑陋妇人，躺下来看，固不美观，然立起来看，则尤粗恶万状。对联须立起来看者，则吾书实有立不起来之苦，务望施君谅我，非故方雅命，以不佞忽然明白万事以藏拙为是也。

知止先生邀饭于德兴馆，为整席，此肆设于洋行街，以制馔之精，声闻遐迩，然其制肴中，有极不可吃者，故吃德兴馆，以点菜为宜。知止先生则异此议，谓整席之肴，丰而价廉，点菜则耗钱弥广。惟愚以为苟以太丰而浪费菜肴，毋宁少点几样名品。惟点菜须内行，先生甬人，知状元楼之名品，或不知德兴馆之杰作耳，则亦徒然。

（《社会日报》1942年11月19日，未署名）

寻找食肆颐和园

愚与笠诗、木公、天衣诸兄,恒觅食于文缘,笠诗拒肉食,而嗜鱼类,文缘之馔,以鱼为佳,故常就其地焉。昨夜迟笠诗不至,乃闻有新肆名颐和园者,亦近在咫尺,前数日,白蕉邀我饭,我以事冗不获往,又闻此中主人,胥女人而工雅艺者,欲挹清芬,故往。忆其地,在圣母院路,自福煦路而达霞飞路,皆不得见,更折回,重觅之,又不得,问之别肆中,亦茫然不知。其实愚昔尝行路,明明见之,而记其地亦在圣母院路也。今遍寻无着,直疑有人遮吾等之目者,不觉相顾称奇。无已,重入文缘,餐时,犹苦思不已,而印象转以模糊,俟腰脚稍健,当再觅之,不穷究竟,吾心不能死也(犀按:颐和园在圣母院路霞飞路北首右侧一大巷内,为小洋房,无巷名)。

(《社会日报》1942 年 11 月 21 日,未署名)

即此一魁,周折多矣

信芳出演皇后,皇后前台,愚无熟人,朋友看戏,以为戏馆愚总兜得转,因托愚订座者甚众,不知愚于此路殊不通也。然朋友命,有不可违者,愚乃烦之信芳。信芳与戏券之事,初不顾问,则委之夫人,更由夫人托丁小姐,丁为周家记室。信芳登台,复佐夫人掌度支,固握戏券进出之权也。愚与丁亦素识,两次相烦,俱获美座,心甚德之。用是,朋友之命可以报,朋友得我代订之座,且为愚"魁"(此字无论如何要用一用)曰:"唐君毕竟有交情也。"嗟夫! 即此一魁,周折多矣。

在艳窟中宴,昔于佩玉七娘处,数数为之,今久已无此妙聚。一夜,四太太相款,邀愚稔友四五众,每人日俪以一雌,意兴甚豪。

(《社会日报》1942 年 11 月 24 日,未署名)

木公夫人病

木公夫人病复作,颇剧,夫人大悲,谓与其病而苦,不如死而安耳。公乃大恸,辄欲畚夫人之苦,移集自身。一夜,夫人之疾似更甚,谓腹中有气,无术自泄,窜于筋络间,遍体皆痛。医者吴,明智负时誉,先一夜,为夫人注两针,绝无效,盖此药若施之恒人,且见愈矣。今夫人病久,药力乃不济。次日,吴复以良药来,谓此药之在沪上,殆如景星庆云之不可多见,盖为瑞士罗氏药厂所产,止痛,治哮喘,疏腹结,俱有奇效者也。为夫人注一针,不三分钟,效立见,夫人之统体疏然,乃知此药实为圣品。公德吴盛情,无以报致谢意,吴曰:“救病人急也,他何所恤?”医德之美,殊不多见,惟夫人之病蒂已深,犹当赖医者高手,脱其所苦耳。

(《社会日报》1942 年 11 月 27 日,未署名)

“翻版”之徒,其行殊卑

曾淹兄言:在报间所作之文字,往往为他报翻版,变动面目,实质一也。此种情形,年来盛行于小型报中,其原因以“翻版”之徒,亦为小型报特约撰述之一员,既为特约撰述,其文字当每日缴卷,执笔之时,一无可书,则榨其脑汁,然亦渺无所得,不获已,乃披览他人所作,而纂取为自己之材料,其行殊卑,其情可悯。惟此责任,不能悉诿诸执笔人,为编辑者,亦应负其一半,苟编辑人固能自尊其报格,则此种文稿,万万不应录用,使贻剽窃之讥。苟编辑人自视其报为“起码”而对自身责任,只图草率将事者,虽明知执笔人有鼠窃之行,亦假作痴聋矣。小型报之执笔人,以接触之方面太少,遂绝无材料可供其挥述,于是非闭门造车,即埋头翻版;惟少人士常以新奇消息,贡献读者,此则皆破工夫,到外面去问来者也,此又谈何容易哉?

(《社会日报》1942 年 11 月 28 日,未署名)

金谷饭店之西菜中吃

昔年，南京川菜社，有中菜西吃之举，愚曾吃过一顿，犹忆为川人李勋甫所邀也。今则又有办西菜中吃者，则自金谷饭店始。金谷主人，多才干之士，其于造馔，在日求精进中，不若一般西餐社之故步自封也。昨者，大社唐宝琪君邀予饭，即金谷之西菜中吃，用竹筷一次即废，日本制如为吃三岛之火锅焉。果盘改为冷盘，而山鸡一味最适之，乃如中菜之沙锅，量多而热可炙唇。金谷经理郑炜明兄言，中国制肴，以色香味三者俱备，即为名品，若西菜则着重于肴馔之是否滋补人体，故金谷之西菜中吃，便不脱色香味之要素外，亦兼顾营养之美，以此示海上老饕，则金谷之西菜中吃，法必大行。悬知此后之门庭若市，为势亦必然矣。

（《社会日报》1942 年 12 月 3 日，未署名）

朋友不宜相博

朋友不宜相博，博则气恼滋生。之方以恶劣游戏一言，使秋翁不悦，其实之方恶劣云者，不过于赌博作泛论耳，初非指秋斋之局而言。愚固綦穷，然临博则气度尚无不好，不图即此亦使凤公不欢，以书抵其五，对愚大肆诋毁，此实冤也！愚昔时尝沐凤公惠，战后，凤公谂愚清贫，助以多金，愚匮乏，亦尝称贷于凤公，凤公慨然无吝，而余终不能归以母金，凡此皆使余食德不忘者。顾以博事，遂使老友勿欢，诚知戏殊无益也。此日之事，其五、空我诸兄，俱能为予剖白，空我且谓唐某态度奇佳，而独不谅于凤公，则我将奚说？余睹凤公抵吾友书，滋愤懑，继念凤公前辈，又尝授惠于我，忍之，特以兹文为老友白。若老友寻思以后，疑忌难除者，则惟请三朋四友，叫叫开矣。

（《社会日报》1942 年 12 月 4 日，未署名）

徐氏一门，胥工曲事

田菊林、周又宸、白云生、梁慧超俱来，菊林美甚，愚屡已为文张之。慧超数数出演于沪上，此君勤学，其艺事之孟晋，盖为必然事也。白雪生往年偕韩世昌来，尝一见之，是曾受业于吴瞿安先生门下者。当其来也，适子权在座，子权为徐凌云先生公子。徐氏一门，胥工曲事，凌云先生，于此中犹如泰岱之尊，南北人士无论为内外行，罔不仰望风仪者也，以故云生亦识子权，为田、周、梁诸人，殷殷绍介，盖以尊凌云先生，亦不禁重爱子权耳。云生既去，乃与谈霜厓居士遗事，霜厓为瞿安先生别署。先生既归道山，海上旧友，曾于去年为举行一追思之会，发起人为居逸鸿先生，子权旧旅故都，亦执经问字于吴氏之门焉。

（《社会日报》1942 年 12 月 6 日，未署名）

往事如云，回萦脑际

文娟近来发福，面孔形成横阔，而面上又有朱斑，则谓“烂来头”也。我人初见文娟时，犹少，小姑娘发育不久，惟伶齿俐牙，无逊今日。一夜，饭于金谷，闻放音机中，有播《乌盆》唱片者，涤夷兄言：此文娟歌，听之良是。《乌盆》全本，斌昆且为匹张别古，愚饭时听歌，而往事如云，回萦脑际。念四五年前，我人与文娟初晤时，愚宴之于大雅楼头，其情况盖历历如昨耳。女儿高蹈，自易于须眉，从小型剧场之小女伶，而为京朝大角，其速真如一转瞬间，今日捧文娟者，居以洋楼，供以衣食，无复需酸秀才之三百字文章矣。友人中，昔为文娟谋而最葳者，为平怀玉，此次文娟来十余日矣，怀玉曾未一晤，愚谓曷不邀之共樽酒？则曰：“一宴之金，五六百，益以千元，则可制冬衣一袭矣。”乃知吾友情怀，亦既变易耳！

（《社会日报》1942 年 12 月 11 日，未署名）

信芳登台于皇后

信芳登台于皇后,看《青风亭》与《四进士》外,近又两为座上客,一夜为《宛城》与《南天门》,一夜为《凤凰山》与《逍遥津》也。后一夜,券系信芳所买,特以佳构飨平时至友者,嘱约梯维、桑弧、听潮诸兄,券六纸,因兼邀小洛与之方,惟听潮勿至,使其女文蛾、其子一阳来。

在《凤凰山》与《逍遥津》间,夹张淑娴投奔《虹霓关》。张之为旦,刀马视青衣花衫尤胜,以予观之,花衫实优于青衣。愚初见其演《柳林》之杨素珍,绝无可取,及见此夜之东方氏,竟判若二人。其名作如《金山寺》如《辛安驿》为南北坤旦所无,信芳亦深嘉之,内行且一致传誉,而愚不获一一遍赏,相逢已晚,怅惘何如?

(《社会日报》1942 年 12 月 16 日,未署名)

信芳尝以淑娴与熙春并论

张淑娴有憨态,在台上时,恒于眉目间传此种妙度,遂为之若中醇醪,陶然欲醉。演《杀惜》之夜,叫宋江盖过手摸足印之后,婆惜将攫取休书,而宋江遽匿之,常伶演此,必作色而怒,淑娴则付以一笑。嗟夫!此笑大憨,我为神远。或曰:淑娴之笑,于欣赏固美矣,特悖情耳。其实阎婆惜为毒辣婆娘,知宋江已不可逃出掌握,故不怒而笑,笑其终为"老举",然无用也。信芳尝以淑娴与熙春并论,谓王富天才,而不肯用功,张则天才稍逊,然攻艺事则弥勤。然王富情感,故其戏能动人,张则无之,虽尽力表演,要不足使台下人动容耳。愚谓张淑娴演剧不能付以情感,或无间言,特谓熙春之作,为有性灵,则亦奖之逾情。观熙春戏甚夥,我未尝为之动容,王小姐本随随便便,自己且不知有所谓情感也!

(《社会日报》1942 年 12 月 22 日,未署名)

雪园楼上有火车座

火锅上市,雪园又有门庭鼎沸之观。雪园楼上有火车座,座外障以绒帏,自内可以见于外,自外则不能望其内也,腻友谈情,辄视此为胜地,然若男友同来,则又嫌其局蹐,无回旋地矣。久不晤姚绍华先生,思念良深,之方、笠诗常言,论宵游之侣,绍华亦为胜友,特近来不恒见,三十里欢场,亦勿睹此人踪迹,知吾友韬光养晦,盖有时矣。愚等抵雪园时未及七句钟,食客尚未至,将八时,始纷至沓来。因玄郎携一鬟丝,故觅火车之座,有女侍为调味,其人单眼皮,特肌肤莹洁,略似舞人张雪尘,惟雪尘犹逊此丰腴,问其姓,不答,问其年,亦不得,问其鸡肉火锅之价,则对答如仪,乃悟伊人实忠于公事,而绝不及私事者。因志此以告姚、袁诸当局,下月份有加工钱之必要也。

(《社会日报》1942 年 12 月 23 日,未署名)

入情入理,妙到毫巅

“杀惜”一场,宋江下楼后,婆惜拾得招文袋,发现袋中书牍一通。往时所见,花衫将信纸取出,就窗下念曰:“梁山泉——”便接“啊啊且住”,此次见淑娴于取出书缄后,自言曰:“已经拆过啦。”已喜其细腻,而推窗引曙色以后,复将原书读完,至泉盖两字曰:“什么盖?”以示“泉”字为不识也,入情入理,妙到毫巅。予以往时未见他人读完此书者,故于见淑娴之日,以此询之,马义兰则为之引证,曰:“他伶固不若此,特王芸芳则有此一节。”予未睹芸芳演此,特王兰芳与信芳则合作既频,故见今日之淑娴,辄觉其新奇可喜也。

《坐楼杀惜》之婆惜,非老手必陷于冷场,坤旦除淑娴外,几尽难惬意。票友戎伯铭君,曾演此,疑为内行,而细腻风流,内行视之,亦有逊色。伯铭西行,辄念其人,则以“杀惜”之印象,犹使人萦回不尽也。

(《社会日报》1942 年 12 月 24 日,未署名)

王绍基邀北角南来

王绍基君赴北平邀白云鹏、方红宝、谢瑞芝南来，卸装后二日，宴客于大西洋，白犹清健，谢益龙钟，而红宝且不能掩迟暮之容矣。九年前，红宝出奏于天蟾茶楼，其时望之，其人已逾双十年华，今当为三十开外人矣。顾席上一客，问红宝曰："我见方老板于天蟾茶室时，其时方老板当为十六也。"方颔首曰："十六也。"客又曰："然则今当为二十五矣。"方又颔首曰："固二十五也。"客诚"枣子过腔"，而方老板亦何其胡说八道耶？

席上有老友王培源律师，王为当时天蟾鼓书场主人之一，惟不出面，顾曲于天蟾，尝为红宝点戏畀十金，虽不甚豪，亦勿寒酸。若今日更往恩派亚点戏，复畀十金，则直视被点人为瘪三，彼三元公司主人，亦必视点戏人为触其公司霉头矣。

（《社会日报》1942 年 12 月 26 日，未署名）

送费康就殓

送费康就殓。吊者皆酸鼻，费氏一女戚，率康之子女自楼上下，子女皆麻衣，以年少，歌唱甚乐，女戚向二雏曰："尔翁何在？"子指灵后曰："卧于堂中耳。"女戚遽扶首而号，以子女胥不知失父之哀也！愚观此亦不觉心伤万状，死者已矣，生者何堪？费氏弟兄，笃于友爱，康死，费穆、费斌，咸哀毁不已。康存年才三十二，弟兄四人，康最有为，而死独早，是故令人不尽哀思也！

除夕之午，若瓢和尚邀饭，同时丁先生以电话来，嘱往麦特赫司特路公寓进中膳，以是日有田菊林在座也。看和尚不如看女人，故谢吉祥之宴，而应慕老之约，书此以告瓢兄，"座无鬓丝筷不下"，是固唐某之一贯作风耳，非于友情有所参差也，书此以博和尚一笑。

（《社会日报》1943 年 1 月 3 日，未署名）

做坤角儿长辈不容易

田菊林来拜客时，着长毛骆驼绒大衣，最近又遘之于宴席上，则大衣已易一袭，而为黄狼皮者，此为国产，运之欧美，经西人加以修炼，为妇人御寒之用。有人在美国时，谓一衣之值，纽约市上，亦可值千余元美金也。今在上海，虽不足与灰背干尖竞爽，然比之白猸，吃价得多。田身上之物，为其义父所赠，耗一万二三千金。上海人做坤角儿长辈，倾资已若是之巨，欲求做一个平辈，赚伊人称一声“哥哥”者，无怪要用三万五万矣。

迟人于凯司令楼下，楼下设三五座，已令人无回旋之苦。坐楼下者，又独多西人，西人尤多戎服健儿，若华人之阔绰者，皆登楼，居楼下而看楼上下来之人，乃足以饱餐秀色。予坐此约半小时，睹绝色女人五，皆自上而下，乃悔未曾强扶腰脚，直上楼梯焉。

（《社会日报》1943 年 1 月 4 日，未署名）

看《秋海棠》不自禁泪珠之簌簌堕焉

看《秋海棠》而不落泪者，其人之情感，必不丰富。梅花馆主尝言，生平能忍，看戏从不流泪，我看《秋海棠》，亦不自禁泪珠之簌簌堕焉。《秋海棠》感人之深如此，顾馆主又言生平喜看信芳演剧，窃以为信芳之剧，动人处有不在《秋海棠》下者，《青风亭》其尤也；愚看《青风亭》之“赶子”，必堕泪，尝曰：“其不堕泪者，终为忍人！”不知馆主看《青风亭》，乃如何？馆主又言：其看《秋海棠》，以其描绘伶人之身世恒逼真。馆主与梨园子弟，相习者多，梨园子弟之凄凉身世，馆主亦稔之綦详，《秋海棠》之所以能诱馆主悲感者，在于此。故昔如《青风亭》之为悲剧，与馆主无关，或漠然无动欤？

（《社会日报》1943 年 1 月 7 日，未署名）

含风玉立万容仪

张淑娴濒行时，愚与叔红，拟请其留相片一二纸，以示此别虽遥，毋令相忘。顾临时忽忘此事，愚既遘郁建章先生，为之言此，建章乃谓，我所蓄甚多，愿分赠若干页。越三日，果以三影来，一为便装，则与马义兰女公子合摄者；二戏装，一为《穆天王》，一似《宛城》之邹氏，摄影者为普通照相馆，以艺术匆高，故未足以传淑娴之美，此亦弥天憾事矣。后一日，建章复一影付我，又便装，图中着灰背之氅，风致嫣然。愚曩时两见淑娴，胥服此衣，今见兹影，乃同晤对，林庚白所谓含风玉立万容仪者，今可为淑娴之影咏也。今彼人已在汉皋登台，期终，将复来海上，然后或赴津门，或奏演于故都，俱未定，是亦建章为愚言，志之，以告关心彼怀绝艺之女郎者。

（《社会日报》1943 年 1 月 11 日，未署名）

南洲主人之《燕子吟》

南洲主人之《燕子吟》七律十五章，情文之盛为近时不可多见之作，诗成于何时，不可考。主人则于往年示我者，读之击节，因叙其崖略寄蝶衣，以《万象》尝索文于愚，故以此付之也。不图《万象》取材，以时代性为重，若此芊丽之章以违其格也，故未取，将一年矣，始从《万象》收回，而实之吾报，读者乃叹主人之清才绝调，并世无俦。日者，主人以书来，谓愿广征和作，丐诸大吟坛，惠锡佳章，借叨光宠。主人者，今日保险业之巨擘，为欲聊助雅兴计，得奉薄酬，其条例如下：

和诗五章者赠保平安火险额一千元；

和诗十章者赠保平安火险额二千元；

和诗十五章赠保平安火险额三千元。

件寄本报唐大郎君转达。件至，乞附姓名、地址、保品，当将保险单制就奉上，保费概由主人代缴矣。

（《社会日报》1943 年 1 月 19 日，未署名）

更新舞台两老板

现在更新舞台做老板的孙克仁、顾尔康二兄，都是我的老友。孙先生是名票，说几句京片子，比完全不会得说的自然像样一些，但流利两字，便谈不到了；顾先生则有一字不出之感。二兄既开了戏馆，当然要北平、天津跑跑，他们两个人，在去年十月里，到北京去了。到了北京，还要白相北京的堂子。顾先生在路上要叫一辆洋车到百顺胡同，这"百顺"两个字，他是无论如何，咬字咬不准它，对拉车的说："八十胡同。"洋车夫听不懂，顾先生光其火来，发上海脾气，骂车夫道："屈死！一十，二十，三十，四十，五十，六十，七十，八十的八十胡同。"这时孙先生在旁边，笑得肚皮都发痛，痛得他连车子都叫不动了。原来顾先生非但不会咬"百顺胡同"字音，连"百顺"两个字，也不知怎么写。你道顾先生的噱，不同程笑亭的浦东巡官，一样新奇卓绝吗？

（《社会日报》1943 年 1 月 20 日，未署名）

更新舞台交际课长

为本刊作《憔悴人语》之斯人先生，为何海生兄之别署。海生纵横报海，而与梨园中人，尤多往还，坐是更新舞台，聘之为交际课长。更新有女旦名孙剑秋，台上绝美，而台下亦可观。海生钟情于秋娘者甚深，愚一度见之于皇后咖啡馆，二人方促膝谈心；既则愚临更新，更新前台诸君，无不知孙、何二人间，曾制造若干韵闻者。一人谓孙尝市一袭皮氅，何偕之入市，钱不足，海生益之；又更新中人，有潜议剑秋者，海生必从而袒护之，此中事固有耐人玩索者。愚向知海生兄为情种，曾媵一女伶名桂春，海生辄自署其名曰爱桂轩主；今剑秋既与海生有好感，意我友又当为丹蘋兄商量曰："'媵秋楼'三字，可否让我用一用乎？"

（《社会日报》1943 年 1 月 21 日，未署名）

“白相名字”

操觚人士，大抵以笔名传闻于世者，若梅霞、大郎俱是也。然亦有纵横白相场中，而不欲以真名字示人，于是别署一“白相名字”，因此真名字湮没勿彰者，则沈克民君是矣。克民因业商，字似柏，在商业上有交往之人，以及沈君之家人兄弟，咸知其名似柏。比似柏既跌宕欢场，雅不欲以名字告人，则自题两字曰克民，凡征逐之友，及舞场之婴婴宛宛者流，遂罔勿知其为沈克民矣。克民尝言，既习浪游，辄不恒返省其家人。近顷，其家以年终祭祀，克民之兄，召之归，谓得此机缘，可以谋弟兄团聚，故克民遂归。归时语平日相嬲之友曰：“我今返兄家，兄家有电话，果清游而必需我者，即告我。”比抵家，不及一小时，电话已数至，然电话中俱唤沈克民也。沈家人曰：“我家乃无其人。”皆拒之，克民大窘，次日语人，谓沈克民为我白相名字，乌可令我家人知者？是亦趣闻也。

（《社会日报》1943 年 1 月 25 日，未署名）

顾乾麟公宴贺信芳

二十四日下午，王兰芳来，谓方拜信芳四十九岁寿辰，周家纵不铺张，而贺客亦复盈门。愚将致贺仪，翼华来，阻曰：“不必矣。明日将有公宴。”时果有人投请柬来者，署名为顾乾麟先生。乾麟尝串老爷戏，题别署曰麒麟馆主，麒麟盖与乾麟为谐声，然亦标其尊麒之至也。信芳华诞，乾麟因集友好二十人，于二十五日夜午十二时，设席于其寓邸，为此一代宗匠，公晋一觞，情深意重，谁谓阛阓中人，乃尽薄风义者邪？顾家崇厦连云，华灯替月，乾麟与夫人招待宾朋，温煦若春风之袭人。是日列席者，有盖叫天、赵如泉、林树森、高百岁、高雪樵、韩金奎，并坤旦言慧珠、郑冰如、童芷苓。此外皆外行，则有昌基、兰亭、伯铭、翼华、元声、德康诸先生，至清晨四时，始于细雨溟濛中，散此盛会焉。

（《社会日报》1943 年 1 月 29 日，未署名）

《秋海棠》之票债

生平贷人钱而未能清偿者，至今犹然。朋友之贷我钱者，以我綦贫，未曾逼索，故向时绝少遇逼债之苦，而今岁则逢之，则非逼钱债而逼《秋海棠》之票债也。愚与"上艺"与卡尔登多熟人，卡尔登之昌兴公司，复为愚每日临滋视事之地，故熟人咸以《秋海棠》之戏券相托，正似烦恼之袭人，一堆未尽，一堆又追踵而至，我为之耗精神，为之费思虑，此中况味，外人又安得知？顾勉力从事之结果，尚使朋友有怨言，发诟詈之声，此种境界，我直视之如地狱，而非人间世也。有时券已定出，而觅委托人不获，以电话索之，亦不知何往，其时中心焦灼，莫可言宣，此情又岂为他人所谅？愚于愤绝时，乃大骂秦瘦鸥不该写《秋海棠》，费穆不该导演《秋海棠》，石挥不该主演《秋海棠》，使朋友倒霉，受累无穷也。

（《社会日报》1943 年 1 月 31 日，未署名）

黄 金 新 角

新春之黄金新角，愚记之最先，顷所闻者，叶盛章与张淑娴并挂头牌，盖叫天悬特别牌，老生为叶世长，袁世海尚在南中，辅以雪樵、斌昆诸子，是亦可谓堂堂之阵矣。

伯铭于张淑娴之艺，钦折甚至，自接办黄金，遂有网之归来之意。顷以马连良病，终废南来，辄丐兰亭驰电汉皋，昨日，汉上之还书已至，张淑娴演至废历十二月二十四日，遂买棹东来，二十八日抵南京，二十九日可以到沪，书由张淑娴之师马义兰所发，愚则亲见者也。伯铭以不欲见慢于淑娴，于二十八日晨车，自沪赴京，躬迓归帆，谓愚岁暮无事，何不偕行？苟为时间所许，愿先沪上人士，与伊人握手于江干，要亦平生得意之境已。

（《社会日报》1943 年 2 月 1 日，署名：高唐）

“看过看伤”的中学

我所居为一幢三层楼之住宅房子。若一家人家，独居此屋，亦不足以言高堂大厦，若将此屋，而改为小学堂，则亦为起码已极之弄堂小学，乃巷中某号，竟将房客出清，而开中学矣，此真奇谈。吾子来告，谓巷底一屋，已设中学，翁若使儿负笈其中，不必更劳儿胫矣。愚初勿信，躬往视之，则吾儿之言非诳，墙壁上作黑底白字之学校名称，又于总弄间，横系一铅丝，悬马口铁六片，每片上各写一字，亦为该校之名称，其简陋盖可知。有时风大，将马口铁六片吹集一堆，弄中人过此，无从辨认。一日之晨，乃见一类似校长或教员之流，持一竹竿，将马口铁分列而均匀之，其状似小儿之倾覆乌巢焉，居上海，无事不觉“看过看伤”，此亦一端。

（《社会日报》1943 年 2 月 12 日，未署名）

盖五爷又闹脾气

在黄金前台，闻盖五爷又闹脾气，初为之惘然。是日，盖贴《恶虎村》，愚作壁上观，则浑身绝活，不断于座客之眼帘间，岂止心悦神服，直须拜倒始已。因复叹曰：“负雄才若是，纵使其个性有异于常人，人当曲谅。”先是，黄金大戏院之主持人为金廷荪先生，尝邀盖五登台，盖之脾气奇僵，金大怒，谓盖叫天即挑我发财矣，我亦不必请这一份角儿耳，故廷荪先生居沪上，盖终未就聘黄金。顷者，兰亭、伯铭二兄，代金而管理黄金，二兄胥盖艺之服膺者，于是邀盖演唱者屡，黄金角儿，有人闹脾气，兰亭犹能委婉商量，而伯铭恒勿服，惟闻盖五有异言，后台管事白于伯铭，伯铭则付之一笑，语管事曰：“老年人偶动肝肠，未足为怪也。”襟度若此，识者称之。

（《社会日报》1943 年 2 月 18 日，未署名）

红颜薄命，千古同嗟

“风华豪迈转聪明，能作回肠荡气声。也算向平心愿了，祝她极贵又长生。”此凌霄汉阁之记王小隐先生赠章遏云之下嫁诗也，忽忽一二十年矣。先生作此诗，系以小跋，有“今闻嫁得善地”之句，及后章与倪氏凶终隙末，凌霄乃曰：“又孰知善地之终非善地也！”十余年来，章复流浪歌尘，遑宁止。近顷沪人传其将嫔富商邵某，邵已衰翁，虽遏云亦当迟暮，然匹此伧俗老奴，又岂人情之平？此予之所以闻章氏“佳期”而此心常戚戚也！或曰：章氏遭遇，同于素琴，然论二人沉浮之迹，则章氏尤可以大书特书者，及晚岁之落落无所遇始称是，今遏云既委弃沟渠，素琴亦天涯作客，红颜薄命，千古同嗟，予为遏云哀，亦兼为素琴惜焉！涉笔至此，曷胜惘然。

（《社会日报》1943 年 2 月 22 日，未署名）

人畜之别

坐三轮车时，忽有一人力车，疾行如飞自后而至，闻坐车者夸奖车夫曰：“汝之疾奔，乃胜自行车矣，我将置包车，我欲觅汝为车夫，汝亦肯为包车夫邪？”车夫闻言，殊得意，不知其所答坐车人为何言，第见其足力弥劲，顷刻间，已越吾车于一丈前矣。予因悟人畜之殊，畜类须鞭策而能健步，人则须作无情之奖励者也。

淑娴之来，愚观其剧不过二三次，年来看旧剧之兴锐减，盖五与淑娴，为愚所刻骨倾心者，且如此，其他无论矣。去年岁暮，某夫人客串《探母》，愚友欲予捧场，应之，而终于缺席，友大恚，乃谓请大郎看戏，如迫其坐牢监，其言亦殊毒矣。惟淑娴此来贴其名剧之机会亦绝少，如能再排一次《英节烈》，或《穆天王》、《巴骆和》者，则愚且不惮为座上客矣。

（《社会日报》1943 年 2 月 27 日，未署名）

愚嗜林庚白诗

愚嗜林庚白诗，屡屡于报间述之，有读者魏兆仓先生，比以书表，谓庚白之诗，刊载于当时之某刊物者甚多，此项刊物，渠收藏无缺，因愿以见赐，盛情可感。当魏先生书来之际，适吾友李之华兄在座，乃谓渠昔亦收藏此报者，且《林庚白近诗》曾全部剪裁。归后，将理旧箧，苟尚未散佚者，渠亦能以是见贻。终得之华所赐，将不复渎兆仓先生矣。

公祝一方仪金，其余款已丐绍华代觅西装料，奔波数日，至廉者亦当六七百金一码，而余款不过千三百金（最后徐欣木兄补来百金），勿敷者甚多。绍华谓必不获已，惟有采用国货。而国货高品，亦四五百金。人生求寿考大难，求成一袭寿考之衣，亦殊不易也。按："寿考衣"三字为冯蘅所题，盖自富贵衣中，胎息出来也。

（《社会日报》1943 年 3 月 1 日，未署名）

三省于愚有知己之感

愚尝誉盖三省于本篇中，自后愚赴黄金后台，有人引盖与愚相见，告之曰："唐生固佩三爷之艺者。"三省大悦，于愚有知己之感。盖叫天登台于黄金，贴《恶虎村》，恒以盖三省演濮天雕妻，盖开搅一如往日，盖叫天亦不堕其扰。武行侍盖五登台，无不战战兢兢，独盖三省曾不自馁。一日，盖叫天唱《恶虎村》，前一剧为淑娴之《大英节烈》，《铁弓缘》之茶婆子，为盖三省所对工，茶婆子不能如《恶虎村》、《能仁寺》之胡来，盖三省但以妖态腻人，故不甚讨好。曩在更新，见侯少坡演此，盖口时之流利，始称一绝。"茶馆"一场，编制甚美，所谓从白描生出戏情，故母女之问答，须紧凑，不然易冷场，而三省是日竟不克唱得如火如荼，非初料所及也。

（《社会日报》1943 年 3 月 4 日，未署名）

云燕铭风尘侠骨

云燕铭风尘侠骨,愚已于他报述其概略矣。孙克仁兄,亦年少好义气,故于伊人,亦不禁向往之深。尝有人问云曰:“卿欢喜孙克仁乎?”曰:“我喜之也。其人富情感,而雄爽无伦。”觇其语气,当知二人间互惜之情矣。云去沪之前一夕,克仁访别于其旅邸,及既启程,忽得其留函,费信纸六张,而其四张半,则专叙吾友事者,友亦云之旧友,云者番来沪,忽遭吾友白眼,感伤万状,故陈始末于克仁之前,诉哀衷焉。又云之来沪,既无所获,此去仍以其所携金饰质之于肆,克仁欲返扬谢不欲,谓之历江湖,此物之出入于质肆门中,盖不知几多次矣。其性格铮铮,虽须眉亦所勿逮,视其他坤伶屈双膝而沐所谓过房爷之惠者,则旨趣之高卑,尤不可同日而语。嗟夫!云而丈夫者,亦振奇之士也。

(《社会日报》1943 年 3 月 9 日,未署名)

她字加心以示尊

云燕铭于去沪之前,留书与至友孙克仁,愚既述之本篇矣。书中固坚嘱克仁,毋与外人言我尝抵书与孙君也。又书中所语,亦请秘之。顾克仁尽忘其语,自以纵横于脂庸粉阵中,嬺女人无算,顾胥以现钱市现货,未尝卿卿我我,有恋爱之历程者也。故迄未得其腻友之情牍,而洋洋洒洒多至六张信笺者。及云既去,遂以其书遍览人前。一夜,同饭于沙利文,克仁复从身畔出信笺六页,以示我,书作时代女儿体,为横写。笔致颇轻灵,凡述其母,用“她”字代之,第燕铭初不书“她”字,而于“她”字以下,更附一“心”,是盖仿“您”字办法。您者,有尊重之意,燕铭以母亦尊也,故指她则必附一“心”,此种写法,或亦为时代女儿所习有,惟老夫迂旧,此为初见,故不觉大惊小怪,专以兹篇记之也。

(《社会日报》1943 年 3 月 12 日,未署名)

夜咖啡馆无一处不告客满

夜午以后之咖啡座上,无一处不告客满,“新都夜谈”,乍告营业,而生涯鼎盛,于是继起之地益多。大中华亦有夜咖啡馆之设,是为南华酒家王培源君所主持者,王为名法家,昔用自己之嘴,挣他人之钱,及其服贾,营食品公司,于是用他人之嘴发自己之财矣,王亦善用人身器官上之一体哉。

昨坐于新都,时逾子夜,睹张淑娴匆匆自内出,盖赋归矣。其后侍从甚众,张淑芸亦杂于众人间,一人似为大阿姊,一人似为跟包,后一人者殆为阿姊之所天,淑娴行于前,余人皆拥于后,为状不若来此为消闲,一似唱堂戏方已,乃送角儿归去也。淑娴之来,在台下相值,此为第一面,见时,道一声好,辄相别去。其人好学,无知足之境,故视征逐为苦事,夜静人疲,如烟春梦,早已迟佳人于锦衾中矣。

(《社会日报》1943 年 3 月 19 日,未署名)

儿病勿已,为之忧怜不置!

吾子之病,王玉润先生诊之,谓其状似成百日咳矣。病状不似肺炎之凶恶,顾亦不能求其速愈,因抱之赴臧伯庸医生处,为之施行空气治疗。伯庸先生年来治幼科独多,踵门求治者乃满一室,吾子至,闻啼声,则亦呱然而哭,因疑吾子长成,或亦为工愁善感之儿,盖其堕地,犹不及三月,闻他子啼声,遂能诱其悲感也。

治百日咳之法,医药无特效之品,吾母乃言,在乡时,于田亩间觅犬矢,矢中有肉骨,洁之,挹水而煎沸既久,即能治疾。又闻百日咳亦名鹭鹚咳,绍兴人故从渔父索鹭鹚咽中之沫,陈于纸上,曝诸日下,既干炙为灰,亦能治愈,不知确否。吾子咳呛之苦,我不忍睹,患其肺叶脆薄,久咳必受创,儿病勿已,我故亦为之忧怜不置!

(《社会日报》1943 年 3 月 24 日,未署名)

淑娴下拜梅博士

淑娴陪我演《别窑》之夜，孙仰农昆季，招饮于其寓邸，梅兰芳挈其妻子，亦来参此宴也。座上诸君，无不称淑娴之品格绝高，而清才绝艺，尤戛戛独造，愚因丐于仰农昆季，曷不如淑娴作曹邱，使其列梅氏门墙，借增光宠，宁勿至佳。孙君以为然，因商于兰芳，博士果首肯。于是座上诸人皆乐，而择于星期四之夜，由仰农昆季设宴，邀兰芳夫妇双至，并邀淑娴，使其于樽边酒尾，下拜于博士之前。淑娴于我，诚有知己之感，而愚兹一言，则亦所以酬淑娴知遇之情者矣。

(《社会日报》1943 年 3 月 25 日，未署名)

"旷世风华今属我"

愚昔日登场皆有留影，者番与淑娴演《别窑》，尤足纪念，乃忽忘此事。上台前二十分钟，啸水兄与我言此，顾临时安从得觅？因欲以电话抵克仁，丐克仁遣米高美舞厅之摄影师至，顾亦不获，其事遂废。愚惘惘至今不置！愚近尝为诗，记演《别窑》者，有句曰"旷世风华今属我，一番辛苦总缘君"。以淑娴之旷世风华，辅以不肖一番辛苦，在理宜得一影，所以志长毋相忘，而错此千载一时之机缘，俟之后日茫茫殆不可期！

淑娴之师事梅门，识者谓桐珊或有异言，以桐珊亦尝录淑娴为高徒也。惟亦有人言，芙蓉草不能与梅兰芳争耳。梅之于旦行，如泰岱之尊，桐珊固亦愿其佳徒之广被光宠，争则不智甚矣。

(《社会日报》1943 年 3 月 26 日，未署名)

山林天籁慰我乡思

少日家居，林园间恒有斑鸠声，唤晴呼雨，农人辄以此而为从耕之绳则。斑鸠之声，乌乌然，饶有天趣，幼时习闻之，不足以为美，二十年来，卜居海堧，此音已远辟耳膜，不图今岁又闻之自北方来，颇不审谁家林树，息此佳禽，所以慰我家山客梦之思者多矣。山谷诗云："野水自添田水满，晴鸠却唤雨鸠归。"

家居复有簸谷鸟，亦于春暮时听之，是非莺也，而婉妙亦多情致。海上尘嚣，久已忘山林天籁，近来故渴思野趣，春来以后，他人相约为苏杭之行，颇无所慕，特望能辟十日工夫，小作乡居，于愿滋惬，顾劳人草草，即此亦未必能许我耳。

（《社会日报》1943 年 3 月 28 日，未署名）

金先生赐民间单方

愚子患百日咳，经臧伯庸先生施以空气治疗后，病已去十之七八矣。昨承金忍莹先生赐以单方，亟录之，使其广为流传，以其治法，实轻而易举也。附金先生之原函云：

兹阅二十四日《社报》，知令郎感染百日咳，顾此症中西医皆无特效药，在进行期中，药石只能缓其所苦而已，然民间单方，有不可思议，投之辄效者，今特介绍于后。

麻雀一具，去毛洗净，毋须剖腹，连脏腑煎汤频服（此为一日量）。如此连服七日，或能收效。至于鹭鹚涎之效力，则未之知，国药铺有鹭鹚涎丸制售，姑试之可耳。惟此丸甚大，稚孩吞服不便，仍须煎汤服之，则鹭鹚涎之性效，是否存在，乃一问题。

（《社会日报》1943 年 3 月 31 日，未署名）

襁褓之儿足以慰吾寂寞情怀

天庵南归，信芳饭之于新雅，邀愚与梯公、瓢庵、桑弧、翼华、灵犀、费穆诸人作陪。费以小病不果来，灵犀以起身迟，亦不及参与此宴。同席乃只七人而已。闻梯维之金夫人，育丈夫子三，金又获其一，其为状殆与愚相似。愚前妻凡二育，今刘夫人亦两产，女已夭折，存者一雄，故与梯维此生，均无做乌龟之望。妇于未育前，冀仍得一女，及产子，爱之綦笃，此盖为父母者之恒情，尝见多产之家，既富，恒托养于人，辄觉其事之不近人情。忧子女负担之巨，节育要为上策，既不节育，育而委弃之者，殊不足为训。愚于稚幼之儿，每悦而宝之，及长，爱之念渐薄。愚之所以不节育，殆欲得襁褓之儿，足以慰吾寂寞情怀耳。

（《社会日报》1943年4月1日，未署名）

太白醉矣

与李砚秀同饭之夜，李偕其母同至，健饮，座上可以敌者，吾道中人，惟一太白。席上人称李母为李太太，李太太闻太白之名，则称之为李太白，谑者谓太白应拜李太太为母，然后可姓李，而真成李太白矣。李母似亦震李太白能酒之名，故屡嬲太白轰饮，太白自言，我南人，不惯为轰饮，第吃慢酒，苟吃至明日此时者，我亦无醉。然李太太不听那一套话，还是要太白吃快酒，于是太白醉矣。太白醉后，嘴里虽不似含着些什么，但语言渐无伦次，反顾李太太，丝毫不动声色。其三固言，以经验所得，凡以能酒名者，其量无不起码也。

李砚秀近又在金城登台，皇后成绩，固殊不恶，金城知其余勇可贾也，故复延之献演，于以知海上周郎，眷恋于李氏笙歌者，此情一日不可戢矣。

（《社会日报》1943年4月3日，未署名）

坤角要俏，衣履常华

赵君艳在共舞台时，剑星、之方二兄，尝怂恿先生阁主，录为义女，终以先生之力辟，不获果行。其实君艳之春秋已富，私底下尤无足观，常年不为时世装，台上以《黄慧如》剧之骚娘姨驰名，台下亦正类一蓬头粗婢耳。近已嫁去，一夕大雨，愚饭于红棉，睹君艳亦至，杂男女七八众,其人长发披肩,不遑修饰,悬知嫁后光阴,必不甚得意也。又陈桂兰之扮相绝美,闻之方言,其私底下亦极粗陋。冬日,着一条卫生裤,裤脚显于旗袍之外,为状已不雅观,而大衣一袭,裹其腰者,非用原料而为一根粗棉纱绳,顾其赋性,则冷若冰霜,登徒子对之,辄望望然不能近焉。其幽娴庄重,恰如淑娴,第淑娴尚知要俏,衣履常华,而台下望之,亦如桃李之美也。

(《社会日报》1943 年 4 月 5 日,未署名)

秋翁见书费思量

去年夏,秋翁偶莅歌场,睹陈韵而美之。陈为曼丽之妹,二人皆自秦淮河上,移来春申江岸者也。秋翁为之报效,时韵初出道,曼丽授以向客人开条斧之术,韵则一知半解,其技巧自不圆熟,因向秋翁索金镯,其视秋翁为乡屈,不知此公厥鬼之老,且正与"其拉阿伯"年纪相仿矣(陈韵为宁波人,故用方言,掺入文中)。自此二人不复闻问。近顷玄郎游于白下,外史氏导之抵一歌女家,甫入门,玄郎睹一女子对镜治妆,徐徐梳其云鬓。未几回首,则陈韵也,互道契阔,盖当秋翁力捧此儿时,郎亦游侣之一也。韵问秋翁无恙否?郎曰:"秋翁固无恙,且经商得厚利,觅汝勿得,相念甚殷。"郎将归沪,韵授一纸与郎,烦郎转与秋翁者,言曰:"平先生,我现在不叫陈韵了,现在改叫白雪,你来南京,要来看我。"不知秋翁见书,亦有意将烧红之条炭,往雪中送去否耳?

(《社会日报》1943 年 4 月 9 日,未署名)

愚一生无所雄图

诸友互宴金雄白律师之夜,集于翼楼,席终,为沙蟹博局,同局有啸水、之方、小洛、翼华、灵犀、蝶衣诸兄。蝶衣初不为此,将行矣,予强留之曰:"两三百金一底耳,胡吝于为此?"蝶衣不复拒。顾蝶衣之技术不高,亦不工守,所负竟达千金。千金虽非巨数,惟蝶衣固不肯博,而愚实强之，故觉负疚良多。愚为沙蟹，技亦稚劣，惟能守，故每博恒有赢钱，负必不多，赢亦勿足。愚一生无所雄图，而偃蹇至死为必然之势，于博局可以观之也。

此夕之菜，为江氏家厨以两沙锅为最美，雄白固言，近时以来，酬酢益繁，见广东菜便头痛如丧，愚殊有同感。愚不好粤味，比较嗜四川菜，然川菜犹不若吃本地馆子。一夕，一方招饭于锦江，而之方则约同餐于一本地馆子；卒赴之方之约，在友情固不容轩轾，惟视口腹之适，则宁舍锦江耳。

(《社会日报》1943 年 4 月 11 日，未署名)

“我早审其非贫家女也”

吾友夫人，负疾数年矣，自分不可回春。一日，乃谓友曰：沉疴难祛，妾不忍以是，而误郎也。妾为郎主，选一室，侍郎兼所以侍妾也。友德其贤，踟蹰良不忍，亡何，其家来一女奴，俊而秀，不类灶下才，友惊而喜，私念曰：苟得此为俪，或足以慰我夫人乎？女来三日，忽其兄踵至，迫女归吴门。兄侃侃谢友曰：我兄妹皆商人女，父营衣肆四，衣食固无忧，父母笃爱吾妹，令之读于校中，去年我授室，吾妇与妹有异言，妹不能容，遂来沪上。自妹去后，如夺吾父母之魄，比昨日得妹书，知其已为人奴，父大羞，迫我至此，必携俱归耳。友故笑而遣之，目送奴女行，微喟曰：是固二十尺香楼中人，我早审其非贫家女也。

(《社会日报》1943 年 4 月 16 日，未署名)

鬼 有 啸 声

吾戚某习护士已久，比嫁，其婿为基督教徒，戚亦从之而信仰耶稣矣。平时故倡无鬼之论。近顷，有富人病，邀吾戚往侍，富人之病甚深，一日，弥留，其家人皆居室外，留病榻之旁者，特吾戚一人。忽有啁啾之声，起自榻下，声甚厉，戚大惧，狂奔，告其家人，同入，则一室之声犹噪，往视病者，方四体撑持，目瞑，而气绝焉。戚固谓是声特如鬼啸，有人诘之，曰：汝不言无鬼者邪？无鬼安得有鬼声？戚曰：病人将死，室中第我一人，非虫亦非鼠，乃有凄厉之声，故疑为鬼耳。鬼有啸声，愚今已不敢谓其无，吾妇之丧，鬼啸愚亲闻之，舞女之夭鬼亦啸于窗外，亲历而来，云何不信？今人好谈鬼，类为杜撰，斯则为连篇鬼话矣。

（《社会日报》1943年4月17日，未署名）

看了荀慧生的几场《丹青引》

看了荀慧生的几场《丹青引》，他一出台，从定场时起，便开始作画，及至唱完一段快板，一幅山水也就此画成了。画当然不是好画，但要我也来这么几笔，就连这一点成绩还拿不出来。唱戏的先生们，无事不好卖弄。会写字，就要当场写字，会作画，便当场来一幅丹青，你说他是吃力不讨好罢，那又未必，台底下真有人看了会拍手叫好的。不过这一天我的朋友绍兴收藏家在座，我问他荀慧生的绘事如何，他摇头道："看不出好来。"我又问他，如果当场将此画义卖，有几个钱可以收入？他说，那或者有人要的。而另外一个朋友说，出价最高的，恐怕是一个女人。

（《社会日报》1943年4月18日，未署名）

尚派武生傅德威

傅德威为尚派武生，近世杨、尚两派，以杨派之流行为广，故师杨者，实繁有徒，师尚者不可多见。德威自甘寂寞，其志亦足嘉已！德威故拜和玉门下，其功力既遂，益以聪明，所造自足卓绝，尝见其《车轮战》中宇文成都之"起霸"，稳重矫健，乃觉余子碌碌，都无可取。其杰作如《四平山》、《铁笼山》、《艳阳楼》、《挑滑车》等，俱足以超盖一切。灯火管制之末一夜，贴《铁笼山》于黄金，予与桑弧、梯公诸兄，饭于得味馆，八时半往，则已成尾声，德威且已卸靠矣。一斑之豹不可餍饫，故为之怅惘不止。友人近从钱宝森先生习《铁笼山》者，以翼华为尤勤，翼华于平剧，嗜武生戏，于德威深爱之，真赏故自有人，第望德威能迈进无疆耳。

（《社会日报》1943年4月20日，未署名）

为采芝斋作一次宣传

有人游于吴下，赴采芝斋买西瓜子、粽子糖，以及杏仁、杨梅干之属，肆中人审此为沪上游艺之客也，往往勿予现货，第请客留沪寓地址，曰“行旅携带匆便，我肆日必有运沪之货，曷使运货人送上，固不取府上使力也”。沪人以其代客服务甚周，无不大悦，比返沪，其货往往如期送至。实则采芝斋有上海分号，苏楼中积每日沪客所买之货，为一快信与沪肆，使其配货送去者。盖每类货物之内，皆有招贴，而招贴之上，固有苏州及上海两肆之地址者也。有人惧内，挟所欢居逆旅中，数日不归，托言赴苏有事商洽，及其归时，大可买上海采芝斋之茶食，以取证于夫人，夫人必坚信其婿实自苏归来者，此法大可使得，特惜为采芝斋作一次宣传耳。

（《社会日报》1943年4月22日，未署名）

小人不易与，亦惟小人最易与也

近来两次入混堂，第一次为一人去，在浴德池，擦背者用力不大，积垢不能尽去。第二次与友人赴法租界某浴池，擦背者用力甚巨，便觉统体苏然。地方与招呼，前者远胜后者。后者为雄赳赳者流聚浴之地，予为文人，予友为生意人，且皆初次光临，虽占特别间一室，此中侍役，犹觉我三人不配逗留在特别间内也。及竟，吾友称豪，房间钱、擦背、扦脚诸费，皆倍而与之，另外犒侍役四十金，于是楼上下之句容同胞哗然，矜为至厚。小人不易与，亦惟小人最易与也，钞票当锡箔烧而已。

（《社会日报》1943年4月24日，未署名）

“拍勒密通”治伤风最效

昨日一病，几使全身不可动弹，下午复勉强出门。门外风高着肤作奇寒，知此实不宜于予病也。晚饭时乃不能下粒米，九时归去，两胫甚疲，遂登榻，呛甚，不可入梦。因起觅“拍勒密通”，仅剩一片，注沸水一巨觥，先尽其半，然后将药片吞下，再尽半觥，拥衾卧，至十二时，稍醒，第觉浑身皆流汗，苦甚，知我病明日且愈。“拍勒密通”，为德药中治伤风最效者，惟在法每次宜服两片，予但得一片，而能大表者，沸水一巨觥之功也。次晨既醒，虚甚不可支，而以久呛，胸口作痛，四肢亦无力如故，惟风寒已除，病根已拔，稍稍休息，人便可复原。

（《社会日报》1943 年 4 月 25 日，未署名）

人 安 里

上月杪，女侄唐令患痧子，时予子密，病咳甚剧，虑其传染，则幼弱之躯，将不堪支，故为避地之谋，因迁居于人安里。人安里为吾母及吾子所居，吾妹抚二甥亦住于此，予既偕妇抱幼子同往，人多，屋不能载，遂使吾妹及两甥住新闸路焉。如是者一月，唐令之疾既愈，而予忽病甚，亘旬日勿已，念此或为起居失常所累，因于二十二日，复迁回新闸路矣。

在人安里时，每夕恒过北老家，夜深辄与灵犀、啸水诸兄为清谈。十日前，予友舜华居士，忽动舞兴，至下午，必来相约，自茶舞而吃夜饭，而夜舞，予病已起，犹强支，盖不欲败良朋之兴，然以是积困益不可舒，病遂欲废。

（《社会日报》1943 年 4 月 27 日，未署名）

姜云霞在如皋下嫁

姜云霞在如皋下嫁，《海报》已记之綦详，姜赴如皋，系与伯绥同行。近顷,伯绥忽思归沪上,《海报》之文揭示之日,愚适遘伯绥于张中原、周世勋二兄合作之大观艺圃中。伯绥乃言,谓当地有某军人者,睹姜而惊为绝色,辄订嫁娶之约,某畀姜家二十万金,为下聘之资,惟某之姬人甚众,坤伶富丽霞,亦为侧室之一,以是观之,则《海报》所传为五十万者,当有三十万虚头在内也。云霞之归宿如此,予不能不著一笔,以告本报之读者。盖云霞与本报自有渊源,其人曾为青鸾居士,殚心尽力,为之揄扬者,二人间在某种关系上虽无成就,但三四年前云霞之名,于本报习见之,云霞之红,本报之力为多耳。今嫁矣,我又乌可无一言以白诸君哉?

(《社会日报》1943 年 4 月 28 日,未署名)

为叔红北行话别

叔红以积弱之躯,六七年来,未尝见其有健旺之日。天庵居士既移家于此,因谓北国气候亢爽,是宜于叔红居也。为调息身心,其偕行乎?叔红以为然,因将于日内成行,行前友人为之祖饯,樽边话别,不尽依依。一日,若瓢饭之于吉祥寺,招予往,至则龚翁在焉,方斗酒,四人尽啤十八瓶,幸会飙发,予亦大欢。

予为凤公造像题诗,辄为龚翁所击节,而于后面两句,尤为叹赏,盖"莫道其头真个寿,晚来此节最能坚"。如寿头也,坚节也,字面上固冠冕堂皇,但说来说去,还是说着一只卵耳。凤公年高德劭,后辈不常冒犯尊严,幸其人雄燕拔俗,不拘之于礼仪,不肖口没遮拦,尚乞宥其不邀之愆也。

(《社会日报》1943 年 4 月 30 日,未署名)

愚辍笔于本报将二月

愚辍笔于本报,初意不过一月,而灵犀书来,则谓将近二月,乃颇惊光阴之速也。本报稿酬较薄,为共知之事实,愚之辍笔,他人揣其原因在此，愚不加否认。盖既为职业文人，纵使斤斤于“文价”问题，亦不是坍台事，不过恃奋笔所入，即今各报增我酬十倍于今日，亦未必能使我生计裕如。故我常言，稿费有得加，不过代我负担几趟黄包车钱，若常年不加，我还是我，上海人所谓“终归弄勿好”矣。然则愚之不能兴奋为本刊执笔者，又如何故？曰：“灵犀胆小，不大肯让我骂人耳。”愚于今日，嫉恶益厉，所谓“眼前有物皆刍狗，世上何人不鬼狐”？世上可捧之人少，可骂之人多，不骂不痛快，愚之习性又如此，而灵犀恒梗我，遂使故人为之废然不快，灵犀知之乎？

（《社会日报》1943 年 6 月 29 日，未署名）

龙门实误人子弟

儿子唐艺，就读于牯岭路之龙门中小学，先是，愚闻龙门即当年之上海中学，亦如实验小学之分支，故遣其入校。及一学期以来，龙门以校舍偪仄，使学生分班上课，唐艺每日恒以十时始上学，而散学之时间又极早。愚未尝督儿子课程，惟吾每睹此状，滋不安，以为龙门实误人子弟，然于其教授法之是否优良，则不暇考究也。本学期终，毋必令唐艺转学，愚亦任之。曾往育才报名，已额满，乃有无处投从之苦，问于愚，愚茫然无以对，本刊读者诸君，其能为我借箸，使吾子早解学业因缘者乎？实所感纫。其条件如下：一，正经学堂（课程严，校风好）。二，学费无论贵贱，愚力任之。三，以距离寒家不远的合宜。寒家两处，一在牯岭路，一在新闸路麦特赫司脱路间。倘荷赐教，即寄灵犀。

（《社会日报》1943 年 6 月 30 日，未署名）

愚屡登场为聊以自娱

愚不谙平剧，而屡屡登场，在愚为聊以自娱之计，而台下人则为之发噱不已，是台上人与台下人各有其心事者矣。愚曾言之，戏唱过即抛弃，决不重复，顾今年来一唱《别窑》，一演《连环套》，是往年曾习而登台者。我所愿望，至此而毁。今又演《别窑》，已第三次。信芳告曰："宁无新作，遂炒冷饭不已哉？"愚曰："无心思学戏，而他人固以此为强，然非初愿也。"之方亦言，曷不习《战太平》、《定军山》诸剧是与京朝大角，以极大讽刺。愚笑曰："是太力，况讽刺云者，在各人之体会，彼京朝大角，浅薄幼稚又乌知所谓皮里阳秋者，特以为南人狂妄，借戏台而自'耍骨头'耳。"

（《社会日报》1943 年 7 月 3 日，未署名）

愚与夫人赴国际摄影

愚与夫人订缡约之前数日，赴国际摄影，凡四五种，畀以值，王廷魁先生不受，愚固请，始收其成本，盛情至可感也。顾廷魁犹不能安，越旬日，乃赐一十四寸之放大着色照相，出品既绝美，而价值亦不赀。归示妇，喜欢欲狂，惟国际于影中人修整着色之后，愚年纪大青，骈首二人，乃觉愚夫妇殊无十岁参差也。因作绝句记之兼谢廷魁：

自觉雄豪气欲揞，不图临老见翩翩。因风且谢王公德，还我青春十二年。

（《社会日报》1943 年 7 月 4 日，未署名）

弦管生涯，非可久恃

三日之《别窑》既下妆后，往为淑娴道辛苦，因遘玉蓉，玉蓉之来，替童芷苓扮跑车之车人者，此亦蛾眉勇于为善之证也。愚问渠此来自皇后辍歌后，将久居海上否？曰："然。"又曰："此来初不为搭班，特以皇后无人，而皇后为我旧主，当时情谊，正复不薄，故其邀，不获拒也。俟辍演之后，将在海上经商，亦知弦管生涯，非可久恃，经商之役，获利易又不必多劳。"愚亦曰："上海人抢铜钱抢饱矣，其不饱者，无力抢耳。卿如有力，又胡为不抢？"玉蓉笑而然之，问海上故人，曾一一聚晤否？则谓蝶衣尝数晤，余皆不获见。闻听其歌者，皆称其艺事益进，知若干年之孜孜矻矻，初不徒然耳。

（《社会日报》1943年7月9日，未署名）

海派所用京朝派不用也

上海戏剧学校，学生关正明，尝以父礼事李祖夔先生，固可造材也。昔年唱《探母》无蟒，祖模先生告奋勇曰："我为尔置之。"费旧币三百金，成一袭，正明大喜，携之赴校中，校中教师，忽加挑剔，谓是为海派所用京朝派不用也。上海戏剧学校之教师，皆服膺京朝派，而嫉恶海派，于是正明新制之蟒，乃遭没收。事为李氏所闻，谓正明曰："既不合式，当返我，将为尔改善之，改造不能，重置一袭耳。"然阅时良久，正明无以报李氏，李频促之，正明返曰："蟒已为校中人鬻于庙宇中为菩萨障身物矣。今以不能归原璧，只得折价奉赵，得一百五十金。"其实今日之一百五十金，付缝工犹不足远甚。关既被黜，祖模先生以此事白于愚，作笑话看可也。

（《社会日报》1943年7月10日，未署名）

老友沈伯乐

老友沈伯乐先生，不相见者，垂三四年，当时固听歌胜侣也。时吾人在时代剧场，捧张文涓、姜云霞诸儿，伯乐亦日过大新街畔，悦女伶谢韵秋。韵秋习旦，尤工刀马，身手矫绝，于蛾眉中不可多得，与伯乐既互矢爱好，遂赋同居，未几，伯乐于役蚌埠，谢亦同迁，自是音问遂绝。昨日游于回力球场，忽遘伯乐于此，而挟凶耗俱来者，则韵秋甫于半月前，急性肺炎，而死于蚌埠也。伯乐哀恸不已，谓人生如梦当者何堪？及殓事既竟，伯乐始来海上，谓与故人久违，想念亦殷，俟其稍暇，将谋良晤，使得一倾积愫也。

（《社会日报》1943年7月11日，未署名）

自云此乐逾生平

《别窑》之影，当以牵衣惜别时一帧为尤美，愚已丐剑星，转烦摄影者康先生为愚放大至十二寸，将为寒家补壁。愚则复将旧作一首，题于其上，诗为愚得意之笔，句云："非关求艾慕清贞，初寄征夫惜别情。旷世风华今属我，一番辛苦总缘卿。明知环堵皆雠敌，故遣闲人识姓名。归去愁悠纾积乐，自云此乐逾生平。"此为第一次与淑娴演《别窑》时所作者，三四、五六两联，所谓真能倾吐心肝者矣。一夜遇舞人薛冰飞女士，谓其舞客皆去，唐君殊福，乃得与淑娴合作此剧也。其在他人，又何能致？言虽过实，然可以印证吾诗，所谓"明知环堵皆雠敌，故遣闲人识姓名"，初非同于若干人之"自说自话"也。

（《社会日报》1943 年 7 月 12 日，未署名）

我劳劳何为者？

蓬矢记小黑姑娘困居北都，尝偕其友哀丝君往访，而馈以化妆品云云。愚因告蓬矢，谓小黑亦一代红颜，今偃蹇至此，哀丝不送以烟土，不送以现金，而送以化妆品，是何用者？未几蓬矢书来，谓哀丝固赠以钱，先后亦达北币二千元，不可谓未尝赒济矣。蓬矢文中，所以第言化妆品而不及金钱者，以不欲将阿堵物，形诸笔端耳。

平时治文，每念获酬之薄，犹不甚怨，第当盛暑挥汗时，一管在手，则兀自禁其恚愤，以我劳劳何为者？辛勤半日，得其所酬，吃烟不够，坐车不足，无论为生计之需矣。故再拟谢绝笔政，每日至多写一二节，所以使我笔锋，不致因久废而钝。

（《社会日报》1943 年 7 月 14 日，未署名）

颇念刘江之作

愚旧藏《伏敌堂集》是为清人江湜所著，今此册不知散佚何处者，已十年矣。林庚白论诗，谓清之江湜，与宋之刘后村，二人之诗皆不为世重，然二人之作，皆能淹唐宋诸家之长者，此真大公之言也。刘、江之诗，好在以平易之言，入于韵语，而自非浑脱，所谓不假雕饰，自成文章者也。近来读《温飞卿集》甚熟，以是亦颇念刘、江之作，天大热，不暇访购于坊间，读者中，亦有藏此二人诗集者乎？乞假我此二时，即当奉赵，不然以相当价值，让渡于我，亦所欢迎，已旧不计，予不善藏书，书入吾手，多读之后，必零落无完整状矣。

(《社会日报》1943 年 7 月 16 日，未署名)

周之“气味”如此，文事可知！

予友为二房东所辱及对簿公堂之日，友延周劭律师，为之辩护。友与周同为文士，且交识已久，以为不致拒绝矣。顾庭谳之前一日，周托故辞不去，友固请，有难色，终则未见其莅庭也。知其事者，咸大怨，谓周殊无义。其实予友綦贫，而周方胜蹈，大凡得意之人，绝不能体恤落寞之人者，周以故人所托，于名于利，如无裨益，自不欲以是繁琐者，扰其清度。

往时，某君往访金雄白先生，金为之介识朱朴之先生，相谈甚欢，周忽至，见金、朱皆优礼某君，疑与某朱有深交，故亦奉之甚谨。一日又与某相值于酒席间，忽问某曰：“公与吾朱社长为旧交邪？”朱曰：“否，我特初见耳。”周犹半信，后因《古今》出版，必以一册赠与某，凡二寄，忽辍，朱君笑曰：“是周律师必谂我与朱社长之交固泛泛点。”周字黎庵，为《古今》之编辑，《古今》之为人称道，以撰稿皆一时之选，非周之才长。周之“气味”如此，文事可知！

(《社会日报》1943 年 7 月 18 日，未署名)

使人寄以无限同情

邹蕴玉貌非绝艳，特说话慢吞吞，有滞人魂魄之美，近与王再香、谢鸿天作三人档。王之面孔，小似人掌，丑恶既不堪入目，谢则颧骨高削，如薄命之人特征，二人又皆嗜雅片，书场下来，赴燕子窝为吞云吐雾，天将黎明，二人始归寝。兹三人者得宿于一小旅馆中，及二人来寝，邹即起床，为之料理膳食，甚至王、谢二人之衬里短衫裤，亦不自洗涤，而由邹代浣焉。以邹甚辛劳，言此使人寄以无限同情。王与谢，自甘堕落，不足惜，报章有詈邹蕴玉之文，几日有所见，观于上述，似再不忍出此矣，慕尔兄以为然否？

(《社会日报》1943 年 7 月 20 日，未署名)

[编按：慕尔，本名王一麟，因家住慕尔鸣路(今茂名路)，故名。]

红　房　子

伟达饭店之邻有西菜馆，沪人无以举其名，称之为红房子，则因其中内部墙壁，俱以赤砖砌成。此间售价绝昂，而治肴绝佳。愚往年两度莅此，一次在楼上，席间有人以鬓丝同至者，皆舞人，为乔金红与张翠红。今此二人，已先后嫁去，金红偶于路上遘之，念及翠红，则不胜人面桃花之感矣。

昨夜，复过红房子，犹售饭，牛肉丝饭，隽美不可仿佛。当局于食肆售饭之禁例已张，而此间若无所闻，异而问之，答曰：已告官中，吾有存货，与肆中人食者。今使肆中食面，以饭飨我，顾客要亦事理之平耳。

(《社会日报》1943 年 7 月 21 日，未署名)

以至诚导角儿于善

李玉茹者番南下，捧之甚力者，非过房爷一流，而为其女友孙夫人。孙氏伉俪，于李之艺事督促甚严，既来，孙夫人即劝玉茹勿演《纺棉花》与《戏迷传》一类不成体统之戏，否则吾等之交谊绝矣。李唯唯，而孙先生又为之补充曰："玉茹苟亦傚吴童诸婆例，则毋来对我。"玉茹又唯唯。乃闻迩日者，戏院方面，拟烦玉茹亦便装登台，玉茹峻拒。又请，玉茹儿不可辞，乃白于孙，夫人曰："此为汝之公事，我无权力干预，惟汝须考量者，若汝欲终为京朝大角者，则以不唱为宜，否则，任汝欲为耳。"不知玉茹之最后决定，究将如何。捧角儿之人，能以至诚导角儿于善者，已不多觏，愚闻孙氏伉俪之言，不觉心目皆爽矣。

（《社会日报》1943年7月24日，未署名）

愚父欲鬻书

愚父染痼癖三十年，今六十外人，益无戒除之勇，烟价既增，其老境亦益凄凉。愚无状，不能全老人生计，遂使其年老橐笔，尚为人佣，思之真汗颜也。今年，父欲鬻书，嘱愚为之张扬于报端，愚不知书之优劣，特闻之人言，谓吾父之书，极其遒媚，工力亦足，故书以他人言述之于愚作随笔中矣。夏日父仅限制聚头，顾无定例，问之，老人曰："汝为我订之耳。"愚亦因循未果，索书者乃有无从畀值之苦。今为读者告曰，单行一页百金，双行三百金。若此，当不失为公允之道。李友芳先生，以二扇来，嘱转致吾父者，媵以润资。友芳虽老友，顾恒时不相觌面，特于不肖，关垂甚切，颇感高谊，闻愚父鬻书，复为捧场，真不知何以为故人谢也！

（《社会日报》1943年7月27日，未署名）

唐密病咳，予心忧疚

唐密自三月前即病咳，咳不已，遍觅良医，亦遍觅良方，卒经陆绍章医师，为之治愈。当时凶恶之状，才得过去。顾自后稍感冒，即咳，咳一日辄已，近则复以伤风，大呛，亘二三日不绝，予心忧疚，不可名状。愚乃不知将以何良药，始获根绝愚子所苦。今日又将携之诣陆医生，丐其重施妙手焉。

纪灵觅屋不得，苦闷之状，曾无稍释。愚岳家居西门路，其屋之二房东，有两室空关，而房东固不居屋中者，盖欲赖此为活也。亭子楼一，有人耗小费千金，月租百二十，且不借，知纪灵需屋无多，然上海房屋之俏如此，又何以可求。穷而且懦，固不得不宛转受辱于房阀之手，是可悲耳！

(《社会日报》1943年7月30日，未署名)

人到中年，不禁拂逆

闻听潮幼女之夭，怆我不已！女病猝起之日，愚幼子亦病甚，吾母来，视其孙疾，为言听潮心碎之状，亦为胆裂，时女犹未觞也。及翌日夜，则谓女已不获救，盖于是日晨间，辞陈家去矣！听潮儿女众，若论恒情，失一女，殆未足为意，特为父母者，视子女之疾，且惶惶不可终日，何况睹其死邪？人到中年，不禁拂逆，而儿女之偶尔失和，尤萦扰心曲。舅氏生前，屡觞子，复仅留一乃复，遇复之病，辄添白髭无数。往岁，唐律堕地仅月余，忽然夭折，愚心痛不止。听潮恒时，本笃爱其雏，遽兹厄运，其惨恸自不待言矣！

(《社会日报》1943年9月3日，未署名)

未就埋香谅我贫

亡妇之丧迄今盖已六周年矣，其遗榇厝于中央殡仪馆，若干日前，馆方以书来，谓昔日风灾，殡舍皆毁，因促寄榇之家，往办迁移手续。愚因拟于旬日之内，迁妇榇返故乡，若今年不致穷勿能举炊者，则腊月将为之营葬。愚家有故塚在嘉定之西门外，使亡妇傍此而居，生者亦得安一心事。袁简斋《诗话》载某士人之悼亡，句云："无多奠酒谙卿量，未就埋香谅我贫。"念此恒怆然不欲饮食！

翼华自故都归来，谓故都之人力车，较步行尤绥，坐车人或促其速奔者，则曰："苟嫌此勿快，请换一辆可耳。"但换一辆亦类牛步，又不索资，投以应得之值，车夫辄哀请曰："再赏我吃半个窝窝头，一家八九人，非数斤窝窝头，固不可饱也！"其言伤心类此，闻之酸鼻！

(《社会日报》1943年9月4日，未署名)

“此真旁人不关痛痒之言耳”

久不晤永春居士,闻其亦沉溺于爱河中,不堪自拔。昨夜往访于沧州,又闻绍华亦病卧其间,便道省其疾,则已愈而他出矣。永春于三四月前,眷舞人黄,不可一日睽隔,夏时,二人且同税逆旅,然其事甚秘,以永春夫人妒,不能使阃内知也。第此非久局,黄乃谓永春曰:“侬将复出,然我心坎间,特贮汝一人,他客苟命我外出者,不得汝许,我必不从。”永春漫应之,及登场之日,二人忽相抱而哭,永春泣曰:“汝苟复置身欢场,我将永不面汝。”黄则曰:“郎若早为兹言,我亦不复往诣舞榭,今若此,将何以对场主人邪?”终往,永春亦踵至,挥巨金召黄坐五分钟,绝裾去,黄为失色。比散场,觅永春不得,哭竟夜无已,四出访之,始于次日晤其人。愚往晤时,正二人重逢之候。其五以前隐事白于愚,愚曰:“老大之夫,犹为小女儿态,不难为情哉?”其五笑曰:“此真旁人不关痛痒之言耳。”

(《社会日报》1943 年 9 月 6 日,未署名)

卡尔登为愚治事之所

卡尔登为愚治事之所,每日发稿必在其地,愚家无余屋,不能为愚设一写字之桌也。愚既以卡尔登为“写字间”,于是卡尔登迩日要我日往写字矣。先是卡尔登门口之海报,邀张渭天先生所制,渭天作广告字,为此中翘楚。近顷,以其所业太忙,无暇兼顾,遂烦于愚,愚字不足观,书之乃如小儿之作大楷,丑拙不堪寓目,然每日必写。梯公谓,循是勿辍,写一年者,唐君可以治擘窠大字之长联矣。第愚不用功,终恐一年以后,犹似此状,则写挽联且不入格,无论寻常之屏联矣。

(《社会日报》1943 年 9 月 7 日,未署名)

今岁月饼之值奇昂

某衫袜厂刊告白于报端，书巨字曰“惊人骇闻”。愚曰：“论其文理，乃有惊人骇闻之妙。”又潮州月饼，美其名曰“三笑月饼”，亦不知何所取义。附此以质听潮之为潮州人者。

今岁月饼之值果奇昂，愚买二次，一为功德林之素月饼，每枚为十二金，愚妇好啖莲蓉蛋黄月饼，一日过永安公司，购数件啖之，则每枚须三十七金之巨。然近时物价之高，有超出恒情以外者，譬如美国橘子，一枚之值，须一千三百数十金，则十二与三十七之数，殊为戋戋，初不必惊人骇闻耳。

（《社会日报》1943 年 9 月 10 日，未署名）

九公写随笔悉用方言

九公兄论写随笔悉用方言，此法大妙。邵一刀之信笔乱挥，诚多以方言出之，然其性质匆纯，有时使人读其文如读天书，则以西平亦不谙方言耳。九公与方言有深造，前日，见其用江北白写一节，妙趣横生，真神来之笔。惟愚意方言亦仅限于最显著之几种，譬如苏州白、宁波白，以及江北白、广东白，凡此一开口，或一落笔，即可辨其为何处方言矣。故望他日九公之文，即将以上诸地方言，轮流变换，写入其随笔中，欣赏之者自必甚多。又绍兴白亦显著方言之一种，愚说不好，亦写不像，梯维、翼华，说得好，恐亦写不好，则以有许多声音，难以传神也。质之九公，以为如何？

（《社会日报》1943 年 9 月 12 日，未署名）

小儿嘴馋，真可发笑

愚不喜收音机，寒家所藏一具，于二年前损一灯泡，不能用，妇促我修理，漫应之而不遑实行，迄今乃成废置之物。愚以为收音机第能乱人清兴，而了无妙趣可寻。其实愚素性不乐宁静，而于收音机嫉恶甚深，滋可怪也。

小儿嘴馋，思之真可发笑，幼子恒从祖母索钱，得一金，喜跃而去。愚常念之，一金安足以膏如儿馋吻者，有时询其购何物，则曰可以购五香豆十余包，又可以买甘草，自药肆中以半元买甘草一枝，儿剥为丝，入口中，嚼渣而唾，可得微甘，闻之真为轩渠不已。

（《社会日报》1943 年 9 月 15 日，未署名）

“身边事”亦自有观众也

十二夜场，卡尔登贴《翠屏山》，往日演此，饰潘老丈者为艾世菊，此夜艾演《巧连环》，故老丈一角，烦之金奎。吵架时，韩乃向素雯开搅，有曰：“你这迷汤，不要往石伙计身上灌，回家去灌灌胡梯维胡先生罢。”台下闻言，大笑，盖台下人亦知素雯已嫁得金龟婿也。愚谓韩之插科，得毋似吾人为文，乃以身边事，杂于笔记中也。有人谓写随笔不能尽入身边事，盖文章是要与多数人看，并非为亲眷朋友所欣赏，然观于韩之所言，亦能博台下人噱噱者，可知“身边事”亦自有观众也。盖好在偶一为之耳。

（《社会日报》1943 年 9 月 16 日，未署名）

风雅中人亦挥拳相向也

报间记徐邦达因指钱瘦铁所藏某画为赝品，乃为瘦铁飞一掌击邦达之颊。愚初疑其未必为事实，盖风雅中人，不致以些子事，便挥拳相向也。一日，晤晚蘋，询以兹事，则以“诚有之，邦达固曾受辱于瘦铁者，而邦达初未还手”。愚曰：“邦达何以不还手？”曰：“瘦铁膂力甚丰，邦达尪弱，非其敌耳。”愚曰：“知非其敌，亦应还击，若是，无乃巽懦可怜矣。”而从知风雅中人，亦有野蛮之遗者，书画家无论造诣如何，其本身人品，亦不可不论，若钱瘦铁，其行勿检，其艺又乌足为世人宝？愚曩从小鹣许，购一章为瘦铁所书，有人指“唐”字被写别，愚不信，今闻其人无状，知其庸俗，本不过尔尔耳。

（《社会日报》1943年9月18日，未署名）

张少甫不与人较短论长也

张少甫再隶更新，悬牌遂降于傅德威下。张虽暮年，然衣食尚不致发生问题，其所以肯屈居其下者，则以来沪不久，遽而回乡，于颜面殊不好看耳。然欣赏少甫之美艺者，咸为其叫屈，闻之人言，更新之再聘少甫，本欲与李宗义头牌双挂，而李则力施倾轧，缘李赴烟台，殊不得志，而少甫则红极一时，李遂衔少甫甚深，比来适与之遇，遂乘机报复。有人挟此传说，以告少甫，少甫瞠目曰：“我乃不知有此事也。”少甫为人极老实，苗荪春言，渠与少甫，弱冠时几无日不相处，其余人皆跳踉自喜心，独少甫已极老成，盖天性诚笃，宜信其终身不与人较短论长也。

（《社会日报》1943年9月23日，未署名）

视博为养生活命之源

近日文思又甚枯竭，则以熬夜之后，起居失常。今岁夏间至迟八时已起床，今则往往逾十时犹在高卧中，精神痿顿，复苦材题缺乏，提笔如重千钧，念我何为日苦若是者？愚近来与人博，辄有赢钱，苟司博之神，常来佑我，我将视博为养生活命之源，则从兹日搁笔不理一字矣。海上人以博起家者，多于恒河沙数，若某某诸君，至今两鬓已霜，犹沦于博，问其所业，博而已，问其起身，亦惟博而已，是盖终世以来，以博为养生者。愚以为他日既审其视博为业，而终有人乐与之博，故百思不能穷其理耳。

（《社会日报》1943年9月24日，未署名）

赌风之炽，随处皆同

愚戚自田间来，知农村情状，正复可为。谓田一亩，至少万金，渠家得田六十亩，米粜出外，自食复有余。盖牛二头，猪四头，鸡四十余枚，一牛之值，少亦二万金，猪一头，亦五六千金，故终岁营营，乡人无不有赢钱，乃悔愚不早为归耕计也。又曰：乡人无事，辄沦于博，麻将之百么半，乡人已不屑为，则十倍之。若牌九一方，数万金视为常事。然因此恒有倾家者，赌风之炽，随处皆同。愚戚固谨慎，则不入博局，自谓日走陇亩间，看群畜喧腾，为情正复至乐，故邀愚小住乡间。闻其言，辄念儿时渔钓之场，复低回不尽矣。

（《社会日报》1943年9月26日，未署名）

祝吾友旅途平安

桑弧北往，季琳亦以事游于故都，行前，以电话来，谓明日行矣，亦有事相委乎？愚不在家，我归，妇始告我，更觅季琳，已不可得。愚故无言，特欲祝吾友旅途平安，又欲为我代问桑弧起居也。桑弧之往，已三四月，每旬日，辄各致一书，近一月来，音问互绝，我以懒，而恒念故人固无恙否？桑弧以体羸，故北上疗养，然赴北之后，乃习挖花，翼华谓其每夕为之，亦耗神而劳体，入睡既迟，晨起亦不能早，用是亦不恒与笔砚亲矣。昔者，约我于秋高时，亦北上，谓异地遇故交，必更亲切有味，而愚终不行。愚以吾妇未远游，来年春好，苟财力有余，先挈之游湖上，然后再挈之游故都。天苟赐我以多财者，则此乡好，南人不复返矣。

（《社会日报》1943年9月30日，未署名）

王瑶琴出演大舞台

王瑶琴出演于大舞台，此为吴下女儿，以弹词世家，而为红氍毹上人者。貌不秾艳，特隽爽逾常儿，良伯师生前，瑶琴尝以父礼事之，故与我亦以兄弟称。第于素莲与金氏双仙，平时恒见，独王则觌面之缘不多，今且遥隔三四年，意其将不复忆摇落故人矣。近又闻王熙春亦将以人家人而重为冯妇，其实王之冯妇，早已重为，盖水银灯下，已一露再露，愚今所谓重为冯妇者，指其将更整歌衫耳。此儿命薄，为少奶奶而不得不操旧业，其性质与小金之为过戏瘾而登台，截然不同。然熙春亦天性纯良，与顾兰君所处者，殆为同一厄运，从知天道奇酷，恒路布棘榛，使天下好女儿，逡巡跋涉也！

（《社会日报》1943 年 10 月 5 日，未署名）

沧洲饭店败落矣

沧洲饭店，旧亦贵族逆旅之一，位于静安寺路之西段，虽不尽车马之喧，而雅有园林之趣者也。然二十年来，此店为雨虐风饕，房屋日毁，今入其中，几无一室不呈败落之容。我友近宿其中，天花板上之纸筋与石灰，损落者十之四五，愚故比之“破瓦寒窑”，视金门之华屋煌煌，想去不知几千万里。国际无论矣，南洲主人，宿于十二楼头，夜过其间，华灯如昼，而室中布置，在在精丽无伦，然昔之沧州，所延纳之佳宾，正如今之国际也。念更阅二十年，今之沧洲，将不复能寻其故迹，彼巨厦隆隆之国际饭店，亦将以衰老之容，屹立春申江畔耳。

（《社会日报》1943 年 10 月 7 日，未署名）

而今入蜀之阿浪

阿浪于战后即去沪上，别六七年不相见矣，迩以书抵丁先生，则知其前时自仰光而今入蜀中，此人落拓，料亦无善状足陈也。闻书中曾及沪上故人，尤以予为念，有言谓在仰光时得读海上小报，故知高唐荒淫如昔，想近来荒唐亦犹似昔也，书为八月七日所发，阿浪臆测，则读予之随笔间得来，亦可谓望文生义矣。予何尝荒淫？忆阿浪在沪时，不近女人，予恒戏之，谓汝乃不识女性妙处果奚若，又乌足以谈荒淫二字哉？不图时阔六七载，路隔万千里，今日之下，犹以此两字相钳，此公真无所言而必欲言之矣。

（《社会日报》1943 年 10 月 13 日，未署名）

北平李丽称觞于国际饭店

北平李丽诞辰，称觞于国际饭店，愚往道贺，顾未尝询其春秋几许矣。李丽扬历风尘，自愚为报人始，已震其名，度其年，当亦近三十人矣。第其人能长葆青春，迄今犹得以豪迈风华，倾动人间，谓为尤物，谁曰不宜？是夜李丽特为恒装，盖服饰不若前时之诡艳，项钮之下，缀明珠五六颗，巨而光，能撷人双目，着深绿绸衫，臂皆露，天寒时以玄氅被其身，应肆于宾客间，委婉多礼。是夜女客亦众，李自言：至今尚不能忘情于银幕生涯，而欲一登海上氍毹之愿望尤切，不久或将演义剧一场，如可成行，则从此将向学梅门，无日或间矣。

（《社会日报》1943 年 10 月 15 日，未署名）

周凤文今忽谢世

周凤文戏，愚不及见其盛时，而见之于潦倒之暮年，上场尽以苏白为台词矣。今忽谢世，据梨园中人谈，最近因九皇诞会，周于得病之夜，赴会诵经，礼拜甚虔，至天明始已，返家，于入门时，其足忽被绊，几至倾跌，然自是即四体如僵，卧床不起，直至于死。病中初无痛苦，是殆九皇以凤文高年，媚神弥笃，故锡以善终邪？

中国保健公司，将举行游园会于霞飞路之蓝庐，届时海上之名流闺彦，将相率参加，其盛况不难预卜，会中有露天跳舞并邀银星歌唱，以佐余兴。关念保健事业者，宜踊跃襄助，俾得乐观厥成也。

（《社会日报》1943 年 10 月 16 日，未署名）

“风尘”二字费争论

“风尘”二字，在《辞源》上，第作倡伎生涯解，而不为他用者。昔文友某君，以此两字，获罪于银星胡蝶率兴讼事，时张恂子兄，为某君辩护，引“风尘三侠”故事，则初无侮辱性为可知矣。顾讼不得直，殆定谳者亦归去翻过《辞源》耳。愚近忽忆杜诗有“海内风尘诸弟隔”，则此“风尘”又非论倡伎生涯为可知，而章士钊为虞澹涵题山水画云“夫人何念风尘苦，写此林泉着胜流”之“风尘”者，正复无语病可寻也。

（《社会日报》1943 年 10 月 20 日，未署名）

与其药补，不如肉补

愚不甚嗜肉食，友人中非肉不饱者，本报之灵犀、名优周信芳，及专工挞伐之王雪尘三君。信芳与白雪，身体皆结实，食肉犹有说，若灵犀多病而瘦骨支离，亦甘油腻，此真所谓“薄皮棺材”矣。杭州馆之东坡肉，偶一啖之，犹可纳，若亘二日食此，则吾胃且不胜。一日，与南洲主人饭于天香楼，主人要东坡肉二器，啖亦至多，自言尝亘一月来此，每日尽东坡肉一器，秤其体重，增二十磅。昨夜又过天香楼，一侍者指东坡肉曰，苟能日食二三方，可以强身。此则与南洲之言，可以吻合。志之以告读者，与其药补，不如肉补。

（《社会日报》1943 年 10 月 21 日，未署名）

落叶堕我肩，杂霜露而下

夜舞散场，挟鬓丝出门，茫茫无所适，街车候我，不能至伊文泰，亦不能至阿勤梯娜，遂亦不顾而行，终则诣咖啡馆，然咖啡馆距息业时间，亦至迫至切矣。愚不喜为闲行，因念吾友玄郎，恒健步，其女侣亦往往不惮跋涉，双携走寥落长街，每三过家门不言归去，此种况味，愚不得尝,亦不愿尝也。于是稍啜咖啡,买车而返,既登车,复觉兴殊未尽,因令车人载我二人,行于冷街上。灯奇暗,树荫夹道,秋老矣,落叶堕我肩,杂霜露而下,为景正复甚适,虽片刻时间,其清趣要无逊于短榻欢娱耳。

(《社会日报》1943 年 10 月 24 日,未署名)

在巷口淘旧书

出门抵巷口,值一卖旧货者,两筐所载,皆旧书,而索值奇昂。为选诗集三种,得七厚册,给以八十金,一种为《右任诗笺注》,夜不成眠,翻于枕上,于其中得一笺,上白葭居士者,下署为"东吴拜复",疑东吴即已故之孙东吴先生,而白葭居士不谂为何人。嗣读于髯诗,见其中诗题有"程白葭兄移精忠柏断节于西湖岳坟属为赋之",是则白葭居士者,殆即程白葭其人矣。于翁南社中人,疑白葭居士,亦为南社社友,老凤先生于南社事知之最谂,读愚所记,必能道其详也。

(《社会日报》1943 年 10 月 25 日,未署名)

同兴大来之交涉

同兴公司邀聘麒麟童,将于十一月一日,在黄金出演,及大来公司成立,拟与同兴商量,将信芳一局,让渡与大来,在天蟾演唱,俾壮声势,其经过已述于报间矣。兹悉同兴一部分股东,联名向远在北都之总经理吴性栽急电请示之后,吴之复电,近始抵沪,大意谓渠不欲"无以对"信芳,虽让渡之事,不成问题,特欲在信芳谅解之情形下,始可办移交手续,此外对大来津贴同兴损失之六十万元,在数目上,亦保持榷商之权。由是观之则麒麟童为大来所得,已成事实,所须谈判者,不过款项问题矣。今代同兴与大来折冲者,为周翼华君,周与大来之最高当局,旧俱熟人,交涉当不致有如何困难矣(今日闻同兴已取八十万金,信芳之局,已为大来所得)。

(《社会日报》1943 年 10 月 26 日,未署名)

梨园中事不可以常情度之

刘斌昆向大来公司辞职，大来未尝加以挽留，闻者惜之。惟信芳登台，斌昆实为优良配角，今不幸离去，使人为之扼腕宜也。特识者言：斌昆之所以辞职，其原因正以信芳之将登台耳，盖借此为增益包银之要挟。大来商于信芳，而信芳倔傲，一任大来决定，自无主意，于是大来终放弃斌昆矣。其实周、刘之间，早生意气，信芳组移风剧团时与斌昆亦不欢而散，时舆论咸不满信芳，谓信芳殊不能容人也。其实梨园中事，有不可以常情度之者，而人与人意气之争，尤有不容闲人置喙者，正不必左袒一方，遭此中人诽笑耳。

（《社会日报》1943 年 10 月 30 日，未署名）

天野为灵犀作《猫双栖图》

天野先生为灵犀作猫双栖图，而着一体态丰腴之妇人，作俯卧状，一猫据其背而登，别一猫则伺于下，与妇人之体，尚有若干距离也。灵犀因烦友人为之题句，而及愚，愚为致语曰："下头猫对上头说：她不翻身不上来。"其三因续成之曰："倘使翻身怎么办？当心碰一鼻头灰。"顾其三着笔写第二句时，得"提防鼻"三字，于是又写"涕一齐来"四字，愚曰："是非联吟，而为和唱。"其实韪愚言，因书曰：次大郎韵，坐是亦得为灵犀缴卷矣。

（《社会日报》1943 年 10 月 31 日，未署名）

"走得出客堂，下得落厨房"

天厂居士常言：娶妻要"走得出客堂，下得落厨房"者，始为美满。走得出客堂者，言其能周旋于亲友间，婉亮而不为亲友所薄也。下得落厨房者，则能主持中馈，洗手调羹，弥可人意。数友人中，具此佳妇"之徒”,天厂谓惟翼华一人。翼华夫人氏史,贤良温美,朋辈咸称,而烹调之好,尤艳传人口,天厂乃叹得妇如斯,于愿良足。翼华故亦笃爱关雎,自谓我不可负妻,因以生平决不纳妾为誓,又恶他人之置妾媵者,此情殆对天厂而发。其实天厂之取姬人,正以夫人之“走不出客堂”耳。若亦贤美若翼华夫人,亦死心塌地矣。故翼华之言,亦所谓“无私不发公论”而已!

(《社会日报》1943 年 11 月 2 日,未署名)

“老 王 记”

王兰芳心地殊温良,惟其人旦气太重,平时走路,扭捏作态,不似须眉,但身材魁梧,头尤巨,故有“王大头”之称。在移风社时,后台人与之说笑,高百岁乃称之为“老王记”,久之,“老王记”三字,代“王大头”而成兰芳之浑号焉。

王与外行人,说苏州话。梯维昔为本报述“幕后人言”,即专记移风演员之动态者,状兰芳妩媚之情,惟妙惟肖。周翼华与王亦敦交谊,二人亦惯作戏言,翼华头上青丝,无三千之众,兰芳称之为周腊梅,周则称兰芳为“家里的”,盖直以老王记之当家人自居。“家里的”死,当家人致赙仪千金,所以恤王氏家属者,可谓丰矣。

(《社会日报》1943 年 11 月 4 日,未署名)

安排角儿唱戏,难之尤难耳

小翠花之加入麒麟童阵容中,与黄桂秋胖子,有未能“高下”之苦,乃已议定,苟小翠花陪信芳唱大轴者,则桂秋必唱倒第二。反之,若桂秋为信芳配大轴者,翠花亦当居压轴也。大角儿一朵,阵容上果然好看,然排戏之困难,则亦比任何事为棘手,因排戏困难,于是真好戏亦不容多见。张淑娴特地自北方邀来,结果,钢铁阵容中,乃不能插入此人,徒使袁世海之流,以煌煌木刻,昭示于人耳。第一日之泡戏大轴本为麒、黄、小三人之《御碑亭》,翠花示不可,以其戏太轻而信芳此剧,似非翠花饰演王妹不可看,因小老板之异议,其望遂绝。或言上海事业,管理舞女最难,以愚观之,安排角儿唱戏,则难之尤难耳。

(《社会日报》1943 年 11 月 5 日,未署名)

上海大戏院上演《多夫宝鉴》

在上海大戏院上演之《多夫宝鉴》,为司马骅编剧,而毛羽导演者。司马骅何人?不可知,问之人言,为朱曼华兄之异名,朱曼华与司马骅三字之音略谐,或可信也。惟司马骅固有其人,其人为上海名票,亦曾为文娟授老生戏者,今不甚闻其登台消息矣。

《多夫宝鉴》,称"轻型闹剧",此四字甚新趣,当为毛羽所精撰者,昨曾赐参观券一纸,感故人厚我,无以宣扬,亟报一诗:

司马骅君何许人?一言入耳最奇新。昨朝庭下群儿戏,此亦"轻型闹剧"陈!

(《社会日报》1943 年 11 月 7 日,未署名)

哄孩子固亦人生乐事

穷得出不了门,南北均有一句俗谚,北方谓"在家里哄孩子",南方则曰"勒屋里孵豆芽"。前者比较冠冕,后者近乎穷凶极恶。偶忆此二言,因述哄孩子焉。哄孩子固亦人生乐事,愚近来颇得尝此美趣。愚子唐密年不逾周晬,犹不能言,第为佳笑,或为痴哭,两俱可观。又能亲其父,愚归,必投愚怀中,要愚抱。儿极肥硕,体量弥重,愚衰病若老翁,辄不胜其分量,抱不逾五分钟,已还诸吾妇,然儿必恋愚不去也。愚故益爱之。第愚常外出,归又迟,归时儿已入睡,有时晨醒,儿亦醒于枕上咿呀学语,教其呼父,有时亦可成腔,然逾时又忘记,愚谓此儿甚拙。愚表妹乃已,育子少唐密二月,闻已能呼父呼母,吾妇大忧,曰:"唐密岂止拙,真口喑之儿耳。"愚笑其罔不可及!

(《社会日报》1943 年 11 月 11 日,未署名)

“十一号汽车”

今年，朋友送我一本日记册，第一页是记名录，我把姓名、住址、电话号码，都填写好了，其余市民证号码、汽车号码、银行存折号码等，都留着空白。用了一时，我把这本册子搁置在抽斗里，前天我又取出来翻了一翻，却见汽车号码之下，有人替我填了“十一”两字，十一号汽车，是上海人讽刺一个“出无车”的挖苦之言。

字迹非常稚拙，当然是我长次二子所为，我有些哭笑不得，但也不便去责问他们，究竟是谁的手笔。因为怕他们误解我的责问是欣赏他们所弄的鬼为风趣，所以只有忍气到现在，没有放出我的“无上权威”！

（《社会日报》1943 年 11 月 13 日，未署名）

眉子文章绝胜

眉子文章绝胜，顾不多见，有之，惟本刊而已。吾友念旧情深，得使吾报当增其光采也。惟其居处不定，日者复自故里来海上，一日登翼楼，欲觅愚倾积愫，第亦相左，惘然无已。闻其旬日以后，又须启程，匆匆来去，不知为底事忙也。吾累日家居，上午治文稿，下午一时，则赴卡尔登发稿，而饭后甚清闲，若眉子示我以行踪，愚必奉访，否则能于一时晤于翼楼者亦佳，苟我犹未至者，问楼上侍者以电话抵愚家，必得矣。眉子谓有便尚须视我，恐累其徒劳，故约以时间，陈二法，愿吾友任择其一可也。

（《社会日报》1943 年 11 月 14 日，未署名）

“老尚多情或寿征”

北来伶人，视海上孙履安先生，似泰岱之尊。先生旧居故都，与梨园前辈，无不交契，又复耽于剧艺，造就弥高，以故后起群儿，无不以得侍先生履仗为荣。先生六十外,而不能忘情于度曲,去岁其公子仰农登台,乞老人亦调粉墨,乃与艾世菊演《化缘》与《请医》诸剧,见者叹为观止。盖萧长华后,此类戏绝响已久,而外行犹有保存者,是先生诚鲁殿灵光矣。先生亦健谈,所言皆风趣无伦,愚尝侍先生言,宵过半,先生无倦容,袁简斋所谓"老尚多情或寿征"者,则先生之终享大年也必矣。

(《社会日报》1943 年 11 月 16 日,未署名)

不求甚解,多福之征

自移风社解散后,百岁之戏已久违矣。当其隶皇后之日,愚不暇一观,今在黄金登台,第一夜饰《连环计》中之王司徒,喉咙之刮辣松脆,一如往日,眉亦不吊,周身上行头之不"俐落"相,亦一仍往日也。背后一中年妇,谓其同伴曰:"小老爷个眼睛眉毛与额角,都长在一起。"形容绝倒,此妇不言百岁之扮相不好看,而举此特征,疑其人亦属"内行",非然者,此婆高年,与梨园中人,曾广结香火缘也。王司徒百岁惯为之,不知如何,此夜台词极不纯熟,螺蛳频吃,人言百岁为人,不求甚解,此其多福之征。自己挑大梁如此,为人附庸亦如此,其人之可爱,亦在于此等场化也。

(《社会日报》1943 年 11 月 18 日,未署名)

三家真正老正兴馆

愚初莅沪上时,饭店弄堂,尚未拆除,时号称真正老正兴馆三家,二家望衡对宇,一家则靠近九江路,当时老饕,恒数其历史,以为酒后谈助。及饭店弄堂拆除,三家老正兴馆,乃成散步之局,一在九江路之山东路河南路间,一在山东路上,一在大陆商场内。论风味,固无多区别,惟所谓"老鸾"之流,始从而为之辨识某一家为"真正老"牌子耳。老正兴馆,为无锡人所设,故为锡帮,特上海人习惯上,皆称之为本帮饭馆。最近雪园食品公司改组,与山东路之老正兴馆合作,称为雪园老正兴馆,而二马路之老正兴馆,及聚商馆等之老板,皆往投资,合众家之长,聚于一处,乃成上海最好之老正兴馆矣。惟所以称雪园老正兴馆者,以其附属于雪园,同时雪园之著名火锅,及扬式点心,照常应客耳。

(《社会日报》1943 年 11 月 19 日,未署名)

我命太苦,不配用好东西

十八夜寒风砭骨,愚不欲出门,特以已允南洲主人,看其彩排“琴挑”,又约定之方于十时晤面,故冒重寒,于晚饭后赴俄人俱乐部。是夕,予衣甚厚,凡严冬之服,俱被吾身,冠外,项间复裹围巾,围巾为毛织品,去岁所购,生平不乐围此物,以其易于遗亡如手套然也,惟大冷有此,毕竟恩物,盖寒风不致自项间缘背脊下矣。迨九时半离座去,雇车东往,忽觉吾巾已遗于戏场中,盖当时吾以冠巾皆放之身上,行时冠覆于顶,而忘携巾,巾堕地而不知,发觉时去路已遥,不欲重返,遂任之。及归,乃为夫人大骂,谓我命太苦,不配用好东西,以后还是光着脖子,与冷风吃斗耳。

(《社会日报》1943 年 11 月 23 日,未署名)

小翠花将北归

小翠花与大来之约,为时不过二十日,期满,翠花决欲图归,然信芳失此,影响必巨,故后来之戏,将以《明末遗恨》一剧为号召,而当翠花未归前,则排二人合作之剧,亦将如《宋十回》之如火如荼者。前昨二日,两人皆合演双出,为《浣花溪》与《阴阳河》,二戏之生旦皆重头。先一日,戏码已定,翠花见之,语管事曰:“这样不将累死我哉?请改一改码子。”管事者曰,然则待经理来。兰亭闻讯,不敢见翠花,于是作尹刑之避面。明日码子已见报,翠花遂无间言。翠花为人,心地温良,若其他京朝大角,吼跳叫骂,不知成何地步矣。

(《社会日报》1943 年 11 月 26 日,未署名)

梅博士看家戏《霸王别姬》

《霸王别姬》一剧，窃以为贤如梅博士与杨小楼，亦未足观。惟梅博士实视此为看家戏，比小楼物化，金少山且以得偶博士为霸王，而成一时红净，固事实也。少山南下，初拟不演《别姬》，其理由无他，以李砚秀之虞美人，不配他来匹项王耳。顾榷商久之，少山居然答应上去，说者固谓少山此番应皇后之聘，公事极其随便，决不如外间传说之如何困难也。海上剧坛，贴《霸王别姬》者两家，皇后以外，黄金亦以高百岁、张淑娴合作此剧，百岁之霸王，初无足观，特闻淑娴甚称职。此剧虽为净旦之重头，然饰演霸王者，若非少山，或虞姬不是兰芳，颇难使顾曲人士倾动，故闻黄金售座，虽婉美若张淑娴，亦有吃力勿讨好之苦也！

（《社会日报》1943 年 11 月 27 日，未署名）

日治短稿七章

日治短稿七章，心绪畅快时，不觉其苦。有时心怀抑塞，文思大滞，初则怨，既则浩叹，终至哭出眼泪来，我不知其胡为而自苦也。近时，身体大衰，肠胃有疾，看不起病，只有节劳，故下月起，决减少三家，明知今日所作，其臭正如之方所谓放一个屁耳，然则屁不必多放，以保本原，故请老友鉴原。老友之意，想挑我吃一口饭，惟鄙人则恐吃得太饱会胀死，故有愿少吃一点，亦“节则长流”之意也。今日又苦不能着笔，心神烦燥，怒火已生，眼泪欲竭，故非但愿少吃一点，直愿不吃而饥死者，为情弥快！

（《社会日报》1943 年 12 月 1 日，未署名）

唐徐婚礼，嘉期已近

唐木斋先生将于十二月十二日，与徐女士结婚于国际饭店之孔雀厅，嘉期已近，距今只不过一来复矣。徐女士稚齿韶颜，温良肃丽，见者无不谓唐先生实前世修来也。先是唐先生蓄短髭，殆十余年，其面团团，敷以玄髭，遂有威严气概，见者亦誉先生之髯为“美髯”。顷以作新郎在迩，先生忽剃其须，有人病之，谓先生无须乃不如有须之美，而先生自视，亦非众人之言，惟述其理由，谓与新夫人年岁参差，寻常朋友相见，固无所谓，特患女宅朋友，见其唇上之髭，疑先生已届高年，剃之则自返青春，彼女宅亲朋，亦可止其窃窃议矣。予固谓先生蓄髭固佳，惟剃去亦爽朗无伦，众人之所谓无须不如有须之美者，特以初芟之后，旧时形貌，自有变迁，故看之不甚顺眼，习焉久之，必觉先生转多一番朝气矣。

（《社会日报》1943 年 12 月 5 日，未署名）

碧云轩主人邀皇后诸名角夜话

一夕，碧云轩主人，邀皇后诸名角夜话，金少山外，刘砚芳率其子宗杨同至，共为履安先生祝福。少山之来，臂上踞一獒，獒为黑色，面目初不秀朗，而少山笃爱之，时时与之说人话，狗则并半句畜语亦未尝答之也，徒使座客大笑，谓少山真怪人矣。刘宗杨戏，少时曾见之，其年岁殆与愚相若，躯干亦高，私底下之相貌，颇似其外公杨，独闻结束登场，不及小楼气概。之方尝言，刘宗杨扮相，直与文友西平相等。以之方曾见西平之黄天霸。而近亦曾见宗杨之“拜山”也。是夜小翠花与马富禄亦在座，翠花与信芳叛，愚颇薄其人，比来曾见其两次，俱在履安先生座上，印象乃迥不相同矣。

（《社会日报》1943 年 12 月 7 日，未署名）

大上海对过有同泰祥饭馆

大上海对过有同泰祥饭馆，为本帮菜，炒鱼豆腐一味，可以下饭三碗，此店去年有人发现后，除夏日炎蒸，不堪尝试，若在冬令，则不失为物美价廉。其地周邻皆为舞榭，茶舞散时，遂成满坑满谷之盛，惟极不干净，此固不能与雪园正兴馆比，即二马路一带之正兴馆，亦视此为胜。二马路一带之正兴馆，其桌面皆用碱水洗涤，故无腻垢，同泰祥似无清洁精神，座客所以如云集者，殆都利其价廉耳。或谓同泰祥三字，不类饭店名，而酷似一洋货店，一说此地固洋货店，后将房屋出顶与人，开饭馆，房东干涉其顶让，受顶与出顶人议，仍其市招，亦仍其租赁人之名姓，使房东无法置喙，不知信否？

（《社会日报》1943 年 12 月 9 日，未署名）

煤球忽告断档

愚妇平时于日用品贮藏甚富，犹此次煤球忽告断档，殊苦措手不及。因寒家初无隙地，贮燃料之器，仅有木箱二，装煤球二担有余，不能多积，坐此故也。幸吾母所购，尚有继者，因率妻子就食于母，晨出晚归，冒风露而行，为苦莫甚，如是凡三日。吾友朱，始为愚送半担至家中，亦仅三五日之需，过此又当发生愁虑矣。凡日用品之物，一旦起恐慌后，求谋者必众，虽好友亦未可责成，盖事不易措，固视伸手向好友称贷，为尤难耳。

（《社会日报》1943 年 12 月 10 日，未署名）

木斋辞谢堂戏

木斋嘉礼，友好如胡佩之、卢一方等，将送堂戏一班，主演为白雪之义子小神童也。木斋敬璧，谓地方小，摆酒席亦嫌不敷，何能再唱堂戏？故谨辞谢。愚以为此亦多事，小神童之戏，须临时盖芦棚，搭戏台，戏台搭于庭院中，芦棚盖于弄堂内，非高楼大厦，纵云热闹，实不堂皇；况扮戏者在露天，隆冬天气，使若辈在风露中换着戏衣，尤为仁者所勿忍，挑人家吃一口饭，为又一事也。木斋之婚在孔雀厅，茶点后，邀至友与亲戚集其府上，吃夜饭后更为闹房之举。愚不喜闹房，愿凑沙蟹一局，打到天明也。

（《社会日报》1943 年 12 月 12 日，未署名）

大来礼聘周翼华

周翼华兄，加入大来公司之日，某报记者某君，方在黄金大戏院采访新闻，时有人送写字台及写字间所用之家具若干件，车送黄金，某君遂于翌日报间刊一新闻，谓“周翼华就任大来，亲将写字台车送黄金”云云，见者辄为失笑。翼华之写字台，大来有为之预备之，初不劳其亲送也。若就职而亲送写字台，则其情形与商店学徒，搬铺盖上门，又如荐头店送娘姨来时，娘姨手中，捧一包裹，有何异样？翼华之入大来，为大来所礼聘，非翼华自欲上生意也。故翼华读此文后，顿足大呼，谓某记者之命笔，实“天真过分”矣。

（《社会日报》1943 年 12 月 19 日，未署名）

毛羽经商

毛羽又为新文艺作家，为剧作家，为名导演，而出其余绪，年来则复为经商妙手，初为煤业巨擘，终以其骨相清高，以为煤业巨擘，为百分之百之市侩，故改营咖啡馆业。咖啡馆虽亦经商，顾富文艺气息，曾号其咖啡馆曰文艺沙龙也。若干时前，复集资营自由食堂于张园楼上，而终于失败，今则以息业闻。说者谓毛羽之经理食堂，殚心竭虑而所以无成者，非智力之不至，实为张园风水，有碍经商。张园创立以后未尝见其门如市，而自由食堂，亦逢此厄。毛羽谓事业失败，本不足计，特人事上之纷繁，使人心意不宁，有时且为之悲忿欲绝也。故凡百生意皆可为，独外行人开吃食馆，必不可为。盖终日辛勤，特为采办人与厨房司务作牛马耳。

（《社会日报》1943 年 12 月 20 日，未署名）

“金老板，你真‘沉得住气’哉？”

人言金少山此来，并不误场，其实不然，少山固无日不误场也。或谈昔年少山与梅兰芳唱《别姬》于黄金，在例，霸王先虞姬上，时虞姬已装竟，而少山方勾脸，台上则在垫戏也。兰芳乃至少山背后，看其勾脸，意在讽刺少山，少山不顾，语伙计曰：“饥矣，对过青梅居，为我煮片儿汤一，包子数枚。”少顷，问点心已来未，盖示不吃点心，将不欲上场也。兰芳至此，颇不耐，然其人平和，则婉言语少山曰：“金老板，你真‘沉得住气’哉？”而少山则仍不顾也。少山此来，声誉大佳，惟嗓略涩，不如往昔之作金石声，今日所卖者，气度与身上之好看。裘盛戎固好，特其人矜才使气，少山则于自然中得浑厚之致，是为天才，非人力所能致耳。

（《社会日报》1943 年 12 月 21 日，未署名）

论场计算包银

自信芳包银，论场计算之后，乃闻角儿之效尤者甚众。小翠花将改隶黄金，唱短局，翠花于包银无所争执，而其来与叶盛兰谈公事，盛兰要每场取联币一千元，又不唱帮忙戏，其意盖谓二十日戏，要足北银两万耳。又闻大来拟约李少春南来，少春亦要每场计值，尝有书致沪上某君，曰我不如此做，无以对京角儿也。其实要论场计算，原无不可，必后说出京朝派与海派之“台型”问题，可见李少春之为人浅陋。李何数典忘宗，不想想造他出世的老子，当年亦曾为海派之领袖者邪？

（《社会日报》1943 年 12 月 22 日，未署名）

舞 人 霞 姑

饭于舞人霞姑之妆阁，其所居在西摩路小菜场之对面，楼居一室，窗启，前为旷地，可以望沧洲饭店，而雪园之门，亦收来眼底也，光线既极明朗,以南向,尤有冬暖夏凉之乐。霞为甬人,善治肴,然自谓不谙煮宁波菜,此日罗列于席上者,得十种,有清蒸桂鱼、叉烧菜胆,及炒鱿鱼丝,皆百粤风味也。霞又善治家,闺阁以内事,无不井然有序,有弟一,方读书,貌亦似乃姊,母一,霞之貌亦甚似其母,可知此家庭固从一个拷贝来者,相依为命,无非赖霞姑之一搦腰也。近一月间,凡三食于舞女妆台,舞女与舞客亲善,殆以一饭而启其端倪乎?

(《社会日报》1943 年 12 月 25 日,未署名)

遽念家中者,正以有吾儿在

迩日在家之时多,唐密既逾岁,渐能学语,顾发音皆不似,母教之唤爸爸,有时随我言而成语矣,有时又勿能,则张目视其母。愚两子长成,皆不近吾侧,独此儿朝夕相处,乃知"哄儿子"正复人生一乐。三月前,儿已能扶墙学步,至今犹是,室中置坐车,使儿挽车栏而行,行亦至速,儿大乐,爷娘亦笑不可仰。比日以来,儿病初愈,为父母者,尽释重忧,以病时勿令出门外,既愈,儿恒欲攘臂外行,则抱之街头,见街车过其前,儿目不暇接,又以为快事。愚失意欢场,乍出门,而遽念家中者,正以有吾儿在。抵家,抱儿行室中,不久,又授其母。儿体重日增,父力衰颓,不能久抱,因恤吾妇恒时,育子之劳,为苦正不可计算也。

(《社会日报》1943 年 12 月 30 日,未署名)

高唐散记(1944.1—1945.4)

吴之哓哓,我胡辨焉!

当王熙春一度发生婚变之日,愚曾往其家,熙春之母,为愚述不满于其婿之言,愚尝一一记之报端,盖亦以熙春为好女儿抱屈也。熙春之夫吴山,阅之大忿,辄对愚切齿,尝白于吾故人之前曰:“我对唐某甚恭敬,每见面,必唐先生长,唐先生短,而熙春尤虔诚,开口唐伯伯,闭口唐伯伯,果以唐某为父执,不得不礼貌周全耳。顾唐某与我,若有宿隙,述王、吴婚事,必尽力肆其丑诋,使人之难堪若是也!”愚如何丑诋吴山,已不可记,最近始有人白吴山所言闻于我,愚亦一笑置之。愚与熙春初无任何干系,特觉其人忠厚逾恒而遭遇正复可怜,以仰望而终身之人,若吴山先生,要为人世难弭之陷,故不觉言之愤激。男女之役,本不必预闻,亦熙春于婚前之变,我预其事,明知必得罪一方,吴之哓哓,我胡辨焉!

(《社会日报》1944 年 1 月 1 日,未署名)

愚欲集旧作百章,印为小册

桑弧作客北都,已逾半载,音信常通,闻故人身体日犹康健,喜慰不胜。近顷,以《湘绮楼诗集》四册,及《香痕奁影集》四册寄愚,闲窗无俚,时为讽诵,足解清愁。《香痕奁影集》者,为江都吴梦兰所辑录者,录其工作似等于往年瘦鹃先生所辑之《香艳丛刊》也。惟《香艳丛刊》范围较广,此则仅限于七律近体之作,非集中所载初无此美什,乃知近世香艳之体，都逃不出王彦泓窠臼，而都所谓滥调者是也。

愚近岁所为，恒多绮语，姑无论格律难高，特足以傲于侪辈者，未尝人云亦云，而颇能自出机杼。愚诗无存稿，往日刊本报者甚多，近则皆余于《海报》，愚欲集旧作百章，印为小册，以贻亲朋，不欲垂之后世，特以此所慰半生笔墨之劳，不亦可乎？（读者如有积存本报舍作者，乞借一阅，一月归还，愿致报酬）

（《社会日报》1944 年 1 月 2 日，未署名）

董　小　宛

国初诸老之为董小宛题咏者，谓小宛一号宛君，又称之为董少君，小宛盖董氏小字也。吴江周安期，曾与小宛缱绻者，其作赠董后书诗："石墨双丸笔一床，不教添作远山妆。正逢桃李当春月，倍觉芳兰竟体香。眉带轻颦欢未剧，颐含微笑恨翻长。破瓜时过千金意，碧玉回身肯就郎。"腻香四溢，真不可为巢氏见也。又俞南史一律句赠伎人董晓者，其词云："月下亭亭影不移，整钗微动小相思。眼澄秋水光初剪，身倚名花艳独披。若封青鸾期莫失，偶逢江风会休迟。致成欲见无消息，还向君家寄怨词。"是则怅惘情怀，溢于词表，特不知董晓亦小宛之别名？愿谢豹兄有以谓我也。

（《社会日报》1944 年 1 月 7 日，未署名）

怀　卿　小　学

愚于他报记舞人姜娟娟女士，执教于城内之小学中，旋据所闻，此校名怀卿小学，初非姜父所创，手创之人，即"娟娟此豸"耳。娟娟以乃翁为教育界前辈，生时，以生涯清苦，抚其子女，既殁，其子女谋承先人之业，遂以货腰余资，立怀卿小学焉，姜父名号中有一卿字，校名怀卿，亦孝女怀念先人之意。惟建校基金不足，娟娟乃为之募于稔客之前，谓客曰：我有一事，将乞助于君，我难启齿。语至此，即又自废其言，羞曰：

我不语矣。客必问曰:恣言之,汝殆欲设一肆邪?期有所经营而示我投资耶?至此姜始出其学校之捐簿,交客曰:公必不信我所经营者,乃为此事也。客睹而既诧且喜,称曰:培育英才,我宁勿乐为卿助者。遂一一投以资,或五千或二千,若干时来,怀卿小学之基金,亦蒐为数巨矣。

(《社会日报》1944 年 3 月 4 日,未署名)

七　重　天

南洲主人言,下午五时至七时,数海上咖啡馆之情调,以七重天为最胜。愚久不登七重天,故不知迩时乃作何状。此地之屋宇初不宽敞,为绝大缺点,所比一般咖啡馆为占优势者,食料之精美,与夫气派尚大方耳,昨日乃与之方登楼上。座客如云,皆自携女侣,特此所谓女侣者,绝少为欢场中人,大都为良家少妇,盖蒿砧于散值之余,挈闺中人莅此寻躧步之乐也。月前,严姐恒侈言七重天茶座之美,谓一日者,于楼上值愚之旧识秋儿,从其良人至,为状甚孅。严氏之言,旨在使愚扫兴,愚尝记以诗,有句云:“依旧围城惊玉貌,更无余事报王昌。”真舒心快意之作。与之方坐一小时,进 SW 一杯、清茶一、奶油蛋糕三块,费三百金。SW 每杯售六十金,比之西藏路上于一月前,亦卖此价者,七重天似尚非老虎肉之尤也。

(《社会日报》1944 年 3 月 6 日,未署名)

悬　壶

愚嘉定人,我向于嘉定人无好感,愚故乡之房产,已于年前售与他人,愚亦不作重返故乡之想,以故乡人物,并不使愚眷恋也。兹请述一事,可知嘉定人之恶劣矣。嘉定人韩养儒,为中医专治儿科者,曩以避乱来沪上,悬壶之始,愚家二雏,皆经其疗疾,愚以其人尚老实,颇善视之。四五年来,此人染海派之习,居然一变而江湖习气甚重。幼子唐密有病,亦请韩来治,以韩收诊费也(愚向本请臧伯庸、王玉润两医生者,以二医生皆不肯收费,使愚不好意思常去麻烦)。近顷,唐密病痢,又延韩至,凡二三诊,似无特效,然病势亦不加重。昨又来,诊已,忽私语女佣曰:“此儿尚有他病,我惧为汝主人扰,故不敢直告。”既去,女佣尽吐其实,妇述于愚,大怒,天下宁有此劣医,为病家讳病者?万万要不得,因告愚妇,后此必不再延韩。嘉定同乡人,如读此文,转告于韩,医生做生意不能如此做法,若如此做,是自绝生机,新闸路唐家已不再上当矣。

(《社会日报》1944年3月10日,未署名)

陈情表

写身边笔记者,辄冠一篇名,此中颇有勾心斗角,有字字神奇之美,愚不暇于耗心思于此,故所有篇名,皆极其随便。最近见叔公兄为本刊撰述,用“陈情表”三字,初不知其用意安在,及加探索,为之大悟,陈情者,视陈灵犀兄之交情而作也。本刊于未改组前,主干人都叔良之尊长,或为老友,比易主人之后,新主人亦叔良素识,而辑务仍由灵犀主持之,故叔良之为本刊执笔,当为视陈兄一个人之交情矣。又叔良为他报治文,冠其篇名曰《六乔小品》,叔良初不姓邱,则六乔二字,又作何解?此公于静坐时,妙绪如云,意必别有会心,曷不为老友道哉?

(《社会日报》1944年3月13日,未署名)

童芩芷与锁麟囊

愚不识童芷苓,闻此人心地纯良,又聪明绝顶。近贴全部《锁麟囊》,童从未习此剧,居然贴之,究其本所自来,则从唱片八张中得之耳。此剧为程砚秋之精心杰构,但砚秋唱片虽多,从未灌《锁麟囊》也。惟王准臣父女,摩程腔极似,从砚秋之琴师某,习《锁麟囊》,既成,灌唱片八张。童芷苓得此唱片,悉心仿效,居然亦委婉可听,决在沪露演。惟程派身段,所知不多,闻刘斌昆于砚秋之请,经斌昆加以指点,遽告贴演,虽云大胆,然其聪明,正不可抹煞也。

◆两副眼镜

北伶中病短视、必御深光眼镜者,愚前见茹富兰,今闻雷喜福亦然。伶人近视不深,大多不肯戴眼镜,缘戴眼镜,易损眼神,若茹、雷二老板,盖万不得已耳。

(《社会日报》1944 年 3 月 15 日,未署名)

“某 在 斯”

一日,访雄白先生为闲谈,时雄白方有客,愚入会客室中。会客室有人相待,一人执《海报》在手,遂为评议,《海报》执笔之著述,亦蒙采及不佞,然议室中人固非知愚姓氏也,幸其言不涉讥讪,苟“闲话难听”,愚必挺身而出,为诸君告曰:“唐某在斯。”索性造成一时僵局矣。

◆胃溃疡

雄白方撄疾,其病为胃溃疡。雄白言,初非惧死,特一年以来,其友之死于此症者,已得四人,故必就诊于医生,使医生言之,苟病终勿治者,亦当趁手脚尚健时结束一切公私也。其人旷达,故有此语,惟老友则咸祝其早占勿药耳。

(《社会日报》1944 年 3 月 17 日,未署名)

文字的地位问题

愚尝记毛羽看小型报奇慢,毛羽述其理由,谓:“一面看文字,一面还研究作者写述时之心理也。故数年以来,对于写作人之性情,不必见面,已能从文字中窥透之矣。”越日,述其心得,则示愚《力报》一张,曰:“今日柳絮之《海市风花》,被排为短行,柳絮对此必须计较,试看明日且有感叹之词,发现其随笔中,非然者,此人或竟一怒而辍笔,亦未可知。”愚初以为毛羽放屁,不料翌日之《力报》上,果不见柳絮之文,更一日柳絮曳白如故,毛羽固笑曰:“如何?”至此姑佩此人识见精辟,而于柳絮之必争一框者，不禁诧为怪事也。愚从来对于文字地位，绝无用心，长行好，短行亦好，不登更好，因今日不登，我当他被挤一天，则可以省写一节也。尝有几次某报以吾文蹩脚，登入第四版，愚看不见，疑为被挤，数日不写，报方来索稿，愚曰："有存稿何必还要？"则云我文已在第四版刊登矣。因再续写，然已省乃公二三日动笔之劳，云何不喜？

(《社会日报》1944 年 3 月 24 日，未署名)

悼念仲方！

仲方之死，由陆小妹之口中述之，陆且为之成服，此当非东坡海外之谣矣。沪战之后一年，已不记月日矣，愚甫至本馆，仲方登楼相访，呼愚名，愚相顾几不相识，仲方曰：老友仲方，奈何亦不复相认邪！愚亟执其手曰：去年不尝见兄乎？羸瘠若垂死之人，今则轩昂肥硕，一年之别，判若二人！仲方因为愚言，战后，即溯江而上，于长江轮船中，戒除痼癖，不借医药之力，而欲迸绝之，居然不死，痼癖既去，体乃日壮；又言，归来料量私事，不日复须行也。自是纵谈甚久，犹忆我二人分手之地，在爱多亚路江西路口，渠谓明日赴杭，自杭归来后复欲与故人谋良晤也。顾自此一别，即不再见。去年，得人告，谓仲方致力于金融界，甚得意，方为旧交庆幸，不图转瞬间，其噩耗亦从之。仲方之殁，在去年十月中，陆小妹于上月始获其噩耗也。

(《社会日报》1944 年 3 月 31 日，未署名)

结拜兄妹

愚近来于大都会舞人王敏，极有好感。一夜愚在翼楼挖花，愚友招之来，王敏看斗牌无甚兴趣，则伏案书字，久之笔不释手，此儿好学，虽身处欢场，犹不曾脱学府时气息也。愚戏语之曰：王敏非我户头，我二人拟结异姓兄妹，于意云何？王曰：虑痴妹乃勿称贤兄耳。愚曰：此何言，选一良辰，同往关庙拈香，弯一弯脚馒头于菩萨之前，则名分定矣。

自是，愚见王敏，呼之为妹，王亦以阿哥称我。管敏莉闻其事，愿参加，因亦以阿哥称我，我大乐。阿哥两字，饶有性感，宁波女人喊“阿哥柴有趣”时，是何境地！愚闻王、管二人相称，真有过屠门大嚼之快！

（《社会日报》1944年4月4日，未署名）

清明节

作此文时，为清明，愚数典忘宗，久不为故乡展墓之行，亦不知祖宗坟地，乃在故乡何处。今吾母在，犹可知。逮我母百年，祖宗且不获吾祀耳。去年，愚移亡妇之柩返乡，预计今岁清明，将归视其榇，至近日，亦以惮于跋涉而不果。亡妇死后，殆未尝化为厉鬼，不然怨我无情，必攫我于死矣。儿时，值清明节，必从我母祭扫，吾祖之茔，厝于东郊之清凉庵后，其地有树木幽寂之胜，吾祖老成宿学，长眠于此，殆无负其一身清骨。愚幼见吾母悲恸之怀，则亦竭其追远之忱，向茔前虔拜，幼年尘影，历历似在目前，不图二十余年后，愚乃置先人于勿顾也。近时浪迹欢场，恒闻此中好女儿，有返乡展墓之行，某舞人相约同行，愚曰自家祖宗，且当伊旡介事，固不好意思去顾别人祖宗也。吾言为老实话，吾自家祖宗在冥冥中闻之，亦当叹一口气，儿孙不肖，惟此言则尚有心肝耳！

（《社会日报》1944年4月8日，未署名）

雅博

一夜，与培林、梯维、翼华挖小花，培林初不习此，及旅故都，天厂笃嗜此道，因授之以术，不久大通，因亦癖焉。善挖花者，必不喜再叉麻将，愚自在梯维府上，与素琴、素雯看竹以后，迄未一摸麻将牌，自所谓无奇不有之新法麻将将流行，愚尤视为畏途。愚于万事不喜多费神思，无奇不有之麻将，令人有目迷五色之苦，故深恶之。御史酷爱挖花，挖花迩亦流行新法，特规模尚在，不至如无奇不有之麻烦。翼华有“花魁”之目，此人大进出，坐下来，小输赢亦无不乐为，此夜挖十元、廿元之花，结账时打“一折”，牌风若一路涩到底，亦有五千金一输，盖此法须一万道保费也。灵犀亦嗜花戏，几时来凑一局，座上有梯公、培林，虽博亦雅博耳。

（《社会日报》1944 年 4 月 12 日，未署名）

李 鹏 言

灵犀兄记李鹏言篇，读之真感慨无穷。愚曩年志本刊赠李之作，有绝句云：“管弦喧尽春江路，识汝尽无第二人。岂与书生同薄命？李娘偃蹇尚天真。”亦极写其人之不得意矣。比岁以来，不相闻问，倦知鹏言已改名为李慧芳，此年搭班于大舞台，偶于途次偶一值之，不遑考诘其近情。十日夜，顾乾麟先生招宴，饭后开跳舞会，鹏言亦应约而来，杂坐坤优中，鹏言之为状最颀。忆愚与鹏言初见时，在东海楼上，时其年不过十六七，截为短发，以火烙之，为极简单之波浪纹，其人华秀温清，婉美不可仿佛。越四五年，重遘筵边，鹏言虽年青犹昨，然以发育已变，顿改往昔清华之度，谚谓：毛头姑娘十八变，若鹏言之变，似尤变尤不大好看也。

（《社会日报》1944 年 4 月 14 日，未署名）

双 拉

杨宝森之来，偕一李玉芝，比之李玉茹似逊色多矣。玉芝在平，屡与宝森合作，以调门颇有参差，故唱《二进宫》与《探母》诸剧，胡琴皆用“双拉”。人谓《二进宫》双拉犹可敷衍，若“坐宫”之快板，何可双拉者？而玉芝则必欲双拉也。于是琴师有难色，鳃鳃曰：台下叫倒好，正不知谁的责任耳？

◆茶点

有发帖子请吃茶点者，必不往，吃夜饭都茄门，谁愿意奔去吃茶点哉？某君为子完婚，婚柬本请宾客吃酒席，设临时改茶点，来宾中有啧有烦言者。此则愚颇同情于主人，为婚嫁事儿铺张，终非智者所为，节省非为人之耻，彼讪笑节省者，如为大耻，故言改茶点为派头太小之来宾，其人实派头真小耳。

（《社会日报》1944 年 4 月 17 日，未署名）

十八层楼

国际饭店之十八层楼，本为公寓房间，今闻寓客已退租，饭店当局，将不再税赁与人，而辟为膳室，售西菜，其高贵为沪上独步。盖国际伙食部中，贮有最好之饮啖料作，此后将以十八层楼之开辟，而尽餍老饕矣。顾售价之高，亦为任何餐肆所未有，每客计值，殆在一二千金间，求其精，不欲求招徕滥也。十九层楼，则辟为酒吧，海上已断货之西洋名酒，此间无不陈列，其原有之二楼孔雀厅、三楼咖啡座、十四楼之摩天厅，悉仍旧观。或曰：迩年以来，国际招致之食客，渐不入流品，今摩天厅亦嫌人头殊不整齐，无论三楼咖啡座，听知十八、十九二楼之开放，将使小抖乱之流，望而摄足，惟更犹虑其日久玩生，所谓庄严华贵之空气者，终为若辈扫荡无存耳。

（《社会日报》1944 年 4 月 18 日，未署名）

照面灯

兰苓献歌于咖啡厅畔后，其初无“照面灯”，兰苓憾焉，白于管事者，辄为装置一具，特非恒常之所谓“司保拉爱脱”，而以汽车灯为之，另装“方棚”，用电既省，光度亦不为弱，惟形式勿甚美观耳。“照面灯”之美者，推摩天厅，光度极强，为淡红色，射于麦格风前，使放歌人真艳比芙蓉，黄薇音立其上，华美不可仿佛，要亦得灯光之助。闻静庵兄言：灯泡一，售价达七八千金，可谓巨矣。

◆《疯狂世界》

《疯狂世界》之曲子甚善，而歌词则不知所云，什么叫情，什么叫爱,又有什么叫奇怪,无非狗屁,盖谱词者实辱没此好曲子也。麦格风前歌此者,意姚莉必大佳,顾愚未及一闻,所闻者第欧阳飞莺与黄薇音二人而已。相习如兰苓,亦未及聆其疯狂妙奏也。

(《社会日报》1944 年 4 月 19 日,未署名)

谁叫天地蓄斯人?

愚近年来所治之风怀诗中,忆有二语云:"众谓蛾眉无与我,谁教天地蓄斯人?"此殆赠与女伶张淑娴,已不记其全章矣。谑者谓"此为搭壳子搭不着之牢骚",言虽粗鄙,然妙有至理,彼女人而非使我刻骨称怜者,愚亦不至有此吐属也。近与顾凤兰过从甚密,凤兰为老舞女,其人眉目间蓄幽怨之色,貌非绝美,顾愚则深悦之,若非天遗多情,则不知何如而致此矣!特以今日情势言,愚无与凤兰永好之可能,将谋所以解脱之方,因戏语之曰:"旧日为诗,有'众谓蛾眉无与我,谁教天地蓄斯人'之句,卿亦识此旨乎?"凤兰审顾良久,不语,但笑而已。愚乃不知其笑之为辛为辣也。近世舞人,大多识字,亦有能通我诗文者,凤兰其一也。王素娟亦其一也。素娟且能搦管治文,擅歌唱,在舞女中,若亦分元老、少壮二派者,素娟当属于后者,凤兰则已"前辈风仪"耳。

(《社会日报》1944 年 4 月 20 日,署名:高唐)

粉　　漆

愚寝室之墙壁上,旧糊花纸,历四年之久,皆呈剥落,幼子既学步,见花纸之已不能黏着陈壁者,一一撕之去,四壁益无完整之容。今年木虱遂繁,妇深恶之,乃鸠漆工为之整理,去墙上之纸,敷以粉漆,俪以花纹。三日竣其事,尽室遂改旧观,漆工言,自浇花粉漆大行,糊壁花纸,遂为人所废弃,以两者相较,美观固逊于花纸,而论值则相去至远。似吾一室,若复设以花纸者,五百金犹嫌勿足,粉漆则不过百金耳。

◆餐器

愚室中初无陈设,有餐器一套,为孝伯所赠。去年,愚与妇订好合之券后,孝伯遣人以此物馈与愚,上署吾夫妇之名,下亦署其与夫人之款。今孝伯夫妇已赋仳离,愚告于妇,妇乃去张氏之名,而存孝伯,盖妇闻二人离合之缘,不直张氏所为也。

(《社会日报》1944 年 4 月 22 日,未署名)

百岁夫人

麒麟馆狂舞之役,愚有文记其事,文中述百岁夫人拙于舞艺,天衣亦赐以"一担煤球"之号,喻其沉重也。天衣妙喻,愚则记之报端,夫人见之,大愠,遇梯维时,詈愚为"杀头的大郎",又曰:"我又不是舞女,乃说我身重似一担煤球哉?"梯维以夫人之言白于愚,愚大窘,当为高氏伉俪谢言词不检之罪,夫人纵使当面骂我者,我必受之勿吝。愚平时不欲得罪朋友夫人,今兹系为趣谑,启夫人之怨,实出意外,盖我乃欺伊平时不读小报,万不料好事者,终为夫人传信也。

◆《文天祥》

平剧《文天祥》已在排练中,剧本出之朱石麟先生手笔,定无可议。惟如巨著,一本恐不及尽,故拟以两本演全之。闻《文天祥》第一场登场,为"金殿",其情节有类《十道本》,说白甚多,少春不能任,近朱为改唱词,此人怕说而不怕唱,盖力翘其嗓子之够得到也。

(《社会日报》1944 年 4 月 24 日,未署名)

书法与绘事

张兰苓女士将于本月二十九日,拜于唐云先生门下,举行投师礼于吉祥兰若,唐尝问兰曰:"曩于书法亦曾下功力否?"兰曰:"偶亦临池,固无功力可言也。"唐曰:"然则亦当先致力于此,书法既有造就,如习画,盖笔致有劲,无不从写字上锻炼来者,字固不足观,画必无成功之望,为一定理也。”向闻人言,书法中之瘦金体,实从兰竹上演化而来,问之唐云,颇不然此说。唐氏书法亦高秀,愚夙爱之,今兰荃获此贤师,当自庆已偿其妙愿也。

◆健忘

一日,于道上值一人,与我为礼甚恭,愚视其面善,顾不忆其从何处见之矣。惟未及交谈,愚于车上乃竭神思,犹苦不能获其姓氏也。愚念此人之貌,颇似周信芳先生,于是悦然,是殆信芳之长公子耳。不相见且七八年,丕丞亦渐损当年俊逸之姿,愚戕贼无度,健忘益为情势所必然矣。

(《社会日报》1944 年 4 月 26 日,未署名)

母　　病

吾母于舅氏归道山之日,哭舅曰:“弟在时我病,弟为我药之,今弟先我去,而我独存,亦不知不死为何待也?故后此再病,必勿复药。”迄今四年中,母无大病,而有时感冒,勿药亦愈,但体质极亏。愚不善奉养,惟当隆冬之日,买参芪之属,为之将补。比半月前,忽病不能兴,劝延医,母勿许,愚谓母曰:“儿犹在穷途,母令儿更与失恃之哀也!”母意动,因邀陆渊雷先生为之诊治。陆曰:“老人初无病,特劳瘁既极,其身若废,不与重补,固难望其更能健步耳。”屡诊而屡投以药,以陆医技之巧,药至,如春被野田,日臻善象。今药犹未止,而母已起榻,甚感渊雷先生惠我之厚。陆与愚居同巷,夫人亦吾乡人,愚亦荒疏,迄未谒拜良医,平时又未尝侍母,既至,恒不躬迎,言之殊增人歉疚也。

(《社会日报》1944 年 4 月 29 日,未署名)

必　　报!

愚最近为某伧寻衅事,据闻此中另有因缘。某常读海上各种小型报纸,愚固一再记其经营之咖啡馆窳败之点,某衔我不已。然此难过犹小，旋因某歌手之辍唱事，某君记其经过，而文中牵涉某伧，伧始大愤，是夜酗酒，遂出不逊之言，盖说其文亦出愚笔下也。愚非上海人所谓“孱头”者，看伊起码，则二十分钟内，显我颜色，愚抱定无不报此仇，顷刻能报，期之明日，明日不能报，期之一月，一月不能报，期之一年。今岁春，愚丑诋某业权威。其实我二人今日初无难过，特其往时，尝设阴谋，陷我于不利，当时无力与之周旋，今其人不检，则从而丑诋之，不由鲁仲连为之解围，犹不肯休。愚无大度，所谓睚眦必报之名，愚得当之。

（《社会日报》1944 年 4 月 30 日，未署名）

鍊霞病臂记

兰苓以师礼事唐云之后一日，愚偕之小坐于维也纳舞厅中，值鍊霞于此，因亟为兰苓介绍，兰苓大喜，盖其久震金闺国士之名也。愚曰：周先生听之，兰苓年少，然耽于艺，进取之心亦炽，先生为前辈典型，提掖之责，当不可辞。鍊霞大笑曰：渠师事唐云，宜称我为爷叔。兰苓闻言，曼声曰：爷叔。御史闻者皆笑。是日鍊霞着夷装，翻领衬衫，加白灰色之上装，谓：同来五人，仅一男子，我来，权充为丈夫子耳。又言：平时不喜着西装，特迩以病臂，医生劝其毋使两臂暴于外，计惟着西装可以掩。愚问臂何由得病？则曰十余日前，携一重量之物，臂遂创，诣医者，医者为之电疗，今亦全愈。问其犹能作画否？曰：粗笔犹可以动，以工细之件，犹不能为，以工细之笔须用力，用力则笔亦震颤矣。是夜同饭，饭后又同坐于万象厅，兰苓侍鍊霞恭且谨，问鍊霞所居，曰：我苟得闲，亦将就爷叔问艺也。

（《社会日报》1944 年 5 月 5 日，未署名）

晤 宝 森

碧云轩中，值杨宝森伉俪。宝森在台上，以气度清穆胜，而在台下亦如之，此来声势甚盛，几非少春能敌。郑过宜先生于时下须生，独赏宝森,若干年来,为之逢人苦誉,今宝森终无负过宜之望。当宝森童年时,愚闻其歌衫于门框胡同之同乐戏院,花旦已不记为何人,而武生则刘宗杨也。忽忽十九年,宝森未老,愚已入衰颓之境,真不堪互话当年矣。

◆晤静庵

与吴静庵先生相违者,已不知几何年月。是夜亦晤之于碧云轩中,与夫人江采蘋女士偕至。吴先生初无老态,亦谓久别恒念故交,于逸芬、转陶近况,垂询甚殷。愚谓逸芬于战后殆未一通音书,然静庵先生于二三年前,犹得其还札也,惟转陶则至今未获一面耳。愚亦谓闻转陶此来海上,顾不及遍访旧交,愚亦仓卒不暇探其行踪所在,故亦未尝图一良晤。静庵又谓:我居于今日之上海者初不作发财之念,故大感无聊,足下或有同感?愚大笑,惟曰:幸女人尚死不完,故不肖之在上海,无聊中犹稍感有聊耳。

(《社会日报》1944 年 5 月 7 日,未署名)

荀慧生之病

荀慧生此来海上,以多病闻,上次以病不能兴,辍唱数日,及愈,昨夜又病作,病且剧,乃于四日之夜,舁入医院中,五日之夜,又不得不告回戏矣。慧生有阿芙蓉癖,既南来,拟戒除之,顾戒烟之际,不可辛劳,慧生须登台,吃力自不可免,则取烧熟之膏,研为末,实糯米管子中,吞服入肚,遂食有隔,患便秘之症,体遂不支;及此番病再作时,友人始劝其吸烟,慧生亦知不吸且不获拯当时之难,非健复不可立待,故戏院方面,拟促令香南来,为其父之替,然亦须待若干日后也。慧生之病,有人介某医生为之诊治,稍愈,于重行登台之海报中,由慧生出面,为医者谢。医者亦健笔,至此,乃述为荀诊疾之经过,以矜其医技之巧。不图一二日间,荀病陡变,正不知彼自炫高明之医生,又将遣何辞自解也。

(《社会日报》1944 年 5 月 8 日,未署名)

杨怀白

朋友闲谈杨怀白君之于荀慧生事者，丰而趣，愚不能尽忆，忆亦不能尽述也。他人于杨君此举，恒有微词，愚则谓矢志靡他，其精神洵不可及。闻杨于慧生之来，排日为之记录，某人招宴，某人来访，皆有记述，又某日唱某戏，上座几成，亦皆有记述。俟慧生北返时，入此册于行囊中，使其得为参考也。惟慧生公事，杨亦参与，此则往往为戏院方面所不满。马连良之妻、童芷苓之母，皆参议公事，辄为戏院当局所蹙额，妇与母且不理于人，杨为慧生之友，戏院自更不愿其妄置一喙矣。去年中秋，海上有名流二十人，举行甲午同庚会于魏氏花园，时公请寿星一人，即为杨氏之父。怀白扶其老父来，随侍不去左右，此人于父能尽孝，于友能尽义，逆知其性情敦笃，自有可风者，愚固甚厚怀白。

（《社会日报》1944 年 5 月 9 日，未署名）

樽边偶记

翼楼同人，为潘柳黛女士祖饯之日，唐云画师，挈其女弟子四人，及一王君至，王亦云之高足也。是日轰饮，云之女弟吴，饮独多，朱尔贞、张令陵及李小姐俱点滴不沾唇。据唐先生言：其女弟无不健饮，饮最多之吴小姐，量最浅，若李与朱，皆能百杯不醉者也。愚曰：张今陵不能饮，奈何？唐曰：是当练习，不能饮者，乌得为我徒？张闻言瞿然曰：弟子亦曾饮，亦曾大醉，以饮而能醉，故不敢更亲麴药耳。尔贞北都人，娴雅温文，从唐习绘事，历三年，功力已见。李为友芳先生女公子，其人从酒瓶酱甏中来，能饮宜也。李气度亦清，毕竟二十尺香楼中人，自有其清华之致。是日鍊霞亦至，第饮不多，以痛臂犹不及复原；瓢儿为胃病所苦，亦戒酒，特敏莉频劝之，敏莉趣人，称之为“和尚先生”，四字甚新，出之美人齿颊，益觉佳而可听矣。

（《社会日报》1944 年 5 月 10 日，未署名）

李 白 之 来

李万春与白玉薇，于十日在皇后登场。万春平生，足以翘人者，其人乃得杨艺之真传，《夜奔》、《连环套》、《落马湖》诸剧，宛然小楼当年。白玉薇以文章鸣，虽当世女作家，亦无此热情如沸之人，故论行文情致之胜，玉薇正可怒视一切，若舞台上之造就，亦复不弱。特以饰貌非妍，遂不如登徒子之流所喜；清格高标，只供知音者之徘徊俊赏而已。潘柳黛言，玉薇丰于才，疑其人必悭于遇，将来遭际，正不可言，其言才调固可千秋，则亦何计于穷通？海上文坛，争认玉薇为人间至宝，即此收获，已属无价，他人终求之而不得者也。

◆劝桑弧从舞

桑弧醉心于电影艺术，虽写《肉》与《洞房花烛夜》两剧本，其名遂歆动一时，今将尝试为导演，逆知其必有惊人造就。桑弧亦雅擅为文，其文如少小女儿，柔婉清和，读之心神飞越。旧屡为吾报撰述，今辍笔已久，则以为文非其志耳。迩时宴游队里，恒着桑弧足迹，亦莅舞场，顾桑弧不善舞，袖手为壁上观，尝劝其躧步，曰："我并基本步子，都未学习，何以入池？"其实入池而舞者，固未尝有人从基本步子学起也，面皮一老，叫舞女一拖，历三日，便亦成婆娑妙态矣。

（《社会日报》1944 年 5 月 12 日，未署名）

程 白 葭 子

程白葭为老革命党，亦民初名士，似其号所谓十发居士者，藏书甚富，沪寓在新闸路之赓庆里，殁后，其子殊不振作。子为留美学生，不以乃父收藏为贵，近数年来，遂将旧籍散卖人间。三长两短斋主人，曾收得不少好书，即为白葭之子所出售者，论值极贱，不计书之名贵，特以斤量称价。譬如买者愿以千金得其书，其子必要求加百分之五十，即脱售，其实犹甚便宜也。愚于去年在巷外一贩卖旧货人手中，购得诗集若干种，其中得孙东吴抵程白葭一笺，方知此亦白葭子售与贩旧货人者，贩旧货人乃以善价售与我也。主人所得中，有易哭厂之诗文全集，都数十卷，此为愚近年来梦寐求之而不可得者，因从主人借读，饭后挑灯，一编在手，真不忍遽释焉。

（《社会日报》1944年5月13日，未署名）

吴祖光

陈小蝶兄，在他报作《文天祥检讨》一文，于宋代衣冠尤多论述，然洋洋洒洒数千言，毕竟忽略了“戏”而不谈也。其毛病正同于过宜兄之论剧，亦不谈“戏”而考究“史”耳。小蝶更有一错误者，篇末认《文天祥》之剧本，出周贻白手笔。《正气歌》作者，为吴祖光氏，尽人皆知，而小蝶独不知。最近“苦干”在巴黎上演之《林冲》，亦为祖光所作。祖光在重庆，其写剧本之盛名已寖寖然夺曹禺之席，周贻白亦编剧名家，但精到犹不足与吴氏敌焉。愚对于中国电影与话剧之编导人，向不留心，《文天祥》之剧作人，亦为最近所知，而《林冲》之剧作人为吴祖光，亦以顷间得苦干请简始知之。往年愚在影片公司为宣传部长，该公司之出品，有人问我为何人导演，何人编剧，愚皆茫然不知所对。或曰：然则你吃的什么饭邪！愚曰：何曾是吃他们的饭，我是吃他们的“俸禄”耳。今不料小蝶之错，适在有人为我讲起吴祖光之后，于是乐得魁一魁，只好让定山居士，疑我为存心吹求矣。

（《社会日报》1944年5月14日，未署名）

结发深情

桑弧自新新公司归来，谓此次新新减价，确为近年来所无，玻璃杯每只十六金，百金可买半打。愚归白于妇，妇欲往选购，次日，措五千金畀之，语妇曰：“儿子要香港衫，汝买之，汝要皮包，亦买之，苟有余资，为我添汗衫两件。”及晚，妇归自市，曰：“便宜货非我所欲，我所欲者，乃不便宜,汗衫两件,价千四百金,香港衫裤四套三千金,购皮包遂无余资。"愚妇赋性褊急,顾此岁以来,笃爱所天,自身不事环饰,井臼躬操,虽劳勿怨,愚甚德之。今年汗衫不必置,而妇必为我买者,以我有一言耳。愚于衣着夙勿讲究,汗衫之值,一贵至此,愚故大吝,问妇曰:"何以不买皮包,而买汗衫?"则曰:"皮包可以省,旧存尚有数件,汗衫为必需,延以时日,价且益涨。"其言良善,其心可感,千金买笑,一念到结发深情,真使人有惘然若失之感!

(《社会日报》1944 年 5 月 18 日,未署名)

为万春进一言

李万春才艺未尝不美,特襟怀狭窄,不堪容物是其吃亏处。与其岳氏并无嫌隙,似有大雠,闻其出演之地,苟与李少春打对台者,打泡必贴《落马湖》,而贵水抢李佩,以岳家姓李,擒李所以厄李也。而万春则自忘其本,身亦氏李矣(按万春此次来沪,少春在天蟾,亦以《落马湖》打泡)。有一时期,不满于丈人峰,会万春上演一本戏,故事中有手刃番将一场,问番将之名,番将曰:"我名达子。"万春遽曰:"小达子,你好大胆。"言至此一刀下去矣。此则直使丈人峰为刀下鬼,何其冤深孽重邪?者番李少春演《文天祥》,万春乃欲排《九擒文天祥》一剧,与之对垒,有此议而未见果行,不然当为绝大话柄。万春演剧,肯出死力,公事自美,无奈胸襟不广何!愚与万春为故交,当时未尝不寄以重大之期望,以为传小楼衣钵者,一人而已。顾其人但斤斤于小怨之必报,遂阻其后来之成就,宁不可惜?敢发忠言,为万春采取知我罪我,一任贤者。

(《社会日报》1944 年 5 月 19 日,未署名)

毋 纵 酒

上星六聚餐于周氏花园之日,复为轰饮,愚尽五杯半,开生平吃酒之最高纪录,然不醉,第难过而已。是日醉者甚众,如桑弧、天厂、素雯,皆逾量，而醉倒者四人，如红蝉、光启、兰君、秋霞、敏莉。顾兰君既醉，辄与王丹凤遁去，其余四人，皆颓然卧，呕吐亦频，尤以红蝉之为状最凶，愚甚怜其苦，卧榻上时，两足犹不能支，力触床隅，口中且呼号不已，及五时后，雇一车送之归。愚乘车护从于后，顾至慕尔鸣路时，两车忽分道，愚大惶急，以其时红蝉犹不省人事也。既抵翼楼，以电话致其家，则已归，盖雇车时，固告车人赴人安里，幸不失事，惟红蝉抵家，忽放声哭，面色青如铁。愚方假寐于翼楼，其姊来相问，告以中酒而已，合家始不复惊惶。第自此以后，愚当劝众人毋令红蝉饮，以此人量狭，强之饮，犹之饮以鸩毒矣。敏莉醒最早，光启之如状亦苦，秋霞于六时后始醒。一人既醉，为之担忧者数人，愚故以为半酣为最佳，惟烂醉转杀风景耳！

（《社会日报》1944 年 5 月 23 日，未署名）

修　饰

管敏莉与张丽珍，近各制旗袍二袭，所耗达八万六千金。敏莉拟着最佳之一件，出席周园之会，旋以天气阴凉，衣质太薄，故不果。愚是日迎之同行，坐楼上，敏莉曰："天不教我御华装赴会也。"因出新衣示我。衣为玄纱，薄如蝉翼，四缘绣以银花，花朵甚巨，华丽大方，兼而有之。敏莉自有修饰天才，衣服不炫新奇，而构制别成风格。愚去年第一次见其面，在雪园，着猩红之坎肩，映其双腮，腮亦为酡，望之自有风华盖代之观。近时，生涯益盛，妆点益勤，月有余钱，皆用于障体之需矣。

◆挖花癖

与朱石麟先生数数挖花，朱为新近学习者，然已上瘾。朱家于徐家汇之三角场，其人又不良于行，然为欲挖花，恒不惮路远，出来寻搭子，昨日又抵翼楼，陪之挖八圈庄，兴尽归去。费穆先生言，朱于博艺无所不擅，且其向不娴习者，亦一学就会，直非天才，而若有神助云。

（《社会日报》1944 年 5 月 26 日，未署名）

曹 慧 麟

曹慧麟之戏，根底自极脆薄，惟此人表演有天才，远在熙春之上，此为一般人所公认者，熙春当亦颔首也。昨日，看其演《拾玉镯》，神情殊不恶，盖三省又极卖力，遂成好戏。其后《虮蜡庙》慧麟饰张妈，发光可鉴，而梳一横爱司髻，遂有风致嫣然之美。着淡蓝色之软缎短裤袄，腰身甚紧，慧麟本瘦瘠，但所谓岭上双梅者，至此亦自软缎上滋然而挺，台下人遂骚动不已。此角当年曾见小翠花演此，亦复活色生香，慧麟年稚，而又姚冶万状，不类俏娘姨，直是傻丫头耳。

◆《三叉口》

盖叫天此番出演中国，售座弥盛，盖五亦弥见实力，《白水滩》雄健无伦。闻将上《三叉口》，中国大戏院之广告，有言曰："猜一猜何人饰演店家?"众谓李盛佐耳，亦有人疑为高雪樵者，皆不是，则王少芳也。王尚能翻，李虽开口跳，然身手初不矫捷，且其名难副，今易王少芳，则有两雄相并之观，宜可以如火如荼矣。

◆李如春

李如春不唱武戏，而唱文戏，此日《虮蜡庙》饰家院，《逍遥津》饰穆顺，力仿乃师，然而血诏被搜后之吊毛，小姐被劫后之甩口面，犹能表现其人之杀搏无伦，台下人曰：毕竟为武生底子，所造乃不同于寻常诸伶也。

(《社会日报》1944 年 5 月 31 日，未署名)

英 雄 知 己

盖叫天唱星期日戏，愚约敏莉往观其剧，敏莉谓生平于平剧无欣赏之好，梅兰芳麒麟童，俱不曾看过。愚则谓盖叫天之艺，亦复旷古绝今，不可不一看，故欣然从愚行，复约张丽珍与卢丽君同往。戏为《大白水滩》与《虮蜡庙》，愚叫好，张丽珍亦鼓掌不已。丽珍言：盖叫天五十许人，拍拍手不要紧，若二三十岁之年少武生，则有人且疑我为“搭芯子”来。其言甚趣。《白水滩》之后，为林树森与李如春之《逍遥津》，张宏奎登场，敏莉知此人为曹操，其他则概无所知，惟说白皆听得懂，故于故事之进展，尚能了解。第《虮蜡庙》则不耐再看。以告文歪，尽多红粉，犹非老去英雄之知己也。

◆香楼何处？

伊文泰初创时，其楼上有打苹果之戏，明灯如昼，楼外有阳台，夏时尝挈舞侣踞其上坐，茶冽烟清，依依絮语，为状良适。今已不可复得，盖楼上已为办公处，游客至此，第容于楼下，愚旧日诗云：“笑指香楼三十尺，贮卿可要万千金？”即以此楼而发也。比岁以来，伊文泰之电光益幽黯，不复当时华灯替月时矣。

（《社会日报》1944 年 6 月 1 日，未署名）

小 局 面

灵犀书来，谓有小局面，当来参加。小局面指斗花而言，因告灵犀，愚迩与桑弧、梯公、石麟四人，方浸淫花事。石麟专心博艺，一月以来，花术大精，然平时有非此不欢之乐，恒自其所居徐家汇赶来，聚博之所，或在翼楼，或在薛华立路胡家，论局面之小，无与伦比，输赢不过五六千金，然供养甚奢，冷饮、起士林之蛋糕、咖啡，以及吃夜饭，于是博者皆负，盖尽在头钿中矣。每局至少十六圈，有时增至二十圈，石麟犹未以为餍，紧急防空之夜，斗至十时半已毕，顾门外交通尚阻，后接四圈，逾十二时，石麟坐三轮车，自昏暗中返徐家汇。石麟以行动不良之人，而逸兴雅量，乃有如此，倘亦长寿之征欤？愚等入局在三时以后，时间或与灵犀冲突，否则自极欢迎老友参加。日曜日，岩半先生决定来沪（徐家汇人到此，说到上海去），愚发以电话约灵犀，第此种吃在肚里之赌，不知老友尚喜否？

（《社会日报》1944 年 6 月 3 日，未署名）

辣椒炒毛豆

青椒与毛豆,并为今日之时鲜货,上市之日,毛豆卖二百元一斤,青椒卖四百元一斤。孙履安先生语愚时,犹为之挢舌,其实以米价之贵,毛豆与青椒之价固不足骇愕,矧毕竟为时鲜货哉！米价激增之日,愚呼车赴海格路友人之宴,为一抛岗三轮车,车人索价百金,平时索七十元,此日特昂,愚表示尚领杜米市价,自己既惮于步行,只得不发一言,坐上车子而去。此夜,愚至十二时后始返,又呼一三轮车,主人为我付车资五十金,及抵家,愚使以五十金返与我,我以百金畀之。车夫犹请益,初恶其饕,继念彼劳苦人,必较我益关切民生,或者自暮迄今,渠已风闻米价又数越大关,则我所畀之百金,容有不足之虞,因更增二十金,始曳车去。此种地方,愚不承认为行事"落槛",第自己是穷人,穷人固宜深体苦恼人寒况也!

(《社会日报》1944年6月4日,未署名)

高盛麟

往时,高盛麟声誉甚盛,内外行固一致认为其人能继杨派之声威者,不图其隳毁一身,乃有今日之惨果也！三年前,盛麟与李盛藻同来沪上,时高庆奎已在病中,亦从子婿莅海堧,庆奎欲使盛麟改老生,风传人语,庆奎颇怂恿其子染阿芙蓉癖,以不为老枪,不足为京朝派须生。愚尝闻而发指,以为庆奎自溺其子,自后盛麟果不振,艺事亦日退,庆奎死后,状益萧条。者番盛麟又来沪,悬牌且为王筱芳之流所压,含垢忍辱,其情盖不可言矣。

昨夜与人谈盛麟事,或曰:误盛麟者咎不在庆奎,庆奎未尝唆其子嗜毒也,而罪在盛麟之妇。其妇刘,为刘砚亭女,未嫁时,已沦入黑籍,既归高,于闺中设烟具。庆奎之妻知而不悦,将阻之,妇亦甚悍,则曰:我抽刘氏之钱,未尝剥蚀高家也。因使盛麟亦染烟癖,盛麟竟堕其彀,遂致沦落至今，且闻盛麟之意志销沉，所谓无恶不作者，已为亲朋共弃矣。

（《社会日报》1944 年 6 月 5 日，未署名）

酒　　令

潘柳黛女士，游蚌埠者七日，以金雄白先生之邀聘甚殷，故重来沪上，任事于《平报》馆，亦兼为《海报》襄理纂务。愚等于柳黛之行，曾设杯酒饯送，故于其翩然归来之日，复为洗尘于花园酒楼。是日为星期六，以仓卒召集，故列席者不同于“星六聚餐”之往日阵容矣，惟意兴亦正复高逸。席上为酒令，于二十分钟内张口之人，第许说国语或京片子，而不许说上海话，以至其他方言。以柳黛为北都人，以此令为献，亦尊重主宾意也。愚妇绝不能国语，则默默不发一言，言而不佳者为之方，次为愚，然言多若江河之决，顾不恒有失，众人闻之言，为仰天笑，笑其蓝青官话之打得汗毛凛凛耳。逾二十分钟，则反其道，说国语者罚酒一觥，众欲以此难柳黛，不图柳黛之作上海话，亦殊流利，白玉薇犹牵强，柳黛所言，且视愚为纯粹，知其人实富方言天才。惟席上人以上海邻浦东，故许作浦东言，之方以浦左人，自耀于众曰：“说在我科门内，二十分钟内，我可以无忧。”坐是程笑亭巡官之声腔四溅于敦槃杂上时矣。

（《社会日报》1944 年 6 月 7 日，未署名）

直下襄阳到洛阳

拉都路改为襄阳路，福煦路改为洛阳路，笠诗之寓在襄阳路，其俱乐部在洛阳路，笠诗每日自襄阳路至洛阳路，此之谓“直下襄阳到洛阳”。

◆拍照片的朱先生

星期日梯公与素雯赴徐家汇朱石麟先生家。石麟所居在徐家汇之乡郊，胡氏夫妇，昔曾去过，今重往已不辨途径，乃问讯于乡人，乡人皆震朱先生名,惟不知朱先生为当世之著名导演。梯公往问时,乡人乃曰:“客言朱先生者,岂非那个拍照片的朱先生乎?”盖乡人不知电影,而曰拍照片,以为朱先生乃摄影师也。

◆张菊仙

张菊仙未及一见,见过者恒誉其人饰貌妍都,尝与陈啸秋同时拜客,被拜者不知谁为张,谁为陈,抑陈、张之谁为男女也。盖上海人对此两角儿,实在陌生得连一点印象皆无也。

(《社会日报》1944 年 6 月 8 日,未署名)

集　诗

近人好集龚定厂诗,文友之专心于此者,昔有江都王某,近则见周瘦鹃先生,屡屡为此,俱有天衣无缝之法,为文亦婉丽可诵。顾不能诗,尝见其为人作一联,集定厂句,文曰:“遥知法会灵山在,一睨人才海内空。”亦神来之笔也。或曰:集诗不可为,以集得好矣,总是他人之作,于自己无与。愚则谓是比之自己作不好诗而强作者,则犹不如集他人句,当自家诗耳。

◆妇颂

愚妇尝习口琴,顾不久即厌之,将琴弃置。迩时唐密渐长成,妇以旧日之琴,为吾儿作玩具,儿不能引口吹琴,则以鼻嘘气,琴亦能鸣,妇大乐,谓其状殊滑稽。妇自育唐密,不恒从愚游,家居之日为多,初颇怨嗟,继亦安之。梯维亟扬吾妇,谓妇亦起身于欢场中,终为贤妻良母者,真大郎之福也。

(《社会日报》1944 年 6 月 12 日,未署名)

求顾飞书画

《海报》张盛宴于金门饭店之日,到女宾四人,潘柳黛、白玉薇、周鍊霞为素识外,尚有顾飞女士,则此为初见也。愚平时不恒留心名家书画，闻有人为顾飞艺事苦誉者，愚亦无由一见。是日愚傍梯公坐，梯公指顾飞问我为何人。愚告以亦勿知，特其人先我至，签名册上，有顾飞名，殆即是耳。梯公曰："是必也，固不识飞，而其兄大漠诗人，则为故交，飞与佛影颇相似，故必其与佛影为同枝。"既而小逸来，手中执一箑，为顾飞书画，画绝清华，而书法奇美，似出男人手然，男人亦无其遒劲，乃知当代之所谓金闺国士者，于书画致功力最深，将无过于顾飞，为之倾倒甚至。小逸谓女人作字，皆纡缓，独顾飞则下笔立就，若不经心，然一件之成，无非精品，疑半为人力，半亦天助之也。顾飞师事裘柱常先生，是日柱常亦至，愚乞小逸为求飞治一扇头，平时不好求他人墨宝，独顾飞大作，愚志在必得，以愚实倾心极矣。

（《社会日报》1944 年 6 月 13 日，未署名）

言之无物

诗文切记言之无物，王尘无诗灵空婉约，妙构绝多，特如柳絮所指之"只缘绝世人难得，从此灯前笑不成。"尚非尘无佳作，以其不甚切实也。昔人有"天涯何处无灯火，不是伊人相对时"之句，此则始为深刻，不谂柳兄以为何如？

◆选诗

有人言：王彦泓诗不足观，特指其集中断句如"雨后春泥月下霜，几年辛苦为萧郎"，又如"洗手自怜十指甲，何因又长二三分"，又如"临水偶来同倚槛，隔花何处可登楼"，以及"明明可爱人如月，淡淡难寻路隔烟"，无不可诵，予谓此人真选诗好手。

◆不世出之才

蔡夷白先生文章绝代，近岁为《海报》执笔，为《海报》第一佳构，愚钦服不已。昨于"海筵"遂瞻韩之愿，虽匆匆不获倾悰愫，然此会实快慰生平也。桑弧恒言，小报执笔人才，今益凋落，才子不世出，五六年来，得一冯蘅，比去年，又从《海报》见夷白先生耳。

（《社会日报》1944 年 6 月 14 日，未署名）

小块文章

酒边遘沈苇窗君，沈方以述小品文为读者所称道，后一日，梯公谓苇窗乃绝类吉诚，因问二人干系，梯公曰："传二沈实同枝耳。"愚不识吉诚先生，并一面之缘亦无之，苇窗亦于最近始得良晤，此君治文，与柳絮同以短峭称。愚不爱读冗长之作，其心理与报馆老板与"主笔先生"，辄相反背，以老板与主笔，则最好作者能写得长一些也。

◆主笔先生

愚尝记乡下人称朱石麟先生为"拍照片的朱先生"。又一日者，石麟在天蟾看戏，傍闻人顾竹轩坐。有人为顾、朱介绍，顾即称朱为主笔先生，盖顾知朱先生工于写剧本也。顾又曰："你们叫主笔先生，我们则叫'编剧主任'。"此殆以开戏后立场言，其实固无人叫过朱先生为主笔先生也。

（《社会日报》1944年6月15日，未署名）

署　名

忘宗数典又如何，不要呼郎更唤哥。我是时髦难得学，姓名从此改"钱多"。

写了十几年的稿子，随意写下来的署名，不知有过几千百种，平时惯用的几个，常是什么郎，什么哥，把自己装得怪顾影自怜的。有人告诉我，近世的作家们，所用的姓字，都不是真实的，大多废去了自己的姓，而用外家之氏，效行既众，差不多成了风气，我还常取一个名字叫钱多。钱多是再好没有的事，而且亦似题荣华富贵的名头一样，有自取吉利之想。写到这里，又想起何诹在《碎琴楼》上，发的那一段牢骚，他说："闲时以书傲我，今乃自毙矣。天下书多乌能傲人？特钱多能傲人耳！"看了这两句话，更加欢喜我命名之善。

（《社会日报》1944年6月16日，未署名）

记张谷年画

王栩缘编画云:"作画犹作字,必先规模信本,方有根底,不致流入野狐禅,须临摹古人极工细之作,如范华原、李晞古、刘松年,画理透明,结构绵密,处处精到,笔笔雅驯,备此诣力,庶可与古人相见,涵泳于董、巨,以充其气魄,玩索于荆、关,以撷其精英,高、赵、倪、王、沈、唐、文、仇皆为取资之师,四王恽吴,庶有抗颉之望,自此以降,皆不足与友矣。"又云:"时史畏艰,苟安落想,凡专趋简易,貌为高古,内无充实之美,外博流俗之誉,如无源之水,沟浍易盈,转瞬即竭,自欺欺人,尚得为艺林雅玩乎?"昆陵张谷年,尝奉栩缘之言为圭臬,自幼精研,遂臻极诣,今世艺林,群推高手。今年春间,尝出其《快雪时晴》与《仙山楼阁图》两幅,陈列于"宁会"之近人画展中,传赏万人。近又出其胜构四帧,展览于九华堂裕记所办画展中,尤为赏鉴者所属目。读吾报者都嗜雅人士,爰缀数言,若以吾文而驰往一观者,犹可及,亦必不有负法眼也。

(《社会日报》1944 年 6 月 18 日,未署名)

易哭厂律句

迩时夜静,恒挑灯读易实甫诗,编年诗固为龚翁谓无可取之作,惟《游山集》中,诸作皆沉雄峭拔,令人想见风物之胜。昨夜读丁戊之间行卷,有《湘真姊全家春日游榕山图》律句云:"白矾生绢写烟鬟,十里江城冷翠间。仙吏画能生紫气,臣家天许看青山。听来蜡屐声犹闹,照入鸥波影亦闲。从此披图疑拔宅,白云如屋不能删。"真不厌百回读矣。又如:"养花天气如中酒,隔水人家又上灯。"如:"平揖公卿非有博,广征歌舞如无憀。"如:"但有文章憎命达,应无富贵逼人来。"诸联,皆见得才调纵横,置之定公诗集,都可乱真。

(《社会日报》1944 年 6 月 19 日,未署名)

伊　人

柳絮兄谓“伊人”二字，放入诗文中，极甚可厌。写小说者，如苏州星社诸君，欢喜用一“伊”字，代表“她”字，的确使人读而感到莫明其妙之难过。但诗要写得好，则“伊人”二字并用，正复有风致便娟之美，此种灵感，要慧心自己去领会，不足以语从事于雕肝镂肾之夫。又“侬”字代“我”字，亦未始不讨厌，更有人以“奴”字代“我”字者，愚恒谓：既因作诗限于音韵，用“奴”字不能以“我”字为替，试问何必不用“予”？若谓前人诗不用“予”字，故今日人作诗，亦不可用，则其人若为诗，可以断其永世无好诗，以其论迂执得可怜也！

◆《秦怀玉》

何方先生记顾也鲁淘金事，顾告以在外曾演二剧，一曰《秦怀玉》，按话剧中未曾有人写杀四门故事，实以何方听顾也鲁之言，听得缠夹了，顾固谓在外曾演过《秦淮月》也。弯了舌头说“秦淮月”，与“秦怀玉”之声音，初无二致，而何方终以此闹一笑话矣。

（《社会日报》1944 年 6 月 20 日，未署名）

二　难　并

闻瓢师将与陆渊雷先生合作，举行书画展览于宁波同乡会，渊雷先生书法之高，钦折已久，颇拟烦灵犀代求一箑。愚于字画无所知，特以意之所惬者，亦宝而好之。今岁以来，乞顾飞作一聚头，又烦朱尔珍成一小轴，兹又当求陆先生赐其墨宝。陆先生为当世良医，未尝鬻字，将来展会，亦以友好之怂恿耳。淹博如此，宜其医理精湛，今日中医之所以不足为训，都因乡曲鄙夫，置身其间，若其人从书卷中来，无不出人头地，陆先生遂如朝阳鸣凤矣。瓢师绘事，久称人口，近岁以来，精研勿辍，艺尤大进，兰竹尤卓然成家，人属高僧，绘亦高品，与陆氏法书，成二难并。

◆王素娟

近又遘王素娟，于昏黑之夜，挈之自高士满步行至其家，伶齿俐牙，诱人笑乐。愚恒时于此儿有不能恝然置之者，则其人能媚我，是与秋霞大殊，秋霞不工媚，第肫挚而大方，素娟则要说便说，说过便“当伊呒介事”矣。

（《社会日报》1944 年 6 月 21 日，未署名）

百 × 不 厌

与南山等同餐于雪园，南山与舞人赵姊俱，愚执顾飞女士诗箑于手，南山读顾飞诗，叹曰：“是真百读不厌者也。”既而雪园进黄瓜烧虾，众食而甘之，南山又语绍华曰：“是真百吃不厌者也。”以雪园为绍华所主持，南山故如此言，谀店主人耳。愚在旁独冷然曰：“亦有‘百却不厌’者乎？”南山闻言，一时眉飞色舞，曰：“安得无之？”因目睨赵姊无已，赵姊亦警，牵南山之衣，辣辣刮其后脑曰：“十三点，哪能介恶形，侬当我听勿懂个！”其言柔婉，闻者哗然，而南山益乐不可支。

◆逸倩彩排

朋友之游侣中，愚谓逸倩实一时之隽，其能诱吾友以刻骨倾心者，非偶然事，歌舞之艺皆绝胜，惟未尝登台彩排耳。昨遘之于维也纳座上，谓迩方排《借东风》身段，将于高乐歌场初试新硎，是亦歌场之好消息，及时，甚望凤三以电话相邀，愚当陪之为座上客焉。

（《社会日报》1944 年 6 月 23 日，未署名）

柬千尺楼主

王玉珍与华莉莉，影形相随，焦不离孟，食同具，居同室。洎乎近顷，乃闻玉珍将卜新居，于二十四日莺迁至吕班路，昨日晤于舞座上，力挽愚为觅千尺楼主人，玉珍谓主人者，多钱而能爱人者也。当时相遇，几欲缩我肉体精魂，萃其一身，而主人视我恒落落，我故亦惘惘无已。

顷以移家,愿得主人为张声势,于意良惬。愚以其所言皆出之肺腑,又谂主人亦性情中人,见我兹篇,必当谋所以慰彼落寞之儿也。

是夜愚与玄郎挈王华同行,饭于雪园后,又坐于高士满,王念主人无已,玄郎与佩之皆力任为代觅主人,愚则谓方闻灵犀言:主人有白下之行,或不及归,今故以兹篇代柬,若寓主人目,请以电话觅我,为愚等亦久疏把晤,假此机缘,得共盘飧,稍倾积愫,亦佳事也。

(《社会日报》1944 年 6 月 24 日,未署名)

告柳絮兄

读二十三日某报,见柳絮兄记《转台》一文,此中实多误会,因请叙其始末。是日予约之方同赴米高美,为捧邵雪芳加入茶舞之第一日,之方则邀王玉珍与华莉莉同行。王、华二人,近方辍舞,以前亦不在米高美者。及后玉珍忽喊舞女大班,唤凌珍侍坐,予与之方,皆不识其人,之方因玉珍要求,故招之来,以玉珍与凌为莫逆交也。小姊妹淘亦要好,相遇舞场,为助声势,此亦恒情,初不料凌珍乃从柳絮兄处转台而来。愚发现以后,深恐柳絮或为不怿,因抽身往与柳絮同坐,且向桌上诸人自言:"王玉珍要凌珍同坐,存心砍坏之方矣。"愚此言其实不必要,言之,半欲为柳絮打招呼耳。不图吾友终不识此中缘由,尚有《转台》一文之作,故重为之方声述其原委。愚与之方,在白相场中,负"落槛"之誉,扎台型事,从来不为,此而是施之于外人,且不可,何况熟人,故望柳兄万勿存芥蒂,不然者,弥天之冤,我与之方,且无由自白矣。

(《社会日报》1944 年 6 月 25 日,未署名)

王珍珍

闻王珍珍有客死津门之讯,为之怃然,今岁夏初吾人犹见珍珍周旋于华乐琤琮间,茶舞在维也纳,夜舞于大都会,时从银海归来,且喜"高桥松饼”之风姿无恙也。顾不久闻其已退为良家妇，与一蒋某结缡于白门，曾几何时，又以噩耗传海堧矣。珍珍之风貌甚都，惟其鼻梁着一节，稍逊美观，揆诸麻衣相术，鼻节殆所谓生死关头邪？

◆陆鲤庭

文抄公语愚，陆鲤庭恂恂儒雅，素好游艺，从龚翁学金石书法，以体弱多病，医者尝劝其辍学以养生，顾结习难除，屡有所违。书以礼器汉简见称于世，行楷宗赵松雪，秀润有致，又擅山水，比从赵叔孺、张石园二先生游，艺益精，尤喜画龟，有“翁小海第二”之称。近陆与江载曦、蔡琢成、单孝天等举行八家金石书画扇面展于宁波同乡会，自八月三日始，以八日终，陆之出品尤为参观者所属目焉。

（《社会日报》1944 年 8 月 6 日，未署名）

“集锦”扇面

一日，愚持一扇页，其一面空白者，一面为一友人所作书，书不高，愚颇不喜，其三见之，攘而去，案头有丹青，辄于扇面绘一青山，又作淡月，微云绕之，示于我，我大悦，见空白尚多，则用墨笔，作兰叶二枝，顾不能续，会瓢儿来，又为添若干叶，加花二朵，予题曰：“其三画青山，大郎画最长二叶，若瓢足成。”携之手上，见者皆绝倒。予与其三，皆不能绘，独和尚以写兰鸣于世，此一页“集锦”便面，第足为大郎盛名之累耳。

◆藏箑

愚生平不好收藏，有人以书画畀于我，我每受之，若为扇页，愚所深喜者，始为拂暑之需。今年特丐陆渊雷先生作一箑，颇加珍惜，又尝丐顾飞作一箑，已用过，且已为幼子所毁，愚甚惜之，特毁伤者亦宝藏勿使散佚。渊雷之箑，予每携归，即置抽屉中，勿令幼子见，不然，攘而去少顷且骨条裂矣。

（《社会日报》1944 年 8 月 7 日，未署名）

黄金之局

赴黄金访乾麟、禧如二兄,禧如言:黄金顷方邀坤伶七人而来,将排全部《红楼梦》,今黄金在青黄不接之秋,故以梁一鸣之《诸葛亮招亲》,与刘斌昆、张菊仙之《盗魂铃》为号召。《盗魂铃》上,斌昆将唱戏,台下人点《吊金龟》,数点而斌昆皆不唱,其矜贵可知。闻之方言,斌昆之唱《吊金龟》,红极一时,愚则未尝一聆之也。张菊仙唱《四五花洞》,学四大名旦,闻此人下台后,娇痴故甚,遂流于沪人之所谓十三点者。其实北方女儿,无不热烈,一热烈便坐此弊,与素秋、童芷苓,无不如此,菊仙亦不可免耳。是局,黄金为维持班底,故以斌昆、菊仙压台,第求少蚀一些,不望赚钱,售八十金一座,亦有四五万一夜可卖,乾麟所赔贴者,盖有限矣。

(《社会日报》1944 年 8 月 8 日,未署名)

桑弧劳苦

桑弧导演《教师万岁》,近来工作尤为紧张,恒亘一星期不获休息。天大热,戏常在夜间开拍,以夜间摄影棚之门,可以洞辟也。故桑弧恒凌晨始睡,其体质甚亏损,朋友以其劳苦为念。顾吾友乐此不疲,此正如某君所谓凭着一股子傻劲而干者也。全戏旬日以内,或可完成,惟剪接配音,尚需日期,大抵一月以后,可以上去,献映之日,至友将与桑弧尽一日之欢,所以祝其大功完成也。

◆大郎事件

老凤、凤三,俱有大郎事件之记述,足征于不肖关怀之切,心甚感之。惟愚实未有所闻,闻之,亦为雪尘于雪园席上所传说者也。疑此中或有误闻,盖此为“智者不为”之事,某夫人绝世聪明,决不出此,其臆测,愚与凤三正复相同者。

(《社会日报》1944 年 8 月 9 日,未署名)

剧 醉 记

海上之导演群中，前辈朱石麟、杨小仲、李萍倩，皆称通品，石麟尤有才人之目，萍倩亦雅擅诗歌，若后起人才，桑弧更学贯中西，为文清丽绝伦。一夕，集萍倩、史启、桑弧于石麟先生家，饮酒高歌，为欢无极。萍倩豪于饮，其量非席上人所能及，萍倩言：生平曾剧醉一次，时在二十余年前，为除夕之夜，既醉，头为之碎，血流满其发，友送之归，蒙被卧，至年初五始醒，脱鼻孔无气，身体不温者，其家人早已殓之入棺中矣。因醉而睡五昼夜不醒者，实为仅见之事，然萍倩曾不以此而戒酒，惟后来稍稍减其量耳。萍倩自言，酒德颇不美，喜与人滋事，因此而得罪朋友极多，事后则每多懊悔。是日敏莉、梯维夫妇，皆为萍倩初见，故萍倩终未尽其量焉。

（《社会日报》1944 年 8 月 12 日，未署名）

失 扇 记

去年汪亚尘先生为愚治一箑，今岁乃丐陆渊雷先生为愚作字，既成，配一扇骨，以书画皆精贵，颇珍视之。一日茶舞于维也纳，舞既频，同行舞侣，取吾扇挥汗，及行，舞侣以扇置身后，愚不及察，遂遗于维也纳座上，中途始觉吾箑已遗，顾畏跋涉，念愚与维也纳中人都相识，明日追之，必能返也。昨日无暇，今日将遣人往取之，不谂能珠还无恙否？渊雷先生书法，识家无不啧啧称赏，先生谓不喜治箑，其实先生治行楷于举头，正复可观，赠愚之箑，古朴中恒多奇俏之笔，不下大功夫，又乌克臻此哉？

◆雷殛

大雷雨之夜，愚方偃卧家中，念今日生命之贱，与其为生活磨折而死，转不若使苍苍者收拾之去，人而死于天，死亦不平凡矣。顾死于天者，人必非议之谓其人乃大逆无道，故不容于天耳。霹雳之来，万民震惊，其间非尽惧其身之为累殛而死去，特惧既遭雷殛，复蒙不白冤名耳。

（《社会日报》1944 年 8 月 13 日，未署名）

人畜不分

金少山爱犬如命，其犬名小黑，少山于爱之甚时，呼之为父，曰："我的爹。"说者谓少山诚不失其为艺术家疏狂雅度。嗟夫！此亦足以示艺术家之气度者邪？其人直人畜不分之天下大混蛋耳。金秀山九泉有知，必伸一爪扑杀此大逆之儿。愚不爱猫犬，只亦不反对他人之豢犬饲猫者，特护生之徒，必欲以侍亲之礼，以侍禽畜，则其人之赋性定属乖张，愚故不值少山所为。

◆快意之作

为丁梅庵先生所作扇，书法极劣，而备蒙奖饰，惶感无穷，惟咏盖五之诗，诚近时快意之作，此诗统体无病容，亦无一字使人看不懂。诗文之好，为技巧问题，然亦要题材好，此诗则好在有题材耳，遂不着一浮泛之词。桑弧谓后四句尤美，愚则亦雅爱"愿我将身依绛树，劝渠放眼看苍松"，一联之境界甚胜，盖当时之所快意者，正复在此刹那间耳。

（《社会日报》1944 年 8 月 14 日，未署名）

失扇珠还

愚记失扇于维也纳事，后一日，愚所携往之舞侣，忽以电话来，谓汝扇被我误携返家矣。愚当时诚不及发觉，亦为意料所勿到，盖彼窈妙女儿，何以持男子所用长箑，至走出门犹未及觉察也。失扇幸得归还，为之欣慰。愚自失此扇，翌日，即将施叔范先生所写、魏联琛兄（廷荣先生哲嗣）所绘之一页，命人去配扇骨，盖愚藏扇不多，一持既失，便无所留，故须重新装置起来，恒见啸水、灵犀所藏之盈笥累箧者，直欲惊怪倒退矣。

◆学费

儿子以解学费单来，要愚为之送往银行。愚在今日，不能再嗟叹一身肩荷之巨，以学费所需，不过坐五只台子，至今未曾绝足舞场，“壳子”身上，尚想勉力输将，儿子毕竟骨肉，万无吝惜栽培之理，今年学费至五万元一人，愚亦不想再放一个屁也。

（《社会日报》1944 年 8 月 16 日，未署名）

沈　　管

敏莉休夏方匝月，其至友沈雪莉，自天津归，受聘于大都会，于昨夜进场，敏莉亦随之重被舞衫，一枝双秀，竞发瑶阶，要亦近日舞海之佳话已。沈雪莉与邵雪芳亦友善，沈在南中，舞客匆多，因赖其女侣之邀客捧场。一夜于高士满遇雪芳，则谓亦拟邀其客为雪莉壮形势焉。

◆汽油灯

高士满至电灯限制时间，即闭熄，而代以汽油灯，全场凡悬四盏，洋琴台上之一盏，光芒尤烈。汽油灯乡村间用之，愚幼时常在汽油灯入酒席。愚年二十三，结婚于嘉定，三日排场，前后皆燃汽油灯，沪上则不见此种设备久矣。今以节省，此物又成时代骄子，坐高士满之汽油灯，使愚之儿时尘影，一时都涌集心头矣。

（《社会日报》1944 年 8 月 17 日，未署名）

文　　祸

《翙翙集》记某姑颜屑，兼及某生事，好事者剪其文，并加以注语，邮寄与生之夫人执阅，坐是遂酿成生家庭间之轩然巨波。生既寝馈不安，夫人更欲弃家远游，谓不欲坐待于此，视其婿之无状也。昨日愚往慰夫人，谓外人之言，不可尽信，渠纵不肖，亦不致弃妻孥如遗也。投寄《翙翙集》者，无具名，字迹若出女人手，故夫人益疑，谓必有两雌竞逐其夫，一雌向隅，因妒而进谗于我，然则投书者之用心尤诡谲，无深仇大怨,寻开心不作兴到此地步也。

◆弦歌

梯维之长公子善事胡索,公子三人,皆寖馈于皮黄,三子唱老旦与黑头,独辟蹊径,暇时调嗓,弦管嗷嘈中,情调至为融和。惟胡氏一门,工胡索者特长公子,坐是长公子无引吭之机,第为其父与二子操弦耳。愚向时与桑弧、石麟,调嗓于胡家,一夜敏莉唱《坐宫》之摇板,则由石麟操琴,朱先生于此道无深造,拉来自成腔调而已。

(《社会日报》1944 年 8 月 20 日,未署名)

因循而死!

表弟毛善冲,以肺病不治,业于十六日辞世,梁氏之药,等于虚服,乡曲知识鄙陋。去年,冲自南京来,肺病已作,劝之照爱克司光,不肯,旋归白门,亦无医药,及疾苦益深,始更来沪,则不堪挽救,误于因循,非误于医药也。毛氏姑丈谢世后,吾姑母亦继之,第生此子,后又未尝育,其嗣续遂断。冲妇固贤良,力耕自给,处家事井然,冲既不起,何以善后,正不可知,谊属至亲,念此真怆然欲涕也!

◆乡居之乐

毛氏居村舍间,距城约十二里,幼时夏假放学,必往省姑母家,与牛羊鸡犬为伍,当时不以为乐,今日念念,正复有味,旷场上骄阳如沸,就后院坐,风自竹林中来,时挟花香,啖瓜果一日不去口,痢作亦不已也。叔范写《酒襟清泻录》,述乡村事,着笔最隽,愚无此幽思,不能拟故人万一耳。

附言:近来酷念叔范,《社日》读者,亦有剪存其所作诗文者乎?乞假一读,心感必无已时。

(《社会日报》1944 年 8 月 21 日,未署名)

柳亚子诗

昔林庚白述柳亚子先生诗甚多,其实亚子之诗,固远不逮庚白也。

凤公亦恒绳柳先生之作，大约柳氏诗才敏捷，为多数人所公认，近读某刊物，记柳氏与人夜饮，行酒令，以“寒梅着花未”五字分韵，柳拈得寒韵，诗顷刻即就，其末二句云：“安得健儿三百万，骊山一炬与消寒。”一时众为叹服，服其才思之捷，亦服其语之豪迈也。愚谓此实柳氏佳诗，特凤公不及先告我耳。

◆令人健羡

柳絮兄文字内，辄多女侣，读之令人健羡不胜。愚迁就壳子，壳子对我茄门，今壳子还就柳絮，而柳絮恒对她们落落，天下不平事，宁有逾此者乎？近见其《毋以我为念》篇，在柳絮命笔时，足一腔得意，而不料愚读其文，转增怅惘，盖愚方病壳子欲搭而搭不着之苦焉。

（《社会日报》1944 年 8 月 22 日，未署名）

自　讼

小型报若过分整肃，如灵犀兄所期望的目标，则写作人应有一部分在务必淘汰之列，愚即其一也。小型报上之描写关于狎媟文字，非从不佞始，特小型报上之流于轻薄，愚将不敢辞作俑之愆，以男女性器官之名称，直书纸上者，不佞实肇其端，轻薄之风既炽，久之陷为无赖，是皆不佞之罪。若小型报后此非整肃不可者，愚当无啖饭之地，愚已准备流转沟壑，盖不敢彰碍小型报之不整肃也。

◆牛郎织女

《文天祥》非吴祖光最好之剧本，其呕心沥血之作，惟《牛郎织女》耳。最近此剧为苦干排演于巴黎，佐临亦为之辛苦经营，不欲丝毫苟且。戏是好戏，特是否卖铜钿，为另一问题。柯灵兄为愚盛道此剧之精警无匹，嘱愚抽暇一往观，愚则将邀桑弧、梯公、凤三同行，偕赏此一时名剧也。

◆谢渊雷先生

尊书优美无伦，不肖心喜万状，赐箑既失，怏怏者累日不已，今或有珠还之望。昨见大著，万不敢当。盛暑劳先生动笔，心尤不安，期之秋凉后，将躬谒尊潭，烦公作一小立轴也。

（《社会日报》1944年8月23日，未署名）

谢振鹏先生

愚近来所用诗笺，为叔范所贻，叔范之诗，则为粪翁《庭院中种竹所咏》之六绝句也。越读越有神韵，故益思念故人。《酒襟清泻录》刊《社日》时，成小品文一时极选，其诗亦清远绝俗，迩时忽欲重读佳篇，顾无可致，因于吾文附一言，将求惠于读者。报出之日，陈振鹏先生投愚二册，皆剪贴叔范诗文之散刊本报者，惟不及全取，窥豹一斑，足慰相思，此中诗尤少，而《种竹》六绝句，固亦及之，书此为振鹏先生谢，二三日内，即当读尽之也。

◆《伏敌堂集》

江湜之诗，林庚白激赏，近见旧报，曹礼吾亦盛称其作，谓其诗如闲话家常，而不流于俗，此其大难。曹又谓湜多才命涩，一生艰苦，与黄景仁相似。湜字弢叔，著有《伏敌堂集》，愚不曾见。礼吾之文，为致聚仁之书，二曹不知为同族否？

（《社会日报》1944年8月25日，未署名）

鸠　　声

迩日忽闻斑鸠声，颇奇之，以此声殊不易闻于夏令也。儿时乡居，春梦方酣，往往为鸠声唤醒。鸠发音极凝涩，若呜咽而吐者，听之，心头上如有物镇压，不可轻展。鸠有二种，曰晴鸠，又曰雨鸠，黄山谷所谓“野水自添田水满，晴鸠却唤雨鸠归”者也。特往岁秋日，未尝闻鸠声，今忽有之，故疑为异兆。

◆颜色字

近见某君论当世某女作家之文章内，好用颜色字，其实叔范之《酒襟清泻录》，固有先例矣。叔范用颜色字靡不熨帖，例如写月光必用黄字，诗中所谓"大月黄"是也。颜色字用得好，不独诗文之字面上，自然艳丽，而意境上，亦能助长其清华之致。叔范小品文，不独以清丽胜，亦为白描圣手，三年来小型报坛上，无此健笔矣。

（《社会日报》1944 年 8 月 26 日，未署名）

损 齿 记

一夜吃大蒜甚多，将睡，口舌尚重腻，因复起，引水漱口。牙刷为新买，毛丰而韧，予用力复多，下齿之一裂其上端，碎磁随刷而下，视之，比粟为大，乃悟此亦老态日侵之征，疑全齿动摇之期，正复不远。吾父吾母，皆早年堕齿，愚若使遗传，则吾齿亦未必能保至五十岁后。一生健啖，肠胃之消化力尤强，今齿则先创，口腹之好，后此定稍稍减矣。

◆牛郎织女

苦干于廿四夜起，演《牛郎织女》，愚往观赏，台上云彩星月，皆利用电力，华丽不可方物，布景并不繁复，几如《天涯》、《原野》诸场，境界自然优美，此盖特殊灯光效果助成之也。服装亦奇丽，织女身上之衣，尤绚艳夺目，可知佐临于此剧不肯苟且将事矣。此中无赵如泉之"娘舅"登场，台上亦无东乡调可听，共舞台楼上之观众，绝对不会搬到巴黎来，可预卜也。

（《社会日报》1944 年 8 月 27 日，未署名）

茄 力 克

赴中国大戏院访汪其俊兄，其俊敬愚香烟，不纳，以烟质劣也。则自出佳烟，其俊亦愠曰：宁有佳于我者乎？亟开其抽屉，出茄力克，授一枝与愚，愚又自钦吾烟，接其茄力克，一枝既尽，更索一枝，又尽，更索一枝。其俊叹曰：存无多矣。愚曰：派头大，则当大到底。既以茄力克扎台型矣，管他所存无几，吸而已尽，重市新者，此货至竟未断档也。茄力克今日市价，最低一千七百金，惟愚早闻人言，已逾二千，一枝之值四十金以上，朋友常日吸此烟者，几绝无仅有，偶贮之身边，以自炫其罩势者，偶尚有之，如天厂居士其一也。今年有友人授我以“黑白”烟一种，其更在茄力克之上，烟质自美，惟沪上存货，已寥落如凤毛麟角，不可多见矣。

（《社会日报》1944 年 8 月 29 日，未署名）

露

夏日，阿勤梯娜移舞座于庭院中，洋琴台则设于洋房门首之台阶上，无灯，起舞过处，但闻乐声自花丛林隙传来，不睹人踪，此境未尝不美也。秋渐永，露亦奇繁，予持折扇，舞时，置扇于桌上，及舞已归座，更持扇，则扇干皆如露润，然炎暑不消，挥扇，扇纸亦为露所侵，挥稍久，纸且裂矣。

◆《木兰从军》

今夜，张淑娴贴《木兰从军》，林树森、陈鹤峰为之陪唱，可见中国大戏院，固未尝薄遇淑娴也。近来与淑娴过从渐密，今夜且往捧场，淑芸于此剧亦登台，戏盖经乃师梅先生所指正者，淑娴亦视为杰构焉。

（《社会日报》1944 年 8 月 31 日，未署名）

张淑娴与马义兰

凤公不赞成白玉薇跳舞，非禁止其跳舞也。此翁固迂执，然犹不算最顽固的也。愚绝对赞成跳舞，尤其出风头上之女人，应时常跳舞，江南坤旦、北来女优，谁不健舞，而玉薇独不耽翩跹之乐，疑玉薇本身亦迂旧得可笑。张淑娴、淑芸姊妹，以温良静淑，为人称道，然平时游乐，于舞最不能忘情，识者未尝以此少之。近顷数数与二张游，一夜止于阿勤梯娜，次日，于报间述二人酣舞之状，淑娴读之，曰：后勿尔，我诚不惧物议，特我姨父见之，且不乐，渠不欲我二人耽荒嬉也。姨父为老伶工马义兰先生，马先生既息隐氍毹，灌心血于淑娴一身，督教甚勤，淑娴造就绝高，而得有今日，皆先生之力，淑娴亦奉之若生身之父。八月卅一日演《别姬》之夜，淑娴与慧麟争持于后台，马先生为人和故，赴慧麟，邀其矜谅，慧麟不可，义兰遂愤而离后台。淑娴闻是大悲曰：十数年来，姨父未尝有此盛怒也。

（《社会日报》1944 年 9 月 5 日，未署名）

劳吾良朋

桑弧之《教师万岁》，将于八日（或十五日）公映，华影已废除试片，桑弧将招待恒时晤聚诸友，于上映之第一场，观赏故人佳作。既已，诸友醵资设庆功之宴，酬桑弧之劳，兼谢其招待之情也。筵设于辣斐德路敏莉新居中，新居宽敞，可以为良久逗留，而尽一日之欢。是日略有节目，凡列席者，皆须引吭一歌，不计工拙，纵使勿成腔调，但须咿唔作响而已。凤三、柳黛、柯灵，请趁早“动动脑筋”，毋令当场遁席也。闻之方与梯公二人，不歌而演标准文明戏。梯维旧曾加入春柳社，自优为之，之方少时，以游戏场为行宫，耳濡目染，亦深知厥窍，往时，二人每值酒酣便对白，令人捧腹。一日，柳黛不知文明戏为何状，梯维遂与之方演“永安公司柜台”一幕，以之方为“老蟹型”之妇人，梯维则为永安职员，当对白至如火如荼时，视柳黛，已前俯后仰，笑痛肚皮矣。

（《社会日报》1944 年 9 月 6 日，未署名）

顾兰君北征讯

兰君自天祥下来后，又拟北征，劳人草草，滋可慨也。行期已定于九月十一日，谓两月归来，若能相待，必当参加孤鹰之《日出》也。昨夜遘之于包家筵上，以近影见贻，影中人微仰而笑，风貌华艳无伦。愚妇嗜影剧，于兰君备致倾倒，以愚之介，得识兰君，以其性格之美，益为敬服，故必欲得兰君一影，留永念也。今闻其又欲远征，孤鹰同人，怅惘万状，诚如灵犀所谓虽小别亦黯然者，正大类此情境，将集桑弧、光启诸兄,为设祖饯,作话别之会焉。

◆拚命酒

熙春见敏莉纵酒,大惧,劝其何必戕贼乃躬之甚。敏莉醒时,恒欲戒饮,然一对清樽,苟有人激之以弱者,渠且万杯勿吝。凤三言其每夜必醉,醉必叫人扛了回去,都是事实。一夕饮于雪园,为之方所激,便不辞烂醉,时胃疾大作,捧腹而饮,而痛不可支,他人皆见而愈怜之,渠不顾。所谓拚命者,敏莉洵足当之,顾又胡忍见之哉?

(《社会日报》1944 年 9 月 7 日,未署名)

沙逊大厦

愚生三十七年,其中七年,服役于中国银行,七年中之五年,且寄宿于中行之五楼,时为十八岁至二十三岁,中行行址在仁记路外滩,旧为德人总会也。邻为华比银行,未几华比翻造,历工程一年余,而有巍巍巨厦,矗立于浦滨者,是即沙逊房子矣。沙逊建造之初,工程几日夜不辍,凌晨,愚方酣梦,而打桩声已起于枕畔,则震醒。自此,中行之屋倾圮日甚,说者谓受沙逊打桩之影响,实弥巨也。屋既落成,华懋饭店即俪设其上,寄居华懋者,非西人即大富之儿,恒人且不敢涉足。最近闻有人拟就沙逊房子之下层,得写字间二所,系由熟人转让者,其人酬一百二十万金,为转让者谢,得屋之人,大喜若狂,以为便宜货无逾于此。或告之曰:公毋喜,十数年前,此沙逊房子全部落成,包括之费,不过九十万元,若当时增至一百二十万元,则此房子可以扩展至惠罗公司焉。虽然,距今十五年矣,凡隔世之事,重语于今日,靡不令人惘然不尽耳。

(《社会日报》1944 年 9 月 8 日,未署名)

银星之美

愚妇得王丹凤一影,什袭珍藏,妇言今之银幕女星,惟丹凤足以当美人之号,愚则殊不是其言。愚不喜面型太平整之女人,丹凤非不好看，其面型特失之平整，其实电影女星中，殊无以丽色炫人之女，欧阳莎菲在银幕上，倾动者万人，无不谓其色乃大佳，实则见其本人，无不惊其贫血过甚者。一日，莎菲大醉，倒眠沙发上，面上绝无血色，而泛为青白，予大惧，指于妇，妇曰：莎菲正宜调摄其身体也。以今日观之，往时谓胡蝶并非绝色，然欲求一如胡蝶之光艳者于今日，亦复大难。兰君北上之前二夜，愚等招之同饭，来时，着玄呢旗袍，御玄色缎子高跟鞋，浅妆不饰，清丽乃如天上人；及既饮，一杯入口，兰君之两颊顿赪，清光遂敛，面上桃痕，则别有一般风情矣。

(《社会日报》1944 年 9 月 12 日，未署名)

碧云夫人座上

碧云夫人旧客汉皋，曾一识熙春，自来沪上，转不复谋面。夫人则常以熙春为念，谓其温柔静婉，实异于其他歌台妙女也。一日，要愚为约熙春，餐聚其家，因于昨夜挈熙春同诣夫人，熙春见夫人面，遽曰：固旧识也。犹忆昔遇夫人之夜，在汉口之某商场中，时夫人视今日为丰腴，着玄色长衣，项间俪一别针，为观乃至雅丽，此印象使我至今不忘。夫人笑曰：王小姐真能强记。夫人亦谓熙春亦视曩日丰满，而不失静婉之致。因深谈甚契。碧云主人，与陈伯权交甚笃，伯权于熙春维护绝周，故四五年前，以伯权之介，亦尝与熙春曾有一面矣。因是合座人皆念伯权，谓伯权以名公子而落拓不事生产，度量之广，得未曾有，有人述其曾与派克女郎媾。一夕，自南京归，入女郎所居公寓之室，门开，一男子着睡衣启门，伯权见睡衣为己物，知有异，谢曰：我乃懵懵，敲差别家门矣。言已扬长去，其襟度真有不可及者。

(《社会日报》1944 年 9 月 13 日，未署名)

市民证职业

战后，天厂、翼华二兄，办昌兴公司，管理卡尔登戏院，愚即为此中常客，后三年，且为卡尔登之职员，其初犹做广告，后弃之不为，惟吃干俸，卡尔登职员加俸钱，愚亦随之而加，直到如今，惟卡尔登天天去，则发各报稿件也。陌生朋友，问愚与卡尔登之关系，愚曰：我为市民证职员，盖我之市民证上之职业中，为卡尔登戏院，愚虽为各报撰述，然无一报为愚之职业所在地，赖“卡尔登”三字，市民证上不致为无业游民耳。前年，愚数请于翼华，卡尔登之写字台让我用，卡尔登之俸钱，我不想用，盖一事勿为，取之宁不伤廉？但后来想想，此为职业之地，不支俸钱，便不像样，天厂、翼华，亦不吝此一笔开销，则干俸不妨吃下去，市民证职业，可以撑到底也。

（《社会日报》1944 年 9 月 17 日，未署名）

萧 退 公

萧退闇为近代唯一书家，处境甚善，卜居吴下，书件恒如山积。前月闻退公作一联须七八千金，今且增至万金外矣，其润例闻以白银计，白银一两，折储钞百金。其实白银今已达四百元一两，故退公若改订润例，只须在折价上提高，固不必常常作成印刷生意也。退公作一箑，为白银八两，八两即八百元，加墨费二成，为九百六十元，作篆书加倍，则为一千九百二十元。若干画家，一箑之酬，须二三万金，始知退公取润，正复公道耳。

◆粪翁

粪翁先生，近亦提高其勒石之价，象牙图章，每一字为八百余金。江南印人，此为独步，特虑其中酒过深，创其腕力，故得其作品者曰：得一个字是一个字耳。不知几时，他便要放下刀来也。

（《社会日报》1944 年 9 月 19 日，未署名）

气 焰 万 丈？

凤三兄于他报抵愚一书，殆不胜其萧骚之感，其实此亦朋友不谅之词，凤三固未尝气焰万丈也。当凤三以“梅霞”为笔名时代，愚日读其文,为之击节,以为身边随笔,宜推此为极则。比读其《英英日记》,尤为拜倒,坐是逢人苦誉,有时亦张之楮墨间,特志钦迟,非敢以怜才自拟也。然数载以来,试问于报间涉笔之士,行文之灵空脆爽,有几人得似凤三?纵横笔阵,至今亦第让凤三一人。愚尝自负,谓鉴人文事,恒无差失,当时赏爱凤三,今且自慰吾目未花,而凤三逊曰,谓我虽大大捧场,其实捧场何用者?文章要千万人看下来,始能实至名归耳。凤三之文,俏皮话甚多,其评讽亦出之轻婉,不如愚之悍泼也。故从其文字间,乃看不出其人为气焰万丈,疑他人给与其评语乃有错误,而愚诚悍泼,亦不欲自认为气焰万丈。凌躏弱者,昧于是非,而信口雌黄,此为气焰万丈,愚与凤三皆未尝有也。

(《社会日报》1944 年 9 月 20 日,未署名)

小翠花庆得传人

陈永玲唱花旦戏下场时之"身浪",与其小手之东西乱扫,活似翠花,此子固曾从翠花习艺者,不然宁有此造就哉?其青衣戏则授自莲芳,亦一度执弟子礼于琴心之门,皆为事实。报间有人为莲芳不平,谓永玲之艺课自魏门,安得归功于翠花?说此言者殆为盲子,其花衫戏酷类翠花,为不可掩之事实。学花旦戏,本当从翠花,青衣戏始为莲芳所擅,二人原分泾渭,他人又何用为之强争功绩?愚见永玲戏,深喜翠花之有传人,乃曰梨园绝诣,惟患继武无人,砚秋之隐,小楼叔岩之厄,乃无承其后者,此可悲耳。

◆杜萍

杜萍从中旅来沪,杜为故都人,只身到此,无亲无故,而演技绝胜,特以中旅时在"气息仅属"中,为之演员者,亦无法出人头地。于是杜萍来八月,而知杜萍者,乃无几人,崇文赏其才艺,力拔之。当八月三十日,杜与中旅合同满期时,即代表天祥公司,与之签约。复十余日,崇文为愚介见,其人有风致嫣然之美,知天祥阵容中,多一支劲旅矣。

(《社会日报》1944 年 9 月 21 日,未署名)

行旅多艰！

遇熙春之夜，闻渠有白下之行。同人小议，亦拟出门一次，先到南京，再游扬州，而无锡，而苏州。计程十日，桑弧、之方、梯公夫妇及敏莉皆同行。秋色已佳，酷念瘦西湖风光之幽蒨，则神往不已。苟得隽侣三五，买棹其间，荡漾湖波，则其境界，又不为愚想像得者。闻熙春启程在即，而吾等则怵于行旅之艰，尚多考虑。诸人中，惟之方雄健耳，若桑弧、梯公与愚，皆系羸弱，若一上火车，而人多不经挤，亦不得一座，终悬立至南京，虽不死亦已僵，每念至此，意兴咸阻。天生俗骨，便只配打滚于广浊中，欲借秀水明山，涤胸襟积垢，亦不可能，真惘然无尽矣。

◆反串

信芳贴《四进士》于黄金，仍以桂秋为杨素贞，万氏则烦之斌昆。黄金之戏单上，书“反串”二字，其实此角本小花旦出来，马富禄即为马连良配万氏者，信芳前时恒委之于已故之王兰芳。王工青衣，后来曾为彩旦，此则应署“反串”者，今转以斌昆为反串，理殊不可解。

(《社会日报》1944年9月22日，未署名)

忆念逝者！

信芳的《四进士》，少说一点，我已经看过三十次以上，他并不曾让我看腻，不知问题是不是在“先入为主”。我总觉得现在信芳《四进士》的配角，没有前几年那班人头整齐了。马春甫的顾读，我明明晓得他太野，但始终以为两公堂与宋士杰的盖口，谁都不及他的紧凑，信芳也曾经这么说及，所以后来裘盛戎、袁世海，与今日的王泉奎，角儿都比春甫大得多，但这一份顾读，还该让春甫的好。好久不听见春甫的消息了。昨夜看了一趟《四进士》，我深深的悬念此人。

万氏是王兰芳的绝唱，“店房读状子”一场，做得那么风趣，熨帖，谁学他都学不到家，他死了，信芳显然失了一个帮手。兰芳生前，我同他是熟人，昨夜万氏出场时，换了刘斌昆，不禁引起了逝者的忆念，我非常难过。南方有一个王兰芳在，也可以给予京朝派一些力量上的威胁，因为他真有几种绝活，是京朝派所来不了的。

(《社会日报》1944年9月23日，未署名)

李慧芳

李慧芳自温州归来后，不搭班，则加入新艺剧团，将客串《长恨歌》中之杨贵妃一角，乃已在费穆先生导演下，日日在卡尔登排戏矣。唐明皇由刘琼饰演，刘硕人颀颀，当年与之匹玉环者，如夏霞、狄梵，无不病其矮，慧芳则健骨高躯，在舞台上与刘并立，殆无参差过甚之弊。慧芳又颖慧，白口极流利可听，白玉薇犹不免京剧化，而慧芳则无之，费先生故叹为美才。李本歌人，初自白下来，名鹏言，继屡改艺名，及演花衫戏，乃名慧芳。当李鹏言时代，灵犀剧赏其人，愚亦为之维护弥周，顾其运蹇，恒不获于此中露头角，忽忽至今五六年，亦未闻此儿腾踔。今演话剧，顾其争得一席地而造成其生命史上璀璨之一页，则不枉十载辛勤。李性格温驯，至今不变。灵犀有暇，请于下午过翼楼，谋一良晤，亦可慰怀念之殷也。

(《社会日报》1944年9月28日，未署名)

人尽愿为夫子妾？

一夜，与凤三、沈淇、之方、宗山诸兄饭于孔雀厅，席上谈及"年轻貌美，倚马千言"八字，一致认为柳絮、凤三，分当八字，允无愧色。愚尝记其言于报端，而柳絮读之，不能鉴谅私忱，以为凡我所言，无非"雅谑"。愚何曾敢以此谑吾好友哉？柳絮兄美如冠玉，凡识其人，靡不作如是说，非止愚一人而已。少年之雅爱修饰者，往往着夷服，而发作飞机型，审此种男子之美者，为暴出道于跳舞场之小鬼丫头，看世面较广者，恒不屑一顾。柳絮擅生花之笔，其文细腻，酷肖其人，平时御华服，一衣一履,必务奢华,所谓堕鞭公子、走马王孙,殆即此范型,矧揽镜自照,复翩翩自怜邪?常时读柳絮文,虽处身情场,而落落无所遇,半固以柳絮悬的过高,半亦缘浮世英雌都无慧眼,用是知“人尽愿为夫子妾”一诗,特为诗人夸张之语,非然者,何以使今日柳生,其情怀渐趋落寞哉?

(《社会日报》1944 年 9 月 29 日,未署名)

庆老友成功

《教师万岁》既博一致佳评,桑弧至友庆其成功,于此片献映之夜,集于桃源村管敏莉新居中,盛筵二席,由敏莉主办。敏莉与桑弧友谊至笃,是日极高兴,故不惮繁琐,招待群宾也。群中女宾多于男宾,席上角酒甚勤,敏莉但劝醉,己则不恒饮,凤三酒量至豪,自言常醉,顾愚未尝见其有颓然之日。柳黛甫三杯,已横卧沙发上,逆知其情怀正复恶劣。是夜无弦索,故众人皆未引吭,否则熙春、素雯、梯公、包五无勿健歌,清唱之会,又当如火如荼矣。

◆致柳兄

柳絮频频扬黄薇音,其人一清如水,状貌太清,恒非载福之征,故黄亦不免伤于沦落,然肃丽温恭,其人自可爱,予亦每每念其人。安得柳絮为愚致语,使唐某博其一餐,邀柳、凤二兄为陪,使愚一倾积想哉?

(《社会日报》1944 年 9 月 30 日,未署名)

书场与屠门

敏莉言,从来未尝进过书场,闻此中另碎食甚佳,因拟一往,顾以无人为导,欲愚陪之同行。愚曰,汝去听书不可与台上人为輾然之笑,否则,这班“下作坯”,以为有路可循矣。因告以说书人大半皆恶劣,敏莉曰,然则我不笑可耳。敏莉跌宕不羁,到处亦乱闯,一日,又问愚,阿兄言之,兄往时常跑之所谓屠门者,我亦能去看看邪?愚曰,是殆勿能,从前为私门头无执照，今则已属公开，陌生女人进去，便成私货，而触警章，且此中主政，诱引良家，投身至此，适堕其彀。因为述某巨商媳，往岁知其夫沉湎于此中，一日登门觅其夫，主政者曰：汝来得正好，汝为我此间商品矣。苟勿从我，我且为汝扬言，谓汝尝出入吾门也。妇不敢强，从此委身刀俎间，丑声甚播。敏莉闻之，不寒而栗，徐曰：然则我不去可耳。

（《社会日报》1944年10月1日，未署名）

新华茶舞

当敏莉于今岁春间，做茶舞于新华时，愚恒为座上客，今则已久不莅其地矣。昨与之方同往，自节电既雷厉风行，舞场烧木炭以输冷气，新华则以营业不足付开支，故装拉风，舞池以上，飘拂离披，如流苏之帐，亦似规模最巨之剃头店也。司拉风之役者，为一壮男，若寻常剃头店，及光明咖啡店等，用小郎操此役，颇非人道，然新华拉风之壮男，即在客座之后。众人行乐，劳此贫夫，愚偶然回首，弥复不宁。

舞池中睹一清姿绝俗之儿，唤之来，则操舞业逾四年矣。夜场久在丽都，名李玲，其人颀长而瘠，目病短视，出门御叆叇，爽朗酷类林彬。李更健谈，通文事，是夜随之赴丽都，介一女侣与之方，则俗骨一身，了无是处。丽都生涯，殊不美茂，特以舞池之广，乐队复不恶，若为跳舞而跳舞来者，此正好地方也。

（《社会日报》1944年10月2日，未署名）

女子大乐队

过新新第一楼，此间所用为女乐队，队员皆在绮年，惟拉梵亚令与吹小喇叭者无其人。则以女人体气，不同于男儿，一拉一吹，皆费气力，女人有所不胜耳。人言凡此队员，皆来自国立音专者，以国立音专出身之人，而献身于洋琴台上，得勿兴“王孙末路”之哀？小马带女人出去白相,女人上麦克风前唱一支歌,同行者认为光荣,若此间队员,得为我辈同游之侣,譬如抵于法仑斯,吾女侣走上洋琴台,客串一次敲洋琴,或吹萨克司风者,则当被人视为奇迹,我且自觉其吃价无伦。盖客串唱歌,到处可见,能"动家生"之女人,究竟不多也。愚于饭时,曾向乐台为辽望,此中似并无绝色之人,领导且委之陈鹤,陈男子也,倘亦易为女子,衣单薄之裳,手一杖指挥台前,臂波动,乳浪飞,必更有摇曳生姿之美也。

(《社会日报》1944 年 10 月 3 日,未署名)

得共一餐

愚怀念黄薇音篇,有"得共一餐",语及刊出,则"得共"已误植"博其",义不可通,而"博其一餐"者,似欲将一顿夜饭扰到薇音头上去矣。恒时游宴,时着"鬓丝",我不会钞,则烦之同行男友,决不能使女侣破囊,故"博其"二字,务必勘正,毋令不知者窃笑一旁也。昨中秋日,见他报柳絮一文,知已将贱意转致薇音,甚为感谢,薇音固旧识,清才极艺,钦折良深,今所遗憾者,特不及劝醉当筵耳。尘事稍摅,即当奉约柳生,且治春浆,聊攀风雅,不复敢效风流辈之征逐矣。闻薇音境况至不裕,愚旧日句云:"莫辞宛转当筵醉,暂祛娉婷处境忧。"则此夕之会,柳生或能深体鄙衷欤?

(《社会日报》1944 年 10 月 4 日,未署名)

"老"可敬乎?

愚不敬老,此"老"实指上海之一班著名之老头子而言,若辈泰半老而无行,若久出远门之虞某,此老夙为上海之民众领袖,然德行不修,日里弄铜钿,夜里弄女人,数年来,愚笔诛墨伐,曾无宽贷,此种人棺材板已震天价响。原知其积习难移,然欲唤醒上海人,不能再敬之为神明,亦万不能承认其人为"我们的领袖"矣。及其远行,愚始额手称庆,曰:将有若干好女儿,得免膏老魅馋吻矣。

愚以师礼事良伯先生之始,一日诣师许,师曰:唐生之来佳也。今为荣翁生日,我将挈汝往拜之,荣犹未尝知生之师我也。愚问师曰:此行将使我屈膝否?师曰:渠已高年,声威动海上,拜之无辱于我生。愚曰:然则生不去矣,生不行大礼已十数年,父母在堂,生未尝拜,往者,执贽于师门,生第以躬身为礼,彼荣翁与我素昧平生,乌得受我礼?师闻言殊不悦,顾亦无法强我,愚讵不知我之抗师,师不悦者,特以荣翁弥老弥啬,愚实向薄其为人耳。

(《社会日报》1944 年 10 月 6 日,未署名)

黄 鹤 楼

愚不知上海有黄鹤楼,吃黄鹤楼菜,始与舞人严九九同去。九九鄂人,黄鹤楼为鄂菜馆,九九故为识途老马也。忆同九九就食之夜,九九为愚言,黄鹤楼须我同去,我与彼肆中人皆相识,且善点菜。及既往,则九九除知有鹦鹉鸡外,他无所知,愚尝笑九九为贾老鸾,由此一事,弥足见之。昨夜复同广明、小马诸兄同往,则此间已经一度改组,惟陈设初无殊前状耳。是夜得菜七件,如牛肚、荆州肉、扣青鱼皆为美味,而值价仅三千五百金,较之锦江川菜似尤便宜,说者谓其售价殊与得味馆(黄金大戏院后面之湖南菜馆)相似。果然,则得味馆缺点太多,如上菜之迟,及地方之不洁,黄鹤楼皆无此弊也。

(《社会日报》1944 年 10 月 7 日,未署名)

近 况

近来身体极坏,迥不如夏日之健旺,自儿子一病,心意亦迄未宁定,坐是无兴于女人。尔日时与好友周旋,自中秋后一日,每与好友于将近子夜时分道,一轮明月,照我归车,培林昔感林庚白"过尽双携怜我独,归来片月为谁高"之句,谓真能写尽孤客情怀,乃近来几夜,予亦饱尝此味矣。

予夜眠不能安适，迩日晨兴稍迟，起身一迟，心里便乱，恐稿事之不及蒇事也。夏日予七时必起，盥洗既竟，辄奋笔，至九时已毕事，以早起神力充沛，虽治文无题材，然胡说八道，亦能摇笔即来也。今则苦于思索，每见灵犀，一文洋洋洒洒，累数千言，怪此人真有好心境也。

（《社会日报》1944年10月8日，未署名）

花园酒楼

李贤影先生将花园酒楼之粤菜收束后，改其名曰宁波味圃，开幕之日，贤影尝招愚往试其菜，以事冗不果行，昨夜始往，乃闻此间之菜即宁波沁社之厨。沁社固以佳厨名沪上，于是觅食者群趋之，生涯乃日新月异。惟菜属甬味，而花园设备，未易旧观，若桌上杯皿之属，一仍粤菜时代之旧物，而乐工犹弹奏于客座间，其情调从并不谐和中，颇见妙趣。今年夏日，时临此为夜宴，日与光启、桑弧、敏莉、沙菲等盘桓，当时不知其乐，二三月后，回首前尘，弥可念也。

◆粤菜

或问上海粤菜，以何家最适？愚应曰其惟南华，一人举新雅。老于此道者乃谓南华厨房，惟善翻花样耳。若论“正宗”，则推康乐，惟康乐之厨不善，遂亦为老饕所憎恶矣。

（《社会日报》1944年10月9日，未署名）

吴中行影展记

愚不识书画，亦不谙摄影艺术，特以为与其看书画看不懂，不如看摄影，摄影总比较真也。故时人之摄影展览会，恒往参观。近顷吴中行先生，举行影展，愚往观之，知往日所见者，未必尽善，而中行之艺，始足富精工之选，其作品旧曾陈列海外，欧美人士，争惊极诣，其在域中，允推独步。此次展览，为义卖性质，作品凡百余件，大半为旧作。旅途多阻，中行久滞春江，窒息一隅，惟赖艺事纾写胸襟矣。

◆石家饭店

石家饭店之鲃肺汤，因于髯一诗，而歆动海内，去年知堂赴苏，又为石家饭店宠以诗文，其地弥足为人向往。今石家厨房，已为老友孙克仁兄，聘来沪上，一昨试肴，招待文艺界人，其食堂列于高士满舞厅内，若生涯一好，将无圜旋余地，然觅屋为难，将来高士满中，且夜夜陈其拥塞之状也。

（《社会日报》1944 年 10 月 12 日，未署名）

筋　斗

予记《一个筋斗》事于他报，读者叹曰："若彼淫雌，如何亦能迷糊唐某之一双'枣子'哉？"愚不欲攻讦女人，故于伊人姓字，迄未明言，而垂询者纷集。凤三则曰：读者已无不疑其人舞人某矣。则不然，将来是否因此人而栽跟斗，不可必，至目下止，愚尚放心，某心地纯良意志失之脆薄故犯情感上之错误，在所不免，若亦勘定其为淫舞之雌，终非是。其人有志向上，愚故寄以同情。清算一人之已往私事者，非君子忠恕之道，惟甘耽鸩毒，而自趋下流，始不可拔，愚故为栽此跟斗而恨也！

◆"诗谜"

晤修梅兄，劝愚亦效天笑翁之为"诗谜"，愚不工此，平时又怕费脑力。若包公"粉蝶黄蜂若有情"七字，梯公谓为花奴，愚则谓决不是花奴，然复不耐思索之苦，结果则二虫居士也。射覆且不易，何况制谜？而此可以观天笑翁之矍铄，真大寿之征也。

（《社会日报》1944 年 10 月 13 日，未署名）

老境堪怜

老伶工之沦落可怜者，在台上犹卖死命。王福生旧名十四盏灯，为红底子，当其初不振时，其三先生唱《白门楼》，王为之匹貂蝉，后益摇落，十余年来，已为班底零碎，饰中军，饰家院，犹啃台板，台步要吃锣鼓，不忘水袖撩袍，台下人厌之，报以嘘声，人性多残酷，不知他要活命，要吃饭也。尝见其陪张国斌演《焚棉山》，张有几许能耐，王亦效之，顾不胜，似欲并其命亦送在台上者，观之宁不伤神？平剧中人如此，电影中人何独不然！洪警铃在今日，已无复当时气概，导演渐废其人，其人大惧，则日走于导演之门请曰：毋遐弃于某也。导演念其老境不裕，派以角色，镜头不多，而洪则拼命做戏，一做无不做过火，往往因过火而镜头“客忒”。洪每大恐，当时情状，恒为仁者所不忍想像者。甘自堕落之徒，纵流转沟壑，不足惜，彼到老而犹求活命者，何以处之？何以处之？

（《社会日报》1944年10月15日，署名：高唐）

石　挥

李健吾因《金小玉》成绩之佳，深感丹尼与石挥之演技，助其成功，因各酬二千金，以旌二人之劳。丹尼不欲受，问于石挥。石挥曰：“我正闹穷，先用了再说吧。”坐是终受健吾之贶，闻之苦干中人言，以石挥为舞台上之第一流红角，以此人而到别家剧团，别家剧团虽畀以十万元，亦所勿吝，然石挥至今，不肯离苦干，不离苦干，即不欲与佐临分道也。然其一月所入，乃不过万金，生活之窘迫可知。当石挥上《秋海棠》时，收入稍富，嫉之者甚众，以今日之情形言，乃可以证往日嫉石挥者，用心正复卑恶。石挥固能安于淡泊也。疾风知劲草，严霜识贞木，今日之舞台演员，石挥不可翘人，其谁可傲？

（《社会日报》1944年10月16日，未署名）

二　梅

愚昔为《怀人诗三十二首》，赠二梅妹妹者，有句云：“欲逐红尘随处问：有人曾见二梅无？”近则又为一文，题即曰《有人曾见二梅无也》，张之他报。一日，晤孙夫人碧湄女士，谓愚曰：足下之文，我已见之，二梅为我旧友,我亦时想望其人,往者,渠留电话与我,今以久不通闻问,其电话亦散佚,惟足下与彼人,睽违已十年,纵相见,殆已不复相识。其人老态日侵,已伛伛作妪象,尝惊女人青春之逝,未有如妹妹之速者,真不忍想见其十年前俊朗之姿也。

◆健忘

一夜看《血滴子》,座前一丽人,睹愚为微笑,愚亦颔之。时吾妇在侧,不遑与之交一语,顾亦不认其为何人,第识其人昔曾屡见之耳。及剧终,素雯亦与之为礼,愚故私询素雯曰:彼何人?素雯曰:亦勿知,特知其然昔从小双珠老九游者,故兼识彼人。愚恍然悟,第亦不能举其名,乃伤近年来脑神经衰弱已极,于女人且健忘矣,况正经事哉?

(《社会日报》1944 年 10 月 18 日,署名:高唐)

俨　然

包蝶仙先生谢宾客,哲嗣小蝶、有蝶、幼蝶诸兄,为设灵座于客堂中,四壁皆张挽语,徐寄庼一联云:"有子终为天下士,乃翁竟是地行仙。"寄庼而外,有林康、袁履诸老之联,亦有余姚黄雨斋诔词。雨斋之名,近年恒与徐、林、袁并列,睹此辄知黄君今日,俨然闻人,亦俨然为金融业巨子。

◆李石清

《日出》中最不易演之角色,为李石清,孙芷君状英气销沉无不绝妙,为李石清,必好无疑,顾临上台忽以病甚缺席,予之怅惘,较之不见孙景璐为翠喜尤甚也。孤鹰之后《日出》,李石清不得其人,李萍倩许为祸生,不知肯来否?看义演阵容之堂堂无敌,真令人却步也。

(《社会日报》1944 年 10 月 19 日,署名:高唐)

唐若青

唐若青频年之不自振作,说者归咎于环境一半,归咎其自身者一半。若青自幼生长于话剧班子中，槐秋先生疏狂成性，于女公子督责不严，教养未善，斯为不容讆饰之事实。比其长成，习于奢华，误于放诞，亦为众目所睹之实情，如此摧残，在他人早已沦毁，而若青以根器之奇、天赋之厚，至今日犹得与后起争一日之长。《日出》之义演，盛名乃萃之若青一身，谁谓此人非可儿哉？

今唐氏父女，胥沦于穷耳。有人欲邀聘若青，若青索重价，往往为剧团所不胜，迩膺绿宝之聘，则以绿宝主持人，畀以定洋十五万金，唐氏以济疗贫之急，言之正复可怜。闻若青语人，渠一月须二十万至三十万金，始可瞻其一身。上海之话剧团，皆无余资，遂觉此一份大角儿，要聘亦聘不动也。

（《社会日报》1944 年 10 月 20 日，未署名）

孤鹰三剧

米价腾贵声中，不忘寻乐。昨日光启来，为言《奋斗》已结束，从此将以空闲身为孤鹰同人拍戏矣。于是孤鹰之干部人员，开一剧务会议，话剧决演《日出》，是否采用“方言剧”演出，尚得商榷；标准文明戏，决定为《啼笑因缘》；又须演一次平剧，此则由翼华主持，翼华颇积极进行；桑弧决与莎菲合唱《宝莲灯》，桑弧已念唱词，每天吊嗓子矣。总之在此四个月中，孤鹰有三次上演，话剧假兰心，标准文明戏与平剧则在卡尔登焉。

◆南天门

愚欲与敏莉合作《南天门》，白雪甚赞同，而詹筱珊兄以愚曰：“不见信芳之口面功夫邪？若何能来得了？”愚为之气沮，近年来胆益小，迥不如往昔之横冲直撞，干了再说矣。复以敏莉调门高，对唱亦恐不能胜，勿知亦得效法杨宝森与李玉芝用两把胡琴否？

（《社会日报》1944 年 10 月 21 日，未署名）

“孤　本”

白玉薇与华影订合同之前，凤公托梯维与桑弧二人曰：愿公等撰一剧本，使玉薇饰演。是二人者，固曾撰制剧本，蜚声于艺苑者也。时桑弧之《教师万岁》，方在拍摄中，无暇执管，因烦梯维偏劳，而梯维方有一杀青之剧本，辄示桑弧，桑弧称其善，梯维更以献凤公，顾凤公未以为善，则屡于行文时，对梯维剧本颇著微词，吾友始悟当时“好事”之为不智。凤公最偏怜娇女，又以一时无多数剧本，任其挑选，对“孤本”兴嗟，终则形诸楮墨间，使写作人处于难堪之境，而不自觉。昨日读“宁公”凤老《敢问张善琨君》一文，文中复涉梯公，所言与前者无异，直使读者疑朱、胡二人若有深雠，不然，又何以不肯稍留余地，至于此邪？

（《社会日报》1944 年 10 月 25 日，未署名）

严寒之日

北风怒吼之夜，翼华招愚就花局，少一人，则邀素雯，时为下午八九时，自薛华立路至翼楼，凡十余里，御车行。冷风砭骨，金二小姐曾不惮冒寒威，其勇亦可知矣。翼楼炉火甚炽，和煦如春，此局至凌晨五时始竟，愚借取余温，留室中理稿事，余人雇一飞车去。顷之，炉火忽烬，一身遂战慄，时天呈曙色，亟赋归，路上低洼积水者，皆结冰，人稀，行者无安闲之度，则狂跃而奔，风被面上，如刺如剜，知今日之寒，实前此所未有也。抵家，则自来水已冻结，一痰盂置晒台上，其底忽弓，盖亦为冰所毁矣。愚于下午始就寝，桑弧谈于文哥家，以电话来，催愚更就博局，畏冷，亦倦惫已甚，谢之。至次日十时始起，寒威仍未解，念北国征人，忧心如捣，犹不知归期奚日耳。

（《社会日报》1944 年 12 月 19 日，未署名）

一字韵

以一个字押韵之诗，在《随园诗话》中，有某皮匠所云："曾记当年养我儿，我儿今日又生儿。我儿饿我凭他饿，莫遣孙儿饿我儿。"在此十八字中，人间至性至情，宣泄无遗，情而能至，则其所为之诗文也至。少时读此，恒热泪盈眶，盖感动者深矣。往岁作打油诗，尝仿其例，亦为一字韵，后此仿效者綦众，今则有人为叠韵诗，亦如此格，益了无足观。书此以志吾过，终以亵渎前贤之甚耳。

◆一对瘪人

沈琪与袁绍兰，互矢爱好，二人之嘴皆微凹。周小平乃称沈为瘪嘴文人，又称袁为瘪嘴明星。有人又简称之曰"一对瘪人"。或又曰：将来如加一个或男或女，闹三角恋爱者，而其人亦为瘪嘴，则此真名副其实之"瘪三"矣。

（《社会日报》1944年12月21日，未署名）

《倾城之恋》杂话

《倾城之恋》既上演，论者谓戏未必尽善，特生意眼则十足，售座未必低弱。管见张爱玲《倾城之恋》与《金锁记》，当以《金锁记》为尤善，《金锁记》写七巧最成功，此若搬上舞台，则以孙景璐或路珊演七巧，必为爽人心目之作矣。

舞台上《倾城之恋》中，罗兰揭去十二月八日之日历后，其余日历，尚留一厚叠，其实只剩二十三天，当为薄薄一层矣，此为小疵，或亦为之辩曰："这份人家，已将新日历预钉后面。"则亦多此一辩也。

韦伟在剧中，饰为罗兰与舒适二人拉皮条之某太太，培林谓其有活色生香之致，惟香港天气，不必着羊裘，而韦伟身上所穿，俨然裘服，舒适则着白西装，二人同场，使台下人有调子太不谐和之感。

剧中对白，文艺气息太浓，如："这一炸，炸去了多少故事的尾巴。"

在小说中,此为名句,用为舞台台词,则显然为晦涩得使人费解,曹禺剧本,决无此病,此曹之所以终独步一时矣。

(《社会日报》1944 年 12 月 22 日,未署名)

弟兄同命

愚为他报作《我的忧伤》一文,敏莉读之,潸然殒涕,辄觅愚,不得,是夜从“乐克山”归,枕上无眠,复以电话觅愚。愚犹醒,闻其声调至哀楚,则曰:“阿兄之文,乃诱人以无尽愁思也!”愚初勿解,问曰:“妹言何若?”则曰:“吾今日读阿兄文,几不暇为吾兄矜怜,特自为我哀伤耳。盖阿兄所哀者,皆为我哀之,千钧重负,尔我二人皆分荷之,他人又乌得辨此中甘苦?我尝以电话抵培林,然培林无室家之累,他人劳苦,渠不获知,我亦不欲与之多言也。嗟夫!我弟兄同命,历尽艰辛,至今日乃无力支撑,第知劳我者尚有阿兄,而知兄者亦惟我耳。阿兄男子,犹得假文字排其所悲,我更俜俜,自为抑郁而已。”言至此,闻其颇呜咽,愚力慰之,劝其毋尔,敏莉犹悲不自胜,是夜益不堪寻梦。念天既多情,诞兹佳儿,而靳其命,使其侘傺无聊,真人间不平事矣。

(《社会日报》1944 年 12 月 23 日,未署名)

“贵妃鸡”

舞人某尝与小马以口头约,二人拟效法愚与敏莉之为义兄妹也。顾不久,小马对之灰心,则谓其人实“洋盘”耳,因述一日者,偕之赴正兴馆,舞人呼堂倌来,曰:我要点一只贵妃鸡。贵妃鸡为川菜馆之名菜,问之于本帮馆与无锡馆,且茫然不解也。自是小马称其人,辄以“贵妃鸡”代其名。愚与贵妃鸡数共游宴,娇小似香扇坠,而伶齿俐牙,绝不因所知非广,而遽甘缄默焉。

◆三妹

星期日中午,杨云天与张文娟伉俪招愚餐聚,席上有胡大星与丁一英。是二人者，皆与文娟同庚，然大星颀颀似丈夫子，一英亦壮硕，望之似文娟为最弱，顾三人者，文娟作嫁已一年，一英亦已订婚约，佳期在望，愚因问大星，则谓并对象亦无之。昔尝谓朋友中做丈人最早者，当是雄飞，以今观之，且让慕老争先一着矣。

（《社会日报》1944年12月27日，未署名）

童芷苓剪彩

愚于女人，称美健骨高躯者，坤旦中之童芷苓，故自认为不恶也。闻童宅心敦厚，尤向往其人，二三月前，舞于丽都，见之于舞池中，浅装不饰，则粗脚大手，望之如娘姨，然女人但求有诱惑力，纵粗做娘姨，亦可取也。童以血液不甚洁净，故其双靥之上，终岁有斑红。一日，杨云天主持之精美绸缎局开幕，邀之剪彩，同时并有王丹凤、孙景璐诸人，童先上，来宾以不识此亦当世之一大坤旦也，则嘘之曰："我们不要看此人剪彩，要看王丹凤来剪。"童为之大窘，主人亦歉疚万状。此辈看热闹人，多数为影迷，凡属影迷，皆浅薄之尤，故有此种事件发生。其事盖闻之云天自言者，当为信史也。

（《社会日报》1944年12月28日，未署名）

喜相逢

梯维创办之喜相逢食品公司，迩已在鸠工兴建房屋矣。此店股款分四组，梯维夫妇成一组，浙江实业银行同人成一组，胡氏之亲戚亦一组，其余一组，则为孤鹰同人者，愚与培林、之方、敏莉是也。动议之日，适值物价飞腾，吾友乃感煞费经营之苦，将来新肆开张，其办事人员，将动用家庭妇女，素雯亦将服役其间。而开幕之日，拟烦敏莉、沙菲剪彩，而丐愚为之揭幕，愚有硬扎前辈名流台型之嫌，固辞之，而股东固请，为势殆不可峻拒矣。又喜相逢之市招，亦要愚为之缮写，人所不可能为，皆强愚为之，真虐政也。

（《社会日报》1944年12月30日，未署名）

慰 丁 芝

话剧人中,丁芝之艺,至可珍贵,愚尤激其《杨贵妃》中之梅妃,及《梅花梦》梅仙与岳三官诸角,真足尽哀感顽艳之美也。昨年与光启结缡,愚往贺嘉礼,当时腾欢之状,犹在目前,顾好景无常,光启以沾染风华,致其夫人抑郁万状,终于演为惨剧,而丁芝以手刃其喉管闻矣!幸不死,卧疾于医院中,愚得讯于二日之晨,培林嘱愚往存其苦,先是,孤鹰同人,与光启、沙菲,过从甚密,丁芝颇不悦,以孤鹰同人勿当遐弃故交也。其实孤鹰同人,无时不以丁芝为念,而以光启之不能善视其夫人,引为至憾,尝烦崇文、沈淇诸兄,白我心迹,不审丁芝今日,视愚与培林,犹存微儆憾否?惟冀其早复健康,善为未来谋,毋以儿女事,轻其生也。

(《社会日报》1945 年 1 月 7 日,署名:唐僧)

范 雪 君

范雪君初来时,谢葆生先生挈之谒迎秋馆主人于愚园路寓邸中,主人款以酒食,范则挟琵琶往说《杨乃武》一节以娱,当时乃共杯酒,是为二月前事。嗣后雪君即在仙乐舞厅,登台献艺,生涯大盛,众谓女弹词家之丰于色者,恒拙于艺,娴于艺者,恒啬于腼也。独雪君兼擅之,故声名甚噪,唯以愚观之,谓雪君之艺不弱,自无间言,必欲炫色亦惊人者,则属溢美之词,盖雪君仅中人姿耳。顷闻高士满舞厅将照仙乐法,于茶舞时间前,设立书场,使与仙乐、沧洲,成鼎足而三之局。而高士满以延雪君为号召,商于葆生,初不许,谓两地相间密迩,事必两败耳。其言亦是,惟高士满求之甚切,事若可成,则雪君将唱《秋海棠》,是为陆澹盦先生所著,专为雪君而着笔者也。

(《社会日报》1945 年 1 月 12 日,未署名)

南洲主人并未沦落

南洲主人，为海上名公子，名小开，予识之已近十年，最近有人来言，谓其人已陷穷途，予作《闻某君沦落》一文哀之。后二日，乃得南洲来书，则不承认其已沦落也，而指吾文为触其霉头，吃其豆腐，是非不必辩，惟其人仍为名公子与名小开殆属事实，来书坚欲予为之勘正，因述其近况一二，借告海上读者。

南洲之居在愚园路云寿坊二十七号，因定期租赁关系，与房主胡某涉讼一年又九月，卒被收回自用，乃于三十三年十月二日，举家迁出，分居三处，一在青海路，一在高士满弄中，一仍在云寿坊弄内，家庭生活，未尝变改。三十三年十二月九日，南洲遭庶母之丧，在京守孝三七，一月十二日后五七期满，南洲无日不在外头白相，固活得落，故有此闲情逸致也。总之愚《闻某君沦落》一文，皆为传言者"蓄意中伤"，传言者王绍基君，犹忆王为愚告此事时，亦咨嗟无已，则不属于"恶意的"亦可知，今一切皆不谈，但愿南洲主人，席丰履厚，膏粱文绣，终其世耳。

(《社会日报》1945 年 1 月 19 日，未署名)

告关心朱琴心者

去年黄金聘坤旦六人自平来沪，朱琴心亦随之南下，盖六人中有一二人为朱之高足也。琴心于舞台生命，绝望已久，在故都以课徒为活，情况至为潦倒。往年，琴心以父礼事孙履安先生，孙之嗣君，如养侬、曜东昆仲，皆腾踔于时，琴心至此，乃往奔曜东，曜东仁厚过人，悯其无告，则畀以衣食，就寓舍拓一室居之，如一家人焉。近以岁暮天寒，孙氏昆仲，主持义务戏于黄金，券款所得，以百万金济琴心，且为之营余子，月为其家浇裹之需，琴心在沪，曜东则更为之谋一业所得作恒时零用，自此遂无冻馁之虞。而琴心之于孙氏，乃兴"有生之日，皆戴德之年"之感，书此以告关心琴心者，毋更为其摇落哀也！

(《社会日报》1945 年 1 月 21 日，未署名)

别　署

愚作报人十数年，以本刊《高唐散记》之标题，历时最久，计其时，当亦逾十载矣。近岁所习用者，曰“云庵”，以予之名字中着一“云”字。尝读坡公诗，有“惯眠处士云庵里，暂醉佳人锦瑟傍”之句，则“云庵”二字，亦颇浑成也。又曰“狼虎”，集此二字，在三十岁以后所用，所以志吾文作于狼年虎岁之间者，顾为手民将“狼”字误植为“郎”，以误为误，迄于今兹。又曰“定依阁”，则以愚曾为刘氏作诗，有句云：“臣亦体羸归去好，丈夫何必定依刘？”此诗为友人白蕉、粪翁、叔范诸公所激赏，“定依阁”三字，实为三公所晋赐者，粪翁并为诗记诸本报；其实“丈夫何必”之句，为灵犀旧著，愚则借用者耳。愚十年来别署之多，难于计算，然都无意义，不若别人之题一名字，蕴蓄深长，愚无此余绪，亦无此智慧也。

(《社会日报》1945 年 1 月 22 日，未署名)

么 六 夜 饭

梯公既忙于喜相逢之开幕，桑弧今方着手写一剧本，预备新春拍戏，我人之花局，遂无形停顿。近时以外面吃夜饭之开销巨大，故朋友相谈，言不及“饭”，愚至傍晚返家，则左顾孺人，右抱稚子矣。昔者，回家吃夜饭，夫人认为奇迹，去年，愚妇计之，谓愚六个月中，回家吃夜饭者凡五次，予均一月犹扯不到一回，今则常常在府上用午夜两膳，其原因正如朋友请不起我，我请不起朋友耳。昨日愚与小洛、之方饭于新雅，二三样普通菜，所费为八千金，真使人咋舌，用八千金不能说是么六夜饭，么六夜饭非不愿吃，今日之事，特无法吃，此所以使在外头吃惯夜饭者，都吓得跑回家去矣。自愚妇南归，十日中回家吃饭五六日，饭后即拥衾卧，早眠早起，手里并不宽舒！“对百筋”如故，甚矣，生活之积重难返也！

（《社会日报》1945年1月23日，未署名）

信芳新春之局

翼华病时，曾与信芳通一电话，问信芳新春之局如何。则曰：我犹在观望中。自信芳接办黄金，以警报频传，生涯遂不振，及遭父丧、辍演，由其徒李如春支持大局，亦日在亏蚀中。信芳胆小，于是并新春亦不敢上去，盖虑仍不足与人争者将堕渠之声名耳。闻黄金班子之所以成问题，缺少旦角，有人尝为设计，苟李如春、王富英、李长山、刘斌昆不走，加入高百岁添用王熙春，则局面犹佳，排演《文素臣》，纵不堪与当年移风社并其声势，要亦足够号召，此中少一王兰芳，实为信芳最大损失。或谓兰芳彩旦戏，斌昆亦优为之，然若以《四进士》之万氏证之，则刘固远不逮王之浑成也，王旧尤为难得之义材，不审信芳今日，亦时悼念故人否？

（《社会日报》1945年1月24日，未署名）

星　怨　记

迩以盛传之红星朱，置身于一方所谓“黑山泉间”者。一夕，愚乃遘之，星知愚氏为危，亦知危朱为何人矣。颇兴嗟怨，谓报纸詈我甚众，我穷，无以生存，何人济我？及我欲诛生机，纵出处容不甚高，在他人闻之，矜怜且不遑，更何忍讥我？而报纸无情，必以揭我隐私为快。是何心者！我每次读报，气塞心胸，当时第求速死，盖社会不能同情一弱质，终觉偷生之无味矣。星复自言，其夫之死，已逾四年，生前既穷不聊生，及瞑，更四壁萧然，了无长物，拍戏生涯，月入不足万金，啃大饼，抽香烟，都嫌未敷，遑论吃饭！其言至此，颇伤感，愚亟慰之，谓报纸未尝讦汝，所以述汝近状者，亦悯汝贫耳。其实星之所以言，所以怨，所以伤感者，正为唐某而发，唐某固曾于笔下述其事，惟隐其姓名，则以其亡夫尝与不肖论交耳。

（《社会日报》1945 年 4 月 6 日，未署名）

别 翼 楼

天厂居士与周翼华、胡梯维诸兄，办昌兴公司管理卡尔登大戏院，于楼上辟一室为公余游憩之地，一方尝赐此室之名为翼楼。七八年来，愚辄盘桓其间，未曾稍止，愚无“写字间”，有之，惟翼楼而已。愚除写作外，无他业，则于卡尔登挂一闲职，居住证上之职业，亦属于翼楼也，除之人外，与翼楼关系之深，以愚为最。近顷，《光化日报》将问世，写字间设于汉口路，愚事甚冗，将无余暇常莅斯楼。昨日，乃饬役取留存于翼楼之文具及书报等，皆迁至光化，愚亦与翼楼作别，当时情绪，微有感伤，虽然他时固予我寸晷者，愚亦必登临问主人近状也。

（《社会日报》1945 年 4 月 9 日，署名：高唐）

一部连续几十年的私人观察史

（《唐大郎文集》代跋）

唐大郎的名字，现在可能也算得上轻量级网红了，知道的人并不少，甚至有学者翘首以盼，等着更为丰富的唐大郎作品的发布，以便撰写重量级的论文和论著。这是我们作为整理者最乐意听到的消息。现在，皇皇大观12卷本的《唐大郎文集》的最后一遍清样，就静静地摆放在我们的书桌上，不出意外的话，今年上海书展上，大家就能看到这部厚厚的文集了。

唐大郎是新闻从业者，俗称报人，但他又和史量才、狄平子、徐铸成等人有所不同，他是小报文人，由于文章出色，又被誉称为“小报状元”“江南第一枝笔”。几年前，我曾在一篇小文中阐述过小报的地位和影响：“上海是中国新闻界的重镇，尤其在晚清民国时期，几乎撑起了新闻界的半壁江山，而这座‘江山’，其实是由大报和小报共同打造而成的。大报的庙堂气象、党派博弈与小报的江湖地气、民间纷争，两者合一才组成了完整的社会面貌。要洞察社会的大局，缺大报不可；欲了解民间的心声，少小报也不成。大报的‘滔滔江水’和小报的‘涓涓细流’，汇合起来才是完整的、有着丰富细节的‘江天一景’。可以说，少了这一泓‘涓涓流淌的鲜活泉水’，我们的新闻史就是残缺不全的。一些先行一步、重视小报、认真查阅的研究者，很多已经尝到甜头，写出了不少充满新意、富有特色的学术论文。小报里面有‘富矿’，这已经成为越来越多的专家学者的共识。我始终认为，如果小报得到充分重视，借阅能够更加开放，很多学科的研究面貌一定会有很大的改观。”现在，我仍然这样认为。《唐大郎文集》的价值，就在于这是一个小报文人的文集,它的文字坦率真挚,非常接地气;它的书写涉及三教九流,各行各业;它更是作者连续几十年的私人观察史,因之而视角独特,内容则极为丰富多彩;而且,如果我记得不错的话,这是小报文人第一次享受这样高规格的待遇:12卷本,400万字的容量。有心的读者,几乎可以在里面找到他想要找的一切。

为了保持文集的原生态,除了明显的错字,我们不作任何改动,例如当年的一些习惯表述,有些人名的不同写法,等等。我们希望,不同专业的学者,以及喜欢文史的普通读者,都能在这部文集中感受来自那个时代的精神氛围,从中吸取营养,找到灵感,得到收获。

这样一部大容量文集的出版,当然不是我们两个整理者仅凭努力就可以做到的,期间受到来自方方面面的帮助是可以想象的,也是我们要衷心感谢的。这里尤其要感谢唐大郎家属的大力支持,感谢黄永玉先生、方汉奇先生、陈子善先生答应为文集作序,还要感谢黄晓彦先生在这个特殊的疫情期间为之付出的辛劳。他们的真情、热心和帮助,保证了这部文集的顺利出版。请允许我们向所有关心《唐大郎文集》的前辈和朋友们鞠躬致意。

张　伟

2020年6月5日晨于上海花园